Steffen Mensching
Jacobs Leiter

Steffen Mensching

JACOBS LEITER

Aufbau-Verlag

Das Buch wurde durch den
Deutschen Literaturfonds Darmstadt e. V.
und die Stiftung **Kultur**fonds gefördert.

ISBN 3-351-02972-1

2. Auflage 2003

Einbandgestaltung Andreas Heilmann, Hamburg
Druck und Binden GGP Media, Pößneck
Printed in Germany

www.aufbau-verlag.de

Meinen Eltern

up up up up up up points the
spire of the steeple
but god's work isn't done by god
it's done by people

Ani Difranco

JFK, NEW YORK, MAY 1, 1998, 2.55 p.m.

Harris, breit und weiß, Officer der Einreisebehörde, fragt nach meiner Flugnummer, Flight Two, o, seven? Nein, sage ich, Two o one, from Zurich. Er tippt auf den grünen Fragebogen. Hier steht Two o seven. Ich habe die 1 mit Anstrich geschrieben, nicht römisch: I. In diesem Land, sagt er und zerhackt mit dem Kugelschreiber meine europäische Ziffer, ist das eine I. Sie wollen ein Taxi? Ein Mann im schwarzen Anzug, an der Brusttasche baumelt ein Ausweis mit Foto. Tiefgaragenluft, Busse mit laufendem Motor. Reisende wuchten Koffer in die Ladeluken riesiger Limousinen. Rechts stehen Yellowcabs. Sie wollen ein Taxi? Er hängt mir an den Fersen. Ich deute auf die Kolonne gelber Wagen. Oh no, mitleidiges Lächeln. Die fahren nach Brooklyn. Kommen Sie, ich zeige Ihnen, wo die nach Manhattan losfahren. Er schlendert in die Halle. Unschlüssig bleibe ich stehn. Er wartet, deutet nach oben. Aufs obere Parkdeck. Im Lift eine Familie aus Moskau. Zwei Frauen, blaugrau toupiert. Schnatternde Schwäne. Maiglöckchenduft. Mein neuer Freund heißt Omar Gutierez, der Namen steht auf der ID, er wirft sein Schlüsselbund von einer Hand in die andere. Das erste Mal in Amerika? Ich schürze die Lippen, um eine weltmännische Miene bemüht. Bin Jetsetter, jedes zweite Wochenende, Tokio, Sydney, LA. Der Fahrstuhl entläßt uns in grelles Sonnenlicht. Mister Gutierez greift meine Reisetasche, bevor ich zufassen kann. Ein Parkplatz, kein Taxistand weit und breit. Vielleicht dort hinten? Slalom durch Autoreihen. Im Sekundentakt verschwinden Jets über der Küste. Der Himmel blaßblau wie das Haar der Russinnen. Gutierez stoppt hinter einer schwarzen Nobelkarosse, läßt den Kofferraum aufschnappen und versenkt meine Tasche hinein. Ich fahr nach Manhattan, nehme Sie mit. Kommt überhaupt nicht in Frage. Ich schüttle energisch den Kopf. Gutierez steigt ein. Meine Tasche? Wo dein Gepäck hingeht, sollst auch du hingehn. Bis daß der Tod euch scheidet. Ich sitze im Fonds. Ledersitze, Lenkrad aus Mahagoni. Keine Stunde in New York und schon entführt. Warum sollte der Fahrer eines *Lincoln* einen Rucksacktouristen ausrauben? Hat einen sichren Arbeitsplatz. Menschenfreund oder Menschenhändler? Bestimmt ist der Wagen geklaut. Weichgefedert gleitet er über den Highway. Vororte, Reihenhäuser, Industriegelände. Ein Autofriedhof. Herrgott, laß ihn nicht links abbiegen! Im Handschuhfach liegt eine Automatic. Ich habe zu viele Filme gesehn. Klischees sind nur abgeschliffene Wahrheiten. Ich schwitze. Heißer erster Mai. Machen Sie Urlaub in New York? Das Lächeln etwas krampfig. Ich habe einen Job an der Universität. Ausweichende Antwort. Professor? Wie kommen Sie darauf? Sie sehen so aus. Du mußt ihm klarmachen, durchzuckt es mein Gehirn, daß du, was immer du bist, kein Professorengehalt beziehst. Ich bin Student. Sozialhilfeempfänger. Ich bin Hänsel, ich strecke der bösen Hexe ein Stöckchen hin, dünne Finger. Zum Schlachten zu mager. Woher kommen Sie? Honduras, sagt er knapp. Wir lassen Brooklyn links, Queens rechts liegen. Als die Skyline auftaucht, vergesse ich die Todesgefahr. Wow. Yeah, it's really a big apple. Mein Kidnapper grinst wohlgefällig, als habe er an jedem Wolkenkratzer mitgebaut. Ich verrenke mir den Hals, sauge Hochhäuser ein. Queens Midtown Tunnel. Durch den East River. Landung auf der Insel, mitten im Gewühl. Freitagnachmittag. Schritt-Tempo. Willkommen im Dschungel. Ich bin in der großen bösen Stadt, gerettet. Gutierez wird mich nicht umlegen. Zehn Millionen Zeugen. Er fährt die 5th Avenue hinunter. Netter Kerl. Washington Square, hier muß es sein. Ich will aussteigen, Dank sagen für Service und Nächstenliebe. Amigo, komm an meine Brust. Gutierez macht keine Anstalten, den Kofferraum zu öffnen. Daumen und Zeigefinger reiben gegeneinander. Umsonst ist der Tod. Das Leben verlangt Kleingeld. Achtzig Dollar. Hundert Prozent über Normaltarif. Plus Trinkgeld. Ich kaufe meine Tasche ab. Gutierez stellt sie auf den harten Boden der Insel. Take care, sagt er. Und fährt davon. 50 bucks for nothing, 50 Porträts von Washington gestreut in den Wind, der über den Washington Square weht. Immerhin, ich bin am Leben, und dafür sind 50 Dollar kein so schlechtes Geschäft. Fuck you, Gutierez, big thanks.

JET LAGGED IN THE VILLAGE

Bei Start und Landung übergibst du dich
neuerdings, mit ironischer Restwut, einem
imaginären höheren Wesen, sein Wille
geschehe, o Gott, heute Nacht erschien dir
im Fenster gegenüber eine nackte Frau
im Schein der Kühlschranklampe, ein Geist
von Bedeutung, dein Weltbild ist total
durcheinander, Genosse, richtige Dichter
erschössen sich prompt, du aber machst dir
nur Gedanken und ein weiteres Bier auf.

SILVERTOWER BLEECKER STREET, MAY 7, 1998, 6.03 a.m.

Laptop, mein Schoßhund, eine Maschine mehr, die ich benutze, ohne zu wissen, wie sie funktioniert. Computer in der Neuen Welt schreiben kein S-Zett und keine Umlaute. Meiner könnte es, er kann alles, wenn er will, nur weiß ich nicht, wie ich seinen Willen brechen, ihm klarmachen soll, daß er sein Wissen anwendet. Störrisches Gerät. Ich begreife die Gebrauchsanweisung nicht und tröste mich mit dem Gedanken, daß ich sie in deutsch auch nicht verstanden hätte. Durch die Fenster des Living Room sehe ich eine Tartanbahn von 300 Meter Länge, die um drei Tennisplätze läuft. Der Sportplatz der *New York University* auf dem Dach der Schwimmhalle der NYU. Drei Monate werde ich hierbleiben. *Writer in residence*, Stipendiat, in New York, um in Ruhe schreiben zu können. In Ruhe? In New York? *Unnecessary noise prohibited*, mahnt das Schild auf der Straße. Unnötiger Lärm? Can you explain that phrase? Es kracht, es hämmert, es dröhnt. Ich will Mutters Geschichte schreiben. Ein Freudianer braucht Abstand, also ab übern Teich. Statt zu schreiben, kommentiere ich, auf der Lehne der pfeffer-und-salzgrauen speckigen Eckcouch sitzend, die das gemütliche Zentrum des Wohnzimmers darstellen soll, das Lauftraining masochistischer Jungakademiker. Eine kleine Dicke, Walkman an der prallen Hüfte, Kopfhörer in den Ohren, Sonnenbrille auf der Stirn, schwankt ihren wippenden Brüsten hinterher. Gleich fällt sie um, Herzschlag, ich werde der Agonie tatenlos zusehen, eh ich am Lift, auf der Straße, auf dem Hallendach bin, wird sie den letzten keuchenden Atemzug gemacht haben, keine Ahnung, wie die Rettungsstelle zu erreichen ist. Das Telefon auf dem Glastisch ist ein schweigender Vorwurf: Geh hinaus, lerne Menschen kennen, der Amerikaner, die unbekannte Spezies. Hebe ich den Hörer ab, dankt eine Automatenstimme, daß ich die Niegehört-Telefon-Gesellschaft nutze. Keine Ahnung, was sie von mir will. Die Dicke läßt sich zu Boden fallen, ihre Hand ergreift das Absperrgitter, an dem Tennisbälle abprallen, sie drückt ihre Wange gegen die Schulter, als habe sie Preßwehen, streckt sich auf den Rücken, ein gefallener Käfer, massiert die steinernen Waden. Hätte ich doch besser nach Kraków reisen sollen, statt in dieses dröhnende, sirenende Fitnesscenter, Steinwüste, Oase, Hort infantiler Sehnsucht, das zu begreifen ich inzwischen wohl zu alt bin? Seit ich den PC besitze, verlasse ich das Apartment noch seltener, gegen Mitternacht kaufe ich Brot und Bier im *Grand Union Supermarket*, in der Abenddämmerung schleiche ich ins *Angelika Film Center*, um ein wenig Menschenfleisch zu riechen, Mittags überquere ich den Broadway und laufe die Elizabeth Street bis nach Chinatown. Die Kellner im Restaurant *Shanghai Garden* führen mich wie einen Sanatoriumsgast zu einem Zwei-Personen-Tisch und entfernen das überflüssige Paar Stäbchen dezent von der Papiertischdecke.

Ich bin der einzige Weiße. Der *Garden* macht einen verwahrlosten Eindruck. Die Fenster zur Straße sind mit rotem und gelbem Papier beklebt, auf denen alle Gerichte in chinesisch angeschrieben stehen. Der grüne Tee ist dünn, aber umsonst. Als ich Suppe mit Froschschenkeln bestellte, glaubte der Kellner, mich falsch verstanden zu haben. Ich überwand meinen Widerwillen mit dem gleichen Gefühl wie beim Einstieg in die Achterbahn von Coney Island: Sir, nehmen Sie die Brille ab. Einmal mußt du es probieren, Tausende haben es vor dir überlebt. Die Achterbahn war schlimmer als die Frösche. Hühnerfleisch an Miniaturknochen. Was suche ich in dieser Stadt? Kulinarisches? Ich bin kein Gourmet. Am Sonntag war ich um fünf Uhr wach und lief zur Brooklyn Bridge. Vor dem Laden *World of Futons* lag ein Obdachloser. Ich fotografierte den auf dem Bürgersteig Schlafenden, wenige Zentimeter Sicherheitsglas trennten ihn von den besten Matratzen der Welt. Ich stand, ein Voyeur, Freund der Sozialfotografie, auf der Fahrbahn, um den Namen des Geschäftes mit aufs Bild zu bekommen. Schade, dachte ich, daß ich kein Weitwinkelobjektiv besitze. Ein Müllwagen rollte langsam den leeren Broadway hinunter. Der Fahrer sah, auf was meine Kamera zielte. Seine Lippen bewegten sich. Ohne die Worte zu verstehen, wußte ich, was er sagte. Tage später, vor dem Drugstore, wo ich den Film entwickeln ließ, betrachtete ich das Bild des Penners, ohne Freude an dem gelungenen Schnappschuß. Statt dessen hörte ich die Stimme des Müllwagenfahrers mich aus dem Mundwinkel *a fuckin' asshole* nennen. Im *Deutschen Haus* der Universität treffe ich zwei ältere Damen. Als ich nach Manhattan kam, erzählt die eine (Margot, Köln, Lyrikerin), zeigte mein Mann, ein Amerikaner, auf die Subwaygitter und sagte, dort unten wohnen Menschen. Danach vermied ich, auf die Gitter zu treten. Bis ich mich daran gewöhnt hatte. Da wohnen doch keine Menschen, entgegnet die andere Lady (Elfriede, Berlin, Touristin). Homeless people, schlichtet der Germanistik-Professor den Streit. Ach so. Die alte Dame ist verlegen. Das stimmt, ich dachte nur, weil du sagtest: *wohnen*. Margot behält das letzte Wort: Obdachlose sind übrigens auch Menschen. An mich gewandt, sagt sie, kommen Sie doch mal vorbei, nächsten Mittwoch.

YORKVILLE, E 89TH STREET, MAY 20, 1998, 7.15 p.m.

Bestimmt habe ich, als ich die Anschrift notierte, Eastside und Westside verwechselt oder die Hausnummer verdreht. Die Straße, kleinstädtisch, mit Vorgärten und Akazien, fällt zum East River ab. 515, ein fünfstöckiges Jahrhundertwende-Reihenhaus, kann nicht die richtige Adresse sein. Ich habe Schnupfen, sicher stinke ich wie ein Dosensammler. Ich gehöre ins Bett. Ich sollte, wie bei meinem ersten vergeblichen Versuch, letzte Woche, umdrehen, zur Linie 6 laufen, ins Village fahren, ein Pornoheft kaufen, Vitamine, kalifornischen Wein und die Endspiele der Basketballsaison ansehen, statt mir die Peinlichkeit eines Zuspätkommens zuzumuten. Nicht eingeladen, wird mich niemand vermissen, am Stammtisch, in der Mittwochsrunde, die Oskar Maria Graf gründete. Ich habe nur noch ein Papiertaschentuch. Ich werde die alten Leute anniesen, anstecken. Vor dem Eingang, unter dem Baldachin, lungert der Doorman. Sieht aus wie ein Rodeoreiter im Abendanzug. Die menschenleere Straße im Blick, schlendere ich vorbei. Wie erkennt man Emigranten? Vielleicht am Akzent, kaum am Gang. Ein Hundeliebhaber kommt mir entgegen, zehn Köter an zehn Leinen, drei Pudel, ein Cocker, vielleicht Joe?, zwei Windhunde, Promenadenmischungen. Gewiß ein Eskimo, der im verschneiten Manhattan strandete, vom Tauwetter überrascht wurde und seinen Schlitten versetzte. Ich würde ihm gern zeigen, wie sehr ich seine Lage verstehe. Aber er sieht mich nicht an. Hier ist niemand fremd, weil jeder ein Fremder ist, egal, ob du aus Grönland kommst, Czernowitz oder München. Ich muß endlich normale Menschen kennenlernen, Einwohner, ich kenne nur

Akademiker. Der Doorman wird kein Philosoph sein. Wer weiß? In jenem Penner im 5er Bus auf der Sixth Avenue hätte ich auch keinen Theaterkritiker vermutet. Er fragte, ob ich Schwede sei. Obwohl ich weder schwedisch sprach, noch ein blauäugiger blonder Riese bin. Als ich meine Herkunft verriet, gab er an, während seiner Studentenzeit in Dresden und Ost-Berlin gewesen zu sein, zu Besuch, Anfang der sechziger Jahre, im Brecht-Theater, wie hieß es gleich? Er erinnerte sich an ein Stück von Lorca, er liebe Lorca, sagte er. Solche Penner hat New York. Wenn ich den Doorman nach seinem Lieblingsschriftsteller frage, nennt er am Ende Oskar Maria Graf und ich verstehe die Welt nicht mehr, oder Amerika, was hier ein und dasselbe ist. Mrs. Glueckselig? Oh, Gaby, sagt er, welcome, fünfter Stock, Apartment 5E, Sie wissen Bescheid? Ich nicke, stolpre über drei Treppenstufen zum Lift. Die Fahrt nach oben dauert länger als die zum Dach des WTC. Ich trete in den Gang, übersehe den Klingelknopf und klopfe. Eine Frau öffnet, Mitte siebzig, schlank, weißhaarig, mit großem Kopf, in dem muntere Augen blitzen. Hi, sage ich, ich habe gehört, ich weiß nicht, bin ich hier richtig? Komm rein, ich hab grad jemanden an der Leitung. Sie läßt die Tür offen und huscht weg. Der winzige Vorraum einer offenbar winzigen Wohnung. Ich bin darin neben der alten Dame der einzige Mensch. Von wegen Stammtisch, Emigrantenversammlung, Oskar Maria. Am besten, ich mache die Tür zu, von außen, und kümmere mich um die Erkältung, die *Lakers*, meine sinnlich-vitalen Bedürfnisse. Allerdings spricht die Lady, die ich nicht sehe, aber höre, ein deutliches Hochdeutsch. Jetzt redet sie englisch, mitten im Satz wieder deutsch. Sie kommt mit dem Hörer in der Hand um die Ecke. Wait a minute, unterbricht sie ihr Telefonat. Warum setzt du dich nicht? Um Himmels willen, du mußt hier nicht herumstehen wie ein Gerichtsdiener. Ich nehme artig auf einem Gartenstuhl Platz, mustere die Einrichtung, Bilder, Grafik, Bücherwände, Trokkenblumen, Kerzen, Nippes, Fotos, ein Glasschrank, ebenfalls voller Bücher, links ein Fernseher, ein Beistelltisch mit

Wein und Wasser. Auf dem Tischtuch ein dreiteiliger Besteckhalter, in jedem Fach stecken zwanzig Gabeln, Löffel, Messer aus sandfarbener Plaste. Offenbar erwartet man noch andere Gäste. Es klingelt. Mach doch rasch mal auf, ruft die Hausherrin aus der Küche.

HELL'S KITCHEN

Zwischen den alten Lagerhäusern
und Docks, in der Luft noch der Gestank
faulen Fleischs, stehen, wo die Gangs
durchgingen, für ein Shooting
smarte dressmen und models, ganz in
Schwarz, hundertprozentig geruchlos,
schicken sie ihr chicstes Zahnpastalächeln
in die Kameras. Vor nichts spiegelt sich
der letzte Schrei lieber als vor Müll
und Verfall, fuck off, spottbilliger Sieg.

SILVERTOWER BLEECKER STREET,
MAY 22, 1998, 1.03 a.m.

Ich kenne Manhattans Buchläden, nicht nur *Strand*, die Legende, wo im Keller Ventilatoren die stickige Luft zerschneiden und ich für 3 Dollar Heinrich Eduard Jacobs *Verse der Lebenden* ergatterte, auch den Trödler auf der Lexington Avenue, wo Band 2 der Analyse *Krieg in Norwegen* steht, geschrieben von Willy Brandt, gut erhalten, leider in norwegisch, die Ramschläden der 3rd Avenue, in denen deutsche Touristen so selten sind wie deutsche Bücher, Mary Rosenbergs famoser Laden, Nähe Columbus Circle, im 8. oder 11. Stock eines Bürohauses, der nicht mehr ist, was er gewesen, als die Prinzipalin noch lebte, der Schlauch in der West 89th, in dem Eduard Fuchs' *Sittengeschichte* auf mich wartet und wartet und wartet, der schmalere in Yorkville, dessen Eigentümer Hölderlin zitiert, der zweistöckige Laden in der East 59th

Street, wo mich Else Lasker-Schülers Peter-Hille-Buch, verlegt bei Cassirer, verzauberte, der versnobte in der 65th, in den Kunden nur auf Anmeldung oder Klingelzeichen vorgelassen werden, eine Empfangsmieze, glatt wie ein nagelneuer Paperback, eine Buch-Boutique, keimfrei, 1500 Dollar für Remarques *Im Westen nichts Neues*, first edition, das Café Mercer Street, wo man trinkt, was hier Kaffee heißt, *brown dressed water*, aber auf der Galerie sitzen kann, ungestört schmökernd, stundenlang, die beiden Läden in der East 19th, wo ich an Hemingways *For Whom The Bell Tolls* nicht vorbeikam, 1940 verlegt, eine sentimentale 25-Dollar-Investition. Ich kenne die Bouquinisten an der 5th Avenue, am Kinder-Zoo, an der Queensboro Bridge, wo die Seilbahn nach Roosevelt Island über den East River schaukelt, mein Gesicht ist den Trödlern im East Village vertraut, den Feingeistern von St. Mark's Place, den Punks vom Tompkins Square. Ich habe die Stadt durchkämmt, ohne System, aber gründlich, und überall etwas entdeckt, auch da, wo ich mit leeren Händen abzog.

CHELSEA, W 26TH STREET, MAY 22, 1998, 10 a.m.

Dreihundert Meter zum Hudson. Die Holzstümpfe der Docks. Lagerhäuser, Speicher, Tanzschuppen. Das stillgelegte Hochbahn-Viadukt. Ein Schrottplatz. Rostroter Sandboden. Die Oberarme und Schultern des Schwarzen schweißnaß. Ein baggerartiges Ungetüm schwankt zwischen Autowracks. Die mannshohe Kneifzange zerbeißt den T-Träger wie eine Nudel. Das Hemd klebt am Rücken. Taxis strecken ihre Gelbärsche aus Einfahrten. Die Eingangstür öffnet sich knarrend , eine zweite versperrt den Treppenaufgang. Alte Sessel, zerrissene Polster, Federn zwischen Holzwolle. Die Agenda der Firmen, verstaubt. Der Klingelknopf am Fahrstuhl gibt keinen Laut. Der Liftboy öffnet das Scherengitter, fällt zurück auf den Barhocker. Müdes Jüngelchen, schlaff wie ein Stoffteddy. 5th floor. Have a nice day. Klingt wie eine Drohung. Ich stolpre über die Schwelle. Neon. Schlachtschiffgraue Dielen, irgendwo dudelt ein Streichquartett (Haydn?), die Lifttür knallt wie ein Schuß. Ein Mann, rundlich, kleiner als ich, Mitte Fünfzig, graue Haarsträhnen an die Kopfhaut gepappt, lugt durch den Türspalt, mustert mich. Keine Gefahr. Kein Gangster, ein Leser. Bücher? Ein Wink in den Holzverschlag. Der Buchladen? Voilà, Mister. Telefonklingeln. Augenblick, er taucht ab hinter Papierbergen. Der Akzent, Osteuropa? Ich suche deutsche Bücher, rufe ich. Soso. Aus Deutschland? Schweigen, aufgelöst in Geräusper. Ich habe Kunden in Frankfurt, München, gute Kunden. Woher die Empfehlung? Gelbe Seiten. Ah, er nickt, irgendwie enttäuscht. Zieht ein Lederetui aus der Hose, fingert, es sich dicht vor die Augen haltend, aus einem Dutzend Sicherheitsschlüsseln den einen passenden, öffnet einen Verschlag neben dem Fahrstuhlschacht. Ich heiße Jack, sagt er, Jacob. Ein mit Kartons beladener Handwagen blockiert den Kammereingang. Der Händler wehrt meinen Eifer ab. Hier hat alles System. Gut, gut, ich rühre nichts an. Zuerst, vorsichtig, die zusammengelegten Pappen, zu beiden Seiten des Wagens, herausziehen, ohne Büchertürme und Kartonstapel zu touchieren, diese dann, im Flur, Platz sparend, den Notausgang offenhaltend, an die Wand reihen, leere Papprollen vom Regal, rechts der Tür, herunternehmen (Bücher liegenlassen!), die Rollen auf den Kartonrücken, längs der Wand, ablegen, Klebebänder und Zeitungen (sie sind noch verwertbar) vom Gipfel des Wagens heben, um schließlich, und zwar behutsam, denn es paßt millimetergenau durch den Rahmen, das Vehikel selbst mit mäßiger, gleichmäßiger Kraft und gebremstem Schwung über die Schwelle zu hieven, wobei er, Jack, davor warne, den Erfolg der Aktion zu gefährden, indem man im Flur, in Übermut geratend, zu früh, zu scharf, die Kurve nehme, um den Wagen vor dem Lift zu parken, wobei (unweigerlich, logischerweise) das Kartongebirge in Schräglage, zum verhängnisvollen Absturz geraten müßte. Ich kann diesen Tonfall nicht ausstehn. Achselzucken. So läuft das hier. Jack bringt eine Stehleiter. Eine Stunde Zeit. Eigentlich, lieber Freund aus Deutschland, bin ich heute gar nicht hier. Die Kammer, fensterlos, angefüllt vom Atem alter Bücher: Staub, Leim, Druckerschwärze, Stockflecken. Wenn Vergangenheit einen Geruch hat, dann diesen. Aber mir ist nicht nach Philosophie. Wer einen Schatz hebt, denkt nicht. Mein Gehirn, abgeschaltet. Nur die Augen arbeiten. Panik. Als könnte jeden Augenblick ein anderer, zweiter Käufer, Konkurrent, Mitbewerber auftauchen, ein Feind, der sich, krank an der gleichen Leidenschaft, in diese Ödnis verirrte, um mir, was?, irgend was, sonst was, gerade das Buch wegzuschnappen, das ich nicht gesehen oder, schlimmer noch, übersehen habe. Ein anderer? In der drei Quadratmeter großen alexandrinischen Bibliothek kann kein zweiter Mann Platz finden, und wäre er noch kleiner als Jack oder ich. Kein Zwerg stürzt dich von diesem Thron, der Leiter. Heil dir, König der Irren. Und? fragt Jack, in den Raum blinzelnd, alles klar? O ja, großartig, wunderbar. Ich nuschel irgend etwas, das *erstaunlich* heißen soll, spiele vor, was ich nicht besitze: Sachverstand. Die besten deutschen Bücher, die du in New York City finden kannst.

YORKVILLE, E 89TH STREET,
MAY 27, 1998, 8 p.m.

Dienstags Zeichenzirkel, sagt Leo, donnerstags Aktzeichnen, Mittwoch muß ich zum Stammtisch, sonst jederzeit, in meinem Apartment können wir mal von Mann zu Mann reden, hier wird man ja ewig gestört. Wieso? Ich bin mir keiner Schuld bewußt. Die Dame, deren Namen ich nicht verstanden habe, wendet sich beleidigt ab. Ihr Redetempo ist eine ernste Konkurrenz für Billy Graham, das Maschinengewehr Gottes. Hat sie einen am Wickel, hilft nur Flucht aufs Klo. Wenn man zurückkommt, ist der freie Stuhl okkupiert. Nein, nein, bleib sitzen, ich stehe gern einen Augenblick. Du bist Berliner? fragt John, ick och. Ich habe ihn eingeladen, erklärt

Margot und schiebt ihre Brille auf die Nase. Ich nicke eine Bestätigung. Bei meiner Lesung in der Universität saß sie in der ersten Reihe. Typisch, sie setzt sich immer vorne hin. Ist sie eingeschlafen? fragt Lily. Gehört habe ich nichts. Schreibst du so spannende Gedichte? Sonst schläft sie immer, Gaby auch, im Kino, regelmäßig, ich muß ihnen am Ende den Film erklären, sind halt alte Leut, viele über achtzig. Wie alt ist Lily eigentlich? Schwer zu schätzen. Immerhin hat sie mich zum Stammtisch gebracht. Wer? Margot. Hat sie sehr gut gemacht, sagt Lily. Ruhe bitte. Die Hausherrin Gaby schüttelt ein Glöckchen. Ein Ritual. Der Stammtisch hat Regeln. Sie fließen. Keine Sitzordnung. Dennoch gibt es Vorrechte. Gaby, mit baumelnden Beinen auf dem Büfett sitzend, jedenfalls an der Peripherie, um jederzeit aufspringen zu können. Der Regiestuhl ist Hilde reserviert, Alex, ihr verstorbener Mann, saß immer darin. Trudy und Lily suchen meist einen Platz vor dem Bücherbord, mit dem Rücken zur Wand, der einzige Punkt im Raum, der nicht als Gang benutzt wird, Leo sitzt im Zentrum. In weißem Hemd, sehr aufrecht, schmunzelnd. Die Gäste müssen sich vorstellen. Wer zum ersten Mal kommt, ist Gast. Ich bin kein Gast mehr. Mit dem zweiten Besuch gehört man dazu. Die Neuankömmlinge sollen sagen, wie sie heißen, was sie machen, worüber man sich in der Stadt, aus der sie kommen, zur Zeit am meisten ärgert. Gabys Stimme dringt nicht durch den Lärm. Trudy wiederholt, sehr deutlich, die Aufgabenstellung. Lily beugt sich zu Herbert, er soll sein Hörgerät anstellen. Der winkt ab, will nur dasitzen. Heute nur ein Gast, eine Gymnasiallehrerin aus Hamburg, niemand kennt sie. Viola Irgendwas, ein umständlicher Doppelname, Mitte Dreißig, im Lederrock. Herbert versteht den Namen nicht. Lily blickt mich an, siehst du, so geht das ständig, er macht das *hearing aid* nicht an, will aber wissen, wie sie heißt. Viola, sagt Martin, her name is Viola, wie Bratsche. She's a musician? No, she's teaching. Deutsch und Sozialkunde. Viola mit dem Doppelnamen macht eine Woche Urlaub in Manhattan. Verheiratet? Ja. Warum hat sie ihren Mann nicht mitgebracht? Er arbeitet im Senat. Das will niemand wissen. Hast du Kinder? Nein. Also macht sie allein Urlaub? Ja. Die Lehrerin im Kreuzverhör. Ist das nicht langweilig? New York ist doch nicht langweilig. Gute Antwort. Alle nicken. Eines ist diese Stadt bestimmt nicht: boring. Die Sprache am Tisch wechselt vom Deutschen ins Englische. Mitunter fallen mir die deutschen Wörter einfach nicht ein, sagt Gaby. Das kennen alle. Ich weiß nicht, ob ich deutsch oder englisch träume. Eine Frage von Trudy, die andere sich noch nie stellten. Ich träume jedenfalls in Farbe, erklärt Margot. John schneidet ihr das Wort ab, es ginge doch gar nicht um Träume. Worum geht es überhaupt? Laßt sie ausreden. Viola soll ausreden. Aber eigentlich ist sie fertig. Wie sie den Stammtisch gefunden hat? Übers Fernsehen. Die Lehrerin hat den Dokumentarfilm gesehen, den sie ganz toll fand, und beim Sender angerufen. Eigentlich sind wir alle kleine TV-Stars, sagt Leo. Es gibt Apfelkuchen, gebacken von Trudy. Worüber ärgert man sich in Hamburg? Über den HSV oder die Benzinpreise? Worüber ärgern sich denn die Leute in New York? Über deutsche Touristen, ruft Martin. Alle lachen, Viola nicht. Das ist gemein, sagt Gaby, das meint er nicht so. Was ärgert uns wirklich? Die Hitze. Richtig, bitte, macht die Klimaanlage an, die Luft ist zum Schneiden. Aber nur Stufe 2, sonst ziehts. Über das Wetter regt sich niemand mehr auf, da könnte man sich gleich über die Schwerkraft beschweren. Giuliani, der Bürgermeister. Für die einen Mayor Saubermann, Ritter gegen Tod und Teufel, für andere Despot, Hardliner, Fundamentalist. Wieso sollten wir uns über ihn ärgern, wir haben ihn doch gewählt? Also ich, sagt Trudy bestimmt, habe ihn nicht gewählt. Ich auch nicht, meint Hilde. Es ist der erste Satz, den sie an diesem Abend sagt. Von uns hier wahrscheinlich keiner, erklärt John, aber die Stadt schon. Ich meine, er hat sich ja die Stimmen nicht gekauft. Bist du sicher? Jedenfalls ist es eine Riesensauerei, was er mit den Taxifahrern macht, erklärt Niko, ein zwanzigjähriger Österreicher, der wie Gregor am *Leo Baeck Institute* arbeitet. Sie haben den Biervorrat im Kühlschrank geplündert. Oder mit den Vendors, ergänzt Martin. Er will sie verbieten. Ich habe keine Ahnung, was Vendors sind und warum sie der Bürgermeister verbieten will. Angeblich ruinieren sie den Restaurants downtown das Geschäft. Ein Schmarrn. Als ob ein Sandwichhändler ein Gourmet-Restaurant bedrohen könnte. Vendors? fragt die Sozialkundelehrerin aus Eimsbüttel, was ist das? Danke Viola, wißbegierige Hanseatin. Fliegende Händler, koschere Hotdogs, Brezeln, Donuts, Softdrinks. Giuliani will sie von der Straße haben, sie passen nicht ins Stadtbild. Ein Idiot, sagt Lily, wir ärgern uns über ihn, obwohl wir ihn nicht gewählt haben, aber schließlich ärgern wir uns über die, die wir gewählt haben, auch. Wer will Kaffee? fragt Gaby, Hände hoch.

PASSING BY

Seltsamer Hang, sich
anzulehnen und zu
vergehen mit jedem Schritt.
Wohin, woher? Treibgut
zwischen Eastside
und Westside, Up- and
Downtown, ich bin ein
wandelnder Irrtum, ich weiß
allein, da wo ich bin,
bin ich vorübergehend.

VOLKSPOLIZEIKRANKENHAUS BERLIN, 16. JUNI 1964, 23 UHR 22

Die Narbe juckt und ich darf nicht kratzen. Man stellte mir einen *Bahnhof* ins Bett, eine Brücke, die verhindert, daß die Decke an der Wunde reibt. Der Doktor kommt am Morgen, wirft einen Blick auf meinen Schwanz, nickt zufrieden und eilt wieder hinaus. Nachts höre ich den Hund. Er bellt, und ich kann nicht schlafen. Schwester Bärbel sagt, ich soll nur klingeln bei Schmerzen oder wenn ich Wasser lassen muß. Den Ausdruck *Wasser lassen* habe ich mir gemerkt, ich glaube nicht, daß mein Bruder raten wird, daß er Pinkeln bedeutet. Der Streifenhund hat eine laute Stimme. Er läuft unter dem Fenster auf und ab und bewacht die Kranken, ich liege ja im Krankenhaus der Volkspolizei. Kein normales Krankenhaus, sagte Mutter zu Frau Brade, blitzsauber, besser versorgt, die Ärzte erstklassige Experten. Ich sinnierte dem Wort Experte nach, hörte aber mit einem Ohr die Frage der Nachbarin: liegen da nur Polizisten? Auch Leute aus den Ministerien, na, Sie wissen schon, und deren Angehörige. Ich weiß, daß niemand in meiner Familie bei der Polizei ist. Vater ist Chemiker, Mutter Sekretärin, Oma Lotte arbeitet in einem *Glasbiergeschäft*, Opa Hans ist Sattler, hat aber nicht mit Pferden zu tun, nur mit Sesseln und Polstermöbeln. Onkel Reinhold arbeitet beim Betriebsschutz vom Waggonbau. Pförtner in Uniform, sagt Mutter, sie mag den Onkel nicht, findet es albern, wenn sich ein erwachsener Mann von einem gelben Kanarienvogel in die Nase zwicken läßt. Ich finde es lustig. Es gibt auf der ganzen Station keine Kinder, nur Polizisten. Ich liege allein in einem Drei-Mann-Zimmer. Auf dem Stuhl neben dem Bett fühle ich meine Tasche, der Schlafanzug steckt darin, ich muß ein Nachthemd tragen. Der Verband drückt zwischen den Beinen wie eine Windel. Schwester Bärbel hatte mir ein Schnapsglas gegeben, mit einer klaren Flüssigkeit. Dann mußte ich mich auf das Bett mit Rollen legen. Ich wurde müde, obwohl es vormittags war und ich unbedingt den Operationssaal sehen wollte. Das letzte, das ich erinnere, waren die runden Deckenlampen im Flur. Als ich erwachte, saßen die Eltern an meinem Bett. Mutters Hand auf meiner Stirn. Abends bekam ich eine Weißbrotstulle mit Quark und eine Banane. Ich hatte keinen Hunger, nur Durst. Man gab mir nur einen Schluck Tee. Warum? Weil du noch nicht Wasser lassen kannst. Mir verging der Durst, als ich das erste Mal pissen durfte. Es brannte wie Feuer, die Schwester stand neben mir und hielt die Ente. Ich heulte und pißte. Warum schläft der Hund nicht? Ich hebe den *Bahnhof* zur Seite, ziehe mich am Fensterbrett hoch. Nichts zu sehen, nur eine breite Schneise, ein Feld, von Zäunen umgeben. Bogenlampen erhellen den Platz, weiter hinten steht ein Turm mit Scheinwerfern. Ich will auch einen Hund haben, obwohl ich Angst habe. Einen Pudel. Das Nachthemd ist zu lang, ich trete auf den Saum. In zwei Monaten werde ich zur Schule gehen. Ein trockner Knall zerreißt die Stille. Zwei rote Feuerwerkskörper erglühen am Himmel, stürzen in gelben Kurven zur Erde und erlöschen. Ich halte den Atem an. Leuchtkugeln. Unten, an der Krankenhausmauer, verläuft die Grenze. Hat die Schwester erzählt. Was für eine Grenze? Die Mauer, sagt Mutter. Warum feiert man dort Silvester mitten im Sommer. Hat man Weihnachten ausgelassen? Es knallt wieder. Eine Salve. Der Himmel bleibt leer. Keine Feuerwerkskörper. Die Hunde schlagen kräftig an.

41 W 82ND STREET,
JUNE 3, 1998, 11.25 a.m. / HILDES GESCHICHTE 1

Willst du was trinken? Die Küche ohne Chic, old-fashioned. Der Kühlschrank, mein Jahrgang, Baujahr 58, rundliche Form, am Türgriff, wo die Farbe abblättert, mit bunter Folie beklebt. Kariertes Wachstuch auf dem Tisch. Rhythmisch tropfender Wasserhahn. Hilde setzt einen Kessel auf den Herd. Daß sie mich eingeladen hat, hat zwei Gründe, erstens bin ich Berliner, zweitens mit der Parteigeschichte vertraut. Mit der Partei, sagt sie, meine ich nicht die KP, sondern die Arbeiterbewegung. Das Fenster geht auf einen düsteren Lichtschacht. Schornsteine, mit abgewinkelten Rohren verlängert, leiten den Rauch vom Haus weg. Im Flur eine private Wandzeitung. Fotos, Postkarten, eine Landkarte von Mexiko. Jedes Jahr, von Weihnachten bis April, fahre ich ans Meer, sagt Hilde, das ist Alex, den hättest du kennenlernen müssen, Berliner Urgestein. Trotzki, Einstein, Röschen, die Schwester, Neffen, Nichten. Der Kesssel pfeift. Bei uns zu Hause hießen alle Wasserkocher Emil, sage ich. Ach nee? Wer hat sie so getauft? Meine Mutter. Wo kommst du her? Weitlingstraße. Lichtenberg. Ich aus Südost, Mariannenstraße, kennste die Gegend? Weitling, der Vorläufer von Marx? Heißt die Straße nach dem? Trinkst du Nescafé? Ist aber koffeinfrei. Dann bin ich mit meinem Mann nach dem Westen gezogen, Nürnberger Straße, bis zu unsrer Verhaftung, oder Augsburger? Mit Alex? Hilde setzt sich und schweigt. Hat sie die Frage nicht verstanden? Der Vater war Damenschneider, eigenes Geschäft, kleiner Laden, neben der Wohnung, Souterrain, die Eltern kamen 1912 nach Berlin, polnische Staatsbürger, das hab ich erst später begriffen. Willst du ein Stück Kuchen? Du trinkst dein Soda gar nicht. Ich nippe an meinem Glas, mir schmeckt das gechlorte Leitungswasser nicht, auf das die New Yorker so stolz sind. It's delicious, isn't it? Der Prozeß fand in Magdeburg statt. Warst du mal dort? Oft. Ich kenne eigentlich nur das Gefängnis, 12 Monate U-Haft. Wieso Magdeburg? Ehrlich gesagt, ich weiß es nicht mehr. Es war eine große Gruppe. Wirklich keinen Kuchen? Eh ich mich schlagen lasse. Schmeckt besser, als er aussieht. Bißchen trocken. Ich habe eine besondere Methode, ich backe den Kuchen auf, gebe etwas Eis drüber. Magst du Eis? Die Amerikaner sind reineweg verrückt danach. Nach der Entlassung bist du emigriert? Hilde sieht mich fragend an. Habe ich das nicht erzählt? Nein, lüge ich. Hast du denn so viel Zeit?

TRAFFIC JAM

Stop and Go auf der 3rd
Avenue, 10 p.m.
und noch immer 80 Grad
Fahrenheit, Lily holt
den Toyota aus der Garage,
Hilde, auf den Stock
gestützt, sagt, auf der Stelle

stehen zu müssen,
erinnert mich immer
an den Appellplatz.

CHELSEA, W 26TH STREET,
JUNE 15,1998, 10.22 a.m.

Das *ABC du Communisme* von Boukharine und Préobrajensky, Paris, 1923. Der Liebling der Partei, der melancholische Witzbold mit Grunchbart, abgesprungen im *Kirschgarten*, gelandet im Politbüro. Ein hellroter Pappband, ausgefaserte Seiten. Würde ich nie in französisch lesen. Unter dem Titel ein kreisrundes Signet: ein Mann, die Arme über Kreuz, den Kopf gegen die Schulter geneigt, versucht, die Handfesseln zu sprengen. Keine drucktechnische Kostbarkeit. Ob sich Nikolai Iwanowitsch, in der Todeszelle, der kleinen Zeichnung erinnerte. Ich wiege das Buch in den Händen, der Wunsch danach entspringt einem metaphysischen Spleen. Als könnte es eine Verbindung herstellen über die Zeit. Blaß, in der Umschlagseite, die Bleistift-Notiz: 29. 8. 38. Zahlenmystik. Das Kaufdatum markierend? Oder der hilflose Versuch eines Jungmarxisten, sich eines Rendezvous oder Geburtstags zu erinnern. August 1938. Bucharin erschossen, Kolzow folgt, um sich zu retten, oder im Glauben an die Unfehlbarkeit proletarischer Gerichte, der Order, nach Moskau zurückzukehren, zur Schlachtbank. Münzenberg weigert sich. Maria Osten bleibt noch in Paris. Mein Vater erwartet seinen zehnten Geburtstag. Ich lese, *Teil 1: Die Entwicklung des Kapitalismus und sein Ende*. Stelle das Buch zurück. Wenn die Leiter kippt, brichst du dir das Genick. Jack hebt den Zeigefinger. New Yorks Krankenhäuser sind hervorragend, auch die Preise. Ich bin Buchhändler, kann für eventuelle Unfälle meiner Kunden nicht aufkommen. Keine Sorge, mir passiert nichts, ich entstamme einer ostdeutschen Akrobatenfamilie. Really? Nein, der Versuch eines Witzes. Nicht schlecht, sagt er, versuchs nachher nochmal. Ich sitze auf dem verbeulten Trittblech der Leiter wie auf der obersten Saunastufe, blättere in den Erinnerungen von Moissi. Draußen röhren die Trucks über die 11. Avenue. Hier ist es still. In welchem Jahr befinde ich mich, in welcher Stadt? *Zur Erinnerung an die Kriegszeit, Weihnachten 1916.* Gerhart Hauptmann, Volksausgabe. *Weihnachten 1926, meinem lieben Alese einen lieben Gruß aus der Heimat, Adaluse. Die Feuerzangenbowle: Lies es und Dein Herz wird fröhlich! Berlin, im August 1937. Irene.* Kinderfinger, die Zeilen verfolgen, graue, grüne, blaue, braune, schwarze Augenpaare hinter Buchrükken, am Kachelofen im Winter, von Bratapfelduft umgeben, Weihnachtsgerüche: Stolle, Kerzen, Chanukka-Leuchter, Krepplachs, Grimms Märchen, Heinrich Heine, Heinrich Manns Novellen unter einer riesigen Kastanie, Döblin neben der Nachttischlampe, am Studiertisch, Zigarrenasche fällt in die Bindung, wird herausgepustet, ein Rest bleibt auf immer zwischen den Bögen, Sand vom Ostseestrand, Kühlungsborn, Danzig, Königsberg, märkischer Waldboden in Rilkes Elegien, ein Edelweiß flattert papieren aus einem Baedeker-Reiseführer Schweiz, auf der Biene Maja prangt ein großer Fettfleck, auf den Vorsätzen die Signets der Händler: *Adalbert Rente, Göttingen; Koebnersche Buchhandlung Breslau; Rudolf Heger, Wien I, Wollzeile.* Paris, Amsterdam, Montevideo. Sie haben ihr Schicksal, die Büchlein. Stumme Zeugen für alles und nichts, Gefährten, denen die Herrschaft abhanden kam. Sie lagen auf Tischen, Teppichen, Fensterbrettern, Stehpulten, Bootsplanken, auf Gesichtern in der Sonne, auf Brüsten, Kühlerhauben, Sofakissen, preßten Herbstblätter, Briefmarken, Briefe, versteckte Geldscheine, Pässe, Lebensmittelmarken, Affidavits, wurden mißbraucht als Gewichte, Unterlagen, Wurfgeschosse, reisten in Manteltaschen, Rucksäcken, Schulranzen, Damenhandtaschen neben Puderquasten, in prall gefüllten, nach Schweiß riechenden Tornistern von Frontsoldaten, eleganten Koffern von Notaren. Die einen gingen von Hand zu Hand, mal besser, mal schlechter behandelt, andere lebten ein biederes Dasein, gelangten aus

Druckerei und Buchhandlung ins glasgeschützte Regal, um dort zu versauern, ungelesen, bis sie eines Tages herausgenommen wurden – für die große Reise nach Amerika. Solche alten Jungfern sind selten. Die meisten Exemplare zeigen Eselsohren, Abrieb, vergilbte Seiten, Lebenszeichen, Gebrauchsspuren. Jetzt braucht sie niemand mehr. Nutzlose Dinge. Aufgestapelt in einer Grabkammer in Manhattan.

MUTTERS GESCHICHTE, GÖRLITZ, 23. MAI 1945, 6 UHR ABENDS

Traudel, genannt Püppchen, sitzt, die Katze im Schoß, auf dem dreibeinigen Schemel, im Schatten der Ausspanne und blinzelt in die Sonne. Sie wartet auf Max und den Vater. Daß die Pradel-Oma sich bereits zweimal nach ihrer Rückkehr erkundigt hat, beunruhigt sie nicht. Die Katze verliert das Winterfell. Das Mädchen zupft weiße Haare vom Rock. Im Dirndlkleid, das Seidenband im Haar, wirkt die Dreizehnjährige kindlich, ein Eindruck, den die Eltern beruhigt registrieren, hat doch noch niemand berichtet, daß sich der Russe an Kindern vergriff. Wann fängt die Schule wieder an? Seit Tagen fehlt Traudel zur Freundin Ruth jede Verbindung, das Telefon ist mit dem Radio auf der Kommandantur gelandet, Besuche gestattet Großmutter nicht. Es ist Frieden und die Langeweile grenzenlos. Das Pochen am Tor bemerkend, setzt Traudel die Katze hart auf den Boden, das Tier streckt sich und folgt ihr über den Hof. Wer dort? Keine Antwort. Sie lugt durch das Astloch und erkennt die sommersprossige Nase des Cousins. Schnell zieht sie die Tür, die in den Angeln hängt, an sich heran, dreht den Schlüssel im Schloß. Max stolpert über die Schwelle, auf dem Rücken den schweren grauen Landser-Rucksack, der Riemen einer Sandale klatscht bei jedem Schritt auf die Erde. Das Mädchen will die Flügel des Tores öffnen, damit der Einspänner auf den Hof rollen kann, erinnert sich aber, daß beide ohne Wagen losmarschiert sind, Richtung Lauban, den Haflinger am Zaum führend, um ihn beim Bauern Falk einzutauschen gegen Fleisch. Vater hat Max mit dem Gepäck vorausgeschickt. Sie tritt vor die Innung auf die Bäckerstraße. Gleich wird er auftauchen, eine hagere Gestalt in einem hellen Hemd, ihr zuwinkend. Gern liefe sie ums Eck, zum Markt-Brunnen. Dort würde sie den Vater in jedem Fall abpassen, egal, ob er über den Obermarkt oder, von der Flußseite, die steile Neißstraße herauf käme. Großmutter hat es verboten. Bis zum Tor, kein Schritt weiter. Auch der Haupteingang des Gasthofs, vom Untermarkt erreichbar, bleibt verriegelt. Gäste, die sich das Vergnügen leisten, die Hitze, die mit den ersten Maitagen über das Land hereinbrach, mit einem Glas Landskronbier abzukühlen, das die Pradel-Wirtin trotz der allgemeinen Knappheit für treue Kunden parat hält, müssen den *Goldenen Baum* über den Hof betreten, von hinten durch die kalte Küche, wie sich die Chefin ausdrückt. Das Mädchen wechselt von einem Bein aufs andre. In der Musikschule übt jemand den *Lustigen Landmann*. Nach wenigen Takten verspielt sich der Eleve. Traudel weiß, was ihm blüht. Frau Pinzka, die Klavierlehrerin, eine alte Dame mit dünnem Dutt, pflegt Fehler zu bestrafen, indem sie dem Schüler mit dem Bleistift auf die Finger schlägt. Ein neuer Versuch, wieder gepatzt. Gott sei Dank erwartete man von Traudel kein Virtuosentum. Das Klavier in der Wirtsstube wurde seit Frankos letztem Besuch nicht mehr geöffnet. Der Zigeuner hatte ihr den Hocker in die rechte Position gedreht und im Takt geklatscht, wenn sie klimperte. Ihre Enkeltochter, Frau Pradel, ist ein Genie. Franko verstand sich auf Musik. Er verstand sich auch aufs Trinken. Die Wirtin gab einen Klaren aus, einen zweiten, wenn sich der Mann den Schnurrbart und eine Träne aus dem Augenwinkel wischte. Was für eine Musik, was für ein Talent! Sosehr er seufzte, ein dritter Schnaps war nie drin. Irgendwann blieb der Zigeuner aus, und Traudel verlor die Lust am Üben. Die Großmutter ruft. Das Mädchen eilt in den Hof zurück. Auf der Balustrade über den Pferdeställen steht Großkopp, der Mieter, die Ellbogen auf die Brüstung gestützt, und raucht seine Pfeife. Wo hat der arme Schlucker den Tabak her? Sie nickt ihm artig zu. Ohne dem Gruß zu begegnen, blickt Großkopp gradeaus. Max sitzt auf dem Erdwall. Hinter ihm, in voller Blüte, der Fliederbaum. Zu seinen Füßen der Rucksack. Großmutter schüttelt den Cousin an den Schultern, sein Kopf schlenkert wie der einer Kasperlepuppe. Red schon, Junge, hör auf zu heulen, red. Ich bin nicht schuld, ich kann nichts dafür. Stotternd kommt die Geschichte heraus. Am frühen Morgen habe ihn Onkel Artur abgeholt. Tante und Onkel stritten. Es sei nicht klug, rüberzugehen, aufs andre Ufer, zu gefährlich, vor allem für den Jungen. Er brauche ihn, hatte der Onkel beharrt. Allein könne er das Pferd nicht halten. Sie zogen los. Alle Brücken gesprengt. Am Ponton Kontrolle. Nur Leute mit Sonderausweis durften passieren. Ärzte, Heimkehrer, polnische und neue deutsche Polizei. Es gebe ein Boot, meinte der Onkel. Das gab es wirklich, am Hafen, unterhalb der Aktienbrauerei. Der Fährmann nahm Zigaretten und Ami-Kaffee. Der Haflinger verhielt sich tapfer. Ein braver Gaul. Sie landeten im Jägerwäldchen, östlich der Neiße. Das war der schwerere Weg, lachte der Onkel, nach Hause gehn wir mit den Trecks. Die Flüchtlingszüge sahen sie von fern. Was ist los? sagt Traudel, wovon redet ihr? Sie haben Vater mitgenommen. Wer? Die Russen. Beim Bauern? Die Großmutter zeigt auf den Sack. Bei Falk lief alles glatt. Man hatte sie erwartet, im Dorf. Das Pferd kam auf den Acker. Am Mittag war das Lamm geschlachtet, das Geschäft geritzt. Doch statt zur Stadt zurückzugehen, kam Onkel Artur – wir haben Zeit, es ist ganz in der Nähe – der Gedanke, im Stalag aufzukreuzen, um nachzusehen, was noch da sei und, vor allem, wer. Im Lager? Ist er verrückt? Der Vater, Bauer, Gaul, das Lager? Traudel begreift nichts. Wir gingen querfeldein, durch Wald und Wiesen, bis auf die Seidenberger Straße. Wie seine Westentasche, sagte er, kennt er die Gegend. Am Rothwasser, gut zehn Minuten vor dem Lager, liefen sie einer Streife in die Arme. Russische Feldgendarmen. Ein Panjewagen. Drei Mann, ein junger Offizier und zwei Asiaten, die Waffen lässig umgehängt. Der Onkel redete mit ihnen – er kann ja ein paar Brocken –, das machte keinen Eindruck. Das Fleisch interessierte nicht, nur das Ami-Zeug. Das war aus Care-Paketen, vom Roten Kreuz. Mitkommen, hieß es. Sie hätten türmen können. Doch Onkel Artur schien sich seiner Sache sicher. Besser schlecht gefahren als gut gelaufen, lachte er, als sie zwischen den Russen saßen. Das Gewehr des Bewachers, sagt Max, lag näher an seinen Knien als jetzt der Rucksack. Vor den Kasernen sind sie abgebogen. Die Streife brachte sie in eine Villa, deren Besitzer wohl geflohen war. Man schloß sie ein, in eine Kammer, zu ebener Erde, vor der Tür ein Posten. Nach zwei Stunden holten sie Artur zum Verhör. Zurück kam er verändert. Hastig habe er auf ihn eingeredet, er solle, wenn sie ihn, was gleich geschehen würde, nach dem Stalag fragten, immer nur sagen, er wisse nichts, er sei der Neffe. Sie wollen mir etwas anhängen, hat er gesagt. Und immer nur den Kopf geschüttelt, vor dem Fenster. Als sie die Schritte hörten, glaubten sie, Max würde zur Befragung gerufen, doch gab der Soldat beiden einen Wink, zu kommen. Vor dem Haus wartete ein offener Lastkraftwagen, der Holz-Motor knatterte. Auf der Ladefläche saß, die Hände auf dem Rücken gefesselt, ein Mann im Schneidersitz. Der asiatische Russe band auch dem Onkel beide Unterarme zusammen, stieß ihn zum Wagen. Als Max ihm folgen wollte, hielt ihn eine Hand am Hemd zurück. Du nicht. Der Wagen fuhr davon. Lauf heim, ich bin bald wieder da, rief Onkel Artur. Ein kleiner dicklicher Major kam aus dem Backsteinbau, warf ihm den Rucksack zu. Dawai, dawai, verschwinde. Er lief, erst rückwärts, dann drehte er sich um und sprintete, er wußte nicht, in welche Richtung. Auf der Hauptstraße traf er den Flüchtlingszug. Frauen, Kinder, Leute aus Hirschberg, Oppeln. Mit ihnen ging er bis zum Viadukt. Das lag zerstört im Fluß, ein Haufen Steine. Die Eisenbahnbrücke war passierbar, mit etwas Mut und Glück. Auf einem Gleisstrang mit den Füßen balancierend, den andern, hochgedrehten, mit den Händen greifend. Nur war der

Rucksack hinderlich. Das Fleisch hatte der Iwan ihm gelassen, doch Zigaretten, Kaffee und die Thermoskanne waren weg. Und Vater? Wo ist Vater? Max hebt den Blick, sieht die Cousine an. Ich weiß nicht, Traudel, keine Ahnung.

JFK AIRPORT, ARRIVALS

Die Maschine aus Zürich mit Frau
und Sohn an Bord ist eine halbe
Stunde über der Zeit, niemand kann
sagen, warum. So nebenbei,
als rotes Zeichen auf dem Monitor,
tritt der Horror ein, zerbricht
deine Welt, eventuell, zwischen zehn
und elf Uhr morgens, an einem
schwülen Montag, von dem eigentlich
niemand Besonderes erwartete.

WASHINGTON HEIGHTS, HAVEN AVENUE, JULY 22, 1998, 1.55 p.m.

Leo erzählt von der Army. Spione überführte man, indem man Verdächtigen Fragen über die Baseball-Saison stellte. Ich hatte keine Ahnung, sagt er, einen fürchterlichen Akzent und ebensolche Angst. Ich konnte meine ID im Schlaf, ich kann sie noch heute. Wir sollten ihn unbedingt besuchen kommen, vor allem das Kind. Am Mittwoch, beim Stammtisch hatten Heiner und er Phantasiefiguren gezeichnet. Herbert flirtete mit Jana. Trudy faltete Papierflugzeuge. Ein Kind im Haus, schon begann die infantile Regression. Acht Achtzigjährige und ein Neunjähriger spielten Luftkrieg. Er ist so herzig, sagte Lily, schau an, was er alles kann. Flugzeuge im Salat und hinter den Schränken. Leo hat Mahlers Fünfte aufgelegt. Mein Sohn spielt mit der Katze. Leo zeigt seine Aktzeichnungen. Schöne, einfache Striche. An der Wand ein Foto seiner Frau. Sie kam aus Polen, 1947 nach New York. Ich habe einen

Zyklus über das Lager gemacht, sagt Leo, ob er gelungen ist, weiß ich nicht. Eine Mutter mit Kind, ein Raum mit Duschkopf an der Decke. Armaturen. *Vorsicht. Gas.* Kein gutes Blatt, denke ich und schweige. Heiner trägt die Katze aus dem Nebenraum. Habt ihr schon mit ihm *darüber* gesprochen? Er ist doch erst neun, sagt Jana. Entschuldigt bitte, sagt Leo und verdeckt die Zeichnung mit einem Aktbild. Ein wunderbares Modell. Er tippt auf die Nackte. Wir haben sie alle geliebt, eine Französin, unheimlich fett, aber so natürlich.

BERLIN, BVG-STADION SIEGFRIEDSTRASSE, 5. APRIL 1968

Wie sieht denn dein Ding aus? Den Kopf geneigt, Schaum an der Nasenspitze, starrt mich Roland an. Ich halte die Hand davor. Wieso? Ganz rot. Und nackig. Die Jungen unter den Duschen reden noch immer über das Spiel. Helmut, der Vorstopper, sitzt auf einem Metallhocker unter dem Wasserstrahl. Abseits, sagt er, eindeutig. Der Linienrichter braucht einen Blindenhund. Wir sind in der Tabelle das Schlußlicht. Zwei der Tore gehen auf Rolands Kappe. Der Torwart beteiligt sich nicht an der Auswertung. Kannst du das auch? Er zieht seine Vorhaut zurück. Will ich gar nicht. Ich drehe mich zur Fliesenwand. Heißes Wasser trommelt auf meinen Rükken. Ich bin der letzte. Ich drehe den Hahn zu. Der Lattenrost, ein schlieriger Holzsteg, führt zur Umkleidekabine. Die Stimmen der Mitspieler dringen matt durch den Wrasen. Ihr müßt mal hinkucken. Wir interessieren uns nicht für Männer. Gepolter. Ein Turnbeutel oder eine Töppe knallt gegen eine Spindtür. Daneben, quäkt Roland. Vielleicht ist er Jude. Helmut. Schon im Stimmbruch. Dreizehn. Hätte bei den Schülern spielen müssen. Weil uns ein kräftiger Verteidiger fehlte, änderte Herr Lehmann, unser Trainer, sein Geburtsjahr, statt 1958 stand nun eine kraklige 59 in seinem Spielerpaß. Ein Jude? Was ist das denn? Ich wickel mir das Handtuch um die Hüften. Von wem redeten sie? Bei denen ist das so. Bei den

Männern. Angeboren. Hat mir mein Vater erzählt. Der Zahnarztsohn verpaßte keine Gelegenheit, sein Wissen zu beweisen, zu zeigen, daß er schon aufgeklärt war. Verschnitten, heißt das. Und den Frauen? Was fehlt denen? Haben keine Titten. Das Gelächter bricht ab, als ich den Raum betrete. Alle scheinen auf irgend etwas zu warten. Ich rolle meine Stutzen auf, schlage die Schuhe gegen die Bankkante. Schwarze Rasenerde löst sich zwischen den Stollen. Arne, mein Kumpel, sagt: bis gleich. Ich nicke. Als ich allein bin, schlage ich das Handtuch zurück. Mein Schwanz läßt den blauroten Kopf hängen, ein feuchter Pilz zwischen den Schenkeln. Was ist Besondres dran? Sieht aus wie immer. Schritte im Gang. Schnell steige ich in die Unterhose. Herr Lehmann trägt das Ballnetz in die Gerätekammer. Sein Kopf im Türrahmen. Jetzt aber dalli. Er taucht erneut auf und sagt: Gut gespielt heute. Herr Lehmann lobt nie. Ich vergesse meinen Schwanz, ich bin glücklich. Ich habe beide Tore geschossen, Roland ist ein Idiot. In der Kantine sitzt Arne vor seiner Faßbrause. Ich hole auch eine, dazu eine Bulette mit Senf. Zwei Jungen der gegnerischen Mannschaft spielen am Spieltisch Eishockey. Arne nagt an seinem Daumennagel und fragt: Stimmt das, was Helmut sagt? Was denn? Die Schrippe ist von vorgestern und wie Gummi. Daß du ein Jude bist. Bist du bescheuert? Ich springe auf, greife den Rucksack, renne hinaus. Er kommt hinterher. Am Bahnübergang holt er mich ein. Schwer atmend laufen wir zum dreißiger Bus, schweigend. An der Haltestelle zieht Arne eine Rolle Fruchtdrops aus der Hosentasche. Mir kannst dus sagen, wir sind doch Freunde. Ich verrats auch keim sonst.

CHELSEA, W 26TH STREET,
JULY 27, 1998, 10.22 a.m.

Was man deinem Nächsten antut, tut man auch dir an. Auf Jacobs Leiter sitzend, hadere ich mit Gott. Will ihm gerade kräftig die Meinung sagen über den Zustand der Welt und den

Umgang mit Druckschriften insbesondere, als Jack im Türrahmen erscheint, ein Engel, der den Chef vor Belästigungen bewahrt. Alles okay? Mach eine Pause, bist schon ganz grau vor Anstrengung. Ihm hinterher ins Büro. Neben Telefon und Faxgerät türmen sich halbmeterhohe Stapel Briefe, Bestellungen, Quittungen. Schönen Beruf haben Sie, sage ich, um etwas zu sagen. Mein Freund, es ist wie mit einer Frau, die neben einem alt wird, am Ende ist es nur noch Qual. Man bleibt aus Gewohnheit zusammen. Ich habe ein paar Millionen Bücher in den Händen gehabt, ein paar Tausend zuviel. Ich will aussteigen aus dem Geschäft, bin müde. Waffenhändler? Ja. Weinhändler? Großartig. Da kann man Geld machen. Aber Bücher? Wer kauft heutzutage noch Bücher? Ich, sage ich grinsend. Jack lacht. Kauf sie alle, 4000 Stück, mach mich glücklich, wenn du mich auch nicht reich machen wirst. Zwanzigtausend Dollar. Ich lache zurück. Wenn ich Millionär wär, sofort würde ich – mein Kopf rechnet, 20000 durch 4000, also pro Buch 5 Dollar, acht Mark beim jetzigen Kurs – soll meine Familie verhungern? Klage nie über Geld, nuschelt Jack, gibst dus weg, kommt es wieder. Wie ein Hund. Angsthasen werden gebissen. Eben, sag ich, hab ich. Was? Angst vor Hunden. Ich dachte, ihr Deutsche kennt so was nicht. Was machst du beruflich? Buchhändler? Ich schreibe. Das hatte ich befürchtet, sagt Jack. Bestseller? Später mal, wenn ich groß bin, genug habe von der echten Kunst, will ich damit anfangen. Falsch. Jetzt mußt du anfangen, sofort, heute noch. Schreibe einen schrecklichen, schrecklich erfolgreichen Roman, kauf dir von den Tantiemen diese herrlichen Bücher. Nein, besser noch, kaufe erst meinen ganzen Laden, dann schreibe den schrecklichen, schrecklich erfolgreichen Roman. Wer weiß, wann du damit fertig bist. Kann sein – Gott bewahre – ich sterbe, werde ermordet – du weißt, wir haben einen neuen Bürgermeister, ein harter Mann, aber New York ist New York –, oder andere Touristen kaufen dir die Bücher weg. Early birds finden die besten Körner. Eine echte Chance, diese Kollektion, einen besseren Grundstock für einen Versandbuchhandel kannst du dir nicht wünschen. Ich will kein Antiquar werden, sage ich und denke, jetzt will er dich in ein Geschäft ziehen, das angeblich am Boden liegt. In Deutschland wirst du sie reißend los. Alles Raritäten. Stefan George, Bondi Berlin, 1928, Goldprägung. Magst du George? Überhaupt nicht. Bestens, verkaufe ihn. Für das Geschäft bin ich nicht der richtige Mann. Schade. Zurück in die Kammer. Ich müßte ja verrückt sein, meschugge, 4000 Bücher. Andererseits. Unsinn. 35000 Mark. Lottospielen? Turnübungen auf der Leiter. Ich setze den rechten Fuß auf einen Kartonstapel, der sich leicht neigt, ziehe, im Spagat stehend, von dem obersten Regalbrett einen schmalen Gedichtband, in der Größe eines Reisepasses. Hilde Marx: *Bericht*, in New York gedruckt 1951. Ein Buch, das ich gern haben würde, aber nicht haben kann. Mein Budget ist erschöpft. 200 Dollar, keinen Quarter, keinen Dime mehr. Jack telefoniert. Günstige Gelegenheit, die bekanntlich Diebe macht. T-Shirt aus der Hose, Bauch einziehen, der Band gleitet in den Schritt, kühl klebt das Papier an der Haut. Kontrollblick Richtung Füße. Nichts zu sehen. Aber wird der fadengeheftete Pappband die Entführung überstehen, die Hosen sind so naß, als sei ich gerade aus dem Hudson aufgetaucht. Hände vors Geschlecht, saublöde Geste, die an Hitlers Veitstänze erinnert. Ziemlich geschmacklose Nummer, sich mit einem Gedichtbändchen im Genitalbereich davonzuschleichen. Den Rücken zur Tür drehen, in den Bund greifen. Was gefunden? Ich zucke zusammen, ertappt. Sorry, sagt Jack, wollte dich nicht erschrecken. Angeboren, sage ich, der Schreck hat seine Bedeutung im Fehlen der Angstbereitschaft, ein Satz von Freud, den ich stets mit Freude zitiere. Wieder ein Witz? Die Wahrheit, nichts als die Wahrheit. Möchtest du das? Er nimmt mir das Objekt der Begierde aus der Hand. Kostet wieviel? Dreißig. Exilpresse, kleine Auflage, mit Widmung der Autorin. Hab ich gar nicht gesehn. *Mit guten Wünschen, Hilde Marx.* In grüner Tinte, leicht verwischt. Zu teuer, sage ich. Für mich. Intressante Frau, irgendwo habe ich einen

Brief von Hans Habe an sie. Da beschwert er sich, er sei nie Kommunist gewesen, was sie wohl behauptet hatte. Jack beginnt in einem Glasschrank einen Stapel Briefe durchzusehen. Naja, es gab nach dem Krieg in Amerika bessere Reklame als ein rotes Parteibuch. Bist du Kommunist? Du kommst doch aus dem Osten. War doch nicht ganz unüblich bei euch. Ich bin Marxist, glaube ich. Glaubst du? Jack grinst. Läßt dir noch eine Hintertür offen? Ein Fehler, mein Freund, eine schöne Idee, trotzdem ein Fehler.

KINDERFIBEL, ALSATIA-VERLAG, KOLMAR 1943

Ecken leicht bestoßen, sonst wie neu. Kein Fleck, kein Eselsohr, kein Bleistiftkrakel. So sorgsam kann kein ABC-Schütze sein. Selbst wenn er den Titelfiguren aufs Haar gliche: Blondzöpfchen mit makellos sauberen Schürzen, Knabenbeine in schneeweißen Kniestrümpfen, deutsche Buben und Mädchen, in den nationalen Farben Rot-Weiß, Hemden, Hosen, Schuhe sandfarben. *Nach Zulassung durch die Reichsstelle für das Schul- und Unterrichtsschrifttum als Lernbuch eingeführt durch Erlaß des Reichserziehungsministers vom 13. März 1940 E IIa 5125.* Die Ausgabe von 1943, gedruckt von der Konkordia A. G., Bühl-Baden. Als Herausgeber zeichnen zwei Pädagogen: Emil Gärtner (Oberschulrat) und Eduard Gerweck (Schulrat). Ein gewisser Karl Geitz lieferte die Bilder. Auf Seite 3, dem Tor ins Reich der Sprache, *a, a, a, la, la, la,* musizieren zwei Jungen auf einem Baumstamm sitzend. In dem linken erkenne ich sofort meinen Vater. Ein Foto – er ist etwa vierzehn, also aus dem Jahr 1942 – zeigt ihn, in Lederhosen, vor einer Baude im Riesengebirge auf dem Treppengeländer, in genau der gleichen Haltung. Vor der Brust das Akkordeon, Beine übergeschlagen, spielend, den Oberkörper leicht verschoben, den Kopf geneigt, in die Kamera lächelnd, ein wenig schüchtern. Gegen den Ziehharmonikaspieler, den ich nach meinem Vater Günter nenne, wirkt der zweite, ein kleiner Gitarrist, angespannt, blonder als jener, im Jungvolk-Braunhemd, mit Schlips. Er sitzt zu tief. Er greift C-Dur und singt dazu. Er sieht nicht fröhlich in die Welt wie Kamerad Günter. Er reißt das Mäulchen auf. Er hat eine Mission. *A, a, a, la, la, la, la, la*. Der Bauer melkt die Kuh – *mu mu* – ein Mädchen gibt seiner Puppe die Flasche – *ma ma ma* – ein Winzling reitet wild auf einem Riesenesel – *ia ia ia* – Jungs laufen auf Stelzen – *wir wollen rollen, wir wollen sausen*– zwei Blauröcke mit weißen Blusen halten einem Herrn mit Stock und Hut die Sammelbüchse hin – *alle sollen helfen, alle wollen helfen* – Knaben, ebenfalls in Uniform, aber mit Sturmriemen, sammeln auf einen Leiterwagen Altpapier. Nach der Arbeit kommt das Vergnügen. Die Herausgeber legen Wert auf Ausgewogenheit. Der Winterhilfswerksammlung folgt eine heitere Szene: *Nun wollen wir fahren, hei, di-del-dum-dei*. Im Auto, Marke Eigenbau. Mit Kisten, Töpfen, Trichter, Gießkanne, Heringstonne, Regenschirm. Beim Buchstaben G – wie Großdeutschland – zeigen Gärtner, Gerweck, Geitz, daß sie Germanen, nicht nur Germanisten sind. Ein kleiner Stoßtrupp, angeführt von Geige und Gitarre, sechs Jungen, von gleicher Statur, im Braunhemd, Tornister auf den Rükken: *So geht es durch die Gassen*. Darunter drei Trommler, Marschpauken, Flammenzungen – *alle können kommen, keiner darf fehlen*. Abseits stehen gilt nicht. *Komm her zu mir, ich zeig' dir das Zelt, unser schönes Zelt, im Zelt kann man fein wohnen und schlafen*. Ein Pimpf, in der rechten Hand den Wimpel mit Rune, die andre winkt dem zögerlichen Kameraden. Ein Zaudernder, Außenseiter. Geitz hat in die Zeichnung all sein Talent gelegt. Der Werber steht breitbeinig, übertrieben standfest, mitten im Leben, das linke Bein bildet mit der in die Erde gerammten Fahnenstange eine Parallele: Dynamik, Spannkraft, Entschlossenheit. Krumm dagegen der Gegenspieler, ein Fragezeichen, Häuflein Unglück, Hose und Hemd knittrig, traurig. Den Kopf verlegen zur Erde geneigt, betrachtet er den jugendlichen Führer, Helden, aus dem Augenwinkel. Man ahnt die Sehnsucht, die in ihm pocht. Dazugehören. Er will es. Er wird. Wenn er sich erst entschieden hat, wird er der Treusten, Besten einer sein. *Licht von hellen Kerzen / strahlt in alle Herzen / in der Weihenacht.* Trauliche Idylle. Deutsche Familie unterm Tannenbaum. Fast wie bei Reichspropagandaminister Goebbels. Drei Mädchen, zwei Buben. Während die weißblonde junge Mutter die Kerzen anzündet, steht der Vater, ein reifer Mittvierziger mit Anzug, Weste, die Nickelbrille vor der Brust haltend, ein wenig verloren am linken Bildrand, im Wohnzimmer, in der guten Stube, als grübelte er über ein Axiom von Immanuel Kant nach. Kein Prolet, ein Beamter. Ein Mann mit Verantwortung. Er ist unabkömmlich im Hinterland. Nahm der Künstler Oberschulrat Gärtner zur Vorlage? Wir treffen Günter, den Akkordeonspieler, wieder, heut zur Bescherung hat er das Instrument bekommen; an seinen Knien steht die Landsknechtrommel, die den Takt vorgeben wird. Alle bestaunen den Christbaum. An seiner Spitze kein Stern, kein aus Stroh gebastelter Fünfzack, der an andere Sterne erinnern könnte, statt dessen ein strohgelbes Steuerrad mit Lamettabüscheln, Sonnensymbol, Lichtrad. Am Fuß der Tanne ein Nußknacker, Päckchen und eine Engelsfigur mit rot-gelbroten Flügeln, auf dem Boden ausgewickelte Geschenke. Vier hölzerne lange Kerls, die Musketen geschultert, Spitzhüte auf den Preußenschädeln, für das Kleinkind Schaukelpferd, Ball, Kamel, Elefant und, im Zentrum von Blatt und Stube, das Zeitzeichen, grauer Stahlhelm mit Holzgewehr. Seite 46: Klein-Erika in ihrer Puppenstube. *Schränke, Bänke, Kannen, Pfannen reimen sich zusammen.* Erika backt Kirschkuchen. *Denn nachher kommt zu Erika die Tante aus Amerika.* 1943? Rhythmisch korrekt, politisch fragwürdig. Das Kind weiß es nicht besser. Aber der Lektor. Wo lebt der Mann? Deutschland und Amerika stehen im zweiten Kriegsjahr. Eine Tante aus Feindesland? Eine Spionin, mit Kaffee und Kuchen empfangen? Wie kommt sie ins Reich? Per Fallschirm, aus einem Bomber, in die Puppenstube springend? Wer hat Erika von der entfernten Verwandten erzählt? Was für eine Familie schleicht sich hier in ein nationalsozialistisches Schulbuch?

Wenn Erika, fünf oder sechs Jahre alt, die Tante persönlich kennt, kann die noch nicht lange weg sein. Sie schreibt selten. Immer nur, daß er ihnen gut geht. Drüben. Gar nichts vom Onkel. Wieso mußte der schnell weg? War er böse? Weder Vater noch Mutter geben Antwort. Daß du nicht drüber sprichst. Vor allem nicht im Keller. LSR, die drei Buchstaben kennt Erika schon. LSR, weiß sie, heißt Keller. Die Bomben fallen immer auf die andern Häuser. Weil sie auch aus Amerika kommen. Wie Tante. Die sorgt dafür, sagt Mutter. Flüsternd hinter der Hand. Wo Bomben fallen, ist alles kaputt. In der Puppenstube hat jedes Ding seinen Platz, Brettchen, Kuchenformen, Pfannen hängen an der Wand. Erika setzt die Puppe auf den Stuhl. Die muß heut Tante sein. Die Schwester lernt. Schönschreiben. *Auf dem Speicher. Hier ist sauber aufgeräumt. Nichts liegt herum, was leicht brennt. Keine Kisten und Schachteln, keine zerbrochenen Stühle und Tische und keine zerrissenen Kleider. Alles alte Gerümpel muß herunter vom Speicher. Aber ein Eimer mit Sand und eine Schippe müssen dasein zum Löschen.* Punkt, sagt die Schwester. Wieso? fragt Erika. Na, wegen der Brandbomben. Das Bild, erdfarben, graubraun, zeigt eine enge Kate. Eine Deckenlampe wirft harte Strahlen in den Raum, ohne die Gesichter der Familie zu erhellen. Alle sind um den Tisch gruppiert. Großvater führt das Wort. Eine geschwungene Pfeife schmauchend, bärtig, mit Schürze – ein Schuster? – den Zeigefinger erhoben, als ermahne er die beiden Halbwüchsigen am Tischende, im grünbraunen Drillich, deren einer dem zweiten die Hand auf die Schulter gelegt hat. Neben ihnen steht eine Schwester, undeutlich, gesichtslos, am Eck, Staffage, die überflüssige Nummer 3. Die Mutter hält das Jüngste, ein Kleinkind, auf dem Arm. Ein zweites Mädchen, dessen Scheitel gerade bis zur Tischplatte hinaufreicht, quengelt eifersüchtig. Dies wird von der Großmutter, die als einzige am Tisch sitzt, stumm und feindlich registriert. Sie hält ein Gesangbuch oder einen Brief. Feldpost? Vom Jungen. Dem Abwesenden. Die Gesichtszüge der Alten sind hart, männlich, bitter. Von ihr ist manches zu erwarten, keine Gerechtigkeit. Auf dem Tisch ein angeschnittenes Rundbrot, daneben zwei Tassen, eine Schüssel, ein Löffel. Die grauweiße Katze am Fuß der Bäuerin kümmert sich nur um sich selbst. Das Bild heißt *Daheim*. Es ist fürchterlich. Der Tisch steht fest. Wie eine Schlachtbank.

NEW YORK, GEORGE WASHINGTON BRIDGE, AUGUST 6, 1998, 11.55 a.m.

Alle sechs Spuren dicht. Hätten wir doch den Lincoln Tunnel nehmen sollen? Sieht ganz so aus. Zu spät. Was ist los in der Stadt? Wo kommen all die Autos her? Lily blinkt, blickt über die Schulter, drängelt sich in die Lücke vor einen weißen Lieferwagen. Wir passieren die Toll-Grenze. *Dschi Doppelju Bie*. Riesige Doppelharfe, von einem Koloß fallengelassen. Stahlseile rastern das Himmelsblau. Rechter Hand, im Gegenlicht der Mittagssonne, Manhattan. Auratisch. Häusermeer? Unsinn. Ein Kristallhaufen, ein Quarz, eine Operetten-Kulisse aus *Lego*-Bausteinen. Fantastisch. Ja, sagt Lily, eine Katastrophe. Traffic jam, wie heißt das in deutsch? Stau? Komisches Wort. Nichts rührt sich, niemand macht den Motor aus. Der Puertoricaner neben uns – die blauweißrote Fahne im Rückfenster – singt einen schnulzigen Bolero im Chor mit dem dröhnenden Autoradio. Was für ein schöner Mann. Lily verdreht die Augen. Ein Jumbo zieht über den Fluß. Die Passagiere werden an den Bullaugen hängen, auf die Stadt starren, den Hudson, die Brücke. Dort hinten liegt Newark, International Airport. Warum bleibt ihr nicht? Ich mag nicht, daß ihr wegfahrt. Such dir einen Job, bleib. Ginge es nach Lily, ich würde sofort die Einbürgerungspapiere bekommen. Warum machst du nicht den Motor aus? Wer weiß, ob er wieder anspringt? Habe ich dir erzählt, wie mir der Wagen stehenblieb, mitten auf der Brooklyn Bridge? Zu komisch. Wir wollten ins Konzert. Plötzlich, kein Mucks mehr. Kaputt. Ging einfach aus. Sonntagnachmittag. Herbert, Hilde und ich. Was für eine Hetz. Eine Spur gesperrt, wegen Bauarbeiten, die zweite blockierten wir. Das Gehupe, unglaublich. Blut und Wasser geschwitzt. Aber dann, was solls? Der Streifenwagen kam schnell. Ein wirklich netter Officer. Sie können nett sein, weißt du. Wenn ihnen deine Nase gefällt. Und deine Hautfarbe. Sie schiebt den Schalthebel auf die Drive-Stellung, ein weiterer Meter vorwärts. Ich mochte New York nicht, als ich herkam, dreckige laute Stadt. Neununddreißig, im Juni. Hab ich dir erzählt? Nein, lüge ich. Sicher doch. Sie blickt ungläubig, fast trotzig. Du mußt mir sagen, wenn ich mich wiederhole. Ich kenne zu viele alte Leute, die nicht mitkriegen, wenn sie mit ihren Erinnerungen langweilen. Du bist doch nicht alt, Lily. Sie sucht meine Augen im Rückspiegel. Nett gesagt. Gute Manieren. Ich kenne mein Alter. Hätte Hitler nicht mit dem Krieg angefangen, ich wär ja zurückgegangen in die Türkei. Ich lebte in Ankara, kam nur auf Urlaub her, um die Mutter zu besuchen. Auf drei Monate. Sechzig Jahre wurden draus. Und dabei haben die Leute hier nur zwei Wochen Urlaub. Wußtest du nicht? Das ist Amerika. Plötzlich rollt der Verkehr. Ein italienisches Schiff, die *Conti di Savoy*. Wir überholen einen Kühl-Truck aus Montana. Ich kam mit der Großmutter, du weißt, ich habe mit meiner Großmutter gelebt. Ich habe sie sehr geliebt. Sie war mir wie eine Mutter. Die Mutter war ja mehr eine Schwester. Wir hatten eine schöne Kabine bestellt, und als wir in Venedig an Bord kamen, wies man uns eine schreckliche Kabine zu, ohne Fenster, und die Großmutter hat gleich zu weinen begonnen, she was claustrophobic. Nehmen wir den Westside Highway? Lily hält die Hand aus dem Fenster und erwischt die Ausfahrt. Weißt du, wir bekamen in der Türkei neue Papiere, deutsche Pässe, die Großmutter hatte ein J im Paß, und deswegen gab uns der Steward oder Kapitän eine schlechte Kabine. Die Italiener waren ja auch sehr fein. Ich hatte kein J im Paß, der Vater kannte Beamte von der deutschen Botschaft, weil er die Gesandtschaft gebaut hatte, mit Holzmeister, in Ankara, so kriegte ich einen Paß ohne J. Was mir damals recht war, brachte mir hier nichts wie Ärger, denn in den Staaten war ich mit einem solchen Paß automatisch ein *enemy alien*. Wo willst du eigentlich hin? Auf die 26. Straße. West oder Ost? Westside. Und wohin fährst du? Zu Trudy, sagte Lily, ich halte aber vorher bei *Zabars*. Ist das okay? Der Feinkostladen liegt am Broadway, Anfang der 80. Straße. Ich muß nur ein paar Schritte downtown laufen, bis zur nächsten Subway, und den Number-One-Train nehmen. Was treibt dich nach Chelsea? Ich will meinen Buchhändler besuchen. Ach, hat er dich schon weichgeklopft? Ist das ein guter Mann, ich meine, kannst du ihm vertrauen? Er ist Jude. Lily sieht mich an, lächelt, bremst. Ich hoffe, dein Geschäftsfreund hat noch andere Referenzen, sagt sie und schiebt den Wagen in die Parklücke, die ein Landrover gerade verläßt.

NATHANS BÜCHER

Das Exlibris fällt auf. Ein kreisrundes Wappen, knapp fünf Zentimeter Durchmesser, in dem sich ein Zirkel und ein Zeichen-Dreieck verschränken, ein Magen David bildend. Die geografischen Eckpunkte des Signets beschriftet, im Westen steht: EX-LIBRIS, der Osten ergänzt HAMBURGENSIS. Am Südpol der Besitzereintrag, in kleineren Versalien, ob aus Bescheidenheit oder der Länge des Namens geschuldet, bleibt offen: MAX MARTIN NATHAN. Die Nordspitze, ein Sturz aus hebräischen Schriftzeichen, Hieroglyphen für mich, vermutlich der Name des Bibliothekseigentümers. Ein Jude aus Hamburg, Freimaurer wohl, mit einer Neigung zur Malerei. Die meisten der 50 Bücher sind Bildbände: Tizian, Rubens, Velázquez, Dürer, Donatello, Rembrandt. Paul Brandt, *Schaffende Arbeit und bildende Kunst. Die Gemäldegalerie zu Dresden,* Adolf Rosenberg, *Handbuch der Kunstgeschichte in einem Bande*, Bielefeld und Leipzig, 1902. Tausende Seiten, aus denen nichts herausfällt. Kein Zettel, Brief, Lesezeichen, nicht der geringste Anstrich. Die Bücher geben nichts preis über ihren Besitzer. Ihr Zustand ist – um der Antiquarssprache das Wort zu geben – tadellos, erstklassig, anonym. Auch die belletristischen Werke – Storm, Meyer, Keller, Goethe – wirken wie ungelesen. Die Stempel im Vorsatz sind mit Bedacht gesetzt, in Kenntnis des goldenen Schnitts, nicht willkürlich wie Einreisevermerke im Reisepaß. Eine Beamtennatur. Ein Pedant? Ich vergleiche die fünf Inselbändchen – auch sie, deren Papprücken sich, zum Kummer der Sammler, ach so leicht lösen, in druckfrischer Verfassung – und messe nach, mit dem Zeichendreieck. Der Abstand des Logos zur oberen Seitenkante beträgt im Band 95, Holbein d. J., *Bildnisse*, 2,9 Zentimeter, im Band 349, Stefan Zweig, *Die Augen des ewigen Bruders*, 3,3 Zentimeter, im Band 316, *Das kleine Baumbuch, Die deutschen Waldbäume*, 3,2 Zentimeter, im Band 301, Robert Louis Stevenson, *Der seltsame Fall von Dr. Jekyll und Mr. Hyde*, 2,9 Zentimeter und im Band 169, General Karl von Clausewitz, *Grundgedanken über Krieg und Kriegführung*, 3,1 Zentimeter. Die Untersuchung läßt vermuten, Max Martin Nathan besaß ein gutes Auge und Selbstvertrauen. Es braucht eine gehörige Portion Mut, in den Prachtband *Die moderne Graphik* von Hans W. Singer seinen Stempel zu setzen. Nur nicht abrutschen, nichts verschmieren! Dabei ist er noch ein junger Mensch. *Meinem lieben Schüler Max Martin Nathan zu seiner Bar Mizwa, Altona, den 19. 7. 28, Oberrabb. Dr. Unleserlich.* Ein Eintrag, handschriftlich, mit blaßblauer Tinte. Schlägt man die Seite um, erblickt man Goethe im 79. Lebensjahre, das berühmte Porträt des Geheimrats mit dem Gedicht Ludwigs in der Hand, nach dem Stich von Stieler, Josef, 1828. Hundert Jahre später schenkt ein deutscher Rebbe, dessen Namen ich nicht zu entziffern vermag, seinem Zögling den Band 2 der Goethe-Biographie von Albert Bielschowsky. Max Martin ist ein Hamburger Krebs, zwischen dem 13. und 19. Juli 1915 geboren, Weltkriegskind. Am ersten Sabbat nach seinem 13. Geburtstag wird man ihn in der Synagoge aufrufen, einen Abschnitt aus der Thora vorzulesen. Der 20. Juli 1928 ist ein Freitag. Ein stolzer Tag für den Jungen wie für den Vater: Nathan M. Nathan, der 1891 seinen Namenszug ins älteste Buch der Sammlung einfügte. *Des Herrn Friedrichs von Hagedorn sämmtliche poetische Werke erster Teil*, erschienen in Hamburg, bey Johann Carl Bohn, 1757, ein Gedichtbuch, in Leder gebunden, das der Vater vom Großvater, *Bernh. Nathan* – in schnörkelreicher Schreibschrift eröffnet der Name die Reihe der Inventarisierten – eingehändigt bekam, um es seinerseits an Max Martin weiterzugeben, der es nach Amerika bringen wird. Noch deutet nichts darauf hin. Die Nathans fühlen sich zu Haus im Land der Dichter und Denker. Ihr Weg geht nordwärts, von Iserlohn über Emmerich – Rhein-Städtchen im holländischen Stil – nach Hamburg. Bernhard Nathan – im Gegensatz zum Enkel ohne Scheu vor Randglossen – notiert als Nachsatz zu Hagedorns Gedicht *Die Alster*, wie sehr er an dieser entlang spazierend suchte, was ihm der Rhein gewesen. Datiert 1860. Er hält es zudem für angebracht, auf der letzten Seite des Bandes, in nun schon blasser, roter Schrift, Hagedorns Wirken zu gedenken, eine Vita, die in Lobpreisung gipfelt: *Er ist ohne Zweifel einer der besten deutschen Dichter dieses Jahrhunderts.* Großvater Nathan versteht zu lesen. Ich zitiere die Schlußzeilen des Epigramms *Die Schriftsteller: Oft wird das beste Buch durch andere begraben! / Ein Buch das leben soll, muß seinen Schutzgeist haben.* Bernhard trennt sich – aus welchen Gründen auch immer – von Hagedorns Lyrikbuch 1891. Der zweite Namenszug – mit breiterer Feder, weniger elegant, geschrieben – macht den Besitzerwechsel kenntlich: *Nathan M. Nathan, Emmerich, 1891.* Wenn das M. für Max steht – und es gibt Anlaß, dies anzunehmen –, erblickte er dort am 15. Juli 1879 das Licht der Welt. Den Namen Max wird er später – wie den Lederband – dem Sohn vererben. Doch, gemach, gemach, noch sitzt Nathan M., zwölfjährig, am Flußufer, blinzelt in die Sonne, liest Meister Hagedorn und denkt an die Zukunft. Wüßte er, wie sie aussieht, würde er in den Strom springen? Kaum. Er ist ein gottesfürchtiger junger Mann. Ihm steht ein reiches Leben bevor und ein grausamer

Tod. 1905 wird er sein Studium abschließen, zu Straßburg, als Dr. phil. *Ein anonymes Wörterbuch zur Mischna und Jad hahazaka*, der Titel seiner Dissertation. 1906, Rabbinatsdiplom in Berlin, ab 1912 Syndikus der Deutsch-Israelitischen Gemeinde Hamburg. Er fehlt auf keiner Vorstandssitzung, kein Ehrenamt ist ihm zuviel, Traditionalist mit weltoffnem Geist, obwohl kein Liberaler, stimmt er für das Frauenwahlrecht. Nathan Max Nathan ist, was er ist, Rechtsgelehrter, etwas steif, wie seine Handschrift. Wer wollte verlangen, daß er als Vorbeter das Jeziw Pisgam so gefühlvoll macht, wie etwa Doktor Franck, der Unvergleichliche. Ich kenne ein Foto. Ein Mann um die Fünfzig, graumeliertes Haar, noch dicht, kurz gehalten, über der Stirn bürstenförmig gestutzt, wie der Oberlippenbart, auf der Nase die runde Nickelbrille, ein Stahlgestell, schmucklos, die Lippen schmal, nicht lächelnd, einzig das Grübchen im Kinn ironisiert das preußisch-strenge Porträt. Sah Max Martin den Vater so? Sah er ihm ähnlich? Möglich. Die Kinder des Syndikus Nathan spielen in den Forschungsberichten zur Geschichte der Hamburger Judenschaft keine Rolle. Keine Ehefrau, kein Bruder, keine Tochter wird erwähnt. Dabei bilden die Nathans eine Dynastie im Viertel zwischen Rothenbaumchaussee und Neuer Dammtor-Synagoge. Julius, Judith, Ruth, Uri, Recha, Denny, Elsa, Ella, Fanny, Frieda, Käthe, Lilly, Marcus, Alwin. Über Max Martin finde ich nichts. Noch einmal zurück zu den Büchern. Vielleicht ließ ich einen Hinweis unbeachtet? Im *Baedeker Schweiz*, 37. Auflage, 1927 – dem einzigen Band der Sammlung, der langsam zerfällt –, liegt ein Faltblatt, das nicht zur Standardausgabe gehört: Panorama von Rigi-Kulm gegen Osten (die eine Seite), der Vierwaldstätter See und Luzern (die gegenüberliegende). Auf Seite 600 – wo das Register aufhört – steht eine Bleistiftnotiz, die ich eine Stunde mit der Lupe betrachte, um sie zu dechiffrieren: *Engelberg Stanserhorn und zurück 13.50 – 11.* – Eine Fahrplannotiz, ja und? Engelberg (1002 m), belehrt mich der Reiseführer, ein ansehnliches Dorf mit 2300 Einwohnern in schöner gegen

Nordwinde geschützter Lage, wird im Sommer als Luftkurort besucht und hat sich seit 1905 zu einem der beliebtesten Wintersportplätze der Mittelschweiz entwickelt. Fuhr Max Martin Nathan Ski? War er ein Wandervogel? Unter seinen Büchern das untypischste ist freilich die Reportage *Die Alpen rufen!* Text und Bearbeitung von Carl O. Koch, Verlag Ludwig Simon Berlin, ein Tiefdruckfotoband, reine Natur, keine Kunst. *Je weiter wir Menschen von den Alpen entfernt sind, um so stärker ist unsere Sehnsucht, ihnen einmal nahe zu sein*, beschwört die Einleitung. Warum soll ein Hamburger Junge, dem Rabbiner Unleserlich eine Goethe-Biographie schenkt, der Kataloge über chinesische Kunst sammelt, Meyer, Storm und Keller liest, nicht auch einen Drang zum Hochgebirge in sich spüren? Diente es nicht schon Immanuel Kant als Paradebeispiel für die Darstellung des Erhabenen? Ich ziehe aus dem Bücherstapel die Gedichte des Zürichers Conrad Ferdinand Meyer, den ich nie gelesen habe. *Einsam und dunkelzackig stand / Des Engelberges schroffe Wand, / Ein wild zerrissen Felsgestein, / Am Morgenhimmel blaß und rein.* Die Dichtung heißt *Engelberg*, und viel mehr als die mutige Fehlbetonung der ersten Zeile verwundern mich die Flecken, die auf den Seiten 338/339 prangen. Auch ohne Laboruntersuchung kenne ich die Ursache. Was, wenn nicht Schokolade, sollte Max Martin genascht haben, im Kanton Luzern? Ein Splitter, kaum sichtbar, beim Hineinbeißen gelöst, landet, unbemerkt, auf dem Papier, schmilzt im Lichtschein der Tischlampe, das trockene Blatt saugt das Kakaofett ein, jetzt, zu spät, bemerkt der Büchernarr das Malheur und agiert – in 99 von 100 Fällen – unklug, indem er, als könnte er das Verhängnis ungeschehen machen, versucht, den Fremdkörper leichthin mit dem Finger wegzuwischen. Auch Max Martin mißglückte die Retusche, oder jenem Unbekannten, der sich in die Geschichte vom verlorenen Engel Angela vertiefte, ein krudes Epos mit Äbten, Nonnen, Grafen und Horngetön. Wer immer die Lektüre des Großgedichtes *Engelberg* in Angriff nahm – warum nicht der dem *Baedeker* vertrauende

Reisende? –, kannte die Verse und las gewissenhaft. Er bemerkte das fehlende *n* im Wort *Erdeglück*, stolperte über die Zeile: *Doch wer den stolzen Fluch versucht*, ein kecker Binnenreim, der auch dem Setzer gefiel, aber nicht Conrad Ferdinands dichterischer Intention entsprach. Max Martin oder der namenlose Meyer-Experte korrigierte, das *ch* durch ein *g* ersetzend, die Zeile ins Aviatische: *Doch wer den stolzen Flug versucht.* Wieder Akkuratesse. Übrigens bleibt C. F. Meyer bei allem Pathos dicht an der Baedekerschen Wirklichkeit. *Am oberen Ende das 1120 gegründete Benediktinerkloster, unter dessen Herrschaft bis 1798 die ganze Talschaft stand. Wegen Besichtigung der reichen Klosterbibliothek (Handschriften, Antiquitäten) erkundige man sich an der Klosterpforte; nur für Herren zugänglich.* Fassen wir zusammen, Holmes, wie ist die Indizienlage? Ein Junge, Wohnort Hamburg, geboren ca. 1915, orthodoxer Hintergrund, Interesse für Kunst, Berge, Literatur, Katholizismus, Schokolade. Nicht gerade umwerfend. Und wen – in Gottes Namen – interessiert das Ganze? Daß aus dem Essaybuch Romain Rollands über Michelangelo eine Visitenkarte herausrutscht, ist ein schöner Zufall, kaum mehr. Ein Kärtchen, schlicht und vornehm: *Herr und Frau Herbert Gotthold*. Nicht irgendwer fällt uns da vor die Füße. Eine Säule der Gemeinde, Vorstandsmitglied der *Talmud Tora Schule* am Grindelhof 30, die Max Martin besucht haben dürfte und an der – ein Verwandter? – Dr. Samson Philip Nathan (1820–1905) fast sechzig Jahre als Lehrer wirkte. Herbert Gotthold dagegen ist erfolgreicher Geschäftsmann. Mit sozialem Gewissen. Einen Teil ihres Geldes stecken er und seine Brüder in die Dr.-Gotthold-Stiftung Wilhelminenhöhe, zu dem Zweck, *erholungsbedürftigen jüdischen Kindern und Erwachsenen Wohnung, Pflege und Unterhalt zu gewähren*. Die Firma Gotthold & Co./Metallwerk Peute GmbH wird 1938 unter Zwang *arisiert*, Herbert G. emigriert über Holland und England in die USA, 1962 geht er nach Israel. Traf er Max Martin in Amerika? Aber woher weiß ich eigentlich, daß der junge Nathan dort landete? Seine Bücher ja, aber er? In einem

Velázquez-Band liegt eine Reproduktion, ein Porträt des Prinzen Balthasar Carlos, ein Zeitschriftenausschnitt. Auf der Rückseite wirbt ein Verlag für kleine schlechte Farbdrucke: *Their size makes them particularly suitable for small spots, where a touch of color and beauty is needed in your home.* Die gezeichnete Wohnung zeigt den plüschigen Chic der fünfziger Jahre. Ein amerikanisches Magazin, kein britisches. (Farbe schreibt sich dort: colour.) Das Blatt, filigran ausgeschnitten. Nur mit Mühe erkenne ich geringe Wellen an der Blattkante, Spuren der Schere. Diese Sorgfalt deutet auf Max Martin, würde zur Plazierung seiner Exlibris passen. Ich wünschte, er hätte die Flucht geschafft. Im Gedenkbuch der Hamburger Opfer des Holocaust fehlt sein Name. Andere Nathans stehen auf den Listen. Der Transport vom 6. Dezember 1941 nach Riga entführt: Denny, geboren am 21. Januar 1874 in Hamburg, Ella, geboren am 19. Juni 1886 in Hamburg, Elsa, geborene Heimann, geboren am 12. Mai 1889 in Hamburg, Fanny, geborene Müller, geboren am 27. Juni 1880 in Herleshausen, Frieda, geboren am 23. September 1881, Helene, geborene Müller, geboren am 15. Dezember 1862, Erna Helene, geboren am 14. November 1914, Käthe, geborene Meier, geboren am 21. September 1881, Lilly, geboren am 11. März 1891, und Ruth, geboren am 11. Juni 1925, alle in Hamburg geboren. Mit dem gleichen Zug wird Oberrabbiner Dr. Joseph Carlebach deportiert, der Direktor der *Talmud Tora Schule* von 1921 bis 26, jener Mann – den Namen lesend, erkenne ich die Unterschrift –, der Max Martin Nathan seinen *lieben Schüler* nannte, anläßlich seiner Bar Mizwa, im Vorsatz von Bielschowskys Goethe-Biographie. 1942 wird er im KZ Jungfernhof, in der Nähe Rigas, ermordet, mit ihm seine Frau Lotte und drei seiner neun Kinder. Sein Nachfolger in Hamburg, Dr. Nathan Max Nathan, führt die Geschicke der Gemeinde ein halbes Jahr, bis auch er am 19. Juli 1942 nach Theresienstadt verschleppt wird. Mit ihm fahren Max Nathan, geboren am 12. September 1911, Ruth Nathan, geborene Lüpschütz, geboren am 7. Januar 1922 in Magdeburg,

Dora Nathan, geborene Rieger, aus Dresden, geboren am 11. November 1881, Uri Nathan, geboren am 4. Dezember 1939, und Judith Nathan, geboren am 29. März 1941 in Hamburg. Das letzte Lebenszeichen des in Emmerich geborenen Hagedornlesers ist vom 23. Oktober 1944. An diesem Tag wird er von Theresienstadt nach Auschwitz überführt. Wo, wann und ob Max Martin von seinem Schicksal erfährt, ist unbekannt.

IMMIGRATION SERVICE

So unschuldig, wie du aussiehst, kann man
gar nicht sein, jeder Beamte schenkt dir
seine besondere Aufmerksamkeit, blonde
Zöllnerinnen zerreißen deine Kondome, abtasten
lassen sie ihre Kollegen, eifrige Männer
suchen in deinen Körperöffnungen den Stein
der Weisen, rauschgiftsüchtige Hunde lecken
den Angstschweiß aus deinen Augen, eher
als du geht ein Kamel auf zwei Beinen
unbehelligt durch eine x-beliebige Grenze.

PRENZLAUER BERG, PRENZLAUER ALLEE 31, 13. AUGUST 1998

Du überlegst doch nicht ernsthaft, das zu tun? sagen meine Freunde, wenn ich von Jacobs Grabkammer erzähle. Bejahe ich die rhetorische Frage, tritt eine kurze peinliche Pause ein. Wie viele Bücher? Drei- bis viertausend. Der Preis steht fest? Fünfzehntausend. Mark? Dollar. Kannst du noch runterhandeln? Erst waren es zwanzig. Das Stöhnen läßt vermuten, mein Gegenüber rechne nach, wie oft er mir in den nächsten Jahren wird unter die Arme greifen müssen, sollte der Wahnsinn Wirklichkeit werden. Eine Hand legt sich behutsam auf meine Schulter. Hast du so viel Geld? Hast du zu viel Geld? Hast du nicht mehr alle? Rechenoperationen. Fünfzehn durch vier? Dreikommasiebenfünf Dollar pro Buch, das wären, beim jetzigen Wechselkurs, etwa 6 D-Mark. Nicht viel. Nicht viel? Ist dir aufgefallen, wie viele Antiquariate dichtmachen? Was kostet der Transport? Sind Erstausgaben dabei, Autographen, signierte Exemplare? Wer verpackt die Ladung? Kennst du dich mit Büchern aus? Hast du eine Ahnung, wie das im Internet läuft? Brauchst du einen Gewerbeschein? Kannst du deine Krankenversicherung behalten? Wirst du dich von den Sachen trennen können? Ist der Verkäufer vertrauenswürdig? Mein Sohn, in Unterhosen auf der Pfeffer-und-Salz-Couch im Apartment in der Bleecker Street herumhüpfend, brachte es auf den Nenner: Dann sind wir pleite und können nicht mehr nach Amerika fahren und Lily und Leo besuchen. Ein Schriftstellerkollege kalkulierte eiskalt: Selbst wenn du den Einsatz verdoppeln solltest, lohnt sich der Aufwand? Wenn du es machen mußt, mach es, sagte meine Frau. Meine Eltern fragten, wieviel Geld ich bräuchte. Meine Schwiegermutter stellte die Frage der Fragen: Muß man 4000 Bücher kaufen, um eins schreiben zu können?

BERLIN-KREUZBERG, MARIANNENSTRASSE, 19. AUGUST 1998, 11 UHR VORMITTAGS / HILDES GESCHICHTE 2

Auf den Treppen des U-Bahnhofs Kottbusser Tor verkauft ein Mann bunte Seidenkrawatten. Mir bietet er seine Ware nicht an. Türkinnen mit weißen und blauen Kopftüchern schieben Kinderwagen über die Skalitzer Straße. Die Hochbahn donnert Richtung Lausitzer Platz. Das Geräusch kannte Hilde. Fünfmal in der Woche – Sonnabend war sie vom Unterricht befreit – mußte sie die Hauptstraße überqueren, in deren Mitte die Trasse verläuft, um in die Höhere Töchterschule zu gelangen. Vierstöckige Häuser, gebaut in den fünfziger Jahren. Mariannen-, Ecke Reichenberger Straße liegt ein Kohlenplatz. Eine Imbißbude. *Snacks aus Holland.* Ein Zettel in der Tür. *Liebe Gäste, wegen einer Bandscheibenverletzung kann ich erst am 7. September wieder für Sie da sein.* Nummer 32 residiert der Textilgroßhandel *Creasy Boys*. T-Shirts und Handtücher hängen vor dem Laden. Indianer, Cowboys, Yankee-Adler, *Peace in the country, peace in the world*. Mariannenstraße 34, Hildes Berliner Adresse. Der Eingang ist vermauert, die Kellerfenster sind mit gestanzten Blechen verkleidet. Ein alter Mann im zweiten Stock raucht im offenen Fenster. Ob er sich an den Schneider erinnert, der im April 1938 in aller Eile sein Geschäft aufgab? *Nathan Berger, Damenkleider*. Damals war der Raucher fünf oder sechs Jahre alt. Da er seine Kindheit in Ankara oder Istanbul verbracht hat, nicht in Kreuzberg, könnte er eher Lily kennen, deren Vater Baumeister bei Atatürk war, als Hilde, die hier 1914 zur Welt kam. Drei Räume, die sie mit den Eltern, Schwester Regina, den jüngeren Geschwistern Hans und Röschen sowie einem Hausmädchen teilt. Durch die winzigen Fenster, knapp über dem Bürgersteig, fällt kaum Licht. Am Sabbatabend sitzt Nathan Berger mit dem Gebetbuch, um, wenn es dämmert, zu sagen: Es wird hier so dunkel plötzlich. Der Satz ist für das Mädchen, den Schabbesgoj, das Zeichen, das Licht anzuschalten. Ihr den Auftrag direkt zu erteilen ist untersagt, es wäre so, als ob er es selbst täte. Wenn sein Bruder in der deutschen Hauptstadt als Konfektionär Erfolg hat, warum nicht auch er, mag Nathan gedacht haben, als er Polen verließ. Doch häuft man mit Änderungen und Ausbesserungen keine Reichtümer an, vor allem nicht, wenn mit dem Erlös sieben Mäuler zu stopfen sind. Trotzdem gilt die Familie in der Nachbarschaft als wohlhabend, weil sie sich den Luxus leistet, am Sonnabend, dem besten Handelstag der Woche, zu schließen. Der Vater lebt für die Religion, die Mutter Sarah führt den Laden, macht Anproben, kocht koscher, liest, geht ins Theater und Kino. Nathan Berger spricht jiddisch oder polnisch, Hilde und ihre Geschwister nur deutsch. Haben die Eltern Geheimnisse zu verhandeln, wechseln sie ins Polnische. Die Heirat, über einen Schadchen vermittelt, ist Nathans zweiter Versuch einer Familiengründung. Als seine erste Ehe kinderlos blieb, gab er, nach Ablauf der zehnjährigen Frist, die das Gesetz vorschreibt, seiner Frau die Scheidung und führte Sarah unter die Chuppa. Kindersegen stellte sich ein, doch die Hoffnung, den Nachwuchs im Glauben der Väter erziehen zu können, erfüllte sich nicht. Er war fanatisch, höre ich Hilde sagen, dagegen mußten wir aufbegehren, das Bibelwissen paßte überhaupt nicht zu dem, was wir in der Schule lernten. Das Verbot, am Sabbat Licht anzuknipsen, macht keinen Sinn. Einen Schalter bewegen ist keine Arbeit. Früher, als man Steine schlagen, Holz sammeln, Feuer hüten mußte, gut, aber heutzutage, mit Knopfdruck? Jom Kippur stehen Hilde und Hans vor dem Tempel auf dem Kottbusser Damm und essen. Zwar haben sie keinen Schinken auf dem Brot, ein offener Verstoß gegen das Fastengebot ist es allemal. Vielleicht war es ein Fehler, denkt Nathan Berger, in einer Gegend zu mieten, wo man nicht unter seinesgleichen lebt. Ein einziges Mädchen in Hildes Klasse kommt aus jüdischem Haus, Anneliese Ehrmann. Sie bemüht sich um Hildes Freundschaft, klug und beliebt ist die Klassenbeste in Deutsch und Geschichte, sogar von den Offizierstöchtern geachtet, die Mitglied im BDM sind. Niemand ahnt, daß das *Fräulein Doktor*, wie man Hilde nennt, weil alle wissen, daß sie Medizin studieren will, das Mariannen-Lyzeum mit der Reife für die Obersekunda vorzeitig verlassen wird. Anneliese hat Geburtstag und lädt Hilde ein. Was anziehen? Nichts will zu Ort und Anlaß passen. Eine Schneiderstochter ohne Kleid. Familie Ehrmann wohnt am Landwehrkanal. Ein feines Haus. Wird sie sich mit ihrem Geschenk blamieren? Ein Lesezeichen, selbst gebastelt, ein Pappstreifen mit roter Futterseide verkleidet, die Ränder mit weißem Garn gesäumt. Ob Anneliese damit etwas anfangen kann? Hilde kennt alle Reclam- und Inselbände, die sie oder Hans kauften, außerdem besucht sie einmal in der Woche die Leihbücherei in der Reichenberger Straße, um sich Autoren auszuborgen, die im Unterricht nicht behandelt werden, Stefan Zweig, Hofmannsthal und Thomas Mann. Sicher finden sich diese Schriftsteller auch im Glasschrank im Salon der Ehrmanns. Anneliese dankt artig für das Geschenk und legt es auf die blumengeschmückte Festtafel. Ein ganzer Tisch nur für Geschenke. Hilde hat ihren eigenen Geburtstag noch nie gefeiert. Im Haus der Schulfreundin ist alles anders, das Licht, die silbernen Kaffeelöffel, die Topfpflanzen, Teppiche, Bilder mit Goldrahmen, der Duft der Seife, drei Siamkatzen, die übers Parkett schleichen, der Flügel im Musikzimmer. Es fällt ihr schwer zu glauben, daß es Leute gibt, die ein Zimmer haben, das einzig zum Musikhören oder Musizieren dient. Nach Kaffee und Kuchen versammeln sich dort die Gäste, sechs Mädchen und zwei Cousins des Geburtstagskindes, zu einem faszinierenden Spiel. Annelieses Onkel, der Vater der Jungen, setzt sich an den Flügel, spielt ein paar Takte, bricht ab und fragt die Runde, welcher Komponist das jeweilige Stück geschaffen hat. Im Haushalt der Bergers gibt es kein Grammophon oder Radio. Niemand spielt ein Instrument. Trotzdem erkennt sie Schuberts *Lindenbaum*, und auch den Namen des Schöpfers des Stücks *Für Elise* hat sie auf der Zunge, doch kommt ihr Martin, der ältere der beiden Knaben, zuvor. Für diese Leistung bekommt er einen Drehbleistift als Preis und einen mahnenden Blick seines Vaters vom Klavier. Hatte ich nicht gesagt, du sollst auch die anderen gewinnen lassen? Natürlich kennt er das Spiel, denkt Hilde, wenn mein Vater Pianist wäre, wüßte ich auch besser Bescheid. Immerhin ist sie nicht schlechter als Anneliese und gewinnt ein blaues Haarband. Nach einer Stunde fordern die Mädchen einen neuen Zeitvertreib. Ginge es nach Hilde, dürfte der Onkel gar nicht mehr aufhören. Seine Finger bewegen sich über die Tasten, als würden sie tanzen. Am Ende der Feier werden die anderen Mädchen abgeholt. Frau Ehrmann erkundigt sich, ob sie ihr eine Begleitung mitschicken soll? Ich habs ja nicht weit. Aschenputtel, das vom Ball kommt, denkt sie, den Weg am Kanal entlanglaufend. Beim Eintritt in den Keller fällt ihr auf, daß sie etwas besitzen, das die Ehrmanns nicht haben, die Mesusa am Türrahmen. Wars schön? fragt Röschen. Die Schwester ist noch zu klein, um Hilde zu verstehen, doch dem ein Jahr jüngeren Bruder kann sie sich mitteilen. Um acht Uhr kommt er von der Versammlung des Jugendverbands *Brith Haolim*, der Bund der Aufsteigenden, sie sind Wanderer, junge Zionisten. Hilde erzählt von Annelieses Onkel, dem Ratespiel, dem fast geglückten Gewinn eines Drehbleistifts, wenn sie eifriger Beethovens Namen gerufen hätte. Hänschen berichtet, wie sehr die Stimme der Schwester im Chor vermißt worden wäre, daß der wegen des Sturms am letzten Sonntag verschobene Ausflug zur Krummen Lanke am übernächsten Wochenende durchgeführt werden soll, vom Vortrag über Moritz Heß, in dem der Referent über Spinoza, Feuerbach und Hegel ausführlich auf Karl Marx eingegangen sei. Am Beispiel eines Hühnereis versucht er ihr die Dialektik zu erklären. Wenn das Küken schlüpft, passiere der Umschlag von einer Quantität in eine andere Qualität. Das Ei werde negiert. Hilde zweifelt, daß Hans alles richtig verstanden hat. Beim nächsten Treffen fragt sie beim Leiter der Jugendgruppe nach. Er borgt ihr die Broschüre von Professor Beer zur *Allgemeinen Geschichte des Sozialismus und der sozialen Kämpfe*, ohne zu ahnen, daß er aus der Verfechterin der *Alija* eine Kommunistin macht. Zusammen mit Hans und vier weiteren Freunden verläßt sie im Frühjahr 1932 den Bund. Der Abschied ist eine Inszenierung. Alfred Bakalejnyk hält eine Rede. Die Pogrome in Palästina, der Araberaufstand hätten bewiesen, die Kolonisation von Erez Israel sei die falsche Antwort, nur die Aufhebung des Privateigentums an Produktionsmitteln könne eine dauerhafte Lösung bringen, mit den Klassenschranken fielen Rassenschranken. Die Versuchssiedlungen im Mandatsgebiet sind nur schöne Inseln im Meer des Kapitalismus, dazu verdammt, früher oder später, wenn die Flut kommt, an diesen zurückzufallen. Alfred schreibt Gedichte und ist Hildes Freund. Zusammen mit Hans treten sie der Kommunistischen Jugend bei. Eine kurze Verbindung. Die Leitung im Unterbezirk Südost weiß nichts mit ihnen anzufangen. Wir sind kein bürgerlicher Debattierklub, erklärt ein älterer KP-Genosse. Daß es Zeiten gibt, in denen man bestimmte Fragen nicht stellen darf, sieht Hilde ein, doch wie man mit den Nazis gemeinsame Sache machen kann, wie beim BVG-Streik geschehen, ist ihr zu hoch. Wenige Wochen vor der Reichstagswahl begegnet Hans dem Trotzkisten Gustav Stern. 1933 debattiert man in der Kellerwohnung in der Mariannenstraße die veränderte Lage. Alfred, Ruth Guttmann, Werner Schmidt, Oscar Grossmann, Gustav sowie Hans und Hilde. Schneidermeister Nathan Berger, der Deutsch nicht spricht, aber versteht, sagt am Abend zu seiner Tochter in Jiddisch: Ihr kleinen Kinder, gegen Hitler und gegen Stalin wollt ihr kämpfen? Ihr seid ja verrückt.

BERLIN-LICHTERFELDE, BUNDESARCHIV, 27. AUGUST 1998, 9 UHR 25

Vor dem Fenster eine Kolonne Kadetten, schwarzblaue Uniformen. Ich weiß nichts über Kadetten, bin aber von der Farbe ihrer Röcke überzeugt. Tagträume am Vormittag. Halb zehn, der Lesesaal des Bundesarchivs halb leer. Sommer in Lichterfelde, die meisten Akademiker liegen heute am Wannsee. Lindenduft strömt durchs Fenster, alte Bäume zwischen Backsteinkasernen, Originalbestand, gepflanzt im Frühjahr 1878, tausend Offiziersanwärter mit Blecheimern, Setzlinge gießen, zu Befehl, Herr Major. Vor mir zwei Aktenstapel, einer zehn Zentimeter hoch, der zweite schmal, fingerbreit. Der Computer ausgeschaltet. Worauf warte ich? Eine Gruppe GIs schlendert in die Kantine, lässiger Gleichschritt. Tarnjacken. Kaugummi kauend. Augen zu, Augen auf, niemand da, Fantasiegebilde, ein Gärtner zieht einen gelben Wasserschlauch über den Rasen. Am Tisch vor mir kratzt sich die spacke Italienerin den ausrasierten Nacken, schlägt nach im Wörterbuch, ich betrachte ihre dünnen Oberarme, Sonnenflecke auf dem Tisch, die Aktenstapel. Womit beginnen? Mit meinem Großvater oder mit Hans Berger, Hildes verschollenem Bruder? Ich habe Angst, die Akte von Artur Körner zu öffnen. Mutters Vater war ein Wendekind, gezeugt im 19., geboren im 20. Jahrhundert. Er ist tot. Er muß keine Neuanklage fürchten, noch kann er Rehabilitation erhoffen. Ich kann die Akte liegenlassen, sie ungelesen zurückgeben, mein Leben wird sich nicht ändern. Ich werde Mutter anrufen, sagen, man habe nichts gefunden, keine Unterlagen. Ihr Leben ändert es auch nicht. Warum ängstigt mich der Gedanke, Großvater wäre Spitzel gewesen, Provokateur, Kriegsverbrecher, ein Nazi? Damit will ich nichts zu tun haben. Schweine, Feiglinge, Mörder. Ich nicht. Ich möchte zu den Guten gehören, zu den Gegnern. Aber ich gehöre nicht zu ihnen. Immer wollte ich bei den Partisanen sein, obwohl ich zu den Deutschen gehörte, lieber ging ich mit den Indianern unter, als mit den Cowboys zu siegen. Ich liebte sie nie, die Weißen, Bleichgesichter, ihren breiten Gang, die falsche Selbstsicherheit. Ich war Hegelianer, schon bevor ich lesen konnte, einmal, da war ich sicher, würde der Weltgeist die Gerechtigkeit zum Tanz führen, ein früher Kindergartenirrtum. Es gibt Augenblicke, in denen man sein Leben in klarem Licht sieht. Jetzt. Obwohl ich nur auf die Achselhaare der Italienerin zu starren scheine, die länger sind als die auf ihrem Kopf, sehe ich mich über den Rasen laufen, Chingachgook, die große Schlange, taumeln, in die ewigen Jagdgründe eingehen. Das war gestern. Ich habe einen silbernen Revolver, den Großvater geschickt hat. Eigentlich tragen Indianer Pfeil und Bogen, keine Handfeuerwaffen, nur die Überläufer, die sich für Feuerwasser an die Siedler verkaufen. Bin ich ein Verräter? Mein Großvater wohnt in Holzgerlingen, bei Böblingen. Daß er zehn Jahre im Zuchthaus saß, weiß ich noch nicht, westdeutsch ist schon kompliziert genug. Die Italienerin macht sich an einen neuen Aktenberg, trägt ihren Namen ins Gipfelbuch ein, bestimmt schreibt sie über ein schreckliches Thema: die Konsumgüterproduktion der Schwerindustrie der DDR am Anfang der siebziger Jahre. Ihre Doktorarbeit kommt voran, am Abend geht sie tanzen, sie versteht das Wort *Gegenplan* nicht, sie hat keine persönliche Bindung zu ihrem Thema, ihr Großvater war Partisan oder, von mir aus, Schwarzhemdträger, jedenfalls muß sie nicht fürchten, ihm in den Akten zu begegnen. Ich wünschte, Opa wäre nicht schuldig. Ich wünschte, mein Großvater wäre Hans Berger. Aber wäre er es, wäre ich nicht auf der Welt, denn Hänschen hatte keine Kinder, und hätte er welche gehabt, würden sie, so jung wie sie waren, sein Schicksal wahrscheinlich geteilt haben.

BERLIN, MUSEUM FÜR DEUTSCHE GESCHICHTE, 22. NOVEMBER 1970, 15 UHR 30

Das schauderhafteste Ding hier: der Schrumpfkopf. Wer ihn so genannt hat, keine Ahnung. Einen anderen Namen hat er nicht. Obwohl er irgendwann einmal einen gehabt haben muß. Zwischen den Ausstellungsstücken das einzig Lebendige, das Toteste auch. Oft ist die Vitrine, in der er als Einsiedler haust, mit einem grauen Vorhang verdeckt. Man kann am Rand vorbeischielen. Er steht auf einer Glasplatte. Kein Hals. Nur ein Kopf. Die wachsgelbe Haut wächst nach innen, in den Schädel hinein. Sie scheint wie mit Schlämmkreide bestäubt. Das kenne ich vom Turnen, von den Wellen am Reck und am Barren. Er hat wenig Haare, strähnige Fusseln, morsche graue Paketschnur. Ich laufe an Ritterrüstungen vorbei, Haubitzen, Bullen, versiegelten Urkunden, Hieb- und Stichwaffen. In Schaukästen Zinnsoldaten, Schlachtenpanoramen, Kavallerie, Schießende, Schlagende, Sterbende, Jena-Auerstedt, rote, blaue, graue Uniformen. Einmal, nur ein einziges Mal, mit all diesen Figuren Kriegspielen dürfen. Der Reichstagsbrand, Teddy Thälmann, der Sturmriemen des SA-Manns, die Fahne von Kriwoj Rog. Ich komme im Faschismus an. Hier wartet er. Heute ohne Vorhang. Sieht geradeaus. Ich suche seinen Blick, seine Pupillen sind starr. Ich kann mir nicht vorstellen, daß er tot ist. Nein, ich kann mir nicht denken, daß er jemals gelebt hat. Er ist ja keine Leiche. Nur ein Stück toter Mensch. Ich will weg, mag ihn nicht mehr sehen, kann mich nicht losreißen. Ich versuche eine Regung, eine Spur auszumachen, ein Zucken, ein Lächeln. Das Museum ist leer. Sonntagnachmittag. Kein Wärter weit und breit. Ich nähere mich dem Glas.

Uns trennen Zentimeter. Die Scheibe drückt kühl gegen meine Stirn. Du, sage ich leise, und behauche das Glas. Natürlich kann er mich nicht hören. Wer weiß das genau? Der Tod ist eine Angelegenheit, über die nur die Toten Genaueres wissen. Nachts liege ich schlaflos, sehe mich im Weltall verschwinden. Der Schrumpfkopf ist mein erster Toter. Warum haben sie ihn ausgewählt? Warum schneiden Menschen anderen Menschen die Köpfe ab? Der Schrumpfkopf gibt keine Antwort. Hätte er sich träumen lassen, in einem Museum zu enden, als einsamer, rumpfloser Schädel in einer Vitrine. War er auch ein Kind gewesen? Hatte er gejammert, wenn ihm Mutter die Haare wusch, weil ihm Seife in die Augen lief? Ich kann ihn mir nicht als Kind vorstellen. Ich kann ihn mir nicht als Körper vorstellen. Wo sind seine restlichen Glieder?

BERLIN-LICHTERFELDE, BUNDESARCHIV, 27. AUGUST 1998, 9 UHR 40

Landesbehörde der Volkspolizei Sachsen, Waldheim, am 6. 5. 1950. Aus der Haft vorgeführt: Körner, Artur Paul. Beruf: Kraftfahrer, netto RM 180,–, zuletzt beschäftigt bei Johannes Müller, Görlitz, Schützengasse 2. Vorbestraft: angeblich nicht. Führerschein Kl. II und III. Der Vater Gustav Körner, Tischler, verstorben, die Mutter Frieda, Hausfrau, wohnt Neißstr. 17. Daß meine Urgroßmutter dort einen winzigen Lebensmittelladen betreibt, den Mischlingshund Nelly bewacht, mit dem Traudel und ihr Cousin Max spielen, steht nicht in der Akte. *Zur Sache.* 1939 zum Landesschützenbataillon 154 eingezogen, kommt Körner 1941 als Kraftfahrer zur Sicherungsdivision 444 nach Rußland. Einheiten dieser Art operieren nicht an der Front, sondern sorgen in den besetzten Gebieten für das, was die Heeresleitung unter *Ruhe und Ordnung* versteht. Daß Großvater bei diesem Dienst *die Grausamkeiten des faschistischen Raubkrieges selbst kennen gelernt* hat, wie die Anklageschrift feststellt, kann man glauben. Ob sich der Soldat hinter dem Steuerrad versteckte oder aktiv an *Aktionen* teilnahm, scheint weder der Volkspolizei noch dem Gericht Chemnitz bekannt gewesen zu sein. Am 5. Februar 1943 wird er als Verwundeter ins Lazarett überwiesen. Die Familienfama berichtet von einer Darmverschlingung auf der Krim. Würde solche Diagnose den Begriff Verwundung rechtfertigen? Jedenfalls dürfte es sich um keine Bagatelle gehandelt haben. Erst Anfang November 1943 gilt er als genesen und wird als Kontrolltruppführer ins Kriegsgefangenenlager VIII A in Görlitz versetzt. Hier beginnt eine knapp zweijährige Episode, die das Leben meines Großvaters, meiner Mutter und, vermittelt, mein eigenes bestimmen sollte. Körner geht nicht zurück an die Front. Die Biographie eines unauffälligen Menschen. Volksschule bis zum 14. Lebensjahr, Agrarschule, Armeedienst, Landarbeit, 1922 selbständiger Klempner und Rohrleger, 1927 holt ihn sein Schwager Johannes Müller als Kraftfahrer in sein Geschäft. Keine Auslandsaufenthalte, keine Parteizugehörigkeit, weder vor noch nach 1933. KdF ist die einzige Organisation, der er beitritt. Seine militärische Laufbahn endet beim Rang eines Feldwebels, die Rubrik Orden und Auszeichnungen weist mit dem Eintrag *Kraftfahrer Bewährungsabteilung* ein Etikett auf, das sich eher wie eine Strafmaßnahme liest. Auch die Familie gibt sich unpolitisch. *War einer Ihrer im Fragebogen angegebenen Verwandten Mitglied der NSdAP oder Mitglied in Gliederungen oder angeschlossenen Vereinen der NSdAP: nein.* Wie wird ein solcher Mann Kriegsverbrecher? Im *Stalag*, dem Stammlager, POW-Camp. Die Baracken, 1939 von polnischen Internierten errichtet, stehen auf dem alten Exerzierplatz im Stadtteil Moys, am Rand von Görlitz, Seidenberger Straße, Richtung Reichenau. Ein windiger Flecken, schneeverweht im Winter, matschig im Herbst. 1940 werden hier vor allem französische Kriegsgefangene untergebracht, darunter der Komponist Olivier Messiaen, dessen Stück *Quatuor pour la fin du temps* im Lager entsteht und uraufgeführt wird. Als Körner 1942 ins *Stalag* kommt, ist Messiaen bereits nach Frankreich entlassen. In 20 Baracken von 50 Meter Länge und

10 Meter Breite hausen Männer verschiedener Nationen: Polen, Serben, Kroaten, Engländer, Belgier, Franzosen, später Italiener und Amerikaner, in 20 weiteren, durch doppelten Stacheldraht von den übrigen Gefangenen getrennt, sowjetische Soldaten und Offiziere. Zehn Wachtürme sichern das 5 Hektar große Terrain: Lazarett, Paketstelle, Desinfektionsbaracke, Morgue, Kapelle, Bibliothek, Sportplatz, Gemüsegarten, Schusterei, Gefängnis, Küche und Kantine. Diese Einrichtungen befinden sich im für Russen und Italiener unzugänglichen Bereich. Da immer mehr deutsche Männer im Fronteinsatz sind, herrscht auch in Schlesien Arbeitskräftemangel. Landwirtschaft, Industrie, Handwerksbetriebe brauchen Ersatz. Franzosen und Belgier kommen mit etwas Glück in Familienunternehmen unter, beim Bäcker, in der Täschnerei Bartsch, Uhrmacherwerkstätten. Die Genfer Konvention sichert ihnen Grundrechte: Postempfang (pro Monat zwei Briefe, zwei Karten, zwei Pakete bis zu 5 Kilogramm), Lektüre, Sport, Theaterspiel. Die Russen stehen unter strengstem Regime. Knochenarbeit, Bergbau, Gleisreparatur, Rüstungswerke, Feldarbeit. *Die Strafskala kennt zwischen Ernährungsbeschränkung und standrechtlicher Exekution im allgemeinen keine weiteren Stufen,* erklärt Göring am 7. November 1941, dem Jahrestag der Oktoberrevolution. *Der Russe ist genügsam, daher leicht und ohne schwerwiegenden Einbruch in unsere Ernährungsbilanz zu ernähren. Er soll nicht verwöhnt oder an deutsche Kost gewöhnt, muß aber gesättigt und in seiner dem Einsatz entsprechenden Leistungsfähigkeit erhalten werden.* 16000 sowjetische Soldaten verlassen das Stalag VIII A nie mehr. Massenexekutionen wie im Lager Sachsenhausen finden in Görlitz nicht statt. Todesursache sind Unterernährung und Seuchen. Täglich zieht der Leichenkarren über die Lagerstraße. Als Franzosen dem Trauerzug salutieren, bricht das russische Transportkommando angesichts der Ehrenbezeugung in hysterisches Hohngelächter aus. Die Hungersnot mildert auch Artur Körner nicht, der aus dem Gasthof *Zum Goldenen Baum* Brot und Essenreste

nach Moys bringt. *Für meine Russen,* habe er gesagt, erzählt die Mutter später. Legende oder Wunschtraum? Hat ihm der Dienst in den stinkenden, verwanzten, typhusverseuchten Baracken gefallen? Ein Chauffeur liebt Mobilität und Selbständigkeit. Nichts davon bietet das Lager. Ist er der landläufige Chauffeur, der den Wagen bereitwillig in jede Richtung lenkt, die ihm sein Auftraggeber vorgibt? Angeblich setzt er einiges daran, sich die Uk-Stellung zu bewahren. *Uk* bedeutet nicht *United Kingdom,* sondern *Unabkömmlichkeit.* Der Pakt, den er eingeht, paßt nicht zum Bild des unpolitischen Menschen, das sein Lebenslauf zeichnen will. Als *Mitarbeiter der Konterspionage* des Lagers untersteht er fortan dem Befehl eines Hauptmann Seichter. Ein Feldpostschreiben des Truppenteils 00969 der Roten Armee, das der Strafakte angefügt ist, nennt am 2. Juni 1945 dies als den Grund seiner Verhaftung: *In der Abwehrgruppe arbeitete er als Leiter des »Kontrolltrupp«, verbreitete antifaschistische Literatur, verbotene Radionachrichten u.m.* Die Silben *anti* im Wort *antifaschistisch* wirken verwischt, als hätte jemand dem Wortlaut der Übersetzung mißtraut, das *anti* zunächst streichen wollen. Weshalb sollte die Rote Armee jemand der Verbreitung antifaschistischer Literatur anklagen? Im Juni 1945? Die Sache ist verworren. Der Volksschüler, Klempner, Chauffeur, KdF-Patriot Artur Körner soll als Spitzel und Provokateur gewirkt haben. Verhörprotokolle fehlen, belastendes Material wird erwähnt, liegt aber nicht vor. Die einzige Person, die für und gegen ihn spricht, ist Körner selbst. *Als Kontrolltruppführer hatte ich die Aufgabe, die Arbeitskommandos hin und wieder zu überprüfen bzw. mir unterstellte Wehrmachtsangehörige mit einer solchen Kontrolle oder Überprüfung zu beauftragen. Die Überprüfung bezog sich auf Sauberkeit, Essen, Behandlung seitens der Wachmannschaften und Arbeitgeber gegenüber den Gefangenen.* Feldwebel Körner, als Anwalt der Gefangenen, unterwegs in den Außenkommandos um Sudeten-Braunau, Bunzlau und Jauer? Auf die Leidenschaft, Auto zu fahren, muß der umtriebige Mann nicht verzichten. Er habe sich in dieser Funktion, erklärt er am 6. Mai 1950, außerhalb jeder Gefahr befunden, gesundheitlich erholen können, schließlich seien ihm daraus materielle Vorteile erwachsen. Zeigen sich Bauern und Fabrikanten erkenntlich, wenn er ein Auge zudrückt, wo Unregelmäßigkeiten beim Einsatz, Mängel bei der Verpflegung der Gefangenen festzustellen sind? Bekommt er von Internierten im Falle von Verstößen gegen die Lagerordnung Zuteilungen aus Hilfspaketen? Besitzt er Macht? Ist er gefürchtet? Ein Schuft? Weder seine Akte, noch Mutters Berichte enthalten Hinweise auf gewalttätige Ambitionen. Witz habe er besessen, ein gutes Herz. Der Verdacht der Befangenheit liegt nahe. *Desweiteren war es meine Aufgabe, Vorbeugungsmaßnahmen in Bezug auf Flucht der Kriegsgefangenen zu treffen. Die Abteilung Abwehr nahm die Meldungen der Kompanien über Sabotage, Verkehr mit deutschen Frauen, Arbeitsverweigerung und andere Vergehen seitens der Kriegsgefangenen entgegen. Die gemeldeten Gefangenen wurden dann Wehrmachtsgerichten zwecks Aburteilung übergeben.* Er versah seinen Dienst. Nach Vorschrift? Reicht die Selbstaussage aus, ihn am 18. Mai 1950 eines Verbrechens nach Kontrollratsdirektive 38, Abschnitt II, Artikel III A, Ziffer 8 in Tateinheit mit einem Verbrechen gegen die Menschlichkeit nach dem Kontrollratsgesetz Nr. 10, Art. II, Ziffer 1b und 2c–d anzuklagen und als Verbrecher der zweiten Kategorie zu 15 Jahren Zuchthaus zu verurteilen? Da man ihm die Untersuchungshaft bei der Volkspolizei, nicht aber die 5 Jahre im Gewahrsam der Besatzungsmacht anrechnet, verurteilt ihn das Gericht de facto zu 20 Jahren Freiheitsentzug. Er habe den Gefangenen Nachrichten übermittelt, in der Absicht, Diskussionen gegen das Hitlerregime anzuregen, die der Abwehr Anlaß für Terrormaßnahmen boten. *In verschiedenen Fällen unterhielt ich mich mit den Gefangenen über Nachrichten ausländischer Sender, die sie zum Teil selbst gehört oder von anderen Gefangenen erfahren hatten. Andererseits gab ich den Gefangenen verbotene Nachrichten bekannt, die ich gehört hatte. In dieser Hinsicht bekam ich keinen Auftrag seitens der Abteilung Abwehr.* Es gab im Stalag VIII A illegale, mitunter selbstgebastelte Radios. Im Herbst 1944 wurde das Lager-Theater geschlossen, mit der Begründung, dort sei eine geheime Rundfunkstation entdeckt worden. Wenn Feldwebel Körner antifaschistische Literatur verteilte, fragt sich, woher er diese 1943 oder 1944 bezog? Verteilte er Material ohne Mitwissen der Abwehrabteilung (und sein Ziel, bei den Vorgesetzten Eindruck zu schinden, würde nur so erreicht worden sein), war dies lebensgefährliches Hasard und, falls es sich um aktuelle Literatur gehandelt haben sollte, ohne Kontakt zu illegalen Kreisen undurchführbar. Falls er Gefangene in Absprache mit Hauptmann Seichter informierte, stellt sich die Frage nach dem Interesse der Abwehr an provozierten Unruhen? Wollten die Hauptleute der Konterspionage ihre Stühle sichern, indem sie ein Widerstandsnetz aufbauten, um es später wirkungsvoll zerschlagen zu können? Es gibt keine Berichte über eine Verschwörung im Stalag Görlitz, noch weniger über deren Eliminierung. Fluchten waren Seltenheiten. Weshalb sollte die Abwehr etwas künstlich erzeugen, das nicht verhindert zu haben man ihr am Ende zur Last legen würde? Wenn Körner tat, was man ihm unterstellte, handelte er als Einzeltäter. Russisch Roulette. Hätte man ihn ertappt, würde es ihn den Kopf gekostet haben. Versetzung ins Strafbataillon wäre ein Gnadenakt gewesen. Lohnte das Wagnis? War er naiv? Landrichter Lindert von der 3. Kleinen Strafkammer des Landgerichts Chemnitz machte das Risiko, das der Angeklagte einging, nicht stutzig. Ihm, Staatsanwalt Straube und den Schöffen Bäcker und Landgraf schien der Fall klar. Man unterstellte dem Angeklagten Gerissenheit, Kalkül und eine Bildung, die er nicht besaß. *Antifaschistische Literatur habe ich unter den Gefangenen nicht verteilt. Mir ist nur bekannt, dass es eine Bibliothek für die Gefangenen gab. Es waren Bücher in verschiedenen Sprachen vorhanden, die mir, da ich sie nicht lesen konnte, unbekannt sind.* Was sollte der Volksschüler heraushören aus den Gesprächen in französisch, englisch, flämisch, serbokroatisch? Keine dieser Sprache beherrschte er nur annähernd. So viele Fragen. In den Akten keine Belege. Kein Name fällt. Kein Geschädigter wird benannt, kein Datum erwähnt, keine Buchtitel, keine Radiomeldung zitiert, kein Zeuge der Anklage, zum Gerichtstermin, der allgemeinen Leere entsprechend, kein Verteidiger. Als man nach dem Antrag der Staatsanwaltschaft Körner das Wort erteilt, vermeldet der Prozeßbericht: der Angeklagte erklärt nichts. Er wußte, daß er nach der Kontrollratsdirektive 38 als Belasteter, Kategorie *Aktivist* galt und als solcher bis zu 10 Jahre im Gefängnis oder Lager interniert werden konnte, um *Wiedergutmachung und Wiederaufbauarbeiten zu verrichten.* Würde man das Gesetz anwenden und die bisherige Haft anrechnen, hätte er die längste Zeit schon hinter sich. Als Staatsanwalt Straube Vermögenseinzug und 15 Jahre Zuchthaus fordert, verschlägt es dem Häftling die Sprache. Der eine Woche nach Prozeßende in Erscheinung tretende Verteidiger Anwalt Willing baut seinen Revisionsantrag auf der Auslegung der Direktive 38 auf. *Da dem Angeklagten eine besonders hohe persönliche Schuld oder Teilnahme an einem kriminellen Verbrechen des Tatbestandes aus Kontrollratsgesetz Nr. 10 nicht nachgewiesen werden kann, dürfte der vom Alliierten Kontrollrat vorgesehene Strafrahmen bis zu 10 Jahren für die Bestrafung solcher Taten ausreichend sein.* Großvaters einzige Verteidigung ist seine Begründung der Revision, am 6. Juni 1950 handschriftlich festgehalten. *Die mir zur Last gelegten Gründe sind mir nicht nachweisbar, da ich als Spitzel und Provokateur nicht zu tun hatte. Meine Tätigkeit war nur fürsorglicher Art, durch mich ist nicht ein einziger Gefangener zur Bestrafung herangezogen worden, was ich durch Eid bestätigen und eventuell durch Zeugen bestätigt werden kann, die in Görlitz zu erreichen wären. Ich bitte dies zu berücksichtigen.* Der Antrag wird am 15. Juni 1950 vom Oberlandesgericht Dresden in Waldheim verworfen. Körner erhält dort die Häftlingsnummer 759. In der Zelle schreibt er den Lebenslauf. Bis zum 6. Mai 1945 sei er Angehöriger der Wehrmacht gewesen. *Vom 12. bis 23. Mai 1945 war ich als Kraftfahrer beim*

Oberbürgermeister der Stadt Görlitz, wo meine Verhaftung stattfand. Wurde er nicht auf der Seidenberger Straße in Moys verhaftet, von der russischen Militärstreife? Blieb er bis zur Befreiung des Lagers auf seinem Posten? War er verrückt oder frei von Schuldbewußtsein? Glaubte er, keine Rache fürchten zu müssen? Ich schließe die Gefangenenakte des Tischlersohns Artur Paul Körner, geboren im ersten Jahr des neuen Jahrhunderts, am 17. Februar 1900, und bemerke, nach der Akte von Hildes Bruder greifend, daß mein Großvater am gleichen Tag Geburtstag hatte wie Hans Berger, der am 17. Februar 1915 in Berlin zu Welt kam. Das kauft dir keiner ab, denke ich. Man wird sagen, die Autorenabsicht wäre auch ohne das Zahlenspiel deutlich geworden. Soll ich die Wirklichkeit korrigieren, weil sie kitschiger ist als die Fiktion?

BRANDENBURG, 10. SEPTEMBER 1998, 13 UHR 55

Gewitterregen auf der Autobahn. Das Kopfsteinpflaster glänzt schwarz in der Sonne. Ich finde das Zuchthaus nicht, umkreise den Stadtring. Anton-Saefkow-Allee. Dorthin fährt, oder von dort kommt, die Straßenbahn der Linie 8. Saefkow war, als er starb, so alt wie ich. Ich stoppe vor dem Krankenhaus, überfahre die Sperrlinie, folge der Bahn. Nach 300 Metern biegt sie in die rotgraue Backsteinfassade, hohle Gasse, für Durchgangsverkehr gesperrt. Stadt schluckt Tram und spuckt sie nicht mehr aus. An der ARAL-Tankstelle kaufe ich den billigsten Schokoriegel. Das Zuchthaus? Zurück ins Zentrum, hinter der Brücke rechts, sagt das Tresenfräulein nach kurzem Blickwechsel mit der älteren, auch blondierten Kollegin. Immer den Gleisen nach. Pornohefte neben der Kasse, vollbusige Mädchen, Finger im Mund. Machs mir. Stadtauswärts, rechter Hand, im Waldstück mit Pappeln und Eschen, ein Gebäudekomplex, kein Zuchthaus, Altenheim im Grünen. Kupplung. Rückwärtsgang. Fast kollidiere ich mit einem Rollstuhlfahrer, der hinter dem Gebüsch auf die Straße schießt. Greis im Jogginganzug. *Rangers* steht auf dem T-Shirt. Reihenhäuser. Wachtürme und Stacheldraht. Mitten im Wohngebiet. Zugeparkte Gehwege. Ich begreife – womit ich nicht rechnete –, die Anstalt ist noch in Betrieb. Der Beamte, im Glaskasten der Anmeldung, in taubengrauer Uniformbluse, spricht mit der Dokumentationsstelle. Ein Gast. Mein Name, buchstabiert, der Ausweis verschwindet in zerkratzter Sichthülle, Passierschein Nummer 57. Reviergeruch im Warteraum. Stockiger Rauch in überheizter Luft. Ich denke an Aluminiumlöffel, die auch abgewaschen einen schmutzigen Eindruck machen. Nichts berühren. Heilige Kaffeemaschine, Wahrzeichen der Demokratie. Herr Görlitz reicht mir die Hand. Sein Name, die Geburtsstadt meiner Eltern. Mystik, die ich mag. Ich fürchte, Ihr Besuch ist umsonst, sagt er und tippt eine Zahlenkombination auf ein Tastenfeld. Sesam öffne dich. Schwere Gittertüren fallen hinter uns ins Schloß. Da muß man sich erst dran gewöhnen. Ich bin im Gefängnis. Besuchsweise. Die Luft ist dünner. Anderer Druck. Wie unter Wasser. Im Hof zwischen Mauer und Hauptgebäude, sagt der Historiker: Kein Hinweis auf Hans Berger, Jahrgang 1915. Kommen Sie, die Ausstellung ist neu gestaltet. Das Fallbeil wurde in der hauseigenen Schlosserei geschärft, einige Häftlinge weigerten sich. Sie können sich vorstellen, daß die kein leichtes Leben hatten. So etwa sah der Raum aus. Links am Pult ein Beamter, daneben das Handwaschbecken, die hinter dem Vorhang hängenden Stricke bekamen die Delinquenten nicht zu sehen, im Zentrum das Fallbeil. Das Original steht heute im Deutschen Historischen Museum. Unser Exemplar wurde 1964 bei der Auflösung der Militärhaftanstalt Torgau abgebaut. Das gleiche Modell. Die Fundamentbolzen passen genau. Der Gefangene trat aus dieser Tür, ohne Gürtel, nur mit der Hose bekleidet, hielt sich mit den auf dem Rücken gefesselten Händen den Hosenbund fest. Bei Nennung seines Namens hatte er mit *Jawohl* zu antworten. Das letzte Wort. Auf das Kommando *Scharfrichter, walten Sie Ihres Amtes* packten drei Gehilfen den

Verurteilten, zogen ihn auf die Bank, extra wie eine Rutsche konstruiert. Logischerweise wehrten sich die Menschen, sagt Herr Görlitz. Das Opfer wurde mit Lederriemen festgeschnallt, die Hose ausgezogen. Nachdem der Kopf über dem Auffangkorb eingespannt wurde, damit die Klinge auch wirklich den Nacken traf, löste der Scharfrichter die Arretierung. Die Särge stellte man in die Ausbuchtung auf der Anstaltsstraße, vielleicht ist sie Ihnen aufgefallen. Kleinere Särge als üblich, man legte den Leichen die Köpfe zwischen die Beine. Ende 1943 fehlten in allen Lazaretten und Hospitälern Blutspender. Auch im Krankenhaus in der Hochstraße. Dagegen würde im Zuchthaus Brandenburg-Görden das Blut sinnlos in die Kanalisation fließen, bemängelte der Chirurg Dr. Bimbler, ein SS-Arzt. In der Tat verursachte das koagulierte Blut regelmäßig Verstopfungen. Kein Wunder, mitunter guillotinierte man 40 Männer pro Tag. 42 war der Rekord. Jeder Exekution wohnte ein Arzt bei. Ab Juni 1944 wurde das Blut aufgefangen. Unmittelbar nach der Hinrichtung drehte der Scharfrichter die Leiche auf eine Schulter, ein Gehilfe Bimblers legte den Trichter an den Halsstumpf und leitete das ausfließende Blut in die Auffangschale. Ein zweiter hielt Antigerinnungsmittel bereit. Man belieferte die Brandenburger Krankenhäuser sowie das Serumwerk in Dresden, wo man mit der Blutplasma-Herstellung experimentierte. Nach der Vollstrekkung säuberte ein Häftling den Boden mit dem Wasserschlauch. Hier ist der Abfluß.

BERLIN-LICHTERFELDE, BUNDESARCHIV, 22. SEPTEMBER 1998 / HILDES GESCHICHTE 3

Der Hochverratsprozeß gegen *Hans Berger und andere.* Einige hundert Seiten Gerichtsakten. Mein Erstaunen sagt mir, daß ich dem Bericht der New Yorker Freundin nicht wirklich geglaubt habe. Trotzkisten in Nazideutschland? Als Phantasmagorien Stalins? Ja. Als wirkliche Überzeugungstäter? Unvorstellbar. Selbsttäuschung, Retusche, Verdrängung. Daß Ex-Kommunisten, ihr Leben erinnernd, das Datum der Konversion vorverlegen, sich auf die Seite der frühen Abweichler schlagen und vorgeben, im Grunde schon immer gewußt zu haben, wo der Hase langläuft, ist nicht neu. Hilde gehört nicht in diesen Club, sie hausiert nicht mit ihrer Vergangenheit, im Gegenteil, sie versucht mich ständig zu überzeugen, wie wenig erzählenswert ihre Geschichte sei. Lange vorbei. Es gibt so viele Bücher und Filme, wen interessiert das? Mich, antworte ich. Tu, was du nicht lassen kannst, sagte sie am Telefon und schickte ein Fax, das mich berechtigt, in ihrem Namen Nachforschungen anzustellen. Das erste, was mir in die Hände fällt, als ich die Dokumentenmappe öffne, ist eine Tüte mit zwei Gefangenenfotos, aufgenommen in Berlin 1935, und von der Krim.-Pol. Stelle Leipzig 1937. Die klassischen drei Porträts für die Kartei: Frontal, Seitenansicht, Profil. Hans Berger sieht seiner Schwester sehr ähnlich. Das gleiche weiche Gesicht, ein kräftiger Hals, ernste, verträumte Augen. Er erinnert mich an Jan Ullrich, den Radprofi, der die Tour de France gewann. Hänschens Haar ist braun und nach hinten gekämmt. Auf einer der Berliner Aufnahmen trägt er einen grauen Hut. Die vollen Lippen sind aufgesprungen, unter dem linken Auge ist ein Bluterguß sichtbar. In Leipzig hat er einen verdächtigen dunklen Fleck auf der linken Stirnseite. Er trägt bei beiden Fototerminen das gleiche dunkle Jackett, ein ausgewaschenes Hemd, kein Weiß, kaum Hellblau, am ehesten Beige oder Ocker. Keine Krawatte. 1937 über dem Hemd eine Weste. Wolle, Handarbeit, selbst gestrickt. Von Regina? Der Mutter? Der Umstand, daß Hans auf beiden Fotografien die gleichen Kleider trägt, wäre nicht erwähnenswert, wenn er von 1935 bis 1937 durchgehend im Gefängnis gesessen hätte, die Garderobe also jene wäre, die er zum Zeitpunkt der Verhaftung am Leib trug. Doch stammen die Aufnahmen aus zwei verschiedenen Verfahren, zwischen den Vorführungen beim Haftrichter war Hans Berger einige Monate das, was man gemeinhin einen freien Mann nennt. Die erste Verhaftung erfolgt Anfang

November 1934. Vor dem Haus Mariannenstraße 29 trifft Hans den Handlungsgehilfen Alfred Brod, auch er polnischer Staatsangehöriger. Beide kennen sich aus der Schulzeit. Am Ende des Gesprächs, das in erster Linie berufliche Angelegenheiten berührt, übergibt Hans dem fünf Jahre älteren Brod ein Exemplar des Flugblatts *Der Wurm des Zweifels.* Vor Gericht wird die Schrift eine *gehässige Kritik an innen- und außenpolitischen Vorfällen und allen möglichen Regierungsmaßnahmen* genannt. Amtliche Betrugsmanöver, plumpe Lügen und brutaler Terror werden angeprangert. *Schließt Euch zu Aktionsgemeinschaften zusammen. Bildet sie auf der Grundlage revolutionärer Räte.* Alfred Brod nimmt das illegale Papier am nächsten Tag mit auf seine Arbeitsstelle, zur Firma M. Strauss & Co., Ritterstraße 33, um es der Angestellten Ruth Warschawski, einer *Glaubensgenossin*, zu zeigen. Diese legt das Flugblatt, um es in Ruhe lesen zu können, in ihre Schreibtischschublade, eine Zurückhaltung, die sie davor bewahrt, im Prozeß außer als Zeugin auch als Angeklagte erscheinen zu müssen. Weder sie noch Brod haben mit Herrn Lambert Seifert gerechnet, der nicht nur als Kraftfahrer angestellt ist, sondern auch wachsamer SS-Mann, der die Kollegen beobachtet. Am 3. November 1934 zieht er mit spitzen Fingern, aber triumphierend, den *Wurm des Zweifels* aus der Lade. Hans und Alfred werden von einem Sondergericht wegen *Vorbereitung zum Hochverrat,* gemäß § 20 Abs. I Ziffer 1 und 3 der Verordnung des Reichspräsidenten zum Schutze des deutschen Volkes vom 4. Februar 1933 (RGBl. I S. 35), zu sechs Monaten Gefängnis verurteilt, wobei die Untersuchungsstrafe angerechnet und mildernd berücksichtigt wird, daß beide Angeklagten nicht vorbestraft und noch jung sind und sich der Schwere ihrer Handlungen nicht voll bewußt waren. Nach zwei Monaten U-Haft in Berlin-Moabit kommt Hans am 26. Januar 1935, dem Tag der Urteilsverkündung, für vier Wochen auf freien Fuß, um anschließend die restliche Frist in Plötzensee abzusitzen. Alfred Brod kürzt das Strafmaß ab, indem er gegen das Urteil Berufung einlegt und tatsächlich freigesprochen wird. Wie wäre Hans' Leben verlaufen, hätte er einen besseren Pflichtverteidiger gehabt oder Geld, um einen ordentlichen Anwalt zu bezahlen? Ein Rückzug aus der Politik, wie ihn Brod vollzieht, scheint bei ihm wenig wahrscheinlich. Im Prozeß gesteht er keinerlei Verbindungen, das Flugblatt sei ihm von einem gewissen Losse ausgehändigt worden, den er aus dem Fichte-Turnverein flüchtig kenne. Er weiß den Beschuldigten im Ausland, die Ermittlungen werden im Sande verlaufen. Hans spielt die Rolle des ahnungslosen Einzeltäters, obwohl er seit Ende 1932 in trotzkistischen Kreisen verkehrt. Durch Gustav Stern (Deckname *Eduard*) erfährt er von der Zeitschrift *Die permanente Revolution,* die Anton Grylewicz in Neukölln herausgibt. Hans wendet sich an den Verlag, um mehr über die Ziele der Bewegung zu erfahren. Grylewicz bringt ihn mit Oskar Grossmann (Deckname *Otto*) zusammen. Der Exil-Russe leitet die Berliner Zelle der I.K.D. (*Internationale Kommunisten Deutschlands),* eine Gruppe, die sich eng an Leo Trotzkis Positionen orientiert. In Paris erscheint deren Zeitung *Unser Wort,* die Grossmann für eine Gebühr von 20 Pfennig in unregelmäßigen Abständen an Hans und seine Freunde weitergibt. Ziel sind nicht Kampfaktionen, sondern Analyse und Schulung. Die Machtübernahme der Nazis 1933 beschränkt die ohnehin geringen Einflußmöglichkeiten des Zirkels, zwingt den Kreis in die Illegalität. *In Anbetracht der nationalen Erhebung ist es untunlich, vorwärts zu stürmen und den Versuch zu machen, breitere Massen zu gewinnen.* Man trifft sich in Grossmanns Wohnung, in der Mariannenstraße oder im Freien, im Grunewald oder an der Krummen Lanke. Alle benutzen Decknamen. Hans ist *Fredi,* Werner Schmidt *Alex,* seine Freundin Ruth, die er in London heiraten wird, *Trude,* Alfred nennt sich *Bert* und Hilde hört auf den Namen *Jenny.* Beide sind ein Paar und leben seit 1934 in der Augsburger Straße 23 in *wilder Ehe* als Untermieter bei Frau Magister. Hilde arbeitet als Stenotypistin in der Firma *Wirtschaftsbedarf,* in der Nähe von S-Bahnhof Börse und Alexanderplatz, Dircksenstraße 26/27, Alfred ist Lehrling im Antiquariat *Der Bücherwurm*. Da paßt er hin, Literatur und Lektüre sind seine Leidenschaft. Er schreibt Gedichte, die nur Hilde kennt. Die Genossen schätzen ihn als theoretischen Kopf. In Debatten mit Vertretern der Reichsleitung und des in Paris agierenden Aktionskomitees, Lohse-Körting, Nettelbeck, Laufer, überraschen die jungen Berliner durch genaue Fragen. Steht die Diktatur des Proletariats, die Errichtung einer deutschen Räterepublik jetzt auf der Tagesordnung? Die kommunistische Idee von Bürokratie und Bonzentum zu befreien bleibt unser Ziel, erklärt Walter Nettelbeck, alias *Georg*, alias *Alfred Link* alias *Jan Bur*, doch habe *Der Alte*, wie Trotzki familiär genannt wird, in seiner Erklärung aus Norwegen klargemacht, wichtigste Aufgabe sei im Augenblick, dem faschistischen Terror die proletarische Einheitsfront entgegenzusetzen. Wenn die deutsche Katastrophe die Stalinisten nicht belehrt hat, ist ihnen nicht zu helfen. Alle Arbeiterparteien sollten unter Führung der Trotzkigruppe eine neue Bewegung bilden, alte Programme müßten überprüft, aus Fehlern der Vergangenheit gelernt werden. Man plane die Gründung einer Vierten Internationale, Gespräche mit der SAP seien im Gange, auch mit den Unabhängigen Sozialisten Hollands. Als Grossmann, Anfang 1934, verhaftet wird, verliert die Gruppe für acht Wochen jeden Kontakt zur Leitung. Der Russe hatte alle Fäden nach Paris und Prag in der Hand. Nettelbeck ruft in der Werkstatt von Nathan Berger an und verlangt Hans zu sprechen. Man trifft sich am ersten Maisonntag 10 Uhr an der Friedenssäule, Belle-Alliance-Platz, fährt zum U-Bahnhof Krumme Lanke, wo sich ihnen zwei weitere Männer anschließen. Der Ältere, der sich als *Rolf* vorstellt, ist circa 35 Jahre alt und kaum größer als Hans, er trägt beim Lesen eine Brille und ist gutbürgerlich gekleidet. Offenbar ein kaufmännischer Angestellter. Den zweiten, jüngeren Mann in hellem Sportanzug (Knickerbocker) kann Hans schwerer einschätzen. Dunkles Haar, schmales Gesicht, ein schweigsamer Mensch. Nettelbeck hat diesmal kein Propagandamaterial dabei. Offenbar ist die Belieferung seit Grossmanns Ausscheiden gestört. Durch den Wald spazierend, referiert *Georg* über die Einheitsfront in Frankreich. Der Plan, eine neue Partei zu gründen, werde nur noch von Eugen Bauer und seinen Leuten favorisiert, Trotzkis Idee, die Genossen geschlossen der SFIO beitreten zu lassen, also den französischen Sozialdemokraten, sei die richtige, weil erfolgreiche Entscheidung gewesen. *Rolf* äußert Zweifel. Beschreiten wir so nicht genau den Weg des Opportunismus, den wir den Reformisten seit Jahren vorhalten? Im Gegenteil, entgegnet der Mann der Reichsleitung, nur mittels dieser Taktik hätten die Genossen in Paris ihre Eigenständigkeit bewahren können, als Splittergruppe wären sie von den großen Parteien zerdrückt worden. Zwar stünde die Frage im Augenblick für Deutschland nicht, doch wüßte er gern, wie sie sich entscheiden würden. Hans erklärt, er sei vor zwei Jahren als Linksabweichler aus der KJ ausgeschlossen worden, die Rückkehr zu den Zentristen würde ihm schwerfallen, zumal sie, wie er sähe, ihre selbstherrliche Haltung nicht aufgegeben hätten. Sie begegnen einem Hundebesitzer, der einen Pudel ausführt. Als der Mann außer Hörweite ist, sagt *Georg*, in ihrem Falle läge ein korporativer Beitritt zur SP näher, doch gebe es auch, das wolle er nicht verhehlen, Stimmen, die dies entschieden ablehnten. Eugen Bauer, der Leiter des deutschen Auslandskomitees, habe sich deshalb mit dem *Alten* überworfen. Einige Gefolgsleute Bauers wären ihm gefolgt, zum Beispiel der Genosse Lohse-Körting. Da weitere Abspaltungen zu befürchten seien, wäre die Frage, wie man zur französischen Einheitsfront steht, keine rein theoretische. Bei einer späteren Begegnung im *Romanischen Café* an der Gedächtniskirche im August wird Hans von Nettelbeck gefragt, ob er sich zutraue, nach Hamburg zu fahren, um die Stimmung in der dortigen Gruppe festzustellen und, wenn nötig, für Trotzkis Position zu werben. Er werde Broschüren und Zeitungen erhalten, auch Dokumente von Lew Dawidowitsch und Eugen Bauer. Anfang September 1934, während seines

Urlaubs – er ist Laborant in der Firma Lasersohn, Alte Jakobstraße –, unternimmt Hans Berger die Reise. *Georg* übergibt ihm am Dönhoffplatz ein Päckchen mit dem Material sowie 20 Mark Reisegeld, von denen er später 5 Mark zurückerstatten wird. Er nimmt statt der Eisenbahn den Autoreisedienst. Hin-und Rückfahrt kosten 12 Mark. In der Hansestadt holt ihn niemand ab, sein Kontaktmann, Hannes Bremer, Heizer auf einem Schleppdampfer, wohnt am Stellinger Weg. Sonntagmorgen fahren beide in die Heide und treffen dort auf zwei Gruppen jüngerer Genossen. Hans hält zwei Vorträge von einer dreiviertel Stunde. Unter den Hörern sind auch Mädchen, darunter eine Hamburgerin namens Anita Suhr. Die nächsten Nächte verbringt er bei Heinz Leidersdorf, der als Studienreferendar an einer jüdischen Schule arbeitet. Insgesamt zähle die Gruppe, erfährt Hans, etwa vierzig Mitglieder, von denen die meisten gegen Bauer und für Trotzkis Einheitsfrontplan eingestellt seien. Der Aufbau einer Organisation in der Stadt sei schwer, alle namhaften Leute wären der Polizei bekannt, man könne nur sehr vorsichtig agieren. Bei einem Rundgang im Hafen, die Ozeandampfer betrachtend, meint Hans zu seinen Begleitern: Da möchte man gleich mitfahren. Leidersdorf und Bremer ziehen ihn in eine Fischbratstube. Mittwochnachmittag, gegen vier, ist er wieder in Berlin. Er trifft Alfred in der Augsburger Straße. In seiner Jacke hat er ein Exemplar der Zeitung *Unser Wort* und das Flugblatt *Der Wurm des Zweifels*, das Exemplar, das ihm wenige Wochen später 6 Monate Gefängnis einbringen wird. *Fred* und *Bert* warten auf Hilde, alias *Jenny*, die am Bahnhof Zoo gerade die Treppe zur U-Bahn hinunterläuft.

BERLIN-PRENZLAUER BERG, 2. OKTOBER 1998, 14 UHR 12

Janko hat die Logistik im Griff. Sitzt vor dem PC, rechnet alles kurz mal durch. Die Sendung wird im LCL-Verkehr verschifft. Gut, sage ich, und was heißt das? Keine unnötigen

Einzelheiten. Die Schiffe laufen jeweils sonnabends aus. Deshalb muß die Sendung bis Mittwoch im Lager angeliefert werden. Haben Sie drüben eine Firma? Weder drüben noch hier. Der Spediteur gerät ins Straucheln. Augenblick. Wer expediert die Bücher zum Hafen? Ich miete einen LKW. Aha, sagt Janko. Aber wenn Sie Donnerstag oder Freitag anliefern, geht die Fracht erst in der folgenden Woche ab. Wieso? Weil die Schiffe am Sonnabend abfahren. Richtig, das erwähnten Sie schon. Für die Einfuhr von Büchern aus den USA fällt kein Zoll an. Gott sei Dank. Sie müssen nur mit der Einfuhrumsatzsteuer in Höhe von 16 Prozent kalkulieren. Oho. Sämtliche Kosten werden bei Anlieferung beglichen. Kann man auch mitfahren auf so einem Schiff? Im Prinzip ja, aber im November gibts meist heftige Herbststürme. Wenig Romantik. Da dauert die Überfahrt bis zu zehn Tage. Und dann die ganze Zeit mit Philippinos und Chinesen zusammen, auch wenn am Heck die deutsche Flagge weht.

BERLIN-LICHTERFELDE, BUNDESARCHIV, 5. OKTOBER 1998 / HILDES GESCHICHTE 4

Mein Deckname? Hilde antwortet, ohne überlegen zu müssen. Jenny, nach Marx' Frau, Jenny von Westphalen. Ich stehe am Telefonapparat im Vorraum des Lesesaals und sehe, wie das Guthaben meiner Telefonkarte schmilzt. In New York ist es 10 Uhr vormittags. Mir verbleiben noch zwei Stunden Archivzeit. Du hast *Alex* 20 Reichsmark geborgt, für seine Fahrkarte nach England, 1936? Woher weißt du das? Ich lese deine Akte. Hast du tatsächlich was gefunden? Die Deutschen werfen keine Dokumente weg, in der Regel. *Alex* und ich – eigentlich hieß er ja Werner Schmidt – waren damals Freunde, Genossen, kein Paar, das kam erst später, nach dem Krieg, er wollte Ruth heiraten, deshalb ging er nach London, ich lebte mit meinem Mann. Die Anzeige blinkt und verlangt eine neue Telefonkarte. Ich muß Schluß machen. Hilde versteht nicht. Mein Geld ist alle, rufe ich, aber ich bestelle Kopien von den Akten. Mach dir keine Umstände, mich interessieren diese Sachen – die Verbindung wird getrennt. Wie endete der Satz? frage ich mich, zu den Aktenstapeln zurückgehend. Erinnert man sich nach sechzig Jahren noch an Gesichter? Gerüche? Leidenschaften? Was muß das für ein Gefühl sein, zu wissen, daß man alle seine Lieben überlebt hat? Für mich ist die Suche nach Hans, Alfred, Max Martin Nathan und Genossen ein Spiel, ein Sport, andere belegen Tauchkurse in Ägypten, ich versinke in fremden Biographien. Alte Bücher, alte Leute, alte Geschichten. Einzige Auffälligkeit der Neurose ist die der Nostalgie widersprechende Passion für magersüchtige weibliche Teenager. Am 12. Juni 1935 läßt Hans Berger die gelben Backsteinmauern von Moabit hinter sich. Neunzehn Jahre und noch immer Jungfrau. Beginnt jetzt das richtige Leben? Zur Schwester sagt er, ich finde ja doch kein Mädchen, das so ist wie du. Zwei Wochen nach der Entlassung meldet sich Nettelbeck per Telefon. Durch die Verhaftung oder Emigration mehrerer Genossen ist *Georg* oder *Alfred Link*, wie er sich jetzt nennt, der wichtigste Verbindungsmann zum A. K. in Paris und somit zu Trotzki, der in Weksal, einem Dorf fünfzig Kilometer von Oslo, seinen provisorischen Arbeitsplatz einrichtet. Im Haus des norwegischen Redakteurs Konrad Knudsen bemüht er sich, die Aktionen der am Aufbau der 4. Internationale beteiligten Parteien zu koordinieren, schreibt Artikel und an seinem Testament *Die verratene Revolution*. Hans wird den Berufsrevolutionär Bronstein nie persönlich kennenlernen, dafür erwartet ihn Nettelbeck am S-Bahnhof Hallesches Tor. Sein Einsatz käme zur Zeit nicht in Frage, man müsse davon ausgehen, daß er unter Beobachtung der Sicherheitspolizei stehe. Hans berichtet, beim Freigang in Plötzensee hätte er Torgler gesehen, den Vorsitzenden der KPD-Reichstagsfraktion, der mit Dimitroff und Genossen im Leipziger Prozeß angeklagt und freigesprochen wurde, aber weiter in *Schutzhaft* saß, während die zu russischen Staatsbürgern geadelten Bulgaren längst abgeschoben worden waren. Der einsame Häftling sei, bemerkt *Georg,* weil er sich nach dem Reichstagsbrand, von seiner Unschuld überzeugt, den Behörden stellte, aus der Partei ausgeschlossen worden. Immerhin, meint Hans, habe Torgler den Klassencharakter der Justiz unterschätzt. Er war 1933 nicht der einzige, der sich Illusionen machte, wägt Nettelbeck ab. Bevor sie sich trennen, bittet er Hans, das nächste Mal pünktlich zu sein. Sollten wir uns, wovon ich nicht ausgehe, wirklich einmal verpassen, erwarte ich dich acht Tage später, um die gleiche Zeit an der vereinbarten Stelle. Und falls die Verbindung abreißt? Das darf sie nicht. Aber für den Fall der Fälle, die Fernsprechzelle am Dönhoffplatz kennst du? Hans nickt. Hinterlasse eine Nachricht im Telefonbuch, Seite 100. Eine vierstellige Zahl, die ersten zwei Ziffern bedeuten den Tag des jeweiligen Monats, an dem wir uns treffen können, die beiden letzten die Uhrzeit. Allerdings berücksichtige, daß vom ersten Ziffernpaar eine Zahl abgezogen, bei den letzten eine Zahl dazugezählt wird. Wenn du dich am 12. September um 18 Uhr mit mir verabreden willst, was mußt du einschreiben? 1119, sagt Hans. Und wenn du, sagen wir mal, einen Tag nach Weihnachten, eine 614 vorfindest, wann warte ich dann auf dem Platz? Am 5. Januar um 15 Uhr. Gut, du hast es begriffen, dir steht eine große Zukunft als Illegaler bevor. Eine Bemerkung nicht ohne Hintersinn. Sechs Wochen später läßt er *Fred* nach Magdeburg reisen, wo ihm der kaufmännische Angestellte Max Laufer Propagandamaterial aushändigt. Der Mann aus der Neustädter Straße nennt sich *Fritz,* ist drei Jahre älter als Hans und wie er ein theoretischer Kopf. Sie spazieren durch den Tierpark, stehen stumm vor den Affenkäfigen, die von Kindern umlagert sind, die ihre Sommerferien genießen, vor dem menschenleeren Ziegengehege nehmen sie ihr Gespräch wieder auf. Wie konnte der Nationalsozialismus siegen? Welchen Anteil haben KPD und SPD? Wird es gelingen, die deutsche Arbeiterbewegung wieder auf die Füße zu stellen? Laufer sieht die Einheitsfrontidee als gescheitert an. Der Aufbau einer völlig neuen Partei sei nötig, die für die Errichtung des Sozialismus im Sinne von Marx, Lenin und Trotzki kämpfe, zunächst in kleinen Schulungszirkeln, die sich dem Studium der Klassiker widmeten, um später an die Gewinnung breiterer Massen zu gehen. Hans erhält einen Handkoffer mit Druckschriften. Bei der Übergabe am Dönhoffplatz trifft er ein letztes Mal Nettelbeck, der ihm erklärt, er müsse sich, da ihm der Boden zu heiß würde, schleunigst nach Frankreich absetzen. Zu seinem Erstaunen erfährt Hans, daß ihn *Georg* als seinen Nachfolger in der Berliner Leitung vorgeschlagen habe. Er solle aber nur mit Aufgaben betraut werden, wo die Gefahr eines Hochgehens nicht bestünde. Ein paar Tage später meldet sich ein Genosse in der Werkstatt seines Vaters und beauftragt *Fredi*, nach Hamburg zu reisen, um die Gruppe, die er bereits kenne, mit Schulungsmaterial zu versorgen. Am Sonnabend, dem 2. November 1935, übergibt ihm *Kurt* an der Moltkebrücke den braunen Magdeburger Handkoffer, 18 Reichsmark Reisegeld und eine Reihe Anweisungen, die Hans sich merken soll, sicherheitshalber jedoch in Stichpunkten auf einen Handzettel notiert, den er mehrfach gefaltet im Futter seiner Anzugjacke verwahrt. *Kurt*, ein dreißgjähriger kräftiger Mann mit frischer Gesichtsfarbe, verabredet sich mit ihm für den 6. November um 18 Uhr am Gendarmenmarkt. Der Schnellzug nach Hamburg verläßt um 12 Uhr 39 die Halle des Lehrter Bahnhofs. *Jenny, Bert* und *Alex* wissen von seiner Reise. Die knapp zweistündige Fahrt verbringt er mit Lesen. Ein unverfängliches Buch. *Die Schicksale Doktor Bürgers.* Der Autor Hans Carossa hat sich angepaßt, aber die Erzählung, ein Frühwerk, lebt noch vom Geist der alten Zeit. *Röschen ist ein zartes Wesen von dreizehn Jahren, das runde, sehr weiße Gesicht voll blasser Sommersprossen.* Da muß er an die kleine Schwester denken. Die Buchstaben tanzen vor seinen Augen. Die Sache ist bombensicher. Auf *Georgs* Worte kann man sich verlassen. Das muß die Elbe sein. Immer den Koffer im Blick, der im Gepäcknetz liegt. Die Fahrgäste halten ihn bestimmt für einen harmlosen, nicht eben wohlhabenden jungen Arbeiter. Ist er gefährlich? Er will das Regime stürzen, mehr nicht. Vielleicht glauben sie, er will zur See fahren. Nettelbeck ist in Paris, nicht schlecht. Aber er kann kein Französisch. Hilde würde lieber heut als morgen fortgehen. Wären sie im *Brith Haolim* geblieben, könnten sie in Palästina Steine klopfen. Und die Eltern? Darf man sie mit Regina allein lassen? Den Hauptbahnhof verläßt er durch den Ostausgang. An der Schwingtür prallt ein Mann so heftig mit ihm zusammen, daß der Koffer seiner Hand entgleitet und zu Boden fällt. Gott sei Dank springt das Schloß nicht auf. Der Reisende ist kaum älter als Hans, elegant, mit Anzug und Fliege, auf der Nase eine Nickelbrille, er trägt eine Zeichenmappe unter dem Arm, stammelt eine Entschuldigung und stürzt die Treppen hinauf zu den Bahnsteigen. Die junge Frau, die den Heißsporn wohl zum Bahnhof begleitete, bleibt bei Hans stehen und erklärt in seltsam steifem Ton, sie müsse sich für Max Martin, ihren Bruder, entschuldigen, der habe es eilig, wenn sie in der Grindelallee kein Taxi bekommen hätten, würde er den Zug verpaßt haben. Die Fremde macht Anstalten, den Handkoffer aufzurichten. Hans kommt ihr zuvor. Ein Herr mit grauem Borstenschnitt tritt zu ihnen. Margot, wo bleibst du? Soll ich den Chauffeur ewig warten lassen. Ich kann ihm doch erst zu Hause das Fahrgeld übergeben lassen. Hans entschwindet durch die Pendeltür. Fünf Minuten später erreicht er die Kunsthalle. Sachlicher Bau, helles Gestein, dorische Säulen vor dem Eingang, ein Kuppeldach, das zu einer Synagoge passen würde. Davor ein leerer Platz. Hat er den Verbindungsmann verpaßt? Erkennungszeichen, ein *Hamburger Fremdenblatt.* Falls etwas schiefläuft, muß er Anita Suhr, Heßweg 6, aufsuchen. Wieviel Zeit kostete ihn der Zusammenprall mit dem stürmischen Studenten? Jura- oder Medizinstudent, ein Bürgersöhnchen. Bestimmt nicht dumm. Hans umkreist das Reiterstandbild, als Heinz Leidersdorf aus dem Gebäude tritt. Wie er das *Fremdenblatt* an die Brust drückt, ist schon ein wenig albern. Es ist der Hamburger, bei dem Hans 1934 ein paar Nächte wohnte, doch scheint der sich nicht an ihn zu erinnern oder hält sich sklavisch an die Regel. Entschuldigung, wie komme ich bitte zum Jungfernstieg? Die Miene des Kontaktmannes hellt sich auf. Das liegt auf meinem Weg, ich zeig es Ihnen gern. Sehr freundlich. Die Lombardsbrücke überquerend, meint Hans, im Koffer befände sich das Material, ob Leidersdorf das Gepäck nicht nehmen wolle. Der entgegnet, es würde ihm bald abgenommen, er selbst könne es nicht tun, weil er an einer jüdischen Schule als Lehrer tätig sei und daher am Sonnabend unmöglich irgendwelche Arbeiten verrichten dürfe. Die Antwort läßt Hans an den Vater denken, der jetzt in Berlin gewiß über dem Gebetbuch sitzt. Sein Begleiter hat recht, falls ihnen ein Schüler der *Talmud Tora Schule* über den Weg läuft, könnte das für den Referendar unbequeme Fragen zur Folge haben. Vom Wasser weht kalter Wind. Obwohl er die Weste übergezogen hat, fröstelt ihn, als er sich, auf Leidersdorfs Wink hin, auf einer Bank unter Weiden niederläßt. Mir kommt die Sache nicht geheuer vor. Heinz deutet mit den Augen auf einen, fünfzig Meter von ihnen entfernt, in Höhe der Alsterterrassen, in auffälliger Weise auf und ab laufenden Mann. Besser, wir bleiben sitzen. Minuten später nickt ihnen ein Radfahrer zu, der in Richtung Anlegestelle strampelt. Die Luft ist rein, erklärt Leidersdorf in Verkennung der Lage. Seit dem Einbiegen auf die Uferpromenade werden sie von mehreren Beamten der Inspektion 6 der Hamburger Staatspolizei beschattet. Die Beobachtung der auf dem Bürgersteig wartenden männlichen Person, des kaufmännischen Angestellten Walter Munter, begann bereits um 8 Uhr morgens. Wie man seit Donnerstag, dem 31. Oktober 1935, weiß, erwartet er Anita Suhr, die gegen 16 Uhr 30 zwei oder drei Päckchen mit Propagandamaterial von Kurieren der Reichsleitung der Trotzkisten aus Berlin und Leipzig in Empfang nehmen soll. Anita erscheint, begrüßt Heinz und Hans, in dem sie den Referenten vom Schulungswochenende in der Heide wiedererkennt, und läuft, beide unterhakend, zur Rabenstraße. Während sie auf dem Kiesweg am Wasser bleiben, entfernt sich Genosse

Munter, der das Treffen abdeckte, auf dem Trottoir in die gleiche Richtung. Über die Schulter zurückblickend, versucht er Vorsprung zu gewinnen. Er hat, was bei dem übersichtlichen Gelände nicht verwundert, die Verfolgung bemerkt und versucht, den Genossen die Gefahr anzuzeigen, als Inspektor Brauns den Befehl zum Zupacken erteilt. Der erfahrene Kriminalist, der erst vor einem Jahr in die neue Behörde wechselte, verhaftet zusammen mit Assistent Schneider den fliehenden Munter, drei weitere Beamte nehmen das Trio auf dem Alsterufer in Gewahrsam. Die Überrumpelung ist komplett. Ohne Widerstand zu leisten, lassen sich die Festgenommenen zu den in Nebenstraßen bereitstehenden Personenkraftwagen führen. Man bringt sie ins Stadthaus. Erste Vernehmungen ergeben, daß Hans als Kurier fungierte. Man nimmt seine Fingerabdrücke. Er muß seine Taschen leeren. Neben dem Buch von Carossa liegt sein Leseausweis der Berliner Stadtbibliothek, Breite Straße 36, Leihkarte Nr. 3977, ausgestellt am 13. Juni 1935. Einen Tag nach seiner ersten Haftentlassung war er schon wieder angemeldet. Die Gebühr hat er bis zum 31. Dezember bezahlt. Ausnutzen wird er sie nicht können. Unter den Unterlagen ist ein Nachnahmeschein für die Verlagsbuchhandlung B. G. Teubner in Leipzig. 1 Reichsmark 80 Pfennig überwies Hans am 14. Oktober. Welches Buch er bestellte, geht aus der Quittung nicht hervor. Auf einem anderen Zettel stehen verschiedene Summen, die anzeigen, wem er wieviel Geld schuldete. Außer dem Vater sind alle Mitglieder der Familie darunter: 1,10 Röschen, 0,20 Mutti, 1,00 Regina, 13,50 Hilde. Die vorgenommene Leibesvisitation bringt die im Futter versteckten Notizen zu Tage. Man öffnet den Handkoffer, er enthält 200 Exemplare der Zeitschrift *Unser Wort*, Ausgaben von Mai bis Oktober 1935, 20 Stücke der Schrift *Das andere Deutschland*, verschiedene Bulletins sowie fünf Exemplare des Drucks *Ergänzung zum offenen Brief an das Weltproletariat.* Hans bestreitet den Transport der illegalen Schriften nicht. Ein Berliner Bekannter *Alfred Link*, den er nur unter diesem

Namen kenne und von dem er annehme, daß er Trotzki-Anhänger ist, habe ihn gebeten, an seiner Stelle die Reise zu machen, da er anderweitig sehr in Anspruch genommen sei. In Hamburg, wo er zuvor noch nie war, habe er verabredungsgemäß an der Kunsthalle den Mann, später das ihm ebenfalls unbekannte Mädchen getroffen. Nach dem Stichwortzettel befragt, gibt er an, die Notizen habe ihm *Link* diktiert, damit er sie dem Hamburger übergebe. Die Verhaftung hätte dies verhindert. Der Bekannte sei etwa 28 Jahre alt, circa 1,72 groß, mittelblond, trüge einen dunklen Anzug, grauen Mantel und Schlapphut und spreche Berliner Mundart. Bei der Übergabe des Koffers habe *Link* vorgeschlagen, ihn am Dienstag, dem 5. November, um 20 Uhr am Potsdamer Platz wieder zu treffen. Hans erklärt, die volle Wahrheit gesagt zu haben und keine weiteren Angaben machen zu können. Man bringt ihn ins KZ Fuhlsbüttel.

DÜSSELDORF FLUGHAFEN, 23. NOVEMBER 1998, 10 UHR 16

Herrlich, wie ein armer Schlucker auszusehen, die Taschen voller Bargeld. Niemand vermutet in meiner zerrißnen Lederjacke das Bündel grüner Banknoten, ein paar Tausend Dollar in der Innentasche. Winkte ich damit, würde mir sogar die blonde langbeinige Gazelle einen flüchtigen Blick schenken. Jetzt bin ich Luft für sie, die, ein schlanker Schatten im Minirock, ihrem Chef auf dem Fuß folgt. Der – Mittvierziger, mein Jahrgang, aber viel älter – durchschlendert die Abfertigungshalle, die linke Hand mit dem Handy am Ohr, die rechte lässig in die Hüfte gestützt, das Jackett zurückschlagend, daß der Ledergürtel freiliegt. Er trägt – ich bin sicher – das Spitzenmodell von Mercedes, falls die Schwaben inzwischen Ledergürtel herstellen. Telefoniert seit einer halben Stunde. Die Blondine zieht, ihm folgend, den silbernen Handkoffer von Gate zu Gate. Ihr knackiger Hintern wölbt sich unter grauweißgeripptem Rockstoff. Ich sehe die Ränder ihres Slips. Er telefoniert, sie hockt ihm zu Füßen. Das Pelzjäckchen, das in ihrem Arm ruht wie das Christuskind, ist ein Geschenk von ihm. Ob er Karlheinz heißt? Nein, sagt er schneidend, fünfzig Prozent Vorkasse, der Rest 28 Tage nach Lieferung. Letzte Mahnung. Dann verhandeln unsere Anwälte. Ding-dang-dong. Check-in. Natürlich fliegen beide Business-Class. Ich schlurfe heckwärts zu den Düsen. Ein Hauch Parfüm im Vorübergehn. Von meinem Platz aus sehe ich ihren feingliedrigen Fuß im Gang wippen, ab und zu eine leuchtende Strähne blonden Haars über der Kopfstütze, bis die Stewardeß den Vorhang zieht. Die Sichtblende heißt englisch *class divider*. Marx hätte an dem Begriff ein diebisches Vergnügen gehabt. Ohne Grund erschreckt, taste ich nach dem Geldbündel über dem Herzen.

NATHANS BILDER

Der 7. April 1927 fällt auf einen Donnerstag. Sonnenaufgang ist um 5 Uhr 24, Untergang 6 Uhr 42. Den Mondwechsel vernachlässige ich, daß aber die Ebbe in Hamburg um 8 Uhr 57 (V) und 9 Uhr 30 (N), eintritt, bzw. die Flut um 4 Uhr 11 (V) und 4 Uhr 42 (N), sei eine Erwähnung wert. Damit nicht genug. An diesem Tag werden Zeugnisse verteilt. So verkündet es ein brüchiges Abreißkalenderblatt, das aus dem Heft 12/1927 der Zeitschrift *Kunstblatt der Jugend* fällt. *Heute gibst Zeugnisse.* Anfang April? Eine wacklig unsichere Kinderhandschrift, Mischung aus Druckbuchstaben und Sütterlin. Der kleine ABC-Schütze verdreht das S, schreibt es wie ein Fragezeichen, und beharrt, auf Vorder- wie Rückseite, auf dem Wort *gibst*. *Weihnachtssegen* heißt die Geschichte im *Kunstblatt*, die es verdeckt, logisch, es ist ja das Dezemberheft. Der Autor Günther Zweig (U II RG, 15 Jahre) beginnt klassisch: *Der Heiligabend neigte sich seinem Ende zu*, ein Anfang, den ich nicht weiterverfolge, da mein Blick zur Zeichnung über dem Text abschweift. *Verkehr am Dammthorbahnhof, Hamburg*, ein Blatt, das ich kaum beachtet hätte, fiele mir nicht die

Unterschrift ins Auge: *Max Martin Nathan, 14. November 1926*. Und in dankenswerter Weise ergänzte die Redaktion (*Schöpferische Schularbeit in Bild und Wort*): *11 Jahre*. Freund Nathan, der Liebhaber von Kunst, Freimaurerei, C. F. Meyer und Schokolade, ein Zeichentalent. Ein hübsches Bildchen: Im Hintergrund, rechts, die wuchtige Bahnhofshalle, das Portal, darin die Uhr, auf halb zwei zeigend, nachmittags, vor dem Eingang stehen, gedrängt, Passanten und Reisende, erwarten Straßenbahnen, die von beiden Seiten ins Bild kommen, Autos, Lieferwagen, ein Motorrad, Fahrrad, Pferdegespann, Rauch einer Lokomotive, deren Zug auf dem Hochbahngleis in die Halle einfährt. Im Vordergrund der Szenerie, links der Achse, wendet neben einem Fahnenmast oder Laternenpfahl (ohne Lampe) ein Polizist dem Betrachter den Rükken zu und dirigiert mit ausgestrecktem rechten Arm das Geschehen. Ich verlasse die Weihnachtsgeschichte endgültig, blättere nach vorn, entdecke kein Magen David, kein *Ex-Libris Hamburgensis*, auch in den anderen acht *Kunstblätter*-Heften der Union Deutsche Verlagsanstalt suche ich vergeblich nach Nathans Buchsignet, finde aber weitere Zeichnungen. Die Nummer 1 des Jahrgangs 1926 veröffentlicht ein Blatt ohne Titel: Ein Zug vor einer Berglandschaft, ein banales Sujet, die Umsetzung frappierend. Mit wenigen Federstrichen deutet Max das Gebirge an, ein Tunnelloch, aus dem sich ein schwarzer Zug schiebt. Drei verschiedene Bewegungslinien (Bergkämme, Bahn auf Gleisen, Strom-Oberleitungen) bringen erstaunliche Dynamik in die Szene. Dieses Werk des jungen Meisters ist unsigniert, anders die Zeichnung *Rodelausflug* aus dem Septemberheft des gleichen Jahres. Hier steht in der oberen rechten Ecke *M. M. Nathan*, und darunter – als redaktioneller Zusatz – *Kl. VI, 10 Jahre*. Eine witzige Karikatur eines Berghangs am Rande einer im Hintergrund liegenden Stadt, Mietshäuser mit Rauchfahnen, die Alpen rufen!, 10 kindliche Rodler (mit Pudelmützen), ein einsamer Skiläufer, auf der Piste, in der Blattmitte, eine seltsam steife Person, mit einer Art Baskenmütze und dunkler

Brille, man könnte glauben, ein Blinder beim Schlittenfahren. Eine skurrile Gemeinde eckiger Figuren, die Blattaufteilung sicher, doch insgesamt ein unbeholfner Versuch im Vergleich zur Berg-Zug-Skizze. Das Februarheft 1928 bietet zwei Nathan-Arbeiten: *Bau der neuen Krugkoppelbrücke* (Seite 91) und *Pinselstudie* (Seite 110), wieder mit der Altersangabe: 11 Jahre. Ich weiß nicht, was sich die Redaktion unter Schriftleiter Johannes Meyer in Nowawes bei Berlin dabei dachte, ich kann nicht umhin, mich zu wundern, daß Max Nathan, der im November 1926 11 Jahre alt war, im Dezember 1927 immer noch, im Februar 1928 wieder und im Januar–, sowie Septemberheft 1929 weiterhin 11 Jahre alt sein soll. Eine sonderbar gestreckte Pubertät. Ich wäre stutzig geworden, selbst wenn ich nicht wüßte, daß Max Martin am 19. Juni 1928 von seinem Lehrer Dr. Carlebach ein Buch zur Bar Mizwa geschenkt bekam, also an diesem Zeitpunkt schon 13 Jahre alt war. Schuf er alle Zeichnungen in einer schöpferischen Euphorie vor dem Jahr 1927? Lagerte sein Frühwerk als *goldener Fonds* im Schreibtischfach des Redakteurs Meyer, der bei Bedarf einen Nathan herauszog und ins *Kunstblatt* setzte? Zwei Nathans treten auf, das eckige, infantile, fratzenhafte Talent: *Dammthorbahnhof*, *Rodelausflug*, *Krugkoppelbrücke* sind Teile dieser Phase, und der reife, moderne, meisterliche Könner, *Pinselstudie* und *Beim Gaswerk* gehören dazu, ebenso das Blatt *Meine Urgroßmutter, hundertjährige Greisin* wie *Skizzen nach der Natur*. Die letzte Arbeit zeigt zwei Männer im Doppelporträt, ein vollbärtiger Alter und ein glattrasierter Mittvierziger mit Nickelbrille und Fliege. Trüge letzterer Oberlippenbart, könnte man in ihm Dr. Nathan Max Nathan vermuten. Der Strich ist schroff, hingeworfen, ohne Kalkül, aus dem Handgelenk, lässig wie die Signatur, das ist keine Unterschrift eines Pennälers, der um Teilnahme an einem Malwettbewerb bittet, dies Autogramm behauptet selbstbewußtes Künstlertum. Wer ist dieser Max Martin? Warum altert er nicht, weshalb ist er so zwiegesichtig? Ist er ein geniales Talent oder ein gewiefter Betrüger? Was wird aus einem

Wunderkind? In der 40. Ausgabe des *Who ist who in American Art* gibt es einen Nathan, Max, doch, allerdings, Augenblick, warum heißt er Helmuth? Eine Namensänderung? Geboren in Hamburg, Germany, richtig, das muß er, nein, 1901, das kann er nicht sein. Ich habe einen malenden Hamburger Nathan, aber den falschen, 14 Jahre zu alt. Waren die Nathan-Mäxe Brüder? Der gleiche Vorname, Nachname, Hamburg, bildende Kunst? Genau, der jüngere eifert dem großen nach, will in seine Schuhstapfen treten. Oder, Moment, das ist des Rätsels Lösung, was, wenn der ältere dem jüngeren beim Zeichnen hilft, hier eine Korrektur, dort eine Handreichung, sich beide den Spaß machen, Zeichnungen des älteren unter dem Namen des jüngeren an das *Kunstblatt* zu versenden, immer mit der Altersangabe: 11 Jahre. Unsinn, das *Who is who* verrät, daß Max Helmuth Nathan 1926 bereits Doktor der Medizin war, verheiratet mit Irene Nelson und Vater einer kleinen Tochter Ruth. Er arbeitet am Allgemeinen Krankenhaus St. Georg, hat kaum Zeit für die Graphik, geschweige für Kindereien mit dem kleinen Bruder. Was, wenn dieser Zeichnungen des größeren einsendet, sie, ohne dessen Wissen, als eigene ausgibt? Ungeheuerlicher Vorwurf. Zwar kenne ich Max Martin nicht, aber das traue ich ihm dann doch nicht zu. Halten wir uns an Fakten. Helmuth, der Mediziner, kommt 1936 in die USA. Allein? In Begleitung? Nimmt er den inzwischen zwanzigjährigen vermeintlichen Bruder mit? Wohin verschwindet der? Oder kam er gar nicht in die Staaten? Nur seine Bibliothek? Was, wenn Helmuth vorausfährt, die Bücherkisten mitnimmt, Max Martin soll mit einem späteren Schiff hinterher, wenn der ältere das Terrain sondiert, einen Job, eine Wohnung gefunden hat? Etwas kommt dazwischen, Krankheit, ein Visumproblem, die Emigrations-Quote, Nathan bricht sich ein Bein in den Alpen, verliebt sich, die Mutter erkrankt oder man hofft, in den Tagen der Olympiade, die Nazis würden sich mäßigen, am Ende normalisiere sich jedes Regime? Und plötzlich ist es zu spät, und Max Martin, Büchernarr, Kunstfreund oder Kunstfälscher, erreicht nie die

Neue Welt, sondern geht wie Tausende und Abertausende, wie sein Vater oder Dr. Carlebach, den Weg in die von Menschenhand gesteuerte deutsche Vernichtungsmaschinerie?

NEWARK INTERNATIONAL AIRPORT, NOVEMBER 23, 1998, 3 p.m.

Die Peripherie sieht überall gleich aus: bulgarisch. Verwitterter Beton. Graues Gras. Papierfetzen. Asche in der Luft. Als der Bus, kurz vor der Einfahrt in den Lincoln Tunnel, in die steile Kurve rollt, verkündet eine Werbefläche von *Barnes & Nobles*: *If we don't have your books, nobody does*. Großmäuler, denke ich, von wegen.

CHELSEA, W 26TH STREET, NOVEMBER 24, 1998, 9.13 a.m.

Ohne Plan geraten wir in *deep trouble* und alles endet im Chaos. Es hilft nichts, Jacob wird mir genau vorschreiben, was zu tun ist. Wo wohnst du? Wann geht dein Rückflug? Am 4. Dezember. Knapp zwei Wochen, genug Zeit. Von wegen, 10 Tage, meint der Buchhändler, nein 9, Donnerstag ist Thanksgiving. Spätestens Ende der Woche haben wir das Geschäft in Sack und Tüten, denke ich, einen Blick in die Kammer werfend. Oh, oh, Jacob reibt sich das Kinn, du hast keine Ahnung, was wir uns da aufgehalst haben. Wir werden schuften müssen wie die Sklaven. Hungrig? Wirklich nicht? Mach mir nicht schlapp. Ich bin ein alter Mann. Ich kann die Aktion leiten, erledigen mußt du sie. Die Nummer der Shipping Company? Zeig her. Ruf an. Es ist alles klar. Ruf an, sag ich. Verlaß dich auf niemanden. Sie versprechen dir das Blaue vom Himmel, um dich im Regen stehn zu lassen. Lach nur, ich hab meine Erfahrungen. Hast du Klebeband mitgebracht? Vergessen. Das ist schlecht, ganz schlecht, wie wollen wir 4000 Bücher verpacken ohne tapes? Gibts in Amerika kein Klebeband? Witzbold, du bekommst hier alles, sogar 1a-deutsche Bücher, Land der unbegrenzten Möglichkeiten, schon mal gehört davon? Aber du zahlst auch für jede Winzigkeit harte Dollars, was du dir merken solltest. Er notiert die Einkaufsliste: tapes, boxes, peanuts. Erdnüsse? Jacob, ich habe zwei Bagel gegessen, in einem Diner am Broadway. Kluge Entscheidung, sagt er, einen Bücherstapel als Schreibunterlage nutzend, eine Delikatesse, Bagel sind in New York, was Eisbein in Deutschland ist. Das erste, was ich mache, wenn ich nach München komme, ich gehe in ein Kellerrestaurant, Nähe Hauptbahnhof, und bestelle Bier und Schweinshaxe. Wirklich? Kein schlechtes Gewissen? Mein Freund – er legt mir beide Hände auf die Schultern – mach dir keine Sorgen, ob ich die Speisegesetze einhalte oder nicht, rück lieber das restliche Geld raus. Bezahlen wir die Kartons cash, kriegen wir sie ein paar Cents billiger. Der Kartonagenbetrieb liegt keine drei Minuten entfernt, neben der Autoverwertung. Jacob stellt sich vor, der Chef, ein rothaariger großer Mann mit kurzem Vollbart, grinst: Hi Jack. Kennt ihr den? Trifft ein Reisender einen Freund, mit Namen Jack, im Flugzeug, auf dem Weg zum WC, in zehntausend Meter Höhe, in der Nähe des Cockpits, und schreit, über den Zufall begeistert: Hi Jack! Er wird natürlich sofort niedergeschlagen, weil der Flugbegleiter *highjacked!* verstanden hat. Also, Hi Jack. Klassewitz, sagt Jacob. Kommt ein Schwarzer aufs Sozialamt und will seinen Hund anmelden. Die Lady hinter dem Schreibtisch weist ihn zurück. Nennen Sie mir einen Grund, warum ihr Hund zur Welfare berechtigt sein sollte. Einen? ruft der Mann, ich hab drei: Erstens ist er schwarz, zweitens liegt er den ganzen Tag rum und macht nichts und drittens weiß er nicht, wer sein Vater und wer seine Mutter sind. Wir sind eine lustige Verschwörerbande. Wir kommen ins Geschäft. 100 Kartons, ein Dutzend Klebebandrollen (extra stark), sowie zwei 30-Liter-Säcke mit Peanuts: Erdnüsse aus Polystyrol, die ein fachmännischer Buchverpacker in die Hohlräume seiner Pakete stopft. Mike! Der Herr über die Kartonagen winkt einem jungen Schwarzen. Schnapp dir einen Wagen und bring die Lieferung zu diesen beiden Gentlemen.

EX LIBRIS 1

Jean-Jacques Rousseau: *Über den Staatsbürgervertrag oder Grundsätze des öffentlichen Rechtes*, Düsseldorf, bey Joh. Henr. Christ. Schreiner 1800, eine neu bearbeitete, mit einigen theils berichtigenden, theils erläuternden Anmerkungen begleitete Uebersetzung von Prof. J. Schram. Auf dem Vorsatz steht: *Dem Communisten-Club in N.Y. zugehörig. 1/4/59. Dr. Jacobi.* Daneben: *Komp.* Das Vorwort des Herausgebers erfährt eine mit Bleistift festgehaltene harsche Kritik: *Rousseau sprach warm und liebevoll zu dem Volk. Diese Übersetzung ist Fälschung und gleich knechtischer Natur, wie heute wohl alle deutschen Professoren knechtisch sind. Volksbetrüger.* + Ludwig Pfandl, *Philipp II. Gemälde eines Lebens und einer Zeit*, Verlag Georg D.W. Callwey, München 1938. *Wenn Du einmal einen wirklichen Freund in irgendeiner Lebenslage gebrauchst, so bist Du mir stets willkommen.* Die Unterschrift ist unleserlich. Datum 1. April 1940. + *Ins verschlossene Land. Ein Kampf mit Mensch und Meile*, von Dr. Werner Otto von Hentig, 201.–205. Tausend, Potsdam Der weiße Ritter Verlag Ludwig Voggenreiter, 1928. *Herrn Professor Dr. Courant in freundschaftlicher Erinnerung an die Göttinger Jahre. Werner O. v. Hentig 10. Febr. 1933.* + *Die Vereinigten Staaten von Amerika. Ihre Entstehung und Entwicklung* von C. A. Bratter. Im Verlag Ullstein / Berlin. Im Umschlagdeckel eine Notiz: *Im Pennsylvania Bahnhof. In der weiten Halle spielt die Orgel. Menschen fliehen durch die Gänge und stehen im Gegensatz zu den beruhigenden Tönen der Musik. Aus dem Gedränge taucht ein Ehepaar auf. Mit einem Satz sind ein paar Mädel an ihrer Seite, hängen an ihrem Hals und küssen sie in inniger Freude des Wiedersehens. Die Töne fluten durch den Raum. 12. IV. 30.* + *Der Zauberberg*, Thomas Mann, Gesammelte Werke, erster Band, S. Fischer Verlag Berlin 1925, einundzwanzigste bis fünfundzwanzigste Auflage. *Wertvoller Quäker-Gutschein. Gegen Frankoeinsendung der umseitig bei jeder Prämie angegebenen Anzahl Gutscheine aus Quäker Haferflocken oder Quäker Rapidflocken Paketen senden wir Ihnen gänzlich kostenlos die gewünschte Prämie, deren Kosten wir aus unseren Werbemitteln bestreiten. Diese Gegenstände sind schwer versilbert, eigens für uns fabriziert und von echtem Silber kaum zu unterscheiden. Sie sind von fast unbegrenzter Haltbarkeit im Gebrauch und tragen keinen Reklameaufdruck.* Der Garantieschein, für den man immerhin eine große Gabel oder ein Paar Teelöffel (großes oder kleines Modell) zugesandt bekommen hätte, liegt zwischen den Seiten 176 und 177. Dort stehen, wie bei Thomas Mann zu erwarten war, einige zitierfähige Sätze, u. a. der: *Wir wissen wohl, daß die Einschaltung von Um- und Neugewöhnungen das einzige Mittel ist, unser Leben zu halten, unseren Zeitsinn aufzufrischen, eine Verjüngung, Verstärkung, Verlangsamung unseres Zeitsinns und damit die Erneuerung unseres Lebensgefühls überhaupt zu erzielen.* + *Yü Fong. Der Nephrit Phönix. Ein chinesischer Revolutionsroman aus dem Beginn des 20. Jahrhunderts*, von Erich von Salzmann. Deutsche Verlags-Anstalt Stuttgart Berlin und Leipzig 1926. *Als die chinesische Revolution noch friedlich war. Herrn Dr. Franz Ullstein zugeeignet vom Verfasser Erich v. Salzmann Peking Berlin 1927.* + *Geschichte der antiken Philosophie*, von E. von Aster, Berlin und Leipzig, Vereinigung wissenschaftlicher Verleger, Walter De Gruyter & Co. Im Vorsatz zwei Stempel: *Rabbi Elie Munk 1519 – 52. Street, Brooklyn, N.Y. 11219, TEL. 851-8611.* + *Der hinkende Teufel*, von Lesage. Aus dem Französischen von G. Fink, Leipzig, Druck und Verlag von Philipp Reclam jun. Inhaber: Bernard Schlesinger Nr. 302. Rezept Argonauten Apotheke, Stadionplein 25 – Tel. 24325 Amsterdam-Z. 10. Juli 1944. *Voor geleverde Geneesmiddelen volgens nevenstaade nota: zeven en zenventig cents.* + *Der Gerichtstag*, Kurt Wolff Verlag Leipzig 1919, von Franz Werfel. Im Vorsatz: Heinrich Löwenfeld. Inliegend *Abwehrblätter*, dem Organ des *Vereins zur Abwehr des Antisemitismus*, 41. Jahrgang Nr. 8/9, Berlin, Dezember 1931. Im Aufsatz *Hegel und das Judentum* ergeht sich der Autor Dr. Bruno Altmann nicht im Akademischen: *Unsere Völkischen tun sich viel zugute auf ihr nordisches Edel-*

blut, aber in einen ganz perversen Rauschzustand versetzt sie doch erst der Wahn, daß sie diese Qualität nicht mit Juden, Mediterranen, Alpinen usw. teilen müssen. Die Passage ist mit Bleistiftanstreichung von fremder Hand hervorgehoben. *Wie soll sich ein Mensch zu dem erhabenen Standpunkt Fichtes, Freiheit, gegründet auf Gleichheit alles dessen, was Menschengesicht trägt, emporarbeiten, wenn von vornherein kraft Geburt und Abstammung ein Höherwertigkeitsgefühl besteht und wenn die so gedachte Person sich dank ihrer Abkunft ohne alle eigene Leistung auf ein Herrenrecht berufen darf?* Seine geschichtlich bedeutsame Position muß sich jedes Volk erst erringen, bemerkt der Verfasser und beschreibt die Mission des Judentums: Indem sie Gott als rein geistige Potenz erfaßten und des weiteren verboten, sich über ihn bildliche Vorstellungen zu machen, entgingen sie der Gefahr, sich Gott nach dem Maßstab menschlicher Winzigkeiten zuzurichten. Die jüdische Religion ist nach Hegel schlechthin die ›Religion der Erhabenheit‹. Doppelt unterstrichen und mit einem Ausrufungszeichen versehen ist folgende Passage: *Durch Schuld und Reue zum Bewußtsein eigenen Menschentums zu gelangen, das war nach Hegel die gewaltigste Freiheitstat, die geleistet werden konnte. Von diesem Augenblicke an und nicht früher setzte die Geschichte ein, denn nun war der Mensch soweit von der göttlichen Sphäre abgelöst, daß jedes Geschick und jede Handlung als Effekt seines eigenen Willens angesehen werden konnte.* Vom nächsten Artikel existieren nur Anfang und Schluß. *Hitler wird die Juden nicht belästigen?* Der Autor attackiert Zweifler und Ungläubige, die den Nationalsozialismus nur als Farce sehen, kaum als Gefahr. *Der Geist, das Programm, die Idee besteht eben und erschöpft sich darin, jeden, der sich aus irgend einem Grunde nicht zum Hakenkreuz bekennt, kurzerhand totzuschlagen. Daß unter den ersten Opfern eines derartigen Schand- und Blutregimes die deutschen Juden wären, steht außer allem Zweifel.* Auf der letzten Seite annonciert das größte Spezial-Geschäft für moderne Augengläser: *Sind's die Augen, geh' zu Ruhnke.*

MUTTERS GESCHICHTE, GÖRLITZ, 8. OKTOBER 1948, 7 UHR 29 ABENDS

Heute gibt man Simonows Schauspiel *Die russische Frage.* Wer vorbeigeht und Traudel sieht, wird vermuten, sie studiere den Besetzungszettel. Das Stück interessiert sie nicht, obwohl Ferdinand Weintraub mitspielt, Jacoby und Lengwinat, Schauspieler, die sie verehrt. Ort der Handlung: New York, sonderbarer Titel. Der Bühneneingang, ein unverfänglicher Platz. Immer stehen Leute am Theater, um Freunde oder Verwandte abzupassen, die ihre Eintrittskarten in der Tasche tragen. Direkt vor dem *Humboldthaus*, wenige Schritte entfernt, hatte sie nicht auf die Pradel-Oma warten wollen. Trotz des Kopftuchs würde sie bestimmt jemand erkennen. So wie sich die Alte nicht davon abbringen ließ, die Urteilsverkündung anzuhören, ließ sich die Enkelin nicht im *Goldenen Baum* halten. Mir fällt die Decke auf den Kopf. Sie hatte den Demianiplatz überquert, sich auf der anderen Straßenseite haltend, um den Eingang der Nummer 51 aus den Augenwinkeln zu mustern. Nichts deutete auf das Geschehen hin, das dort seinen Lauf nahm. Einzig der Uniformierte, der die Ausweise der Besucher kontrollierte, paßte nicht in das friedliche Erscheinungsbild des Kulturhauses. Kein Andrang. Warum auch? Kurz vor sechs, der letzte Prozeßtag neigte sich seinem Ende. Würde das Gericht dem Antrag des Staatsanwalts folgen? Die Wasseroberfläche des Luftschutzlöschteichs ist spiegelglatt. Vom Ufer aus lassen kleine Jungen Papierschiffe fahren. Ein Mann im Lodenmantel läuft zur Pforte. Fast hätte sie Eugen Schaub nicht erkannt, den gefeierten Mephisto, der als *Geist, der stets verneint* die Bühne des Gerhart-Hauptmann-Theaters verzaubern konnte. Dabei so ein unscheinbarer Mensch. Im letzten Winter hatten Traudel und ihre Freundin Ruth nach der Faust-Vorstellung zwei Stunden im Frost gestanden, um sein Autogramm zu erbetteln. Er nickt dem Pförtner zu und verschwindet im Bühnenhaus. Auf dem Anschlagzettel steht Schaubs Rolle: *Huld,*

Redakteur an MacPhersons Zeitung. Schöner Beruf, in dem man sich gegen Bezahlung täglich verwandeln darf. Traudel denkt an den Satz, den Großmutter sagte, bevor sie am Morgen den Gasthof verließ: Ich will wissen, wer Beifall klatscht. Obwohl im *Humboldthaus* kein Konzert oder Theaterstück stattfand, war die Zuschauerzahl so groß, daß Einlaßkarten verteilt werden mußten. Abzuholen im Landgericht, Zimmer Nr. 38. So stand es in der *Lausitzer Rundschau*. Großmutter erhielt ihr Ticket durch den Verteidiger von Onkel Johannes. Anwalt Dr. Liebler ist ein anständiger Herr, ich verstehe nicht, weshalb Mutti ihn so angeschrien hat, im Gerichtssaal, sagte die Pradel-Oma. Traudel weiß seit Wochen nicht, was eigentlich vorgeht. Keiner spricht offen über *die Geschichte*. Anfang Juni saß sie Mittags im Garten, unter dem Kirschbaum, über den Schularbeiten, als aus der Küche ein heftiger Wortwechsel vernehmbar wurde. Streitereien zwischen Mutter und Großmutter waren nicht selten, überraschend war die Heftigkeit und der Zeitpunkt der Auseinandersetzung. Sonst blieb Mutter bis zum Geschäftsschluß im Laden. *Kaufst Du Lebensmittel ein, muß es stets bei Müller sein*. Der Spruch stand im Vorsatz ihres *Taschenwörterbuchs der englischen und deutschen Sprache,* das auf dem Steinsockel lag. Der Onkel hatte ihr den *Langenscheidt* aus seiner Bibliothek anläßlich des Wechsels zum Lyzeum geschenkt. Der Aufkleber mit dem Reklamevers zeigte die Silhouette der Stadt mit Landeskrone, Kaisertrutz und Peterskirche vor einer aufgehenden Sonne. *Görlitz i. Schles. Johannes Müller, Schützenstraße 2. Fernspr. 1473*. Traudel kannte die Telefonnummer. Oft rief sie im Geschäft an, um Mutter zu sprechen, die nach dem Krieg, als der Gasthof schlechter lief, in der Firma als Verkäuferin anfing. Wer in der Stadt etwas auf sich hielt, kaufte bei Müller. *Delikatessen zum günstigen Preis.* Auch in der Markenzeit hielt dem Onkel ein Kreis von Stammkunden die Treue, darunter nicht wenige Sänger und Schauspieler vom Stadttheater. Davon profitierte Traudels Autographensammlung. Anfang Mai reichte die Sopranistin Glowa dem Chef ein Porträtfoto über den Ladentisch. *Für Waltraud Müller mit herzlichem Gruß.* Die Verwechslung der Nachnamen tat dem Wert des Stücks keinen Abbruch. Tage später las die Sängerin, mit anderen Käufern vor der versiegelten Tür der Filiale in der Schützenstraße stehend: *Dieses Geschäft bleibt bis auf weiteres geschlossen!* Frau Glowa, der am Wochenende der letzte Rest echten Tees ausgegangen war – zur Pflege ihrer Stimmbänder trank sie nichts anderes –, war am Morgen des 1. Juni noch vor der Probe losgeeilt, um die ihr zustehenden Gramm zu erhalten. Der Müller soll auch verhaftet sein, raunte ihr eine Bekannte aus der Konsulstraße zu. Gerüchte machten im Theater die Runde. Als am Donnerstag die Zeitung die Meldung brachte, war die Verhaftung der acht Einzelhändler längst Stadtgespräch. Traudel nahm davon nicht viel wahr. Nachdem am Dienstagabend Mutter abgeholt worden war, später drei Kriminalbeamte eine mehrstündige Haussuchung im *Goldenen Baum* durchführten, blieb sie auf ihrem Zimmer oder in der Nähe der Pradel-Oma. Die schwieg, strich nur ab und zu der Enkelin übers Gesicht, als wollte sie sich davon überzeugen, daß deren Wangen trocken waren. Traudel erinnerte sich, daß sie, als Vater verschwunden war, unablässig wiederholt hatte: Es wird sich alles aufklären, es wird wieder gut. Nichts war wieder gut geworden. *Schändliche Verbrechen am werktätigen Volk.* Soll ich alles vorlesen? fragte das Mädchen, über die *Rundschau* gebeugt. Wer sind die anderen? Firma Weidner, Landskronstraße, Firma Kaczke, Hospitalstraße, Firma Hofmeister, Peterstraße, Firma Salomatis, Weberstraße, Firma Leuschner, Heilige-Grab-Straße, Firma Junge, Weberstraße, und Firma Haeßler, Hilgerstraße. Sieben Lebensmittelläden, war nicht von achten die Rede? Oma, sagte Traudel, daß die Firma Johannes Müller dabei ist, glaubte ich nicht erwähnen zu müssen. Was den Verhafteten vorgeworfen wurde, blieb in der Zeitungsmeldung undeutlich. Angeblich hätten sie sich durch Bestechung eines Angestellten des Ernährungsamtes persönliche Vorteile verschafft und gegen das Kontrollratsgesetz Nr. 50 verstoßen. Weiß der Himmel, was das bedeutete. Mutter wurde nicht genannt, dafür der Mann vom Ernährungsamt, mit Name und Adresse: Karl Bläsche, Augustastraße 13. Traudel hatte nicht gewußt, daß der in der Nähe ihrer Schule wohnte, sie kannte Bläsche als leutseligen Gast im *Baum,* der gern lange blieb und in später Stunde zu Gefühlsduselei neigte. Mehr als einmal hatte er Mutter gebeten, sie möge ihre *reizende Tochter* überreden, ihm auf dem Piano den *Donauwalzer* vorzuspielen, die besten Jahre seines Lebens habe er in Wien verbracht, in Erinnerung daran wolle er mit Lotte, der Chefin, ein Tänzchen wagen. Ein Filou. Einen anderen Titel erhielt er nicht von der Pradel-Oma. Als Traudel seinen Namen vorlas, hob sie den Kopf und sagte: Ach Gott. Den nächsten Tag ging Traudel nicht zur Schule. Mittags lief sie zum Kiosk am Obermarkt. Schon der Gang durch die hundert Meter lange Brüderstraße kam ihr vor wie ein Spießrutenlauf. Starrten ihr nicht alle Leute hinterher, hörte sie nicht deutlich das Wort *Schiebergesindel*, als sie die Metzgerei passierte? In den kühlen Hausflur schlüpfend, atmete sie auf. Tante Elli saß im Gastraum, Vaters Schwester, Ehefrau von Johannes Müller, eine drahtige Person, deren bekannteste Eigenart war, sich jeden Morgen für eine halbe Stunde in eine mit eiskaltem Wasser gefüllte Badewanne zu legen, vorausgesetzt, das Wasser war nicht gerade wieder abgesperrt. Die Tante war nie krank. Heute sah ihr Gesicht grau aus. Die Groschen hättest du sparen können, Mädchen, sagte sie, auf die *Rundschau* weisend, es steht nichts Neues drin, nur daß die *Werktätigen schärfste Maßnahmen* fordern, keine Ahnung, was sie sich da vorstellen, hoffentlich nicht gleich Tod durch Erschießen. Die Tante blätterte in der Zeitung. Am schlimmsten sind die Leserbriefe. *Parasiten, charakterloses, ehrvergessenes Pack, Saboteure, Schmarotzer.* Die gleichen Leute, die hier das Maul aufreißen, standen noch vorgestern bei Weidners oder uns im Laden, um kräftig auf den *Konsum* zu schimpfen. Ach nein, hier haben die Genossen Redakteure einen Halbsatz Wahrheit überlesen. Da läßt mal einer die Katze aus dem Sack. Die Tante pochte mit dem Finger auf die

Zeile, als wollte sie das Zitat aufspießen. *Es wird strengste Bestrafung der Schuldigen, ihre Enteignung sowie die Übernahme dieser Geschäfte durch den Konsumverein gefordert.* Wem nützt es? Weil sie nicht verhindern können, daß wir mehr Kunden anziehen als sie mit ihren miserablen Staatsläden, müssen sie einen Grund erfinden, die Schmarotzerfirmen zu schließen. Das nennt man Wettbewerb. Elli, beruhige dich, mahnte die Pradel-Oma. Meinst du, ich rede mich um Kopf und Kragen? Lachhaft. Sie griff erneut nach der *Rundschau*. Hier, schau, lies, die Belegschaft des Eisenbahnbetriebswerkes fordert, nicht nur die unmittelbar Beteiligten sollten ins Arbeitslager, nein, deren Ehepartner gleich mit. Vielleicht hocke ich heute abend schon im Loch? Artur hat Glück, zwar ist er noch mit einer Schieberbraut verheiratet, wird aber um Sippenhaft herumkommen, weil er schon in Bautzen sitzt. Lottes Freund Bläsche spielt in dieser Farce ja die Hauptrolle. Ihr werdet sehen, es dauert keine Woche und Karlchen ist ein freier Mann. Die Prophezeiung der Tante sollte sich auf fatale Weise erfüllen. Drei Tage später, in der Nacht vom 9. zum 10. Juni, wurde der ehemalige Leiter des Ernährungsamts in seiner Zelle im Untersuchungsgefängnis tot aufgefunden. *B. wurde in Einzelhaft gehalten. Aus den von ihm hinterlassenen Aufzeichnungen ist zu erkennen, daß er den Schritt aus Furcht vor den Folgen seiner strafbaren Handlung tat.* Die Zeitung brachte die Meldung mit einer Woche Verspätung. Bläsche hatte sich aufgehängt. In Traudels Vorstellung vermischte sich seine Physiognomie mit der des jungen Soldaten vom Postplatz, den man in den letzten Kriegstagen an einem Laternenmast gelyncht hatte, um den Hals das Schild: *So wird es allen Verrätern gehen.* Das weiche Gesicht des Walzertänzers war verzerrt, seine Zunge drückte gegen den hochgezogenen linken Mundwinkel. Sein Körper schwankte im Wind wie die Leiche des Deserteurs, die man eine ganze Woche hatte hängen lassen. Zur Abschreckung. Traudel sagte sich, daß der Filou im Gefängnis gestorben war, vermutlich unterhalb des Fenstergitters, es gab keinen Grund zum Schwanken.

Bläsches Leiche pendelte weiter. Tante Elli kam ein zweites Mal in den *Goldenen Baum*. Offenbar ließen sich die Behörden mit ihrer Verhaftung Zeit. Da ist etwas faul an dieser Selbstmord-Geschichte, hörte sie die Tante hinter der angelehnten Küchentür sagen, weshalb gesteht er erst seine Schuld? Was soll das heißen? Daß Karl Bläsche jetzt ein noch viel besserer Zeuge der Anklage ist. Cui bono? Als Traudel an den Tisch trat, unterbrachen Elli und Großmutter das Gespräch. Auch ohne Ermahnung wußte das Mädchen, daß man den Verdacht, den die Tante äußerte, am besten sofort vergaß. Tatsächlich beruhigte sich die Lage nach einigen Tagen. Die Ferien standen vor der Tür. Mit dem Prozeßbeginn sei frühestens im September zu rechnen, ließ Anwalt Liebler mitteilen. In Traudels Klasse wußten alle, wer ihr Onkel war – die Schützenstraße lag nur wenige Meter von der Höheren Mädchenschule entfernt –, daß ihre Mutter in Haft genommen war, sie war nicht die einzige Betroffene, auch Gretel Hofmeister ging aufs Lyzeum, sowie die Schwestern von zwei weiblichen Angestellten des Ernährungsamtes, die angeblich mit Bläsche unter einer Decke gesteckt hatten. Die Kunden der versiegelten Geschäfte folgten dem Aufruf der *Lausitzer Rundschau* und ließen sich in die Listen anderer Geschäfte einschreiben. Da die Kapazitäten der anderen Privathändler ausgeschöpft waren, blieb vielen Käufern nichts übrig, als ihre Marken künftig in den *Konsum* zu tragen, um Brot, Zucker und Magermilch zu erhalten. In der Zeitung wurde der *Fall* seltener erwähnt. Der Verband der Verfolgten erklärte *zur Richtigstellung der im Umlauf befindlichen Gerüchte*, daß keiner der Beschuldigten aus den Reihen des VVN sei. *Eine Mitgliedschaft in unseren Reihen könnte für den Betreffenden in solchen Fällen nur um so schärfere Bestrafung auslösen.* Die Dresdener Stadtverordneten beschlossen, künftig Schieber, Schwarzhändler und Preiswucherer *in der Behandlung ihres Wohnraums* mit *aktivistischen Nazis und Kriegsverbrechern* gleichzustellen. Was hatte ihre Mutter mit dem Oberbürgermeister Meinshausen, ihr Onkel Johannes mit dem NS-Kreisleiter Malitz gemein? Oder gar mit KZ-Kommandant Krüger? Die waren zum Tode verurteilt worden. Im April achtundvierzig. Traudel hatte, vom neuen Geschichtslehrer gefragt, geantwortet, sie empfände diese Strafe als gerecht. Sie hatte an den Soldaten vom Postplatz gedacht. An die blonde Strähne auf seiner Stirn, die Fußlappen, den schwankenden Leichnam ohne Stiefel und Schulterstücke. Die gleichen Leser, die in der *Rundschau* nachfragten, warum die Urteile gegen Malitz und Meinshausen noch nicht vollstreckt seien und wohin man die Delinquenten gebracht habe, forderten, den Prozeß gegen Johannes Müller und Co. schneller zu eröffnen. Hatte man den Onkel zum Hauptschuldigen erklärt, weil sein Geschäft das renommierteste war? *Kaufst du verschobne Lebensmittel ein, muß es stets bei Schmarotzer Müller sein.* Als der Termin der Verhandlung und als Ort das *Humboldthaus* festgelegt wurde, fürchtete Traudel, das Verfahren würde wie das gegen die Nazibonzen vom Stadtfunk übertragen werden. Jetzt, am Bühneneingang wartend, bedauert sie fast, daß man Mutter und Onkel die Demütigung erspart hatte. Unerkannt würde sie sich unter die Zuhörer am Marienplatz gemischt haben und wissen, was im Sitzungssaal gesagt wurde. Ein Blick auf Mutters Armbanduhr. Zehn nach acht. Nimm sie, binde sie um, hatte die Pradel-Oma gedrängt, falls jemand fragt, sag, es ist deine Uhr. Was man am Körper trägt, beschlagnahmen sie nicht. Traudel überraschte das juristische Wissen der Großmutter mehr als die angedrohte Konfiskation. Die Kripobeamten verließen den *Goldenen Baum* mit leeren Händen, kein Geheimversteck mit Lebensmittelmarken, kein Zuckerdepot, keine Beweismittel. Auf der Bühne beginnt der dritte Aufzug des Stücks *Die russische Frage,* Preston, Redakteur der Auslandsabteilung, gespielt von Weintraub, schimpft ins Telefon, Jessy, dargestellt von einer Elevin mit dem klangvollen Namen Marion van de Kamp, erwartet in den Soffitten ihren Auftritt. Vom Demianiplatz kommen Leute. Traudel zieht sich das Kopftuch tiefer in die Stirn. Eigentlich ist die Verkleidung für das Wetter zu winterlich. Ohrenentzündung, denkt sie und daß sie die Oma nicht verpassen darf. Vielleicht vergißt sie die Verabredung. Gestern war sie nach dem Prozeßtag völlig konfus. Obwohl sie als Zeugin nicht mehr gebraucht wurde, hatte sie acht Stunden im *Humboldthaus* gesessen. Ein Jahr elf Monate, forderte der Staatsanwalt. Die *Rundschau* sprach von der *Blumenverkaufszentrale Körner*. Mutter habe das Ernährungsamt regelmäßig mit Schnittblumen und anderen Gefälligkeiten bedacht, um Lebensmittelmarken zu erhalten. Die benötigte die Firma für den Ausgleich von Warenmanko. So hätten sich die Einzelhändler bereichert. Besaß man genug Marken, konnten freigewordene Mengen Zucker und Fett als überschüssige Ware für höhere Preise abgegeben werden. Seltsam war nur, daß die Geschäftsleute den Beamten nahezu die gleiche Warenmenge zukommen ließen, wie sie von denen als Gegenwert in Coupons erhielten. So bekam die Firma Weidner Marken für 30 kg Zucker, 4 kg Fett, 9 kg Nährmittel, 6 kg Fleisch, 10 kg Marmelade und drei Zentner Kartoffeln. Karl Bläsche erhielt im Gegenzug 6 Stück Butter, 1 kg Öl, 6 kg Zucker, 4 kg Bonbons, 7 kg Nährmittel und 6 kg Fleisch. Lohnte die Gewinnspanne das Risiko? Daß der Mann vom Ernährungsamt die Raritäten ohne Schwierigkeiten in bare Münze verwandeln konnte, lag auf der Hand. Wenn die Berichte über seinen Lebenswandel stimmten, war sein Bargeldbedarf enorm. In einem Lokal habe er eine Abendzeche von 600 Mark beglichen. Im *Goldenen Baum* fand das denkwürdige Ereignis nicht statt, kommentierte die Pradel-Oma den Zeitungsbericht, kaum ein Abend sei vergangen, an dem die Wirtin den Filou nicht habe an seine *Anschreibungen* erinnern müssen. Jetzt würde niemand mehr den fröhlichen Zecher an Schulden oder Sünden erinnern, kein Kreuzverhör vermochte ihn noch einmal in Widersprüche zu verwickeln. Er hatte sich aus dem Staub gemacht. Seine Verhörprotokolle und Notizen bargen mit Belastungen und Behauptungen ausreichend Stoff für einen spannenden Prozeßverlauf. Auch Traudel drängte sich die Frage auf, weshalb der Walzerliebhaber, der sich so eifrig mühte, den Kopf aus der Schlinge zu ziehen, denselben schließlich in diese gesteckt hatte? An einem Punkt stimmten die Prozeßberichte des Lokalreporters der *Rundschau* mit denen der Großmutter überein: *Frau Körner* trat im Gerichtssaal mit jener Unbekümmertheit auf, die alle Gäste an ihr schätzten. Ihre Antworten, oft genug vom Publikum mit Gelächter quittiert, nannte der Staatsanwalt strafverschärfende Belege mangelnden Schuldbewußtseins. Mittelpunkt ihrer Befragung bildete die Zucker-Salzsack-Affäre. Im Laden der Firma Müller hatten die Ermittler einen Zuckersack sichergestellt, der zu zwei Dritteln (circa 70 Pfund) mit Salz gefüllt war, nur das obere Drittel (30 Pfund) enthielt den Süßstoff, den das Behältnis zu umfassen vorgab. Über diesen Gegenstand entspann sich ein heftiger Wortwechsel zwischen dem Ex-Geschäftsführer Müller und seiner Schwägerin. Während der Onkel behauptete, von der Füllung des Sackes nichts gewußt zu haben, entgegnete Mutter, in Angst geratend, als allein Schuldige hingestellt zu werden, er selbst hätte den Zucker über das Salz gestreut, um wenig später zugeben zu müssen, in Abwesenheit des Onkels mehrfach Zucker und Nährmit-tel an die Mitarbeiter der Firma verteilt zu haben. Traudel brauchte keine Zeugen und Beweise, um zu glauben, daß es nicht nur möglicherweise, sondern höchstwahrscheinlich so gewesen war. Die Wirtin vom *Goldenen Baum* gab gern einen aus. Ohne den Geschäftssinn der Pradel-Oma wäre der Gasthof längst ruiniert gewesen. Stammgäste wußten, daß, wenn Lotte *eine Runde aufs Haus* ankündigte, die frohe Botschaft nur dann ernstzunehmen war, wenn die Alte nicht in der Nähe weilte. Im andern Falle fand man den spendierten Klaren oder das Glas Landskronpils später auf der eigenen Rechnung wieder. Traudel kennt die Mutter, leichtsinnig ist sie, eine Spielerin, trinkt zuviel, manchmal kommt sie ihr dumm vor, ungerecht, eines ist sie auf keinen Fall: verschlagen. Mach bloß das Tuch ab, Püppchen, du bist schon ganz erhitzt im Gesicht. Traudel dreht sich um, sie hat

Großmutter nicht kommen sehen. In ihrem schwarzen Kleid, auf den Stock gestützt, steht sie neben dem Anschlagkasten. Gehen wir nach Hause. Nichts an ihrer Miene deutet darauf, daß sie zehn Stunden im *Humboldthaus* gesessen hat, um zuzusehen, wie man über ihre Tochter und den Onkel Gericht hielt. Publikum füllt den Bürgersteig, das Theater ist vorbei. Traudel hakt die Oma unter. Sie steigen die Stufen zum Reichenbacher Turm hinauf. Auf dem Obermarkt sagt die alte Frau: 1 Jahr und sechs Monate. Weine nicht, Kindchen, das sind fünf Monate weniger, als der Staatsanwalt forderte. Und Onkel? 2 Jahre, 4 Monate, aber Dr. Liebler sagt, damit können wir leben, die Milderung von Zuchthaus zu Gefängnis sei mehr wert als 10 Monate Haftverkürzung. Guten Abend, Herr Tippelt, die Pradel-Oma grüßt den Apotheker, der, aus der Verrätergasse kommend, den Platz quert und seinen Hut zieht. Er wird glauben, wir wären im Theater gewesen, denkt das Mädchen und blickt dem Spaziergänger nach, es sei denn, er weiß schon Bescheid.

CHELSEA, W 26TH STREET,
NOVEMBER 24, 1998, 3.55 p.m.

Genug, Feierabend, Rom wurde auch nicht, du kennst den Spruch? Jacob nimmt mir das Teppichmesser aus der Hand, machen wir morgen weiter. Wie viele Kartons? Fünf. Zu wenig. Okay, heute hatten wir nur eine halbe Schicht, mußten die Materialfrage lösen, uns einarbeiten, Probephase, trotzdem, du siehst, es braucht Zeit, den Rückflug kannst du vergessen, oder willst du die Hälfte hierlassen? Komm nicht auf den Gedanken. Bezahlt ist bezahlt, du mußt alles mitnehmen, ich verlange sonst Lagergebühr, sind jetzt deine Kinder, ich habe mich von den Quälgeistern verabschiedet. Wohin mit den fertigen Paketen? Die Kammer ist voll: Pappe, Leiter, Klebeband, Peanuts, Transportwagen. Die Kisten dort aufzustapeln wäre idiotisch, wir müßten alle, jede gut 40 Kilo schwer, morgen früh wieder herausbugsieren, um an die

Regale zu kommen. Viel schlimmer, sagt Jacob, du müßtest sie raustragen, ich, mit meinem Rücken, rühre die Bleisärge nicht an. Er schlurft ins Büro, ich folge ihm. Alles schlukkendes Grau, die Dielen, die Decke, Heizungsrohre, das Licht vor den Fenstern, Hosenbeine, Hände, Jacobs müdes Gesicht zwischen waghalsig schief gestapelten Büchertürmen. Ich habs, sagt er, wenn wir die Zeitungen preußischer ausrichten, diese zwei Kisten, bestellte Sachen, nie abgeholt, an die Wand rücken, gewinnen wir einen knappen Quadratmeter Freifläche, Baugrund ist knapp in Manhattan, wie du siehst. Ich drängle mich mit dem Karton durch die Tür. Jacob hat die Zeitungen gepackt. Das nennt er also preußisch. Paß doch auf, schimpft er, als ich gegen den Schrank stoße. Wenn die Scheibe zerbrochen wäre. Kann ja richtig zornig werden, der Zwerg. Sie ist aber nicht kaputt. Glaubst du, irgendwer könnte sie ersetzen? Bin ich im Land der unbegrenzten Möglichkeiten oder nicht? Hundert Jahre hat er auf dem Buckel, eine Antiquität, klärt mich mein Geschäftspartner auf. Kirsche, Handarbeit, Berliner Werkstatt. Stand fünf oder sechs Jahre in einem Lagerhaus, auf der Jerseyseite, die Besitzer saßen in England, hatten ihre Möbel und Bücher vorausgeschickt, dann kam Pearl Harbor, sie kriegten kein Schiff mehr und mußten abwarten bis Kriegsende. Und dann? Na, sie haben die Bücher wiedergetroffen, und den Schrank dazu, und waren glücklich. Stell dir vor, deine Bücher verschwänden für ein paar Jahre, du weißt nicht, wo sie sind. Dabei, die Leute mußten ganz andere Verluste verkraften, wenn du verstehst, was ich meine. Hier, das Schloß, die Scharniere, das hält ewig, wenn man ordentlich damit umgeht. Ich überhöre die Anspielung und nicke anerkennend. Obwohl ich weder an den Beschlägen noch dem Objekt an sich Außergewöhnliches finden kann. Und dann? Jacob blickt auf, erstaunt, daß ich so wenig begeistert bin. Was meinst du mit: und dann? Wie bist du zu dem Teil gekommen? Wie schon? Die Alten starben, zehn, zwölf Jahre her, lebten in Brooklyn, glaub ich, nein, in Queens, ihre Töchter haben mich angerufen, auch schon

Mitte Fünfzig, Interesse an deutschen Büchern? Damals litt ich noch an der Illusion, man könne, wenn man Zweig und Thomas Mann verkauft, so wohlhabend werden wie die Herren selbst. Ich habe den Schrank mit den Büchern übernommen, sie paßten so gut zusammen, ich bin sentimental, weißt du, ja, ja, du kannst es dir nicht vorstellen, ist aber wahr. Ich habe versucht, ihn zu verkaufen, gute Ware, schönes Holz, Irrtum, kein Menschen will heutzutage noch solche Möbel, zu schwer, zu dunkel, zu groß. In mein Apartment paßt er auch nicht, er gehört in ein großes Berliner Zimmer, einen Salon, Bürgertum. Nimm ihn mit, ich schenk ihn dir.

YORKVILLE, E 89TH STREET, NOVEMBER 24, 1998, 5 p.m.

Servus. Lily zieht mich in die Wohnung, die Begrüßung gerät ungewöhnlich knapp. Entschuldige, Gaby stürzt uns noch vom Hocker. Die Hausfrau balanciert in der Küche auf Zehenspitzen auf einem wackligen Möbel mit einem Stapel Teller. Meine Aussteuer, laßt sie nicht fallen. Willst du noch mal heiraten? Man kann nie wissen. Das Geschirr wandert über den Kopf Lilys, die Gabys Hüften umfaßt, in Trudys Hände, weiter zu Hilde, die als Schlußläufer das Porzellan in die Stube bringt. Ich mache den Homerun, sagt sie. Mit der Nummer könnt ihr im Zirkus auftreten. Wirklich? Lily verdreht die Augen. Was treibt dich her? Ich dachte, ihr braucht männliche Hilfe? Hilde reicht mir einen schwarzen Lappen. Hast du schon mal Silber geputzt? Er macht sich nur schmutzig. Ich zeige meine Hände, grau vom Bücherstaub, schwarz geränderte Nägel. Feiner Gentleman, ruft Gaby, vom Hocker herab, besucht vier Damen und sieht aus wie ein Bump. Damen? sagt Lily, damit meinst doch nicht etwa uns? Wir sind zusammen so alt wie das Weiße Haus. Das ist jünger, kontert Hilde. Ich habe keine Ahnung, wann das Weiße Haus gebaut wurde. Irgendwann nach 1498, sagt Trudy und stellt die Kaffeekanne und eine Schale mit Schokowaffeln auf den Tisch. Wo in dieser winzigen Wohnung befindet sich die unerschöpfliche Vorratskammer für Schokowaffeln? Donnerstag ist Thanksgiving. Deshalb wird heute das gute Geschirr entstaubt. Hast du gehört, Harry ist gestorben? Er kennt ihn nicht, sagt Lily. Du hast Harry nicht gekannt? Nein. Hättest ihn kennenlernen sollen. Kluger Kerl. Ein bißchen kauzig. Am Ende war nicht mehr viel los mit ihm. Aber früher. So Gerede über gar nichts, Kaffekränzchen, das hat es mit ihm nicht gegeben. Hilde lacht. Er und Alex, da wurde politisiert, da wurde die Weltlage hin und her debattiert. Hier hat er immer gesessen, in diesem Sessel. Die letzten beiden Jahre ist er ja nicht mehr aus dem Heim rausgekommen. Rollstuhl. Wen müssen wir benachrichtigen? Auf dem Tisch liegen Hefte mit gelockerter Bindung. Harrys Adreßbücher. Er hat niemanden hier gehabt, keine Familie. John, liest Trudy. Der weiß es schon. Paul Niklas? Schon tot. Helen, entziffert Trudy, ich glaube, das soll Helen heißen. Kennt ihr eine Helen? Wer soll das sein? Im Institut arbeitet eine, sagt Gaby. Ja und? Die andern drei sehen sich an. Der Name ist ja nicht ungewöhnlich. Sollen wir jede Helen, die wir kennen, anrufen und fragen, ob sie Harry gekannt hat. Nein, verteidigt sich Gaby, aber die, die im Notizbuch steht, können wir anrufen. Das hast du aber nicht vorgeschlagen. Steht eine Nummer da? 3477821. Keine Vorwahl. Also Manhattan. Gut, sagt Trudy, ich rufe da an. Vielleicht ist es ja seine Aufwartefrau, die ihm den Haushalt machte, vor fünf Jahren. Wir sollten uns nur bei denen melden, die wir kennen. Hull? Wer ist das? Das sind wir, Gaby. Ach so. Lily wirft mir einen Blick zu, der um Nachsicht bittet. Turner? Keine Ahnung. Gibt es einen Vornamen? Nein. Dann lassen wir das. Barkowski? Ein Schulfreund Harrys, aus Czernowitz, ich erinnere mich. Auch schon tot. Nein, sagt Hilde, den hab ich neulich noch gesehn. Im Lincoln Center. Ruben Barkowski? Unmöglich. Lily schüttelt den Kopf. Herbert und ich sollten zu seiner Totenfeier. Ich bin nicht hingegangen. Ruf ihn an. Okay, wenn er sich melden sollte, muß er auferstanden sein. Ich esse die dreißigste Schokowaffel, hole ein

Bier aus dem Kühlschrank. Als ich ins Zimmer zurückkomme, ist man mit den Adreßbüchlein durch. Erzähl, was machst du? Er packt Bücher, sagt Hilde. Ein Prolet. Schuftet wie ein Kesselflicker. Übrigens, sagt Trudy, ich hab nachgeschaut, dein Buchhändler heißt Jacob, nicht wahr? Ihm hab ich die Bücher meines Stiefvaters verkauft, vor drei Jahren, Felix Augenfeld, Architekt, jetzt kaufst du sie vielleicht. Das hättest du billiger haben können.

FALLOUT SHELTER

Godzilla kann kommen, die Atombunker
in der Upper West Side sind noch immer
gut in Schuß, die TVs mit Sicherheit
verkabelt. Baseball-Legenden und Tierfilme,
von Analytikern empfohlen, Corned beef
und Ölsardinen. Auch die Fäkalienfrage
fand eine hygienische Lösung. Zwei Wochen
Aufschub nach dem Big Bang. Ich will das,
sagt John, gar nicht überleben, er ist
Hedonist, Historiker, also nicht typisch.

BERLIN-LICHTENBERG, 7. APRIL 1970

Geht am besten gleich heute zu den alten Genossen und bittet um einen Termin, sagt die Klassenlehrerin. Mach du das, du hast den besten Ausdruck, meint Micha und gibt mir den Zettel mit der Adresse. Eitelstraße 24. Ich will sowieso um halb sechs mit meinem Freund Boris *Shiloh Ranch* kucken. Der wohnt Nummer 22. Als ich am Kellerfenster vorbeilaufe, sehe ich, jemand hat Heftpflaster auf den Riß geklebt. Die Tat ist bekannt, man wird nach Verdächtigen suchen. Zwischen Klettergerüst und Buddelkasten sitzt das blonde Mädchen. Auf der Wippe. Einmal habe ich ihr einen *Amerikaner* geschenkt, ein Biskuit mit Zuckerguß. Ein Gesetzesbruch. Sie gehört (wie ihre fünf Brüder) zu unseren Feinden. Alle Kinder aus dem Altbau, dessen Hinterhof die mit Glasscherben gespickte Mauer vom Spielplatz trennt, haben bei uns nichts zu suchen. Keine Ahnung, wer das Gesetz aufgestellt hat. Ich weiß nur, daß man es einhalten muß. Ihr Haar ist so blond wie der Teig des *Amerikaners*. Hallo, sage ich und drücke die Wippe nach unten. Wie lange willst du verhungern? Gar nicht, sagt sie und schiebt den Hintern auf das äußerste Ende der Stange, um das Übergewicht zu bekommen. Wir sind gleich schwer und lassen uns auf die im Sand vergrabenen Gummireifen knallen, daß der andere hoch in die Luft fliegt. Auftrumpfen lassen. Für Sekundenbruchteile stehen ihre Zöpfe waagerecht von den Schläfen ab, die gespreizten Beine schweben in Höhe des Haltegriffs. Blaue Wollstrumpfhosen. Schade, daß noch nicht Sommer ist. Ich muß jetzt hoch. Komisch, daß sie *hochgehen* sagt, wo ihre Wohnung doch im Keller liegt. Wenn die anderen dabei sind, wird sie wieder meine Feindin sein. Ob die Genossin wirklich Nummer 24 wohnt? Im Aufgang rechts kenne ich alle Namen, manchmal werfe ich Boris ein *Mosaik* in den Briefkasten, oder ein Donald-Duck-Heft. Auf Zehenspitzen vor dem Klingelbrett. Eindeutig, schwarz auf weiß: Dellner. Ich popel nachdenklich, als die Tür aufgeht. Vor mir steht die Alte, die uns immer ausschimpft. Ich zucke zusammen, erstens habe ich den Finger in der Nase, zweitens das Kellerfenster auf dem Gewissen. Was machst du hier? Die Stimme klingt nicht eigentlich böse, doch schwingt darin ein Ton mit, der andeutet: etwas Vernünftiges kann es wohl nicht sein. Bist du das, der immer Klingelstreiche macht? Aus dem Stadium bin ich lange raus. Altpapier, ich suche Altstoffe. Für die Kinder in Vietnam. Eine Notlüge. Die Alte lächelt beinah. Sammelst du allein? Meine Kameraden sind im andern Block. Jetzt paßts mir nicht, ich will zum Schuster und zu Pälicke. Komm in zwanzig Minuten vorbei. Sie geht zum Gemüsehändler, bei dem Kohlköpfe, kleine Äpfel und Rotkohl- und Sauerkrautdosen im Schaufenster liegen. Die Alte nickt mir von der Ecke zu. Sie glaubt, ich würde jetzt im anderen Treppenhaus nach

Lumpen, Flaschen, Altpapier fragen. Dabei klingle ich bei Boris. Was ich wissen wollte, weiß ich, Genossin Dellner wohnt im Mittelaufgang. Soll Elvira den Termin besorgen. Ich werde sagen: niemand dagewesen. Ich hab keine Lust, der Alten noch mal über den Weg zu laufen. Boris öffnet, hält den Finger vor den Mund und schiebt mich ins Kinderzimmer. Aus der Küche tönt die Stimme seiner Mutter. Dann knallt die Tür. Dicke Luft. Eine Vier in Mathe. Generalprobe, Fidelio, Schwein gehabt. Der Richter und seine Söhne haben heute wenig Glück. Viehdiebe, Mexikaner, ein Halbblut steckt mit ihnen unter einer Decke. Der Friedensrichter sieht aus wie mein Geographielehrer. Trinkt aber nicht. Nimmt Whiskey nur zum Desinfizieren von Schußwunden und Schlangenbissen. Boris spendiert eine Dose Salmiakpastillen, Negerfotzen. Schmecken bitter. Ich erzähle ihm von der Alten. Daß sie glaubt, ich würde Altstoffe sammeln. Bestimmt wartet sie mit einem Haufen Zeitungen. Die ist bescheuert, sagt Boris, kam gestern abend an, wegen dem Scheißfenster. Wenn sie uns noch mal auf dem Rasen erwischt, mit dem Ball, sagt sie, geht sie zum ABV. Blöde Kuh, hat was gegen Fußball. Quatsch, die hat was gegen uns. Ihr Sohn ist doch Nationalspieler. Wie soll der heißen? Na, wie sie, Dellner. Willst du sagen, heißt das, die Alte, die Meckertante, die blöde Kuh ist Frau Dellner, die illegale Genossin, Heldin des antifaschistischen Kampfes und, als wäre das nicht genug, Mutter von Jochen Dellner, Mittelfeldspieler vom *ASK Vorwärts*? Ost-Klubs interessieren mich nicht, sagt Boris, aber Jochen kann stimmen. Die Alte wohnt im zweiten Stock. Dellner stand auf dem Klingelbrett an zweiter Stelle. Ich bin auch zu blöd. Ich muß gleich rübergehen, mich entschuldigen. Ich hasse sie. Nein, ich verehre sie. Ich will nicht mit ihr sprechen. Sie hat für den Frieden gekämpft. Ich muß ihr die Wahrheit sagen. Daß ich das Fenster zerschossen habe, mit einem Lederball, den mir mein Großvater gekauft hat, der in Schwaben wohnt. Ich kann keine Antifaschistin anlügen. Ich kann überhaupt nicht lügen. Soll ich sagen, daß ich *Shiloh*

Ranch nicht verpassen konnte? Cowboys. Schießende Amerikaner. Die auf Vietnams Kinder Bomben werfen. Für die ich Altstoffe sammle. Timurhelfer im Spätdienst. Thälmannpioniere sehen kein Westfernsehn. Ihr Apparat ist auf 5 eingestellt, nie auf 7. Mir ist schlecht vor Aufregung, als ich drei Tage später, vor dem Aufgang, Eitelstraße 24, auf Micha und Elvira warte. Drei rote Nelken. Frau Dellner steht in der Türfüllung. Guten Tag, schreien wir im Chor. Elvira macht einen Knicks. Es riecht nach Kakao. Micha und ich versinken im Sofa. Mal schaun, ob ich eine passende Vase finde. Hast du gesehn? flüstert Micha. Westkaffee, auf dem Regal, in der Küche, *Onko*. Na und? Die Alte kommt zurück. Schön, daß ihr mich besucht. Welche Klasse? 5 b, Artur-Becker-Oberschule. Elvira erinnert mich mit einem Fußtritt unter dem Tisch an die Abmachung: sie die Blumen, ich die Fragen, Micha am Ende den Mülleimer. Wir sind gekommen, stottere ich, weil wir etwas über Ihr Leben erfahren wollen. Ein Forschungsauftrag. Nehmt Kekse. Ich ziehe den Schreibblock aus der Mappe. Die Genossin mustert mich. Hat sie mich erkannt? Wird sie die Aussage verweigern, weil ich, ein Kellerfensterzerstörer und unzuverlässiger Altstoffsammler, ihrer Antwort unwürdig bin? Kennengelernt haben sie sich 1928. Über den Jugendverband. Stichpunkte. Geboren 1915. KJVD, illegale Arbeit, Flugblattaktionen. Anton-Saefkow-Gruppe. Zuchthaus Brandenburg. Hingerichtet 1944. Schade, sage ich, da war der Krieg ja fast vorbei. Wie haben sie ihn umgebracht? fragt Micha, den Mund voller Zitronenbiskuits. Die Alte holt ein Fotoalbum aus der Schrankwand. 1938, im Harz. Luise, das bin ich. Sieht ja komisch aus, der Hut. Das trug man damals. Schnee. Schlitten. Weihnachtsbäume. Ein Schäferhund. Wer ist das? Keine Ahnung. Mit Kinderwagen, 1942. Ich vergleiche die Frau auf dem Foto mit der am Tisch, dicke Beine vor dem Sessel. Bandagierte Waden. Hat man ihn erschossen? Micha läßt nicht locker. Mit dem Fallbeil. Die Frau sagt das ganz ruhig. Was ist ein Fallbeil? Ich hoffe, Micha würde nachfragen. Aber der nagt nur an einem Keks.

Reicht das? Ihr könnt ja wiederkommen, wenn euch noch was einfällt. In der Schrankwand Pokale. Die gehören meinem Jungen. *ASK Vorwärts,* sage ich. Spielst du auch Fußball? Ich nicke. Der Pokal liegt schwer in meiner Hand. *Ostseehallenfußballturnier, Warnemünde, 1963.* Die Trophäe ins Regal zurückschiebend, streift mein Blick den Fernseher. Wo immer ich bin, kontrolliere ich die Sendereinstellung. Aus Gründen der Statistik. Wer sieht was? Bei vielen, von denen ich weiß, daß sie Westen, also Sender Nummer 7, sehen, steht der Knopf trotzdem auf 5. Bei denen, die 5, also unseren Kanal, zu sehen vorgeben, ist der Knopf so flüchtig verstellt, daß man unmöglich ein gutes Bild empfangen kann. Du spielst im Verein? Ich starre auf den Fernseher. Eine 7, ohne Zweifel, der Apparat ist auf 7 eingestellt. Wie bitte? Ja, *BSG BVB*. Manchmal auch auf dem Rasen? Die Genossin Dellner, die Antifaschistin, sieht Westen. Das ist nicht gut. Die Wiese geht kaputt davon. Ich will es auch nicht wieder tun. Ihr Gesicht ist faltig, das graue Haar kurzgeschnitten. Verstehst du? Ich verstehe gar nichts. Soll ich Ihren Mülleimer runterbringen? Micha erfüllt den Plan. Unsinn. Wiedersehn, Kinder. Am Abend frage ich meinen Bruder, was ein Fallbeil ist. Eine Guillotine. Und was ist das? Er erklärt es mir. Schreckliche Maschine. Aber schlugen die mutigen Ritter den Drachen im Märchen nicht auch die Köpfe ab? Soll ich dem Bruder verraten, daß Frau Dellner Westen sieht? Dann fällt mir das Kellerfenster ein. Daß sie mich nicht verraten hat. Daß Erich, ihr Mann, geschwiegen hat. Und daß mir mein Bruder seine Geheimnisse auch nicht erzählt.

CHELSEA, W 26TH STREET,
NOVEMBER 25, 1998, 10.44 p.m.

Nein, sagt Jacob, so geht es nicht. Du bist ein Verschwender. Du verbrauchst zu viel Papier. Er deutet auf einen Stapel *New York Times*, der mir bis zur Hüfte reicht. Was denkst du, wie lange wir damit reichen? Er wickelt mein Bücherpaket wieder aus. Schopenhauer? Du scheinst ihn nicht sehr zu mögen, wenn du ihn so nachlässig einkleidest. Schau her, ich zeigs dir noch mal. Du legst die Zeitung auf den Tisch, den Karton stellst du daneben. Was sucht er auf dem Boden? Mußt dich nachher nur bücken. Ich kann mich nicht bücken, sagt er, ich habs im Kreuz. Wenn wir uns mehr Arbeit machen, als wir schon haben, schaffen wir es nie. Mein Gott, denke ich, er macht aber auch aus allem eine Wissenschaft. Ja, mein Freund, ich weiß, ich gehe dir auf die Nerven, das ewige Dozieren, kann ich nicht ändern. Einmal Lehrer, immer Lehrer, du kennst den Spruch. Er glättet den Immobilienteil, legt zwei Bände Schopenhauer übereinander, fügt die Zeitung zusammen, heftet die Enden mit zwei Stücken Klebeband. Jetzt kann nichts mehr verrutschen. Du faltest die überstehenden Teile. Alles muß leicht gehen, ohne Ausbeulungen, Falten, ein Paket muß eine Form besitzen. Alles, was keine Form hat, ist irgendwie, ja, wie soll ich sagen, ordinär, banal. Bücherpacken ist wohl eine deiner geheimen Leidenschaften, Jacob? Ich werde dir, selbst wenn du einer meiner liebsten Kunden bist, nicht meine Passionen auf die Nase binden. Unter uns, ich hasse es, Bücher zu verpacken. Entweder sind sie schon bezahlt, dann ist es kein Vergnügen, sie loszuschikken, oder die Rechnungen stecken noch im Paket, dann weißt du nie, ob sie jemals bezahlt werden. Es ist mir zutiefst zuwider. Wenige Tätigkeiten bereiten mir größeres Unbehagen. Aber, ich will dir eins sagen, wenn man Dinge tut, die man tun muß, dann sollte man sie lieber gleich mit Genuß machen, also bemühe ich mich, gerade ungeliebten Arbeiten ein größtmögliches Vergnügen abzugewinnen. Ich überliste die Qualen. Du bist auch nicht zum Packen geboren, das habe ich gleich gesehn. Du solltest deinen intellektuellen Hochmut ablegen und das Haupt beugen, es bleibt dir am Ende sowieso nichts andres übrig. Also, hast du die Falzen umgelegt und beklebt, ziehst du um das ganze Paket einen Streifen Klebeband. Glaube mir, wenn der Container undicht ist, wenn die Folie beim Verladen einen Riß bekommt, man kann nicht vorsichtig genug sein. Mir könnte es im Grunde egal sein, du hast bezahlt, wenn du meinst, du weißt es besser, bist ein Experte im Bücherpacken, dann mach es auf deine Art, ich sehe zu und kopiere deinen Stil, aber, wenn dir deine Bücher etwas wert sind, und das weiß ich, denn ich habe den Scheck, dann höre auf Jacob und laß dir Zeit. Es würde mir in der Seele weh tun, wenn meine Bücher in Deutschland ankommen und alle haben Wasserflecke. Ich bin froh, daß du die Bücher gekauft hast, erstens, daß du sie *gekauft* hast, und zweitens, daß *du* sie gekauft hast, du liebst Bücher, und Liebe ist auch meist irgendwie mit Arbeit verbunden. Also, versuchs nochmal. Er reicht mir zwei Schopenhauerbände. Wieso bist du eigentlich nicht verheiratet? Ich sagte doch gerade, Liebe ist meist mit Arbeit verbunden. Und habe ich nicht hier schon genug Arbeit?

BERLIN C. 25, DIRCKSENSTRASSE 26/27, 4. NOVEMBER 1935 / HILDES GESCHICHTE 5

Jedesmal wenn das Telefon auf dem Pult von Siegfried Meyer, dem Leiter des Schreibbüros der Firma *Wirtschaftsbedarf*, läutet, unterbricht Hilde für einen Augenblick das Tippen und blickt über den Wagen der schweren *Adler* zu dem hinter einer Glaswand in den Hörer sprechenden Chef, ob er ihr ein Zeichen gibt, das bedeutet, Fräulein Berger werde am Apparat verlangt. Vergebliche Hoffnung, Hänschen meldet sich nicht. Nach der Arbeit wartet Alfred, wie jeden Tag, am U-Bahnhof Wittenbergplatz. Sein Gesichtsausdruck sagt: keine Neuigkeiten. Hilde und Alfred nehmen den Zug zum Kottbusser Tor, die Eltern müssen Bescheid wissen. Falls Hans aufgeflogen ist, wird die Gestapo mit einem Besuch nicht lange auf sich warten lassen. Daß der Bruder etwas in der Werkstatt zurückgelassen hat, das den Beamten besser nicht in die Hände fallen sollte, ist kaum anzunehmen, da Hans nach der Entlassung aus Plötzensee versprach, äußerste Vorsicht walten zu lassen, aber, wie sagte schon Lenin,

Vertrauen ist gut, Kontrolle ist besser, eine als Familienbesuch getarnte Prüfung der Schublade konnte nicht schaden. Es ist Montag, der 4. November 1935, gegen 17 Uhr 30, als Hilde und ihr Verlobter, durchnäßt – den Schirm hat Alfred bei Frau Magister vergessen – in der Mariannenstraße anlangen. Zum gleichen Zeitpunkt überlegt der Schutzhäftling Hans Berger in einer Zelle im Polizeipräsidium, warum man ihn statt in die Stapo-Zentrale zum Alexanderplatz überführt hat und wo er die Nacht verbringen soll, gesetzt, der Fluchtversuch würde glücken. War der Treff mit *Alfred Link* um acht Uhr zu spät angesetzt? Vor vier Wochen herrschte um die Zeit auf dem Potsdamer Platz ein so reger Fußgängerverkehr, daß er sich nur mühsam zum Zeitungsstand hatte durcharbeiten können. Das war ein sommerlich milder Freitagabend gewesen, heute könnte er höchstens von Pelerinen und Regenschirmen Sichtschutz erhoffen. Eingekeilt zwischen zwei Polizisten, hatte Hans durch die Seitenscheiben des Wagens kaum mehr als den Himmel erkennen können. Rechts Kommissar Wandel, füllig und ruhig, links der junge, feindselig auftretende Kriminal-Assistent Brandt. Beide hatten ihn vormittags in Hamburg übernommen und würden ihm auch am Abend Gesellschaft leisten. Die Geschichte schien zu verfangen, offenbar wußte man in der Prinz-Albrecht-Straße weder, wer *Alfred Link* war, noch wer *Georg*, ganz zu schweigen von der Identität beider Personen, und daß deren Namensträger längst über alle Berge war. Eigentlich hätte Hans Grund, dem Genossen *Link* eins auszuwischen. Seine und *Kurts* Überredungskünste hatten ihn schließlich in die Patsche hineinschlittern lassen, aus der ihn jetzt nur ein beherztes Manöver und die eventuelle Unachtsamkeit der Bewacher retten konnte. Brandt mußte er im Auge behalten. Grotesk, daß der Gestapo-Mann den gleichen Namen trägt wie der SAPler in Norwegen, der mit dem *Alten* Briefe wechselte, um die Fraktionen des Viererblocks zu versöhnen. Daß es ihm nicht gelungen war, den Notizzettel durch die offene Naht aus dem Jackenfutter zu fingern, um ihn zu verschlucken, war ein ärgerliches Mißgeschick und eines Schneidersohnes unwürdig. Schritte im Zellengang. Der Schließer führt ihn durch ein Labyrinth verwinkelter Gänge in den Hof. Kommissar Wandel wartet am Auto. Der Motor läuft. Über die Leipziger Straße zum Potsdamer Platz. Höhe Spittelmarkt blickt Hans nach links. Keine tausend Schritt bis zur Alten Jakobstraße. Bestimmt hat ihn Leopold Lasersohn am Morgen vermißt. Der Meister wird sich einen neuen Laboranten suchen müssen. Falls der Plan glückt, muß er so schnell wie möglich über die Grenze. Wenn nicht – mit sechs Monaten würden sie ihn diesmal nicht davonkommen lassen. Wandel schärft ihm ein, keine Dummheiten zu machen. Die Sache liefe ab, wie besprochen. In der Nähe des Kiosks werde Brandt die Handschellen öffnen. Ohne sich etwas anmerken zu lassen, solle er auf *Link* zugehen. Unter ständiger Observierung. Beobachtung, übersetzt Brandt, der den Gebrauch undeutscher Worte ablehnt. Ein Versuch, den Komplizen zu warnen oder zu entweichen, sei zwecklos und könne seine ohnehin nicht rosige Lage nur verschlechtern. Der Wagen hält in der Auffahrt zum *Hotel Fürstenhof.* Wandel weist einen herbeieilenden Gepäckträger mit einem knappen *Danke* zurück und drückt Hans den braunen Koffer in die linke Hand. Neben Brandt bewegt er sich über den Platz, der im Licht der Leuchtreklamen glänzt, aber wie ausgestorben vor ihnen liegt. Die Uhr der Verkehrsampel zeigt drei Minuten vor acht. Gehen Sie, Berger, sagt der Kriminal-Assistent und läßt die Fessel in seiner Manteltasche verschwinden. Als Hans den Kiosk erreicht, ist niemand da. Wie auch? Wie spät? Sogar seine Armbanduhr haben sie ihm zurückgeben. Schon eine Minute nach acht. Er läuft ein paar Schritte. Kein Polizist zu sehen. Der *Völkische Beobachter* verkündet *Italiens Sieg in Abessinien.* Sein einziger Ausweg, der U-Bahn-Schacht. Jetzt sollte er loslaufen. Etwas lähmt ihn. Natürlich weiß Wandel, daß ein konspiratives Treffen pünktlich stattfindet oder gar nicht. Kostbare Zeit verrinnt. Hans spielt vor, auf *Link* zu warten. Gegen das Geländer gelehnt, blickt er die Stufen zum

U-Bahnsteig hinunter. Vom untersten Treppenabsatz starrt ihm ein Augenpaar entgegen. Hier kommst du nicht vorbei. Er müßte den Mann umstoßen. Berger, das wars dann wohl, sagt die Stimme des Kommissars in seinem Rücken. Während man ihn nach Hamburg zurückfährt, sitzen Hilde und Alfred und Werner Schmidt, alias *Alex*, in der Mariannenstraße und überlegen, was zu tun bleibt. In solchen Augenblicken bewährt sich Bakalejnyks Begabung zu logischem Denken. Nicht umsonst ist er der beste Schachspieler des Freundeskreises. Wenn *Fred* verhaftet wurde, was noch nicht feststeht, aber von Stunde zu Stunde wahrscheinlicher wird, heißt das, es gibt eine undichte Stelle. Liegt sie bei den Hamburgern, können wir ziemlich gelassen bleiben, niemand dort kennt uns, von *Fred* erfährt die Gestapo nichts. Falls jemand in Berlin gesungen hat, ist die Lage schwieriger. Wer wußte von der Fahrt? Wir drei, *Alfred Link* und *Walter*, sagt *Alex*. *Link* ist im Ausland, *Walter* hat *Fred* beauftragt, außerdem ist auf beide hundert Prozent Verlaß. Auf keinen Menschen ist hundert Prozent Verlaß, sagt Hilde. Habt ihr irgend jemand davon erzählt? Nein. Auch nicht Ruth? forscht Alfred weiter. Behandle mich nicht wie deinen kleinen Bruder, braust der Drucker auf, wenn ich *niemand* sage, meine ich *niemand*. Es wird ein Entschluß gefaßt. Hilde und Alfred sollen vorübergehend jede Verbindung zur Gruppe ruhen lassen, da man sie im Rahmen der Ermittlungen gegen Hänschen sicher befragen wird. *Alex* versucht, mit *Walter* Fühlung aufzunehmen, um das A. K. zu informieren, Genaueres über die Hamburger Aktion zu erfahren und neue Instruktionen zu erhalten. *Walter* heißt Robert Springer und arbeitet als Bürodiener einer Filiale der Leipziger Feuerversicherung. *Alex* wird ihn an den Apparat holen lassen und nach Nennung seines Decknamens fragen, ob er ihn in einem dringenden Schadensfall sprechen könne. Am Donnerstag, dem 7. November 1935, gegen 5 Uhr nachmittags, während sich *Walter* und *Alex* am Dönhoffplatz treffen, verläßt der Kriminal-Assistent der Preußischen Staatspolizei Brandt die Ladenwohnung des polnischen Damenschneiders Nathan Berger. In seiner Aktentasche transportiert der Polizist neben einem Durchsuchungsbefehl, den der Jude nicht wagte abzufordern, Schriftproben des Delinquenten Hans Isaak Berger, sowie zwei sichergestellte Broschüren staatsfeindlichen Inhalts. 1. *Lenin. Staat und Revolution. Die Lehre des Marxismus vom Staat und die Aufgaben des Proletariats in der Revolution (Die Diktatur des Proletariats.)* Verlag der Lichtstrahlen. Julian Borchardt Berlin-Lichterfelde 1919. 2. *Otto Mänchen-Helfen. Rußland und der Sozialismus. Von der Arbeitermacht zum Staatskapitalismus.* Verlag J. H. W. Dietz Nachf. GmbH, Berlin 1932. Assistent Brandt ist enttäuscht, eindeutige Beweise, die Bergers Wühlarbeit erhellen oder die Organisation der Trotzki-Gruppe aufdecken, brachte der Besuch nicht zutage. Ähnlich ergebnislos verliefen die Befragungen des Häftlings. Der versteift sich auf die Behauptung, seine ganze Tätigkeit hätte im Transport des besagten Koffers bestanden. Brauchbare Informationen sind aus ihm nicht herauszuholen. Hans verrät niemanden. Er gibt an, mit *Alfred Link* und *Kurt* Kontakt gehabt zu haben, nennt aber deren bürgerliche Namen nicht. Einen Monat lang hält er die Legende aufrecht, vor seiner Reise nie in Hamburg gewesen zu sein. Am 2. Dezember 1935 erscheint Brandt in Begleitung eines zweiten Gestapo-Beamten im Hamburger Stadthaus, zum Zwecke einer Gegenüberstellung, in der Munter, Leidersdorf, Bremer und der Kanonier Wilhelm Defert unabhängig voneinander bestätigen, daß Hans, alias *Fred,* bereits im September 1934 als Kurier und Referent in der Hansestadt war. Der Heizer erklärt dazu, die Verbindung sei durch Nettelbeck oder *Georg* hergestellt worden, der dem Laboranten seine Anschrift übermittelt habe. Angesichts der Aussagen, frohlockt Brandt, könne Berger nicht länger schweigen. Tatsächlich erklärt Hans beim nächsten Verhör in der Prinz-Albrecht-Straße – die Autofahrten in Polizeibegleitung sind inzwischen eine Art Routine, aber kein Vergnügen –, bei der ersten Vernehmung die Unwahrheit gesagt zu haben, in der Hoffnung, daß dadurch das Strafmaß nicht so hoch ausfallen möchte. Die Bereitschaftserklärung, nunmehr die volle Wahrheit zu sagen, ist eine neuerliche Lüge. Zwar erzählt er breit von der ersten Reise nach Hamburg, erwähnt dabei die Genossen, die ihn im Stadthaus wiedererkannten, nennt jedoch keine weiteren Namen. Daß *Georg* oder *Alfred Link* Walter Nettelbeck sein soll, will er nicht gewußt haben, über dessen Rolle im Apparat wisse er nichts. Die Aussage, daß er Berliner Dialekt gesprochen hätte, kann er schwerlich aufrechterhalten, da Brandt um Nettelbecks Geburtsort Krefeld weiß. Ihn seit Monaten in Frankreich vermutend, gibt Hans zu, daß man in ihm möglicherweise den Reichsleiter der Trotzkisten suche. Propagandamaterial habe er empfangen, doch nie nachgefragt, über welche Grenze es eingeführt wurde. Nettelbecks Anschrift? Sie hätten sich stets in Cafés oder am Dönhoffplatz verabredet. Hans denkt nicht daran, dem Gestapo-Mann vom Zimmer in der Heidebrinker Straße zu erzählen, der 2-Raum-Wohnung nah am S-Bahnhof Gesundbrunnen, wo Georg mit seiner Freundin Rita und deren Schwester Olja lebte. Die Gruppe war dort häufig zu Gast. Wenn sie nicht debattierten, wurde Karten gespielt oder gesungen. Hilde mochte Nettelbecks Bariton. Man konnte ihn sich gut vorstellen, als Anstreicher auf dem Gerüst, trällernd wie eine Amsel. Vor allem wenn Frauen anwesend waren, schien sein Auftreten nicht frei von Angeberei. Doch fesselten seine Geschichten. Wie er als Bäckerlehrling stundenlang im Trog den Brotteig mit nackten Füßen kneten mußte, um schließlich der Backstube und dem strengen Meister zu entfliehen. Rita, sein Mädchen, in Riga geboren – ihr Vater war Direktor einer Bleistiftfabrik –, sprach fließend Russisch und bekam so eine einträgliche Stellung bei der DEROP AG, einer sowjetisch-deutschen Handelsfirma, die russische Erdölprodukte vertrieb. Ein quirliger Lockenkopf, zartgliedrig, stupsnasig, anders als Hilde, gefiel sie Hans sehr, ohne daß er sich als Konkurrent von *Alfred Link* Chancen ausgerechnet hätte. Er sprach gern mit ihr und erfuhr so, daß sie Nettelbeck in der Redaktion von Münzenbergs

Arbeiter-Illustrierte-Zeitung kennengelernt hatte, wo der bis 1932 als Fotoreporter angestellt war. Nach *Georgs* Emigration sah Hans keinen Grund mehr, in die Heidebrinker Straße zu fahren, obwohl er manchmal an Rita Watz aus Riga denken mußte, an ihre schöne Stirn und die welken Tulpen auf ihrem unordentlichen Schreibtisch. Bestimmt lebte sie mit Nettelbeck in Frankreich. Berger, ich habe Sie etwas gefragt. Der Gestapo-Mann wirkt fahrig. Erklären Sie weiter den Inhalt des Stichwortzettels, der ihnen bei der Festnahme abgenommen wurde. Punkt 6? *In 14 Tagen Intellektueller, aus Oslo. Die angeblich guten Verbindungen ausnutzen a) für Geld b) für Raum?* Hans streckt sich, das Verhör geht in die dritte Stunde. Brandt rechnet mit seiner Müdigkeit. Antworten muß er, aussagen darf er nichts. Ein Intellektueller aus Oslo sollte in Hamburg anlaufen, beginnt er, mit guten Verbindungen in Hamburg, der für Geld und Raum ausgenützt werden sollte. Name und Anlaufstelle sind mir nicht genannt worden. Der Protokollant schlägt die Aussage in die Maschine. Assistent Brandt weiß, daß sie wertlos ist. Berger wiederholt weitschweifig, was die Notizen verraten, nicht mehr. *Punkt 7. Ständige Kontrolle, wann Brandt zu Trotzki kommt, evtl. grosse Aufmachung in Presse.* Wer ist *Brandt*? fragt der Verhörführer. Daß du deinen Namensvetter gern kennenlernen möchtest, versteht sich, denkt Hans und ertappt sich bei einer Art Mitgefühl für den brutalen Streber. Der Genannte spielt in einem skandinavischen Land eine Rolle in einer links orientierten Partei, die der 2. oder 3. Internationale angehört. Scheinbar hat zwischen Trotzki und Brandt eine Fühlungnahme stattgefunden, offizielle Schritte sind aber noch nicht erfolgt. Sobald dies geschieht, soll das groß in der Presse behandelt werden. Punkt 14 erwähnt einen Briefwechsel zwischen beiden. Wie lautet der Punkt genau? unterbricht der Mann an der Schreibmaschine Hans' Rede. *Brandt an Leo Dawidowitsch*, wirft der Kriminal-Assistent dem Kollegen zu und reicht ihm die Abschrift des beim Befragten gefundenen Notizzettels. Woher kommt dieser – er zögert, als scheue er, den eigenen Namen zu erwähnen –, dieser Brandt? Welche Staatsangehörigkeit er besitzt, erklärt Hans, kann ich nicht angeben, ein Deutscher ist er jedenfalls nicht. Das Verhör wird vertagt. Der Gestapo-Mann gähnt und betrachtet den vor ihm auf dem Stuhl sitzenden Häftling. Entweder weiß der Pole wirklich nichts oder er ist ein gewieftes Bürschchen. Die Kollegen im Columbia-Haus werden es schon aus ihm herausprügeln.

CHELSEA, W 26TH STREET,
NOVEMBER 25, 1998, 11.59 a.m.

Zwölf Uhr Mittag, Zeit für Lunch. Jacob will, wie jeden Tag, in der Pizzeria an der 11. Avenue ein Sandwich essen. Ich bin nicht hungrig, sage ich. Okay, einer muß den Vorarbeiter machen. Er verschließt das Office. Der polnische Fahrstuhlführer mit dem mehlgrauen Gesicht entfaltet ungelenk das Scherengitter des Lifts. Er sieht aus wie ein vorzeitig gealterter Ballettänzer, der nicht abtrainiert hat. Ich bleibe in der Kammer, ein Yogi auf der Leiter. Die ersehnten oberen Reihen, weiße Flecke, unentdecktes Terrain. Kein Kundenauge erspähte sie vor mir. Ich erwarte unbekannte Fremdlinge, seltene Erstausgaben, treffe aber nur Rilke. Ick bin all hier, ruft der, wie der Igel aus der Furche. Edler Geist, Publikumsliebling, elitärer Massendichter. *Sein Blick ist vom Vorübergehn der Stäbe so müd geworden.* Rainer Maria, umzingelt von Hackländer. Wer, for God's sake! ist das? Sein Œuevre füllt das ganze Regalbrett, von der Tür bis in die linke Ecke. Meterware. Ich greife einen Band heraus, lande im Fünften Auftritt des Ersten Aufzugs des Lustspiels *Unverheiratete Eheleute*, in dem die Kammerjungfer behauptet: *... es ist dies hier ein charmantes Buch, ein gebildetes Buch; auch ich lese gern darin*, worauf der Diener (ihre Hand fassend, sie einen Schritt vorwärts führend) nickt: *So ist es recht, Mädchen, bilde Deinen Geist*, was jene zu der trotzigen Replik ermuntert: *Sie wollten wohl sagen: Ihren Geist.* O Friedrich Wilhelm, fleißige Arbeitsbiene Hackländer, einst geschätzter Autor, Favorit Berliner Salons, ich werde dein Lebenswerk verschenken müssen. Aber wem? Ich möchte lachen. Es gelingt nicht. Statt dessen fühle ich mich plötzlich von aller Welt verlassen. Sechs Milliarden Menschen leben dort draußen, und ich als einziger auf dieser Erdkugel lese Hackländer. Hoffnungsloser Fall. Der Anblick der vierzig Bände macht mich panisch. Aufmarsch der Makulatur. Preußische Schützenkette, in Reih und Glied, Staub, der dich ersticken wird. Eindeutige Symptome von Realitätsschwund. Was willst du mit dem Dreck? Jeden Scheißfetzen Papier mußt du aufheben, auflesen, jawohl. Der Alp, das Leben wie einen ersten Versuch zu leben, den man glaubt, im Falle des Scheiterns, wiederholen zu können, Irrtum, mein Bester, du bist vierzig Jahre auf Sendung, live und einmalig. Du wirst aufstehn, diesen verhinderten Nurejew aus Warschau, mit Wohnsitz in Queens, in den vierten Stock heraufklingeln, die 26. Straße ostwärts laufen, zur Pizzeria, wo Jacob mit Lenny, dem Taxifahrer, wie üblich, den Platz am Fenster besetzt, vor dem Buchhändler niederknien und ihn mit klagender Stimme bitten, das Geschäft rückgängig zu machen. Ein Witz, Jack, etwas weitschweifig erzählt, gib zu, die Idee, zwei Jahre vor dem Jahrtausendwechsel, 4000 alte Bücher zu kaufen, kann nur ein Witz sein. Ach was, der Kniefall würde Gelächter einbringen, keinen müden Dollar. Alberner Kleinmut. Augenblick der Schwäche, den jede große Unternehmung kennt. Ein Hackländer haut einen Mann nicht um. Ich trage das halbe dramatische Werk des Meisters, an die Brust gedrückt, als wollte ich die Essenz herauspressen, zum Packtisch und spüre, bevor ich den Geruch eigentlich bemerke, ein Kratzen im Hals. Im Raum zwischen Büro und Fahrstuhltür steht eine unsichtbare Wolke ätzenden Gestanks, eine Mixtur aus faulen Eiern und Ammoniak. Feuer, denke ich, aber Rauch ist keiner zu entdecken. Irgendwo strömt Gas aus. Schlagartig wird mir bewußt, daß ich das Haus, in dem ich arbeite, nicht kenne. Wenn Nurejew in den Streik getreten oder ohnmächtig geworden ist, weiß ich nicht, wie ich einen

Ausgang finden soll. Der Flur, in dem Kartonpappen an der Wand lehnen, knickt nach links ab. Hinter der Ecke führt der Weg zur Toilette, anderen Büroräumen, einem zweiten Buchladen, den ein Mister Thompson betreibt. Gesehen habe ich ihn noch nicht. Unter der Decke summen Neonröhren. Der Geruch wird stärker. Ich binde mir das Halstuch vor den Mund, drücke die Fahrstuhlklingel, höre, ob im Erdgeschoß die Eisentüren schlagen. Nichts geschieht. Wurde das Gebäude evakuiert? Gibt der Sprengmeister bereits die Kommandos? Alle Mitarbeiter gemeldet. Mein Name fehlt auf der Liste. Eine Falle. Jacob, der falsche Freund, sitzt auf dem Flugplatz, erwartet den Aufruf der Maschine nach Mexiko, das Ticket in der Tasche hat er mit meinem Geld bezahlt. Ich werde in die Luft gehen, in Chelsea, ein deutscher Autor. Die Rache der exilierten Bücher. Schwachsinn. Warum sollte sich Jacob aus dem Staub machen, mit meinen lumpigen Dollars, und die kostbare Sammlung Judaica zurücklassen? Weil er pleite ist, von Gläubigern verfolgt, Scheckbetrüger, Heiratsschwindler, gesucht wegen Unterhaltsklagen in vier verschiedenen Bundesstaaten. Stille Wasser sind tief. Ich werde den Polizisten, die jede Sekunde eintreffen müssen – ich hoffe, sie holen mich rechtzeitig raus –, nicht erklären können, was ich hier suche. Ich verpacke meine Bücher. Ah, okay, Ihnen gehört der Laden? Nein. Können Sie sich ausweisen? Haben Sie so etwas wie einen Vertrag? Nichts als einen Handschlag. Tja dann. Wollen Sie Ihren Anwalt anrufen? Sirenen. Ich neige zu Hysterie. Sirenen gehören zu Manhattan wie Nebel zu London. Ich muß mit Lily telefonieren, mit Hilde oder Patty. Mein Adreßbuch steckt in meinem Rucksack, der liegt auf dem Zeitungsstapel neben der Tür, in Jacobs verriegeltem Office. Ich werde ersticken. Das Gas läßt meine Augen tränen. Wie ist die Notrufnummer? Es brennt. Alarm. Ich bin eingeschlossen. Die Jungs vom FDNY werden durchs Fenster steigen, die Tür aufbrechen. Aber das Telefon steht ebenfalls im Büro. Ich laufe zum Klo. Die Luft dort ist nicht gut, aber weniger giftig. Ich spüle die Augen, mache das Tuch feucht und binde es als Atemschutz vors Gesicht. Zorro als Intellektueller. Was hast du vor, einen Banküberfall? Es ist Jacob, auf der Schwelle, die Toilettentür festhaltend. Wollte schon die Polizei rufen. Ich auch, sage ich, ich dachte, du wärst nach Mexiko getürmt. Wieso Mexiko? Alberto ist Puertoricaner, antwortet Jacob. Er reicht mir einen Plastebeutel. Pizza und Coke. Ekelhafter Geruch, nicht wahr? Der Vermieter hat meine Beschwerde zurückgewiesen. Angeblich nicht gesundheitsschädlich. Solange der Mann die Miete bezahlt, ist ihm egal, was er herstellt. Ich kann nichts machen. Jacob weist stumm auf den Raum, der an sein Büro grenzt. Es dringt durch die Ritzen. Eine Woche oder zwei kann man es ertragen, ich habe den Gestank seit einem Jahr, täglich. Allerdings gibts seitdem hier auch weniger Kakerlaken. Handelt der Mann mit Pestiziden oder Düngemitteln? Jacob öffnet die Fenster über dem Schreibtisch. Ich hab ihn noch nie zu Gesicht bekommen. Es kann auch eine Frau sein, obwohl ich mir nicht vorstellen kann, daß eine Lady diese Luft erträgt. Nach Mister Thompsons Analyse riecht es wie Senfgas light. Er ist vom Fach, war früher Chemiker, bevor er den Fehler seines Lebens beging. Was glaubst du, war der Fehler seines Lebens? Keine Ahnung, sage ich. Geh zurück an die Arbeit, sagt Jacob, dann weißt dus.

RED SQUARE, 250 HOUSTON STREET

Lenin steht auf dem Hausdach, der Doorman
Enrique erzählt, der Besitzer kaufte die Bronze
für 20 Tausend in Moskau, zu einem roten Gebäude,
die Klinker waren gemeint, passe der Führer
der Kommunisten, in der Hauptstadt
des Kapitals blickt er, die Rechte erhoben, Richtung
Wallstreet, winkt den Genossen oder bestellt
bei Katz's Delicatessen Matzo Ball Soup
und das Salami-Sandwich, das schon der Magier
Houdini dort aß, dem jede Befreiung gelang.

W 102ND STREET, NOVEMBER 25, 1998, 5.12 p.m.

Sekundenschlaf. Für einen Augenblick weiß ich nicht, wo ich bin, als das Telefon klingelt. Der Anrufbeantworter springt an. Eine Stimme ruft mich. Wenn du da bist, geh ran, ich bins, Patty. Ich schwanke in den Flur. Hi, was machst du morgen? Arbeiten. Niemand arbeitet Thanksgiving, also, steig in den nächsten *Greyhound*, komm hoch nach Hampshire. Eine Familienfeier im Urwald, das fehlt mir noch zum Glück. Es sind deutsche Bücher, sage ich, für die gelten keine amerikanischen Feiertage. You're actually a working class hero. Eben. Aber auch die Arbeiterklasse hat ein Recht auf Freizeit, doziert Patty, also überlegs dir, oder geh wenigstens ins Kino oder in einen Club im Village, *Time out* muß auf dem Kühlschrank liegen, oder auf dem Klo. Apropos Club, sage ich, hast du mal was vom *Communisten-Club New York* gehört? In Manhattan? Kommunistenklub? Klingt verdammt deutsch. Wird aber mit C geschrieben. Um 1850. Ach, vorgestern. Keine Ahnung. Wo kriegt man was raus über so einen Verein? Marxismus steht im Schlafzimmer, sagt Patty, geh mal rüber. Aye, Aye, Sir. Ich ziehe die Telefonschnur hinter mir her wie einen abgemagerten Dackel. Siehst du das Regal neben dem Kleiderschrank? Nein. Wieso? Es ist dunkel, sage ich. Mach Licht. Den Schalter, rechts der Tür. Okay, jetzt sehe ich alles. Wenn du da nichts findest, geh in die Public Library, hat aber morgen zu, Feiertag. Okay, enjoy your turkey. Ich bin Vegetarier, sagt sie. Richtig, vergaß ich. Bye, bye. Ich bin Proletarier und knie in Unterhosen vor dem *Kapital*. Die blauen Bände, die zu Hause auf den Müll wandern, kein ostdeutscher Antiquar nimmt das Zeug noch in Zahlung, Lenin, *Lohn, Preis, Profit*, nicht mal geschenkt. Patty hat recht. Ich sollte mich aufraffen, etwas unternehmen, wo steckt meine Hose? Einst schwarz, jetzt staubfarben, mit weißem Hundehaar getarnt. Unter dem Bett. Entgegen der Prophezeiung meiner Gastgeberin liegt auf dem Kühlschrank keine Zeitung, im Badezimmer auf der Waage die *New York Times* vom 20. Oktober, aha, auf dem Küchentisch, unter dem Ginseng-Extrakt, versteckt sich das Stadtmagazin, ich falte es zur Strafe, stopfe es in den Rucksack. Springe die Treppen hinunter. Draußen herrscht Spätherbstfrühling. Der Broadway überfüllt, rush hour, Besorgungen, Einkäufe, allgemeine Panik, man könnte verhungern, weil die Geschäfte einen Tag lang schließen. Auch ich beginne zu rennen, stürze über die Kreuzung, in den U-Bahnschacht. Kaum habe ich mich durch das Drehkreuz gezwängt, kommt der A-Train. Perfektes Timing. Zehn Minuten später hält der Zug auf freier Strecke. Das ist normal. Wir stehen eine Minute. Etwas länger als normal. Mir gegenüber sitzt ein sechsjähriges Mädchen mit Zöpfen und klappert mit ihrer Zahnspange wie ein Skelett in der Gespensterbahn mit dem Gebiß. Neben ihr ein Mann, Mitte Dreißig, summt, brummt, wippt mit dem Fuß, hält die Partitur der *Meistersinger* in den Händen. Columbus Circle zugestiegen. Richard Wagner im Untergrund. Der Fahrer meldet sich über Lautsprecher: Sorry, technisches Problem, wir arbeiten daran. Bleiben Sie ruhig. Ich suche in meinem Rucksack nach Ablenkung. Was ist das? Ein Bonbon? Ein weiches, knopfartiges Etwas. Ich ziehe die Faust aus dem Beutel. Auf meiner flachen Hand ein Kondom. Eingepackt, Gott sei Dank, ich brauche trotzdem fünf Sekunden, um die Hand wieder zur Faust zu ballen. So ein Rucksack ist wie eine Wundertüte. Stifte, Taschentücher, eine Nagelfeile, eine Plastiktüte. Ein Buch. Ich habe ein Buch mit, ich kann mich nicht erinnern, ein Buch eingepackt zu haben. Ach, verdammt, andersrum, ich habe es nicht ausgepackt, wollte es bei Patty ins Handgepäck verstauen. *Thomas Morus und sein berühmtes Werk Utopia.* Ein kleiner Schatz, 1846 gedruckt, bei Reclam in Leipzig. Im Vorsatz stehen zwei Namen: *Dr. Jacobi* und etwas, das ich als *F. W. Lage* oder *Loge* entzifferte. Zwei Handschriften nennen den Band *dem Communisten-Club in New York gehörig.* 19. April 1859. Jetzt gehört das Buch mir. Der Zug fährt weiter. Na bitte. Der Herausgeber und Übersetzer E. M. Oettlinger schreibt im Vorwort: *Unser Zeitalter ist ein rein papiernes. Alle Welt schreibt, und mancher, der nicht selber schreiben kann, übersetzt das, was andere geschrieben haben.* Das will ich nicht hören. Im Inneren des Buches ein Zettel, darauf filigrane Zeichen einer Kurzschrift, absolut rätselhaft. Stenografie? Nur zwei Zahlen sind klar: 15 und 42. Bahnhof Time Square. Noch auf den Zettel starrend, sehe ich auf den Eisenträgern der Station die weißen Ziffern 4 und 2, 42nd Street, 42, denke ich, schlage das Buch zu und springe, mit dem Ding-Dong, durch die zurückfedernde Tür auf die Plattform. Man muß den Zeichen Bedeutungen verleihen. 42. Straße aussteigen, ganz klar, das war der Auftrag, aber für was steht die 15? Vor der Treppe Stau. Traffic jam im Tunnel. Ein Steeltrommler mit Rastalocken und Regenbogenfarben-Strickmütze. *Oh, When The Saints Go Marchin' In*, ein Wunderheiler aus Trinidad, ich sollte ihm dem Zettel zeigen. Was bedeutet die 15? Abmarsch Richtung 15th Avenue? Es gibt nur 12. Aber wenn man Avenue A, B und C mitzählt, sind es 15. Okay, aber A, B und C hören Höhe Stuyvesant Town, 14. Straße, auf. Ich bin in Midtown, ich stehe zwischen den Wolkenkratzern. Sirenen, Motoren, Hubschrauber. Man darf diese Stadt nicht zu ernst nehmen, sonst bringt sie einen um den Verstand. Nicht stehenbleiben, laufen, als hätte man ein Ziel. Aber wohin? Ich treibe über die 42. Straße mit einem Reclambuch aus dem Jahr 1846 in der Hand, *Utopia*, das macht mir auch hier so schnell keiner nach. Ich suche den *Communisten-Club*, ich bin die Nummer 15. Na, logisch. Ich selbst als Bedeutungsträger, ich bin Semiotiker, Semikolon, Philosemit, ich bin aus dem Häuschen, ich stehe am Subway-Ausgang und zähle die Passanten, die aus der Tiefe aufsteigen. Eine Frau mit Cellphone und perfekt ausgezupften Augenbrauen, zwei asiatische Collegemädchen, kichernd, eingehakt, ein Herr mit Aktentasche, ein Herr ohne Aktentasche, aber mit Kipa, ein Puertoricaner mit Yankee-Cap, ein Polizist – Officer Oaklander steht auf dem Messingschild über seinem Herzen, zählt er als neutrale Staatsgewalt mit? –, ich gebe ihm Nummer 7, möge er lange leben und ehrlich bleiben, eine dicke Mammi mit drei kleinen schwarzen Boys, dahinter ein junger Kurzsichtiger mit fingerdicken Brillengläsern, als der kleinste Junge stolpert, fängt der Minop ihn geistesgegenwärtig auf, 12 Leute sind durch, ein Dutzend, dem eine Lücke folgt, ich trete an den Schacht und blicke lauernd hinunter, die Stufen, ölschmierig, kaugummiverklebt, das Licht unheimlich, Hadesstimmung, erstaunlich, daß sich täglich Hunderttausende in diese Löcher wagen, ein Mann biegt unten um die Ecke, ein älterer Herr mit grauem Bart steigt herauf, am linken Handlauf sich haltend, vorsichtig, schwer atmend, krank, typische Nummer 13, aschfahl und seufzend, er stoppt, als er das Mädchen hinter sich spürt, das, sein ganzes Gegenteil, zwei Stufen nehmend die Treppe hochspringt, an mir vorbei, auf die Straße rennt, die Hand hebt, einem Taxi winkt, die Lippen zusammengebissen, wirft sie das Haar nach hinten, dreht und wendet sich, ob nicht auf der 8th Avenue ein leeres Taxi nach Norden fährt, sie hat einen Termin, den sie nicht verpassen darf und, sie weiß es, will es aber noch nicht einsehen, im Grunde schon verpaßt hat, der Verkehr ist viel zu dicht, um in einer halben Stunde nach Brooklyn zu kommen, oder nach Washington Heights, alle Taxis fahren vorbei, Lichter aus. Ich würde ihr gern eine Stunde schenken, aber wage nicht, ihr eine Offerte zu machen. Der Graubart, Nummer 13, ist oben, Unsinn, Nummer 13 ist ja Nummer 14, Nummer 13 hat einen roten Rock, einen knackigen Hintern und Tränen in den Augen, steht auf dem Asphalt und preßt das Zeigefingergelenk gegen die Frontzähne. Der Herr mit Asthma-Atem ist mein Mann, Nummer 14. Ihm muß ich folgen. Nicht einfach. Ich mache eine Spitzel-Erfahrung: schwerer als zu schnelle lassen sich zu langsame Menschen verfolgen. Gut, daß mich niemand beobachtet. Mister Fourteen ist ein Champion, langsamster New Yorker des Jahres 1998. Würde ich sein Tempo mitmachen, sähe es aus, als imitierte ich ihn. Alle zehn Meter stehenbleiben, Schnürsenkel binden, Stadtplan betrachten, Glasfassaden bestaunen, als wäre ich – was ich zuletzt sein möchte – ein deutscher Tourist.

Vor dem Walt-Disney-Laden verliere ich ihn aus den Augen. Ist er im Kino verschwunden? Dann erspähe ich den Grauschopf hinter einem Pulk Kinder, die Popcorntüten und Mickeymouse-Luftballons halten, eine kreischende Sichtblende. Ecke 7th Avenue schließe ich im Gedränge auf zwei Meter Abstand auf. Tuchfühlung, Fourteen, völlig ahnungslos. Ich könnte ihn fotografieren, er würde glauben, ich machte einen Schnappschuß vom Times Square. Bryant Park lasse ich ihn, übermütig werdend, das Trottoir laufen, während ich den Weg unter den Akazien nehme, die Bänke sind leer, nur zwei Schachspieler haben sich unter einer Laterne drei Stühle zusammengeschoben. An der Westseite der Bibliothek Rückkehr auf die 42. Straße. Ich gebe vor, die Zeitungen in der Auslage des Kiosks zu betrachten. Number Fourteen ist nicht zu sehen. Sollte er die Straßenseite gewechselt haben? Er sah nicht wie ein Selbstmörder aus. Die U-Bahn, schießt es mir durch den Kopf, es gibt einen Subway-Eingang zwischen der 6. und 5. Avenue. Ich laufe zurück. Nach zwanzig Metern taucht er vor mir auf, den Blick aufs Pflaster gerichtet, eine langsame Mischung aus Herzl, Freud und Homer Simpson. Wo er wohl hingeht? In dem Augenblick, wo ich die Frage denke, biegt Fourteen nach rechts ab und gibt die Antwort, die Treppe führt zum Hauptgebäude der Public Library. Darauf hätte ich auch von allein kommen können. Ich lasse ihm Vorsprung, die dreißig Stufen bis zum Portal machen ihm ganz schön zu schaffen. In der Empfangshalle sitzt neben der Drehtür eine Lady in Uniform und will einen Blick in meinen Rucksack werfen, ich zeige ihr, was ich bei mir habe. *Time out*, Thomas Morus, Nagelfeile, das Kondom lasse ich auf dem Boden, Verhütungsmittel sind kein Sicherheitsrisiko, no bomb, sage ich, ernte aber kein Lächeln, der Witz ist wohl etwas altbacken. Keine Spur von Number Fourteen. Treppauf zum Lesesaal, leere Gänge. Einsame Computer. Okay, verloren. Aufs Klo. Das befindet sich eine Etage höher. Um hinzukommen, muß ich eine halbe Treppe nach unten und über eine andre Treppe in den vierten Stock steigen. Library kommt wohl von Labyrinth? Als ich den Gang betrete, öffnet sich die Fahrstuhltür und Number Fourteen steht vor mir. Spielt nicht ein feines Grinsen in seinem Gesicht? Höchste Zeit, die Sache zu beenden. Für die Restrooms haben die Architekten keine klassizistische Lösung gefunden, beeindruckende Sachlichkeit. Ich pisse, erleichtert, eine Entscheidung getroffen zu haben, wasche mir die Hände, hebe den Blick und sehe im Spiegel einen Graubart auftauchen. Nickt er mir zu? Schon etwas verdattert? Parkinson im Frühstadium? Wer verfolgt wen? Hätte ich besser 15th Street aussteigen, dort dem 41. Passanten folgen sollen? Wer weiß, wohin mich Mister oder Miss Fortyone geführt hätte. Miss Fortyone klingt verlockend, sexy, explosiv. Was würde 41 bedeuten? Brustweite, Hüftumfang, Gewicht oder Alter? Besser, du bist mit dem zufrieden, was du hast. Ich glaube, du hast sie nicht mehr alle. Einfach überarbeitet. Rufe Jacob an, bitte um einen freien Tag. Chef, ich leide an Verfolgungswahn. Über dem Eingang zum Lesesaal grüßt in goldenen Lettern der Spruch: *A good book is the pretious life-blood of a master spirit.* Um ein gutes Buch zu finden, muß man einen Computer befragen. Stichwort: *Communisten Club*. Kommunistisches Material kennt der PC zur Genüge. Nur in Verbindung mit Klub fällt ihm nichts ein. Ich behalte den Gang im Auge. Fourteen kommt nicht. Hat sich verpißt. Wenn man dem Katalog glauben will, hat es nie einen *Communisten Club* in New York gegeben. Ich tippe *Jacobi* ein, Jacobis hat er zu viele, der PC erbittet Eingrenzung. Eine Suche im Heuhaufen. In der Regalwand stehen Enzyklopädien. Auch sie voller Jacobis, doch keiner zeigt stolz seine kommunistische Clubkarte hoch. *Jakobs Leiter*, lese ich, ist nicht allein die von Jakob im Traum gesehene Himmelsleiter, sondern auch ein nautischer Begriff. *Also called jackladder, pilotladder*. So etwas bräuchte ich. Andererseits handelt es sich um eine schnöde Gartenpflanze, die sich wie eine Leiter ranken kann. *Polemonium caeruleum*, auch *greek valerian* oder *charity.* Das heißt Nächstenliebe, ein Gefühl, von dem der

Bibliothekar hinter der hölzernen Barriere gerade überwältigt wird, indem er fragt, ob er mir irgendwie helfen kann. Ja, sage ich, ich suche einen Klub, den es in New York gegeben haben soll, Mitte des 19. Jahrhunderts, ein Verein deutscher Emigranten. Sie sind Deutscher? Das hört man wohl? Ja, sagt er, wenn man nicht taub ist. Ehrlich, direkt, witzig, netter Menschenschlag. Jetzt fragt er den Computer, ein Profi, aber sein Ergebnis ist, wie das meine, gleich null. Er sucht einen Communist Club, haben Sie davon schon mal gehört? Der Bibliothekar spricht über meine Schulter. Ich drehe mich um und sehe Number Fourteen. Nun lächelt er wirklich. So, so. Gehe ich recht in der Annahme, daß es sich um keine gegenwärtige Frage handelt? Ich verstehe nicht, was er sagt. Der Bibliothekar verrät dem Graubart meine Herkunft, er nennt ihn Dr. Irgendwie. Haben Sie schon in die Enzyklopädie von New York City geschaut, nein? Ansonsten würde ich es in der *Historical Society*, Central Park West, versuchen, die hat aber heute schon zu. Kommen Sie mit. Wieder folge ich dem Graubart, diesmal legal, in den linken der beiden Lesesäle, die hoch wie Bahnhofshallen sind. Seine Bewegungen kommen mir hier drinnen gewandter vor. Liegt es an der Stille und Statik des Raumes? Er zieht einen schweren Band aus dem Regal. Student? O nein. Ich antworte zu schnell. Student wäre keine schlechte Antwort gewesen. Was bin ich eigentlich? Buchhändler, Packsklave, Hobbyspion? Ich bin Autor, ich schreibe. Über Kommunisten? Auch. Na, dann viel Glück. Klingt, als meinte er, daß ich es nötig hätte. *The Encyclopedia of New York City* umfaßt 1300 Seiten. *Common Starling, Commonwealth Fund, Communism.* The Big Apple und Kommunismus gehörten einfach zusammen. Lionel Abel, ehemaliger Trotzkist und Theaterkritiker, schreibt in seinen Erinnerungen, lese ich, New York sei 1930 *nach Rußland ausgewandert und dort ein Jahrzehnt verblieben*. 1927 verlegte die Partei ihr Hauptquartier von Chicago nach Manhattan, East 12. Straße, südlich des Union Square. 1938 lebten 38000 Mitglieder in der Stadt. Kein Wort von einem Communist Club. Dafür zwei erwähnte Jacobis: Abraham und Mary Putnam, ein Ärzteehepaar, der Doktor wurde 1830 in Deutschland geboren, in Hartum, wo immer das liegt. Kuck an, inhaftiert wegen Teilnahme an der 48er Revolution. Ein Dr. Jacobi mit aufrührerischer Vergangenheit. Wenn ein Jacobi in der Enzyklopädie steht, warum nicht auch ein Lage? Oder Loge. Ich krame die *Utopia* aus dem Rucksack. *Loge* oder *Lage*? *La Farge, La Guardia, Logue, Edward J., geboren 1921.* Stadtplaner, nicht mein Mann. Es heißt auch nicht Logue, wenn schon dann Louge, Unsinn, Lorge! Im Wort *York* verschnörkelt er das *or* genauso. *Dem Kommunisten-Klub in New York gehörig.* F. W. Lorge war noch nicht lange in Amerika, als er das schrieb, ein Anhänger der deutschen Orthographie. Kommunisten-Klub mit K. Gut, suche ich also in der Enzyklopädie unter K. *Kennedy, Kerouac, King's College, Kissinger, Kleindeutschland, Knickerbocker Base Ball Club, … Kommunisten Klub.* Zehn Zeilen zwischen *Kohn Pedersen Fox* und *Koreans. Eine radikale deutsche politische Organisation, gegründet von Albert Komp 1857 in New York City. Zu ihren Mitgliedern zählten der Theaterschriftsteller Max Cohnheim und der Musiklehrer Friedrich A. Sorge. Die Gruppe organisierte eine Demonstration von 15 Tausend Arbeitslosen am 5. November. 1867 vereinigte sich der Club mit Lassallianern und gründete die Social Party of New York City.* Komp und Cohnheim, nie gehört, aber Sorge? Verwechsle ihn nicht mit Richard Sorge, dem Funker von Tokio. Sir, wir schließen. Ich schaue auf. Vor mir steht eine junge Lady mit knallrot glänzenden Lippen. Wie bitte? Wenn Sie sich bitte zum Ausgang begeben würden. Die Uhr über der Buchausgabe zeigt zwei vor neun. Ich stelle den Wälzer an seinen Platz zurück. Cohnheim, Sorge, Komp? Kein Loge, kein Lage, kein Dr. Jacobi? Wäre Abraham Klub-Mitglied gewesen, hätte man es erwähnen müssen, da ihn die Enzyklopädie ja nannte. Nicht unbedingt. Unter dem Stichwort *communism* suchte ich ja auch vergeblich einen Verweis auf *Kommunisten Klub.* Vor der Drehtür zwängen sich die letzten Leseratten ins

Freie. Ich entdecke Number Fourteen, Dr. Irgendwie, mein Freund und Helfer. Ich werde ihm danken, draußen, auf der Treppe. Die Sicherheitskraft will einen Blick in meinen Rucksack werfen. Beim Eintritt sucht sie Bomben, beim Austritt Bücher. Was ist das? Sie zeigt auf den Reclamband. Mein Eigentum, sage ich bestimmt. Privat. Darf ich sehen? Der Zweifel ist nicht unberechtigt. Das Buch hat eine Signatur auf dem Rücken. 329 steht auf dem Papieraufkleber. Die Lady ist keine Bibliomanin, hat aber Instinkt. Sie durchblättert den Band mit der Roheit eines Zöllners. Der kryptische Zettel fällt heraus. Was heißt das? Dem Kommunisten-Klub in New York gehörig, lese ich. Es ist deutsch. Und das? Sie zeigt auf die Unterschrift. F. W. Lorge. So hieß der Besitzer. Lorge? Nein, Sorge, natürlich, logisch, Friedrich A. Sorge, deutscher Musiklehrer. In dieser Sekunde weiß ich, woher ich den Namen kenne. Freddy Engels schrieb ihm die Nachricht von Marx' Tod, 1883. *Die Menschheit ist um einen Kopf kürzer gemacht.* Berühmter Mann, es gibt sogar Gedichte über ihn. Okay, sagt die Security-Frau und reicht mir meine *Utopia* zurück. Als ich aus der Library trete, sehe ich von Fourteen keine Spur. Der Lärm der Stadt schlägt mir entgegen. Ich presse den Rucksack an mich. Ich springe die Stufen auf die 5th Avenue hinunter. Ich gehöre hierher.

CHINESE SEAFOOT, MOTT STREET

Grünschwarze Aristokraten, der Häscher
holt sie aus ihrer Bastille, der metertiefen
Holzkiste, mit dem Netz, wirft auf die Waage
die dicken Prinzen, fliegen ein letztes Mal,
in Plastik getütet, durch die Luft, hin
zur schleimigen Schlachtbank, Samson
schlitzt ihnen blitzschnell mit dem Handbeil
den Nacken, zieht ihre Haut ab, hackt dann
die Schenkel, den Kopf ab, das geht
in Sekunden, le frog est mort, vive le frog.

MUTTERS GESCHICHTE, GÖRLITZ, 9. SEPTEMBER 1948, 14 UHR 33

Traudel schlendert durch die Baumreihen der Elisabethstraße. In der Mappe unter ihrer Armbeuge stecken die Zeichnungen. Sie betrachtet ihre Figur in der Fensterscheibe des Kaufhauses. Das Kleid paßt zu den Schuhen, sie fühlt sich wohl und schämt sich ein wenig des guten Gefühls. Zwei Verkäuferinnen erneuern die Auslagen. Kein schlechter Beruf. Leider sind die Stoffe grob und grau. Sogar die Puppen sehen darin traurig aus. Eine männliche Schaufensterpuppe trägt ein Plakat vor der Brust. *Im Zeichen des Zweijahresplanes.* Fleißige Biene erklimmt das Zahnrad der Industrie. Am Liefereingang des Kaufhauses vorbei geht sie zur Jakobstraße, biegt in die Straßburgpassage ein und taucht auf der Berliner Straße auf, ohne den Postplatz berührt zu haben. Die Beratungsstelle liegt neben dem Gerichtsgebäude. Ein Blick auf Mutters Armbanduhr sagt ihr, noch ist Zeit. Besser zu früh, als unpünktlich. Ihre Hände sind trotz der Hitze eiskalt. Eine Straßenbahn der Linie 1 fährt Richtung Bahnhof. In der letzten Bank am Fenster sitzt Käthe Hellmich. Die Mitschülerin wohnt in Weinhübel. In zwanzig Minuten wird sie zu Hause sein, Schweine füttern, Schularbeiten machen müssen. Für Traudel beginnt heute das Berufsleben. Bald wird sie die Pradel-Oma unterstützen können, die nicht müde wird in den Versuchen, ihr den Entschluß auszureden. Geh wieder zur Schule, Kind, du lernst doch so gern. Vorige Woche, als sie mit Ruth den Nachmittag am Bühneneingang des Stadttheaters verbrachte, in der Hoffnung, Ferdinand Weintraub abzupassen, um ein Autogramm zu ergattern, hatte sie, zurückkehrend, schon im Flur gerochen, daß ihr Klassenleiter Tscherembel Gast im *Goldenen Baum* gewesen war. Sandelholzgeruch füllte wie ein milder Schleier die Wirtsstube. Die Schule wird dich wieder aufnehmen, du mußt nur wollen. Ist Dr. Tscherembel gekommen, um dir das zu sagen? Die Oma war verblüfft, daß die Enkelin den Besucher erwähnte, der sie vor einer Stunde verlassen hatte. Dein Lehrer hält den Schulabbruch für eine Fehlentscheidung. Er hat mir gar nichts mehr zu sagen. Sei nicht ungerecht, Püppchen. Großmutter hatte Recht, Tscherembel meinte es gut. Vor nicht langer Zeit wäre sie glücklich gewesen, dem Lieblingslehrer einen Gefallen zu erweisen. Tschi, wie ihn alle an der Schule nannten, war nicht nur die unumstrittene Koryphäe für Fremdsprachen, er genoß dank seiner Marotte die Bewunderung von vierhundert jungen Damen. Der Pädagoge liebte Parfüms, keine gewöhnlichen, die man beim Drogisten kaufen konnte – die gegenwärtigen Zeiten wären solcher Leidenschaft kaum förderlich gewesen –, vielmehr einzig von ihm selbst erfundene Duftmarken. Tschis Kompositionen waren so intensiv und schwer, daß man seinen Heimweg von der Schule bis zu seiner Wohnung am Obermarkt mit verbundenen Augen hätte verfolgen können. Nun war er persönlich erschienen, um für Traudels Rückkehr zu bitten. Viel Hoffnung hatte ihm die alte Frau nicht gemacht. Was sich die Enkeltochter in den Kopf setzte, war ihr schwer auszureden. Herr Doktor, wir haben unser Püppchen ziemlich verwöhnt, um so tiefer war dann der Absturz, in den letzten Jahren, wenn Sie verstehen? Der Mann duftet nicht nur gut, er hat auch ein gutes Herz. An den Satz muß Traudel denken, als sie die Tür zur Berufsberatungsstelle öffnet. Dritter Stock, Kollegin Dickow, steht auf dem Zettel, der mit einer Büroklammer an ihre Mappe geheftet ist. Sie tritt aus der Nachmittagssonne in einen dunklen Hausflur. Als sie einen Schalter ertastet, wirft eine einsame Glühbirne mattes Licht auf zwei Mülltonnen. Sieht so die helle Zukunft aus? Ausgetretene Stufen. Im Vorzimmer sitzen zwei Mädchen ihres Alters auf Sperrholzstühlen. Da keine dritte Sitzgelegenheit vorhanden ist, bleibt Traudel am Eingang stehen. Neben dem Kachelofen ist ein Werbeplakat an die Wand geklebt. *Der Waggonbau wartet!* Von ihrem Platz aus kann Traudel nicht erkennen, was auf den Fotos abgebildet ist. Über dem Ausgang zum Treppenhaus steht der Spruch: *Auf dich kommt es an, auf uns alle!* Die

Tür von Frau Dickows Büro ist mit Kunstleder gepolstert. Ein junger Mann tritt heraus und gewährt Traudel für einen Augenblick Einblick in den Raum. Ein Wecker auf dem Schreibtisch zeigt fünf nach drei. Auf ihrer Uhr ist es zehn Minuten früher. Kommen Sie ruhig rein, ruft eine tiefe Frauenstimme. Die Mädchen erheben sich. Der junge Mann besetzt einen der frei gewordenen Stühle und starrt Traudel an. Für solche Fälle braucht man etwas, um nicht dumm in der Gegend herumkucken zu müssen. Warum hat sie kein Buch mitgenommen? Sie betrachtet das Wort *Waggonbau.* Was kann man aus den darin vorhandenen Buchstaben bilden? *Wo. Gnu. Gong.* Es fehlt ein *e*, sonst ginge *Wange. Bang.* Der Idiot blickte noch immer zu ihr auf. Fühlt sich unwiderstehlich. Kommt bestimmt vom Dorf. Sie entschließt sich, englische Vokabeln zuzulassen. *Bag. No. Bug. Now. Ago. Gang. Gown.* Auf das letzte Wort, das Gewand bedeutet, ist sie besonders stolz. Tscherembel hatte der Klasse das Spiel beigebracht. Stets war sie eine der Besten gewesen. *Gun* fällt ihr noch ein. Immerhin, acht englische Wörter, drei deutsche. Mal sehen, wies mit Französisch klappt. Was willst du denn werden? Die Frage kommt aus dem Mund des Sitzenden. Genau das hatte sie befürchtet. In ein Gespräch verwickelt zu werden. Sie überhört die Dreistigkeit. Soll er denken, ich bin taub. Zur Not könnte sie eine Gehörlose spielen, gestikulieren und Grimassen schneiden. Der junge Mann schweigt beleidigt. Na also. Auf dem Hof ihrer Großtante hatte eine Magd gelebt, Anna, die ein wenig geistig zurückgeblieben und taub war. Am Anfang hatte sie ihr Angst eingejagt mit ihren Bewegungen und tierischen Lauten. Man hatte Traudel aufs Land geschickt, weil sie so dünn war. Vor lauter Heimweh verweigerte sie das Essen und nahm noch mehr ab. Mit den Dorfkindern mochte sie nicht spielen. Ihre beste Freundin war Minka, die Ziege mit dem Katzennamen. Oft heulte sie ihren Kummer an ihrem zotteligen Hals aus, bis die Tante kam, dem Tier ins Fell griff und tadelnd sagte: Püppchen, du hast geweint, Minka ist ja wieder ganz naß. Ob sie noch lebten, die Tante, die taube Magd Anna und die Ziege? Die Tür geht auf. Die Mädchen gehen mit Zetteln in den Händen an ihr vorbei, der junge Mann trottet ihnen hinterher aus der Beratungsstelle. Kommen Sie, ich beiße nicht. Traudel gibt sich einen Ruck und tritt über die Schwelle. Eine Frau Mitte Vierzig, in grauem Kostüm, mit kastanienbrauner Kaltwelle. Mit der linken Hand auf den Schreibtisch gestützt, gießt sie sich mit der Rechten aus einer bauchigen Kanne Muckefuck in die Tasse. Unerträglich, diese Hitze. Nehmen Sie Platz, Fräulein. Dickow mein Name. Traudel stellt sich vor. Sie wollen sich beraten lassen? Da sind Sie bei mir richtig. Schulabschluß? Zehn Klassen. Wir haben bislang für jeden was gefunden. Arbeit gibts wie Sand am Meer. Traudel holt die Entwürfe aus der Mappe. Ich will Modezeichnerin werden. Hoppla, ich dachte, Sie wollten Beratung? Die Bürofrau blättert in den Zeichnungen. Haben Sie die alleine gemacht? Glaubt sie, ich würde mich mit falschen Federn schmücken, denkt Traudel. Gar nicht übel, aber jedes zweite Mädchen strebt ins Modefach, dabei braucht unsere Wirtschaft jetzt Weberinnen, Schlosserinnen, Spinnerinnen. Bauzeichnen, wie wärs damit? Ich will Kleider entwerfen, nichts anderes. Sie sind hartnäckig, das gefällt mir. Zeigen Sie mal Ihre Zeugnisse. Nur Einsen und Zweien? Frau Dickow hebt die Augenbrauen. Hat man Sie von der Oberschule relegiert? Es war mein eigener Entschluß. Mit solchen Leistungen wäre sogar ein Studienplatz drin, Fachhochschule, unter Umständen. Die Beraterin spannt einen Fragebogen in die Schreibmaschine. Heute nehme ich Ihre Personalien auf, in einer Woche sehen wir weiter. Name des Vaters? Körner, Artur. Mit th? Ohne. Die Frau ist keine geübte Stenotypistin und braucht lange, um die richtigen Tasten zu finden. Geburtsort und Datum? 17. Februar 1900, Görlitz. Beruf? Kraftfahrer. Ihr Vater lebt? Traudel nickt. Sie weiß, die Frage ist berechtigt. In Görlitz? In Bautzen. Als Chauffeur? Mein Vater ist im Zuchthaus. Ach. Frau Dickow rückt vom Schreibtisch ab und betrachtet das junge Ding im blauen Sommerkleid. Ihre Eltern sind noch verheiratet? Ich verstehe die Frage nicht, sagt Traudel. Wie heißt Ihre Mutter? Charlotte Körner, geborene Pradel. Frau Dickow vergißt den Namen der Mutter in den Fragebogen zu tippen. Was macht sie beruflich? Gastwirtin, aber zur Zeit ist sie in Meuselwitz, bei Leipzig, im Gefängnis. Weshalb? Der Mund der Berufsberaterin ist schmal geworden. Ist das wichtig? Allerdings. Wegen Wirtschaftsverbrechen. So leise Traudel auch spricht, Frau Dickow versteht sie. Ihre Hand mit dem Ehering zieht den Fragebogen aus der Walze. Ein schnarrender Ton. Sie zerreißt das Formular in sechs Teile und wirft die Schnipsel in den Papierkorb. Die Mühe können wir uns sparen, da nimmt Sie keiner, mit diesen Eltern. Ohne ihr in die Augen zu sehen, hält sie Traudel die Zeugnisse und Zeichnungen hin. Kann ich noch mal wiederkommen? Das ist Ihre Entscheidung, sagt Frau Dickow und greift zu ihrer Kaffeetasse. Auf Wiedersehen, sagt Traudel und vernimmt einzig das Ticken des Weckers auf dem Schreibtisch. *Auf dich kommt es an, auf uns alle!* In ihrer Kehle sitzt ein faustgroßer Kloß. Sie denkt an Minka. Und daß sie die Frau da oben haßt. Und daß sie mehr Glück hätte, wenn ihre Eltern tot wären. Am Treppenabsatz öffnet sie ihre Mappe und wirft die Zeichnungen in die Mülltonne. Obenauf liegt ein schwarzes Abendkleid mit tiefem Ausschnitt und Spitzenbesatz, zu dem ein kurzes weißes Seidenjäckchen passen würde.

W 102ND STREET, NOVEMBER 25, 1998, 5. 11.44 p.m.

Ich hätte die kleine Schwarze im Supermarkt fragen sollen, ob sie mir helfen will, die Biere auszutrinken, die sie mir verkauft hat. Im Gegensatz zu den andern Kassiererinnen lächelt sie. Kann den Job noch nicht lange machen, ihr Hintern ist noch ganz schlank. Sie hätte mir das Gesicht zerkratzt mit den streichholzlangen Fingernägeln. Falls sie mein Angebot verstanden hätte. Ich liege im Hundesessel. Überall weiße Haare. Pattys Schlittenhunde heißen Georgia und Charly und kriegen zu Thanksgiving einen Knochen. Ein Police Officer wirft sich ins Flammenmeer. Sirenen im Fernseher, die Martinshörner der Straße, ein inszeniertes Echo, Singsang der Sirenen, ich bin Odysseus, ich müßte unter die Dusche, ich komme nicht hoch, gefesselt an die Bierflasche, meine Fingerkuppen, rauh wie Sandpapier. Müder Prolet in der Hauptstadt des Kapitals, ohne Arbeitserlaubnis, ohne Gewerkschaftskarte. Frau und Kind in der Heimat wissen nicht, ob ich noch lebe. Ich werde kein Geld schicken. Alles versaufen. Alkohol, falscher Bruder. So fängt es an. Später kommen die Huren. Oder der Kommunismus. Weggehen, nicht zurückkehren, Europa ade, mein Arbeitsplatz verwaist, soll Jacob, der Blutsauger, die Bücher alleine verpacken. Mit dem ersten Bus Richtung Westen, Marlboro-Country, Zigaretten, rauchen, Siedler, Farmer, Ölarbeiter, Bubble gum, Rodeo, Pferden mit gelben Zähnen ins Maul schauen, Friedenspfeifen, Friedensrichter, Maisfelder. Ich komme aus dem Osten, salomonische Antwort, dem schwarzen Bluessänger wird sie genügen, Whiskey aus der Flasche, in einer Bar in Atlanta, links Coca-Cola, rechts CNN, ich war schon als Kind Pionier, this is my land. Gehen, weggehn, weitergehn. Rimbauds Traum. Jeder sucht seinen Dschungel. Ob man mich vermißt? Zu spät. Kojoten heulen vom Broadway. Sternenbannerhimmel. Die Fernbedienung fällt in den Grand Canyon voll leerer Bierflaschen. Das Lagerfeuer wirft ein paar Lichtfetzen Autowerbung unter meine sich senkenden Lider.

NATHANS SPUREN

Die Suche nach Max Martin Nathan im Internet gleicht der in einem virtuellen Heuhaufen. 1956 gewinnt ein Max Nathan aus Mainz die Deutsche Meisterschaft im Automobilsport. Ist der Rallyefahrer identisch mit dem Hotelmanager Max Nathan aus Shanghai, studierte er später Soziologie und schrieb das Buch *Die Industriegesellschaft*, eine Studie über Geschäftsleute und Akademiker, die ihr Leben lang um den Erdball reisen, pro Jahr 330 Nächte in Hotelbetten. *Employment, place and identity.* Jener Max Nathan, der am 16. April 1828 in Deutschland geboren wurde, bis 1845 in Cincinatti lebte, dann nach New York ging und dort am 18. April 1922 verstarb, steht außerhalb der Geschichte, aber vielleicht gehört er zur Familie? Ich schreibe eine E-Mail nach Israel. Ans Joseph-Carlebach-Institut der Bar-Ilan Universität, Ramat-Gan. Ich erzähle von Nathan und der Goethe-Biographie, die ihm sein Rabbi zur Bar Mizwa schenkte. Kann man mir mit Informationen helfen? Immerhin war Syndikus Nathan Max Nathan Nachfolger des Oberrabbiners. Ich durchsuche ein weiteres Mal Max Martins Bücher auf etwaige Einlagen. Auch die Reclam-Bände, die beim Auspacken unbeachtet in die Regale gestellt wurden. Natürlich sind Nathans Reclambücher nicht verschlissen, sondern in erstklassiger Verfassung. Homers *Odyssee*, leer, ebenso *Ilias*, Kleist, Hebbel, Ibsen. Nicht die geringste Spur. Grillparzers Trauerspiel *Sappho* zeigt einen kleinen Einriß auf dem Titel und birgt, zwischen Seite 30 und 31, eine Sensation: Zwei Papierschnipsel, kaum streichholzschachtelgroß, die meine Verwirrung eher vermehren, als daß sie ein Porträt von Max erstellen helfen. Zwei Fotos mit Reiterinnen, braun koloriert, offenbar Ausschnitte aus einer Illustrierten. Ein trabender Rappe mit Dame in historischer Musketier-Kostümierung, Federbusch am Hut, weiße Hose, dunkle Joppe, Manschetten, Halskrause, Stiefel. Foto Nummer 2 ein Gruppenbild, fünf Reiterinnen, in freier Wildbahn, auf einem Waldweg, in munterer Stimmung, die Gesellschaft lächelt. Ob es sich um eine Filmszene oder einen Jagdausflug der Oberklasse handelt, bleibt undeutlich. Warum hielt Nathan die Szenen für ausschnittswürdig? Weshalb bewahrte er die Damen auf? Kindliche Leidenschaft oder Zufall? Ein Welträtsel, das ungelöst bleiben wird. Auf Seite 31 seufzt Phaon, der an Sappho verzweifelt: *Ich bin verwirrt, mein Kopf ist wüst und schwer!* Wohl wahr. Ich lege die Reclam-Bände in das Regal mit den *besonderen* Büchern, die hier eingestellten sind sehr alt, selten, oder haben Anstriche, Einklebungen, Widmungen, Einlagen, Exlibris. Ein großformatiger Bildband liegt sperrig im Weg. *Deutsche Gärten*. Eine Edition aus den sechziger Jahren. Keine Kostbarkeit. Ich ziehe den Papp-Schuber ab. Bilder von Günther Beyer und Klaus Beyer. Verlag der Kunst Dresden. DDR-Bücher gibt es wenige in der New Yorker Sammlung. Die meisten Nachkriegsbücher sind Westware. Im Fotoband liegt ein Briefumschlag. Seinetwegen habe ich das Buch ausgesondert. Ein hellblaues Kuvert ohne Briefmarke, mit blauer Tinte beschrieben: *Geschenksendung für Herrn Max M. Nathan 700 W 178th St. Apt. 68, New York 33 N. Y. USA.* Unglaublich, ich hatte das Buch die ganze Zeit parat, hatte den Umschlag in der Hand gehalten, aber vergessen oder zu flüchtig gelesen. Der gesuchte Beweis. Max Martin lebte in New York. Vielleicht lebt er noch? Warum sollte er, wenn er lebt, die geliebten Bücher verkauft haben? Zog er in ein Altenheim? Das Kuvert trägt einen gestempelten Absender: *Dr. Rieger. Lausitzer Straße 4* in Torgau. Eine Kleinstadt in Nordsachsen, an der Elbe gelegen. Das Buch wurde 1957 gedruckt. Wenn es als Neuerscheinung nach Amerika ging, schrieb Dr. R. den Brief vor 40 Jahren. Wer war der Doktor? In welchem Verhältnis stand er zu Max Martin? Wieso ein Gartenbuch? Der Band entpuppt sich nicht als Ratgeber für Gartenfreunde: wie dünge ich meine Dahlien?, wann schneidet der Züchter die Rosen? *Deutsche Gärten* erzählt Kulturgeschichte: Renaissance, Barock, Klassizismus. Landschaftsgestaltung, gesamtdeutsch: Moritzburg, Großkochberg, Wörlitz, Ansbach, Ludwigsburg, Belvedere, Schwetzingen. War der Absender an der Herstellung des Buches beteiligt? Den Text schrieb eine Frau mit Doppelnamen: Gertraude Lippold-Hälssig, Einband und Schutzumschlag schuf Prof. Egon Pruggmayer. Dr. R. taucht nicht auf. Ein DDR-Bürger aus T., seltsam, seltsam. Ich lege die CD mit dem deutschen Telefonverzeichnis in das Laufwerk. Die Fernsprechteilnehmer in T.: zweimal erscheint der Name Rieger, Ernst und Paul. Letzter hat einen Doktortitel, wohnt aber nicht in der Lausitzer Straße. Ich notiere die Nummern. Ich werde anrufen, morgen. Jetzt, nach Mitternacht, ist vielleicht nicht der günstigste Augenblick, wildfremde Menschen mit der Frage zu wecken, ob sie um 1960 ein Gartenbuch nach Amerika schickten, an einen gewissen Max Martin Nathan, geboren in Hamburg. Ich surfe durchs Netz und stolpere über Strandgut. Eine Seite berichtet die Geschichte der deutschen Telefonbuchstabiertafel. A wie Anton, B wie Berta, C wie Cäsar. Ich höre meine Mutter, unseren Namen ins Telefon rufen, M wie Martha, E wie Emil, N wie Nordpol. Wir haben eine Gartennachbarin, die heißt Martha, und ich frage mich – in der Kinderzimmertür stehend –, warum Leute, denen Mutter unseren Namen erklären muß, Tante Martha kennen, die ebensowenig meine Tante ist wie Erich, ihr Mann, mein Onkel, von dem ich lerne, wie und wann man am besten Rotfedern und Karauschen fängt. M wie Martha, E wie Erich. Die Telefonbuchstabiertafel. Für Max Martin Nathan ist es bis zu seinem 18. Lebensjahr ein besonderes Vergnügen, Fernsprechteilnehmern seinen Namen durchzusagen: N wie Nathan, A wie Anton, T wie Theodor, H wie Heinrich, A wie Anton, N wie Nathan. Versteht der Mensch den letzten Buchstaben nicht, kann er von vorn anfangen, ein Kreislauf, eine sprachliche Matroschka-Puppe. N wie Nathan, ich buchstabiere: N wie Nathan, A wie Anton ... 1933 war auch dieser Witz vorbei. *In Anbetracht des nationalen Umschwungs in Deutschland halte ich es für nicht mehr angebracht, die in der Buchstabiertafel des Telephonbuchs aufgeführten jüdischen Namen noch länger beizubehalten. Ich nehme an, daß sich geeignete deutsche Namen finden lassen.* Eifrigen Bürgern, wie jenem national gesinnten Mecklenburger, der sich am 22. März 1933 – 50 Tage nach Hitlers Ernennung zum Kanzler – beim Rostocker Postamt beschwert, kann nicht zugemutet werden, NSDAP wie folgt in die Muschel zu stottern: N wie Nathan, S wie Samuel, D wie David ... Ein Ersatz für das S ist leicht zu finden. Darauf hätte man 1903, im Jahr der Einführung der Telefonbuchstabiertafel, auch schon kommen können, als Richard Wagners Stern im Zenit stand: S wie Siegfried. Teutonia ans Telefon! Die Suche nach einem Substitut für D bereitet den Beamten des Postministeriums, denen die vaterländische Aufgabe einer Überarbeitung der Buchstabiertafel im Sinne der nationalsozialistischen Revolution anvertraut wurde, größeres Kopfzerbrechen. Man eruiert ein gutes Dutzend deutscher Vornamen mit D, einige scheiden aus lauttechnischen Erwägungen schnell aus. Dietrich würde zu Siegfried passen, klingt aber zu ähnlich und weckt Erinnerungen an einen in Berlin geborenen Blauen Engel, der jetzt in Hollywood Gesicht und Beine zeigt. Dieter könnte mit Ida verwechselt werden, Dirk ist zu kurz, einsilbige Namen werden verworfen, sie bieten zu wenig Klangraum, um erinnert zu werden. Ein literarisch ambitionierter Postillion schlägt Dorothea vor, immerhin habe die Nation im Vorjahr des hundertsten Todestages des größten Deutschen gedacht. Abgelehnt. Erstens wisse zur Zeit noch niemand, wie Goebbels zu Goethe stehe, zweitens, Vorsicht mit Superlativen, Deutschland habe viele bedeutende Söhne. Wie wäre es, ein neuer Vorschlag wird laut, A künftig, statt mit Anton, mit Adolf zu buchstabieren? Machen wir erst mal den David fertig, entscheidet der Kommissions-Vorsteher. Detlef, Daniel, Dagmar, Doris, Diana, Dora. Am Ende siegt Dora in einer Stichwahl über Diana. Die Jagdgöttin habe zuviel A im Namen und klinge zu fremdländisch. Dora sei urgermanisch. Nathan hätte die Begründung amüsiert, heißt seine Mutter doch so. Zuletzt der Buchstabe N. Vorschläge? Gibt es keine deutschen Vornamen mit N? Noah wird in die Runde geworfen. Ausgerechnet der Beamte Müller, mit dreistelliger Parteibuchmitgliedsnummer, Vorzeige-PG der Behörde, schlägt Noah vor. Betretenes Schweigen. Wie wärs mit Norbert? Gott und dem Führer sei Dank, Norbert, Siegfried, Dora, Anton, Paula. Einverstanden, ich bin auch für Nordpol, sagt Müller, der schon den Marsch auf München mitmachte. Wieso Nordpol? Sagten Sie nicht Norbert, Herr Kollege? Nordpol, das ist nordisch, Volk ohne Raum, gut zu merken. Ein Vorname ist es nicht. Zeppelin und Xylophon sind auch keine Vornamen. Abgemacht, der Post-Kommissions-Leiter schlägt auf den

Tisch, wir brauchen Entscheidungen: Siegfried, Dora, Nordpol, plus die Empfehlung, Anton durch Adolf zu ersetzen. Meine Herren, frohe Ostern und Heil Hitler. Im Jahr 1948 wird aus Nordpol wieder Nathan. In meiner Familie hat sich die Entnazifizierung der Alliierten nicht durchgesetzt. Martha, Emil, Nordpol, Siegfried, Cäsar, Heinrich und so weiter. Am nächsten Morgen habe ich eine E-Mail aus Israel. *Vielen Dank für Ihren Brief und Ihre Mitteilung über die neu entdeckte Unterschrift von Oberrabbiner Dr. Joseph Carlebach. Wir möchten wissen, wie Ihnen das erwähnte Buch zugänglich wurde und was Ihnen schon über das Schicksal von Max M. Nathan bekannt ist. Die beigelegten Kopien aus dem Joseph Carlebach-Archiv sind leider die einzigen uns bekannten Hinweise.* Als Absender des Briefes zeichnet die Direktorin des Instituts, Prof. Miriam Gillis-Carlebach, eine Tochter des Oberrabbiner, die emigrieren konnte. Sie empfiehlt mir zwei Bücher und eine Fachkraft, Herr Jungmann vom Staatsarchiv Hamburg, wenn jemand etwas über Nathan herausfinden könne, dann er. Nach Kopien suche ich im E-Mail-Anhang vergeblich. Ich lade die Datei dreimal herunter, sie bleibt leer. Ich schicke eine dankreiche Mail nach Ramat-Gan, frage nach den verlorenen Dateien, erzähle eine Kurzfassung der Jacob-Geschichte, lade in den Anhang eine Kopie der Bar-Mizwa-Widmung. Ist dies Carlebachs Schrift? Dann beginne ich die Suche nach Jungmann. An wen erinnert mich der Name mehr, an den kommunistischen Journalisten Erich, der in Le Vernet interniert war und von Frankreich über New York nach Mexiko emigrierte, oder an Fräulein Ida, Kindermädchen im Hause Buddenbrook? Die Website des Staatsarchivs, Archivar Jungmanns E-Mail-Adresse, wieder die gleiche Geschichte: Bücher, Hamburg, Max Martin Nathan. Es ist Mittag. Macht es Sinn, in Torgau anzurufen, bei Dr. Rieger? Ich komme mir lächerlich vor. Genau dieses Gefühl muß der Forscher überwinden, will er irgend etwas herausfinden. Ich wähle. Freizeichen. Klingeln Nummer drei, Nummer vier, Nummer fünf. Bei zehn werde ich auflegen. Im Grunde hoffe ich, niemand käme an den Apparat. Nummer acht. Der Hörer wird abgenommen. Ein dunkle Stimme, weiblich, müde eingefärbt. Eine alte Frau ist kein D-Zug. Guten Tag, ich würde gern Herrn Rieger sprechen. Es ist der falsche Ton. Auf dieses Gespräch bin ich nicht vorbereitet, ich habe keine Begegnung erwartet. Ich bin Journalist, höre ich mich sagen, ich suche einen Dr. Rieger. Bin ich bei Ihnen richtig? Es tut mir leid, sagt die alte Dame, ich bin Frau Rieger, mein Mann ist verstorben, inzwischen. Ach so. Na klar, so ist es doch immer. Die Männer sind lange tot. Es wäre auch zu schön gewesen. Wann ist Ihr Mann verstorben, wenn man fragen darf. Im Herbst. Ach, letzten Jahres erst. Das tut mir leid. Wahrhaftig. Was wollen Sie eigentlich? Wissen Sie, das ist eine etwas längere Geschichte, ich schreibe eine Arbeit über einen Amerikaner, den, wie ich annehme, Ihr Mann gekannt hat. Wer ist das? Er hieß Nathan. Ja, also, einen Nathan haben wir sicher gekannt. Eine Spur, eine wirkliche Spur, ich suche meinen Kugelschreiber. Die Frau bremst meinen Schwung. Ich kann Ihnen nichts sagen, weil mein Mann, wie gesagt, nicht mehr lebt, der Name Nathan ist mir bekannt, aber wer das war, weiß ich nicht. Die Frau ist kurz angebunden. Was hatte ich erwartet? Daß man mir um den Hals fällt? Einerseits kennt sie einen Nathan, andererseits gibt sie vor, nichts zu wissen. Was war Ihr Mann von Beruf, wenn ich fragen darf? Keine Antwort. Ich habe ein Kuvert gefunden, in New York, da steht als Absender: Lausitzer Straße. Da haben wir früher gewohnt, jetzt wohnen wir woanders. Irgendwelche Briefe können nicht noch vorhanden sein, von diesem Max Nathan in Amerika? Ob der in Amerika war oder wo der war, das weiß ich nicht. Ja, wissen Sie, man muß, stottere ich, alle Spuren nutzen, Herr Nathan ist wohl auch schon verstorben. Sind Sie Reporter oder so was? Eigentlich mehr Schriftsteller. Ich habe eine Bibliothek entdeckt, in der Bücher dieses Max Martin Nathan vorhanden waren, unter anderem ein Geschenk Ihres Mannes, ein Gartenbuch. Sicherlich existiert dieses Buch noch hier irgendwo. Wir haben einen Riesenbücherschrank. Frau Rieger hat mich falsch verstanden. Stammen Sie aus der Hamburger Gegend? frage ich. Durchaus möglich, mein Mann war längere Zeit in Hamburg. Hat er dort studiert? Das kann ich Ihnen nicht sagen. Es hat keinen Zweck, daß wir weiter darüber reden. Gut, ich will Sie nicht belästigen. Mein Mann würde Ihnen sicher gern helfen. Wie war der Name von diesem Herrn? Max Martin Nathan. Ich schreib mir das mal auf. Darf ich Ihnen meine Telefonnummer geben? Moment. Für mich wäre es eine große Hilfe. Wie heißen Sie? Paul? Nein, sage ich. Ja, sagt Frau Rieger, ich konnte meine eigne Schrift nicht lesen. Falls mir irgendwas in die Hände kommt, rufe ich Sie an. Es tut mir leid, daß ich Sie gestört habe. Ach was. Konnten Sie ja nicht wissen, aber machen Sie sich keine Hoffnungen. Auf Wiederhören. Ich lege auf, erregt und erschöpft. Mein Gott, wie unsensibel ich die Frau überfahren habe, denke ich. Hätte ich mich bloß eher gemeldet. Vielleicht hat sie ja noch Briefe, findet sie, überlegt es sich, zeigt sie mir? Warum sollte sie mir helfen? Sie kennt mich nicht. Ihr Mann ist tot, sie will ihre Ruhe. Nicht an den Verlust erinnert werden. Was mische ich mich eigentlich in fremde Leben ein?

W 102ND STREET, NOVEMBER 26, 1998, 8.30 a.m.

Ein Bier zu viel am Abend, Kopfschmerz am Morgen, Wecker nicht gehört, staubgrauer Himmel, Feiertag. Treppab stolpernd stopfe ich eine Banane zwischen die ungeputzten Zähne. Die Morgentoilette übernimmt Petrus, Sturzregen, am Starbucks Café mein Spiegelbild in der Schaufensterscheibe, ein schwankender Waschbär mit Haarausfall. Einen von Pattys 200 Schirmen hätte ich mitnehmen sollen. Ecke 103. Straße läßt mich das Grollen einer Bahn loslaufen, auf der Plattform sehe ich noch ihre roten Schlußlichter im Tunnelschacht verschwinden. Happy Thanksgiving. In fünfzehn Minuten erwartet mich Jacob am Eingang 26. Straße. Allein komme ich nicht in den Laden. Der Liftboy hat frei, ganz New York liegt noch in den Betten, nur wir nicht, Jacob, ich und der U-Bahn-Fahrer, der nach Downtown donnert. Jacob wird das Büro nicht betreten, ohne mich, er wird sich seinen Teil denken und nach Hause fahren. Ein Taxi? Kann ich mir nicht leisten. Aber einen verlorenen Tag, einen enttäuschten Geschäftspartner auch nicht. Also Taxi. Der Broadway macht an einem regennassen Feiertagsmorgen auch nicht mehr Eindruck als der Breite Weg in Magdeburg. Ein Yellowcab hält auf mein Winkzeichen. 26th Street, between 11th and 12th Avenue. Ich souffliere mein Reiseziel durch das Fenster in der Plexiglaswand. Der Fahrer ist tiefschwarz. Über dem Taxameter steht neben der Lizenznummer sein Name: Franz Joseph. Nicht viel los, heute morgen. Yeah, die ganze Nacht war lausig. Schon lange unterwegs? Es reicht. Taxismalltalk. Franz Joseph, sage ich, ein deutscher Name, wissen Sie das? Österreichisch, sagt er. Ich bin verblüfft. Sind Sie von da? Er grinst mich an. Seh ich so aus? Ehrlich gesagt, die meisten Österreicher, die ich kenne, sind irgendwie blonder. Elfenbeinküste, Côte-d'Ivoire. Da spricht man doch französisch? Exactly. Mein Großvater in Bingerville verehrte Kaiser Franz Joseph. Wieso? Wegen des Schnurrbarts, weil er ein großer Mann war, *really a big boss*, keine Ahnung. Sein Name sollte mich schützen. Die vierziger Straßen. Der West Side Highway gehört uns allein. Grauer Klotz vor grauem Himmel, das Schlachtschiff am Pier. Haben Sie es geschafft? Was? Boß zu werden. Man soll die Hoffnung nicht aufgeben. 26. Straße, Ecke 12. Avenue lasse ich halten. Ein Dollar fünfzig Trinkgeld sind Franz Joseph nicht königlich genug. Mehr ist nicht drin, Majestät. Ich bin Saisonarbeiter. Wenn mein Chef sieht, daß ich mich zum Arbeitsplatz chauffieren lasse, streicht er mir das Lunchpaket. Jacob wartet nicht vor dem Lagerhaus. Zehn nach neun. Gottverlassene Gegend, der Regen und ich sind das einzige, was sich hier bewegt. Ideale Bedingungen für einen Raubüberfall. Niemand hört deine Schreie. Nur deine Peiniger. Ich drücke mich in die Türnische. Vielleicht ist er auch schon weg? No, ein akademisches Viertel wird Herr Professor mir wohl einräumen. Ich laufe zum Baustofflager, stehe vor dem Drahtgitterzaun, betrachte die Fassade. Welches Fenster ist unseres? Kann man das Lampenlicht im Office sehen? Oder schirmen die Papiertürme auf dem Schreibtisch alles ab? Wartest du schon lange? Jacob trägt einen wattierten blauen Anorak. Wie konnte ich diese blaue Billardkugel in der Straßenflucht übersehen? Bist du vom Himmel gefallen? Oh, er hebt die Brauen, du hast dir wohl vorgenommen, zu Thanksgiving geistreich zu sein. Nette Überraschung. Leider zu früh für mich. Exegese immer nach 12, okay? Lenny hat mich abgeholt. Hatte einen Kunden auf der Eastside. Lenny, Jacks Freund, Taxifahrer, ißt jeden Tag im *Chelsea Pizza Café*, angeblich Millionär. Weshalb gibt er seinen Job nicht auf! Er hat eine Frau zu Hause, antwortet der eremitische Buchhändler. Er hätte dich ruhig bis zum Office fahren sollen, bei dem Wetter. Bist du eher ausgestiegen, um mich nicht zu demütigen? Ich brauche Bewegung, sagt Jacob, und diese Jacke, er zeigt auf die Nylonhaut, ist wasserabweisend, hundertprozentig, für fünfzehn Dollar, ob dus glaubst oder nicht. Chic, sage ich, du gehörst auf einen Laufsteg. Er schließt die Tür auf. 180 Treppenstufen, fünf Etagen. Ganz schön hoch. Tief durchatmen. Gut, daß du nicht im Empire State Building sitzt, sage ich. Wäre ich da Mieter, bräuchte ich heute nicht zu arbeiten. Und hätte andere Kunden. Kein Kommentar. Jacob probiert den zweiten Schlüssel, um die Tür zwischen Treppenhaus und Büroflur zu öffnen. Die Glühbirne an der Decke wirft schmutziges Licht auf die Dielen, passend zu diesem Morgen. Ich versteh das nicht, der ratlose Händler zeigt ein aufgeklapptes Lederetui, dreißig Sicherheitsschlüssel, aufgereiht wie am Brett einer Hotelrezeption. Einer davon muß es eigentlich sein. Eigentlich? Die Tür war doch immer offen. Muß sie auch sein, sagt Jacob, eine Fluchttür. Innen hat sie einen Knauf zum Drehen. Hier kann man sie nur mit dem Schlüssel öffnen. Aber welcher? Ich war sicher, dieser, er paßt nicht. Wie kann er sie unterscheiden, alle Messing, gleiche Form und Farbe? Laß mich mal. Er zögert. Vorsicht, breche ihn nicht ab. Unmöglich, der ist zu dick, sage ich und nehme einen anderen. Paßt auch nicht. Der fünfte läßt sich in den Schlitz schieben, aber nicht drehen. Oberschenkeldruck gegen das Eisenblech, umsonst. Hallo, ruft Jacob, ist jemand drinnen? Open the door, please. Wir warten, mit angehaltenem Atem. Stille. Der Regen schlägt Klopfzeichen gegen die Fensterbretter. Über dem Schlitz ist ein Schlüsselloch. Ich spähe hindurch. Licht. Dann muß jemand da sein, meint Jacob. Sie lassen die Neonlampen nicht ohne Sinn brennen. Er hämmert mit der Faust gegen die Tür. Ich mache mit. Höllenlärm. Wie bei einer Gefängnisrevolte. Nur daß wir rein wollen und nicht raus. Es stinkt, sage ich. Nach was? Senfgas. Hm, bist du sicher? Paß auf, er steckt das Schlüsselbund ein, du wartest hier, schreist und klopfst weiter, wenn du irgend etwas drinnen hörst, bitte um Hilfe, ich gehe zum Eingang 25th Street, vielleicht komme ich da rein. Wie du meinst, Chef. Er beginnt den Abstieg, ich teste meine Berliner Schlüssel. Der vom Keller paßt. Das wärs, denke ich. Aber der Schnapper blockiert. Ich setze mich auf die Treppe und starre das Schloß an. Sesam öffne dich. Eine Tür, in die man nicht reinkommt, sieht überall auf der Welt gleich blöd aus. Undurchdringlich. Wie ein Gesicht hinter einer schwarzen Sonnenbrille. Was war das? Schritte, hinter der Tür. Das Ohr gegen das Blech pressen. Nichts. Ich sollte schreien. Ich schweige. Ist da wer? Jacob kann es nicht sein, der braucht fünf Minuten um den Block, weitere fünf für den Aufstieg, wieder 180 Stufen. Blick durchs Schlüsselloch. Ein Punkt an der Wand. Hallo? Mein eigener Atem oder fremder? Für einen Augenblick bin ich sicher, daß jemand hinter der Tür steht, der mit einer Bewegung die Tür aufstoßen, mich umwerfen, überwältigen kann. Übermüdung, Paranoia. Ein Buchhändler lockt mich nach Manhattan, sein Name, angeblich, Jacob, Jude, knöpft mir das Geld ab, nichts Schriftliches, kein Mensch weiß, wo ich bin, der Händler zahlt cash, 2000 Dollar, einem gemieteten Mörder, in New York kein Problem, Thanksgiving Tag X, das Lagerhaus leer, der Fahrstuhl außer Betrieb, wir nehmen die Treppe, ein Trick, ein Lederetui voll falscher

Schlüssel – warum paßte kein einziger? – Jacob verschwindet, zur 25. Straße, zum anderen Eingang, in Wahrheit trinkt er *regular coffee*, im *Pizza Café*, mit Lenny und Freunden, ein Alibi, falls etwas schiefläuft, der Mörder hier drinnen, hinter der Tür, wartet ab, gibt ihm Vorsprung. Dann schlägt er zu. Die Leiche, ich selbst, wird zwischen den Docks in den Hudson versenkt, nach drei Wochen gefunden in Jersey, am Ufer. Kein schlechter Roman. Jetzt höre ich wirklich Schritte, von unten, die Stufen heraufkommen. Jacob, falscher Freund. Er sieht ganz harmlos aus, in seinem blauen Anorak, als käme er von einer Gletscherwanderung, eine Haarsträhne klebt an seiner Stirn. Er schwitzt. Wundert es ihn, daß ich noch lebe? Das Haus ist zu, sagt er schnaufend, kein Schlüssel paßt. Ich vermute, der neue Landlord hat alle Schlösser ausgetauscht. Mir hat man wieder nichts gesagt. Hast du weiter geklopft? Ja, aber ohne Erfolg. Machen wir Schluß, es hat keinen Sinn. Wie ist eigentlich die Notrufnummer in Manhattan? Nine, eleven. Und wie merkt man sich das? Auswendig lernen. Gehen wir zu Lenny auf eine Pizza und ein Bier? fragt Jack. Bist du nicht zu müde? Todmüde. Ich hatte die ganze Zeit ein schlechtes Gefühl. Ein Feiertag ist ein Feiertag. Man soll ihn heiligen. Komm, Partner, Thanksgiving ist zwar kein jüdischer Feiertag, heiligen wir ihn trotzdem.

UMBRELLA SELLER

Sie sind wie die Pilze, bei trockenem Wetter
leben sie unter der Erde, verkünden
die Meteorologen nachmittags Niederschlag
ordern sie ihre Waren, ziehen
die ersten Wolken auf, ziehen die ersten
Schirmherren und -damen den Broadway
hinauf oder hinunter, gießt es aus Kannen,
stehn sie an offenen Ecken und Subwayschächten
wie Parabolpilze, im Trocknen, im Falle
Dauerregens steigt mit dem Pegel der Preis.

BERLIN-LICHTENBERG, 24. JUNI 1971, 10 UHR 35

Boris hat ein Taschenmesser und mehrere weiche Pinsel aus dem Schminkkoffer seiner Mutter. Roland fragt – ohne das geringste Verständnis von Archäologie –, wofür die sein sollen. Man fegt damit die Erde weg, um die Skelette nicht zu verletzen. Glaubt ihr, wir finden Knochen? Bestimmt. Stolz zeige ich meine Kneifzange, ohne zu wissen, wozu sie uns in der Ruine dienen könnte, der Nutzen der Taschenlampe liegt auf der Hand, im Notizheft, sage ich, werden alle Fundstücke eingeschrieben. Das nennt man: inventarisieren. Ich habe *Der Traum von Troja* gelesen und beherrsche die Sprache der Forscher. Alexanderplatz nehmen wir die U-Bahn. Die Türen der alten Waggons schließen nicht automatisch, man kann sie während der Fahrt öffnen, wir haben die Mutprobe längst bestanden. Drückt man an den Deckenleuchten – ausgestülpte milchgraue Bullaugen – den Aluminiumknopf an der Umfassung, klappt die Verkleidung herab, schwankt, von einem Scharnier gehalten, im Fahrtrhythmus des Zuges. Seltsames Bild, wenn alle Lampenschalen unter der Decke gleichmäßig hin und her wackeln. Der Waggon ist leer. Man könnte ein paar Glühbirnen in den schwarzen U-Bahn-Schacht schleudern. Der Aufprall geht unter im Geratter der Räder. Die Expedition darf nicht durch Dummejungenstreiche gefährdet werden. Wir sind in Stadtmitte, nah an der Mauer. Der Platz, grasbewachsen, das Licht blaß, kalkweiß. Unsere Ruine ist die kleinste. Ihr vorderer Teil verjüngt sich zu einem stumpfen zylindrigen Turm, der flachere Kuppelbau scheint ausgebrannt, durch das Spinnennetz der Stahlkonstruktion ziehen Wolken. Auf dem Rasenstück warnen Plasteschilder: *Betreten verboten. Eltern haften für ihre Kinder.* Wir suchen das Einstiegsloch, das wir vor ein paar Tagen entdeckten. Ein zugemauertes Fenster, aus dem, in zwei Meter Höhe, einige Ziegel herausgelöst wurden. Ein letzter Blick über den Platz. Die Luft ist rein, kein Mensch zu sehen. Auf Kommando laufen wir los. Roland – er ist auf der Sportschule, Spartakiadekämpfer, Goldmedaillensammler, durchtrainiert – wirft den Rucksack durch das Loch, steigt auf den Sockel, ergreift das herabhängende Gitterstück. Die Maurer haben die Wand nachlässig gesetzt, die Füße finden an hervorstehenden Steinen Halt. Roland zieht sich mit einem Klimmzug nach oben und taucht in die Ruine ein. Boris rutscht ab. Die Jeans, die ihm seine Mutter vom Gastspiel in Kopenhagen mitgebracht hat, sind voll weißer Flecke. Endlich erreicht er den Rand, schwingt die Beine über die Brüstung und springt in die unbekannte Zone. Ich spüre den scharfen Geruch des Mauerwerks in der Nase, als sich ein älterer Mann mit Hund von der Leipziger Straße nähert. Ich beeile mich, von der Ruine weg, auf den Bürgersteig zu kommen, und bücke mich, als müßte ich die Schnalle meiner Sandale richten. Der Dackel beschnüffelt mein Knie. Geh mal besser weg hier, sagt der Mann. Zu gefährlich. Einsturzgefahr. Ich muß aber auf meine Mutti warten, sage ich, die arbeitet da drüben. Ach, sagt der Mann, im Akademie-Verlag. Da war ich auch mal tätig. Wie heißt sie denn? Sie ist noch ganz neu da. Kaum ist der Alte hinter der Ecke verschwunden, renne ich zum Loch zurück. Wo bleibst du denn? Fast hätte der mich erwischt, zische ich Boris an, weil du so lahm warst. Ein undeutlicher Raum, eine Art Treppenhaus, auf dem Boden Erdhaufen, Ziegelschutt, es stinkt nach Bahnhofstoilette, durch den Mauerspalt fällt Sonnenlicht. Fünf, sechs Meter über unseren Köpfen ist ein Durchbruch in der Decke. Keine Treppe mehr da, sagt Roland. Hier hat es nie eine gegeben, entgegnet Boris, der Raum ist zu klein, wo soll hier eine Treppe gewesen sein? Recht hat er. Der Aufgang muß links oder rechts von uns liegen, aber die Wege dorthin sind vermauert. Das Loch über unseren Köpfen, der einzige Eingang ins Labyrinth, muß von einer Bombe oder Granate stammen. Verbogene Gasleitungen hängen in den Raum hinein. Boris ist groß genug, um das Ende eines Eisenrohres erreichen zu können. Mach mal Feuerleiter. Roland steigt in die ineinander verschränkten Hände des Freundes, greift das Eisen und zieht daran. Scheint fest. Mach hin, schnauft Boris, ich kann nicht länger halten. Roland umklammert das Rohr – es hat die Dicke einer Klettergerüststange – und stemmt die Füße gegen die Wand. Die Gasleitung biegt sich gefährlich in den Raum. Oben angelangt, gibt er ein Zeichen: Alles okay. Ich bin Klassenbester im Stangenklettern und schneller als er auf dem Mauervorsprung. Boris hängt wie ein nasser Sack am Boden. Stemm die Füße gegen die Wand, sonst schaffst du es nicht. Als er schwer atmend neben uns sitzt, ist sein Gesicht rot. Scheiße, wie wollen wir hier jemals wieder runterkommen? Runter gehts einfacher, meint Roland. Das ist wie mit dem Zehnmeterturm. Na, ich weiß ja nicht. Vor uns liegt das unbekannte Dunkel. Da müssen wir hinein. Am besten dicht an der Mauer halten. Wir laufen Gänsemarsch, drei blinde Chinesen im Tippelschritt, ich mit der Taschenlampe voran, hinter mir Boris, der sich weigert, wieder den Schlußmann zu machen. Der Strahl der Lampe wischt über den Boden. Dreck, Kalkstaub, in einer Ecke ein Haufen Papier. Der Raum scheint rund zu sein, ein Rondell. Ich stopfe angebrannte Papierfetzen in den Campingbeutel. Fundstücke. Inventarisieren können wir später, wenn wir Licht haben. Vorsicht, es geht verdammt tief runter. Der Abgrund, vor dem Roland kniet, ist größer und tiefer als das Loch, durch das wir hinaufkletterten. Eine Schlucht von acht Meter Länge. Durch die offene Turmspitze fängt der Rundgang Licht. Man sieht den Innenraum des Kuppelbaus, eine Trümmerlandschaft: Steinblöcke, Eisengestrüpp, mächtige Knäuel aus Eisenrohren. Die Stufen abwärts sind weggebombt. Rückzug oder Aufstieg? Die Treppe führt in den Turm. Der Handlauf gibt ein vages Gefühl von Sicherheit. Die Wendeltreppe endet auf einem Mauervorsprung, Grasbüschel wachsen in den Fugen, eine Birke. Wir stehen am Rand der Kuppel. Die Träger rostschwarz. Das Kupferblech des Dachs liegt zerfetzt und verbogen zwanzig Meter unter uns. Am Mauerwerk Inschriften in weißer und gelber Farbe, russisch und englisch, Namen: Виталий, Пётр, ein Datum: Май 1945 год. Roland steigt auf das Eisengerüst, er ist schwindelfrei. Nicht nach unten blicken. In Schräglage, der Krümmung der Halbkugel folgend, laufen wir, die Füße auf dem unteren, die Hände auf dem nächsthöheren Träger, eine Ehrenrunde. Wo sich senkrechte und horizontale Streben kreuzen, vorsichtig umsteigen, linkes Bein, linke Hand, rechtes Bein nachziehen, mit rechter Hand nachfassen. Мир lese ich (weiß), dicht daneben Peace (gelb). Drei Spinnen im Stahlnetz. Über unseren Köpfen ein weißer Düsenjet. Der fliegt nach Amerika, sagt Roland. Quatsch, antwortet Boris, der hat die Räder draußen, der landet in Tegel. Am Horizont Kräne, Schornsteine, Kirchturmspitzen, die Silberkugel des Fernsehturms. Schielt man über die Schulter, sieht man die Leuchtschrift AXEL vom Dach des SPRINGER-Hochhauses, den Rest verdecken die Neubauten. Erschöpft lassen wir uns auf die bemoosten Steinquader fallen. Boris breitet den Inhalt des Campingbeutels aus. Paß auf, daß nichts wegfliegt. Reste von Zeitungsseiten. *Deutsche Historische Gesellschaft von Berlin* steht auf einem Briefbogen. Ein bedeutendes Dokument. Januar 1900. Uralt. Da war noch nicht mal mein Vater geboren, sagt Roland. Die Jahrhundertwende, das muß ein Feuerwerk gewesen sein. Wir erleben sogar die Jahrtausendwende, sagt Boris. Das Jahr 2000, das ist noch ewig lange hin. Wie alt sind wir dann? Zweiundvierzig, so alt wie Vater jetzt. Unglaublich. Wird er schon tot sein? Bestimmt werden die Eltern tot sein, Vater hat auch keine Eltern mehr. Ich will die Jahrtausendwende unbedingt erleben. Wir werden ein Riesenfest feiern, mit allen Freunden, Boris, Roland und der ganzen Bande. Haben die Sowjetsoldaten Pjotr und Vitali auch vom Jahr 2000 geträumt, als sie hier saßen, *Chesterfield*-Zigaretten rauchten und Wodka tranken, mit den GIs, im Mai 45, um ihre letzte Munition in den Abendhimmel zu schießen? Schade, daß ich die *Pouva-Start* nicht mitgenommen habe, so selten die Papierfetzen sind, ein Foto mit den Inschriften wäre noch stärker gewesen. Wollen wir? fragt Roland. Boris packt die Fundstücke in den Rucksack. Okay, wenn wir ein Schlupfloch in den Kuppelbau finden, entdecken wir bestimmt noch Skelette.

JACOBI ODER DER COMMUNISTEN-CLUB NEW YORK 1

Hartum, Westfalen, 1844, Abraham Jacobi, vierzehnjährig, mit Kipa auf störrischem Haar, läuft an der Friedhofsmauer auf und ab. Berta Caemmerer verläßt das Pfarrhaus. Der kleine kräftige Bursche nimmt hastig die Kopfbedeckung ab, kreuzt ihren Weg. Die Spitzengardine im Fenster wird verschoben. Hinter der Scheibe ein rundes Männergesicht. Die Glocke der Dorfkirche. Der Pastor auf der Kanzel. Kleinbürger im Sonntagsstaat. Tagelöhner, der Gutsverwalter, der Amtmann, zwei Einjährige vom Mindener Regiment. Schwarze Kleider, Spitzenhauben. Ein Knabe verteilt die Gesangsbücher. Das Harmonium ertönt. *Ein feste Burg ist unser Gott.* In Reihe 2: ein heller Sopran, Berta, sauber, aber leidenschaftslos singend, hübsches Mädchen, etwas müde. Abraham, lesend, am Verkaufstresen im väterlichen Gemischtwarenladen. Eliezer Jacobi, mit Bart und Hut, schlurft aus dem Wohnteil des Hauses, schlägt des Sohnes Buch von hinten auf, erkennt das Latein, legt den Band aufs Pult zurück. Salomon, der zwei Jahre jüngere Bruder, trägt Holz zur Feuerstelle. Die Mutter, Julia Abel, fächelt die Glut an. Vor dem Fenster die Menora. Schneetreiben. Windschiefe Katen. Fachwerk. Rauchfahnen über Ziegeldächern. Der Weiher, gefroren, von Weiden gesäumt. Kinder mit Schlittschuhen. Berta, Arm in Arm mit einer Freundin. Abraham, am Ufer. Die Mädchen kichern, an ihm vorübergleitend. Das Gymnasium in Minden. Ostern 1845. Jacobi als Primaner, Untermieter der Witwe Mendel Joel, im Haus Nr. 107. Im Literaturverein *Teutonia* spricht Dr. Hertzberg über Heine. *Minden ist eine feste Burg, / Hat gute Wehr und Waffen! / Mit preußischen Festungen hab ich jedoch / Nicht gerne was zu schaffen.* Der Lehrer hält Jacobi zurück. Er will für Mietzins und Schulgeld allein aufkommen, um den Vater zu entlasten? Alle Achtung. Jonas Meyer, der Kaufmann, suche für den Sohn Jacob eine Hilfe in Algebra und Latein. Traut er sich das zu? Und ob. Abraham überquert mit den Lehrbüchern den Markt. Das Haus gegenüber dem Hotel de Bremen. Die steile Stiege in die Knabenkammer. Gottlob, sein Eleve, drei Jahre jünger als er selbst, ist nur faul, nicht dumm. Mit Schwung die Treppe nehmend, entdeckt Jacobi zwei Backfische, die sich hinter Stickrahmen verstecken, Sophie und Fanny, sechzehn und elf, Reb Meyers jüngste Töchter. Am Freitag heißt man ihn, zum Schalet bleiben. Nach dem Mahl bittet Fanny, das Nesthäkchen, ein schmalgesichtiger Lockenkopf, den Vater, eine Frage stellen zu dürfen. Nur zu, nickt der, in Feierstimmung, die Hände vor dem Bauch. Jacobi sei wohl eine gute Hilfe für den Bruder? Der Hausherr blickt zum Tischgast. Will der mit Unterstützung seiner Kleinen um höheres Salär verhandeln? Des Mädchens Frage scheint ihm peinlich. Hochrot sein Kopf. Dem Anschein nach, erklärt der Kaufmann, trüge das Unternehmen Früchte. Und weiter? Da sie im Mädchenzimmer durch die Wand, die an des Bruders Kammer grenzt, von Abrahams Lektionen allein die Hälfte mitbekämen, erklärt Sophie, wollten sie anregen, ob ihnen nicht, da er ja ohnehin bezahlt sei, der ganze Unterricht gestattet werden könnte. Der Vater unterdrückt ein Schmunzeln. Hätte Jacob nur halb soviel Verstand wie seine Schwestern, Reb Meyer wäre nicht bange um die Firma. Die Frauenzimmer wollen lernen. Eine Krankheit. Er steht vom Tisch auf, die Sache will bedacht sein. Fanny und Sophie sehen sich an. Wenn er nicht nein sagt, heißt das, er stimmt zu. Schon nächsten Dienstag lernen sie zu viert. Dem Männerduo im Quartett, Scholar und Ausbilder, ist die Verstärkung nicht willkommen. Beide fühlen sich beobachtet. Ihr seid wie die Schwämme, dürstend nach Wissen, sagt Jacob verächtlich und lehnt sich gelangweilt zurück. Amüsantes Schauspiel, zuzusehen, wie Fanny und Sophie dem kleinen Jacobi – noch eine Handbreit kleiner als der junge Meyer selbst – gläubig an den Lippen hängen, wenn der, was er nur allzu gern tut, ins Physikalische abschweift. Der Gymnasiast, ohne Sinn für die Rundungen der fast siebzehnjährigen Sophie, sucht die wachen Augenpaare, referiert über die

Schöpfungsgeschichte der organischen Wesen, Fortschritte der Hygrometrie, Fragen des Wärmeaustauschs und wundert sich, daß die Gasthörerinnen zum nächsten Termin wiederkommen. Sophie ist glücklich. Zwei Jahre ging sie auf die Höhere Töchterschule. Dann war sie, wie der Vater fand, genug gebildet. Das Zeugnis stimmte ihn nicht um. *Eine in ihrem ganzen Betragen, in ihrer Aufmerksamkeit, ihrem Fleiß und ihren ausgezeichneten Fortschritten wahrhaft musterhafte Schülerin.* Fanny hofft, man würde ihr, deren Eintragung in die Schülerliste für den 1. Oktober 1846 geplant ist, ein längeres Programm ermöglichen. Jacobi sieht die Schwestern mehrmals in der Woche, auch außerhalb der Lektionen. Was er Salomon, dem jüngeren Bruder, nicht zu sagen wagt, kann er den Freundinnen anvertrauen, wie sehr er Berta Caemmerer liebt, von Kindesbeinen an, die Hartumer Pastorentochter. Mit keiner anderen ist ihm ein Leben vorstellbar. Eine Leidenschaft, die jeder Konvention spottet. Mitunter, wenn sich die Runde in einem Disput verliert, ereifert, in erstauntes Schweigen verfällt, angesichts der Menge übereinstimmender Meinungen, stoßseufzt Jacobi: Das könnte Berta nie verstehen! Ein Geständnis, das die Schwestern mit stummem Nicken quittieren, wobei weder die eine noch die andere sagen könnte, worin diese Geste den unglücklich Verliebten bestärken soll. Schwer zu begreifen, wieso der Freund ausgerechnet an Berta einen Narren gefressen hat. Ist sie nicht gänzlich von ihnen verschieden? Sophie kennt Jacobis Angebete aus der Klasse, schätzt sie nicht. Träge sei Berta, unfleißig, ohne Sinn für Ordnung, von Wissenschaft nicht zu reden. Einzig der Position ihres Vaters sei zu danken, daß man sie die Schule beenden ließ, erklärt sie der Schwester. Abraham gegenüber verhehlt man allen Zweifel. Auf dem Ohr ist er taub. Berta hier, Berta da. Seine Bemühungen, zwischen den Meyer-Töchtern und dem Pastorenkind zarte Freundschaftsbande zu knüpfen, schlagen fehl. 1847 macht Jacobi Abitur. Im Verein *Teutonia* tritt an die Stelle der Literatur die Politik. *Hat ein Volk die Berechtigung zur Revolution? Ist die*

Republik für die Deutschen die geeignete Staatsform? Abraham geht zum Studium nach Greifswald. Orientalische Sprachen. Wechselt bald die Fakultäten. Studiosus medicus, Mitglied der Burschenschaft *Alemania*. Salamanderreiben. Ehrengerichte. Zwistigkeiten unter den Korporationen sind ihm zuwider. Der Traum von der *herrlichen Einheit* aller Studenten, ein Hirngespinst. In den Semesterferien nach Minden. Fanny erzählt, man wolle Dr. Hertzberg an den Kragen. Die Teilnahme des Lehrers am Frankfurter Demokratenkongreß, im Juni 1848, so das Urteil der städtischen Konservativen, bezeuge eine mangelnde Loyalität gegenüber dem König. Dem Ruf nach Suspendierung treten 425 Bürger mit einer Eingabe beim Schulkollegium entgegen. Jacobi weiß, was er dem Lehrer verdankt, doch sind ihm seine politischen Ideen nicht radikal genug. Die Revolution verläuft sich im Sande. Die Kleinbürger fürchten die eigene Courage. Nicht zu arg am Staatsgebäude wackeln, am Ende stürzt einem die Krone in den Salon. Andere fordern die Wiederbelebung des Erbkaisertums. Deutsche Trägheit. Greifswald, schläfriges Adlernest. Wie unterscheidet man einen Vampir von einem Broussaianer? Halte ihm Knoblauch vor die Nase, rührt er sich nicht, ist er ein Mediziner. Broussai, Franzose, Koryphäe europäischer Ärzteschaft, preist noch den Aderlaß, Allheilmittel für jedes Leiden. Sein Wiener Widersacher, Karl Rokitansky, konstatiert zumindest organische Veränderungen als Krankheitsursachen. Zweimal, erkennt Jacobi, sieht man als Doktor den Patienten, zuerst am Bett im Hospital, zur Diagnose, das zweite Mal, post mortem, am Autopsietisch in der Prosektur. Es zieht ihn nach Würzburg, wo Virchow liest, ein Neuerer, doch nimmt er Kolleg in Göttingen. Zwei Kurse, Wöhler und Frerichs, organische Chemie, pathologische Anatomie. Im dortigen Turnverein trifft er Johannes Miquel, im Mindener Liederkreis den Anwalt Dr. Adolph Mensching, Redakteur der Hannoveraner *Volkszeitung*, Biedermann mit Witz, von Hertzbergs Schlag. In Köln lernt er, im Sommer 1850, den Schneidergesellen Peter Nothjung kennen, kein Maulheld, ein Umstürzler, der die Teilnahme am Elberfelder Aufstand mit Haft bezahlte und als Aktivist des Kölner Arbeiter-Bildungsvereins und Emissair der Bundes der Kommunisten durchs Land reist. Von ihm erhält Jacobi ein Exemplar des *Manifests*. Im September beschäftigen ihn die Cholera und der Communismus. In Minden sterben 32 Menschen. Einige Tage glaubt sich Abraham angesteckt. Kugelmann kommt aus Köln und beruhigt ihn. Der Freund hat sich in Sophie verliebt. Jacobi weiß nicht, ob ihm das recht sein soll. Auch er hat sie sehr gern. Und Fanny? Ein reizendes Geschöpf, eine Gefühlssozialistin mit Herz. Mitunter sieht sie ihm auf eine verwirrend fordernde Art in die Augen. Eher versteht einer den ganzen Hegel, als die Seele einer Siebzehnjährigen. Er beauftragt die Freundin, unter den Mindener Liberalen Lose zu vertreiben, Zweck der Lotterie ist die Unterstützung der im Schweizer Exil vegetierenden Aufständischen. In Bonn betreibt er die Gründung einer Sektion des *Bundes der Kommunisten*. Seine Doktorarbeit, der dortigen Universität vorgelegt, druckt ihm ein Bundesbruder, Hermann Becker. *Cogitationes de vita rerum naturalium*. Ein Exemplar geht ohne Wissen des Doktoranden an Karl Heinrich Marx, Dean Street 28, London, Soho. Der frisch promovierte Arzt besucht die Eltern in Hartum. Salomon, der Bruder, ist stolz. Sophie küßt ihm die rechte, Fanny die linke Wange. Die Seite, wo das Herz ist, sagt sie. Zur Verteidigung des Staatsexamens reist er nach Berlin. Schumannstraße 19. Eintausend Schritte zur Universität, nicht ganz so viele in die Charité. Vermieter Kempe ist, was Jacobi nicht ahnt, Schutzmann. Nothjung, der ihn Anfang Mai aufsucht, um ihm Druckschriften zu übergeben, trifft in der Diele Kempe, der sich die Uniformjacke zuknöpft, und will davonstürzen, als ihn der Polizist zurückhält, ob er des Doktors Kommilitone sei, den dieser angemeldet hätte. Nothjung rät zu einem sofortigen Umzug. Abraham wiegelt ab. Erst habe er auch Bedenken gehabt, inzwischen sei er überzeugt, nirgendwo könne ein Radikaldemokrat sicherer unterschlüpfen, als in der Höhle des Löwen. Ein Irrtum. Am

22. Mai 1851, gegen 5 Uhr morgens, vernimmt der Frühaufsteher ungewohnten Lärm, der aus dem unteren Stockwerk in sein Zimmer dringt. Das Fenster öffnend, sieht er Männer vor dem Portal stehen, die ihre zur Schau gestellte Unaufmerksamkeit hinreichend als Zivilpolizisten ausweist. Ein Dutzend Konstabler für einen Studenten aus Hartum. Seit ihm Bürgers, vor zwei Tagen, die Verhaftung Nothjungs in Leipzig mitteilte, hatte Jacobi mit Vorladung gerechnet, die Arretierung trifft ihn unverhofft. Während vier Wachposten auf dem Trottoir den Sonnenaufgang genießen, stürmt Polizeihauptmann Patzke mit weiteren sieben Beamten die Wohnung. Der übertriebene Aufwand hätte Jacobi stutzig machen müssen. Hier geht es nicht um das Beibringen von Indizien, sondern um die Bloßlegung der Fundamente eines gewaltigen umstürzlerischen Complotts. Patzke, ein, wie der Name nicht vermuten lassen würde, höflicher Mensch, überreicht ihm die Haftorder. Schutzmann Kempe ist schockiert, welch gemeingefährlichen Kuckuck er sich mit dem schüchternen Medicus ins Nest holte. Jacobi kleidet sich an, ein linnenes Hemd, violette Wollstrümpfe, eine Weste aus schwarzem Atlas, Oberrock und Tuch von gleicher Farbe. Der Weg zur Stadtvogtei ist beschwerlich, die Staatsgewalt gewährt Jacobi und seiner Eskorte den Luxus einer Kutschfahrt durch die erwachende Residenz. Links und rechts flankieren ihn bullige Kerle, nicht grob, aber offenbar taubstumm. Louisenstraße, Marschallbrücke, Dorotheenstraße, hinter der Artillerieschule linker Hand in die Linden, am Kronprinzenpalais vorüber, zur Oberwallstraße. In der Vorhaft, im Criminal-Gefängnis Nummer 6, Station VII, verhört ihn Polizei-Inspektor Schulz. Was man ihm unterstelle? Er solle mal nicht so naiv tun, der Herr Student, Teilnahme am Hochverrat sei keine Bagatelle. Jacobi antwortet ruhig, aber deutlich. Da er, wie angegeben, am 4. April an der Universität zu Bonn promoviert habe, möge er den Studentenstatus für sich nicht länger akklamieren, ein Umstand, auf den er Herrn Inspektor um so deutlicher verweisen möchte, als die Absicht, das Staatsexamen zu verteidi-

gen, der einzige und unverfängliche Zweck sei, der ihn nach Berlin hat reisen lassen, nicht etwaige unterstellte wühlerische Intentionen. Ein frecher Schachtelsatz. Schulz schweigt darauf. Der Schreiber fragt, ob die Reklamation des *Herren Coagoranten* ins Protokoll gehöre. Nein, entscheidet der Polizist, es handele sich um keine Äußerung zur Sache. Die Untersuchung wird fortgesetzt. Jacobis Taktik ist simpel, er bekennt sich zu seiner Gesinnung, leugnet jede Verstrickung in versteckte Zirkel, wie etwa den *Kommunistenbund.* An Geheimgesellschaften glaube er nicht, erklärt er spitzfindig, da die Zahl derjenigen, die demokratische Ansichten haben, zu groß sei, als daß sie eine geschlossene Vereinigung bilden könnten. Bange wird ihm, als der Polizeidiener die Briefe der Meyer-Töchter präsentiert. Die Mädchen will er heraushalten aus der Geschichte, romantische Persönchen heißt er sie. Frauenzimmer und Politik, wer wollte ernstlich wagen, richtet er an den Untersuchungsbeamten die Frage, von Mann zu Mann, zwischen diesen Antinomien eine Brücke zu schlagen? Während er so redet, wägt er ab, ob und durch wen man in Minden von seiner Verhaftung erfahren haben könnte? Kugelmann sitzt in Düsseldorf, wo steckt Bürgers? Er kann nur hoffen, daß die Schwestern, sobald seine tägliche Post ausbleibt, Verdacht schöpfen, sich aller belastenden Papiere entledigen. Der Gedanke einer Haussuchung bei den Meyers ist ihm unerträglich. Zwar ist kaum anzunehmen, daß man die Untersuchung derart ausweitet, aber wer weiß. Immerhin hat er Fanny ein Exemplar des *Manifests* geschickt. Man würde seine Schrift mühelos identifizieren, entdecken, daß beide tiefer in die Geschichte verstrickt sind, als er behauptet. Bürgers und Becker? *Gleich mir Sozialisten*, erklärt Jacobi offenherzig. *Diejenigen 7 Taler, welche ich dem Bürgers zur Aushändigung an Becker zuschickte, war ich dem Letzteren durch den Druck meiner Dissertation schuldig.* Er wird genau vermessen. Größe: 5 Fuß, 2 Zoll, 2 Strich, Statur: untersetzt und breitschultrig, Haar: schwarzbraun, voll und stark, Stirn: breit 3" hoch, frei und gewölbt, Augen: hellbraun, usw. Die

Warze, linsengroß, rechts der langen, etwas dicken Nase (unten dünn, gestumpft und gestutzt), findet Erwähnung wie der dunkelbraune Bart, Schnurr- und Kinnbart, sonst rasiert, neben der Tatsache, daß der Verdächtige mehrere Sprachen beherrscht: Deutsch, Französisch, Latein und Griechisch. *Ich werde über das, was mir zur Beantwortung vorgelegt wird, offen sprechen und erkläre zugleich von vorn herein, daß ich sozialistischer Demokrat, ja, daß ich revolutionärer Demokrat bin, worunter ich einen solchen verstehe, welcher es nicht bloß bei Phrasen bewenden läßt, sondern auch, wo es darauf ankommt, seine Überzeugung geltend zu machen sucht.*

MILANO'S BAR

Du bist ein Verlierer, sagt Frank, der Ire
mit dem versoffnen Gesicht, der Trucks
nach Texas fährt oder Montana, Verlierer,
sagt Frank, glauben nicht an Amerika, weil
sie nicht an Amerika glauben, sind sie
Verlierer, sagt Frank, mir braucht niemand
von nichts nichts erzählen, ich drücke
noch jeden vom highway, ich bin kein looser,
sagt Frank und torkelt zum Klo, als wär er
noch auf dem Dampfer in die Neue Welt.

CHELSEA, NOVEMBER 27, 1998, 8.07 a.m.

In zwei riesigen Plastetüten schleppe ich Hunderte Zeitungen durch die Stadt. Ich bin ein junger Pionier, Flaschen, Gläser, Altpapier, für die Kinder in Vietnam. Ich habe es weit gebracht: Altstoffsammler in New York. Ganz nach unten. Der soziale Abstieg im Windkanal. Die Visa Card als letztes Rettungsseil. Die Stadt ist leer. Viele sind aufs Land gefahren, Massachussetts, Maine, Familienfeiern. Auf der Treppe des *Fashion Institute* lungern heimatlose Design-Studenten. Hosen, mit Talent zerstört, Einrisse an Knie und Gesäß. Ein paar

Schritte weiter, die gleiche Mode, *decline style*, natürlich gewachsen, 8th Avenue, Ecke 28. Straße, 50 Obdachlose erwarten die 12-Uhr-Suppe der Kirche. Schweigende Schlange. Vernarbte Gesichter, schwarz die meisten. Zahnlose Garde. Unrasiert, staubgrau, Tüten an den Armen, komme ich mir vor wie einer von ihnen. Halte den Blicken stand. X-ray. Meine Seele, durchleuchtet auf Zahlungsfähigkeit. Die Diagnose vernichtend: du Schauspieler. Im Chelsea Park hängt ein Mann am Spielfeldrand. Steifbeinig, mit verkrampftem Gesäß, auf dem Einrad. Schwankender Sattel unter schwitzendem Arsch. Blutiger Laie mit Sturzhelm und Knieschützern. Hat er sich seit vorgestern vom Fleck bewegt? Mutig stößt er sich ab, tritt die Pedale, tänzelt vor, zurück, droht zu kippen, reißt das Rad herum, stürzt, die Hände, schwarzweiß behandschuht, vorgestreckt, ins Drahtgitter. Vorbeigehend registriere ich seine Stimme, heller Tenor. Spricht mit sich selbst, sein eigener Coach. Das machen wir gleich noch mal. Ich höre die Bewegung des Reifens. Treten, Schnaufen, Gegen-den-Zaun-Prallen. Es gibt keinen Fortschritt. Aber Jacob hat eine gute Nachricht. Am Sonnabend eine zusätzliche Arbeitskraft. Alberto, ein Puertoricaner aus dem 6. Stock, Alleskönner ohne Ausbildung. Er bedient den Lift, Aufgang 25. Straße, verteilt Post, verpackt, bei Bedarf, für *Chelsea Sounds* Mikrophone und Kabel. Nette Freunde hast du. Freundschaft, sagt Jacob, ist eine teure Sache. Ich gebe ihm 50 Dollar, die du mir zurückgeben darfst. Er kommt nach dem Lunch, wenn oben nichts mehr zu tun ist. 50 Dollar für drei Stunden? Du meinst auch, es ist zuwenig? Der Antiquar reibt sich die Stirn. Wenn er den Job gut macht, legen wir noch was drauf. Jack, du verwechselst mich mit Bill Gates. Dann bezahl ich Alberto, sagt er. Ohne seine Hilfe schaffen wir es nicht. Bis Mittwoch muß alles gepackt sein, besser wäre Dienstag. Hast du die Shipping Company angerufen. Nein? Mach es bitte, jetzt gleich. Heute ist Freitag. Möglicherweise arbeiten die gar nicht. Langes Wochenende. Viele Firmen dicht. Nur Wahnsinnige arbeiten. Einige sollen es sogar Thanksgiving versucht haben. Die Welt ist aus den Fugen. Bist du eigentlich schon mal in New York Auto gefahren, du Witzbold? Nein? Willst aber gleich in einen Truck steigen? Deutsche Kühnheit. Es ist dein Leben, ich fahre jedenfalls nicht mit. Wo sitzt diese *Company*? Klemm dich ans Telefon, ruf die Leute an. Hast du die Nummer? Ich wähle. Eine Automatenstimme. Kauderwelsch. Jacob nimmt mir den Hörer aus der Hand. Wie ichs mir dachte: holidays. An solchen Tagen arbeiten nur Verbrecher und Leute, die es wirklich nötig haben.

BERLIN W 50, AUGSBURGER STRASSE, 4. NOVEMBER 1936 / HILDES GESCHICHTE 6

Ein Jahr und zwei Tage nach Hans' Festnahme, am Morgen des 4. November 1936, klingeln an der Wohnungstür von Frau Magister, Augsburger Straße 23, in Berlin-Charlottenburg, zwei Gestapo-Beamte und präsentieren der überraschten Wirtin Haftbefehle für Hilde Berger und Alfred Bakalejnyk. Sechs Tage später fährt das Paar zusammen mit den Freunden Walter und Hanna Herz unter Bewachung per Bahn nach Magdeburg. Die Gestapoleitstelle mit Sitz im Klosterkirchhof 1 ermittelt gegen sie wegen Vorbereitung zum Hochverrat. Die Gruppe um Max Laufer, den Kaufmann und Theoretiker, mit dem Hans im Zoo am Neustädter See, vor dem Ziegenkäfig, Einheitsfront und Vierte Internationale besprochen hatte, war aufgeflogen, dreizehn Personen saßen im Gerichtsgefängnis in U-Haft. Bei den Verhören fiel mehrfach der Deckname *Jenny*. Walter Rühle erklärte, an den Zusammenkünften mit Max hätte ab und zu eine *Jenny* teilgenommen, deren Familiennamen er nicht kenne, sie hätte sich an Aussprachen fast nicht beteiligt, und ob ihr Schriften übergeben worden seien, wisse er nicht. Der Buchhalter Oskar Kramer, der Laufer 1933 auf dem Arbeitsamt getroffen haben will und auf diese Weise mit ihm ins Gespräch kam, über die allgemeine Lage und den Zusammenbruch der Arbeiterbewegung, gab an, im Sommer 1935 einen Kurier aus

Berlin beherbergt zu haben, mit dem ein junges Mädel von ungefähr 17 Jahren erschien, das auf den Namen *Jenny* hörte. Sie sei bei Treffs, die sie auf der Straße hatten, zugegen gewesen, an der Königsbrücke, am Kaiser-Wilhelm-Platz, am Zirkus und am Anger. Der Arbeiter Walter Söder entsann sich eines Wortwechsels im Wagen, der die Zugeführten vom Präsidium ins Polizeigefängnis brachte, jemand hätte verlangt: *Also, es bleibt dabei, die Jenny kennen wir nicht,* doch sei ihm nicht erinnerlich, wer das sagte, da er die Stimme nicht erkannt hätte. Aus den Aussagen geht nicht hervor, ob die in Magdeburg gesichtete *Jenny* mit jener in Berliner Kommunistenkreisen in Erscheinung getretenen identisch ist oder ob eine zweite Frau, etwa die Schwester eines gewissen Gerwin Hinze, diesen Decknamen benutzt. Die Gestapo tappt im dunkeln. Erst als ein Zeuge *Jenny* mit der Schwester des Berliner Kuriers *Fredi*, der seit 12 Monaten in Moabit in Untersuchungshaft sitzt, in Verbindung bringt, schnappt die Falle zu. Am 2. November 1936 schickt der Magdeburger Kriminal-Assistent Fischer eine Eilmeldung nach Berlin. *Da bekannt ist, daß sich die genannten Personen mit dem Gedanken tragen auszuwandern, wird gebeten, die Festnahmen sofort und mit der nötigen Vorsicht durchzuführen. Die Festgenommenen sind mittels Sammeltransports nach hier (Polizeigefängnis) zu überführen.* Einen Tag danach wird Hans aus Moabit nach Magdeburg zum Verhör überstellt. Wie weit stand Ihre Schwester mit der Trotzki-Bewegung in Verbindung? fragt ihn Gestapo-Mann Fischer. An sich hatte sie überhaupt keine organisatorische Beziehung, da sie meine Schwester und die Freundin von *Bert* ist, war sie bei unseren Unterhaltungen oft zugegen und konnte daraus entnehmen, daß wir trotzkistisch eingestellt sind. Warum führte sie dann den Decknamen *Jenny*? Da *Bert* als reiner Theoretiker, der sich nur mit Studien befaßte, galt, nannten wir sie in Analogie zur Frau des Theoretikers Karl Marx, die ebenfalls Jenny hieß. Das Bemühen, die Rolle von Hilde und Alfred kleinzureden, mißlingt. Die Maschinerie ist in Bewegung gebracht. *Jenny* und *Bert* erreichen am 10. November Magdeburg. Sie hätten Werners Warnungen ernst nehmen müssen. Luftveränderung würde ihnen gut tun, hatte der aus London geschrieben. Seit April 1936 lebte *Alex* in England. Hilde brachte ihn mit Ruth Guttmann, seiner Verlobten, zum Zug, drückte ihm 20 Reichsmark in die Hand, damit er die Fahrt bestreiten konnte. Beide ahnten nicht, daß eine Frist von zehn Jahren verstreichen würde, bis Werner die Schulden zurückzahlen konnte. Das am Bahnhof Zoo überreichte Darlehen spielt keine geringe Rolle in den Magdeburger Verhören. Als man Alfred vorhält, er habe einem Karl Schmidt (Deckname *Heinrich*) 20 Reichsmark übergeben, um dessen Emigration zu unterstützen, streitet er dies auf das entschiedenste ab, besteht auf einer Verwechslung, die Summe sei von ihm Werner Schmidt (Deckname *Alex*) überlassen worden. Das gleiche behauptet Hilde, nur schwankt sie, ob es sich um 10 oder 20 Mark handelte. Krätsch notiert: *Es hat den Anschein, daß beide den Versuch machen, sich gegenseitig zu entlasten*. In der Hoffnung, das Geständnis der Fluchthilfe abzumildern, erklärt Alfred, Ruth habe ihm das Geld später zurückgegeben, bleibt jedoch bei der Meinung, seine Braut Hilde habe mit all dem nichts zu tun, sie sei *fast gar nicht* an der Trotzkibewegung beteiligt, würde lediglich einige Mitglieder der Gruppe kennen, durch die in ihrer gemeinsamen Wohnung stattgefundenen Treffen, bei denen sie aber weder Schriften bekommen, noch Geld gegeben hätte. Die 20 Pfennig für die Zeitung *Unser Wort* und die monatlichen Beiträge von 1 bis 2 Reichsmark habe er selbst aufgebracht. Das glaubt man ihm am allerwenigsten. Hatte der Vorgeführte doch selbst erklärt, seit einem Jahr eine wöchentliche Unterstützung von 8,40 RM zu beziehen. Nach seiner Lehre beim Antiquariat *Der Bücherwurm*, wo er auf Grund der Arisierung des Geschäftes nicht mehr tragbar gewesen war, habe er bis Weihnachten 1935 in der Buchhandlung von Friedrich Katz, Kleiststraße 29, gearbeitet, bis er durch den Entzug der Arbeitsgenehmigung auch diese Stellung verlor. Seitdem hätte ihn im wesentlichen seine Geliebte unterhalten. Von deren Einkünften (114,– RM monatlich) bestritt das Paar auch die Miete für das möblierte Zimmer in Höhe von 40 Mark. Krätsch hält den Gefangenen an, endlich die volle Wahrheit zu sagen, es sei zwecklos, seine Verlobte habe längst alles gestanden, auch daß sie durch den Verdächtigten Robert Springer alias *Walter* im Sommer 1935 mit dem Magdeburger Verbindungsmann Hinze in Verbindung gebracht worden sei, und zwar in der Gaststätte *Quick*. Alfred gibt das Treffen zu, *Walter* habe ihm den Auftrag erteilt, Hinze dort an einem Sonntagnachmittag abzuholen, doch sei Hilde nur als Begleitung mitgekommen. Haben Sie eine Erklärung für diesen Widerspruch? Bei Hilde Berger vermute ich, daß sie das Bestreben hat mich zu entlasten, und der Magdeburger muß sich irren. Wohin sind Sie gegangen? In unser Zimmer in der Augsburger Straße, wo *Alex* und Ruth dazugestoßen sind. Um was zu unternehmen? Wir haben über die Französische Revolution gesprochen. Wer führte die Debatte? Wenn ich mich richtig entsinne, hatte Werner den Hauptteil an der Unterhaltung. Schmidt, alias *Alex*, der nach England flüchtete? Dem Sie die 20 Reichsmark gegeben haben wollen? Woher hatten Sie eigentlich so viel Geld? Ich handle gelegentlich mit antiquarischen Büchern, kaufe sie Trödlern ab und beliefere Antiquare. Wie stehen Sie zur Behauptung Ihrer Verlobten, in der Debatte über den Jakobinischen Terror die entscheidenden Ausführungen gemacht zu haben? Angeblich sind Sie, wie von verschiedenen Seiten bezeugt, der theoretische Kopf der Gruppe? Eine Übertreibung, wiegelt Alfred ab, er sei gar nicht gebildet genug, um so etwas zu leisten. Also habe er eher praktische Aufgaben übernommen, zum Beispiel die Beschaffung von Geldern aus jüdischen Vereinen? Das ist falsch. Aber Ihr Genosse *Walter* hat diese Aussage gemacht, behauptet Kriminal-Assistent Krätsch mit ironischem Lächeln, und zwar genau auf dem Stuhl, auf dem Sie sitzen, Bakalejnyk. Wenn er das behauptet, dann lügt er. Alfred spürt, daß ihn der Beamte provozieren will, Springer zu belasten. Zwar sei er im August dieses Jahres in den Turnverein *Bar Kochba* eingetreten, doch einzig in der Absicht, dort Handball zu spielen. An jenem Sonntag hätten sie also über die Revolution gesprochen. Über die französische, ergänzt Alfred. Das sei alles gewesen? Ja. Ihre Freundin gibt an, die Gruppe sei später weggegangen? Ins Kino. *Der Kongreß tanzt*? Ich erinnere mich nicht, ich glaube, es war ein anderer Film. *Das Mädchen Johanna*, sagt Krätsch, ein hübscher Film. Alfred nickt. Warum verschwiegen Sie den Besuch im Lichtspieltheater? Ich hielt es für unwichtig. *Sie* sollen nicht denken, sondern antworten, *denken* tue ich, kapiert? Wann wurden Sie Mitglied in der Organisation *Hechaluz*? Niemals. Hilde Berger behauptet, Sie seien zu Zusammenkünften des Vereins gegangen. Das ist die Wahrheit, doch eingetragenes Mitglied war ich nie. Kümmern sich diese Leute nicht um die Auswanderung nach Palästina? fragt der Beamte, nun wieder ganz sachlich. Ich dachte, Sie seien nach dem Sieg der nationalen Erhebung vom Zionismus zum Trotzkismus gewechselt? Richtig. Also habe er dort Propaganda betreiben oder Finanzquellen anzapfen wollen. Er habe die Treffen besucht, entgegnet Alfred, um der Langweile zu begegnen, die ihn, in Folge der Erwerbslosigkeit, in den letzten Monaten zunehmend beschäftigte, nicht um Mittel für die Gruppe zu sammeln, von der er sich, wie auch seine Verlobte, nach der Verhaftung seines Schwagers zunehmend gelöst hätte. Welcher Art waren diese Veranstaltungen? Ein Referat von Michael Traub über die Jugendbewegung, in der Kleiststraße, eine Ausstellung über Palästina im Logengebäude, außerdem ein Vortrag im Café Adler am Wittenbergplatz. Er sei dort in Begleitung des Juden Isi Wallach gewesen, liest Krätsch von einem Zettel, und habe versucht, ihn für die illegale Arbeit zu gewinnen? Mit dem Genannten habe er niemals über Politik gesprochen, nur über Zionismus. Anfang des Jahres 1935 sei er im Laden von Katz erschienen und verlangte eine Schrift von Ber Borochow. Da wir das Buch nicht auf Lager hatten, konnte ich es ihm nicht verkaufen, unterhielt mich jedoch mit dem Unbekannten, um festzustellen, daß er den Standpunkt der Borochow-Jugend vertrat. Was wollen diese Leute? Eine Verbindung von Marxismus und Nationalismus. Borochows Anhänger sehen den Judenstaat nicht in erster Linie als Antwort auf den Antisemitismus, sondern als Aufhebung der wirtschaftlichen Sonderrolle der Juden in der Diaspora, die diesen hervorbringt. Sie erstreben die Errichtung von Kollektivwirtschaften und suchen die Verständigung mit den Arabern. Gut, gut, winkt Krätsch ab, das reicht, so genau wollte ich es nicht wissen. Sie haben also den Genannten bis zu Ihrer Verhaftung mehrmals getroffen? Ja. Und ihm illegales Material übergeben und dafür Geld erhalten? Nein, Wallach wußte gar nicht, daß ich Trotzkist bin. Demnach geben Sie zu, auch noch nach 1935 Mitglied der Bewegung gewesen zu sein? Ich habe die Ideen vertreten, aber mich nicht mehr beteiligt. Verdammt noch mal, glauben Sie im Ernst, mich für dumm verkaufen zu können? Spielen Sie hier nicht den Märchenerzähler, sondern rücken Sie mit der Wahrheit heraus. Der Gestapo-Mann zündet sich eine Zigarette an und öffnet die Tür des Verhörzimmers. Durch den Spalt kann man den Flur einsehen. Auf einer Bank sitzt Hilde neben einer Beamtin. Bakalejnyk, sagt der Kriminal-Assistent und schließt die Tür mit dem Fuß, wann Sie Ihre Verlobte sprechen können, hängt von Ihnen ab, nicht von mir.

CHELSEA, W 26TH STREET, NOVEMBER 27, 1998, 9.22 a.m.

Der Campingtisch, auf den Dielen, rücklings, ein altersschwacher Käfer mit ausgeleierten Beinen. Typischer Fall von Schraube locker. Da kenn ich mich aus. Schraubenzieher? Destornillador. Sprichst du eigentlich Spanisch? Was soll ich noch alles können? antwortet Jacob und schließt die Kammer auf. Ich erinnere mich an mein Schweizer Offiziersmesser. Richtiger deutscher Junge. Vater hat es mir mitgebracht von seiner ersten Westdienstreise, Kanton Aargau, da war er schon 59. Die Spitze der kleinen Klinge ist abgebrochen. Gerade richtig, Kreuzschlitz. Der Buchhändler betrachtet meine Heimwerkerleidenschaft mit stummer Gleichgültigkeit. Ich drehe den Tisch um. Wackelt nicht mehr. Okay. Jacks Kommentar kann heißen: gut so, oder: schadet nicht, oder: hab ich gleich gesehn, daß es nichts bringt. Pappensklave, schiebe ich Kartons in den Flur, der Stapel lehnt an der Wand wie eine betrunkene russische Reisegesellschaft auf dem Bahnhof Tambow, morgens halb fünf. Hi, zwitschert mir ein Gruß vom andern Ende des Ganges entgegen. Vor dem offenen Fenster steht eine junge Frau und raucht. Sie hat die Stimme einer Zwölfjährigen, muß aber doppelt so alt sein. Hi, antworte ich und wische mir die Handflächen an den Hosenbeinen ab. Sinnlose Geste aus irgendeinem Hollywood-Film. Zur Kammer zurückgehend, spüre ich ihren Blick im Rücken – gut, keine Augen im Hinterkopf zu haben, man wäre um einige Illusionen ärmer. Schade, daß ich das Zigarettenrauchen aufgab. Trifft man nicht gerade auf Raucherinseln die nettesten Leute? Wer ist die Dame? Statt einer Antwort gibt mir Jacob den Sack Polystyrol-Peanuts. Weitermachen. Zu Befehl, Chef. Merke: Wenn man ein Regal ausräumt, beginne man immer mit den obersten Brettern. Oben sammelt sich der meiste Staub. Warum eigentlich? Die Leiter schwankt. Der Satz erinnert mich an einen Titel von Koeppen. Aber wer erinnert sich noch an Koeppen? Ich trage einen halben Meter Schiller zum Tisch. Die Tischplatte hat genau das Format der aufgeschlagenen *Times*. Wallenstein legt sich auf Monica Lewinsky. Die sagt zu Linda R. Tripp: Jeder Präsident, jeder (ein Wort gestrichen, was soll es heißen, wenn nicht: fucking?) Präsident hatte Affären, weil der Druck in dem Job so stark ist. *Too much. Yeah*, sagt Mrs. Tripp, die da wohl auch Erfahrungen hat. Was für ein Druck? frage ich mich. *Tell me the truth here, Monica.* Hey, unterbricht mich Jacob, ich wollte dich gerade bemitleiden, weil du so hart arbeitest, und was muß ich sehen? Du liest, und, damit nicht genug, statt in deinen Büchern in meinen Zeitungen. Ich muß schließlich wissen, was dein Präsident in der Freizeit macht. Das ist nicht mein Präsident, gibt er zurück. Aha. Kein Kommentar. *What is the definition of sex?* fragt Linda. Schiller hätte die Frage vermutlich nicht verstanden. Was würde Jacob sagen? Monicas Antwort ist klipp und klar: *Intercourse.* Man kann von ihr halten, was man will, sie erfindet Dialoge, die Schiller nicht besser hätte schreiben können. *Oh. Well, yeah. O. K.* Da fällt auch Mrs. Tripp nichts mehr ein. *Intercourse* klingt wie *Intershop.* Wie die fremde Raucherin wohl riecht?

NATHANS SPUREN 2

Briefpost aus Israel, abgestempelt in Rotterdam. *Anbei die versprochenen Dokumente, die wir leider nicht per e-mail-attachment schicken können (wir haben keinen Scanner).* Miriam Gillis-Carlebach bestätigt, daß die Unterschrift in Nathans Buch die ihres Vaters ist. *Der ganze Ablauf der Dinge hat mich irgendwie sehr berührt.* Zwei kopierte Seiten, Schreibmaschinenschrift, ein Redemanuskript von Joseph Carlebach, datiert am 19. Juni 1928. *Mein lieber und hochverehrter Herr Doktor Nathan, meine sehr Verehrten und lieber Bar-Mizwo! Als ich von meiner Reise nach dem Süden Deutschlands zurückkehrte, hörte ich zu meinem Bedauern, daß inzwischen die Bar-Mizwo meines lieben früheren Schülers stattgefunden hatte, und so muß ich verspätet mit meinem Glückwunsch zu Ihnen kommen. Ich habe immer ein ganz besonderes Interesse an unserem lieben Bar-Mizwo genommen, der ja ein kleiner jüdischer Künstler war und gewiß noch ist und durch seine Leistungen wie auch durch sein Wesen das Herz aller seiner Lehrer sich gewonnen hat. Ich kann mir denken, da es der einzige Sohn des Hauses ist, welch große Freude und tiefe Erregung sein Bar-Mizwotag in Ihrem Herzen ausgelöst hat, und so will ich denn wünschen, daß es diesem Ihrem Sohn gelingen möge, ein solches Gefühl der Befriedigung seinen Eltern immer zu gewähren, wie er es am Bar-Mizwotage konnte. Ich hege die feste Hoffnung, daß dieser Sohn seinem Namen Ehre machen wird und daß er als vollgehaltiger Jude in Frömmigkeit und Opfersinn sich seine*

Lebensaufgabe wählen wird und daß er immer so ein lieber Mensch bleibt wie er als Kind gewinnend und liebenswürdig war, und wie es ihm seine Eltern vorgelebt haben. Nehmen Sie den Ausdruck meiner herzlichen Mitfreude und meiner aufrichtigen Glückwünsche entgegen! Ich gestatte mir, Dir, lieber Bar-Mizwo, aus meiner Bibliothek ein Werk über Goethe zu schenken. Es ist zwar nur der 2. Band, den 1. besitze ich nicht. Ich habe diesen mir einmal gekauft, weil er grade Faust und die reifen Werke Goethes behandelt. Unglaublich. Ich lese die Rede zweimal, dreimal. Rabbiner Carlebach beglückwünscht Max Martin Nathan. Ein magischer Augenblick. Als hätte man mir zu einem stummen Filmschnipsel die passende Tonspur geschenkt. Die Kopien liegen auf der Goethe-Biographie. Rede kehrt zur Schrift zurück, nach siebzig Jahren. Nach Irrfahrten über Tausende Kilometer. Carlebach und die Nathan-Eltern sind lange tot, Max Martin, der kleine Künstler, vermutlich auch. Mir, einem Fremden, steht die Szene deutlich vor Augen. Wenn sich ein Buch wiederfindet, und die dazu gehörige Ansprache, muß auch der Verbleib des Jungen aufzuklären sein. Immerhin weiß ich, die Annahme, Max Martin habe in Max Helmuth Nathan einen älteren Bruder besessen, mit dem er zeichnerisch wetteiferte, war eine Fehltheorie. Ein Einzelkind, Augenblick, Carlebach nennt ihn einzigen *Sohn*, Töchter sind im Haus Nathan nicht ausgeschlossen, im Gegenteil, sogar zu vermuten, sonst hätte der Rebbe auch einziges *Kind* sagen können. Also, kein Bruder. Aber Max' Talent finde ich durch den Lehrer bestätigt. Ein besonderer Knabe, ohne Frage. Ich rufe im Staatsarchiv Hamburg an. Außer einer formellen Antwort, die den Eingang der E-Mail bestätigte, habe ich vom empfohlenen Mann Jungmann noch nichts gehört. Die Dame von der Vermittlung will mal sehen, ob er im Haus ist. Er ist. Jungmanns Stimme, unaufgeregt, hanseatisch, freundlich, mit einer Spur Distanz. Ein Stammbaum? Der Archivar findet meine Frage naiv. Okay, ich will mal versuchen, das zu beschreiben. Solche Nachforschungen sind ein Puzzle. Es gibt keine Kartei, in der die Daten, die Sie suchen, kompakt vorhanden sind. Man muß Stück für Stück recherchieren. Verschiedene Bestände. Es könnte eine Akte des Oberfinanzpräsidenten geben, Vermögensaufstellung, Umzugsgutverzeichnis und so weiter. Die Vorfahren kriegt man in der Regel raus, es sei denn die Familie ist erst spät nach Hamburg gezogen. Leider haben wir das Melderegister eingebüßt im Krieg. Sind Sie noch dran? fragt Jungmann. Klar. Der Archivar haut auf die Tasten eines Computers. Also, Syndikus Nathan Max Nathan, wurde in Emmerich geboren, 1879. Am 19. Juli, unterbreche ich. Richtig. Wissen Sie auch, was das bedeutet? Vermutlich kommen wir mit Hamburgischen Quellen bezüglich der Vorfahren nicht weiter. Allerdings gab es bis 1934 in Deutschland landeseigene Staatsangehörigkeiten, in Hamburg, Preußen, wußten Sie das? Wer zuzog, erwarb in aller Regel diese Landesstaatsangehörigkeit, darüber gibt es Akten. Wenn nicht, müssen Sie in Emmerich suchen. Waren Sie schon im dortigen Stadtarchiv? Mich interessiert vor allem der Sohn. Richtig, Max Martin Nathan, ist natürlich der Sohn des Syndikus, geboren am 20. Mai 1915, vor mir liegt die Kultussteuerkarte mit dem Vermerk, daß er 1939 nach England emigriert ist, deckt sich das mit Ihren Erkenntnissen? Ich dachte, er wäre nach Amerika gegangen. Hier steht England. Ein Kindertransport? Wollen mal rechnen, 15, 39, nicht mehr ganz, 1939 war der junge Mann bereits 24, da fällt ein Kindertransport aus. Geschwister? Auf der Karte sind zwei Kinder erwähnt, Max und Margot, letztere 1917 geboren, das ist etwas kryptisch, undeutlich geschrieben, ich nehme an, das soll heißen, zusammen mit dem Bruder nach England ausgewandert. Und die Mutter? Dora, geboren 11. November 1881 in Dresden. Das findet man über das Gedenkbuch raus, ich will es mal aufschlagen, ja, sie steht drin, ist am 19. Juli 42 nach Theresienstadt deportiert worden, zusammen mit ihrem Mann, von dort am 23. Oktober 44 nach Auschwitz, es gibt, wie ich sehe, eine Akte der Oberfinanzdirektion, bezogen auf die Deportation, ich hab sie noch nicht angeschaut, vielleicht Versteigerungsprotokolle, kann auch was anderes sein. Darf man die Akten einsehen? Kein Problem. Übrigens, lebt der Sohn noch? Ich glaube nicht, sage ich, jedenfalls habe ich keine Spuren in Amerika entdeckt. Im *Social Security Index* steht er nicht drin. Er muß ja nicht sozialversichert gewesen sein. Eine andere Chance gibts da wohl nicht? Telefonbücher. Aber ich möchte nicht wissen, wie viele Max Nathans es in den Staaten gibt. Wissen Sie, da fällt mir ein, er kann ja auch, wie andere Gleichaltrige, eingeladen worden sein als ehemaliger Hamburger, Augenblick. Jungmann haut erneut kräftig auf die Tastatur. Ich habe in der Datei ein Problem mit dem Wort *Max*, sagt er, das ist zugleich ein Befehl. Nichts, kein Aufruf. Aber, wir finden etwas, da bin ich sicher.

CHELSEA, W 26TH STREET, NOVEMBER 27, 1998, 2.22 p.m.

Ich kaufe die Katze im Sack. Keine Ahnung, was ich hier einpacke. Wenn ich, Gott behüte, mit dem Flugzeug, das mich nächste Woche nach Hause trägt, abstürzen sollte, wegen eines Triebwerkschadens, weil der Pilot seinem minderjährigen Sohn den Steuerknüppel überläßt, eine Bombe im Gepäckraum explodiert oder aus noch unklarer Ursache, werde ich nie erfahren, wie der Schatz aussah, den zu heben ich die Feste Manhattan betrat. Meine Seele wird unstet über den Wellen kreisen, während meine Bibliothek an ihr vorübertuckert, auf hoher See, in einem Container verstaut, neben Autos, Computerteilen, Salsa-Saucen, CDs, Export und Import. Die Bände, die ich nie zur Hand nahm, um sie zu lesen, einzig, um sie zu verladen, werden niemanden erfreuen, meine Angehörigen werden sie meiden, schwarze Zeichen sinnlosen Abenteuers, vollständiger Verschwendung. Jacob hatte laut gelacht, als ich erzählte, mein Sohn habe, auf meine Drohung, enterbt zu werden, wenn er nicht sofort die Mathematikschularbeiten erledige, geantwortet: Von dir erbe ich ja sowieso nur Bücher. Heute noch ein Bonmot, in dreißig, maximal fünfzig Jahren Realität. Ich weiß, irgendwann wird irgend jemand den Papierhaufen, vor dem ich sitze, sichten, abtragen, entscheiden müssen, was aufgehoben, was auf den Müll wandern soll. *Der Tag zieht den Jahrhundertweg. Zehn Tage, die die Welt erschütterten. In 30 Tagen um die Welt. Die 40 Tage des Musa Dagh. Die 120 Tage von Sodom.* Spieglein, Spieglein in der Hand. Aber der Mount Makulatur ist hundertmal höher als der Tschomolungma. Mein Sohn wird ihn nicht besteigen. Ich knie im Staub, ziehe einen Bildband aus dem untersten Regal. *Adolf Hitler*. Auch das noch. Ihn hier anzutreffen überrascht mich. Obwohl ich gelernt habe, mit dem Psychopathen aus Braunau ist immer und überall zu rechnen. In den Registern der Geschichtsbücher führt er die Liste der häufigsten Erwähnungen. Verbrechen lohnt sich. Atze, immer vorneweg, selbst hier, in der Diaspora? Ein großformatiger roter Pappband, Massenware für Massen, auf dem Titel elf güldene Frakturbuchstaben: AD bis LER, der deutsche Greif aus Österreich. *Bilder aus dem Leben des Führers*, Druckwerk des Cigaretten-Bilderdienst Altona/Bahrenfeld. 1. bis 100. Tausend, die Erstauflage. Mutiger Einstieg, kalkulierter Bestseller. *Gegen die Herausgabe dieser Schrift werden seitens der NSDAP keine Bedenken erhoben*, urteilt auf Seite 2 der Vorsitzende der parteiamtlichen Prüfungskommission zum Schutze des NS-Schrifttums. Das Sammelalbum zeigt dem braunen Kettenraucher den PG Schickelgruber in seiner ganzen Ein- und Vielfalt. Der F. auf Reisen. Der F. und das deutsche Volk. Der F. und der deutsche Arbeiter. Der F. und die Künste. Die Bauten des F. Der F. und die Wehrmacht, und die deutsche Jugend, und, als abschließender Sonderbeitrag, der F. in der Festung Landsberg. 133 Seiten, mehr als 200 Originalfotos, Standardwerk für jeden Neonazi. Der F. fördert durch sein Beispiel die Luftfahrt. In diesem Augenblick begreife ich, woher mein Haß auf den Seitenscheitel rührt. Auf seinen Reisen durch Deutschland bevorzugt der F. den offenen Wagen. Dieser verschwitzte Hinterbänkler war der Schwarm deutscher Jungfern? Auch der F. kann fröhlich sein, Bild Nummer 7. Auf der Fahrt durch Ostpreußen besuchte der F.

eine Bauernfamilie. Jeder möchte einmal die Hand des F. ergreifen. Englische Frontkämpfer beim F. Der F. in der Autoausstellung 1935 in Berlin. Anläßlich der Übereignung einer von ihm erworbenen wertvollen Handschrift läßt sich der F. die Schätze der Bayrischen Staatsbibliothek zeigen. Adolf Hitler als Bibliomane und Feingeist. Das können sie seinem Schäferhund erzählen. Die Seiten 25 bis 46 fehlen, die wichtigsten vielleicht: Der F. als Redner, in seinem Privatleben, als Staatsmann. Dafür ist Foto Nr. 20 besonders schlicht und eindrucksvoll: Begeisterung über die Anwesenheit des F. im Hamburger Hafen. Der Kutter *Caesar Marquardt V.* liegt dort vor Anker, beladen mit winkenden Bürgern, Flaggen und Wimpeln, im Hintergrund gibt ein Kanonenboot dem F. Feuerschutz. Heil, Heil, Heil, ruft die Menge, oder skandiert man, da quasi auf römischem Boden stehend, dem Imperator eine Salve. Schwierige Übung, den deutschen Gruß zu exerzieren, auf schwankenden Schiffsbrettern, in offenem Gewässer, bei leicht bewegter See. Eine Hand an Hosennaht oder Rocksaum, die andere zum F. gestreckt. Wenige Jubler wagen den freihändigen Stand, die meisten suchen mit der Linken an der Bordwand Halt, am Mantel des Nebenmanns, dem Eisengriff am Heck. Allerdings, was sehe ich? Ein Detail am linken Bildrand, das Reichs-Bildberichterstatter Heinrich Hoffmann, München, zu retuschieren vergaß: ein Mann auf der Bootsbrücke, unweit des Steuerrades, hält die rechte Hand, statt mit ihr zu grüßen, vor dem Munde, darin, zwischen Zeige- und Mittelfinger, eine Zigarette, aus der er einen tiefen Zug nimmt, die Szenerie durchaus unernst, ohne Begeisterung im Auge, nein, mehr noch, mit Häme betrachtend. Hoffmann konnte den indifferenten Linksaußen nicht einfach wegschneiden, mit ihm wäre auch der mächtige Mast des im Hintergrund ankernden Schlachtschiffs verlorengegangen, hohes bedrohliches Teil, geschmückt mit der Flagge der Kriegsmarine, zudem Außenposten einer Wimpelkette, die im leeren Raum enden würde, fehlte Mast beziehungsweise Mann. Eingeschlichnes artfremdes Element im Foto Nr. 20.

Folgerichtig hat sich der vor ihm Sitzende, vielleicht durch ein Spottwort aufmerksam geworden, umgewandt, man sieht einen germanischen Denunziantenhinterkopf, er will sich das verräterische Gesicht einprägen, das süffisante Lächeln, erhobene Kinn, den aufmüpfig frechen Blick. Der Raucher kommt mir bekannt vor. Jacobs Lupe? Ich laufe ins Office, finde das Vergrößerungsglas neben dem Faxgerät. Was willst du damit? fragt der Antiquar, ohne aus dem Buch, das er betrachtet, aufzublicken. Etwas prüfen, antworte ich. Hast wohl eine blaue Mauritius gefunden? Rück sie raus, dir gehören nur die Bücher. Wenn ich eine finde, sage ich, verhandeln die Besitzanteile unsere Rechtsanwälte. So einer bist du also, knurrt Jacob, ich dachte, wir wären Freunde. Zurück zum Hamburger Hafenbecken. Die Lupe schwebt über dem Wasser, das Gesicht wächst, ich kneife ein Auge zu und erkenne, was ich nicht glauben kann. Unmöglich, aber wahr. Der grinsende Zigarettenraucher ist Kisch, Egon Erwin, der rasende Reporter aus Prag. Egonek steht auf dem Elbkutter *Caesar Marquardt V.* und feixt über Adolfs Parade. Wann ist der Sammelband erschienen? Im Frühjahr 1936. Die Burschen auf dem Foto tragen kurze Hosen, es muß im Sommer aufgenommen worden sein. 1934 oder 1935? Kisch lebt in jenen Jahren in Belgien, Holland und Frankreich. Moment, wann landet er in Australien, mit dem berühmten Sprung auf das Pier von Melbourne? Im Mai 35 ist das gebrochene Bein wieder geheilt und der Weltenbummler in Paris, als Redner auf dem Kongreß zur Verteidigung der Kultur. Sollte er dann nach Hamburg gefahren sein, per Schiff von Cherbourg oder Rotterdam? Was treibt ihn nach Deutschland? Reicht ihm nicht der mehrtägige Aufenthalt in den Kasematten von Spandau, in die er geworfen wurde nach dem Reichstagsbrand? Kisch müßte ja verrückt sein, kehrte er in die Höhle des Löwen zurück. Ist er nicht verrückt? Mit falschen Papieren nach Altona, er will, er muß den F. sehen, leibhaftig, das Monster an der Macht, er mischt sich unters Volk, hofft, den Aufmarsch erlebend, den Spuk mit Spott überleben zu können.

Eine Reise in geheimer Mission. Zuvor verlegt Egon Erwin seinen Wohnsitz aus Paris nach Versailles, angeblich, um in Ruhe arbeiten zu können. Der Rückzug des stadtsüchtigen Kaffeehausliteraten in die Nähe der Schloßanlage des Sonnenkönigs Ludwig XIV. verwundert Kollegen und KP-Genossen. Sie ahnen nicht, daß der Umzug ein Trick ist, ein Ablenkungsmanöver, um dem Blickfeld der Partei zu entweichen? Die Exil-Leitung würde, bei aller Freiheit, die sie dem Starjournalisten gewährt, die illegale Exkursion ins Reich nie gestatten. Es reicht, wenn sie Ossietzky haben, Genosse Kisch. Der verzichtet auf den Parteisegen. Wo niemand eingeweiht ist, kann niemand Einwände erheben. Glückt das Unternehmen, er sieht die Schlagzeilen schon vor sich, werden sich alle Bedenken zerstreuen. Warum sollte die Reise kein Erfolg werden, denkt Egonek, schließt den Koffer und zündet sich eine neue Zigarette an. Ich betrachte den Raucher auf dem Foto, kräftige Statur, hohe Stirn, aber hatte der Mann aus der Melantrichgasse nicht volleres Haar, buschigere Augenbrauen? Ist es wirklich Kisch? Wenn ja, warum hat er nichts über die Stippvisite in Hamburg geschrieben? So eine Story hätte er sich nie entgehen lassen. Oder hat er, aber der Text wurde nie veröffentlicht, zurückgehalten, ging zusammen mit anderen Manuskripten verloren, 1940, auf der Flucht aus Versailles? Auf dem Foto kann er noch lachen. Was geschah nach der Aufnahme? Wurde er beschimpft, erkannt, gejagt? Hatte er den Fanatismus der einfachen Leute unterschätzt? Wie steht es um Deutschland, wenn selbst die kühlen Hanseaten in Hysterie verfallen, im Angesicht des Meldegängers Hitler, des unverheirateten Gefreiten. Jacob, ich brauche ein deutsches Schriftstellerlexikon, sage ich. Mein Freund, alle deutschen Bücher, die ich besaß, sind in diesem Raum und gehören dir, aber bei Fragen zur Literaturgeschichte werde ich mein akademisches Gedächtnis bemühen und versuchen dir zu helfen. Kennst du Kisch? *Paradies Amerika, Geschichten aus sieben Ghettos,* ich hatte vor ein paar Jahren die Erstausgabe, Allert de Lange, Amsterdam, schön illustriert. Hast du ein Bild von

Kisch? Hat er gemalt? Jacobs erstaunte Frage. Ein Foto, präzisiere ich und gebe dem verdutzten Professor die Lupe. Ist er das, was meinst du? Der Mann am linken Bildrand. Er raucht. Das sehe ich, meint Jacob, aber erstens weiß ich nicht, ob der rasende Reporter ein rauchender Reporter war, zweitens möchte ich bezweifeln, daß er, wenn er es war, der einzige gewesen sein soll, der in den dreißiger Jahren dieser Leidenschaft anhing. Er ist es, beharre ich, ich kenne kein Foto von Egon Erwin, auf dem er nicht mit Zigarette zu sehen ist. Er war nikotinsüchtig. Bei keinem Gericht in diesem Land kämst du mit so einer Beweislage durch. Was ist das überhaupt für ein Buch? Das Sammelalbum wird zugeklappt, kurzer Blick auf den Titel. Na ja, sagt Jacob mit hochgezogenen Augenbrauen, Sonntag machen wir frei, du brauchst eine Pause. Er streckt mir die Lupe hin. Bitte, vielleicht entdeckst du ja auch noch Freud, Tucholsky und Scholem. Oder Brecht. Kann ich mal kurz nach Deutschland telefonieren? Ich lege den Hitlerband auf Jacks Rechnungsberg. Wenn jemand weiß, ob Kisch 1935 in Deutschland gewesen sein kann, dann mein Freund Dieter, er kennt den Nachlaß in Prag. Jacob sieht versonnen aus dem Fenster. Dieser Kram, er pocht auf das Album, ist viel Geld wert. Ein Riesenmarkt. Aber ich verkaufe solche Sachen nicht. Pornographie und Naziliteratur gebe ich nicht weg. Ich höre ein Knattern in der Leitung. Aber mir hast du es doch verkauft. Für eine Sekunde ist mein Geschäftspartner verwirrt. Das Freizeichen in Berlin-Köpenick. Weil ich dich kenne und weiß, daß du aus diesem Schund keinen Profit ziehst. Dieters Anrufbeantworter springt an. Dabei, es ist ein spannendes Dokument, auch ohne Kisch. Nur leider in schlechtem Zustand. Ich höre in einem Ohr Jacob, im anderen die Tonbandstimme des Kisch-Experten. Sprechen Sie nach dem Piepton. Hallo, sage ich, wollte bloß mal hören, wies euch geht. Jacob fährt mit der Fingerkuppe über die Bruchstelle in der Mitte des roten Einbandes. Eine Wunde. Die ersten 50 Seiten des Führerbilderkatalogs zeigen diese durchgehende Verletzung. Als habe jemand das Buch durchbohrt. Als Frontispiz steht ein ganzseitiges Porträtbild Adolfs. SA-Uniform, Sturmriemen, Hakenkreuzbinde, Eisernes Kreuz. Das ihm angeblich im Weltkrieg verliehen wurde, für die heroische Gefangennahme von 20 französischen Soldaten. Eine Legende, die Kisch 1933 in einer Satire ad absurdum führte. Ein Lügengespinst, zerfetzt wie Hitlers Gesicht im Sammelalbum. Ein Riß geht vom linken Auge bis auf den rechten Wangenknochen, an der Schläfe klafft ein Loch, Nase und Bart sind weggerissen. Ich sehe jemanden, einen Mann, mit Wucht, auf das Sammelalbum einstechen. Mitten ins Gesicht des Führers. *Right in the Fuehrers face.* Das Ölgemälde, datiert 1933, malte ein gewisser Prof. B. Jacobs. Die Signatur ist deutlich. Was für ein Name, denke ich, und steige wieder auf Jacobs Leiter.

SUBWAY

Das Leben, sagt Leo, ist kurz, kürzer als eine Fahrt
mit dem A-Train, Columbus Circle, 59. Straße
steigen die meisten aus. An der 81. wirst du ein Teil
des Museums für Naturgeschichte. Und die 110.
heißt nicht von ungefähr Cathedral Parkway. Gott
nennen die einen die blanke Stahlstange, an der sie
Halt suchen, andere Liebe oder Vaterland, einige
schließlich, selten die glücklichsten, nennen sie
schlicht und einfach Stahlstange, manchem fällt
aber kurz vor dem Exit doch noch was Besseres ein.

JACOBI ODER DER COMMUNISTEN-CLUB NEW YORK 2

Am 21. Juni 1851 wird Jacobi in Begleitung des preußischen Polizeileutnants Goldheim von Berlin ins Arresthaus nach Köln überführt. Einzelhaft, drei Schritte hin, drei zurück, 6 Fuß Breite, 12 Fuß Länge. Eine Pritsche, ein Tisch, ein Stuhl. Von der Enge und Hitze abgesehen, sind die Bedingungen in den ersten zwei Monaten erträglich. Bücher nicht unsittlichen

Inhalts werden zugestellt. Der Generalprokurator Nicolovius will deren Anzahl auf drei beschränken, der Instruktionsrichter setzt sich über die Order hinweg. Einige Wochen erhalten die elf Gefangenen die *Kölnische Zeitung*. Nothjung sitzt im gleichen Gang wie Jacobi, links und rechts von seiner Zelle weiß der Hartumer um Bürgers und Becker. Angeblich sind noch zwei Mediziner in die unterstellte hochverräterische Verschwörung verwickelt, Roland Daniels, den er flüchtig kennt, und der ihm unbekannte Johann Jacob Klein. Sein Freund Kugelmann hingegen scheint außer Gefahr. Die Anklageschrift läßt auf sich warten. Im August verschärft man die Haft. Postverbot. Keine Lektüre. Kaum Freigang. Jacobi erfährt nicht vom Tod des Jonas Meyer im Oktober 1851, von Sophies Hochzeit mit Meyer Boas, einem lauteren, biederen Mindener Kaufmann. Man durchsucht die Zellen. Fahndet nach Papier und Druckwerken. Jacobi, barfuß und nackt auf dem Steinboden. Der Oberaufseher mit dem Schlüsselbund. Ein Beamter vor der Schlafstatt auf Knien, erhebt sich, schüttelt Strohmatte und Decke. Ein Zweiter wendet des Arrestanten Kleider. Falls man bei Abraham den zwischen Bettpfosten und Wand eingeklemmten Achtelbogen Schreibpapier entdeckt, kann er wählen, welchem Freund er nacheifert – Nothjung ging 24 Stunden in den Cachot, Bürgers bevorzugte, einen Tag zu hungern. Die Praxis hat einen Namen: Zermürbung. Am 4. Oktober 1852, nach siebzehn Monaten Vorhaft, eröffnet Appellationsgerichtsrat Göbel im Kölner Assisenhof der Prozeß gegen *Dr. Becker, Bürgers, Daniels und Genossen*. Elf Angeklagte sitzen auf der Empore, im Blickfeld der Geschworenenbank. Ferdinand Freiligrath, die prominente Nummer 12, die das umstürzlerische Dutzend vollmachen sollte, befindet sich auf flüchtigem Fuße. Mit seinen 22 Jahren ist Jacobi der jüngste der Männer, denen man die Bildung eines Komplottes vorwirft, mit dem Zweck, *die Staatsverfassung umzustürzen und die Bürger und Einwohner gegen die königliche Gewalt und gegeneinander zur Erregung eines Bürgerkrieges zu bewaffnen.* Nach der Eröffnung der Sitzung verlangt die Verteidigung, den Angeklagten zur Ausübung des ihnen zustehenden Rekusationsrechtes eine Besprechung in einem separaten Zimmer zu gewähren, da ihnen durch die Isolationshaft eine vorherige Einigung unmöglich gewesen sei. Staatsprokurator Saedt begründet die Anklage. *Die ursprünglichen Sätze der Kommunisten lauten: Alle Menschen kommen gleich, ohne besonderes Vorrecht des einen vor dem anderen, zur Welt; deshalb hat auch jeder gleiche Rechte – die sogenannten unveräußerlichen Menschenrechte, welche dahin zielen, daß auch jeder gleiches Glück, das heißt den gleichmäßigen Genuß alles dessen, was die Erde darbietet, habe; der Besitz ist daher ein Raub, das Eigentum Diebstahl.* Die alte Leier, denkt Jacobi. Als erster Angeklagter wird der Zigarrenmacher Peter Roeser vernommen. Abraham kennt ihn nicht, doch bewundert er den selbstbewußten Auftritt des Kölners. Als man dem vorhält, sich allzu vieler Einzelheiten nicht erinnern zu können, attackiert er die Haftbedingungen. Wen könne die Zerstreutheit wundern, da man versucht habe, seine geistigen und körperlichen Kräfte zu brechen? Er, der einst auf sein Gedächtnis stolz gewesen sei, habe nunmehr das Gefühl, als ob Steine seinen Kopf zerdrückten. Nothjung, als Dritter im Zeugenstand, gibt an, Jacobi niemals getroffen zu haben. Offenbar beabsichtigt er, ihn herauszuhalten. Nach seiner Aussage kommt es zu einer kurzen, heftigen Debatte um den Zeugen Adolph Mensching. Das Gericht will den Advokaten entlassen, weil die von ihm zu bekundende Tatsache schon durch Nothjung erbracht worden sei, und der Buchdrucker die Vermessenheit besaß, für jeden Tag, den er bei Gericht erscheinen müsse, eine Entschädigung von 6 Talern zu verlangen. Soviel Geschäftssinn hätte Jacobi dem Mensching gar nicht zugetraut. Im Namen der Verteidigung erhebt Anwalt Schneider scharfen Einspruch, nicht allein das Öffentliche Ministerium, auch die Angeklagten hätten das Recht auf die Vernehmung des einmal Vorgeladenen. Am neunten Sitzungstag, dem 14. Oktober, tritt Abraham vor die Richter, um den Eid zu leisten. Ja, er sei im Vorstand des Bonner Turnvereines gewesen, habe als solcher auch einen Brief an Carl Schurz geschrieben, doch sei er, obwohl bekennender revolutionärer Demokrat, nie Mitglied des Kommunistenbundes geworden. Nothjung habe er in Berlin getroffen, weil ihm die Adresse von Bürgers mitgeteilt worden sei und er in der Stadt keine Seele gekannt habe. Als man ihn nach einem in Roesers Handschrift vorliegenden Bücherverzeichnis befragt, das sich bei der Haussuchung fand, gibt er an, nicht mehr zu wissen, wie dasselbe in seinen Besitz gelangt sei. Je mehr sich die Staatsanwaltschaft bemüht, den Angeklagten Anzettelung von Bürgerkrieg und Attentaten zu unterstellen, so sehr betonen diese die rein propagandistische Seite ihrer Tätigkeit. Jacobi und Genossen wissen längst, daß an ihnen ein Exempel statuiert werden soll, das die Central-Behörde und deren Führer Marx und Engels desavouiert, die sich ins englische Exil gerettet haben. Am 16. Oktober, morgens um 10 Uhr 30, kommt es zu der Vernehmung, die Jacobi am meisten fürchtet, obwohl er sicher sein kann, daß ihn die Aussage nicht belasten wird. *Ich Sophia Meyer, Ehefrau Boas, schwöre hiermit ohne Haß und ohne Furcht zu reden, die ganze Wahrheit und nichts als die reine Wahrheit auszusagen.* Fast zwei Jahre hat Jacobi die Freundin nicht gesehen. Es fällt ihm schwer, ihren Worten zu folgen. *24 Jahre alt, ohne Gewerbe, zu Minden wohnhaft.* Sie ist ein wenig runder geworden. Jacobi weiß nicht, ob sie schon Mutter ist. Wenn ja, würde sie es erklärt haben? Vielleicht hätte er sie geheiratet, wenn nicht die Revolution dazwischengekommen wäre. Eine Praxis in Minden, ist es das, was er sich erträumt? Sophie erklärt, von den Verhaftungen Beckers, Bürgers' und Roesners, die sie Jacobi brieflich mitteilte, habe sie aus der Zeitung erfahren, sie selbst sehe die Männer heute zum ersten Mal. Während sie zu den Angeklagten hinüberblickt, treffen sich ihre Augen. Jacobi lächelt, aber Sophie blickt angespannt und ernst. Nach der Entlassung der Zeugin nutzt das Ministerium die Stunde vor der Prozeßpause, um die Geschworenen und das Publikum mit der Verlesung des *Manifests* zu beeindrucken. *Ein Gespenst geht um in Europa –*

das Gespenst des Kommunismus. Der Gerichtsassessor, dem die Aufgabe der Rezitation obliegt, hat hörbar Schwierigkeiten mit der Prosa. *Alle Mächte des alten Europa haben sich zu einer Hetzjagd gegen dies Gespenst verbündet, der Papst und der Czar, Metternich und Guizot, französische Radikale und deutsche Polizisten.* Im Saal macht sich Unruhe breit. Gerichtsrat Göbel vermag nicht einzuschätzen, ob das Volksgemurmel Empörung oder Zustimmung bedeutet. Die Herren Geschworenen sollten besser Einsicht in die konfiszierten Exemplare der Druckschrift nehmen. Als sich Advokat Schneider zu Jacobis Verteidigung erhebt, bemerkt er zunächst, ihm sei der Auftritt eher peinlich, da die gegen den Angeklagten vorgebrachten Beweisargumente im höchsten Grade unerheblich und unbedeutend seien. Die Jacobi vorgeworfenen Briefstellen könnten ihm und seiner Gesinnung nicht sowohl zum Vorwurfe als vielmehr zum Lobe gereichen, da sich in denselben sein Glaube und seine Liebe zu der Menschheit ausspreche. Die Anklage beruhe auf einer sehr speziellen Logik, als wenn man sage: einmal null ist zwar null, aber fünf- oder sechsmal null solle doch wenigstens eins sein dürfen. Das Urteil des Schauprozesses, in dem die Anklage mit gefälschten Beweismitteln und Meineiden auftritt, wird nach 31 Sitzungen am 12. November 1852 gesprochen. Roeser, Bürgers, Nothjung erhalten sechs Jahre Freiheitsentzug, die Angeklagten Reiff, Otto und Becker je fünf, der Mainzer Schneider Leßner 3 Jahre Gefängnis. Die Ärzte Daniels und Klein, der Kommisgehilfe Erhard und Abraham Jacobi werden freigesprochen. Doch wird die Freude des jungen Mediziners getrübt. Statt ihn wie seine Kameraden zu entlassen, überstellt man ihn nach Minden, wo er sich vor dem Stadtgericht wegen Majestätsbeleidigung zu verantworten hat. Die neuerliche Anklage beruft sich auf Äußerungen, die Jacobi in Briefen an seinen Schulfreund Gottlieb Lüttert und an Fanny Meyer gemacht hatte, als er gegen seine Lieblingsfeinde, die Konstitutionellen, zu Felde zog. *Monarchie und Demokratie können sich niemals vereinigen. Sobald die eine der anderen irgend nachgibt, so veräußert sie etwas von ihrem Wesen, sie gibt sich selber auf, so existiert sie nicht mehr.* Am 27. November 1852 macht man ihm in der Kreisstadt den Prozeß. Jacobis Verteidiger, Justizrat Neukirch, schärft ihm ein, Reue zu zeigen. Nur so würde es gelingen, das Vorhaben der Staatsanwaltschaft zu vereiteln, ihm die Strafe, der er in Köln glücklich entronnen war, nachträglich anzuhängen. Neukirch, obwohl ein eher konservativer Jurist, spricht scharf gegen die polizeilichen Übergriffe gegen seinen Mandanten, hebt dessen Geständnis hervor, die Tat, will sagen, die Niederschrift der Briefe, liege 4 Jahre zurück, der Angeklagte sei nunmehr in ein reiferes Alter gelangt, von seinen jugendlichen Verirrungen zurückgekehrt. Der Staatsanwalt fordert 2 bis 3 Jahre Gefängnis, das Gericht folgt dem Antrag nicht und verurteilt Jacobi zu 6 Monaten, die er im Kreisgefängnis, am Königswall 89, nicht weit von seiner alten Schule absitzt. Als er im Juni 1853 entlassen wird, besucht er die Eltern und den Bruder in Hartum, das Haus der Meyer-Familie, mit der Witwe von Jonas Meyer. Er will ins Ausland und verspricht Fanny, sie schnellstmöglich zu sich zu holen, sobald sich ihm eine Lebensgrundlage abzeichnet. Sie möge eventuellen Bewerbern die Tür weisen. Die Zwanzigjährige versichert ihm ihre Zuneigung und erklärt, sie sei, durch ihn und seine Prozesse, im Mindener Land als *Revolutionärsbraut* so bekannt geworden, daß in den nächsten zehn Jahren kein Kleinbürger wagte, um ihre Hand anzuhalten. Abraham Jacobi geht nach England.

CHELSEA, W 26TH STREET, NOVEMBER 27, 1998, 4.22 p.m.

Weißt du was, Partner, ich habe einen schrecklichen Verdacht. Klingt spannend. Laß mich raten, du glaubst, der Gasgeruch stammt aus einem Geheimlabor arabischer Terroristen, die Biowaffen herstellen. Stecktest du in meiner Haut oder hättest wie ich eine Schwester in Tel Aviv, wärst du mit solchen Witzen vorsichtiger. Ich habe das Gefühl, du kaufst die

Bücher gar nicht, um sie zu verkaufen. Hast du mit meiner Frau telefoniert? Was hat deine Frau damit zu tun? Sie teilt deine Sorge. Scheinbar eine kluge Person. Indeed. Warum hat sie sich einem Verrückten in die Arme geworfen? Hat sie nicht, ich hab sie festgehalten. Das gleiche willst du mit diesem Haufen Makulatur auch machen, oder? Mit dem falschen Bein aufgestanden? Kurz vor dem Countdown suchst du sinnlos Streit. Jacob hebt die Hände. Ich will bloß verhindern, daß du in dein Unglück rennst. Wenn unser Geschäft ein Fehler war, kommt deine Warnung um Monate zu spät. Ich hebe Bücher hoch, die auf dem Packtisch liegen. *Freud und Leid im Leben einer alten Pfarrerin, Die Stahlindustrie der Vereinigten Staaten von Amerika, Die Frau in der Landesverteidigung.* Du fragst, ob ich das verkaufen will? Die Frage ist eher, ob ich dafür Käufer finde. Vielleicht eröffnest du ein Lesemuseum? Jacob läßt nicht locker. Eine Leihbücherei? Bin ich Masochist? Ein Drittel der Bände wird geklaut, ein Drittel zerfällt, den Rest, der übrigbleibt, will keiner lesen. Außerdem, in Berlin gibts schon eine *Amerika Gedenkbibliothek*. Ich werde Antiquar, im Nebenberuf, schon um dich zu ärgern, weil du meine Geschäftstüchtigkeit anzweifelst. Plagt dich dein schlechtes Gewissen? Ich habe von dir geträumt, heut nacht, genauer gesagt, von uns beiden. O Gott, sage ich, Jacobs Traum, schieß los. Ich rede nicht über meine Visionen, sagt der Prophet, nur soviel verrate ich dir, uns hier schuften zu sehen war kein Vergnügen. Ich erwachte, konnte lange nicht einschlafen, auch wegen der Rückenschmerzen, und plötzlich fiel mir auf, daß ich zwar weiß, warum ich mir diese Plackerei zumute, ich will die Kammer leerbekommen, bei dir bin ich mir nicht so sicher. Vielleicht mache ich einfach gerne Pakete auf? Ich komme, wie du weißt, aus Ostdeutschland, als Kind bekam ich von meinem Großvater aus dem Westen mehrmals im Jahr Geschenksendungen. Er ist längst tot, also muß ich mir die Pakete selbst schicken. Schade, ich dachte, man könnte auch ernsthaft mit dir reden. Jacob ist richtig beleidigt. Sorry, ich weiß es nicht, ich kann dir keine vernünftige Antwort geben. Ich frage mich auch jede zweite Nacht, ob dieses *business* die beste oder idiotischste Idee meines Lebens war. Weißt du immer, warum du etwas machst? Mein Freund sieht mich an. Du kaufst es mir bestimmt nicht ab, aber ich würde sagen: ja. Ich habe dir schon ganz andere Sachen abgekauft, warum nicht auch das noch. Du bist Steinbock, ich bin Steinbock, wir sind zwei einsame Kletterer im felsigen Hochgebirge von Manhattan. Darf ich mir den Satz einrahmen? fragt Jack. Um nicht abzustürzen, müssen wir uns jeden Schritt überlegen. Weil ich mein Sternzeichen kenne, zwinge ich mich manchmal, Dinge zu tun, deren Folgen ich nicht übersehe. Kein ungefährliches Hobby. Du siehst, es lohnt sich: spannende Abenteuer, angeregte Gespräche, täglich Pizza, neue Freundschaften, kann man mehr verlangen?

MAGDEBURG, GERICHTSGEFÄNGNIS, 25. NOVEMBER 1937 / HILDES GESCHICHTE 7

Die Strafsache gegen *Rühle und andere*, in der Hilde und Alfred sowie weitere neun Trotzkisten der Vorbereitung des Hochverrats bezichtigt werden, kommt vor dem 5. Strafsenat des Kammergerichts im Landgerichtsgebäude in Magdeburg (Schwurgerichtssaal) am 25. November 1937 um 9 Uhr zur Verhandlung. Eigentlich sollte das Verfahren gegen *Laufer und andere* heißen, doch dem Hauptangeklagten Max L., alias *Fritz*, glückte in der Nacht des 19. Dezember 1936 unter ungeklärten Umständen die Flucht aus dem Polizeigefängnis und ließ den Marktreisenden Walter Rühle an seiner Stelle an die Spitze der Anklageschrift aufrücken. Nach Informationen der Gestapo hält sich Laufer in Paris auf. Hildes Traum, die französische Hauptstadt zu sehen, wird noch Jahre unerfüllt bleiben. Während der Untersuchungshaft hat sie bescheidenere Wünsche. Am 5. Dezember 1936, vier Wochen nach ihrer Einlieferung, wendet sie sich an den *Herrn Untersuchungsrichter: Ich bitte hierdurch höflichst um die Erlaubnis, an einer Handarbeit für mich selbst arbeiten zu dürfen. Gleichzeitig bitte ich ergebenst, mir zu gestatten den »Völkischen Beobachter« zu abonnieren.* Sechzig Jahre später, an einem Novembersonntag in ihrer Wohnung auf der Westside von Manhattan, wird sie sagen: Den *Völkischen Beobachter* habe ich nie bestellt. Da stand doch nur Schwindel drin. Der Gedanke wird wie eine Unterstellung abgewehrt. Als ich darauf beharre, den Antrag gelesen zu haben, beginnt sie zu zweifeln. So lang her, ich hab vieles vergessen. Allerdings erinnere sie sich einer anderen Zeitung, wie hieß die gleich? *Deutsche Zukunft.* Richtig, du kennst dich in meiner Vergangenheit bald besser aus als ich. Was bedeutet es schon, zu wissen, daß du in der Abteilung III, Zelle 488 gesessen hast? Die Kopien der Akten liegen auf dem Küchentisch. Hat Hilde sie gelesen? Lily äußerte Zweifel, glaubt, die Freundin hätte Angst, sich die Sachen anzuschauen. Kann man es ihr verdenken? Die Toten sollen ihre Toten begraben, oder? Erinnerst du dich an die Zelle in Magdeburg? Einzelhaft, nicht so schlecht. Als ich eine Zellengenossin bekam, hab ich der Wachtmeisterin gesagt, ich würde lieber allein bleiben, die dachte, sie täte mir einen Gefallen. Lieber schlechte Gesellschaft, als keine. Ich hab Bücher lesen können, die Bibliothek war ganz gut. Im Dezember 1936 beantragt Alfred, die *Deutsche Allgemeine Zeitung* und zwei Zeitschriften bestellen zu können. *Ferner bitte ich darum, um meine berufliche Ausbildung fortzusetzen – ich bin wissenschaftlicher und bibliophiler Antiquar – eigene Bücher zu benutzen. Es würde sich um Werke aus der Literaturgeschichte und der Geschichte der Geisteswissenschaften sowie um fremdsprachliche Bücher handeln.* Das war eine Illusion, sagt Hilde, als wir verhaftet wurden, hat die Gestapo unsere Bücher konfisziert. Erstausgaben, wertvolle Exemplare, viel Belletristik, nichts davon hab ich wiedergefunden, als ich raus kam. *Reichsgut.* So wie sie es in Polen gemacht haben mit den Sachen meiner Eltern. In dem Schreiben fragt Alfred auch, ob es möglich sei, dich sehen und sprechen zu können? Briefe, alle zwei Wochen, dabei lebten wir unter einem Dach, im gleichen Gebäude, er bei den Männern, ich im Frauentrakt. Einmal wurde ich zur Freistunde geführt und dachte mir, ich renne schnell, suche wo er ist. Bin der Wärterin entwischt, zu Alfreds Zelle, hab durch die Tür geflüstert, was er beim Verhör sagen soll und was verschweigen. Damit unsere Aussagen sich nicht widersprachen. Hat natürlich nicht geklappt, geht ja aus den Akten hervor. Warum habt ihr euch nicht früher abgestimmt? Als Hans nicht aus Hamburg zurückkam, hättet ihr doch mit Vernehmungen rechnen müssen? Nein, sagt Hilde, wir waren sicher, in unseren Reihen wären nur gute, besondere Leute, die Avantgarde, von denen sagt keiner aus. Quatsch, natürlich, einer von Laufers Leuten wurde schwach, nicht mein Bruder. Nach seiner Vernehmung im Magdeburger Gerichtsgefängnis wird Hans nach Moabit zurückgebracht, wo er auf seinen Prozeß wartet, der im April 1937 vor dem Volksgerichtshof zur Verhandlung kommt. Im *Hochverratsverfahren gegen Hans Berger und andere* wird er als *maßgeblicher Funktionär der Trotzki-Bewegung,* in der er erst als *Gruppenleiter,* später als Leiter der Berliner Gruppen illegal wirkte, zu acht Jahren Zuchthaus verurteilt. Die Strafhaft in Brandenburg tritt er am 18. April 1937 an. Im Hausbuch (Haus II), das die Insassen der Anstalt mit Eingang und Ausgang registriert, ist sein voraussichtlicher Entlassungstag vermerkt: der 28. November 1943. Wie bei allen jüdischen Häftlingen wurde auch sein Name irgendwann mit grünem Stift unterstrichen. Im Vorsatz der großformatigen, brüchigen Gefangenenkartei, die ich im Potsdamer Staatsarchiv einsehe, steht, von einem Häftling in geschwungener Frakturschrift aufwendig gezeichnet, der Leitsatz: *In der Schule des Lebens gibt es keine Ferien.* Eine Akte von Hans suche ich hier vergeblich, doch stoße ich bei der Durchsicht der Karteikästen zu meiner Überraschung auf die *Personalakten für die im Zuchthaus gefangene Hilde Berger*. Darin befindet sich ein Schreiben an ihren Bruder, verfaßt am 17. August 1937, in dem Hilde beklagt, daß Hans fünf Bögen, die sie für ihn in Briefen an die Eltern beilegte, nicht erhalten habe. *Wahrscheinlich dachte der Untersuchungsrichter, die Briefe gehen an Alfred, denn wir dürfen uns leider seit April nicht mehr schreiben.* Hilde befindet sich nicht in bester Verfassung. Sogar ihren Mitinsassinnen – zwei Frauen teilen nacheinander mit ihr die Zelle – bleibt nicht verborgen, daß sie der ausgeglichenen Ruhe, um die man die Berlinerin bislang beneidete, verlustig ging. Hauptschuld daran trägt das hohe Strafmaß für Hans, mit dem weder er noch Hilde gerechnet hatte. *Du brauchst nicht zu denken, daß ich jetzt um mich Angst habe – seit ich verhaftet bin, habe ich noch nicht einmal um mich geweint, was man ja auch nicht tun soll. Aber wenn ich daran denke, daß Du noch so lange drin bleibst – ich kann es wirklich noch nicht fassen.* Niederschmettern läßt sie sich nicht. Schon im nächsten Absatz ermutigt sie den Bruder, drückt die Hoffnung aus, er wäre so tapfer, wie sie ihn kenne und brauche im Grunde keinen Trost. *Sieh mal, Goethe sagte mal: ›Wie es auch sei, das Leben, es ist gut!‹ und das ist es doch wirklich.* Situationsphilosophie, nennt sie diese Haltung, die ihr gestatte, aus jeder Lage das Gute herauszufinden. Hätte sie nicht über diese Begabung verfügt oder sie sich anerzogen, würde ich Hilde nie kennengelernt haben. Hans soll nicht vergessen, daß es anderen viel schlimmer ginge als ihnen. *Hier sind so viel alte kranke, manchmal auch schwangere Frauen, oder solche, die kleine Kinder zu Hause haben.* Vor allem müsse er sich vor dem Amnestie-Fimmel hüten. Falls man, wie Gerüchte vermelden, am 1. Juli 1937 mit der Herausgabe eines neuen Strafgesetzbuches eine Amnestie erlasse, glaube sie, daß diese nur kleinere Strafen aufheben würde. In der Zeitung hätte sie darüber nichts gelesen. Ob sie damit die *Deutsche Allgemeine* meint, die Alfred liest, oder doch den *Völkischen Beobachter*, schreibt sie nicht. Dafür erwähnt sie technische Einzelheiten, die ihren Fall betreffen, sechs Tage Schutzhaft in Berlin, die Dauer der U-Haft, der voraussichtliche Verhandlungstermin und die noch auf sich warten lassende Anklage. Die Stellen markiert der Post-Zensor rot und verbietet die Beförderung des Briefes. Hans erfährt so nichts über die

Sprechstunde Hildes mit ihrer Mutter. Sarah Berger kümmert sich so gut sie kann um die Angelegenheiten ihrer rebellischen Kinder. Von der Anstaltsleitung in Moabit erbittet sie den Reisepaß des Sohnes, damit sie die Gültigkeit verlängern lassen kann. Im Juni 1936 schreibt sie dem Magdeburger Direktor. *Ich bitte vielmals um entschuldigung dass ich wagte die paar Naschsachen reinzulegen weil meine Tochter Hilde Berger nächsten Sontag den 13/6. Geburtstag hat wollte ich ihr als Mutter eine kleine freude machen, indem Ihnen im voraus bestens danke, bitte ich höflichst das durchzugäben und zeichne Hochachtungsvoll Frau Berger.* Ob die Süßigkeiten die Zelle 488 erreichten? Oft kann die Mutter die Reise nach Sachsen-Anhalt nicht unternehmen, wenn sie kommt, dann allein. Für den Papa ist eine solche Unternehmung undenkbar. *Du brauchst nicht zu denken, daß ich über meine Lage deprimiert bin, nur um Mutti, Papa und Dich gräme ich mich sehr*, schreibt die Schwester dem Bruder. Am Ende des Briefes steht der Verweis, sie betreibe *die bekannte Tyll-Eulenspiegel-Politik: ›Über das Besteigen hoher Berge‹.* Was meint sie damit? Worauf spielt sie an? Die Botschaft ist vom Untersuchungsrichter, der den Postausgang kontrolliert, nicht als suspekt unterstrichen oder mit einem Fragezeichen versehen worden. Kennt er den Eulenspiegel besser als ich? Gibt es im Volksbuch oder bei de Coster alpinistische Szenen? Spielen Tylls Streiche nicht alle im flandrischen Flachland? Warum setzt Hilde den Titel in Anführung? Ich nehme an, daß der zuständige Beamte Lenins Fragment *Notizen eines Publizisten* aus dem Jahr 1922 nicht kannte. Hilde und Hans, Mitgliedern der I.K.D., war der Aufsatz, in dem der Bolschewik Uljanow Selbstkritik, Umdenken, Umkehr propagierte, gewiß vertraut. *Stellen wir uns einen Menschen vor, der einen sehr hohen, steilen und noch unerforschten Berg besteigt. Er befindet sich nun in einer Lage, in der ein Weiterkommen in der gewählten Richtung und auf dem eingeschlagenen Weg schon nicht mehr nur schwierig und gefährlich, sondern geradezu unmöglich geworden ist. Er muß umkehren, abwärts steigen, andere Wege suchen, die zwar länger sein mögen, dafür aber die Möglichkeit in Aussicht stellen, den Gipfel zu erreichen.* So Lenin. Hilde empfindet sich in eben dieser Lage, gefährdet, aber nicht panisch. Auch der Prozeß wirft sie nicht um. Nach drei Verhandlungstagen, am 27. November 1938, verurteilt das Kammergericht Alfred Bakalejnyk zu 3 Jahren, Hilde Berger zu 2 ½ Jahren Zuchthaus wegen *Vorbereitung zum Hochverrat.* Einen Tag nach der Urteilsverkündung stellt Hilde einen Antrag mit der Bitte, 1. ihren Verlobten sehen zu dürfen, 2. ihr die Möglichkeit einzuräumen, ihre französischen und englischen Sprachkenntnisse zu erweitern. Das Gesuch auf Fortbildung wird abgelehnt, da die Arbeitsleistungen der Berger als zu gering eingeschätzt werden. Die Sprecherlaubnis mit Alfred wird gnädig erteilt. Nach 12 Monaten Trennung und Aufenthalt im gleichen Gefängnis sehen sich beide für 20 Minuten wieder. Sie können nicht wissen, daß es das vorletzte Mal sein soll.

CAN COLLECTORS

Mit Einkaufswagen und Müllsäcken
verfolgen sie die Schleimspur
der Konsumenten, fünf Cents pro Dose, rastlose
Ameisen, Ökologen aus Not
und Einsicht ins nackte Überleben vertrauen sie ganz
der Arroganz der Rasse. Ihre natürlichen Feinde
bleiben die Saubermänner
der Stadtreinigung, ihr Schritt
ist gemäßigt, ihr Blick, gesenkt
aufs Pflaster, ohne Demut, als suchten sie Gold.

CHELSEA PIZZA CAFÉ, 11TH AVENUE, NOVEMBER 28, 1998, 11.33 a.m.

Teresa, die Frau am Tresen der Pizzeria, hat heute besonders schlechte Laune. Ob daran das Wetter schuld ist, der junge Mann, der den Ofen bedient, oder ihr Chef, mit dem sie, zu allem Unglück, auch noch verheiratet ist, weiß sie wohl selbst nicht. Er läßt sie hier schuften, um in Seelenruhe, hinten, zwischen den Gefrierschränken, ins Telefon zu flüstern. Wahrscheinlich mit einer anderen, *hijo de puta*. Ihren Zorn läßt sie an der Kundschaft aus, jetzt, kurz vor halb zwölf, sind es Jack und ich. Das Geschäft beginnt erst *at noon*. Sie meints nicht so, sagt Jacob, und fängt für diese Einschätzung einen flammenden Blick. Ich hoffe, du weißt, was du sagst, amigo. Es könnte Ironie sein. Kaffee? Nein? Was dann? Tee. Bist du krank? Wie kommst du darauf? Du trinkst sonst nie Tee. Ich trinke oft Tee. Hier, bei uns, Tee? Noch nie. Rico, hat dieser, äh, Sir jemals von dir Tee verlangt? Was weiß ich, knurrt der Pizzabäcker. Also gut, Tee. Teresa knallt einen Aufgußbeutel in ein Glas, Wasser tröpfelt aus der Kaffeemaschine. Es dampft nicht. Was noch? Ein Sandwich. Ich bestelle Pizza. Was für eine? Du siehst doch, die Auswahl ist riesig. Vier Sorten. Spinat. Gute Entscheidung, sammle Kraft, Popeye. Am Tisch, an der Fensterfront, sagt mein Boß, mit einem Kopfnicken zum Tresen: Sie hat Charme. Ach ja? Wie mögen die zwei Frauen gewesen sein, mit denen Jacob, wie er behauptet, zusammengelebt hat? Ihn als Ehemann zu denken, fällt mir schwer, Sonntagmorgen, Frühstücksmusik, Toast, Bademantel, Pantoffel, der Immobilienteil der *Times*. Sonnabend, sagt er, unser vierter, nein, fünfter Arbeitstag, kommt mir vor, wie ein halbes Jahrhundert, wie viele Kartons sind voll, dreißig? Einunddreißig. Gut, haben wir die Hälfte gepackt? Ich glaube ja. Ich glaube nein, ich fürchte, am Ende kommen wir auf 80 boxes, in der Kammer die zwei großen Regale, dazu die Kunstbände im Office, die Erstausgaben bei mir zu Hause, das heißt, wir brauchen noch mindestens vier Tage. Und Alberto? Er ist eine Hilfe, kein Zauberer. Stell dir vor, es werden neunzig Kisten, dann bräuchten wir, bei unserem Tempo, weitere 6 Tage, wären erst Sonnabend fertig, aber dein Flugzeug geht, entsinne ich mich richtig, Freitag abend? Was schlägst du vor? Ausnahmezustand, sagt mein Partner, keine Pausen mehr. Ich streike, ich beschwere mich bei der Gewerkschaft. Mach dich nicht lächerlich, als Kleinunternehmer besitzt du nur ein Recht, das auf Selbstausbeutung. Ich bin keiner. Geh ins Internet. Hier machen es alle so. Das hat Zukunft. Du eröffnest einen Laden in Berlin, ich schicke dir, für gute Preise, versteht sich, deutsche Bücher, soviel ich kriegen kann. Kooperation, wir gründen ein Jointventure. Ja, ein multinationaler Konzern, du und ich, Geschäftsführer, Aktionäre, Global Player mit Altpapier, wir gehen an die Börse, meinst du das? Jacob steht auf. Noch eine Cola? Der Verkehr auf der 11. Avenue ist ungewöhnlich ruhig, ein Dosensammler durchwühlt den Mülleimer an der Ecke. Der braungraue Betonklotz des U. S. Postal Service wirkt wie ein Bunker. Was anfangen mit den Büchern? Verkaufen? Ich brauche sie nicht. Wenn ich sie kaufe, um sie zu verkaufen, muß ich ein Geschäft aufmachen, laß ich es sein, verkaufe ich nichts, was dann? Lesen? 4000 Bücher? Angenommen, ich lebte noch 40 Jahre, um alle zu lesen, müßte ich pro Jahr 100 Bücher schaffen, mir blieben für jedes durchschnittlich 3,65 Tage. Das ginge. Allerdings dürften keine Ablenkungen meine Lektüre unterbrechen. Ob ich, achtzigjährig, *Die Kritik der Urteilskraft* in knapp vier Tagen werde schaffen können? Ich muß mit den schwierigen Stoffen beginnen, Belletristik für das Alterswerk aufheben. Es sind nicht ganz 4000 Bände, einiges ist doppelt und dreifach vorhanden, *Der Zauberberg, Die Brüder Karamasow*, *Der Stechlin.* Die Vision, Fontanes Gesamtwerk lesen zu müssen, läßt mir die Kehle trocken werden. Vielleicht sinds nur 3500 Bücher? Jacob hat den Bestand nie gezählt. 3500 dividiert durch 40. Ich nehme einen Stift, die Papierserviette. Also: 350 durch 40 sind 320 gleich 7, nein 8, also 80, Kopfrechnen war nie meine Stärke, Rest 3, erweitert zu 30, 300, also 280, gleich 80,7. Abgerundet pro Jahr 80 Bücher, 365 Tage geteilt durch 80, sind, 80, 160, 320, vier Komma irgendwas. Rechnest du nach, wie viele Tage wir noch haben? Nein, sage ich und blicke meinem mit einer braunen Papiertüte am Tisch stehenden Geschäftspartner in die Augen, ich rechne nach, wie viele Tage ich noch habe.

EX LIBRIS 2

Segelfahrt ins Wunderland. Im Reiche der Papageien und Guanakos, von Günther Plüschow, mit 17 Tafeln, im Verlag Ullstein/Berlin 1926. Inliegend Zettel mit physikalischen Berechnungen, datiert Jan. 45. + Michelangelo, *Gedichte und Briefe*, in Auswahl herausgegeben von R. A. Guardini, Pan-Verlag, Berlin 1907. *Nina Runge zum 19. Geburtstag von Elisabeth Husserl, Nov. 1910. Nichts in der Welt lehrt so wie Schönheitsfülle den Schöpfer lieben.* + Arthur Heinz Lehmann, *Hengst Maestoso Austria, Liebesgeschichte zweier Menschen und eines edlen Pferdes*, Wilhelm Heyne Verlag in Dresden, 1939. *Zum Andenken an die lästigen Untermieter. Karl und Thea Jarnen. Hannover, Aug. 1941.* + Josef Ponten, *Die letzte Reise*. Mit vier achtfarbigen Offsettafeln von Julia Ponten und Hermann Hesse, Otto Quitzow Verlag K.-G. / Lübeck. *Meinem Teufelsbraten – dem Esel – zur Erinnerung an seinen ›letzten Eisgang‹. Würzburg, Feb. 33. Erwin.* + Richard A. Loederer, *Wudu-Feuer auf Haiti. Eine abenteuerliche Künstlerfahrt in die tropische Wunderwelt Zentralamerikas*. Artur Wolf Verlag, Wien-Leipzig, 1932. *Was kann der Mensch im Leben mehr gewinnen, / Als daß sich Gott-Natur ihm offenbare: / Wie sie das Feste läßt zu Geist verrinnen, / Wie sie das Geisterzeugte fest bewahre. Hertha Fürth mit herzlichem Gruß von Autor Loederer, Wien. New York, 26. April 1933.* + Nicolas Japikse, *Die Oranier. Statthalter und Könige in den Niederlanden*. Eingeleitet von Heinrich Sproemberg, Verlag Georg D.W. Callwey, München 1939. *Wie kann man es zu Tücht'gem bringen / bei des Grames Träumereien. / Das Jammernde ›Ach Gott‹ läßt nichts gelingen, / wer schaffen will, muß fröhlich sein. / Wohl Keime wecken mag der Regen, / der in die Scholle niederbricht, / doch Goldenkorn und Erntesegen / reift nur heran bei Sonnenlicht. / Drum hoch den Kopf, ein Lustig Gesicht! / wenn früh morgens der Wecker grausam gellt. / Ein armseliger und trauriger Wicht, / der nicht selbst sein Leben erhellt. Weihnachten 1940. Dein Vater.* + Ricarda Huch, *Der letzte Sommer. Eine Erzählung.* Insel-Bücherei Nr. 172, Wiesbaden 1950, Exlibris William Metzig. Inliegend Brief: *Lotte Jacobi. Deering New Hampshire. Lieber William, zum Geburtstag die allerherzlichsten Glückwünsche! Vor allem baldige Genesung! Wie gut, dass Sie wieder zu Haus sind. Ob Sie das Büchlein wohl haben? Ich mag es sehr gern. – Alles Gute! Ein Geburtstagskuss von Ihrer ›alten‹ Lotte. 18, aber zum 21. Nov. 1966.* + *Hinrichs' politische Vorlesungen. Unser Zeitalter und wie es geworden, nach seinen politischen, kirchlichen und wissenschaftlichen Zuständen, mit besonderm Bezuge auf Deutschland und namentlich Preußen.* In öffentlichen Vorträgen an der Universität zu Halle dargestellt von Dr. H. F. W. Hinrichs, Professor der Philosophie zu Halle. Erster Band. Halle 1843. E. A. Schwetschke und Sohn. Inliegend sieben zerschnittene Eintrittskarten, deren einstiger Zweck nur noch ahnbar ist, der Leser muß im Jahr 1886 einiges unternommen haben, am 12. und 26. Juli, am 8. August, den Hudson hinauf, auf dem Steamer *John Nelson*, für 25 Cts., organisiert vom *Comité der ... LYRA, N.Y., ein Pic-Nic vom FREIEN D..., ein Summer-Night-Festival, ein Fest des Deutschen Schützenvereins.* + *Hymnen an die Ideale der Menschheit*, von Friedrich Hölderlin, Der ausgewählten Gedichte zweiter Teil, Insel-Bücherei Nr. 180, im Insel-Verlag Leipzig 1917. *Hannover Winter 1917. Das Leben läßt sich stets nur stückweis fassen; / Kunst will ein langes ahnen lassen. Zum Andenken an J. v. Rieben und Hella.* + *Brennendes Geheimnis*. Eine Erzählung von Stefan Zweig. Im Insel-Verlag Leipzig. *Einen treudeutschen Gruß zum 2. Nov. 30. Deine Tilly.* + *Das Marien-Leben*, von Rainer Maria Rilke, Insel-Bücherei Nr. 43, im Insel-Verlag Leipzig. Inliegend Kalenderkarte. *Holland heisst alle Völker willkommen im Jahre 1913. Kommt und seht den Friedenspalast!!* + F. M. Dostojewski, *Die Erniedrigten und Beleidigten* und *Der Idiot*, zweiter Band, München R. Piper & Co. Verlag 1922. Inliegend eine Umschlagtüte: *Woodside Savings and Loan Association, 61st STREET at Roosevelt Avenue, Woodside, N. Y. Systematic*

Saving Spells Success, YOUR NEIGHBORHOOD BANKING INSTITUTION. Auf der Rückseite Unterschrift von Rosa Singer, Additionen: *1400 plus 280 gleich 1680, 80 plus 40 plus 420 plus 1065 macht 1605*. + *Geschichte der Deutschen Literatur*, von Eduard Engel, *1. Band: Von den Anfängen bis zum 19. Jahrhundert*, sechzehnte, durchgesehene Auflage, Wien. F. Tempsky, Leipzig. G. Freytag, 1913. Auf den vorderen Seiten zwei Abbildungen, links eine Goethe-Büste, rechts eine Büste von Friedrich Schiller. Darübergeklebt ein Zeitungsartikel aus der *NYT*, 4. Januar 1946: *Mass-Killing Chief describes his task*. Auf den Rand geschrieben: *Die Deutsche Kultur!* Der Artikel von Tania Long beschreibt die Aussage von Otto Ohlendorf, Generalmajor der Einsatzgruppen, vor dem Nürnberger Militärtribunal, verantwortlich für die Ermordung von 90000 Juden zwischen Juni 1941 und Juni 1942. Er machte seine Aussagen in einem sachlichen Ton, gab die Massenmorde zu, *ruhig, als wären die Opfer Rinder oder Schafe* gewesen. Er wirke, so die Berichterstatterin, *nicht besonders brutal oder unmenschlich, mehr wie ein humorloser Schuhverkäufer*, den man überall antreffen könne. + *Der Schiedsrichter in den Handballspielen*, von Max Schulze, Bundesspielleiter. Bibliothek der Leibesübungen, Heft 30, Arbeiter-Turnverlag A.G. Leipzig S3, Fichtestraße 36, 1928. Stempel auf Titelseite *Workers Gymnastic Sport Club of New York, Brooklyn Section*. + Franz Strunz *Astrologie/Alchemie/Mystik. Ein Beitrag zur Geschichte der Naturwissenschaften*, Otto Wilhelm Barth-Verlag G. m. b. H. / München-Planegg 1928. Auf den Vorsatz genäht: Foto des Autors mit handschriftlicher Widmung: *Frau Maria Frankfurter-Karnieff zur Erinnerung. Franz Strunz, Wien am 21. XI. 1928*. Am unteren Rand der Titelseite ein Zeitungsausschnitt: Sprech- und Vortragskurs – *Volkstümliche Universitätskurse, ½ 8 Uhr, Universitätsgebäude, Festsaal, Prof. Dr. Franz Strunz: ›Theophrastus Paracelsus und die Lehre vom Leben‹*. Auf den Seiten 182/183 geht der Autor der Frage nach: *Warum hinkte Jakob?*

NATHANS BRIEFE

Wäre mir das Gartenbuch ein paar Monate früher aufgefallen, hätte ich Paul Rieger noch treffen können. Jetzt habe ich seine Witwe gefunden und beim ersten Anruf verschreckt. Du hast ihr Angst gemacht, meint Jana, wie kamst du darauf, zu behaupten, du seist Journalist? Da denken normale Leute gleich, sie werden über den Tisch gezogen. Ich war aufgeregt, überrascht, verteidige ich mich, wer konnte damit rechnen, daß sich unter der Nummer tatsächlich jemand meldet, immerhin ging die Buchsendung vor vierzig Jahren nach Manhattan. Schreib einen Brief. Weibliche Weisheit. Die alte Dame ist meine einzige Quelle, ich muß sie schützen. Liebe Frau R., sehr geehrte Frau R., sehr geehrte Frau Dr. R.? Mach dich nicht lächerlich, Paul, ihr Mann, war Doktor, nicht sie. Manche Doktorfrauen wollen Frau Doktor genannt werden, auch wenn sie selbst keinen Titel tragen. Andere finden es idiotisch. Zu welcher Sorte gehört die Quelle? Am Telefon machte sie einen unverstellten Eindruck. Die Wahrheit, nichts als die Wahrheit. Hör auf zu taktieren. *Sehr geehrte Frau R., entschuldigen Sie, daß ich Sie so unvorbereitet am Telefon überfallen habe mit der Frage nach Ihrem Mann und seinem Brieffreund Max Martin Nathan.* Etwas gestelzt, aber nicht unsympathisch. Kann man stehenlassen. Jetzt eine kurze Vita, die andeutet, daß du nicht für die *Bildzeitung* arbeitest. Zeig dich von deiner besten Seite. Wenn ich nur wüßte, welche Seite das ist. Ich druckse herum, erkläre mein Projekt, behaupte, einen Roman zu schreiben. Bist du wahnsinnig? Erstens werden dir alle Kritiker unter die Nase reiben, daß dein Buch alles mögliche, nur kein Roman ist, weil ein Roman erstens und so weiter, zweitens, glaubst du im Ernst, das Vertrauen einer alten Dame erschleichen zu können, indem du andeutest, du wünschtest sie ins Netz einer Fiktion zu ziehen? Keine Genredebatten, schreib von Dingen, die du kennst, die Bibliothek, Jacob, Max Martin, das Zeichentalent. *Ich finde es besonders beachtlich, daß jemand, der in der DDR lebte, mit Nathan*

Kontakt hielt. Das kann falsch verstanden werden. *Dazu gehörte Charakter, waren doch westliche Brieffreundschaften Anfang der 60er Jahre nicht unbedingt staatliche Empfehlung.* Vorsicht mit politischen Stellungnahmen. Gefahr im Verzug. Teilt die Empfängerin deine Meinung nicht, wirst du damit den negativen Ersteindruck bestätigen. Vielleicht ist Frau R. eine alte Genossin, die deinen harmlosen Satz als eine Herabwürdigung der Deutschen Demokratischen Republik liest. In dem Fall könnte es nicht schaden, deine östliche Herkunft herauszustellen. Wenn die alte Dame aber eine Bürgerliche ist, Christin, stille Dissidentin, die mit dem Arbeiter-und-Bauern-Staat stets auf Kriegsfuß stand, nur aus protestantischer Pflichterfüllung bei der Herde blieb, aber um so eifriger West-Kontakte pflegte, unter anderem den zu Max Martin Nathan, New York, USA? Bei solcher Quellenlage würdest du mit deinen proletarischen Wurzeln, Gartenbaubuch hin und her, keinen Blumentopf gewinnen, nur Stilblüten. Elender Opportunist, schreib deine Meinung. Der Brief muß auf die Post. Nette Grüße. Umschlag zu. Man kann nicht alle Folgen vorausberechnen. Als ich vom Briefkasten zurückkomme, sagt Heiner, jemand hätte angerufen. Die Tochter einer Frau, mit der du gestern telefoniert hast, Bieger oder so. Rieger? Kann sein. Was hat sie gesagt? Daß sie dich sprechen will. Das ist alles? Ja, sagt das Kind und verschwindet ins Wohnzimmer zu seiner japanischen Trickfilmserie. Bedeutet der Anruf ein gutes Zeichen? Kann ich bei der Tochter einrenken, was ich bei der Mutter verbockt habe? Falls sie ein zweites Mal vergeblich anruft, denkt sie womöglich, mir wäre die Sache nicht wichtig, und vergißt das Ganze. Wenn ich etwas über Nathan herausbekommen will, darf ich die Nachforschungen nicht aufschieben. Ich wähle die Nummer in Torgau. Wieder das lange Klingelzeichen. Frau Rieger? Ein müdes Hallo. Die alte Dame. Ich versuche, freundliche Unaufgeregtheit in meine Stimme zu kriegen, kontrolliere meinen Tonfall, wie der Wolf, der Kreide gefressen hat und an die Tür der Ziegenfamilie klopft. Ihre Tochter hat mich angerufen, aber nur meinem Sohn erwischt. Tut mir leid, sie ist grade weggegangen, sagt Frau Rieger, sie ruft Sie zurück. Aha, gut, verstehe, sage ich und denke: eine Verwechslungskomödie. Im Wohnzimmer quietscht ein Pikachu, ein Taubsi-Pokémon entwickelt sich zum Taubator, steigert seine Kampfkraft um 100 Prozent. Ich setze mich neben Heiner. Team Rocket erleidet eine bittere Niederlage. *Pokémon*, das ist Japans Rache am verlorenen Krieg, sagte Erik, der Freund von Herbert, der mit ihm emigrierte und in New Jersey lebt. Paul Riegers Tochter ruft an. Sie heißt Diana und möchte wissen, um was es sich eigentlich handelt. Ich habe Ihnen einen Brief geschickt, der versucht, mein Projekt deutlicher zu machen, sage ich, und beginne zu erzählen: Manhattan, Jacob, Bücher, Hagedorns Gedichte, *Kunstblätter*, Zeichnungen, Max Martin Nathan. Ja, sagt Diana, das ist ein Cousin meines Vaters. Ach. Da kann ich nur *Ach* sagen. Die Vorstellung, der Brieffreund könne ein Verwandter sein, hatte in meinen Überlegungen nicht existiert. Rieger? Bin ich dem Namen nicht schon begegnet? Ich möchte wissen, was aus diesem Jungen geworden ist. Er ist vermutlich in New York verstorben? Ja, sagt die Tochter, gestorben ist er, aber nicht in Amerika. Max Martin ist tot, der kleine Künstler. Irgendwie hatte ich gehofft, ihn lebend aufzufinden, in einem Apartment in Miami, einem Altenheim, wohin er nur wenige Bücher mitnehmen konnte, weshalb er Teile seiner Bibliothek Jacob verkaufte. Wo starb er? Keine Antwort. Sagen Sie doch noch mal, wie Sie zu diesem Buch gekommen sind? Dianas Tonfall ist bestimmt, als hätte sie Anspruch auf das Gartenbaubuch. Von einem Antiquar, gekauft, mit anderen Büchern. Schlecht verstecktes Mißtrauen. Auch die Tochter nimmt mir die Geschichte nicht ab. Ist sie so absurd? Bücher welchen Inhalts? Verblüffende Frage, ich fühle mich vernommen. Kunstbände, Tizian, Rubens, Dürer. Er war Architekt. Plötzlich ist der Bann des Zweifels gebrochen, Dianas Stimme verändert. Als hätte ich mit den Alten Meistern das Losungswort gefunden, das die Tür öffnet. Architekt Nathan. Er hat die Begabung zum

Beruf gemacht. Ich habs gewußt, Marlowe hat eine Zeugin gefunden, die seine Theorie bestätigt. Er ist nach Amerika emigriert, erzählt Paul Riegers Tochter. Neununddreißig, werfe ich ein. Zusammen mit der Schwester. Margot. Die Mutter hieß Dora. Das wissen Sie auch? Diana ist überrascht. Sie sind Schriftsteller? So kann man es nennen. Irgendwie ist mir Ihr Name ein Begriff. Ach. Da kann ich erneut nur *Ach* sagen. Ich bin Bibliothekarin. Ach so, na dann. Hochschulbibliothek, wissenschaftlicher Bereich. Ich begleite ihren Bericht mit *Jas* und *Ahas*, der Zufall meint es gut mit mir, Bibliothekare sind gewissermaßen Komplizen der Autoren, die Chance, ein offenes Ohr zu finden, steht nicht schlecht. Was möchten Sie eigentlich von uns wissen? reißt mich die Stimme in die Wirklichkeit zurück. Eine heiße Spur, aber kein einfacher Ritt. Bevor ich erklären kann, daß mich eigentlich alles über Max Martin und die Nathans interessiert, werde ich erneut nach dem Gartenbuch gefragt. Meine Mutter möchte es genau wissen, in einem Antiquariat in Amerika kauften Sie dieses Buch? Als Absender war mein Vater angegeben? Sein Kuvert blieb im Buch liegen. Geschenksendung für Herrn Nathan, Stempel Dr. Rieger, ihre alte Adresse, Lausitzer Straße 4. Ich hab geforscht, ob es in Torgau Riegers gibt. Meine Eltern sind immer in der Stadt geblieben. In dem Augenblick erinnere ich mich an Nathans Mutter, den Eintrag im Hamburger Gedenkbuch, die Deportationsliste, Dora, geboren in Dresden, hieß sie nicht mit Mädchennamen Rieger? Wie waren die Cousinbeziehungen? Sehr locker, sagt Diana und versteht mich offenbar falsch. Nun sind beide tot. Mein Vater starb im Oktober, sehr alt, und Max Nathan ist meines Erachtens noch nach Australien ausgewandert. Irgendwo habe ich Briefe, meine Oma hat mit ihm korrespondiert. Sie haben uns geschrieben? Ja, heute, sage ich und hake nach: Wie war Max mit Ihrem Vater verwandt? Das kann ich Ihnen nicht sagen, ich muß darüber nachdenken. Das kommt alles zu überraschend, verstehen Sie? Es ist schon öfter jemand gekommen, hat sich erkundigt. Warten wir erst mal ab, was in Ihrem Brief steht, dann sehn wir weiter.

CHELSEA, W 26TH STREET, NOVEMBER 28, 1998, 1.03 p.m.

Alberto trägt ein speckiges Basecap, Bluejeans, blaues Hemd. Er ist Mitte Zwanzig, wirkt müde, auf unbestimmte Art melancholisch. Jacob schlendert aus dem Office, Freund, Geschäftsmann, Lehrer in einer Person, legt dem neuen Mitarbeiter die Hand auf die Schulter. Listen, warst du schon mal in Deutschland? Der Puertoricaner schüttelt den Kopf. Sein Grinsen sagt, was fragst du so blöd, du kennst mich doch. Mein Boß hat heute seinen witzigen Tag. Ist ein verdammt nasses Land, dieses Deutschland, deshalb wickeln wir die Bücher besonders gut ein. Dieser Gentleman – er zeigt auf mich –, ein Kollege, Händler aus Berlin, steigt ganz groß ein ins Buchgeschäft. Alberto hat verstanden. Punkt vier muß er wieder oben sein, im sechsten Stock. Hast du jemanden gefunden, der dich vertritt? Yeah. Wunderbar, sagt Jacob, so erledigen in diesem Haus fünfzig Leute die Arbeit von hundert. Ich trage Bücher aus der Kammer, lege sie auf den Campingtisch, der Puertoricaner wickelt sie in Zeitungspapier, dann nehme ich die Pakete und sortiere sie in Kartons. Alberto ist ein Verpackungskünstler, hat geschickte Hände und null Interesse am Inhalt. Er würde Babynahrung oder Dynamit mit der gleichen Sorgfalt und Gleichgültigkeit behandeln. Schon ist der erste Karton gefüllt. Ob er in Manhattan wohnt? Natürlich, wo sonst, Washington Heights. Wir arbeiten schweigend nebeneinander. Nach einer halben Stunde wage ich einen erneuten Versuch, die Kluft zwischen Arbeitnehmer und Arbeitgeber zu überbrücken. Magst du Bücher? Die Frage fragend, frage ich mich, ob ich noch bei Trost bin? Why not, sagt Alberto. Passende Antwort. Mund halten, Weiterschwitzen. Als ich ihm die gesammelten Bände der Psychoanalytischen Bewegung bringe, wird er gesprächig. Ich habe sechs Schwestern. Ach wirklich, mich verblüfft weniger die Anzahl der sicherlich reizenden *Chicas,* mehr der kühne Gedankensprung. Das ist bestimmt nicht einfach? Für sie nicht, sagt er. Was machen sie? Dies und das. Schon ist der Anfall von Redseligkeit vorüber. Der Gestank ist heute besonders schlimm. Alberto zuckt gleichgültig mit der Schulter. Ich rieche es schon nicht mehr. Im sechsten Stock stinkt es noch viel mehr, weil *Guppy* dort sitzt, die Firma. Was machen die, alte Socken verbrennen? *Ornamental fish*, sagt der Packer und beginnt, da ich untätig neben dem Tisch stehe, die eingewickelten Bücher selbst in die auf dem Boden stehende Box zu plazieren. *Ornamental fish.* Ich verstehe nur Bahnhof. Moment, ich laufe in die Kammer, wo *Tolhausens Technologisches Wörterbuch* stehen muß, ein dreisprachiges Nachschlagewerk für Begriffe aus Industrie, Technik, Wirtschaft, *english, german, french. Ornamental fish* suche ich vergeblich, aber Ornament heißt Verzierung, darauf hätte ich auch ohne lexikalische Hilfe kommen können. Also *Zierfisch*, na logisch: *Guppy*. Sie stellen im sechsten Stock Zierfische her? Du mußt englisch mit ihm sprechen, sagt Jacob, in der Tür des Office. Stinken Guppys so ätzend? Keine Ahnung, sagt der Puertoricaner, ich glaube, sie machen nur das Futter, Fische hab ich noch nie gesehen, wenn ich ihnen die Post brachte. Kein Aquarium, wo sie ihr Futter testen? Nur ein Haufen Chemikalien und Glasröhren. Wie sehen die Leute aus, die da arbeiten? Zwei Männer, eine Frau. Ich meine, kannst du dir vorstellen, daß sie Zierfische züchten? Du stellst Fragen, sagt Jacob, wie, glaubst du, müßten Leute aussehen, die das tun, alle mit Glupschaugen und dicken Lippen? Ich zum Beispiel, sehe ich aus wie ein Zierfischhändler? Du siehst aus wie ein Frauenhändler, sage ich. Alberto grinst, Jacob taucht ab hinter seinen Regalwänden. *Guppy*, denke ich, wenn das keine Briefkastenfirma ist, heiße ich Otto. Um vier Uhr stehen zehn Kisten im Flur. Mein Rücken schmerzt, als hätte ich zwölf Stunden Rüben geerntet. Oder Reis gepflanzt. Beides habe ich nie gemacht. Alberto entschwindet mit Jacob im Gang. Ich trage die Kartons in die Kammer, beginne sie übereinanderzustapeln. Eine labile Konstruktion. Morgen früh werde ich alle wieder heraustragen. Die oberste Kiste berührt fast die Kammerdecke.

Ich wuchte sie zur Seite, um Platz für die letzte zu schaffen, dabei rutscht sie auf das oberste Regalbrett, das noch voller Bücher und nicht sehr fest in der Wand verankert ist. Scheiße. Was ist los? Jacobs Lehrerstimme. Ach nichts, ich hatte nur Probleme mit diesem Karton. Das sind keine Probleme, sagt der Händler, unser Problem ist, daß wir nicht reich geboren wurden. Kein Einspruch, Euer Ehren. Alberto hat sechs Schwestern, wußtest du das? Ich weiß gar nichts über ihn, sagt Jacob, aber er ist ein netter Kerl. Übrigens war er nicht sehr glücklich mit seinem Verdienst. Wieviel hast du ihm gegeben? Fünfzig, wie abgemacht. Ich sitze auf der obersten Leiterstufe und muß mich festhalten. Fünfzig? Für knappe vier Stunden? Nicht schlecht, wenn du mal wieder so einen Job zu vergeben hast, ruf mich an, ich setz mich sofort ins nächste Flugzeug. Fünfzig Dollar, ein Traumjob. Du hast keine Ahnung, was ein guter Job ist. Hör zu, ich erzähl dir eine Geschichte. Kommt ein armer Jude in ein polnisches Schtetl, fragt nach Arbeit. Sagt der Rabbiner, besteige den Turm am Marktplatz und gib acht, ob der Messias kommt. Als der Mann nach dem Lohn fragt, nennt ihm der Rebbe eine lächerlich geringe Summe, der Mann begehrt auf. Was willst du, entgegnet der Rabbi, erstens ist es ein Job, zweitens braucht man nicht viel zu tun und drittens, schließlich, vergiß nicht, es ist eine Lebensstellung. Das ist ein guter Job, mein Lieber. Ich glaube, Zierfische züchten ist auch nicht schlecht, sage ich.

TIMES SQUARE NIGHT LIFE

Schwarze Plastesäcke am Straßenrand,
McDonald's schlägt Burger King
mit dreihundert Litern Garbage, die Menge
des Mülls verhält sich direkt
proportional zum Profit. Im Abendlicht
rücken die Wolkenkratzer dichter
zusammen. Der Asphalt wird gelb

von Taxis, die Stadt versucht
sich ehrlich zu machen, für jeden Blick,
den du gibst, kriegst du einen zurück.

ZUCHTHAUS COSWIG, 5. JANUAR 1938 / HILDES GESCHICHTE 8

Ich, Alfred Bakalejnyk, wurde am 4. März 1915 als Sohn des jüdischen Kaufmanns Salomon Bakalejnyk, in Berlin geboren. Wir waren 6 Kinder. Es soll uns mal eine Zeit lang ganz gut gegangen sein. Ich weiß es nicht genau, ich kenne diese Zeit nur vom Hörensagen. Soweit meine Erinnerung zurück reicht, ging es uns immer schlecht. Mein Vater war herzkrank, mein älterer Bruder tuberkulös, und wir, 8 Personen, einschließlich der beiden Kranken – mein Vater ist 1927 gestorben, mein Bruder ein Jahr später – hausten alle zusammen, jahrelang, in einem Zimmer, das Kinder-, Schlaf-, und Speisezimmer darstellen mußte. Als diese Verhältnisse unerträglich wurden, kamen mein jüngerer Bruder und ich von zu Hause fort. Das war 1925. Ich war damals also 10 Jahre alt. Fast ein Jahr in ein jüdisches Kinderheim, dann einige Monate Waisenhaus Rummelsburg b. Berlin. Da wir aber dort unter Antisemitismus zu leiden hatten, endlich 1927 nach Kassel ins dortige Jüdische Waisenhaus. Dort blieb ich 5 Jahre. Man hielt mich für intelligent und schickte mich deshalb ins Realgymnasium. Ich besuchte die Schule bis zur Obersekundarstufe. Man hätte mich auch das Abitur machen lassen, vielleicht hätte ich sogar studieren können, aber ich hätte dann in Kassel bleiben müssen, wollte endlich aber mal nach Hause. 1931 kam ich wieder nach Berlin. Mein Vater und mein Bruder waren inzwischen gestorben und so ›zynisch‹ es klingt, unsere Verhältnisse waren dadurch ›besser‹ geworden. Durch die beiden Todesfälle hatten wir eine größere Wohnung bekommen, erst dieses ›tödliche‹ Argument hatte das Wohnungsamt veranlaßt, uns immerhin 1½ Zimmer und Küche zuzuweisen. Wir waren inzwischen älter geworden und konnten verdienen. Dieser Gesichtspunkt war auch für meine Berufswahl entschei-

dend. Ich bekam eine Stelle als Lehrling in einem großen Antiquariat und verdiente immerhin monatlich im 1. Jahr 32.–, dann 42.– und 56.– wovon allerdings 12.– für eine Fahrkarte abging. Ich habe alles Geld zu Hause abgegeben, behielt jedoch monatlich als Taschengeld 1.– RM (in Worten eine RM) später im 3. Jahr waren es monatlich immerhin 3.– RM. Ich war zwar schon bald 20 Jahre, kam mir aber direkt als Krösus vor. 1933 verkaufte mein Chef, aus der Umwälzung die Konsequenzen ziehend, er war Jude, sein Geschäft an einen Arier. 1934 hatte ich ausgelernt und wurde, da die Behörden weitere Bestellungen von meiner Entlassung abhängig machten, sofort entlassen. Ich bekam bald eine neue Stelle in einem jüdischen Antiquariat, dort war ich bis 1936, mußte dann entlassen werden, da mir die Arbeitserlaubnis entzogen wurde. Ich bin nämlich Pole. Eine Tatsache übrigens, die ich erst an meinem 16. Geburtstag erfuhr, als ich meinen Paß bekam, vorher hatte ich mich immer für einen Deutschen gehalten. Nach meiner Entlassung ging ich bis zu meiner Verhaftung stempeln. Meine politische Betätigung und meine Straftat: als ich 1931 nach Berlin kam, ging ich in einen jüdischen Jugendbund, der zionistisch eingestellt war, jedoch auch von sich behauptete sozialistisch zu sein. Ich war für soziale Gedankengänge durchaus empfänglich, nach den bisherigen Lebenserfahrungen ja wohl auch verständlich, dort lernte ich meine jetzige Verlobte, ihren Bruder, kennen, der mich im Laufe des Jahres 1932 auch mit Trotzkisten zusammenbrachte, deren Auffassungen mich wegen ihrer kritischen Stellungnahme zur K. P. D. interessierten. Ich erhielt Material und las ihre Literatur. 1934 bin ich aus dem jüdischen Jugendbund ausgetreten, da ich den Zionismus damals ablehnte. Mit Trotzkisten hatte ich weiter Verbindung und wurde deshalb 1936 mit meiner Braut zusammen verhaftet und 1937 abgeurteilt. – Leidenschaften habe ich keine. Meine Lieblingsbeschäftigung gute Lektüre. – Ich war mir zwar bewußt, daß ich mich strafbar machte, hatte wohl aber die Tragweite meiner Betätigung nicht erfaßt, sonst hätte ich schon wegen meiner Braut, wir wohnten die letzten zwei Jahre zusammen, die Finger davon gelassen. – Meine Absichten nach meiner Strafverbüßung: ich werde mit meiner Braut zusammen, sie wird ein halbes Jahr früher als ich entlassen, Deutschland verlassen und auswandern. Wohin? Ich weiß es noch nicht. Dorthin wo man uns hinein läßt. Die Auswahl ist für uns Juden jetzt klein und wird immer kleiner und kleiner. Dann versuchen eine Existenz aufzubauen und wahrscheinlich einen neuen Beruf erlernen, irgend einen praktischen, denn mit dem erlernten, Antiquar für deutsche Literatur, deutsche Geschichte, Philosophie usw. kann ich im Ausland gar nichts anfangen.

CHELSEA, W 26TH STREET,
NOVEMBER 28, 1998, 4.35 p.m.

Jacob reicht mir einen grünen Pappband. Das Buch hat sich unter die Judaica geschummelt, wohl wegen des Titels, es gehört dir. *Die Jakobsleiter,* von Ludwig Finckh, Deutsche Verlags-Anstalt 1920. Schöner Titel, sage ich. Jacob legt mir die Hand auf die Schulter. Wenn dies Geschäft über die Bühne gegangen ist, wenn du die Hälfte der Bücher in Berlin verkauft hast, kommst du und holst die Judaica hinterher. Du willst mich ruinieren, Jack, sage ich, und meine Familie dazu. Du bist Eremit, liebst Bücher, kannst packen, das sind die Fundamente für diesen Job. Ach was, ich beherrsche kein Wort Hebräisch, wie soll ich Bücher verkaufen, die ich nicht lesen kann? Einverstanden, ein Argument, aber kein starkes. Ich brings dir bei, in zwei Monaten hast du die Grundlagen, keine Angst, kostet dich nichts, wir verrechnen das mit dem Kaufpreis, Hebräischunterricht ist nicht billig, ich bin Experte, Doktor, Columbia-Absolvent. Hier, meine Dissertation, er wiegt ein schwarz gebundenes Typoskript in der Hand. Darf ich? Ich strecke die Hand aus. Nein, englisch, unverkäuflich, Zeitverschwendung, du würdest es nicht verstehen. So kompliziert? Ja. Versuch, es einem Unwissenden zu erklären, ein guter Lehrer kann das. Du willst mich provozieren? Darauf fall ich nicht rein. Okay, muß ich eben dumm sterben. Ich gehe zurück in die Grabkammer. *Wind, Sand und Sterne*, Molière, Dramen, *Der Untergang des Abendlandes*, erster Band, *Rückerstattungsrecht*, Dostojewski, 3 Bände, Gabriel Riessers gesammelte Schriften, *Trieb und Verbrechen in der Handschrift. Die Fahrt der Deutschland*, Paul König. Ein Pappband mit langer Widmung im Vorsatz: *Mit Kapitän König, dem Führer der ›Schleswig‹, bin ich 1914 April/Mai von Venedig, Korfu, Malta, Sizilien, Neapel, Genua gefahren. Da ich schon früher, als er noch 1. Offizier war und zwar auf dem ›Ludwig‹ mit ihm gefahren und bekannt geworden bin, so war ich auch auf dieser Reise öfter mit ihm zusammen und hatte im Hafen von Neapel ein nettes Erlebnis durch ihn (Lu).* Eine geheimnisvolle Eintragung eines Dr. H. van Breina, van Biema oder so ähnlich, Oktober 1916, Oldenburg. Gut, dein Wissensdrang hat mich überzeugt, ich versuchs. Jacob lehnt am Türrahmen. Du willst es wirklich wissen? Eigentlich würde ich viel lieber erfahren, welcher Art das nette Abenteuer war, das Kapitän König dem Seefahrer H. van Breina in Neapel verschaffte und welche Rolle die umklammerte Lu dabei spielte. Ich blättere in der Schiffsgeschichte, keine weitere Notiz löst das Rätsel auf. Was sagt dir die Jahreszahl 711? Bitte? 711 nach Christus? Ich habe in meinem melancholischen Freund unverhofft akademische Restglut entfacht. Tut mir leid, keine Ahnung. Tariq ibn Ziyad, genannt *el Moro*, besetzt im April 711 Spanien. Ich bin über die genaue Datierung verwirrt, frage aber nicht nach Tag und Uhrzeit. Aus Marokko kommend, landet er wo? Der Vortrag artet in Examination aus, das war abzusehn. An der Küste, bemerke ich, nicht eben geistreich. Tariq ibn Ziyad, Jabal al Tariq, der Berg Tariqs, Gibr al Tar? Gibraltar. Aha. Jacob gerät in Fahrt. *El Moro* schlägt das Heer der Westgoten unter König Rodrigo, okkupiert die iberische Halbinsel, erst einen Zipfel, al andalus, Andalusien, später das ganze Land. Unter den Arabern ändert sich die Lage der Juden schlagartig. Zwar müssen sie die Jizha zahlen, eine Sondersteuer, aber in ihren Gebeten hindert sie niemand mehr. Viele Sephardim kommen zu Ansehen und

Reichtum. Beginnen wir den Unterricht: Sephardim, abgeleitet von *Sepharad*, dem hebräischen Begriff für Spanien. Steinaltes Wort, steht schon in der Bibel. Du kannst folgen? Die nächsten vierhundert Jahre heißt man das *goldene Zeitalter*. Davon hab ich gehört, sage ich. Das macht mich hoffen, meint Jacob, allerdings wird die Periode oft mit jener der griechischen Mythologie verwechselt, der Regentschaft von Kronos, du verstehst? Ich verstehe. Kluge Leute, diese spanischen Juden, Mathematiker, Astronomen, sprachkundig, Arabisch, Griechisch, die Mauren ernennen sie, aber auch, was dich freuen wird, gebildete Christen, zu *Menschen des Buches, dhimmis.* Wir befinden uns in einer Zeit, in der die Fähigkeit, lesen und schreiben zu können, hoch im Kurs steht, kein Verdachtsmoment, sondern eine Gottesgabe. Du und ich, bedeutende *dhimmis* hätten wir werden können, Berater des Kalifen, stell dir vor, ein Privat-Palast in Toledo, Granada, Bäder aus Marmor, feurige Dienerinnen, für dich die Sklavinnen, für mich der Pool, schwerer Wein, leichte Zigarren, nein, gabs noch nicht, Wasserpfeifen, Obst, Gesang, Sonne, jederzeit Poesie. Eine Epoche, in der Poeten, wirkliche Dichter, keine Journalisten, Staatsmännern mit Rat und Tat zur Seite stehen. Die Mauren lieben griechische Dichtung, sprechen aber kein Griechisch, also ersuchen sie ihre *dhimmis* um Übersetzungen, ins Hebräische, Arabische. Du siehst, mein Freund, mir steht ein größerer Palast zu, ich beherrsche beide Sprachen. Aber gegen die Lokalmatadore bin ich eine Null: Samuel Ha Nagid, Isaac Ben Khalfon, Solomon Ibn Gabriol, Ibn Ezra. Eine wunderbare Vermischung jüdisch-hebräischer, arabischer, spanischer, griechischer Ideen. Die Sephardim sprechen arabisch, beten hebräisch, waschen sich vor dem Eintritt in die Synagoge Hände und Füße, die Araber lesen judaistische Texte, heiraten Jüdinnen, ernennen ihre Brüder zu Leibärzten und Heerführern. Die Kleiderordnung gleicht sich an, zwar dürfen Juden keine Seide und Pelze tragen, das verschmerzen sie, an Stelle der sperrigen römischen treten arbische Zahlen, Trigonometrie wird betrieben, die Papierherstellung beginnt. Wo *dhimmies* leben, lesen, lehren, sind Bibliotheken nicht weit, logisch, Còrdoba, die größte Europas, zählt bald eine Million Bände, in ganz Germanien gibt es zu dem Zeitpunkt, wir stehen im Jahr 1000, gerade ein gutes Dutzend Manuskripte. Wo sich Menschen vermischen, mischen sich auch ihre Sprachen. Die Sephardim sprechen Ladino, eine Mixtur aus Hebräisch und Spanisch, du findest es heute noch in Gemeinden in der Türkei, Lateinamerika, Griechenland, in Israel sowieso, ursprünglich geschrieben in hebräischen Buchstaben, gelegentlich in Rashischrift. Jacob schlägt die Doktorarbeit auf. Vergleichende Analyse der jüdischen Sprachen Arabohebräisch, Ladino und Jiddisch, unter besonderer Berücksichtigung des Werkes von Moses Ibn Ezra, 1055–1138. Hier, das ist Rashi, ein Text von Ibn Ezra. Bei ihm kann man schön erkennen, wie sich religiöse Themen, biblische Stoffe, mit arabischen Formen verbinden, Struktur und Versmaß arabisch, der Gehalt jüdisch. Seit dem 20. Jahrhundert schreibt man Ladino oft mit lateinischen Lettern, du könntest es also lesen, nur wird dich kein Sepharde verstehen, weil du dich meinem Hebräischunterricht verweigerst. In Hamburg gab es früher eine große Gemeinde. 1492 werden die spanischen Juden vertrieben. Sie verkaufen Häuser und Land für Spottpreise an sogenannte Christen. Das kennt man irgendwoher. Wer sich nicht taufen läßt, wird umgebracht oder flieht außer Landes. Venedig, London, Bordeaux, Saloniki, Hamburg. Hier, eine Zeile aus dem Gedicht *Shirat*, Ibn Ezra sagt: *Ein Flüchtling ist wie eine Pflanze ohne Erde und Wasser.*

PSYCHIC READING

Während das Radio läuft, liest mir Yolanda,
Ketten behängte Hausfrau mit Lücke
zwischen den Zähnen, die Zukunft, zehn Dollar
die Sitzung, eine mich liebende Lady
bringt Glück und Erfolg, tödliche Krankheit

vergeht. Bargeld? Sekunde, unterbricht das Orakel
die Lektüre meiner schweißnassen Hand,
der Verkehrsfunk, ich muß nach Queens. Ertappt,
grinse ich, sie sagt, don't worry, ich sage
die Zukunft voraus, nicht die Gegenwart.

ALPINE, NEW JERSEY, WARREN LANE,
NOVEMBER 29, 1998, 7.48 p.m.

Lily läßt sich von *Penny* über die Warren Lane ziehen. Hund führt Frauchen aus. Gaby, Hilde, Lily und Herbert waren, wie jeden Sonntag, im Konzert, in der *Barge*, Kammermusik in einem alten Schleppkahn, festgemacht am Pier, am Fuß der Brooklyn Bridge, Blick auf Downtown Manhattan. Wieso heißt Penny eigentlich Penny? Sie ist zugelaufen, es hat ihr bei uns gefallen. Sie war preiswert, ist aber sehr anspruchsvoll. Warst du erfolgreich auf dem Flohmarkt? Ich präsentierte den Seghers-Band und das zerschlissene Exemplar der *Traumdeutung*. Unsere Wohnung lag gegenüber vom Freud, erzählt Lily, Wien, Berggasse 20. Er wohnte Nummer 19. Der *Herd*, mein Lieblingslehrer, Taglicht hieß er, wir nannten ihn *Herd*, weil er ein *Herr Dr*. war, hat bei Freud die Tiffany-Zwillinge unterrichtet. *Betan* hat er sie, so nannte er das. Wenn ich aus dem Fenster schaute, konnte ich mit ihm sprechen, über die Straße, nachmittags, er im Studio von Anna Freud, die mit der Tochter vom Juwelenkönig Tiffany befreundet war, die Analytikerin werden wollte, ich in meinem Zimmer. Aha, sage ich, obwohl ich der Geschichte nicht ganz folgen konnte. Der *Herd* war Religionslehrer in der Schwarzwaldschule, sein Onkel war Oberrabbiner, er selbst aber absolut unreligiös, wir haben uns fantastisch verstanden. Bei uns zu Hause war niemand richtig fromm. Wenn Großmutter in die Synagoge ging, zu den hohen Feiertagen, weißt du, was sie gesagt hat? Kind, der Schinken hängt in der Kammer. Wir wußten, wer wir sind. Auch ohne Religion. Meine beste Freundin, die Gerti, kam aus orthodoxem Haus. Ihr Vater war Arzt, einer der ersten Beschneider von Wien, ein sehr ehrwürdiger Herr. Er hatte sieben Töchter, fast alle wurden Kommunisten. Gerti auch, ich auch. Herbert war sogar Partei-Mitglied, in Österreich. Deswegen hat er in Amerika seinen Namen abgelegt, aus Angst. McCarthy, weißt du. Aus *Halpern* machte er *Hull*. Ich hab meinen Namen nur gekürzt. *Waldapfel* konnte kein Mensch aussprechen. *Wald* war einfach. Das mag ich an Amerika, sagt Lily, daß man Dinge nicht schwieriger macht als nötig. Will man seinen Namen ändern, gibt man eine Annonce auf, geht aufs Amt, zahlt ein paar Dollar, that's it. Wie kam ich darauf? Deine kommunistische Freundin. Ach ja. Wart, einen Augenblick, Penny hat eine Spur. Der Hund schnüffelt im Buschwerk. Wenn ich zu Gerti zu Besuch kam, hat sie gesagt, falls mich der Vater, der Mojel, etwas Religiöses fragt, soll ich nicht antworten, er vergäße es sowieso gleich. Saßen wir um die Tafel, fragte mich der Hausherr, gab sie mir unter dem Tisch einen Tritt und ich schwieg. Unglaublich komisch. Brachte eine der Töchter einen jungen Mann nach Hause, wollte der Vater gleich wissen, wer ihn beschnitten hatte. Das war den Burschen unglaublich peinlich. Gaben sie zur Antwort, es nicht zu wissen, ging der Beschneider ins Office und schlug nach, ob er es gewesen war. Lily hält Penny kurz an der Leine, als eine Frau mit Dogge unseren Weg kreuzt. Hi, sagt sie, Hi, sagen wir. Sie wohnt gegenüber. Was macht sie? Keine Ahnung, ich habe noch nie mit ihr gesprochen. Wie lange seid ihr Nachbarn? Augenblick, wir sind 54 hergezogen. Seit 1960. Vierzig Jahre? Und ihr habt nie gesprochen? Jedenfalls nie mehr als Guten Tag, schönes Wetter heute. Als wir hier ankamen, wußten wir nicht, daß die Gegend *restricted* war. Man wollte keine Juden. Wir waren die ersten. Die 35 Tausend Dollar für das Haus, alles gepumpt. Nicht einen Groschen besaßen wir. Die Ehe der Mutter war kaputt, ihr Mann, dieser Millionär, hatte sie sitzen lassen mit nichts als Schulden, Herbert kriegte einen Job als Uhrmacher bei Tiffany, interessierte sich aber mehr für Musik, ich arbeitete als Zeichnerin in einem Ingenieurbüro. Hab auch übersetzt, technische Sachen, langweilig. Das Haus war in schrecklichem Zustand. Nach und nach haben wir alles gerichtet. Die Leute, die heute hier siedeln, sind Mitte Zwanzig, haben zehn Autos, zahlen zehn Millionen für ein Haus, einen guten Teil cash. Sieh dir diese Burg an. Ein mittleres Schloß, von Scheinwerfern erleuchtet, eine Auffahrt mit Basketballkorb und US-Flagge. Zwei wuchtige Kamine durchstoßen das Dach. Sieht es nicht wie ein Krematorium aus? Monströse Häuser, hat jemand auf der Gemeindeversammlung gesagt. Da ist die Besitzerin aufgesprungen. Ich verbitte mir, daß man meine Villa ein Monster nennt. Schnelles Geld, Computer, Internet. Weil sie Rasen so lieben, schneiden sie alle Bäume ab. Ich habe jeden Monat zwei, drei Anfragen von Maklern, ob wir nicht verkaufen wollen. Die Briefe gehen gleich auf dem Postoffice in die Recycle-Box. Wir sind einmal sehr reich, wenn wir tot sind. Wir lachen und laufen schweigend weiter. Was haben sie gespielt, heute, in der *Barge*? Olivier Messiaen, sagt Lily, *Quartet for the End of Time*. Hat er im Lager komponiert, als POW. Ich weiß, sage ich. Woher weißt du das, du bist doch sonst nicht so gebildet? Mein Großvater war in dem Lager. Du hast Familie in Frankreich? Er war nicht Gefangener, sondern Aufseher. Ach so? Ich erzähle Lily das Leben vom Kraftfahrer und Kontrolltruppführer Artur Paul Körner. Auch keine schöne Geschichte, sagt sie. Du glaubst, er hat grundlos zehn Jahre gesessen? Ich habe Zweifel, keine Beweise, ich meine, möchtest du einen Nazi zum Großvater haben? Das wäre in meinem Fall, sagt Lily, wenig wahrscheinlich.

MUTTERS GESCHICHTE, GÖRLITZ, GRÜNE GASSE 7, 18. SEPTEMBER 1950

Der Mensch ist ein Gewohnheitstier, sagt Rita Ruschkowski und sammelt die Klammern aus dem Sterilisator. Traudel hält der Kollegin die weiße Emailleschale mit dem blauen Rand hin. Seit einem knappen Jahr arbeitet sie bei Dr. Berner, bestimmte Dinge aber sind ihr so unangenehm wie am ersten

Tag. Der Eitergeruch, das Knirschen der Zange, wenn bei der Extraktion ein Zahn bricht, das Jammern im Warteraum, die Leerung des Kübels, das gekünstelte Lächeln des Chefs, das falschere von *Frau Doktor*, am meisten aber das endlose Stehen. Schikane, so was gibts nirgendwo, meint Rita. Die zwei Jahre ältere Kollegin geht ins dritte Ausbildungsjahr, war vorher bei Medizinalrat Berg und in der Praxis von Dr. Storch. Beim *Adebar* habe ich nur gesessen. Wenn sich ein Patient zu uns verirrte, kam er nach der Behandlung selten wieder. Hast du deshalb gekündigt? Die Kollegin schüttelt den Kopf. Weißt du, der Storch hatte nicht nur nichts dagegen, daß ich sitze, er wollte auch, daß ich mich hinlege. Da war er bei mir an der falschen Adresse. Wer den Iwan überstanden hat, läßt sich nicht von einem verheirateten Zahnklempner vergewaltigen. Da pfeif ich auf die Universität. Storch hat ja promoviert. Die Bemerkung zielt auf ihren jetzigen Chef, Berner, der auf dem Doktor besteht, obwohl er nur einfacher Stomatologe ist. Guten Morgen. Der Arzt registriert Ritas Verstummen, breitet die Arme aus und bittet mit dieser Geste um Unterstützung bei der Ankleidung. Traudel hat Mühe, ihm die Knopfleiste auf dem Rücken zu schließen. Ist der Kittel eingelaufen? Geht Berner noch weiter aus dem Leim? Wohlstandsspeck. So nah am Ohr des Chefs wäre eine günstige Gelegenheit, die Frage loszuwerden, denkt sie. Wer weiß, wie der in der Mittagspause gelaunt sein wird oder am Feierabend? Das mürrische Gesicht des Zahnarztes läßt sie zögern. Sorgenfalten. Wenn die Geschichte mit Mäuschen doch stimmte? Das häßliche Entlein? Stille Wasser sind tief. Und dreckig, hatte Rita mit unverhohlener Abneigung hinzugefügt. Fräulein Ruschkowski, ich bin soweit. Die Floskel gibt täglich den Startschuß für die Sprechstunde. Rita öffnet die Tür zum Wartezimmer. Der nächste bitte! Wie kann jemand der nächste sein, wenn ihm ein Vorgänger fehlt? Frau Graupner, die eintretend eine Lavendelwolke ins Behandlungszimmer zieht, folgt höchstens dem letzten Patienten von gestern abend, nein, heute ist Montag, also dem letzten von Sonnabendnachmittag. Was soll ich sonst rufen, der erste, bitte? Rita brauste beleidigt auf, als Traudel sie auf die Unsinnigkeit der Redewendung aufmerksam machte. Wie gehts uns denn? Noch Schmerzen? Frau Graupner, die Ehefrau des Schlachtermeisters aus der Emmerichstraße, reißt auf dem Stuhl die roten Lippen auseinander, während Berner sich am Waschbecken die Hände abtrocknet. Rita schraubt die Kopfstütze fest, der Arzt pumpt, kräftig auf das Pedal tretend, den Sessel mit der fülligen Mittvierzigerin nach oben, richtet die Lampe, spiegelt die Mundhöhle. Als er mit dem Eisengriff des Instruments gegen den Backenzahn schlägt, verzieht die Frau das Gesicht. Ich fürchte, der muß raus. Die Patientin blickt zu Rita und Traudel, als erhoffte sie von ihnen eine günstigere Diagnose. Beide zeigen die Mitleidsmienen, die man in ihrem Beruf als erstes lernt. Danach geht es Ihnen besser, sagt Traudel, obwohl sie weiß, daß es Leuten, denen Berner die Zange in den Rachen steckt, nach der OP immer erst einmal schlechter geht. Ich bestehe aber auf einer Spritze, Herr Doktor. Für Sie machen wir eine Ausnahme. Obwohl wir strengstens angehalten sind, nur in Notfällen Schmerzmittel anzuwenden. Ordentlich gefrühstückt? Werden Sie uns nicht ohnmächtig. Novokain. Traudel entnimmt dem Medikamentenschrank eine mittlere Ampulle, Rita zieht die Spritze auf. Das Anästhesieren überläßt der Arzt den beiden Helferinnen, obwohl sie dafür eigentlich ein Schwesterndiplom bräuchten. Die Graupner gehört zur Patientenelite, ihr Mann machte die beste Rinderroulade der Stadt, zu Zeiten, als das Wort Roulade noch im deutschen Alltagswortschatz existierte. Auch ein Stück Schinken, Lende oder Kaßlerkamm verachtet ein Stomatologe nicht, der 185 Pfund auf die Waage bringt. Frau Graupner wird ins Wartezimmer geführt. Fünf Minütchen. Wenn die Spritze wirkt, rufen wir Sie wieder rein. Der nächste. Ein kleiner dünner Mann, Ende Fünfzig, im blauen Arbeitsdrillich, eine Landsermütze in der Hand, betritt den Raum. Schmerzen habe er keine, sein Zahnersatz falle auseinander. Der Mann greift sich in den Mund, zieht die Prothese heraus. Die Schneidezähne wackeln bedrohlich. Kann ich warten? Ausgeschlossen. Lassen Sie das Gebiß hier oder kommen Sie am späten Nachmittag wieder. Fräulein Körner zementiert Ihre Beißerchen. Morgen abend sind sie fertig. So spät, nuschelt der zahnlose Prolet. Wir können nicht zaubern, Herr Arlt. Wie soll ich essen? Suppe, sagt Rita. Der Mann setzt sich die Mütze auf und geht. Wie mag Vater ohne Zähne aussehen? Traudel will sich sein Gesicht vorstellen, hat aber plötzlich vergessen, wie er aussieht. Das Foto über dem Tresen ist mindestens zehn Jahre alt. Aufgenommen noch vor dem Krieg, neununddreißig, da war sie grade acht und die Welt noch in Ordnung. Ähnelt Vater dem dünnen Arlt? Eingefallene hohle Wangen? Knochengesicht? Im Grunde ist es ein Riesenglück, daß sie die Stelle als Zahnarzthelferin bekommen hat. Wie könnte sie an Prothesenmaterial herankommen, wenn sie noch aufs Lyzeum ginge wie Käthe oder Inge? Die würden ihrem Vater nicht helfen können, wenn er im Zuchthaus säße und das harte Brot nicht kauen könnte. Gleich jetzt muß sie den Chef fragen. Leider kehrt gerade die Graupner zurück. Das Puppengesicht mit den geschminkten Lippen ist kalkweiß. Keine Bange. Rita, links neben dem Stuhl, hält das Tablett mit Zangen verschiedener Größe, Traudel, hinter der Frau, legt ihr die Hände auf die Schultern, um sie zu beruhigen, auch in Bereitschaft, den Körper in den Sessel zu pressen, falls es die Patientin nicht mehr im Stuhl hält. Berner liegt fast auf dem üppigen Busen der Fleischereibesitzerin, sein rechtes Knie stemmt sich gegen den Ledersitz des Behandlungsstuhls. Entscheidend ist, wie der Arzt den kranken Zahn zu greifen kriegt. Schweißperlen auf Berners Stirn. Wenn er die Sache gut macht, ist für seinen Sonntagsbraten gesorgt und bald ein neuer Kittel fällig, wenn er abrutscht, den Zahn zertrümmert, den Gaumen verletzt oder gar das Messer einsetzen muß, stehen dem Chef unfreiwillige Fastentage ins Haus, und sie, Traudel, braucht ihre Frage heute nicht mehr zu stellen. Der Dentist stöhnt, dreht die Zange hin und her, Traudel faßt die Schultern fester, Rita hält den Kopf der Patientin. Frau Graupner läßt einen matten Klagelaut vernehmen. Die Spannung löst sich, der Arzt zieht die Zange heraus und präsentiert der Fleischerin den Teil ihres Körpers, der ihr in den letzten Wochen so viel Unbehagen bereitete und von dem sie nun Abschied nehmen muß. Ihre Augen haben einen feuchten Glanz. Rita reicht das Wasserglas. Eine Rinnsal aus Blut und Speichel läuft durch das Porzellanbecken in den Kübel. Berner wirft den Zahn hinein. Die blutigen Tupfer gehen den gleichen Weg. Rita legt mit der Pinzette ein Mullpolster auf die Wunde. Kühlen hilft gegen die Schwellung. Eis haben Sie ja im Laden genug. Die Erwähnung ihres Geschäfts muntert Frau Graupner ein wenig auf. Sie öffnet ihre Handtasche und reicht Berner, der sich wieder die Hände abtrocknet, ein in Geschenkpapier gewickeltes Päckchen. Das wäre wirklich nicht nötig gewesen. Empfehlen Sie mich Ihrem werten Mann. Als die Tür ins Schloß fällt, murmelt der Zahnarzt: Einen guten Christenmenschen verläßt der liebe Herrgott nicht. Das kann nur Ironie sein. Berner ist katholisch bis in die Zehenspitzen, Sonntags zur Messe in die Heilige-Grab-Kirche, in der Osterwoche geht er zweimal täglich, Früh- und Abendandacht. Weißt du, was ich gehört habe? Sie wollen das Bankert ins Kloster geben. Traudel glaubt die Geschichte nicht, obwohl sie Marie Berner, alias Mäuschen, in der letzen Zeit auch selten zu Gesicht bekam. Irgendwann wird die Wahrheit herauskommen. Nach neun Monaten spätestens, spottete Rita, du wirst sehen, ich habe wie immer recht. Der nächste bitte. Ein sommersprossiger Junge. Seine Mutter darf Händchen halten. Der Raum ist für fünf Personen zu klein. Fräulein Körner, seien Sie so nett, bringen Sie das meiner Frau. Das Päckchen. Berner wohnt mit Frau und Tochter über der Praxis, was für den Arzt einerseits strenge Kontrolle durch die Gattin bedeutet, ihm andererseits den Luxus heimischer Kost und halbstündigen Mittagsschlafs gewährt. Traudel geht im Hausflur mit angehaltenem Atem an der Toilettentür vorbei, betätigt den Läutegriff, der dem Löwen auf dem Klingelbrett als Maulkorb über der Schnauze liegt. Schritte in der Wohnung. Marie öffnet, die Tochter des Hauses, die wie Traudel die Höhere Töchterschule besuchte, zwei Klassenstufen über ihr, und wie sie vor der Reifeprüfung die Lehranstalt verließ. Über die Gründe gab es unterschiedliche Gerüchte. Guten Tag, Marie. Ganz die Tochter Berners, weißhäutig, wohlgenährt. Sie gähnt, trägt einen rotbraunen Bademantel, das Haar hängt ihr ins Gesicht. Für einen Moment ist Traudel geneigt zu fragen: Habe ich dich aus dem Bett geholt? Sie verschluckt die Spitze. Eine Beschwerde von Marie könnte die Erfüllung ihrer Bitte gefährden. Mäuschen ist ihres Vaters ein und alles. Ich soll dieses Päckchen für Frau Doktor abgeben. Meine Mutter ist außer Haus, sagt Marie und greift nach dem Geschenk. Schön, daß es dir wieder besser geht. Machst du Witze? Mäuschen rafft den Bademantel, schlingt die Kordel um die Hüfte. Du warst krank, hat dein Vater gesagt. Soso. Kleine graue mißtrauische Äuglein. Vielleicht muß ich bald sterben. Mein Gott, was hast du denn? Die Ärzte rätseln. Eine seltene Krankheit. Sei froh, daß du gesund bist, Waltraud. Eigentlich sieht sie nicht anders aus als früher, denkt Traudel und steigt die Treppenstufen zur Praxis hinunter. Als sie das Behandlungszimmer betritt, löst sich Rita vom Fensterbrett. Wo ist der Chef? Pinkelpause. Rita hat mitunter eine etwas grobe Ausdrucksweise. Kommt davon, weil ick aus Berlin bin. Im Oktober 1943 wurde die Familie ausgebombt und die Vierzehnjährige zu ihrer Tante ins sicherere Görlitz geschickt. Regen schlägt gegen das Fensterglas. Ich habe Mäuschen gesehen, sagt Traudel. Ach nee. Sieht man was? Sie ist so dick wie immer. Angeblich schwer krank. Quatsch mit Sauce, sagt Rita, ich weiß sogar, wer es war. Berners Eintritt unterbricht das Gespräch. Habe ich Ihnen nicht ausdrücklich untersagt, sich aufs Fensterbord zu setzen? Die Standpauke kommt ohne Vorwarnung. Verzeihung, Herr Doktor, das war unbewußt. Kann er durch Mauern sehen? denkt Traudel. Als er ins Zimmer kam, stand Rita doch neben ihr. Auf seinen schwarzen Schuhspitzen glänzen Wassertropfen. Hat er tatsächlich vor dem Haus gestanden und spioniert? Zuzutrauen wäre es ihm. Fräulein Ruschkowski, ich habe vergessen, das Kontingent für September soll heute bis 12 Uhr im Gesundheitsamt abgeholt werden. Nicht daß wir wieder leer ausgehen, wie letztens, und uns Storch die Bohrer wegschnappt, die er gar nicht benötigt. Rita blickt zum Fenster. Sie können meinen Regenschirm benutzen, er steht im Flurschrank. Sehr freundlich, Herr Doktor, ich schwimme gern. Im Hinausgehen wendet sie Traudel den Kopf zu und verdreht die Augen. Für eine gute Stunde werden sie zu zweit bleiben. Leichte Fälle. Karies, herausgefallene Plomben, ein Weisheitszahn, dem etwas nachgeholfen werden muß. Traudel reicht das Messer, rührt Zement an, notiert in Karteikarten, welche Zähne behandelt wurden, der Dreier oben links, Amalgam. Sie schreibt langsam, sorgfältig, genießt die Minuten am Tisch, in denen die Helferinnen sitzen dürfen. Kurze Pausen, da Berner erwartet, daß die Bürokratie erledigt wird, ohne die Assistenz zu vernachlässigen. Um halb zwölf ist der Warteraum leer. Der Arzt wirft einen Blick in den Bestellkalender, kontrolliert die Krankenkartei. Gut, Fräulein Körner, ich hoffe, Sie lassen in Ihrem Fleiß nicht nach. Ein Lob, in dem Drohung mitschwingt. Herr Doktor, darf ich Ihnen eine Frage stellen? Berner hebt den Blick. Sie wissen doch, wo mein Vater ist. Der Arzt nickt mit verdrießlichem Gesichtsausdruck, der deutlich macht, wie ungern er diesen Gegenstand berührt. Seit letztem Monat hat er Schreiberlaubnis, weil er ja jetzt in Waldheim ist. Ja, und? Er hat solche Schwierigkeiten mit den Zähnen, sie wurden ihm ausgetreten in der KGB-Villa. Berner erhebt sich abrupt. Fräulein Körner, bitte beschränken Sie Ihre Mitteilungen auf das Wesentliche, ich habe Sie angestellt, ich bin vorurteilsfrei und Christ, ich brauchte eine zweite Helferin, die Entscheidung ist mir und meiner Frau nicht leichtgefallen. Sie sind doch hoffentlich nicht so naiv zu erwarten, ich könnte Ihren Vater behandeln. Berner geht zur Tür und wirft einen Blick ins Wartezimmer. Glauben Sie, man läßt mich zu ihm, daß ich einen Gipsabdruck nehme? Oder soll ich auf gut Glück ein Gebiß anfertigen? Er braucht nur das Material, Zähne, Aufbau, Klammern. Bestimmt sind unter den Gefangenen auch Zahnärzte. Gott bewahre. Berner winkt ab, als wolle er den Gedanken verscheuchen. Es ist ganz legal, sagt Traudel. Man stellt einen Antrag bei der Anstaltsleitung. Ich würde Ihren Namen nicht erwähnen und das Material bezahlen. Es ist nicht billig, sagt der Dentist, das wissen Sie? Für einen ordentlichen Zahnersatz zahlt man heute gut und gerne 200 Mark. Haben Sie soviel Geld? Ich würde es abzahlen. Na ja, der Chef kratzt sich das Kinn, darüber ließe sich reden. Wieviel verdienen Sie zur Zeit? Vierzig Mark. Kämen Sie mit zwanzig Mark im Monat aus? Der Gasthof wirft ja auch noch etwas ab, oder? Traudel nickt. Hauptsache, die Prothese. Gut, bringen Sie in Erfahrung, was Ihr Vater genau benötigt, dann mache ich Ihnen einen Kostenvorschlag. Unter der Bedingung, daß mein Name aus der Sache herausbleibt. Das Gesundheitsamt will mich zum Medizinalrat vorschlagen. Ich kann Ihnen gar nicht sagen, wie dankbar ich bin. Schon gut, schon gut, ich helfe gern, wenn ich kann. Nicht immer sind einem die Hände frei. Er blickt auf die Uhr. Mein Frau wartet mit dem Essen. Leeren Sie bitte den Kübel, wenn Fräulein Ruschkowski zurück ist. Traudel ist glücklich. Es lief einfacher, als sie befürchtet hatte. Berner ist kein schlechter Kerl. Zwanzig Mark im Monat, eine Menge Geld. Was konnte sie sonst für Vater tun? Rita sagt, als sie zurückkommt: Du siehst aus wie ne reife Tomate, hat er sich unanständig benommen? Im Gegenteil, sagt Traudel, ohne Weiteres zu erklären. Sie schleppen den Kübel auf die Toilette. Zweimal täglich derselbe Canossa-Gang. In der ersten Woche war ihr danach so übel, daß sie erst Stunden später etwas essen konnte. Hexensuppe à la Berner, sagt Rita, als sie die Mixtur aus Blut, Speichel, Watte und Zahnteilen in den Abort kippen. Traudel holt die Wasserkanne und spült den Kübel aus. Zurück im Behandlungszimmer, waschen sie sich die Hände. Was war eigentlich in dem Päckchen von der Graupner, Wurst oder Fleisch? Denkst du, ich hab nachgeschaut? Warum nicht, er rennt doch auch auf die Straße und beobachtet uns, der Christenmensch. Nichts Eßbares, sagt Traudel, es war leicht und sehr weich. Bestimmt Windeln oder Kindersachen, meint Rita, ich weiß es aus sicherer Quelle, Mariechen ist schwanger, fünfter Monat, keine unbefleckte Empfängnis, der Vater soll einer vom Zirkus sein, ein Dompteur. Ein Tierbändiger hat sich Berners Mäuschen geholt, findest du das nicht witzig?

CHELSEA, W 26TH STREET, NOVEMBER 30, 1998, 8.15 a.m.

O boy, was hast du getan, am christlichen Sonntag, du siehst um zehn Jahre gealtert aus. Ich war auf dem Flohmarkt. Etwas gefunden? Hier, ich zeige Jacob die Erstausgabe von Anna Seghers. Wieviel hast du dem Halsabschneider dafür gegeben? Einen Dollar, aber du kannst die Rarität schon für zwanzig haben. Ich bin an deutschen Büchern nicht mehr interessiert. Er öffnet die Kammertür. Ein Freund von mir, erzählt er, auch Händler, ging einmal in ein sehr vornehmes Antiquariat in London, ein zweistöckiges Geschäft, im Keller Wühltische, Kisten, ein durchaus unbritisches Durcheinander, Billigangebote, Ramsch, im ersten Stock aber eine erstklassige bibliophile Abteilung, alles unter Glas, Kupferstiche, *first editions*, Autographen. Mein Freund ging, was ihn als Fachmann ausweist, zunächst in den Keller, und fand dort, ohne Anstrengung, ein kostbares altes Büchlein, ich habe vergessen, was es war, es kostete ein paar Pennies, er bekam es *für nichts.* Sie müssen das Buch nicht einwickeln, sagte er dem Mann an der Kasse, es ist kein Geschenk, er nahm den Band, trug ihn ins Obergeschoß und verkaufte ihn dort mit riesigem Profit. Er war sehr stolz auf diesen Coup. Stell dir vor, im selben Geschäft gekauft und verkauft, ein Deal, der fünf Minuten dauerte. Jacob zieht den Teewagen aus der Büchergruft. Hattest du auch schon mal solchen Massel? Ich weiß, sagt er, es ist Montagmorgen, um nicht mit der Arbeit beginnen zu müssen, versuchst du jetzt, meine Gutmütigkeit ausnutzend, mich in ein Gespräch zu verwickeln, wirfst sogar dein fragmentarisches Jiddisch in die Waagschale, umsonst, mein Freund, wir haben keine Zeit zu verlieren, am Donnerstag kommt der Truck. Sofort rufst du diese Shipping Company an, wenn wir den Termin vereinbart haben, machen wir eine Pause. Er zieht mich ans Telefon, steht da, lauernd, wie ein Entführer, der sein Opfer zwingt, die Lösegeldforderung an die Polizei durchzugeben. Ich wähle die Nummer der Schifffahrtsgesellschaft. Eine junge Frau meldet sich am Apparat. Wie viele Bücher? Viertausend. Kisten? Oh no, Stück. Achtzig Kartons, ruft Jacob, circa. Kein Problem für die Miss. Schicken Sie uns ein Fax mit dem Auftrag, wir bestätigen ihn umgehend. Ist das sicher, garantiert, können wir uns darauf verlassen? Mein Boss fragt, flirte ich in die Muschel, ob ihr Angebot verbindlich ist? Wir machen unseren Job, sagt die Frau, als erklärte das alles. Packen Sie die Kartons auch ein, in Folie, es sind Bücher, wenn Sie verstehen, was ich meine, Papier, empfindlich, wasserscheu. Wenn Sie uns den Auftrag erteilen, ja. Gut, wir faxen unsere Fragen, Sie faxen Ihre Konditionen. Jacob blickt mürrisch drein. Du hast nicht gefragt, wann sie die Ladung abholen, ob sie die boxes selbst auf den Truck packen, ich kanns nicht, du bist dazu auch nicht in der Lage, du bist nicht versichert. Wenn dir der Stapel auf den Kopf fällt, was dann? In New York von einem Turm alter deutscher Bücher begraben zu werden, denke ich, wäre in der Tat ein denkwürdiges Ende für einen deutschen Mittelklasseautor. Was grinst du? Warum zerbreche ich mir eigentlich deinen Kopf? Jacob, du bist zu nervös, diese Leute wollen den Auftrag doch auch haben. My gosch, denkst du allen Ernstes, die reißen sich für achtzig Pappkartons ein Bein aus? Sicher wird Miss X. sofort den Aufsichtsrat benachrichtigen, daß sich ein Wahnsinnsgeschäft anbahnt, achtzig Bücherkisten nach Europa, also die Kurse der Firma steil bergauf klettern werden, heute nachmittag. Denen sind deine Kartons schnuppe, ob in Folie eingepackt oder nicht, solche Leute lesen nicht, höchstens die Börsenberichte. Achtzig Kisten, das ist in deren Augen ein Klacks, ein Verlust, Aufwand und Nutzen stehen in keinem Verhältnis, unsere Sendung ist ein logistischer Stolperstein, eine Lachnummer für jeden Spediteur. Die sind über unser Altpapier so glücklich wie ein Taxifahrer, wenn du von ihm verlangst, er möge dich vom Trade Center zur Wallstreet chauffieren. Big business, mein Freund, sieht anders aus. Okay, sage ich, ich habe verstanden, was soll ich deiner Meinung nach machen? Gar nichts, schnauft Jacob, wir schicken das Fax, melden sie sich innerhalb der nächsten zwei Stunden, ist alles okay, wenn nicht, kannst du mit deiner neuen Freundin weitere Zärtlichkeiten austauschen. Du scheinst auch nicht den schönsten Sonntag gehabt zu haben, Partner, was hast du getrieben, Gymnastik? Ich war auf dem Flohmarkt, sagt Jacob. Sehnsucht nach deinem deutschen Sozius? Er reicht mir eine Plastetüte. Was ist das? Ein Geschenk. Damit du die letzten Tage durchhältst. Ein harter Gegenstand. Ich ahne, was es sein könnte. Ein Buch, verehrter Meister, sage ich, wirklich eine Überraschung, woher wußten Sie, daß mir so etwas gefallen könnte? Menschenkenntnis, antwortet Jack. Ich schlage den Band auf. *Gesetz-Sammlung für die Königlichen Preußischen Staaten 1855.* Auf Seite 565 erfahre ich, daß Friedrich Wilhelm, von Gottes Gnaden, König von Preußen, am 26. Juli 1855 der Cöln-Mindener Eisenbahngesellschaft die Konzession zum Bau einer Eisenbahn von Deutz nach Gießen sowie einer festen Rheinbrücke zwischen Cöln und Deutz erteilte. *Urkundlich unter Unserer Höchsteigenhändigen Unterschrift und beigedrucktem Königlichen Insiegel.* Jacob, sage ich, du glaubst nicht, wie lange ich nach diesem Werk umsonst gesucht habe, ich liebe Gesetze, die nicht mehr gelten. Ich dachte mir, du könntest es gebrauchen, es hat, unter uns, nicht viel gekostet, ist aber wertvoll, und, weil wir schon mal über Preise reden – er hebt den Zeigefinger der rechten Hand – zwanzig Dollar für eine Erstausgabe der *Fischer von St. Barbara* von Frau Seghers sind entschieden zu wenig, du mußt dreißig verlangen, dann kannst du verhandeln, von mir aus nachgeben bis auf fünfundzwanzig. Ich nicke. Du brauchst einen Spielraum, sonst bist du verloren, in zwei Monaten bankrott. Ich nicke. Verstehst du? Das ist nicht nur so daher gesagt, sondern eine Maxime fürs Leben. Was soll ich machen? Ich nicke.

JACOBI ODER DER COMMUNISTEN-CLUB NEW YORK 3

Der Zug von Elizabeth Station verläßt die Bahnhofshalle gegen Mitternacht und erreicht Manchester kurz vor 3 Uhr. Jacobi hat einen Brief von Marx im Gepäck, der ihm, so versicherte der Mann in Soho, zu jeder Zeit die Tür in der Great Dulcie Street öffnen würde. Die Frau, die ihm dort entgegentritt, versteht Deutsch, trägt eine Nachtmütze und bittet ihn in die Diele. Sie wird Herrn Direktor wecken. Wenig später kommt der die Treppe hinunter, im Schlafrock, der Corresponding Clerk der Firma Ermen & Engels, Friedrich Engels in schlechtester Laune. Wer, for God's sake!, wagt es, ihn, halb vier am Samstagmorgen, aus dem Bett zu klopfen? Ein Todesfall in Barmen? Brennt die Fabrik? Jacobi, unter der Gaslampe, neben Reisesack und Koffer, ist so begeistert, Engels anzutreffen, daß er dessen Gesichtsausdruck nicht beachtet. Der Kerl lächelt ihm entgegen, als wolle er ihn zum Tanz bitten. Guten Morgen. Ein Westfale, zweifellos. Jacobi präsentiert sein Kuvert. Marx und Pieper senden Grüße. Ein Blick genügt zu wissen, der Ausweis ist echt, die Schrift kennt Engels wie die eigene. Er nimmt den Hausgast auf und beschließt, noch am gleichen Tag eine Beschwerde nach Soho abzusenden. Die Liste deiner Schulden, lieber Mohr, ist um eine Spalte länger. Er liest, daß es sich bei dem Störenfried um jenen Kommunistenprozeß-Jacobi handelt, den Marx in preußischen Cachotten gut untergebracht wähnte, dem jedoch die Flucht auf die Insel glückte. Parteimärtyrer hin und her, welcher Bock ritt den Mann, den Nachtexpreß zu nehmen? Daß die jungen Leute jedes Taktgefühl vermissen lassen. Angst und bange konnte einem werden um die Bewegung.

Nicht ahnend, was seine überstürzte Ankunft angerichtet hat, fixiert im Untergeschoß Abraham Jacobi den *kleinen Salon* genannten Raum, in dem neben einem mächtigen Bücherregal ein Schreibsekretär, ein Kleiderrechen und eine Zimmerlinde stehen. Das Sofa ist so kurz, daß selbst er, wahrlich kein Riese, darauf nur mit angewinkelten Beinen wird liegen können. Obwohl er während der Eisenbahnfahrt – die Geschwindigkeit berauschte ihn wie junger Wein – kein Auge hatte schließen können, denkt er nicht an Schlaf. Zwei Jahre unfreiwilligen Müßiggangs hocken ihm wie Furien im Genick. Tätigwerden, heißt die Tageslosung, Lernen, Forschen, Nützlichsein. Jacobi ist froh über die, wie er findet, herzliche, unprätentiöse Begrüßung im Hause des Fabrikantensohnes. Die Wohnungseinrichtung überrascht ihn. Gediegenheit ohne Luxus. Ganz anders als das Durcheinander bei Familie Marx. Zwei Zimmerchen in Soho, Dean Street 64. Man mußte Deutschland verlassen, um seine wichtigsten Geister zu treffen. Er geht an den Schreibtisch, ein zierliches Möbel mit schönen Intarsien, prüft die Feder, nimmt einen Bogen, in die rechte obere Ecke schreibt er: 9. Juli 1853, Manchester. Ein Brief an die Freundin. Liebe Fanny, Du kannst Dir nicht denken, welch tiefen Eindruck die Tage in Folge meiner Überfahrt mir machten. Daß ich Dir, und Sophie, selten oder, schlimmer, nur oberflächlich Bericht gab, liegt nicht daran, daß mir, wie Euer Jungfern-Kränzchen, allzu fräuleinhaft, wie ich finde, vermutete, englische Ladies den Kopf verdrehten – die Damen hier sind kaum anmutiger als die biederen Kölnerinnen – vielmehr ist dieser Umstand den hitzigen Disputen verschuldet, die ich das Vergnügen hatte mit meinem Londoner Gastgeber zu führen. Er ist als Mensch, Familienvater und Lehrer eine nicht minder imposante Gestalt, als wie er Dir in seinen Schriften erschien. Jacobi legt die Feder in die Holzschale. Darf er dies schreiben? Hat nicht der Erwähnte selbst ihm geraten, in seiner Korrespondenz größere Vorsicht walten zu lassen, um weder exilierte Freunde noch die Adressaten drüben zu gefährden. Daß die preußische Polizei, nur weil er, Jacobi, die Grenze überschritt, an ihm ihr Interesse verloren haben könnte, solle er sich ja nicht einbilden. Aus jedem Brief vom Festland steige einem der Pestgeruch der Zensur in die Nase. Marx hatte ihn nach Manchester gedrängt, er müsse praktizieren, Engels werde ihm einige Wege ebnen können, der *Herr Direktor* stehe sich, im Gegensatz zu ihm, entschieden gut mit den englischen Bourgeois. Arbeitsteilung. Ein Kommunistenführer im British Museum, einer bei der Hasenjagd. In der letzten Saison schoß Frederick die beste Quote. Kein Wunder, er habe Erfahrung. Nach dem Badischen Aufstand waren die Insurgenten selbst wie die Hasen geflohen, über die Schweizer Grenze. Marx, der Sarkast. Beim Frühstück kommt Engels auf die Kampagne in Baden zu sprechen. Ob der Doktor mit einem Fritz Jacobi verwandt sei, den habe Engels in der Eidgenossenschaft kennengelernt, ein Referendar aus Münster. Nein, erklärt Abraham, der Name sei ja so selten nicht. Engels nickt, übrigens ein lächerlicher Mensch, dieser Fritz Jacobi, selbstredend ein Anhängsel der Willich-Schapper-Gruppe, der abgespaltenen Minderheit des Kommunistenbundes. Was gedenkt er zu tun? wird Jacobi gefragt. Er müsse sich ein Zimmer nehmen, bei ihm könne er nur heute verweilen, erstens sei die Wohnung nur vorübergehend gemietet, zweitens *crammed full,* das einzig freie Zimmer okkupiere sein alter Herr, der gestern abend auf einen Sprung nach Birmingham gereist und, überdies, keine unkomplizierte Natur sei. Während sich der Hartumer in *Cottonopolis* umsieht, schreibt Engels an Marx: *Glücklicherweise ist mein Alter bis morgen aus der Stadt, und so nahm ich mir den Herrn Parteimärtyrer gleich heute morgen beim Kragen, mietete ihm eine Wohnung und verbot ihm, sich bei mir sehen zu lassen, bis die Abreise meines Alten das Interdikt aufhebe.* Der Londoner antwortet schnell und stellt sich vor seinen Schützling. *Mit Jacobi mußt Du Dich nicht abschrecken lassen durch die Unbeholfenheit und Weltunkenntnis eines 23jährigen Jünglings aus dem Regierungsbezirk Minden, der 2 Jahre im Käfig saß. Es ist tüchtiger fond hinter ihm. Ich habe seine Doktordissertation gelesen und war ‚much pleased with it'.* Dem Zeugnis zum Trotz beweist Jacobi wenig Talent, in England Fuß zu fassen. Um eine Praxis in Manchester zu etablieren, fehlt ihm Startkapital. Wider Willen, mangels Konkurrenz, zu Abrahams Intimus geworden, schlägt ihm Engels alle Flausen aus dem Kopf, er könne ihm auch nur einen Penny vorschießen. Was von seinem Gehalt an Surplus übrigbleibe, wenig genug, fließe *immediately* in Marx' Taschen oder die der Partei. Jacobi weiß längst, die pompöse Lebensart, die ihn bei seiner Ankunft im Hause des Barmener Fabrikantensohns blendete, ist nicht mehr als die saisonale Fassade, hinter der sich Engels jun. verschanzt, um Engels sen., bei dessen überfallartigen Visiten bourgeoise Vornehmheit vorzuspiegeln. Normalerweise wohnt der Commis nicht luxuriöser als Jacobi und seinesgleichen, in einem möblierten Zimmer, in Strangeways, einer Vorortsiedlung, oder bei Mary, seiner Freundin, in Gorton. Die Burns-Schwestern Mary und Lydia, mit denen Engels in lässiger Vertrautheit lebt, ohne daß Jacobi würde sagen können, wie ihr Dreiecksverhältnis harmoniert, begrüßen ihn freundlich. An einem Augusttag sitzt man im Garten hinter dem Häuschen, 252 Hyde Road. Einer der raren Plätze in Manchester, wo man sich erkühnen könne, tief einzuatmen, meint Engels, zumindest im Sommer, wenn nur die Schlote Rauch spien, nicht die Kamine der Mietskasernen. Die Hände im Nacken verschränkt, auf der Bank unter dem Apfelbaum, nickt er Jacobi zu, als Lydia ein Glas Dunkelbier reicht, zweideutig zwinkernd. Abraham errötet, wissend, nichts erheitert den erfahrenen Freund mehr als das physiologische Geständnis seiner Virginität. Was ihm eigentlich die Idee des Bordells so unerträglich mache, wird er gefragt, da sie allein sind, als Mediziner müsse er doch mit der Anatomie vertraut sein. Die Rückkehr der Damen bewahrt ihn vor einer Antwort. Es gäbe da wohl jemanden, in Minden, der ihm am Herzen läge, eine gewisse Fanny Meyer, ihm und der Sache der Bewegung treu, ein Mädchen, das er beabsichtige aus Deutschland kommen zu lassen, so bald wie möglich. Was ihn hindere? Reisegeld? fragt Mary Burns. Trotz meiner Freunde Hilfe, erklärt Jacobi mit Blick zu Engels, der nicht aufschaut, falle ihm schwer, für sich allein zu sorgen, wie denn für zwei? Engels erhebt sich, tigert durch den Garten, er kennt die Stimmungen des Jungen, ein Melancholiker, man siehts schon an der Augen. Bei Weibern macht der Ton Musik. Die Damen schneuzen sich. Der junge Mann hat ein Talent für Prosa, er rate ihm, das Fach zu wechseln. Vielleicht verdiene er mit Belletristik besser als mit Belladonna und könne so in Bälde seine Donna bella freien? Ihr seid unmöglich, Fred, habt Ihr kein Herz? Die Schwestern bilden eine Front. Er meints nicht so, wendet sich Mary tröstend an Jacobi. Und ob ich meine, was ich sage, knurrt Engels, am Hollandstumpen schmauchend, flennt ihr nur weiter Rotz und Wasser, das Lamentieren nützt der Dirne einen Dreck, und dem Herrn Doktor nicht viel mehr, er muß sich aufraffen, verdammt, was hat er denn kuriert, seit er in England ist? Pardon, me ladies, soll ich ein wenig aus der Praxis plaudern? Drei Tripper, die ich, kraft meiner Position im Bund der Kommunisten, ihm in die Höllensteinsche Klinik schleppte. Jacobi schluckt. An seinem Bier. Engels hat recht, sagt er, es laufe miserabel, ein letzter Hoffnungsschimmer, ein Angebot aus Glasgow, sei heut geplatzt, jetzt stehe sein Entschluß, in ein paar Tagen ein Schiff zu nehmen nach Amerika. Du guter Gott, denkt Engels, dich hat die Neue Welt gerade nötig. Die Frauenzimmer sehn ihn an, erwarten einen Kommentar. Er räuspert sich. Was soll er sagen? Im Grunde ist Jacobi eine Nervensäge. Kein Dummkopf, nur schrecklich unselbständig. Er, Engels, eingefleischter Junggeselle, habe nun einmal kein Talent zum Kindermädchen. Ich bin dafür, hört er sich in die Dämmerung verkünden, doch sollten wir erfragen, wie Marx über die Reise denke. Das hätte er bereits getan, erklärt Abraham, der Londoner habe versprochen, sofort nach Washington, an Cluss zu schreiben, sowie an Weydemeyer nach New York. Dann ist die Sache schon entschieden? Jacobi nickt. Er habe die Passage heut bezahlt. Auf dem Nachhauseweg durch die nachtschwarzen Gassen Manchesters nimmt Engels den Mediziner am Arm. Irgendwo mag er ihn auch leiden, vielleicht, weil er ihn bald lossein wird. Ich glaube, sagt er, du wirst dort eine Aufgabe finden. Du bist jung. In diesem Dreckloch kann man nur versauern oder reich werden, beides kein erstrebenswerter Zustand. In der Stadtwohnung Dean Street setzt sich Engels an den Schreibtisch, zwingt sich an die überfällige Bilanz. In drei Tagen kommt der Vater zur Visite. Baumwollspinner, Garnproduzent, Bleicher, Saldo, Zins, Gewinn. Er gießt sich ein zweites Glas Rum ein. Marx wartet auf Antwort, liegt ihm mit Klagen in den Ohren. *Morgen, wenn irgend möglich schick ich Geld*, beginnt er den Brief. Gern würde er auch alles hinschmeißen, den Schnappsack packen, verschwinden, statt dessen muß er in dieser Scheißstadt hocken, sorgen, daß die Scheißfabrik Scheißprofit macht. Zwischendurch Parteiarbeit. Der Rum brennt in der Kehle. Ein Blick auf den Kalender: Mittwoch, 24. August 1853. Im November wird er 33 Jahre alt, eine magische Zahl, Christus wurde nicht älter. Ach was, zum Teufel mit Jesus. *Daß Jacobi nach Amerika will, weißt Du*, schreibt er an Marx. *Der Kerl ist doch trop mou und macht selbst auf die Philister den Eindruck eines hülflosen Menschen. Ich glaub' nicht, daß er je Praxis kriegt, so sehr er danach schmachtet. Dabei muß man immer lachen, wenn man bedenkt, daß der Kerl noch Jungfer ist.*

CHELSEA, W 26TH STREET,
NOVEMBER 30, 1998, 10.45 a.m.

Hey, Boss, rufe ich in Jacks Büro, Bill Gates und Melinda, die First Lady von Microsoft, schenken der Public Library in Seattle 20 Millionen Dollar. Du sollst die Zeitungen als Packpapier benutzen, nicht lesen, antwortet eine müde Stimme hinter dem Büchergebirge. Willst du dir kein Beispiel nehmen an Familie Gates? Ach, daher weht der Wind. Jacob kratzt sich im Nacken. Du meinst, ich wäre mal wieder dran mit einer Mitswe? Dein Seelenheil geht mich nichts an, sage ich, aber vielleicht kannst du die gute Tat steuerlich absetzen. Wem soll ich die Spende angedeihen lassen? Ich hätte da einen Kandidaten im Auge. Alles klar, meint der Buchhändler, glaub mir, niemandem lieber als dich würde ich mit ein paar Nullen beglücken, nur mangelt es mir augenblicklich an Kleingeld. Ich nehme auch Sachwerte. Wenn *Billy von den Toren* einer Bibliothek einen Scheck schenkt, könntest du mir, weil alle deine Schecks ungedeckt sind, vielleicht eine Bibliothek schenken, wenn du verstehst, was ich meine. Nicht dumm, der Goj. Vor zwei Wochen hätten wir über das Geschäft sprechen können, jetzt, wo du die Bücher gekauft hast, würde ich dich beleidigen, machte ich den Handel rückgängig, nur um dir alles zu schenken. Weißt du, sage ich, ich wäre in solchen Falle nicht nachtragend. Bill Gates, sagt Jack, hätte damit kein Problem, mir wäre so eine spektakuläre Nächstenliebe peinlich. Soll ich dafür unsere Freundschaft aufs Spiel setzen? Wir könnten mal testen, was sie so aushält. Du bist verwirrt, überarbeitet, entwurzelt, ich hatte dir gesagt, lies diesen Schmutz nicht, er macht meschugge, beschränke dich auf den Sportteil, wenn dir deine Augen nicht gehorchen. Da gehts auch nur um Geld, Jacob, weißt du überhaupt, was los ist in Gottes eigenem Land? Die Basketballer streiken, die glorreiche NBA. Warum, fragt der Buchhändler, sind ihnen die Körbe zu klein? Im gewissen Sinne, die Spieler verlangen höhere Prozente von den TV-Stationen. Würde ich auch machen, wenn ich Star bei den *Chicago Bulls* wäre. Die Vorstellung, Jack im roten Trikot der *Bulls* Michael Jordan hinterherrennen zu sehen, amüsiert mich. Was grinst du? Du bist auch nicht größer. Wieder überrascht mich die Sehergabe meines Chefs. Früher streikten Underdogs, heute Millionäre, ist das Fortschritt? Unter uns gesagt, antwortet Jacob, dieser Begriff existiert in meinem persönlichen Wortschatz gar nicht. Die Underdogs wollen nur eins: Millionäre werden, auf welche Art ist ihnen egal. Wenn sie es schaffen, einigen gelingt es ja immer mal wieder, vergessen sie ihre Underdog-Philosophie, falls sie je eine besessen haben. Marx, zum Beispiel, wäre er als Fabrikbesitzer geboren, würde seine Arbeiter auch wie Hunde behandelt haben. Wie kommst du darauf? Er hat seine Kinder umkommen lassen, weshalb sollte er Fremde besser behandeln als den eigenen Nachwuchs? Du willst mich provozieren? Ach was. Jacob winkt ab. Engels besaß eine Spinnerei, erwidere ich, mir ist nicht bekannt, daß er die Arbeiter mißhandelt hätte. Hat er seine Fabrik verschenkt, Löhne erhöht, kürzere Arbeitszeiten eingeführt, Frauen besser bezahlt? Davon weiß ich nichts. Deine kommunistischen Propagandaredner hätten dir alle Einzelheiten geschildert, wenn es da irgend etwas zu berichten gegeben hätte. Engels war ein Ausbeuter, nichts anderes, er leistete sich eine Gesinnung, okay, sonst war er ein Mann der Tatsachen, und, da er seinem Freund ab und zu ein paar Pfunde zustecken konnte, als Praktiker nicht unbegabt. Marx dagegen, ein Phantast, ein Maniker. Ein Mann, der in der *British Library* hockt, um das Kapital zu erforschen, während ihm zu Hause die Töchter sterben, weil vernünftige Doktoren zu teuer sind, muß ein verdammt dickes Fell haben. Er hatte eine Vision, werfe ich etwas kleinlaut ein, ein Projekt, von dem er überzeugt war. Ohne Besessenheit schafft man das nicht. Hätte Marx in Trier eine Anwaltskanzlei eröffnet oder als Universitätslehrer Philosophie betrieben, sich um Erwerb, Anwesen, Weib und Kinder gekümmert, meinst du, die Welt wäre heute besser? Ihr wäre einiges erspart geblieben, antwortet Jack. Spekulation, gebe ich zurück. Du würdest das Leben deiner Familie riskieren, für eine Idee? Ich sehe aus dem Fenster auf das Baustofflager. Ein Gabelstapler fährt mit Zementsäcken über den Platz. Ich hätte diesen Buchkauf nie machen dürfen. Finanziell gesehen ist er eine Katastrophe. Auf Jahre verschuldet für einen Spleen, sage ich, oder wie würdest du das nennen, wenn jemand seine Ersparnisse aus dem Fenster wirft für viertausend Bücher, die er weder kennt noch braucht, um sie auf eine viertausend Kilometer weite Reise zu schicken? Ich habe dich nicht gezwungen, sagt Jacob mit erhobenem Zeigefinger. Das habe ich nicht behauptet. Ich finde nur, du solltest dich nicht über Verrückte mokieren, sie sind deine besten Kunden. Die Ökonomie bestimmt alles, sagt Jacob, in Verallgemeinerungen ausweichend, in ein paar Jahren wird diese Gegend hier völlig verändert sein. Da drüben, der Lagerplatz, Hochhäuser, hier, wo wir jetzt stehen und die Zeit vertrödeln, Boutiquen, Galerien, Büros. Die Mieten steigen, im letzten Jahr sind drei Firmen weggezogen, weil sie die Verträge nicht mehr zahlen konnten. Oder, in Israel, sieh die Kibbuzim an. Eine schöne Idee, aber überholt. Wer bestehen will, muß Leistungen bringen, Konkurrenz, Eigenverantwortung, Risiko, Unternehmergeist, keine Gleichmacherei. Entweder paßt sich der Betrieb dem Markt an oder geht bankrott. Bei den Erfolgreichen entsteht neues Eigentum, viele Leute in den Kommunen haben eigene Autos, Kinder wollen Fernseher, Computer, wie das so läuft, Werbung, amerikanische Filme, Bedürfnisse, du müßtest einmal sehen, wie Israelis in New York einkaufen. Immer das Beste, Neueste, Teuerste, am schlimmsten die Kibbuzniks. Rache der Enthaltsamkeit. Du kennst das, du kommst aus Ostdeutschland. Irgendwann ist die Idee nur noch Fassade. Noch hat man in Israel kein Kibbuz geschlossen. Wie könnte man? Symbole des Zionismus, Fundamente des Staates. Nur eine Frage der Zeit. Du hast im Kibbuz gelebt? Oh, my gosch, no. Zu klaustrophobisch. Zwei Jahre in der Armee waren schlimm genug. Als ich bei den Streitkräften war, hatten die Araber eine wirkliche Chance, die sie, gottlob, nicht genutzt haben. Weshalb erzähle ich dir eigentlich von meinem Armeedienst? Geheimnisverrat. Ich habe dir von Bill Gates' Großherzigkeit erzählt. Richtig, du wolltest mir irgend etwas beweisen. Du und ich, mein Lieber, und die Millionen Unterprivilegierten, die Millionäre werden wollen, haben nur eine Chance, Revolution oder Lotto. Im Grunde deines Herzens, Jacob, bist du Marxist. Mach dir keine falschen Hoffnungen, ich glaube an die Bibel, und daher lade ich dich jetzt ein, nicht zu Pizza und Coke, sondern in ein Lotteriegeschäft. Das ist heute meine gute Tat. Okay, sage ich, du kaufst mir einen Lottoschein, ich schenke dir einen, wenn ich gewinne, bekommst du die Hälfte. Einverstanden, sagt Jacob, tippe ich richtig, erhältst du ein Drittel. Wieso bekommst du mehr als ich? Daß du nie mitdenkst, ein Drittel spenden wir natürlich den Bedürftigen, der Bibliothek in Seattle, oder Mister und Mistress Gates, eh wir beide das große Los ziehen, ist *charming Billy* bestimmt schon wieder ein armer Mann.

CROWN HEIGHTS

Der junge Chassid in der Subway zieht
wie ein Zauberer aus dem Jackettärmel
einen Paperbackband, sein Zeigefinger
fährt über die Faksimiles steinalter
Kommentare, sein Kopf, unter dem Hut
die Jarmulke, wippt im Rhythmus
der Bahn, er lächelt, wenn er versteht, nur
die Kuppen der bis ans Fleisch abgenagten
Fingernägel erzählen, wie schwer es
auch ihm fällt, die reine Lehre zu leben.

NATHANS STRASSEN

Das Staatsarchiv Hamburg, ein Gebäude aus Stahl, Glas und Beton, bestätigt mein Vorurteil. Die reiche Hansestadt. Angeblich die schönste Stadt Deutschlands. Wer hat das behauptet? Tucholsky, Lilys Lieblingsschriftsteller. Peter Panter war Satiriker, Ignaz Wrobel Ironiker, Theobald Tiger ein Pojaz. Auf dem Friedhof an der Kattunbleiche Bierbüchsen, über den Zaun geworfen. Die Dame im Lesesaal überreicht mir einen zehn Zentimeter hohen Aktenstapel. Herr Jungmann, sagt sie ins Telefon, Besuch für Sie. Treppauf. Im Zimmer des Archivars riecht es nach Pfeifenrauch. Der Mann hinter dem Schreibtisch paßt zur Einrichtung, sachlich, gelenkig, graumeliertes Haar, kurz gehalten, schlanke Finger, freundlich-unverbindliches Lächeln. Da sind wir also. Irgendwie erfülle ich nicht das Bild, das Jungmann von einem Literaten hat. Du solltest dir einmal im Leben einen Anzug kaufen, denke ich, vielleicht hilft das? Wie ich auf die Nathans verfallen sei? Ist eine längere Geschichte. Mein Gesprächspartner läßt sich in den Sessel sinken, ihm scheint eine knappe Zusammenfassung zu genügen. Ich schiebe, als Beleg für Max Martins Zeichentalent, das Heft 1 der *Kunstblätter* des Jahrgangs 1926 über den Tisch. Wie alt war er da? Zehn Jahre. Erstaunlich, bestätigt mein Gegenüber, die Sicherheit der Farben. Ich stutze. Von Max gibt es nur Schwarz-Weiß-Arbeiten. Nicht das, sage ich, die Zeichnung auf der anderen Seite ist von ihm. Der Zug vor dem Bergmassiv. Ach so. Er hatte das Selbstporträt eines Fünfzehnjährigen für ein Bild Nathans gehalten, ein Aquarell, solide, aber im Vergleich zu meinem Favoriten unbedeutend, ohne Geheimnis. Die Zug-Zeichnung beeindruckt den Hanseaten wenig. Daß meine Leidenschaft nicht geteilt wird, kränkt mich. Ich wage einen zweiten Versuch. *Der Dammthorbahnhof*, Heft Nummer 12, 1927. Da komme ich jeden Morgen an, sagt der Archivar, sehr schön. Keine Ahnung, ob das Lob dem Blatt gelten soll oder der Tatsache, daß er den Bahnhof so gut kennt. Nun, sagt er, kommen wir zur Sache selbst. Hier, die Kopien der Kultussteuerkarte. Es waren übrigens drei Kinder, Max, Margot sowie Paul Wolfgang, 1921 geboren, am 14. Februar, wenige Tage später verstorben. Die angegebene Adresse ist Werderstraße 16. Gibt es die noch? Wahrscheinlich. Hier sehen Sie den Vermerk, daß Dr. Nathan Max Nathan am 6. April 1914 in die Gemeinde eintritt, am 19. Juli 1942 ausscheidet. Der genannte Grund: *Abwanderung*. Theresienstadt, Auschwitz. Die Akte über die Restitutionsansprüche können Sie im Lesesaal einsehen. Wenn Sie noch Fragen haben, ich bin bis um vier im Haus. Im Treppenschacht betrachte ich den Meldebogen der Kultussteuer. Max Martins Großeltern hießen also Max und Jeanette, geborene Horn, die Schwester Margot wurde am 29. August 1917 geboren. Ausreise nach England am 22. Februar 1939. Unbedenklichkeitsbescheinigung erteilt. Reisten die Geschwister gemeinsam? Wann erreichten sie Amerika? Im Lesesaal herrscht Stille. Nur die Klimaanlage summt. Ich schiebe die Akte ins Zentrum der Tischplatte, lege die Hände daneben und warte. Verzögerungstaktik. Den Augenblick der Wahrheit hinausschieben. Als könnte man dadurch den Inhalt verändern. Die Zeit drängt, keine Gelegenheit für Beschwörungen. Amtspost. Anfrage des Oberfinanzpräsidenten an das Gerichtsvollzieheramt Hamburg, Drehbahn 36, abgesandt am 24. Juni 1948: *Es wird um Mitteilung gebeten, ob der Hausstand von Ihnen versteigert wurde*. Antwort, fünf Tage später: *Der Hausstand des Max Nathan ist hier nicht versteigert worden. Am 25. 8. 42 sind hier nur silb. Eßbestecke, 1 silb. Damenuhr, 1 silb. Armreif und 1 silb. Börse des Nathan zur Versteigerung erlangt. Der Erlös mit RM 60,95 ist Ihnen am 10. 9. 42 zum dortigen Kassenzeichen J.7/550 überweisen worden.* Deutsche Gründlichkeit. Wer trägt Doras Armbanduhr? Bei welchem Antikhändler liegt Nathans Geldbörse im Schaufenster? Welcher Wohnzimmerschrank verbirgt das Silberbesteck? Weihnachten, zum Gänsebraten, wird es hervorgeholt, geputzt, poliert, neben das Eßservice mit Goldrand gelegt, das Enkelkind ermahnt, vorsichtig mit den Tellern zu hantieren, Erbstücke. Dabei sind Messer und Gabel erst seit August 1942 im Familienbesitz, ein Gelegenheitskauf, fürn Appel undn Ei ersteigert, vor den Luftangriffen, über den Krieg gerettet. 1949 melden sich Max und Margot aus Plymouth, St. Louis, Missouri, erklären ihre Rechte, hätten gern wieder, was ihr Eigentum ist. Die Eltern kann keine Behörde ersetzen. Deren Schicksal steht fest. Max Martin kann nicht begreifen, daß nichts, aber auch gar nichts übriggeblieben sein soll. Anfragen ans Zentralamt für Vermögensverwaltung, das Wiedergutmachungsamt beim Landgericht, Aktenzeichen, Briefköpfe, Fernsprechnummern, unleserliche Unterschriften. *Die Antragsteller haben berechtigte Ansprüche auf Wiedergutmachung.* Ich bewege das Wort im Kopf. Max Martin, der, wie die Anstriche im C.-F.-Meyer-Band vermuten lassen, der deutschen Sprache die Akribie nicht versagte, die er Büchern und Zeichnungen angedeihen ließ, wird das Wort mit Verachtung in die Schreibmaschine geschlagen haben. Alles wird wieder gut. So tröstet man Kinder, die aus einem Alptraum erwachen. Wiedergutmachung, Euphemismus der Selbsttäuschung. Max Martin hat den Fragebogen ausgefüllt. *Moveable Property/Bewegliches Vermögen.* Seine Schrift ist gestochen. Kaffeelöffel, Zuckerzangen, Kiddusch-Becher, 1 goldene Halskette, 1 Paar silberne Leuchter, 1 goldener Ring, 1 Platin Damenarmbanduhr, besetzt mit 24 Diamanten. Zwei Dutzend Positionen. Geschätzter Wert am Tage der Wegnahme: RM 5000. Die Familie des Syndikus hat Ersparnisse, Sicherheiten für schlechte Zeiten. Weiß Dr. Nathan, der Philosoph, daß die schlechten Zeiten bereits begonnen haben, alle Sicherheiten dahin sind? *Ich möchte kein Jude in Deutschland sein*, witzelt der fette Göring am 12. November 1938 im Berliner Luftfahrtministerium, und die Tischgenossen Goebbels, Heydrich, Bürgel, Funk und von Krosigk nicken wohlgefällig, Die Herrenrunde erörtert die Folgen des Pogroms: Wer soll das bezahlen, wer hat so viel Geld? Kann man deutschen Versicherungen zumuten, den Schaden zu tragen? Undenkbar. *Alle Schäden, welche durch die Empörung des Volkes über die Hetze des internationalen Judentums gegen das nationalsozialistische Deutschland am 8., 9. und 10. November 1938 an jüdischen Gewerbebetrieben und Wohnungen entstanden sind, sind vom jüdischen Inhaber oder jüdischen Gewerbetreibenden sofort zu beseitigen.* Die Kosten tragen die Geschädigten selbst, Versicherungsansprüche werden zugunsten des Reiches beschlagnahmt. Man präsentiert den Juden für die erlittene Demütigung die Rechnung: eine Milliarde Reichsmark. Am 12. November verbietet ihnen die *Verordnung zur Ausschaltung der Juden aus dem deutschen Wirtschaftsleben* jede Einzelhandels- und Handwerkstätigkeit. *Durch die Arisierungen und die sonstigen Beschränkungen wird natürlich das Judentum arbeitslos*, gibt Heydrich zu bedenken, und regt eine Kennzeichnung an, damit *der Jude nicht in den normalen Lebenskreis des Deutschen eintritt.* Eine Uniform, frohlockt Göring, Jäger und Operettenliebhaber, der Chef des SD wiegelt ab: ein Abzeichen. *Aber, lieber Heydrich, Sie werden nicht darum herumkommen, in ganz großem Maßstab in den Städten zu Ghettos zu kommen.* Die Verelendung als Programm. Man muß den Juden die Ersparnisse abnehmen, bevor sie selbst sie ausgeben können. Am 21. Februar 1939 tritt die *Judenvermögensabgabe* in Kraft, es verpflichtet zur Ablieferung von Gold- und Silbersachen bei öffentlich eingerichteten Aufkaufstellen. In Hamburg befindet sich eine solche im Pfandhaus in der Kaiser-Wilhelm-Straße. Max Martin trägt das Nathansche Edelmetall in die Behörde, im März 1939, er ist 24 Jahre alt. Womit beschäftigt sich der zukünftige Architekt? Studiert er? Wenn ja, wo? Hat er eine Freundin? Was macht die Kunst? Hat er die Bilder festgehalten, die brennende Synagoge, den Abriß der Grundmauern? Sein Weg von der Werderstraße zur Pfandleihe könnte ihn über die Grindelallee geführt haben. Auf dem Rücksitz des Fahrrads steht die Tasche mit dem Familiensilber, der Filigranbrosche, der Halskette, antik, die er am Hals der Mutter kannte, deren blau emailliertes Schloß er mit den Fingern berührte, wenn sie ihn auf den Arm hielt. Jetzt fliegt sie durch die Finger des Juweliers, der, die Lupe im linken Auge, die Prägung entziffert, eine Notiz im Register macht, nach dem nächsten Objekt langt, Großvaters Sprungdeckeluhr. Max Martin weiß, in ein paar Tagen geht sein Schiff. Elf Jahre später sitzen die Schwester und er in Missouri und versuchen, sich an das Tafelsilber zu erinnern. Sachdienliche Hinweise? Teile des Bestecks waren monogrammiert, fällt Max Martin ein, N gleich Nathan, PR gleich Paul Rieger (Onkel). Der Gartenbuchbesitzer aus Torgau, Dianas Vater. Onkel? Ich denke, Cousin? Eine Ungenauigkeit, die nicht zu Max Martin paßt. Er ist nervös, aber Aufregung und Mühe sind umsonst. In Hamburg wird nichts gefunden. Die Zuständigkeiten sind ungeklärt, da die Aufkaufstellen *vom Reich* eingerichtet worden seien. *Die Hansestadt Hamburg ist infolgedessen für alle diesbezüglichen Rückerstattungs- oder Ersatzansprüche nicht passiv legitimiert, weil sie nicht Rechtsnachfolgerin des Reichs ist.* Für die im August 1942 durch Versteigerung eingegangene Summe von RM 60,95 fühle man sich schadensersatzpflichtig, wird dem Geschwisterpaar im Februar 1950 durch einen Dr. Holdeigel mitgeteilt. Als man wiederholt Belege der Erbberechtigung, Identitätsnachweise, Unterlagen über die beanspruchten Gegenstände verlangt, reißt Max Martin die Geduld. *Dass unsere Eltern tatsächlich existierten und in Hamburg lebten, wird ja nach seinem Schreiben vom 28. 2. 1951 zu urteilen, nicht einmal Holdeigel bestreiten. Dass unsere Eltern in der ersten Augustwoche 1942 von Hamburg nach Theresienstadt verschleppt und am 23. Oktober 1944 von dort nach Auschwitz geschafft wurden, wo selbst sie von ihren Landsleuten vergast und verbrannt wurden, ist leider auch Tatsache und aus den deutschen Akten (jetzt beim tschechischen Innenministerium) nachzuweisen. Ich kann Ihnen sogar die Transportnummer angeben. Es wurde nämlich alles mit deutscher Gründlichkeit gehandhabt.* Ein sogenannter *Heimeinkaufsvertrag Theresienstadt* wurde abgeschlossen, als ginge die Fahrt in ein besseres Altenheim. Dr. Nathan zahlte für sich und seine Ehefrau einen Gutteil seiner noch vorhandenen Rücklagen. RM 15949,64 in bar und 9811,– in Wertpapieren gingen an den Jüdischen Religionsverband Hamburg. *Vor allem weise ich jede Unterstellung, dass es sich bei den erwähnten Aktionen um legale Handlungen der Staatsgewalt handele, mit der grössten Entschiedenheit zurück.* Der Tonfall der Korrespondenz wird gereizt. Max Martin unterstellt den Behörden, und namentlich Holdeigel, bewußte Verschleppung. *Kann er ernsthaft erwarten, dass wir die Quittungen des Juweliers vorlegen, bei denen unsere Eltern und Großeltern die erwähnten Silber- und Goldsachen kauften?* Holdeigel, ein deutscher Beamter, auf Vorschriften pochend, hinter Paragraphen und Juristendeutsch versteckt, bietet eine gute Zielscheibe für Max Martins Verachtung. *Machen Sie bitte Holdeigel darauf aufmerksam, dass er nicht einen deutschen*

Untertan vor sich hat. Immerhin ist er amerikanischer Staatsbürger, Citizen, während Margot, wie im Brief vermerkt, noch immer staatenlos ist, allerdings im Besitz der 1st papers. Die Schwester ist Schneiderin. Als sie auswandert, im April 1939, nimmt sie eine Nähmaschine mit. Keine lohnende Investition. Man erhöht ihre für die Ausreise zu leistende Devisenabgabe um RM 500,–. Statt wie Max Martin eintausend, muß sie eintausendfünfhundert Reichsmark hinterlegen. Man sorgt dafür, daß die Emigranten Schiffe und Züge mit leeren Taschen betreten, die Deportierten ihr Hab und Gut dem Reich überschrieben haben, bevor sie in die Lager fahren. Vor dem Transport sind, bis auf die Eheringe, letzte Gold- und Silbersachen abzuliefern, eben jene Stücke der Nathans, die Gerichtsvollzieher Bobzien am 25. August 1942 versteigerte, für den Erlös von RM 60,95. Wenig später kam der Hausrat unter den Hammer, bei der Verschleppung nach Auschwitz blieb ein Teil des Gepäcks in Theresienstadt. Nach der Ermordung sortierten Häftlinge, unter SS-Aufsicht, die Kleidung, sammelten Brillengestelle, häuften Schuhberge an, zogen Ringe von starren Fingern, rissen Ohrringe aus Ohrläppchen, brachen Zahngold aus Zähnen. *Ist die sogenannte Wiedergutmachung dazu da, um ein historisches Unrecht gutzumachen, weil das deutsche Volk sein Gewissen wenigstens teilweise freimachen will, oder handelt es sich hier nur um eine von den Alliierten erzwungene Prozedur?* fragt Max Martin. *Ich habe – insbesondere nach der Lektüre des Schreibens von Holdeigel – den Eindruck, dass die verantwortlichen deutschen Stellen ihre Aufgabe darin sehen, auf jede Weise zu vereiteln, dass etwas zurückgegeben wird. Es sollte also richtiger Wider-Gutmachung heissen.* Zehn Jahre nach Kriegsende, 1955, erhält Margot eine Darlehensvorauszahlung von 3100,00 DM. Max Martin verzichtet zugunsten der Schwester, die in einer schwierigen Lage ist. Ledig, kinderlos, Fabrikarbeiterin, monatliches Nettoeinkommen 110 Dollar. Am 3. August 1959 erteilt die Oberfinanzdirektion Hamburg den Rückerstattungsanspruch in Höhe von 21 514,09 DM. Fräulein Margot

Jeanette Johanna Nathan wird in Anrechnung des gewährten Darlehens ein Betrag von 16900,00 DM ausgezahlt. Aus dem Briefwechsel geht hervor, daß die Geschwister 1958 nach New York gezogen sind. Beide wohnen Washington Heights, nah beieinander. Max Martin in der 178., Margot in der 177. Straße. Ich verlasse das Archiv und fahre nach Harvestehude, um die Werderstraße zu suchen. Am Dammtorbahnhof entdecke ich eine Parklücke, laufe über die Moorweide Richtung Norden. Universitätsbauten, ein Postgebäude aus der Gründerzeit, mächtiges Portal. Max Martin muß es gekannt und bewundert haben, wenn auch nicht geliebt, zu protzig. Villa neben Villa. Stil, Geschmack, Kultur. Die Gelacktheit geht mir auf die Nerven. Wohnen hier nur Rechtsanwälte? Waren Hamburgs Fassaden schon immer weiß getüncht? Ich quere den Hallerplatz, die Hansastraße, stehe auf der Werderstraße. Kleinere Villen, Linden, Nachkriegspflanzungen. Welche Nummer suche ich? 16. Es gibt keine. Nummer 28, Ecke Brahmsallee, ist Schluß. Bombenlücken. Der verheerendste Angriff erfolgte am 23. Juli 1943. Die Volksempfänger wiederholten das Codewort: *Die Tür geht auf, der Ball springt …* Die Airforce kam in breiter Front über Schnelsen herein. Gegen ein Uhr nachts brach der Feuersturm los. Wo ehemals die Werderstraße weiterlief, Max Martin seine Kindheit verbrachte, stehen achtstöckige Wohnhäuser aus den sechziger Jahren, dahinter 15-Stöcker. Proletarische Keile im bürgerlichen Milieu. Die Hallerstraße wurde 1938 in Ostmarkstraße umbenannt, im Haus Rutschbahn 11 befand sich die Buchhandlung Lambig. Kaufte Max Martin dort seine Reclamhefte und Inselbände? Die Grindelallee. Poetische Straßennamen: Laufgraben, Durchschnitt, Beim Schlump. An einem Eckhaus ein Transparent: Grindelhof, gut so, bleibt so. Ein Antiquariat: schöne Bücher, stolze Preise. Ich habe schon genug Papier. Ein Edeka-Markt, ehemals Meyer & Sohn, etabliert 1934. Aha, denke ich. Schräg gegenüber die *Talmud Tora Realschule*, heute Fachhochschule Hamburg, Bereich Bibliothekswesen. Die Tür ist offen, ich trete ein. Ein kleines Foyer, ein halbes Dutzend Stufen führt zu einer Schwingtür, durch die man die Haupthalle betritt. Die Bodenfliesen sind Originalbestand. Schwarzweißes Muster. An den Eckpunkten vier Magen Davids. Ich laufe ziellos durch das leere Gebäude. Befremdliche Stille. Im Gästebuch Eintragungen ehemaliger Schüler: Schlomo Schwarzschild, Wolf Schenkolewski. Max Martin Nathan ist nicht dabei. Neben der Schule, am heutigen Joseph-Carlebach-Platz, stand die Synagoge. Die Freifläche daneben ist nach Salvador Allende benannt. Zwei Männer, die zueinander passen. Universitätsbibliothek, Provincialloge von Niedersachsen, der Platz der Deportierten, der Dammtorbahnhof. Ein Zug rollt ein. Vor dem Eingang halten keine Straßenbahnen mehr. Das McDonald's-zeichen ist neu. Flucht in die Fastfoodhalle. Ein Cheeseburger, eine Cola. Auf der Kultussteuerkarte stehen zwei weitere Adressen der Nathans: Frauenthal 9 (bei Cohn) und Altona, Breitestr. 46. Soll ich im Berufsverkehr durch Hamburg irren? Was bringt es? Straßen betrachten, Häuser suchen, die wahrscheinlich längst nicht mehr stehen. Hinter mir lärmt eine Gruppe Jugendlicher. Die Mädchen haben blondierte Haare und freie Bauchnabel. Die Jungen stecken in Hosen, als übten sie Sackhüpfen. Was will man der Welt beweisen, indem man ihr seine Unterwäsche präsentiert? Erzählst du ihnen deine Geschichte? Der Cheeseburger schmeckt wie aromatisierte Luft. Ich setze mich ins Auto und fahre los. Irgendwo sollte ein Autobahnschild auftauchen. Ich befinde mich westlich der Alster. Rechts abbiegen. Krugkoppelbrücke, lese ich, bremse scharf, der hinter mir fahrende Golfpilot hupt, anhalten, aussteigen, zurücklaufen. Gebaut 1927. Max Martins Zeichnung steht im *Kunstblatt* Nr. 2/1928. Da er die Anfänge des Baus festhielt, eine Ramme im Wasser, dürfte er das Blatt 1926 begonnen haben, wäre also wirklich, wie die Zeitschrift behauptet, elf Jahre alt gewesen. Blick auf die Außenalster. Uferweiden, Gebäude mit hohen Fenstern. Bobby Reichs Bootssteg. Das Restaurant *Zur Fernsicht*. Im Sommer ein herrlicher Platz, um sich friedlich in den Abend zu trinken. Kann ich mir Max Martin beim Bier vorstellen? Ausgeschlossen. Obwohl ich keine Ahnung von ihm habe, existiert in meinem Kopf ein festes Bild. Und wenn er ganz anders war? Frivoler Lebemann, melancholischer Weinseliger, verbitterter Whiskeynarr?

CHELSEA, W 26TH STREET,
NOVEMBER 30, 1998, 2.07 p.m.

In der Kammer sitzend, besichtige ich den Tresor. So nenne ich das unterste Regalbrett, auf das ich meine Schätze häufe, Zettel, Fotos, Lesezeichen, Indizien, die aus Büchern fielen, ohne daß ich sie bestimmten Bänden zuordnen kann. Verwaiste Nachrichten. Gestern hatte Jacob, als ich, erfolglos, die Raucherinsel besuchte, diese einmalige Sammlung in den Müll geworfen. In letzter Sekunde rettete ich die Collection Obskura aus dem Papierkorb, bevor ihn der polnische Nurejew in den Lift ziehen und in die Unterwelt entführen konnte. Was willst du damit? Ich hüllte mich in geheimnisvolles Schweigen. Ich weiß nicht, warum ich den zerrissenen Brief aufbewahre, geschrieben in New York, datiert am 2. März 1954, weder Absender noch Adressat kenne ich. Ein Fragment, von einem einzigen mysteriösen Satz geadelt: *Das Astrolab, das Sie neulich Mutter gegenüber erwähnten, wird gezeigt, und zwar in der Eingangshalle, wo auch eine große (etwas abstrakte) Skulptur von Columbus auf der Santa Maria stehend, gerade Amerika am Horizont entdeckend, aufgebaut wird.* Ein reicher Gegenstand für grüblerische Gemüter. Neben dem Briefbogen liegt eine Pik 10, eine Spielkarte mit einem Hündchen als neutralem Hintergrund, darunter ein Notizzettel: *NASH, Lumber Corporation, 92 Liberty Street, New York 6, N.Y., Telephone Worth 4-0635-6-7*, ein Nachnahmeschein, der bestätigt, daß Herr Karl Koessler, 127 Glenbrook Parkway, Englewood, N. J., bei der Jean-Paul-Buchhandlung in Bayreuth Bücher bestellte und kaufte. Oder die *Membership Card* für das Amerikanische Rote Kreuz, aus dem

Jahre 1965, auf der kein Name, aber eine Beitragszahlung von 50 Cents vermerkt wurde. Solche Unikate wirft man doch nicht in den Abfall. Eine wirkliche Kostbarkeit ist das Foto von Edgar. Der junge Mann von vierzehn, fünfzehn Jahren, der mit übereinandergeschlagenen Beinen, lässig auf elegantem Holzstuhl sitzend, in die Kamera blickt. *Zur Erinnerung an die schönen Stunden. Dein Freund Edgar* hat er mit Tinte über seine nackten Knie geschrieben. Edgar, Bürgersöhnchen in der Sommerfrische, trägt weiße Shorts, Polohemd, ein vermutlich blau-weiß gestreiftes Jackett mit großen Knöpfen, Armbanduhr. Ein braver Junge, etwas phlegmatisch, übergewichtig, die Oberschenkel stark, die Wangen zu voll, eine gefährliche Neigung zum Doppelkinn. Auf der Rückseite des Bildes steht nichts als siebenmal *Agfa-Lupex.* Wer Edgar war, woher er kam, wohin er ging, nie werde ich es erfahren, noch weniger, wem er seine Freundschaft und die Fotografie schenkte. Da bietet die Briefkarte aus der Münchener Lessingstraße 9 mehr Anhaltspunkte. Geschrieben wurde sie von Erna-Alice Brasch, an einem Samstag, ohne daß ein Datum genannt wurde. *Sehr geehrter Herr Doctor, ich schicke Ihnen heute diese Kriegs-Beorderung, da Walter mit einer Angina im Bett liegt,* setzt das Schreiben schwungvoll an. Wenige Worte, aber was für Aussichten. *Kriegs-Beorderung*, heißt das Gestellungs-Befehl? Ist es nur ein anderer Ausdruck für Einberufung? Oder soll Walter in den Krieg ziehen? Ist Walters Angina echt oder wird hier eine Frontuntüchtigkeit vorgetäuscht? Warum bekommt der Doktor die Beorderung zugeschickt? Soll er die Krankheit ärztlich attestieren? Aber wie? Wenn man ihm diese meint mitteilen zu müssen, dürfte er den Patienten kaum untersucht haben? Ferndiagnose? Kungelei? Wer ist die Briefschreiberin? Walters Mutter, Gattin, Schwester? Ein einziger Satz heckt einen Haufen Fragen. *Nebenbei teile ich Ihnen auch unsere veränderte Adresse mit: wir bleiben Gott sei Dank in München und hoffen Sie bei Gelegenheit Ihrer Übung bei uns begrüssen zu können.* Der Wohnungswechsel stellt kein Rätsel dar, zeigt das Kärtchen doch im Kopf einen veränderten Adressenstempel. Haydnstrasse 1 ist durchgestrichen, durch Lessingstr. 9 ergänzt. Kein großer Umzug, man blieb in der Nähe der Theresienwiese. Der *Baedeker Südbayern, München und die bayrischen Alpen*, Leipzig 1942, zeigt mir, daß die Braschs nur über die Beethovenstraße, keine 400 Meter nach Süden wechselten. Hat sich Walter womöglich beim Verladen der Bücherborde erhitzt, hernach in den neuen zugigen Zimmern verkühlt und derart geschwächt, daß ihn die Angina hat anfallen können? Der Name Brasch spielt in der deutschen Nachkriegsliteratur keine unbedeutende Rolle. Ich könnte Marion anrufen, die Radiojournalistin, fragen, ob es in ihrer Familie einen Münchner Zweig gegeben hat. Seit Jahren habe ich sie nicht mehr gesprochen, jetzt melde ich mich, mitten in der Nacht, aus Chelsea, wegen Erna-Alice und Walter und dem Doktor, der a) zur Übung und b) zu Besuch kommt. Was machst du? Jacobs Stimme aus dem Office-Off. Es ist so verdächtig still bei dir. Ich arbeite im Schweiße meines Angesichts an den Baedeker-Bänden. In Wahrheit betrachte ich die Essenmarke Nr. 082, 2. Ger., 38. Woche, der Feuersozietät Berlin, einen weiteren wertlosen Schatz. Der Montag und Dienstag sind mit einem roten *TR* abgestempelt, Mittwoch, Donnerstag und Freitag blieben frei. Reiste der Mitarbeiter der Feuersozietät aus der Hauptstadt ab und ließ die bezahlten Gerichte sausen, bekam er eine Angina, floh er außer Landes, um woanders sein Mittag einzunehmen, zum Beispiel im *Richmond Parkhotel* Karlsbad, von dem eine Menükarte in meine Raritätensammlung überkommen ist, die mir das Wasser im Munde zusammenlaufen läßt. *Kraftsuppe Célestine* oder *Crême à la reine, Haddockfilet à la Valeska* oder *Omelette mit Eierpilzen, Lammragout mit Gemüsen* oder *Kalbsschnitzel à la milanaise* oder *Kaltes Fleisch mit gemischtem Salat, Blumenkohl gedünstet, Savarin mit Rum* oder *Kompott* oder *Käse.* Nobel geht die Welt zugrunde. Diesen Luxus dürfte sich höchstens der Generaldirektor der Feuersozietät geleistet haben. Ob der aber in der Betriebsküche per Essenmarke speiste? Ich gehe uns was zu essen holen, sagt Jacob, auf Stichwort. Was nimmst du? Die Qual der Wahl, Kalb oder Haddockfilet? Was, in God's name, ist ein Haddock, ein Fisch, ein Paarhufer, ein Geflügeltier? Gourmet müßte man sein. Pizza, a regular slice. Das Übliche also, inklusive Coca-Cola, Genosse Marxist? Ich überhöre die Häme. Oder willst du mitkommen? Es ist besser, einer arbeitet weiter, sage ich, immerhin bleiben uns nur noch zwei Tage, und die Kammer ist noch zu einem Viertel voll. Jacob verschwindet. Ich widme mich wieder der Speisekarte. *Karlsbad, am 19. Juni 1937*. Mitte Juni befinden wir uns in Woche 24 oder 25, die 38. fällt in den September. Zusammenhänge zwischen dem Essenbon des Berliner Versicherungsmitarbeiters und dem Fünf-Gänge-Gelage des Parkhotelbesuchers beruhen also auf reiner Spekulation. Andere lesen aus dem Kaffeesatz, ich bemühe den Müll. Ein Postkartenfoto. Eine seltsame Szene. Im Vordergrund eine klassizistische Ruine, im Hintergrund ein Kirchenbau mit turmartiger Kuppel, aus der Rauch und Flammen schlagen. Auf der Straße Passanten. Vor der Häuserzeile, an der rechten Bildkante, steht eine Gaslaterne, wie sie die Bürgersteige meiner Kindheit säumten. Jeden Abend fuhr der Laternenmann auf seinem Fahrrad, eine zwei Meter lange Stange mit einem Ring am Ende über der Schulter, durch die Straße, hielt an den Laternenpfählen und zog mit der Öse den Haken am Lampenschirm herunter, bis das Gas mit blauer Flamme zu zündeln begann. Das Foto zeigt, jetzt erkenne ich es deutlich, eine Berliner Straße, den Gendarmenmarkt, das brennende Gebäude ist der von Bomben getroffene Französische Dom, der von Schuttbergen umgebene zerstörte Koloß links ist mein Troja, Abenteuerspielplatz des Jahres 1971, einst Sitz der *Historischen Gesellschaft*, der Deutsche Dom. Wann brannte der Turm der Hugenottenkirche? 1943, 44, 45? Eine Menschentraube beobachtet auf der Markgrafenstraße die Szenerie. Der Fotograf steht Ecke Mohrenstraße und blickt Richtung Norden durch den Sucher, die Ostfassade des Doms verdeckt das Schauspielhaus. Ist es noch unversehrt?

Keine Feuerwehren, Löschmannschaften, am Himmel eine schwarze Rauchfahne. Gespenstische Unaufgeregtheit. Als drehte man eine Filmszene. Der junge Mann mit Aktentasche, der ins Bild tritt, läuft weiter, die linke Hand in der Manteltasche, schenkt dem Geschehen keine Beachtung. Eine Kirche brennt? Wenigstens kein Wohnhaus. Ein alter Mann mit Schiebermütze, ein zweiter, jüngerer, mit dunkler Handwerkerschürze, Schuster oder Krämer, schlendern in Richtung des Brandherds, die Hände auf dem Rücken, als spazierten sie über einen Nordseedeich. Keine Sorge, zu spät zu kommen. Ein Alltagserlebnis. Das Wetter frühlingshaft, der Busch zwischen Litfaßsäule und Domportal blütenreich. Herren mit Hut, eine Dame im elegantem Kostüm hat einen Fuchs über die linke Schulter geworfen, eine andere steuert, dicht an den Ziegelhaufen, auf den Fotografen zu, die Hände vor dem Leib gefaltet, als fröre sie. Aus dem Steineberg ragt ein in der Mitte abgeknickter Laternenpfahl. Während der Gontard-Bau brennt, ist die Neue Kirche schon kalte Ruine. Sie fiel einem früheren Bombardement zum Opfer. Leere Fensternischen. Schutt zu Haufen geordnet. Gesimse und Pilaster abgeschlagen. Die Ziegel wird man nach Kriegsende benutzen, um die Eingänge zu verschließen. Wagemutige Kinder könnten auf die Idee kommen, in den Trümmerdom einzusteigen. Ein einsamer Uniformträger, ob Polizist, Reichsbahner, Luftschutzwart, ist nicht zu erkennen, strampelt mit einem Fahrrad vom Unglücksort weg. Wem will er Meldung machen? Müßte nicht längst bekannt sein, daß Feuer aus dem Gebälk schlägt? Flogen die Alliierten nicht in ersten Linie nachts Angriffe? Daß auf dem Foto nur dieser eine versprengte Beamte zu sehen ist, mag verwundern, andererseits war die Abwesenheit uniformierter Zeugen wohl Bedingung dafür, daß das Foto überhaupt entstehen konnte. Aufnahmen von Zerstörungen zu machen war nur offiziellen Propagandisten gestattet. Auf der Rückseite des Fotos steht neben der Nummer 3181 ein unleserlicher Copyright-Stempel. Offenbar ein Nachkriegsabzug. Daß er mir in Manhattan in die Hände fällt, mutet eigenartig an. Für wen, außer mich, konnte das Foto bestimmt gewesen sein? Soll ich Jacob in die Geschichte einweihen? Er wird schmunzelnd zuhören, mir eine poetische Stimmung attestieren und rügen, daß ich den im Flur stehenden Karton nicht gefüllt habe. Ich greife einige dicke Bände, die unter meinem Tresorbrett auf den Dielen stehen. Eingestaubt, stockfleckig, schwer. Zehn Stück, und die Kiste ist voll. *Rang- und Quartier-Liste der Königlich Preußischen Armee und des XIII. (Königlich Württembergischen) Armeekorps für 1900. Mit den Dienstalters-Listen der Generalität und der Stabsoffiziere und einem Anhange enthaltend die Kaiserlichen Schutztruppen*. Es gab eine Zeit, da wurden in Preußen nicht nur jährlich die Obstbäume gezählt, sondern auch alle Rittmeister, Roßärzte, Zahlmeister und Generäle, mit Name, Dienstgrad, Stellung und Quartier. Eintausenddreihundertsechsundsechzig Seiten Militaria. Als ich mich nach meinen soldatischen Vorfahren erkundigen will, fällt ein Zeitungsblatt aus dem Wälzer. *Heine-Gedenkrede in Bagni di Lucca*, lese ich, die Erwähnung des großen Spötters holt mich schlagartig in die Zivilgesellschaft zurück. *Aufbau, Friday, September 27, 1963.* Falls der Satz stimmt, nichts sei so langweilig wie die Zeitung von gestern, dann erst recht die Behauptung, eine vierzig Jahre alte Zeitung ist spannender als die von heute. Carl Friedrich Freiherr von Weizsäcker erhält den Friedenspreis des Deutschen Buchhandels. Schaller & Weber heißen die vierfachen Gewinner des Fleischerwettbewerbs in Holland. 1. Preis in Silber für Dauerwurstwaren, Ehrenpreis in Gold für Leberwurst, 2. Preis für Zungen- und Thüringer Blutwurst. Glückwunsch. Jacob läßt sich ganz schön Zeit mit der Pizza. Die Stadt New York wird ungefähr 16000 mal im Jahr auf Schadenersatz verklagt. Frauen verlangen Ersatz für Nylonstrümpfe, die sie sich an Drahtpapierkörben zerrissen haben. Wie viele Kalorien hat ein Bagel? Fünfzig. Wer erfand das Lieblingsgebäck der Yankees? Ein Söldner aus Polen. Wie heißt der jüngste Cambridge-Professor? Luigi Solano aus Rom, gerade zwölf Jahre alt, erhielt das Professoren-Zertifikat für englische Sprache. Hätten mir meine hinter dem Eisernen Vorhang gefangenen Eltern 1963 diese Nachricht nicht verheimlicht, wäre aus dem Vierjährigen, der ich damals war, vielleicht auch etwas Anständiges geworden, vielleicht ein Nobelpreisträger? Als VIP säße ich jetzt vermutlich in einem Flugzeug, in der Business-Class, auf dem Podium einer Diskussionsrunde zur Deutschen Nationalliteratur, in einer öden Talkshow oder klimatisierten Hotellobby, Auge in Auge mit einer langbeinigen blonden Feuilletonredakteurin, nicht auf Jacobs Leiter, in Erwartung einer kalten Pizza und eiskalten Cola, eine alte Zeitungsseite entfaltend. *Soeben erschienen: Fritz Homeyer, Deutsche Juden als Bibliophilen und Antiquare, 151 S. Leinen. $ 5.00. Mary S. Rosenberg, Publisher, Bookseller and Importer.* Die Annonce läßt mich an einen Nachmittag in Manhattan denken. Juli 1990, ich erinnere mich genau, weil auf der Titelseite der *New York Times* ein Foto aus Berlin prangte: Jubelnde Ostdeutsche stürmen eine Sparkassenfiliale. Westgeld am Alexanderplatz. Und ich war in Amerika. Zum ersten Mal. Dort lernte ich Eckardt kennen. Pfarrer, Mitbegründer einer Bürgerrechtsgruppe, Kettenraucher, Biertrinker, allen Genüssen zugeneigt, er hielt schöne Predigten über Christentum und liberalen Sozialismus. Eine Woche lang diskutierten wir im Urwald von New Hampshire die kulturelle Erneuerung Ostdeutschlands. Wir rauchten in Pattys Nissan Haschisch, die Farben verschwammen, die Mücken summten wie Hubschrauber, wir waren so high, daß wir sogar eine kulturelle Erneuerung Gesamtdeutschlands für möglich hielten. Als wir die Absicht aussprachen, nach New York zu gehen, gab uns Patty die Schlüssel für ihr Apartment. Ein Bremer Germanistik-Professor und Bibliomane schärfte uns ein, daß wir, wenn wir deutsche Bücher suchten, unbedingt bei Mary Rosenberg vorbeischauen sollten. Nähe Columbus Circle befand sich ihr Antiquariat, im 11. Stock eines Hochhauses, zwei helle Büroräume, in der eine Amerikanerin mittleren Alters residierte. Mrs. Rosenberg? Nein, die Chefin sei noch nicht da, komme später. Schauen Sie sich in Ruhe um. Herrliche Bücher, Belletristik, Philosophie, Judaica, Ausgaben von Heinrich Mann und Kisch, die ich noch nie gesehen hatte. Wir stöberten drei Stunden in den Regalen und Kartons. Mein Dollarvermögen war begrenzt, zwar wußte ich mein Konto in der Heimat inzwischen auf Westgeld umgestellt, doch kam ich ja hier nicht an die harte Währung heran. Eisern bleiben. Zwanzig Bücher hätte ich gern mitgenommen, da sie aber nicht ausgepreist waren, unterdrückte ich ernsthafte Kaufabsichten. Eckardt hatte einen Haufen gesammelt, vor allem Insel-Bände. Als er bezahlen wollte, erschien die Chefin aus einem Nebenzimmer. Mary Rosenberg, kleine grauhaarige Greisin, tastete sich gebückt zu dem einzigen Sessel ihres Geschäfts. Der Pfarrer reichte ihr seine Sammlung. Sie legte den Stapel neben sich, nahm Buch für Buch in die Hand, hielt es sich dicht vor die Augen, prüfte Verlag, Erscheinungsjahr, Zustand, blickte den vor ihr stehenden Käufer an, schmunzelte und sagte: 4 Dollar, 5 Dollar, sehr selten, sehr schön, 20 Dollar. Eckardt meldete murrend vorsichtigen Widerspruch an. Nun, meinte die Prinzipalin, Ihrer Auswahl nach zu urteilen, kennen Sie sich mit Büchern aus, ist die Erstausgabe 20 Dollar wert oder nicht? Mein Reisegefährte schwieg. Sie haben recht, sagte die alte Dame, es ist mehr wert als 20 Dollar, ich gebe es Ihnen für 15, weil Sie aus Berlin kommen. Einverstanden? Im Lift fragte Eckardt, warum ich nichts gekauft hätte, die Preise seien doch unglaublich niedrig gewesen. Ich konnte mich nicht entscheiden. Wieso? Des Pfarrers entgeisterter Blick. Wenn dir jemand die Novellen von Huxley anbietet, als Erstausgabe, wie neu, für 4 Dollar, was gibt es da zu entscheiden? Bist du Sammler? fragte ich. Du nicht? gab er zurück. Eckardt, ein Erstausgabenfetischist. In Berlin sahen wir uns selten. Zwei Jahre später gab er seine ausdrückliche Weigerung, in die Politik zu gehen, auf und wechselte, als guter Protestant Vater von fünf Kindern, konsequenterweise ins Regierungslager, ich sah ihn im Fernsehen neben dem Kanzler und fragte mich, ob das der gleiche Mann war, den ich auf dem JFK-Airport an der versteckten, geächteten Raucherecke, die es damals noch gab, kennengelernt hatte, den wir in Pattys verräuchertem Marihuana-Mobil zu passivem Drogenkonsum verführten, der nüchtern von Sozialismus mit menschlichem Antlitz gesprochen und vor Mary Rosenberg wie ein Klippschüler gestanden hatte. In jenem Moment im Lift, vom Antiquariat auf die Straße, als er seine Inselbände wie Wertanlagen taxierte, war er mir zum ersten Mal sehr fremd gewesen. Wer weiß, ob ich heute hier sitzen würde, wenn ich mich damals nicht so über meine Kaufverweigerung und Eckardts Kaufmotiv geärgert hätte. War mein Geschäft mit Jacob nur Kompensation, heimliche Rache an einem Konvertiten? Mary Rosenberg ist gestorben, ihr Laden hat seinen Glanz verloren. Wochen bevor ich Jacobs Kammer entdeckte, war ich am Columbus Circle, die Amerikanerin mittleren Alters war einige Jahre älter, saß an ihrem Schreibpult, noch immer Tee trinkend, ich blieb eine halbe Stunde und verließ den Laden zum zweiten Male mit leeren Händen. Was grübelst du wie Rodins Sitzender? Jacob steht in der Tür, tropfend, sein blauer Kugelanorak klitschnaß. Es regnet wohl, sage ich. Du hättest Detektiv werden sollen. In der Tat, ich habe ein paar Fragen, Sir. Schießen Sie los, Marlowe. Kennen Sie einen Fritz Homeyer? Nie gehört. *Deutsche Juden als Bibliophilen und Antiquare*. Jacob nickt. Ich kenne das Buch, hatte es einmal. Allerdings schon ein paar Jahre her. Mary S. Rosenberg? Eine nette alte Kollegin, sagt Jacob, Mitarbeiterin von Feuchtwanger, oder seine Geliebte, oder beides? Weitere Fragen? Ja, wie viele Bagel wurden 1963 pro Tag in New York verzehrt? Jacob versteht die Frage nicht. 300 000 Stück, sage ich. Aha, meint der Buchhändler. Dabei ist es ein Wiener Gebäck, aus dem Jahre 1683. Und wie, verehrter Lehrmeister, kam es zu dem Namen Bagel? Ein polnischer Soldat, der im Türkenkrieg kämpfte, buk eines Tages eine Semmel in Form eines Steigbügels, wie ihn die polnischen Ulanen benutzten. Und nannte das Brötchen Bügel, woraus Beigel wurde, und hier, nachdem österreichische Einwanderer die Rezeptur mitbrachten, im Jahre

1900, Bagel. Ich weiß, sagt Jacob, du bist ein durch den Kalten Krieg in seiner Entwicklung gehemmter Polyhistor, komm, iß deine Pizza, bevor sie völlig kalt geworden ist, sie hat mich 1 Dollar 50 Cents gekostet, und die wollen erst mal verdient sein.

NEWS STAND, BROADWAY/53RD STREET

Der grauhaarige Inder mit dem grauem Gesicht
verkaufte zwischen 8.10 und 9.55 p.m.
nur eine Schachtel Zigaretten, ein Mann
wechselte einen 20-Dollar-Schein, eine Lady
suchte den Weg zur Radio City Hall,
ein Mädchen band sich den Schuh auf der
Kühlbox, drei Raucher nutzten sein Feuerzeug,
neben Latina, PC World und Forbes, nickten
und gingen vorbei. Sorry, Mister, but I
stopped smoking in Nineteenninetythree.

FRAUENZUCHTHAUS JAUER/SCHLESIEN, 30. DEZEMBER 1937 / HILDES GESCHICHTE 9

Hanna Herz, die Freundin, die in Magdeburg ebenfalls zu 2 ½ Jahren Zuchthaus verurteilt wurde, lebt in Schweden. Alle paar Monate telefonieren wir miteinander, sagt Hilde. Doch die Akten über die Trotzki-Gruppe will sie ihr nicht schicken. Sie ist fast blind, neunzig Jahre alt, vielleicht fände sie jemand in ihrem Heim, der ihr daraus vorliest, aber ich glaube, ich tue ihr keinen Gefallen damit. Was hatte sie an, am Morgen des 29. Dezember 1937, als sie gemeinsam auf Transport gehen? Hilde kann sich nicht erinnern, ihre Personalakte gibt Auskunft: dunkelblauer Mantel und Hut, beige Strümpfe, schwarze Schuhe, blaues Unterkleid und Hemd, grauer Rock, blaue Bluse, Strickjacke. Der sie begleitende Beamte läßt sich nicht erweichen, das Reiseziel auszuplaudern, doch stört er sich nicht daran, daß Hilde und Hanna wie aufgezogen reden.

Die erste Nacht machen sie kaum ein Auge zu. *Wir haben direkt auf Vorrat gequatscht*, schreibt sie Alfred, *Einzelhaft ist doch ziemlich öde.* Für die Strecke von Magdeburg nach Jauer – dem geheimgehaltenen Reiseziel – benötigen sie zwei Tage. Am 30. Dezember um 12 Uhr besteigen sie in Görlitz den Zug nach Liegnitz. Auf dem Bahnsteig erwarten vier Männer, auf der Stelle tretend – das Thermometer zeigt 7 Grad Celsius unter Null –, heimkehrende Verwandte, die über die Feiertage in Dresden waren. Kinder mit Pudelmützen, eine Schwester der Bahnhofsmission, ein Kiosk mit heißem Tee. Was würde Hilde dafür geben, eine Zeitung zu bekommen. Der Begleiter gestattet es nicht. Reklameschilder, Zeiss, Manoli, *Kaufst du Lebensmittel ein, muß es stets bei Müller sein.* Daß das Leben draußen einfach so weitergeht, ist eine Gemeinheit. Andererseits, Unkraut vergeht nicht. Durch die Anrechnung der U-Haft haben sie schon ein Jahr und zwei Monate *abgebrummt.* Bald Bergfest. Am Nachmittag erreichen sie Jauer, Kleinstadt in Schlesien. Hilde hat von dem Ort nie gehört. Ein Name, der zu einem Zuchthaus paßt. Man macht sich seine Reime: Schauer, Lauer, Trauer, Mauer. Ein verwunschenes Schloß in malerischer Lage, alte Kastanien im Hof, deren Anblick prachtvoll sein muß, wenn sie im Frühjahr blühen. Noch herrscht tiefer Winter. Es scheint, als wollte sich die Luft innerhalb der Feldsteinmauern nicht erwärmen. Die weißen Bergkämme des Riesengebirges bilden am Horizont eine eindrucksvolle, aber frostige Kulisse. Hanna, die mit Walter dort einmal Skifahren war, zeigt ihr, in welcher Richtung, wie sie glaubt, die Schneekoppe liegen muß. Eine der Wortführerinnen im Gemeinschaftssaal, den sie mit 72 Frauen teilen, begrüßt sie mit dem Spruch: Jauer macht lustig, aber erst nach drei Tagen. Alle Insassen des Saales sind *politisch,* das Regime streng. Hildes erstes Arbeitskommando wird *Bindfaden ausziehen*, eine Tätigkeit, die kaum mehr Spaß macht als *Erbsen sortieren. Du weißt doch*, schreibt sie an Hans, *›In der Masse stirbt sich's leichter!‹*. Wieviel Millionen Erbsen mögen ihr in Magdeburg durch die Finger geglitten sein? Die guten ins Töpfchen, die schlechten ins Kröpfchen. Aschenputtels Tauben fehlten im Gerichtsgefängnis, aber die Schwalben erinnerten sie an Toller. Während die Finger, wie von selbst, ihren Dienst taten, memorierte sie Verse. Das Gehirn hat zu viel Freizeit, man muß es beweglich halten. Wie Arme und Beine braucht es täglich Gymnastik. Sonntags dürfen sie lesen und Schach spielen. Wenn Hilde mit der Umgebung vertrauter ist, wird sie um Versetzung in ein anderes Kommando bitten: Filieren, Kunststickerei, Gobelindecken, Blumenmuster, Kitschproduktion, aber besser als Bindfäden. Gespräche sind untersagt. Haltet den Mund, bellen die Wärterinnen. Harte Frauen, durch die Bank. Jauer scheint auch für sie eine Strafmaßnahme zu sein. Die meisten bleiben lebenslänglich. Unglück ist etwas sehr Relatives. Am Neujahrsmorgen liest Hilde den Brief ihrer Eltern, der ihr aus Magdeburg nachgeschickt wurde. Mutti und Röschen wollen zu Besuch kommen. Sie wird ihnen absagen. Auf Sonntagskarte kostet die Fahrt hin und zurück 18 Reichsmark. Der Aufwand lohnt nicht für 20 Minuten. Es gibt wichtigere Dinge zu erledigen. Papa und Mutti sollen dem Ostjudenverband beitreten und diesen ein halbes Jahr vor Hildes Entlassung um Unterstützung bitten. *Ich hörte, daß dort alles Nötige wegen Paß usw. erledigt wird.* Röschen wird gebeten, mit Ruth Guttmann in London Verbindung zu halten. Die kleine Schwester hat mitgeteilt, für die Auswanderung in die USA bestünden wenig Aussichten. Hohe Kautionen seien erforderlich. Wenn gar nichts klappt, muß sie eben, was ihr am wenigsten zusagt, zu Mutters Schwester nach Polen. Ihren ersten Brief aus Jauer darf sie am 9. Januar 1938 schreiben, doch wird der das Zuchthaus nie verlassen und, statt durch den Briefschlitz der Tür in die Kellerwohnung der Bergers zu fallen, in Hildes Personalakte landen. Da ihr nur alle zwei Monate ein Umschlag mit zwei Bögen gestattet ist, wendet sie sich in jedem Brief an drei Adressaten. Der erste Abschnitt ist an die Berliner gerichtet, die als Poststelle fungieren und die Passagen 2 und 3 dem Bruder und dem Verlobten weiterleiten. *Meine Briefe an Alfred und Hänschen*, schreibt sie den Eltern, *sind stets auch für Euch bestimmt, so daß ich also an Euch nur alles andere schreibe, dann brauche ich mich nicht zu wiederholen.* Notgedrungen ist der Ton eher sachlich, bleiben Intimitäten zwischen ihr und Alfred ausgespart, verstecken sich Gefühle in Nebensätzen. *Hast Du auch soviel Sehnsucht nach draußen? Ich meine jetzt richtig draußen, Wald, Wiesen, Wasser. (Direkt Stabreim. Bekomme ich übrigens nicht wieder ein Gedicht von Dir?)* Als sie die Bitte an Alfred richtet, glaubt sie noch, der Freund sei, *da wir ja zu Preußen gehören*, wie Hans nach Brandenburg gekommen. Die Hoffnung, beide könnten sich mal sehen, ist unbegründet, denn Alfred Bakalejnyk wird Häftling im Zuchthaus Coswig. Am letzten Tag des Jahres 1937 um 12 Uhr 20 liefert man ihn dort ein. Auf der kurzen Reise durch Sachsen-Anhalt trug er Zivil, jetzt erhält er die schwarze Anstaltskleidung. Seine Garderobe und Habseligkeiten verschwinden im Kleiderbeutel Nr. 382: 1 heller Sommermantel, 1 Jackett (grau), 1 Hose (grau), 1 Pullover (braun), 1 Sporthemd (grau), 1 Unterhose, 1 Paar Strümpfe, 1 Hut (grün), 1 Paar schwarze Halbschuhe, 2 Taschentücher, 1 Schlips, 1 Leibriemen, 1 Tabakpfeife, 1 Rasierapparat, 1 Pinsel, 1 Geldtasche, 1 Kamm, 1 Brille, 1 Haarbürste, 1 Bleistift, 1 Notizbuch, 1 Paß, sowie weitere Hemden, Unterhosen, Taschentücher, Strümpfe. Der Wert des Ganzen wird mit 34,20 Reichsmark angegeben. Zucht und Ordnung. Deutsche Gründlichkeit. Alfreds Akte soll im Landesarchiv Sachsen-Anhalt, Außenstelle Oranienbaum, liegen. Ein Barockschloß, einst dem Fürstengeschlecht von Nassau-Oranien gehörend. An einem warmen Septembervormittag parke ich das Auto auf dem Markt des Großdorfs. Ein angetrunkener Gärtner weist mir die Richtung über die Kieswege. Das Gebäude macht einen verlassenen Eindruck. Brüchiger Putz und gelbe Farbe erinnern an Kasernen der Sowjetarmee. Nachdem ich die Klingel drücke, knarrt die Stimme der Lesesaalaufsicht aus der Wechselsprechanlage. Frau Schulze, eine graue Maus, Ende Fünfzig, Herrin über Staub und Dokumente, mustert mich skeptisch. Ich entspreche nicht ihrem Forscherbild. Als sie mir, als wäre ich der Diplomat eines feindlichen Staates, den man nur widerwillig zur Akkreditierung empfängt, die Benutzerordnung aushändigt, mache ich den Fehler, ihr diese nach kurzem Draufblick mit den Worten zurückzugeben, ich würde sie, weil schon in Magdeburg im Zentralarchiv gewesen, kennen und bereits unterzeichnet haben. Wir verfügen über unsere eigene Benutzerordnung, sagt Frau Schulze. Der Satz ist eine Kriegserklärung. Ich verstehe, behaupte ich kleinlaut. Die verbale Unterwerfung reicht nicht. Ich muß genau erklären, weshalb ich die Papiere einsehen will, welche Qualifikation ich besitze, ob ich eine Veröffentlichung plane. Nach einer halben Stunde legt mir die Feindin wortlos Alfred Bakalejnyks Akte auf den Tisch. Am 5. Januar 1938 bekommt er zwei Schreibblätter in die Zelle gereicht, auf die er seinen Lebenslauf notieren soll. Die Schilderung seiner früheren Wohnverhältnisse sowie die Erwähnung einer Tuberkulose bei seinem ältesten Bruder rufen den Anstaltsarzt auf den Plan. Diagnose: Verdacht auf Lungen-Tbc. Die Schreckensnachricht dringt nicht bis zu Hilde. Um Alfreds Gesundheit macht sie sich weniger Sorgen als um Hänschens. Der klagt über Magenschmerzen und hat noch sechseinhalb Jahre vor sich. Alfred als Sportler wird seine Übungen schon beherzigen. Sie schreibt dem Verlobten von den Büchern, die sie aus der Anstaltsbücherei entleihen konnte. *Die Bibliothek hier ist zwar ausgezeichnet, bloß habe ich noch nicht viel davon gemerkt.* Die *Oberin* versteht die Ironie zu deuten. Was sich da bewundernd gibt, ist eine versteckte Kritik an der Anstalt. *Die Absendung des Briefes vom 9. 1. 1938 genehmige ich nicht wegen der unzulässigen Bemerkungen über die verausgabten Anstaltsbücher.* Folgende Werke findet Hilde erwähnenswert: *Zuerst Günther Plüschow ›Segelfahrt ins Wunderland‹, heute ›Sehnsucht ins Reich‹ und Fritz Köhler ›Grenzlandroman‹* sowie *Titel von Paul Fechter. Ulkig nicht?* setzt sie hinzu. Der Verfasser der *volkhaften,* 800 Seiten starken Literaturgeschichte *Dichtung der Deutschen* gehörte natürlich in jede ordentlich sortierte Zuchthausbibliothek.

Alfred würde seinen Spaß an der Häme gehabt haben, hätte er den Brief je zu Gesicht bekommen. *Wenn ich ein bißchen warm hier geworden bin, melde ich mich zur Oberlehrerin und bitte um wissenschaftliche Sachen, keine Romane, Geschichte, Naturwissenschaften und englische und französische Bücher.* Hilde beklagt, daß die Leseerlaubnis auf den Sonntag beschränkt ist, man pro Woche also nur ein Buch lesen kann. Zwar seien sie im Gemeinschaftssaal untergebracht, lägen jedoch abends einzeln in Kojen und hätten gerade mal etwas Licht zum Ausziehen und Waschen. Oft ist es so kalt, daß man zusehen kann, wie das Wasser in den Waschschüsseln gefriert, doch bleibe ihre Stimmung gut, versichert sie Alfred, weil die Zeit schneller vergehe, als sie geglaubt hatte. *Wenn ich an das Jahr 1939 denke, dann wird mir direkt ein bißchen schwindelig. Erst komme ich raus, besuche Dich und Hänschen, und nach 6 Monaten sind wir wieder zusammen – es ist wirklich zu viel auf einmal.* Bis es soweit ist, muß sie noch 500 Nächte überstehen. Als man Hanna in einen anderen Flügel überstellt, werden die Tage länger, nicht allein weil die Sonne später hinter den Bergen versinkt. Der Dauerfrost, die stumpfsinnige Arbeit, der Haß der Wärterinnen, das ständige Schweigegebot machen ihr zu schaffen. Hilde ist die Jüngste im Saal. Mit einigen älteren Frauen aus dem Umkreis der SAP findet sie Kontakt, von der kommunistischen Mehrheit hält sie sich fern. Daß sie Trotzkistin ist, brauchen die nicht spitz zukriegen. Ein Schlafsaal mit fast achtzig Frauen bietet genug Raum für Angriffe und Streit, aber kaum Schutz. Anfang Februar 1938 wird bekannt, das Zuchthaus Kassel-Ziegenhain suche Freiwillige für Feldarbeiten. Hilde gelingt es, Hanna im Untersuchungszimmer des Zahnarztes abzupassen, der einmal im Monat in der Anstalt praktiziert. Die Freundinnen verständigen sich, um ihre Verlegung zu bitten. Der Anstaltsarzt attestiert ihre Eignung für die Feldarbeit. Bei der Ankunft in Jauer wog Hilde 62 Kilo, als sie Schlesien in Richtung Ziegenhain verläßt, sind es nur noch 58,5. Weißt du, sagt mir Hilde in ihrer Wohnung in Manhattan, im Sessel sitzend, neben dem Bücherregal, vor mexikanischen Vasen und dem Ölbild, das eine Straßenszene in Südfrankreich zeigt, die ganze Atmosphäre dort war besser, Kassel war kein Sanatorium, aber immerhin, man fühlte sich wie ein Mensch, durfte bei der Arbeit quatschen und die Bibliothek war nicht so schlecht. *Im Schlafsaal II herrschte gestern abend nach Einschluß große Unruhe (lautes Gelächter). In Frage kamen die Gefangenen der zwei hintersten Reihen, insbesondere Gefangene Pantal, Päßler und Berger.* Eine andere Beamtin ergänzt die Strafanzeige in der Gefangenenakte: *Päßler verursachte unfreiwilliger Weise in dem Schlafsaal eine so komische Situation, die alle Insassen fröhlich stimmte. Sie ist gerade im Begriff gewesen nach einem reinen Schlüpfer zu greifen, als das Licht ausgelöscht wurde und rief: ›Kinder, jetzt hab ich den Grund vergessen‹. Berger gibt zu, ebenso wie die übrigen Gefangenen gelacht zu haben.* Eigentlich meldet man sich im Gefängnis nicht freiwillig, erzählt Hilde, schon gar nicht als politischer Häftling bei den Nazis, aber die Entscheidung war richtig, to hell with it, die Arbeit auf dem Feld bekam unserer Gesundheit. Während Hilde und Hanna Kartoffeln pflanzen und Rüben verziehen, ist Alfred in Coswig mit Tütenkleben und Kokosarbeit beschäftigt. *B. führte sich im allgemeinen hausordnungsmäßig, mußte aber einmal wegen Faulheit disziplinarisch bestraft werden.* Anstaltsarzt Dr. Curtmann ist mit dem Zustand des Gefangenen Bakalejnyk nicht zufrieden. Er beantragt eine Untersuchung durch einen Internisten. Am 25. Juli 1938 wird Alfred vom Aufseher Wustmann nach Dessau gebracht, zu Herrn Dr. med. W. Behn, Facharzt für innere Medizin, Antoinettenstraße 3. Nach der Röntgenaufnahme stellt der Doktor fest: *Helle Lungenfelder mit deutlicher Zeichnung ohne gröbere erkennbare Veränderungen. Herz mitralkonfiguriert, rechts hypertrophisch mit stark vorspringendem linken Vorhof, aber im Verhältnis zum Thorax nicht wesentlich vergrößert. Fernaufnahme: beiderseits dichter und breiter Hilus. Zeichnung in den Unterfeldern etwas vermehrt. Auch die Zeichnung vom rechten Hilus aufwärts ist im Ganzen vermehrt. Sichere Tbc-Herdschattenbildungen aber nicht nachweisbar. Befund: Mitralendokarditis mit typischer Mitralkonfiguration des Herzens, anscheinend ohne vollständigen Herzklappenfehler. Mitralsthenose? Genaue Temperaturkontrolle zweckmäßig. Heil Hitler!* Aufseher Wustmann bringt den Häftling in die Anstalt zurück. Er hält alle Vorschriften ein, duldet keinerlei Verkehr des Gefangenen mit dritten Personen, enthält sich des Besuchs von Wirtshäusern, die laut Transport- und Ablieferungsschein, außer in Fällen dringenden Bedürfnisses, zu unterbleiben haben, der Gefangene seinerseits machte keinerlei Versuche, ihn, Wustmann etwa mit Geschenken oder Versprechungen zu beeinflussen, daher kann er ihn mit der erforderlichen Strenge, ohne unnötige Härte, behandeln. Im Grunde ist dieser Bakalejnyk ein ruhiger Mensch. Zwar ein unverbesserlicher Kommunist und Jude, aber friedlich. Wustmann hat wenig Bedenken, daß er den Mann im Falle eines Fluchtversuches durch den Ruf ›Halt!‹ oder einen Schreckschuß von seinem Plan wird abbringen müssen, noch unwahrscheinlicher, daß er ihn durch Schußwaffengebrauch vor der Entweichung bewahren muß, wobei, wenn es denn wider Erwarten zu einem solchen Zwischenfall käme, er selbstverständlich seiner Pflicht genügen und zuerst, nach der geltenden Transport-Vorschrift, auf Passanten Rücksicht nehmen würde.

CHELSEA, W 26TH STREET,
NOVEMBER 30, 1998, 15.22 p.m.

Alberto bringt die Post, Jacob sortiert. Werbung, Schnorrbriefe. Ein Schreiben landet auf dem Tisch, der Rest im Papierkorb. Eine Bestellung? Gewissermaßen, jemand will ein Buch, was mich freut, möchte aber über den Preis verhandeln, was mich ärgert. *A history of the Marranos*, 1932 erschienen, 400 Seiten, 35 Dollar, sag selbst, ist das zuviel verlangt? Ich schüttle den Kopf, Alberto steht reglos, mit verschränkten Armen. Worauf wartet er? Nichts los heute im 6. Stock? Es geht so. Zwei Stunden könne er einspringen. Offenbar ist unser Stundenlohn nicht ganz unter seiner Würde. Jacob blinzelt mir verschwörerisch zu. Mach dir keine Gedanken um seine Gage, ich arrangiere das schon. Alberto wird packen, ich soll die Kartons füllen. Wo sind Zeitungen? Gute Frage. Weil unsere Vorräte schrumpften, hatte ich in einer Macys-Plastetüte 10 Kilo Makulatur mitgebracht. Nur sind weder Tüte noch Zeitungen auffindbar. In Lilys Auto habe ich sie auf keinen Fall vergessen, denn nachdem ich Washington Bridge die Fußgängertreppe zum Busstop hinunterstiegen war, wäre ich beinah lang hingeschlagen, als ich mit dem sperrigen Gepäck zum Bus sprintete. 181st Street nahm ich die Subway. Der Beutel stand zwischen meinen Knien. Selbst wenn ich ihn hätte vergessen können, müßte ich beim Aussteigen darüber gestolpert sein. Geklaut? Lächerlich. Die Tüte war offen: keine Wertpapiere, nur Altpapier. Nichts ist so langweilig und wertlos wie die Zeitung von gestern? Nicht mal auf Binsenweisheiten ist Verlaß. Ohne sie sind wir aufgeschmissen. Was tun? Im Fundbüro anrufen? Die lachen sich tot. Alberto hat eine Idee. In der 6. Etage bekommen wir bestimmt ein paar Zeitungen. Er ist heute ganz verrückt auf den Job. Wahrscheinlich hat er gestern beim Wetten verloren. Versuchs, sagt Jacob. Ich komme mit. Vor dem Office der Sound-Firma liegt ein Haufen Mikrofonständer. In der Raucherecke schwelt eine Kippe im Aschenbecher. Dieses Bürogebäude wird zu nachlässig geführt, in anderen Häusern hätten die Mieter den Landlord längst verklagt, auf Vergiftung am Arbeitsplatz. Dabei ist der Tabakrauch noch das kleinere Übel. Im sechsten Stock schlägt uns, als sich die Fahrstuhltür öffnet, beißender Cucaracha-Gestank entgegen. Welcome home, meint mein Begleiter und grinst. Jesus, sage ich und ziehe mir das T-Shirt über die Nase. Wait a second. Alberto verschwindet im Gang, der dem im unteren Stockwerk gleicht wie ein faules Ei dem andern. Allerdings fehlt die Raucherecke. Niemandem würde die Zigarette schmecken. Vermutlich wäre es gefährlich, sich eine anzuzünden. Luft, die so stinkt, dürfte auch brennen. Hi, sagt plötzlich jemand, in meinem Rücken. Die schöne Raucherin mit der Donald-Duck-Stimme, die nach Albertos Auskunft bei der Fischfutterfirma jobbt. Hi, gebe ich zurück. Kann ich Ihnen irgendwie helfen? Nein, höre ich mich dumpf antworten und ziehe den T-Shirt-Schleier von der Nase. Alles okay? Absolut. Ich kriege nur keine Luft. Sie steht zwei Meter vor mir. Jetzt wäre die Gelegenheit, sich vorzustellen. Heißt sie Jennifer, muß ich sie, nein, muß sie mich heiraten. Ihr Haar hat einen roten Schimmer, das Gesicht, blaß, fast bleich, ist mit Sommersprossen übersät. Also, ich möchte kein Fisch sein. Bitte? Sie versteht nicht oder will die Anspielung nicht verstehen. I don't want to become a fish. Don't worry, you won't, sagt sie und dreht sich zur Tür um. Dialoge, die das Leben schreibt. Ihr Hintern ist fülliger, als ich ihn erträumt hatte. Nicht dick, aber griffig. Ein Opfer sitzender Tätigkeit. Nice to meet you, sagt sie durch den Türspalt. Floskeln. Darauf bilde dir mal gar nichts ein. Gefällt sie dir, fragt Alberto, mit drei Zeitungen unter dem Arm zurückkehrend. Die Schönheitskönigin dieses Bürohauses, schwärme ich, allerdings ohne Konkurrenz, da Mister Thompsons Gattin in einer anderen Altersklasse startet. Yeah, she's really hot. Mehr Zeitungen hast du nicht aufgetrieben? Schlechter Zeitpunkt grade, sagt der Puertoricaner, Lunchtime. Hast du sie gefragt? Augenaufschlag zum Office von *Guppy*. Nein. Die Absicht unserer Exkursion habe ich vergessen. Wahrscheinlich zeigt das Senfgas erste Wirkung. Alberto klopft, wenig später öffnet die sommersprossige Herrin der Raucherinsel, Jennifer, die kakerlakenzerstampfende Fischfutterproduzentin, die Pforte. Beide sprechen spanisch, ich verstehe nichts, meine einmal das Wort *diario* herauszuhören. Gut, kommt rein, sagt die Beauty Queen schließlich. Ein helles Büro, die Fenster gehen wie die in Jacobs Office nach Süden hinaus, allerdings scheinen sie zu schließen, denn man hört kaum etwas vom Straßenlärm und den Maschinen im Baustofflager. Nackte Wände, die Ziegel von Putz und Farbe befreit, abgesandet, mit Firnis bestrichen. Stahlmöbel, italienisches oder dänisches Design, woher auch immer, in jedem Fall teuer, drei PCs, Apple, in der Ecke ein Fernseher von Bang & Olufsen. Das Fischgeschäft scheint gut zu laufen. Unter der Decke hängt ein Ventilator, der die schlechte Luft verteilt. Er steht still. Dies sehend, bemerke ich, daß der Gestank hier drinnen verflogen ist. Wenn man etwas riecht, dann höchstens das Parfüm der Schönen, die aus dem Nebenzimmer mit einem Packen Zeitungen kommt. Sie legt sie auf den Tisch. Das ist nicht alles. Als Alberto ihr hilfsbereit folgen will, schickt sie ihn an der Durchgangstür mit einem smarten Kopfschütteln zurück. Ich schaff das schon, gracias. Bis zum Kinn beladen, verlassen wir das Unternehmen. Toller Fischzug, denke ich, im Lift abwärtsgleitend, es gibt offenbar wirklich Geschäfte, bei denen man es richtig zu etwas bringen kann. Aber der Gestank, sage ich zu Alberto, kann unmöglich von *Ornamental fish* kommen, bei den *Guppy*-Leuten war die Luft so sauber wie in einem Bergdorf. Eben, meint Alberto, man kann es ihnen nicht nachweisen. Könnte man es, hätte sie der Landlord längst vor die Tür gesetzt. Stammt sie aus Lateinamerika? Alberto schaut mich entgeistert an. Wie kommst du darauf? Ihr habt spanisch gesprochen. Sie spricht nicht schlecht, aber es ist nicht ihre Muttersprache, Englisch übrigens auch nicht. Wie heißt sie eigentlich? Du scheinst dich sehr für die Schöne zu interessieren. Du nicht? Nein, sagt Alberto, ich mache hier nur meinen Job.

NATHANS SPUREN 3

Seit Wochen kein Fortschritt in der Nathan-Geschichte. Jungmann, der Hamburger Staatsarchivar, noch immer auf Dienstreise, das E-Mail, das ich auf sein Anraten nach Australien schickte, blieb ohne Antwort. *The Kosher Koala*, angeblich eine jüdische genealogische Gesellschaft, wohl eher eine Briefkastenfirma? Die Riegers in Torgau schweigen. Keine Reaktion auf meinen Brief. Ein zweiter, mit Kopien von Max

Martins Zeichnungen, kam zurück, Empfänger unbekannt. Lausitzer Straße? Ich hatte die alte Anschrift benutzt, vom Kuvert im Gartenbuch abgeschrieben. Erklärt das die Funkstille? Wenn auch das erste per Telefon angekündigte Schreiben falsch adressiert war, fühlen sich Mutter und Tochter, die vergeblich auf die Sendung gewartet haben, verschaukelt. Warum der Brief nicht retourniert wurde, ein deutsches Postgeheimnis. Auch ein erneuter Versuch mit den Kopien, an die aktuelle Torgauer Adresse, blieb ohne Erfolg. Die Frauen melden sich nicht. Wollen ihre Ruhe, haben kein Interesse, daß ein Fremder in ihren Familienangelegenheiten herumstöbert. Du mußt etwas unternehmen, sage ich mir, vergrößern kannst du das Schweigen nicht. Ich zögere. Wie beim Angeln, wenn ein Fisch anbeißt, die Pose zittert, abtaucht, auftaucht, schließlich zum Stillstand kommt. Soll man die Schnur einholen, einen neuen Köder auswerfen oder, vielleicht sinnlos, abwarten? Kann sein, der Fisch umschwimmt den Köder, macht eine Pause und flieht, wenn man ihn in der Entscheidung stört. Aber die Witwe von Paul Rieger ist kein Fisch, ich bin kein Angler. Hier wird niemand gejagt. Ich rufe an. Sechs Klingelzeichen. Die alte Dame ist schneller als beim ersten Anruf. Ich freue mich, ihre Stimme zu hören. Das sage ich nicht. Statt dessen, ob sie sich an mich erinnere, meine Post erhalten habe? Doch, ja, sie wüßte schon, aber wovon spreche ich eigentlich? Die Suche nach Herrn Nathan. Ja, ja, da ist nichts rausgekommen, den kannten wir, den kennen wir nicht. Aufsteigende Panik. Ich hatte doch mit Ihrer Tochter gesprochen. Zaghafter Einwand. Dann müssen Sie meine Tochter anrufen. Harter Stimmungswechsel. Ablehnung, Offenheit, Gleichmut. Leider habe ich deren Nummer nicht, sage ich und denke, wie blasiert der Genitiv manchmal klingt. Ich bin an und für sich gerade mit was anderem beschäftigt. Schroffe Replik. Haben Sie etwas zu schreiben bei der Hand? Sie gibt mir die Telefonnummer. Danke, sage ich. Tschüs, sagt Frau Rieger. Ein Zwei-Minuten-Interview, das ich schweißnaß beende. Echte Leidenschaft in eine Recherche zu investieren ist riskant, man läuft Gefahr, zu emotional auf verweigerte oder erteilte Auskünfte zu reagieren. Deshalb favorisieren Journalisten die scheinheilige Maske unbeteiligter Sachlichkeit. Hängt die Skepsis, die mir begegnet, mit Max Martin zusammen? Wäre er ein VIP, ein verkanntes Genie, ein besonderer Fall, könnte man meinen Nachforschungen Sinn abgewinnen, doch zu sehen, daß jemand Energie verschwendet, um einen Allerweltsbürger, Nobody, Durchschnittsmenschen dem Vergessen zu entreißen, weckt Mißtrauen, verborgenes Kalkül wird vermutet, dubiose Machenschaft. Keine Zeit, den Wurm des Zweifels an mir nagen zu lassen. Ich bin klein, mein Herz ist rein. Ich wähle die diktierte Nummer. Ich frage Paul Riegers Tochter nicht nach dem Verbleib der Briefe, ich gebe vor, etwas loswerden zu wollen, nicht abzuholen. In Hamburg, im Staatsarchiv, hätte ich einen Fragebogen gefunden, in dem Max Martin einen Silberbecher auflistete, mit der Gravur PR, gleich Paul Rieger. Die Tochter findet die Entdeckung interessant, um im gleichen Atemzug mitzuteilen, daß ich mit weiteren Informationen nicht werde rechnen können. Meine Oma ist mehr als dreißig Jahre tot, ich dachte, ich hätte die Briefe, das war wohl ein Irrtum. Max Nathans Handschrift hat mich als Kind fasziniert. Wie gedruckt, stimmts? werfe ich ein. Auf blauen Luftpostbögen, das Kuvert wurde gefaltet, nein, der Briefbogen wurde als Kuvert gefaltet. Kennen Sie nicht? fragt Diana. Kenn ich nicht. Ich bin ja ein bißchen älter als Sie. Briefe in gestochener Schrift, sagenhaft, millimetergroß. Ich sehe sie noch auf dem Küchentisch meiner Oma liegen. Sie sagt Oma, als wäre sie noch ein kleines Mädchen. Aus Arizona. Jetzt fällts mir wieder ein. Max hat in Arizona gelebt. Sind Sie sicher? Im Archiv in Hamburg habe ich entdeckt, daß Margot und er nach St. Louis gegangen sind, von dort nach Manhattan, 54, 55, in dem Dreh. Als er meiner Oma schrieb, hat er in Arizona gelebt, der Grand Canyon hat ihn mächtig beeindruckt. Komisch, wie so eine Erinnerung plötzlich auftaucht. Erinnern Sie sich an eine Stadt, Phoenix, Tucson? Ging er von dort nach Australien? Über die australische Episode weiß ich nichts, sagt Diana, weder wann, noch warum er auswanderte, Margot blieb in Amerika. Ich glaube, er war schon älter. Wie haben Ihre Verwandten überlebt? Darf ich das fragen? Mein Vater ist – ich höre das Zögern, die Klippe im Redefluß –, hat, sagt Diana, im Ausland, in allen möglichen Ländern, hat er gelebt, überlebt. Die Halbjuden umzubringen hat Hitler nicht geschafft, es waren einfach zu viele. Hätte der Krieg länger gedauert. Sie schweigt. Würden wir wohl nicht miteinander sprechen, denke ich den Satz zu Ende. Stille in der Leitung. Meinem Vater haben diese Jahre sein Leben lang angehangen. Ihr Vater war Doras Bruder? Max war sein Cousin. Für bestimmte Gespräche ist das Telefon ungeeignet, man sollte sich ansehen können. Wie hieß Ihre Oma? Der Polizeiton ist ekelhaft, was tun? Kapitulieren, das Verhör abbrechen? Eine Portion Dreistigkeit zeichnet jeden Chronisten aus. Schreibe ich Nathans Geschichte um seinetwillen, um meinetwillen, um Gottes willen? Über meine Oma werden Sie nichts finden. Ich verstehe. Und der Bruder? Welcher? Der Mann Ihrer Oma. Mein Opa? Ist 1946 gestorben. Hat überlebt. Weil er mit einer sogenannten Arierin verheiratet war. Er durfte nicht praktizieren, Hausarrest, nannte sich das. Übrigens, rufen Sie bitte meine Mutter nicht mehr an, sie ist über achtzig und möchte mit der Vergangenheit nicht konfrontiert werden. Ich fürchtete nur, meine Post wäre verlorengegangen. Wird das ganze Buch über Max? Ein Teil, aber in ihn hab ich mich ein wenig vernarrt, weil er so ein begabter kleiner Zeichner war. Irgendwo finde ich bestimmt noch Fotos von ihm. Ich würde sehr gern wissen, wie er aussah. Eigentlich wie ein typischer Jude, sagt Diana, klein, dunkelhaarig, Seitenscheitel, glatt gekämmt, ein zierlicher Mensch, eine ziemlich dicke Brille. Mein Vater hätte Ihnen viel erzählen können, obwohl er zuletzt nicht mehr viel im Sinn hatte mit der Verwandtschaft, er hatte mit sich zu tun. Hat er Notizen hinterlassen? Leider nicht, ich hab ihn oft gebeten. Soll man die Leute zwingen? Ich glaube nicht, daß man das kann, sage ich. Ab einem bestimmten Alter sieht man keinen Sinn mehr darin. Sachen kommen hoch, denen man sich nicht aussetzen will. Die paar Jahre, die man noch hat. Meine Mutter hat vieles vergessen, Vater kann ich nicht mehr fragen. So ist das mit der Geschichte. Was man nicht rechtzeitig abverlangt, verschwindet einfach.

JACOBI ODER DER COMMUNISTEN-CLUB NEW YORK 4

Im Oktober 1853 schleppt sich, nach 43 Tagen Überfahrt, im Hafen von Boston ein blasser Mensch von Bord des Dreimasters *Trimountain*: Abraham Jacobi, von Seekrankheit gezeichnet. Niemand weiß, was er in Massachusetts will. Adolf Cluss, deutscher Ingenieur, Bundesbruder, Revolutionär und Angestellter der Admiralität in Washington, warnt ihn vor den östlichen Städten, wo er Gefahr laufe, kaputtzugehen, in der Hauptstadt hingegen würde man ihm zahlungsfähige Kundschaft zuführen können. Dort gäbe es genug vom *Philisterpack, das bekanntlich am öftesten krank wird.* In Jacobis Gepäck stecken Fannys Briefe, die ihrer Schwester, Sophie Boas, seine Doktor-Dissertation, Zeugnisse, Exzerpte, Manuskripte. Ob Rousseaus *Gesellschaftsvertrag,* die beiden Bände Proudhon, Thomas Morus' *Utopia* mit ihm in Amerika landen, ob die Bücher, die er später in die Regale der Bibliothek des New Yorker *Communisten-Clubs* einreiht, seine eigenen gewesen sind oder ob ein anderes Mitglied sie ins Exil transportierte, dem Verein stiftete, wird genauso im dunkeln bleiben wie der Grund für Abrahams Entscheidung, Boston anzusteuern. Er kommt zunächst bei der *Neu-England-Zeitung* unter, entscheidet sich jedoch nach einigen Tagen, nach New York aufzubrechen. Die Schiffsreise entlang der Küste fürchtet er, die Ozeanpassage steckt ihm noch in den Knochen, eine Fahrt mit der Postkutsche bietet Siedler-Romantik, ist aber beschwerlich und dauert zwei Tage. Das Eisenbahnwesen entwickelt sich, Genossen. Der Mediziner nimmt den Zug, Richtung Albany, verläßt ihn am Knotenpunkt Chatham Four Corners, wechselt in die Harlem Line, eine luxuriöse Verbindung, weil sie die Passagiere bis ins Herz von Manhattan befördert. Beim Abschied in der Redaktion der *Neu-England-Zeitung* überreichte man dem unsteten Besucher die letzten Exemplare der in Brooklyn erscheinenden Zeitung *Reform*, deren Ausgabe vom 31. August mit dem Abdruck eines Artikels begonnen hatte, der mit einem reißerischen Titel Apokalyptisches verkündet: *Über den Untergang der Erde*. Als Autor zeichnet Dr. med. Abraham Jacobi. Im Coupé sitzend, überfliegt der Reisende mit geröteten Wangen die Seiten. Daß ihm eine Arbeit nach Amerika vorauseilt, hält er für ein gutes Omen. Er ist voller Spannung, wie die Förderer in England seinen publizistischen Start bewerten werden. Hatte er doch auf Engel's Anraten in Manchester, durch die Abstinenz zahlungswilliger Patienten arbeitslos geworden, mit der Niederschrift des in preußischer Haft konzipierten Traktats begonnen. *Weder die Erde, noch irgend ein auf ihr befindlicher und einen Teil von ihr bildender Körper bleibt unverändert. Stabilität existiert nirgends, Veränderung, ›Entwicklung‹ überall.* Nicht schlecht gesagt, findet Jacobi, und sieht durchs Fenster, wo das Land vorbeifliegt. Ihm gegenüber sitzt ein beleibter Mann mit Backenbart und schwarzer Zigarre, daneben eine junge Lady in weißem Kleide. Den Platz zum Gang hat ein Pfaffe okkupiert. Natürlich wissen die Reisegefährten nicht, was für ein Geistesriese und Insurgent mit ihnen das Abteil teilt, Jacobi selbst ahnt nicht, und erfährt es womöglich nie, mit welchem Spott die Freunde Marx und Engels seinen Ausflügen ins Reich der Spekulation begegnen. *Melancholisch stilisiert*, nennt der Mann in Soho den Aufsatz, der Fabrikantensohn aus Barmen greift das Wort auf, fügt das Etikett *tugendhaft* an, was, wie jeder, der ihn kennt, weiß, einem vernichtenden Urteil gleichkommt. Sicher sind Jacobis Ideen keine Sensation, sein Ansatz allerdings ist eigenwillig und beschreibt einen Zweifel, der ihn umtreiben und sein weiteres Tätigsein bestimmen wird. *Wenn wir denken, daß Alles, wofür wir leben und leiden, daß Alles mit einem Male in Nichts zerfallen soll, wo haben wir da einen Haltepunkt für unsere Zwecke, unser Ziel?* Der Zug bremst, Brewster, ein Dorf mit Maschinenschuppen. Die Lokomotive muß Kohle laden und Wasser. Drei junge Dinger verkaufen an die Durchreisenden Gebäck und Äpfel. *Can she bake a cherry pie, Billy boy, Billy boy?* trällern sie. *Can she bake a cherry pie, charming Billy?* Wie Fanny es wohl aushält, im verwaisten Haus am Mindener Markt, mit der verbitterten Mutter? In drei Stunden, wenn keine Kuh in die Maschine läuft, was gelegentlich geschieht, wird Jacobi in New York sein. Westchester, Putnam, Dutchess County. Dichte Wälder, Blockhütten, Plantagen, Schafe, brache Felder, Bauern mit Pflügen. Ein Viadukt überbrückt den Harlem River. Kinder am Gleisbett, winkend mit schmutzigen Händen. Manhattan, idyllisches Eiland, von der großen Stadt, die man ihm prophezeite, sieht Jacobi nichts, der Bahnhof ein Provisorium, Grand Central Terminal im Bau, 32. Straße, erneuter Aufenthalt, die Lokomotive wird abgekoppelt. Pferde ziehen die Waggons bis zur Prince Street. Eine Kutsche fährt ihn den Broadway hinunter. Frankfort Street Nummer 12 nimmt er Quartier, bei Dr. Kellner, einem Kollegen, an den ihn Pieper empfahl. Die Ex-48er halten zusammen, wenn sie sich auch untereinander befehden. Jacobi trifft Willich, den er aus London kennt, preußischer Leutnant, Freikorpsführer im Badischen Aufstand, der im Bund mit Schapper und Genossen gegen Marx fraktionierte und ein paar Monate vor Abraham in Amerika eintraf. Wenn man ihn aufschneiden hört, fragt man sich, warum die Revolution eigentlich verlorenging. Ein Salonlöwe. Was Jacobi davon halten würde, ihn auf einen Ball zu begleiten? Nicht viel. Er soll sich nicht zieren, das gehöre zum Geschäft. Erzähle den Yankees, daß du im Kerker gesessen bist, nimm dir ein Beispiel an Professor Kinkel, den kennen hier alle. In einem Brief macht sich Jacobi Luft, ein unliebenswürdiger Feder-Second-Lieutenant sei der Genosse, eitel zum Erbrechen, jedes Weib in sich verliebt glaubend. Am meisten wurmt ihn Willichs stereotype

Antwort, wenn er beim Streit in die Enge gerät: Ihr habt zuviel studiert, ihr habt zuviel gelernt. Kann man zuviel lernen? Der Krämersohn aus Hartum hat im Gegenteil das Gefühl, daß ihm die Zeit nicht ausreicht für Lektüre und Studium. Was ihm in Manchester mißglückte, hier will er es entschieden anpacken: die Gründung einer Praxis. Im November nagelt er das Schild an die Hauswand, Howard Street 20: *Dr. Abraham Jacobi, praktischer Arzt, ausgebildet in Deutschland*. Nach 14 Tagen klopft der erste Kunde an, ein Zimmermann aus Esslingen in Württemberg, mit arg verschwollenem Gesicht, verschleppter Ohrenvereiterung, der er mit Eingießung einer verdünnten Lösung Zincum sulfuricum erfolgreich begegnet. Einen Quarter nimmt er für die Sitzung, für Hausbesuche 50 Cents, Entbindungen 5 Dollar. Besonders die *Landsleute*, ob bei Kasse oder nicht, neigen dazu, freie Behandlung zu erwarten. Bei Doc Abram, heißt es, könne man auch mit einem schönen Augenaufschlag zu einem Pülverchen gelangen. Er wechselt die Wohnung, bleibt aber in der Lower Eastside, 50 Forsyth Street. Joseph Weydemeyer meldet am 16. Mai 1854 nach Manchester: *Jacobis Praxis macht sich.* Engels, der Skeptiker, wiegt der Kopf, sieh an, das Greenhorn boxt sich durch. Der tägliche Katalog des Schreckens ist vielseitig: Meningitis, Cholera, Typhus, Syphilis, Rachitis. Oft genügt eine Diarrhöe, ein Leben auszulöschen. Gerade 10 Quadratmeter große Zimmer, die Schlafräume halb so groß, meist fensterlos, eiskalt im Winter, im Sommer wie Backöfen. Müllberge in den Rinnsteigen, offene Aborte im Treppenhaus, auf den Höfen, auf einen Menschen kommt ein Dutzend Ratten. Der Juli des Jahres 1854 ist unerträglich heiß. Nachts flüchten Schlafsuchende auf Dächer und Feuerleitern. Jacobi schnürt es die Kehle zu. Soll er der jungen Frau, die im gelben Schein der Gaslampe das Gesicht einer Greisin hat, die Rechnung auf den Tisch legen, neben den Totenschein für ihr achtes Kind? Kein Jahr alt war der Kleine. Der Mutter ist nicht auszureden, daß ihr Sohn *an den Zähnen* starb. Der Nachruf, als Zettel an der Ziegelmauer, wird genau dies wiederholen. *The Lord hauled our dear child to heaven by the teeth.* Jacobis Diagnose ist kaum mehr wert. *Deficiency of life*, schreibt er, Lebensschwäche oder Tod durch Unterdrückung der Lebenskräfte, Phrasen, keine Wissenschaft. Da war nichts zu machen, Mrs, Gott gibt, Gott nimmt. Wäre der Frau geholfen, würde er ihr die wirkliche Ursache nennen: Magen-Darm-Entzündung. Er selbst weiß es nicht genauer. Im ersten Halbjahr sterben 312 Säuglinge *an den Zähnen*, Ende des Jahres 1854 werden es in New York State 626 sein. Ein beängstigender Anstieg. Die Ärzte rätseln. Man verdächtigt die mangelnde Güte der Kuhmilch. Bringt sie die Kinder um? Jacobi läßt den halben Dollar auf dem Tisch zurück. Broom, Ecke Pitt Street trifft er zwei ältere Kollegen. Was kann ich den Frauen raten? Die Milchnahrung abzusetzen, empfiehlt der eine. Ja, sie sollen die Kleinen hungern lassen, unterstützt ihn der zweite. Und dann? denkt Jacobi. Kuriert man ein Übel durch ein anderes? Erstaunlich, mit welchem Gleichmut die Menge sich in ihr Schicksal fügt, statt aufzubegehren, die Töchter landen auf der Straße, die Männer mit zerquetschten Gliedern im Spital, im Gefängnis, oder verschwinden spurlos, die Kinder wandern, kaum auf der Welt, in kleinen Bretterkisten auf die Friedhöfe, aber die Leute bewundern weiter die Kleider der Gesellschaftsdamen, die schön geputzten Pferde, den Glanz der Kutschen vor der City Hall. *Das Kapital erhält sich, mehrt sich, wird gebildet durch die Arbeit vieler, welche nicht den vollen Ertrag, den Gewinn ihrer Arbeit selber ernten, sondern deren einziger Anteil der Arbeitslohn, das nackte hungernde Leben ist.* So hatte Abraham 1850 in Deutschland geschrieben, und so sieht es auch hier in Amerika 1854 aus. Marx' Ideen sind universell, nur stoßen sie, wie Jacobi scheint, in der modernen Wahlheimat auf viel geringere Anteilnahme als im alten feudalen Europa. Nicht nur die Bewohner der Eastside, meist arme Landjuden aus Galizien und Polen, auch amerikanische Kollegen wie die Smith-Brüder oder Exilanten vom Schlage Schappers, selbst sein Freund Schurz, der als republikanischer Propagandist die deutschen Siedlungen bereist, verschließt die

Ohren oder winkt ironisch lächelnd ab, wenn Jacobi anhebt, vom Mehrwert zu sprechen, zu erläutern, weshalb ohne die Auflösung der Klassengegensätze der Sieg der Demokratie ein vorläufiger und bornierter sein muß. Statt die Welträtsel zu lösen, lieber Abraham, scherzt Schurz, solltet ihr Medizinmänner besser ein Elixier gegen Schnupfen erfinden.

COLUMBIA CAMPUS

Unter der alten Kastanie
vor der ehrwürdigen Fakultät
für Philosophie üben sich
zwei junge Gelehrte, im Abendschatten,
in der hohen Kunst
des Eingedenkens, zehn Straßen
uptown, vor Harlems vernagelten
Brandmauern, verkaufen
ihre illiteraten Altersgenossen
den Stoff zum Vergessen.

CHELSEA, W 26TH STREET, DECEMBER 1, 1998, 8.12 a.m.

Das leere Sportfeld. Wo steckt der Einradartist, mein blutiger Rudi? Die Antwort weiß der Wind allein. Milde Brise vom Hudson. Im *Chelsea Pizza Café* sitzt niemand am Fenster, Jacob hat sich an den Counter zurückgezogen. Hi, Partner. Noch einen Kaffee? Er schüttelt den Kopf. Zwei davon übersteht mein Herz nicht. Gut geschlafen? Schreckliche Träume. Mit Leiter oder ohne? Mach dich nur lustig, sie handelten von Büchern, oder besser, wir handelten mit Büchern. Hat er sie dir gegeben? Wer? Na er, sage ich, du weißt schon, dessen Name nicht genannt sein soll. Quatsch. Es war ein weltlicher Traum. Ein Alp. Man hat uns die Kartons nicht abgenommen, deine Shipping Company hat uns versetzt. Kein gutes Omen, wenn man vom Geschäft träumt. Heute brauchen wir unsere ganze Kraft, erklärt der Antiquar auf dem Weg ins Office, im Tonfall eines Generals, der am Tag der Entscheidungsschlacht seine Truppen beschwört. Die boxes müssen ins Lagerhaus, wir brauchen mehr Raum, können ja schon nicht mehr treten. Im Foyer, vor dem Lift, steht ein kleiner Handwagen. Jacob packt den eisernen Griff der Deichsel. Das ist ein *Dolly*, sagt er fast zärtlich. Hallo Dolly, grüße ich das Gefährt. Jacob lacht nicht. Wußtest du, examiniere ich den Lehrer, daß die Grundlage für das Musical von Thornton Wilder stammt. Daß vor ihm Max Reinhardt den Stoff bearbeitete, die Idee aber auf ein Stück von Nestroy zurückgeht? Jacob schüttelt den Kopf. Der Regisseur Reinhardt? Genau, der Intendant des Deutschen Theaters. Er starb in New York und hieß eigentlich Goldmann. Er war Deutscher? Ja, sage ich, beziehungsweise nein, er war Wiener, made in Austria. Der Pole, heute mit dunkler Sonnenbrille, öffnet die Lifttür. Wir schweben aufwärts. Ich werde instruiert, alle fertig gepackten Bücherkisten im Flur aufzustapeln. Sind sie numeriert? Klar, vierzig Stück. Auf den Lieferwagen passen fünf. Wenn wir die unteren längs ausrichten, können wir die Frachtzahl auf sechs erhöhen, sparen am Ende einen Gang? Ich ziehe, Jacob schiebt von hinten. Mit dem Lift wieder nach unten. Quer über die Straße. 300 Meter uptown, in einem Speicher, auf der 11th Avenue, hat mein Freund einen drei Quadratmeter großen Verschlag gemietet. Weißt du, was der mich kostet? Keine Ahnung. Ich schwitze. Ich habe nicht den Eindruck, daß mein Partner schiebt. Wir können froh sein, daß es heute nicht regnet, denke ich. Gott sei Dank ist es trocken, sagt Jack. Wir sind ein Herz und eine Seele. Gib acht mit der Bordsteinkante. An der roten Ampel steht ein Doppelstockbus mit Touristen. Was sucht der in dieser Gegend? Vielleicht umgeleitet, Straßensperre, Parade, Unfall, Schießerei. Auf dem Oberdeck Menschen mit Kameras. Bleichgesichter. Mit dem Okular im Auge die Welt sehen. Manhattan im Zeitraffer. Per Taxi durch Harlem, am Elend vorbei, zu feige, den Fuß aufs Pflaster zu setzen. Ich spüre einen Fotoapparat auf mich gerichtet. Oder fixiert die junge Dame nicht mich, Jacob und den Dolly, sondern das Empire State Building, in unserem Rücken, hell glänzend in der Vormittagssonne. Klick. In ein paar Wochen wird sie einen Dia-Abend machen für gute Freunde, mit Rotwein und Chips. Wenn das Bild mit dem Empire State Building auf der Rauhfasertapete erscheint, wird jemand fragen: Was sind das für Vögel, die beiden mit dem Handkarren, im Vordergrund? Irgendwelche Arbeiter, Einheimische. Nur die Freundin des Bürokollegen Peter wird leise aufschreien. Der da, das ist doch, der wohnt um die Ecke, den kenn ich, der kauft beim selben Bäcker, meist schlecht rasiert. Wer? fragt Viola, taufen wir die blonde Fotografin, die auf dem Busdach ihr Haar ordnet, einfach mal Viola, also fragen wird sie, der Kleine? Das meint Jacob, nein, der andre, antwortet Peters Freundin, der mit Brille und Glatze, das bin ich. Ich drehe den Kopf weg. Der Bus fährt an. Was ist los? fragt Jack, bist du erledigt?

EX LIBRIS 3

Thomas Mann, *Joseph in Aegypten*, Bermann-Fischer Verlag Wien 1936. Inliegend: Kopie der Antwort Thomas Manns auf einen Brief Walter von Molos: *Warum ich nicht nach Deutschland zurückgehe*, Aufbau Nr. 39, 28. September 1945. Handschriftlich darauf hinzugefügt: *Und doch ist er 1950 nach Deutschland und hat sich feiern lassen!* + Hans Liebstoeckl, *Die Geheimwissenschaften im Lichte unserer Zeit.* Amalthea-Verlag Zürich-Leipzig-Wien 1932. *Der warmen und innerlich erleuchteten Anfängerin der Geheimwissenschaft zur freundlichen Erinnerung an den Autor. Wien, 23. Sept. 32 Hans Liebstoeckl.* Diverse Zeitungsausschnitte eingeklebt und eingelegt. *Aus dem Reich der Mystik,* Kritik des Buches aus dem *Neuen Wiener Abendblatt,* 19. Februar 1932. *Niemals vielleicht noch wurde das Bedürfnis tiefer empfunden, über die Grundformen alles Geschaffenen, über Erscheinung und Wesen und Sinn der menschlichen Angelegenheiten orientiert zu werden, als gerade heute, wo Probleme ungezählter Art sich türmen und auf uns einstürmen.* + Oswald Spengler, *Jahre der Entscheidung, Erster Teil: Deutschland und die weltgeschichtliche Entwicklung*, C. H. Becksche Verlagsbuchhandlung München 1933. Inliegend Kritik zur amerikanischen Ausgabe, sowie Artikel aus der *N. Y. Times* vom 31. Dezember 1933: *Nazis are turning guns on Spengler.* + Peter Rosegger, *Die Waldbauern. Geschichten aus der Bergheimat*, Paul Franke Verlag Berlin. Ein Zeitungsausschnitt einer New Yorker Zeitung der fünfziger oder sechziger Jahre. *What's the newest thing in holiday drinks?* fragt ein fotografierter Hund, das Herrchen mit karierter Schiebermütze antwortet: *Puerto Rican Rum! Makes most any mixed drink taste better.* + *Underground Russia, Revolutionary profiles and sketches from life* by Stepniak, formerly editor of ›Zemlia i volia‹ (Land and Liberty), with a preface by Peter Lavroff, translated from the Italian, New York Charles Scribner's Sons 1883. Stempel und Einkleber im Vorsatz: *Maimonides Free Library N. E. Cor. 58th St. & Lexington Ave. The library is open on Friday and Sunday from 9 a.m.–5 p.m. On Saturday from 7–10 p.m., and from 9 a.m. to 9 p.m. on the remaining days of the week. This book may be kept two weeks unless labelled to the contrary.* + *Morgenländische Erzählungen (Palmblätter)*, Insel-Verlag zu Leipzig. *Ludwig Goldwasser seinem lieben Freunde Heinz Goldstein zur Erinnerung an gemeinsam verlebte Stunden. März 1920.* + *Das lachende Atelier, Künstleranekdoten des 19. Jahrhunderts*, nacherzählt von Karl Scheffler, Scientia AG Zürich. *Brigitte zum 19. Geburtstag. Die Zukunft erwartet von uns Geduld und Stärke. Rolf.* Ein Brief: *Zuerst danke ich Dir recht herzlich für das feine Messer, das ich, wie Du ja weißt, gut brauchen kann. Wie aber bist Du darauf gekommen? Habe etwa ich einmal gesagt, ich habe wieder ein Messer verloren? Hoffentlich geht's mir jetzt mit diesem besser! Als mir Regula das Päckchen gab, zerbrach ich mir den Kopf, was wohl drin sein könnte, aber ich fand es nicht heraus. Als ich es öffnete, war ich wirklich platt! Ein so feines Messer war bis jetzt noch nie in meinem Besitz gewesen und ich hoffe wirklich, daß es mir Glück bringt. Ich hätte ein bißchen Glück bald wieder einmal nötig. Momentan habe ich eher Pech …* + *Deutsche Märchen, gesammelt durch die Brüder Grimm*, herausgegeben von M. Thilo-Luyken, Wilhelm Langewiesche-Brandt Ebenhausen bei München 1921. Im Vorsatz Besitzereintrag: *Fred Jacob Goldstein*, darunter in Kinderschrift: *To my dear Freddy for his big journey to America.* + *Schiller*, von Thomas Carlyle. Berlin im Verlag Neues Leben Wilhelm Borngräber. Stempel im Vorsatz: *Nervenarzt Dr. Emil Gutheil, Wien. I., Werdertorgasse 4, Tel. U-21-I-30* + *Tempel der häuslichen Andacht, ein katholisches Erbauungsbuch auf alle Tage des Jahres*. Nach dem Französischen von Dr. Georg Karl Reindl, geistlichem Rathe und Religionslehrer JJ. KK. HH. der Prinzen und Prinzessinnen von Bayern, mit hoher erzbischöflicher Approbation, Regensburg, 1844. Verlag von Georg Joseph Manz. Im Vorsatz: *1ter Preis Elisabetha Schwarzenbach, Schülerin der III. Klasse unterer Abteilung, Kaufbeuren den 3. September 1848. Königlich B. Local-Schulcommission*. Inliegend: *Raphael*, Nr. 42, 11. Jahrgang, Illustrierte Zeitschrift für die reifere Jugend und das Volk, Donauwörth, 17.Oktober 1989. *Der antichristlich-kommunistische Generalmarsch ›Eigentum ist Diebstahl‹ ist eine merkwürdige Musik. Er stimmt nach zwei Schlüsseln. Setzt man dem Grundsatze ›Eigentum ist Diebstahl‹ den Unglauben, die Gottesleugnung als Schlüssel vor, dann stimmt der Generalmarsch und wird zum fürchterlichen Rachechor, schön genug für die Geister der Hölle. Gibt es keinen Gott, so ist alles persönliche Eigentum wirklich Diebstahl. Gibt es keinen von der Welt verschiedenen, persönlichen Gott, so gibt es keinen Schöpfer. Wenn es keinen Schöpfer gibt, wem gehört dann die Welt? Ein ursprünglicher Eigentümer, ein ursprünglicher Herr und Besitzer ist nicht da. Den Fröschen können wir doch nicht die Erde – um von ihr allein zu reden – nicht notariell zuschreiben lassen! Oder sollen wir den Rosmarinstrauch als Herrn und Eigentümer der Erde betrachten? Oder irgend einen Menschen? Oder einige Menschen? Wenn nächsten Montag die Welt verteilt werden sollte, wer könnte sie verteilen? Auf diese Frage gibt es – wenn es keinen Gott gibt – nur eine vernünftige Antwort, nämlich die: ›Die Erde gehört der Menschheit, der menschlichen Gesellschaft; die Menschen könnten wenigstens die Erde unter sich verteilen und dabei müßte alles gleichheitlich verteilt werden: einer müßte soviel haben als der andere. Oder warum sollte man dem einen etwa zehntausendmal mehr geben, als dem anderen?‹*

NATHANS STRASSEN 2

Zu Fuß über die George-Washington-Brücke, nicht zu nah am Rand, Höhenangst. Niko hat mir von einem Lebensmüden aus Wien erzählt, der sich ein Ticket nach New York kaufte, einzig um von dieser Brücke zu springen. Wer seinen Tod so zelebriert und ernst nimmt, hätte auch weiterleben können. Der Fußweg ist schmal. Kein Gegenverkehr. Ich versuche mir vorzustellen, wie lange man fällt, bis man aufschlägt. Der Fluß liegt wie geplättet. Hatte mir nicht Patty geraten, stets einen 20-Dollar-Schein in der Hosentasche zu tragen, um eventuelle Angreifer mit ein wenig Geld beruhigen zu können? Ich bin leichtsinnig geworden, fühle mich als Einheimischer, habe nur Münzen, Unmengen Pennies, die ich in den Hudson werfen könnte. Man kann nichts mehr dafür bekommen. Angeblich wird die Stahlkonstruktion jeden Tag mit Rostschutz angestrichen. Ist man an einer Ecke fertig, fängt man am andern Ende wieder an. Arbeitsplatz für Sisyphosse. Heute hat die Anstreicherkolonne ihren freien Tag, Pause oder Tarifverhandlungen. Kein Malermeister turnt in den Kabelagen. Autos rasen vorbei, die Fahrer blicken nicht nach links und rechts. Niemand würde halten, selbst wenn jemand, unwahrscheinlich genug, sehen würde, wie ein kleiner weißer Mann über das Geländer geworfen wird, wie ein Sandsack aus dem Ballon, von einer Horde Halbwüchsiger. Niemand, nur Lily. Sie würde stoppen, den Toyota auf der Mittelspur stehenlassen, schimpfend aussteigen, die Absperrung überklettern, den Räubern ihre Handtasche um die Ohren hauen. Aber Lily ist in Jersey, während ich in Manhattan stehe, drei Schritte über der Brückenmitte. Wow. What a wonderful world. Für diese Aussicht kann man schon ein bißchen Leben riskieren. Ich sehe die Insel, wie sie Max Martin gesehen hat, denn, da bin ich mir sicher, diese Brücke muß er, Brückenliebhaber von Kindheit an, geliebt haben, und diesen Blick sowieso. Das Empire State Building, die Front der *Brownstones* am Riverside Park, das abgeschrägte Dach eines Wolkenkratzers in Midtown, die Trade Center Tower, das Hotel im Finanzbezirk, wo ich nie werde ein Zimmer mieten können. So hat Max Martin die Skyline gesehen? Bullshit. Als er nach New York kam, 1958, existierten viele Gebäude noch nicht mal auf den Reißbrettern der Architekten, und kein Mensch weiß, wann Nathan nach Australien auswanderte. Okay, wenn er die Stadt, sagen wir mal, 1970 verließ, können wir uns das WTC wegdenken, zumindest einen Turm. Auge zu, *Crash!*, gestrichen. Auch das Nobelhotel müssen wir in Gedanken wegsprengen, *Whump!*, ebenso den Wolkenkratzer Midtown, *Bunk!*. Unternimmt mein Freund vor seinem Abflug nach Sydney einen letzten Spaziergang über die Brücke? Sentimentale Abschiedsszene. Max Martins Gefühlswelt, ein nebulöser Raum. Warum verläßt er die Stadt? Wie komme ich eigentlich auf Sydney? Vielleicht Melbourne? Ich begreife nicht, was ihn nach Australien zieht, ein Job, eine Frau? Gibt es in seinem Leben Frauen? Ist er schwul? Ich blicke über die Schulter, ein Mann kommt den Fußweg entlang. Schnell. Schneller als die Polizei erlaubt? Hat es eilig. Braucht Geld. Will er die Sache zügig hinter sich bringen? Ich muß ihm entgegengehen, nur nicht den Eindruck erwecken, ich genösse hier die Aussicht. I ain't a fuckin' tourist, man. Angriff, die beste Verteidigung. Ist mein Gegner schwarz? Ich glaube, er ist eher weiß. Soll auch weiße, braune, gelbe Killer geben. Einigt euch, und ihr seid frei. Nicht der Augenblick, rassistische Vorurteile zu erörtern. Gleich sind wir auf einer Höhe. Er rennt. Die Waffe hat er versteckt. Eiskalter Profi. Ich drücke mich an die Balustrade zur Straße. Wenn ich schon kein Geld für ihn habe, will ich wenigstens nicht im Weg stehen. Mein Mörder joggt vorbei. Thank you, Sir. Schweißglänzendes rotes Gesicht. You're welcome, stöhne ich dem wippenden Rücken hinterher. Der Treppenabstieg von der Brücke führt auf die 178. Straße. Nathan wohnte, wenn ich die Adresse auf dem Briefumschlag von Dr. Rieger aus Torgau richtig erinnere, Nummer 360. Linker Hand der Busbahnhof. Über den Broadway, Richtung Bronx. Eine Kirche, ein Friseur mit altmodischen Zahnarztstühlen, kleine Mädchen in rosa Rüschenkleidern spielen auf dem Linoleum mit abgeschnittenen Locken, Kleiderhändler, Jeans & Jacketts, kopierte Markenwaren, klobige Armbanduhren, Goldimitation, Amigo, ruft mir ein Betrunkener hinterher, ich reagiere nicht, Nummer 550, mein Gott, wie weit ist es bis zu Nathans Adresse? *Caribbean Immigration Service*. Die Ausfallstraße der Brücke, ein Keil aus Beton, zerschneidet das Viertel, beiderseits des Highways erheben sich, wo früher drei-, vierstöckige *Tenements* standen, dreißigstöckige Apartmenthäuser, abgewohnt, verblichen, Wäschefahnen auf den Balkons. Ein Reifenhändler, Hundekot auf dem Bürgersteig, Zeichen mangelnder Polizeipräsenz, eine Recycling-Firma, vor deren Tür ein Gebirge aus Plastesäcken. Eine Million Getränkedosen. Ich finde einen Paß durch die Müllalpen und stehe auf der Amsterdam Avenue. Hier endet die 178. Straße. Keine Wohnhäuser mehr. Brachland links und rechts neben der Rennstrecke. Die Dächer am Horizont markieren die Bronx. Wann baute man die Schnellstraße? Fiel Nathans Nummer 360 ihr zum Opfer? Die Abrißbirne, ein möglicher Fluchtgrund. Ich hole das Notizbuch aus der Tasche. Margots Adresse: 177th Street, Nummer 667. War mir nicht, als ich die Anschriften las, im Staatsarchiv, aufgefallen, wie dicht beieinander die Wohnungen von Bruder und Schwester lagen? Wo steckt die Kopie des Rieger-Briefes? *Geschenksendung*, lese ich. *Max Martin Nathan, Nummer 700.* Menschenskind, zu blöd, wie komme ich auf 360? Zurück auf Los. Monopoly in Manhattan. Gehen Sie nicht ins Gefängnis. Der Betrunkene sitzt auf den Stufen vor der *Ecclesia*. Er streckt mir einen

Plastebecher hin. Will er mir zuprosten oder ein Almosen erbetteln? Ecke Broadway steht ein Pulk junger Männer, Sackhosen in den Knien. Die Gürtelverkäufer müssen gute Geschäfte machen. Bei Rot über die Ampel, claro. Nummer 700 liegt exakt gegenüber dem Busbahnhof. Der Lärm der Autokarawane auf der Brücke mischt sich mit dem anfahrender Busse, Soundfetzen, die aus offenen Autofenstern dröhnen, das Blubbern von Dieselmotoren, Kleintransporter, die ihre Kunden am Subwayeingang ausladen. Die Hölle kann nicht lauter sein. Hier wohnte Max Martin. Nichts wie weg, nach Australien, denke ich und steige die fünf Stufen zum Eingang hinauf. Natürlich ist die Tür verschlossen. Ich habe Glück, ein Halbwüchsiger, Mitglied der Sackhosenbande, strebt zu seinem Fernseher, CD-Player, seiner Drogenbüchse, Schwester, den Kuscheltieren, egal, was immer er vorhat, er öffnet die Tür, ohne Fußtritt, ohne Plastiksprengstoff, mit einem kleinbürgerlichen kleinen Schlüssel, klick, und kümmert sich einen Dreck um mich, der ich in seinem Windschatten in den Treppenflur schlüpfe. Mein Lotse verschwindet in einer Parterrewohnung, in der offenbar eine Sambaschule die Prüfungen abnimmt. Aus dem Türspalt bricht eine Druckwelle, die mich gegen die Tafel mit den Namen der Hausbewohner schleudert. Diaz, Flor, Almanzer, Fernandez, Roman, Frias, Quijones, Campoverde, Castro, Romo-Leroux, Marte. Nummer 700 ist fest in lateinamerikanischer Hand. Max Martin wohnte Apartment 66. Also in den 6. Stock. Die Fenster im Treppenhaus gehen auf einen Lichtschacht, acht Meter im Quadrat. Im Hof zerfällt ein morscher Holzverschlag. Auf dem Flachdach steht eine Pfütze öligen Wassers. Leere Flaschen. *Ron.* Auf jeder Etage läuft ein anderes Stück Salsa. Max Martin wohnte unter dem Dach. Seine Zimmer blickten aber nicht auf die Brücke, sondern zur Bronxseite. Nummer 66 wohnt ein Señor Perez. Macht es Sinn, zu klingeln und nach dem Vormieter zu fragen, Mister Nathan, geboren in Germany? An der Wohnungstür erklärt ein Aufkleber: *Nostro hogar es católico.* Ziemlich deutliches Bekenntnis. Vielleicht laß ich meine Frage besser sein. Ich beginne den Abstieg. Zwischen Stockwerk 3 und 4 pralle ich fast mit einem jungen Mann zusammen. Sein Gesicht kommt mir bekannt vor. Die Glühbirne an der Decke wirft ein müdes gelbes Licht auf den Schirm seines Basecaps. Er entschuldigt sich auf spanisch und weicht auf die Außenbahn aus. Als die Tür hinter mir ins Schloß fällt, denke ich an Alberto, den Alleskönner, der an der 25th Street den Lift fährt, die Post verteilt und sich bei Jacob über den Stundenlohn beklagt.

CHELSEA, STORAGE HOUSE, 11TH AVENUE, DECEMBER 1, 1998, 11.11 a.m.

Das Gefälle der Rampe ist nicht stark. Trotzdem mache ich keine gute Figur. Jacob holt den Schlüssel für den Lagerraum von der Rezeption, ich würde schon allein mit dem Dolly fertigwerden, hatte ich vollmundig erklärt. Zentimeter um Zentimeter. *Ejuchnjem*. Ich bin ein verlorener Russe, Wolgatreidler, entsprungen aus Repins Gemälde, am Ufer des Hudson. Ich halte die Deichsel. Daß mir der Karren bloß nicht wieder auf die Straße rollt. Verschnaufpause. Schweiß aus den Augen wischen. Jacob kommt mit dem Schlüssel, beweist Feingefühl, indem er schweigt. Vor dem Lastenaufzug angekommen, sagt er, fünf Stück reichen völlig aus. Neben uns wartet eine schwarze Familie. Auf ihrem Dolly stapelt sich eine halbe Wohnungseinrichtung. Stehlampe, Kissen, Stühle, Kartons, ein Fernseher, keine Bücher. Haben ihr Apartment aufgegeben, erklärt Jack, als sie in der zweiten Etage aussteigen und wir in den 4. Stock weiterfahren, irgendwo müssen sie ihren Kram ja unterstellen. Wer sichs leisten kann, mietet so einen Verschlag, zieht zu Freunden oder Verwandten, verläßt die Stadt, sucht sich eine Bleibe, und wenn er, was vorkommt, einen neuen Job kriegt, eine bezahlbare Wohnung findet, holt er alles wieder ab. Ein fensterloser Raum, hellblauer Fußboden, blaue Container nebeneinandergestellt bilden ein Labyrinth von Gängen. Ich liebe dieses Lagerhaus, schwärmt Jacob. Die Besitzer sind klug, kauften diesen alten Speicher, richteten ihn notdürftig her, also Strom, Wasser, Dachdeckung, stellten die Fertigteilkammern rein und verdienen im Monat ein paar Hunderttausend. Wieviel Container, glaubst du, stehen auf einer Etage? Fünfzig? Siebzig, erklärt der Lagerhauspropagandist und scheint etwas enttäuscht, daß mich diese Tatsache nicht in Ohnmacht fallen läßt. Rechne mal, acht Stockwerke, acht mal siebzig. Weißt du, wieviel Miete ich hier im Monat hinlegen muß? Nein, aber ich werde es vermutlich gleich erfahren. Irrtum. Jacob stutzt, betrachtet die Numerierung an den Verschlägen. Ich verirre mich jedes Mal. Das ist nicht der Gang, wir müssen vorne links einbiegen. Jeder Verschlag sieht aus wie der andere. Welche Nummer hast du? 631. Die Kammer ist eine Isolierzelle, zwei Meter mal ein Meter zwanzig. An drei Wänden Metallregale. Alles Arabica, erklärt Jacob, als ich den Blick über die Buchrücken streifen lasse. Falls du einen deutschen Autor finden solltest, gehört er dir, aber mach dir keine großen Hoffnungen. Und was, wenn ich Goethe in Arabisch entdecke? Eine sehr freie Auslegung unseres Vertrages, aber von mir aus, ich akzeptiere die Klausel, da du ja nicht zu den Schriftkundigen gehörst. Ich hebe einen Karton vom Wagen. Langsam, langsam. Wir haben keinen Platz, wir haben kein Geld, also müssen wir unseren Kopf anstrengen. 40 Kisten kriegen wir hier nicht unter, aber vielleicht 35? Höchstens 10, denke ich. Übereinander, erklärt Jacob, als würde dieser Einfall all unsere Probleme lösen. Wir verteilen die auf dem Fußboden gestapelten Bücher auf die Regale. Bildbände, Gedichte, Historie. Das kostet eine halbe Stunde. Dann trage ich die Kartons in die rechte Ecke. Ein schiefer Turm. Erschöpft lasse ich mich auf den leeren Dolly fallen. Seit zehn Jahren mache ich das, sagt Jacob, Bücher kaufen, nach Hause schleppen, von dort ins Office schleppen, sie katalogisieren, ins Storage House schleppen, sie von hier wieder zurück ins Büro schleppen, falls sie jemand bestellt, sie einpacken, zum Post Office schleppen, um dann monatelang auf den Scheck zu warten. Früher dachte ich,

Bücher seien zum Lesen da, für die Lehre, zum Vergnügen, heute weiß ich, sie wollen vor allem transportiert werden, hin und her getragen, wie unruhige Babys. Ich hasse Bücher, sage ich. Angesteckt, was? Jacob grinst. So schnell geht das bei dir? Dein Immunsystem ist schwach, aber ich kann dich trösten, die Anfälle dauern immer nur Minuten und nehmen mit dem Alter ab.

MUTTERS GESCHICHTE, WALDHEIM/SACHSEN, 17. APRIL 1951, 8 UHR 24

Kommt man in Waldheim an, geht es mit einem bergab. Der Bahnhof liegt auf der Anhöhe, die Anstalt im Tal. Die Füße bewegen sich wie von selbst, eine geheimnisvolle Kraft zieht sie in den Schlund. Gesichter hinter Gardinen. Der Frühzug aus Dresden bringt wenige Reisende. Meist Frauen ohne viel Gepäck – sie werden nicht bleiben – steigen aus. Die kleine Dicke im grauen Kostüm mit dem Teint einer Gallenkranken kommt jeden Monat. Treue Seele. In den drei Jahren wurde ihr Gesicht dem gelben sächsischen Backstein immer ähnlicher. Ob sie ihren Mann noch einmal in Freiheit umarmen wird? Kaum. Nur ein guter Arzt, den sie sich nicht leisten kann, oder eine Amnestie, mit der nicht zu rechnen ist, könnte sie retten. Hinter ihr läuft – mit großen Schritten, aber hinkend, er zieht das rechte Bein nach – ein hagerer Mann, Ende Vierzig, eine speckig-braune Aktentasche unter dem Arm. Ein Spätheimkehrer? Ein kleiner Funktionär, der die Bahn nahm? Oder doch ein Vater, der den Sohn besucht? Männer meiden die Anstalt. Ihr Stolz ist zu groß. Am Schluß der Prozession erscheint auf dem Bahnhofsvorplatz eine junge Frau mit rotbraunem Haar. Traudels Bewegungen sind zu flink und entschieden, um die Unsicherheit zu überspielen, ihr Blick geht zum Taxistand, an dem Herr Seiler wartet, der einzige Fuhrunternehmer der Stadt. Einen Fuß auf dem Trittbrett, die rechte Hand an der Türklinke des alten Opel, verspricht sein Lächeln freundlichste und schnellste Beförderung. Für dich fahr ich umsonst, scheint seine Miene zu sagen. Eine adrette Erscheinung, Kind aus anständigem Haus, kein Gesindel. Man kann sagen, was man will, der Besucherstrom ist weniger eintönig, seit wieder mehr Politische einsitzen. Doch das Fräulein zieht es vor, den Mitreisenden zu folgen. Der Chauffeur zwängt sich hinters Steuer, nimmt die Zeitung. Viertel zehn, den Personenzug aus Chemnitz will er noch abwarten. *Schwere Kämpfe in Korea*. Im Rückspiegel, über dem Rand der *Volksstimme*, sieht er die junge Frau verschwinden, die Beine abgeschnitten, der immer kürzer werdende blaue Rücken. Lange hatte sie überlegt, welcher Rock der richtige sei, für den Anlaß, welche Farbe vor allem. Weiß? Unmöglich. Schwarz? Fatal. Rot? Eine Provokation. Braun? Noch schlimmer. Der graue, kratzige paßte, Aschenputtel, Kellerassel. Kind, so fährst du mir nicht, hatte die Pradel-Oma gesagt, er soll sich doch freuen, wenn er dich sieht. Sie stellte das Eisen auf den Ofen, um ihr blaues Kostüm aufzubügeln. Ein Kirchturm überragt die Stacheldrahthecke wie ein drohender Zeigefinger. Achtet die Gesetze. Das Zuchthaus ist das Herz der Stadt. Kleinbürgerhäuser ducken sich gegen die Festung, als suchten sie Schutz. Die Greisin auf der Bank, neben dem Forsythienbusch, könnte ihr sicher sagen, wo sich der Eingang der Vollzugsanstalt befindet, doch der kalte Blick der Alten treibt sie weiter. An der Mauer entlang, ohne Gitter und Wachtürme wahrzunehmen. Am grauen Eisentor drückt sie die Klingel. Die Klappe wird geöffnet. Ich möchte, beginnt sie. Noame? fällt ihr eine Stimme ins Wort. Sie braucht, mit dem Dialekt der Gegend nicht vertraut, einen Augenblick, um zu verstehen. Körner, Waltraud. Die Klappe schlägt zu. Sie stellt die Tasche aufs Pflaster. Mit einem Klicken springt die Tür auf. In der Pförtnerloge döst ein Beamter in Uniform. Seine nikotingelbe Fingerkuppe fährt die Namensliste entlang. Er klemmt ihren Ausweis unter die Schreibtischunterlage, schreibt mit eckigen Buchstaben die Personalien auf einen Zettel. Soso, Görlitz, hübsches Städtchen, mit der Kinderlandverschickung war er dort gewesen, Ausflug vom Heim zur Feldherrenhalle.

Ruhmeshalle, richtig. Untermarkt 4. Er sieht die Antragstellerin an. Ein Schwatz, mein Schatz? Gegen die Dienstvorschrift. Keine Vertraulichkeiten. Der Ausweis kommt zu den anderen Dokumenten, er läßt den Stempel über das Stempelkissen wippen, leicht, als fürchtete er, ihn zu zerbrechen, um ihn dann mit aller Kraft auf den Passierschein zu schlagen. Das Fräulein zuckt zusammen. Ein Küken. Wer hier anklopft, muß die Anstaltsregeln kennen. In der Mitte des Raumes ein Tisch. Genau unter einer Lampe. An den Wänden Spinde, einige mit offenen Türen. Tasche, sagt die Wärterin und zeigt auf die Tischplatte. Ihre Habseligkeiten werden ausgebreitet, Portemonnaie, Handspiegel, Kopierstift, das Englisch-Wörterbuch Langenscheidt, ein Apfel, ein Etui mit Taschentüchern. Das ist Kuchen, ich darf doch etwas zu essen mitbringen? In Ordnung, wird zugestellt. Jacke und Bluse ablegen. Traudel weiß, das es dazugehört. Sie fröstelt, obwohl es im Zimmer nicht kalt ist. Die Wärterin schlägt die Fingernägel gegen die Tischkante. Beeilung. Die Knopflöcher sind ihr zu eng geraten. Ihre erste selbstgenähte Bluse. Fallschirmseide. Sie blickt der Kontrolleurin nicht in die Augen. Silberstreifen. Kragenspiegel. Blondes Haar auf dunklem Stoff. Heben Sie die Arme. Steamer bedeutet Dampfboot. Bachelor Junggeselle. Mund auf, Zunge raus. Tongue, tooth, teeth. Der Strahl der Taschenlampe blendet sie. Büstenhalter auf. Wieso das? Die Beamtin gähnt. Wollen Sie Ihren Vater sehn, ja oder nein? Sie streift die Träger von den Schultern. Das kalte Glas der Taschenlampe berührt ihre Achseln. Gut. Könn sich wieder anziehen. Ihre Tasche verschwindet im Spind, die Wärterin hakt das Schlüsselbund an den Gürtel, wartet, schiebt das Taschentuchetui über den Tisch. Nehm Se das mal besser mit. Im Besuchszimmer blickt sie gebannt auf die Tür hinter dem Drahtgeflecht. Der Beamte auf dem Stuhl hält den Kopf schräg geneigt. Träumt er? Brauner Ölsockel, grüngelbe Heizkörper, klappernder Luftschacht. In ihrem Rücken – diagonal zum andern Eingang – sitzt ein zweiter Beamter, er hat ihr den Passierschein abgenommen, den Platz zugeteilt. Gespräche in gedämpftem Ton, aber laut genug geführt, daß die Wachen ihnen folgen können. Nicht flüstern, ermahnt der Wächter die ältere Frau, die sich vom Stuhl erhoben und vorgebeugt hat, um dem Gefangenen näherzukommen. Sie hat Asthma, schreit sie die Vertraulichkeit hinaus. Ihre Stimme zittert. Der Mann in der grauen Kluft nimmt die Neuigkeit gelassen auf. Uschi? Die Frau wendet sich hilfesuchend an die Tochter. Ich, sagt die. Der große Zeiger der Uhr fällt mit einem Klick auf den nächsten Skalenstrich. Gleich zehn. Ob die Zeit ihres Eintretens zählt? Plötzlich glaubt Traudel, daß er nicht kommen wird. Sie ist umsonst hergefahren. Besuchserlaubnis entzogen. Schlechte Führung. Krankheit? Nach Bautzen zurückverlegt. Oder, noch schlimmer, doch nach Sibirien? Sie sitzt als einzige vor einem leeren Stuhl. Nein, dort, der in der Ecke, am Fenster starrt auch einer vor sich hin, ohne Gegenüber. Der Hinkende aus dem Zug. Wie kommt der hierher? Hatte sie ihn nicht am Marktplatz überholt? Im Zellentrakt schlagen Türen. Schließgeräusche, Schritte. Ein alter Mann wird in den Raum geschoben, unschlüssig bleibt er neben der Wache stehn. Er besucht also den Vater, nicht den Sohn, denkt Traudel und blickt zum Hinkenden hinüber. Dessen Blick zeigt keine Freude. Er genügt nur einer Pflicht. Der Fremde bleibt vor ihrem Platz stehen, starrt sie an, ein spitzer Vogelkopf, Hautsäcke über eingefallenen Wangen. Sie senkt den Blick auf ihre Hände. Püppchen, sagt der Alte. Sie hört die Stimme und schluckt. Der Vater versucht zu lächeln. Sechs Jahre sind eine lange Zeit. Hier drinnen zählen die Jahre doppelt. Groß geworden bist du. Eine richtige kleine Dame. Sie hält sich das Taschentuch vor die Nase. Ich soll dich von allen grüßen, von Mutter, der Oma, Max, Tante Gretel, Bernhard, Elli. Wollte Lotte nicht mit? Sie kann noch nicht, hört sie sich sagen, ist noch zu schwach. War doch so krank nach der Entlassung. Das war weder falsch noch die Wahrheit. Mutter weigerte sich. Ich gehe in keinen Knast. Nie mehr. Ansonsten war sie die alte, das Stehaufmännchen, die lustige Nudel, Seele vons Lokal. Was fehlt ihr denn? Mit der Galle. Sie sitzt ihrem Vater gegenüber, nach so langer Zeit, und erzählt lauter Lügen. Nicht wegen ihrer Koliken war sie in Leipzig auf die Krankenstation überstellt worden, sondern weil sie schwanger war. Mutter schickt dir einen Kuchen. Da freu ich mich, danke. Wie geht es mit der Prothese? Er faßt sich ans Kinn und bewegt den Unterkiefer. Wackelt, sagt er. Muß das so sein? Eigentlich nicht. Hauptsache, ich kann kauen. Ich bin nicht mehr bei Dr. Berner, erzählt Traudel, sondern bei der Jugendzahnpflege, im Gesundheitsamt. Dreimal in der Woche zeige ich den Schulkindern, wie man sich die Zähne putzt. Und das Abitur? Woher weiß er, daß sie auf die Oberschule hatte gehen wollen? Hol ich nach. Abendschule. Der Vater steckt Zeige- und Mittelfinger seiner rechten Hand durch den Spalt zwischen Drahtgitter und Tisch, streichelt ihre Faust, die das Taschentuch umklammert. Ist alles halb so schlimm. Nicht anfassen! Der Wachmann an der Tür ist aufgestanden. Vater zieht die Hand zurück. Mir gehts gut hier, sagt er, besser als im Gelben Elend, in Bautzen. Denk nicht an mich, du hast doch noch alles vor dir. Versprichst du mir das? 1965 komm ich raus, und dann fahren wir an die Ostsee. Seit dem Prozeß weiß ich doch wenigstens, woran ich bin. Fünfzehn Jahre, die vergehen auch irgendwie. Fertigwerden. Ende der Besuchszeit. Der Schließer öffnet das Gitter zum Zellengang. Das Scharren der zurückgesetzten Stühle übertönt die Abschiedsworte. Ich habe sogar etwas zugenommen, sagt der Vater und weist auf seinen Bauch. Die filzige graue Jacke hängt an ihm wie an einer Vogelscheuche. Beim Hinausgehen dreht er sich noch einmal um. Als sie vor das Tor tritt, schlägt die Kirchturmuhr dreiviertel elf. Schon jetzt ist es ungewöhnlich warm. Traudel steht am Ufer des Flüßchens, das sich durch Waldheim schlängelt. Osterglocken säumen die Böschung. Der Weg zur weiß gestrichenen Holzbrücke ist mit Kies bestreut. Die Schritte knirschen. Wie geht es ihm? wird Mutter fragen. Die Antwort würde sie nur mit einem Ohr aufnehmen, hinter jedem Wort einen versteckten Vorwurf witternd. So sieht er aus, und du benimmst dich wie? Die Stühle stehen auf den

Tischen. Die Tür zum oberen Hof ist offen, damit der Dunst abzieht. Die Pradel-Oma wirtschaftet in der Küche. Mutter wird schmollen und sich am Tresen ein Bier zapfen. Es ist mein Leben. Ich kann nicht länger warten. Hätte er auf mich gehört. Aber nein, immer nach seinem Kopf. Du bist genauso verbohrt. Traudel erreicht die Brücke. Trauerweiden. Es klappert die Mühle am rauschenden Bach, klippklapp. Das Zuchthaus hinter dem Birkengrün, idyllisch fast, eine feste Burg, mein Gott, dort oben, in einem Fenster sieht sie einen Menschen, einen Mann. Gegen das Gitter gelehnt, saugt er die Frühlingsluft ein. Ob er sie erkennen kann, hier unten, die Arme auf das Geländer gestützt? Verliebtes Ding, wird er denken, Mädchen aus dem Lyzeum, das die Schule schwänzt. Vielleicht ein Mörder, ein Verbrecher, nicht wie Vater, eine Verwechslung? Alles wird wie früher sein. Das glaubt er doch selbst nicht. Sie war noch ganz klein. Sonntags, auf der Landeskrone, im Ausflugslokal. Ihr Töchterchen? Reizend, entzückendes Kleid, Schleifchen im Haar. Sie versteckte sich hinter Vaters Beinen. 1965? Eine Ewigkeit. Über dreißig wird sie dann sein. Verheiratet? Nie. Sie wird allein bleiben. Mit der Oma. Es gibt Menschen, die haben Glück, andere nicht. Ruth, ihre Freundin, zum Beispiel. Deren Vater ist in Stalingrad geblieben. Ruth kann studieren und Lehrerin werden. Alles ist eingeteilt. Man muß sich damit abfinden. Der Zug fährt um zwei. Sie steigt die Straße hinauf. Der Kragen der Bluse ist naß. Englische Fallschirmseide. Ihr Erstlingswerk. Nicht schlecht gelungen, nur die Knopflöcher eine Spur zu eng.

FRAUENZUCHTHAUS COTTBUS, 15. MÄRZ 1939 / HILDES GESCHICHTE 10

56 Kilogramm Körpergewicht notiert der Anstaltsarzt des Cottbuser Zuchthauses am 15. März 1939 in die Akte der aus Ziegenhain überführten Gefangenen Hilde Berger. Die letzten zwei Haftmonate, der Entlassungstag ist in greifbare Nähe gerückt. Dank ihrer Arbeitsleistungen verfügt sie über

ein Hausgeldkonto von 11,35, das sie bei guter Führung zum Einkauf berechtigt. Zusammen mit den Zellengenossinnen, Hanna Herz, zwei jüdischen Schwestern und einer Politischen aus Chemnitz, stellt sie Matratzen für Jugendherbergen her. Das Seegras muß vor der Verfüllung in einer Maschine aufgelockert werden. Der Staub ist eine Tortur, doch ist ihnen gestattet, bei geöffnetem Fenster oder, sobald es draußen wärmer wird, im Hof zu arbeiten. Das Kommando ist weniger anstrengend als Kartoffelnbuddeln, auch ermüdet man nicht so rasch wie beim Filieren, wo einem nach stundenlangem Sitzen über dem Stickrahmen der Hintern weh tut und die Augen zufallen. Einmal im Monat darf sie einen Brief schreiben. Von den Eltern, die seit dem 1. Juni 1938 in Polen sind, trifft regelmäßig Post ein. Vor der Ausreise, mit der sie der Zwangsabschiebung zuvorkamen, war Sarah Berger nach Kassel-Ziegenhain gereist. Durch einen höflich formulierten Antrag – *In der Hoffnung keine Fehlbitte getan zu haben* – erreichte sie einen auf zwei Stunden verlängerten Besuchstermin. Die Mutter ermunterte Hilde, sobald sie freigelassen würde, ihnen nach Borysław zu folgen. Davon will sie nichts wissen. Was soll ich in Polen? Röschen, die kleine Schwester, lebt in Paris, hat Arbeit und Papiere und verspricht, ihre Bemühungen um ein Visum zu verstärken. Hilde arbeitet hart an ihren Englisch- und Französischkenntnissen. In ein eigens dafür gekauftes Heft notiert sie jeden Tag neue Vokabeln. Wohin soll sie sich wenden, welches Land nimmt sie, Alfred sind die bürgerlichen Ehrenrechte für fünf Jahre, ihr drei Jahre lang aberkannt. Ob die Franzosen etwas darauf geben? England ist schwierig. Und die U. S. A.? Zwar hat die Schwester in Paris ihren sagenhaften Onkel Philipp aus Amerika getroffen, der versprach, Einreisepapiere zu besorgen. *Aber hält er Wort, ich bin skeptisch.* Werner, alias *Alex,* soll in New York sein. Was kann ein Flüchtling für sie tun? Hat er Geld, hat er Einfluß? Ruth hat sich scheiden lassen und einen Engländer geheiratet, doch sei ihr Verhältnis zu Werner unverändert. Wohl eine Scheinehe, um im Land bleiben zu dürfen? Die

Reisepläne, die Hanna und Hilde noch im Vorjahr schmiedeten, sind passé. *Erinnerst du dich an Werners Europareise?* hatte sie ihren Verlobten am 16. Oktober 1938 gefragt, *wir planen auch solch eine. Was Werner gelungen ist, wird wohl zwei netten jungen Mädchen erst recht gelingen, besonders wenn eine Erfahrung in solchen Fahrten hat.* Das meinte Hanna, die in ihrem ersten Leben – also vor der Haft – mit Walter, ihrem Mann, der mit Hänschen in Brandenburg sitzt, aber am gleichen Tag wie Alfred entlassen werden soll, viele Wanderungen und Fahrradtouren gemacht hatte und sogar als Anhalter gereist war. *Du darfst uns nicht auslachen, wenn nichts Unverhofftes dazwischen kommt, kann vielleicht etwas daraus werden.* Es kam etwas dazwischen. Das *Münchener Abkommen,* der Anschluß des Sudetenlandes, die Eintragung der Vornamen *Israel* und *Sara*, die J-Stempel in die Reisepässe, die Vertreibung der *Staatenlosen* nach Polen, Herschel Grynszpans Attentat auf den Pariser Botschaftsattaché und das Novemberpogrom. Wie hatte Alfred auf seiner Neujahrskarte geschrieben: *Liebes Lütt, für 1939 Glück zu wünschen eigentlich überflüssig, Du kommst raus und ich, aber wir können es sicher gebrauchen.* Hilde überhört die melancholischen Töne in seinen Briefen nicht. *Bald bekommst Du jede Woche einen ganz langen schönen Brief von mir, bis dahin mußt Du brav sein, Du bist doch auch schon Abgang, und da darfst Du nicht hadern.* Er solle an das nächste Silvesterfest denken. *Es ist doch ganz gleich, wo wir sind, sogar in Polen wird es herrlich in Vergleich zu diesem Leben. Segen der Relativität!* Und dann wäscht sie ihrem Alfred den Kopf, er möge nicht so nachlässig sein und die Auswanderungsdinge vorantreiben, seine Verwandten nicht in Ruhe lassen – *ist Kanada ganz ausgeschlossen?* – und vor allem aufhören Polnisch zu lernen, das sei *Unsinn. Beantrage sofort Englisch.* Das hat er bereits getan. Am 10. September 1938 bestellt er ein *englisches Lexikon* und einen *englischen Roman: Dreiser, Amerikanische Tragödie.* Als man ihm das Lexikon genehmigt, den Roman aber ablehnt, erscheint in seiner Akte der Vermerk: *Hat auf das Lexikon verzichtet.* Hilde hätte anders reagiert: die Enzyklopädie in Empfang genommen, den Dreiser später erneut angefordert. Hartnäckig bereitet sie sich auf die Zeit nach der Entlassung vor. Wenn sie ausgewiesen wird, bleiben ihr 24 Stunden, drei Tage, eine Woche? Stellt die Unentschlossenheit der staatlichen Stellen, einen Ausweisungsbeschluß zu verfügen, ein Zeichen der Hoffnung oder der Bedrohung dar? Warum sollte man ausgerechnet sie im Lande dulden? Je länger sie bleiben kann, um so größer sind ihre Möglichkeiten, selbst zu bestimmen, wohin sie emigriert. Vielleicht klappt es doch und sie kann Röschens Geburtstag in Paris feiern? Was die kleine Schwester leistet, ist beachtlich. Ehrlich gesagt, hätte ihr Hilde so viel Mumm nicht zugetraut. Seit der Abreise der Eltern ist sie Hildes Poststelle, kopiert Briefe, leitet Abschriften weiter, schickt Alfred das Original, hält die Verbindung mit dem Auslandsverband der polnischen Juden, schreibt dem Konsulat in Paßfragen, kümmert sich um die französischen Papiere, erkundigt sich nach den Quoten der Einreiseländer, Kanada, Mexiko, Australien, Kuba, welche Berufe sind wo besonders gefragt, sie bittet Ruth in London, die Stelle als Haushaltshilfe für Hilde zu reservieren, fragt Lucie Buchwald, Alfreds Schwester, ob die Sachen ihrer Schwägerin in der Prinzenstraße noch sicher untergestellt sind, sie verfaßt Bittbriefe an Werner, Onkel Philipp, Gott und die Welt und geht nebenbei noch arbeiten, um für sich und ihren Mann zu sorgen und um das Gold für Hänschens Zahnbehandlung schicken zu können. Und ist erst zwanzig Jahre alt. Um Röschen ist Hilde nicht bange, aber um die Eltern. Wovon leben sie, haben sie eine Wohnung gefunden, kann Regina etwas dazuverdienen, wie geht es gesundheitlich, haben sie die Pläne, nach Übersee zu kommen, aufgegeben, sind sie entschlossen, in Borysław zu bleiben, helfen ihnen die Verwandten? Am Morgen des 15. März 1939, auf dem Transport von Ziegenhain nach Cottbus, sahen Hilde und Hanna, aus dem Fenster ihres Zugabteils blickend, Militärkolonnen über die Reichsautobahn nach Süden fahren. Einen Tag später hörten sie vom Einmarsch in die Tschechoslowakei. In ihrem vorletzten Brief aus dem Zuchthaus, an dem die Postzensur das *Nichteinhalten des Zeilenabstands* monierte, wirkt Hildes Schrift unruhig, der Tonfall gehetzt. Sechsmal steht das Wörtchen *sofort* in der Passage, die sich an die Schwester richtet. Der Pariser Traum wird endgültig begraben. Jedes Land scheint nun als Fluchtpunkt akzeptabel, vorausgesetzt, es böte ihnen beiden, Hilde und Alfred, ohne Schwierigkeiten Aufenthalt. Überall würde sie hingehen, nur nicht *in irgend ein Lager, wie sie in den meisten europäischen Ländern zum Abwarten eingerichtet sind.* Wieder spult sie den Katalog der Maßnahmen ab, die von der Schwester ergriffen werden sollen: Affidavits für Alfred und Hänschen, *damit er auf alle Fälle angemeldet ist, später ist es vielleicht ganz unmöglich*, die Ausstellung eines Fremdenpasses durch das polnische Konsulat. *Es ist jetzt wirklich brennend! Du weißt, was zu tun ist, alles beschleunigen!* Schließlich, die Bücher. Eine Katastrophe bahnt sich an, die abgewendet werden muß. *Ich bitte Dich, alles zu verhindern, daß unsere Bücher verkauft werden.* Offenbar hat die Gestapo nur Teile der Bibliothek aus dem Zimmer in der Augsburger Straße beschlagnahmt. *Ich verstehe gar nicht, wie Alfreds Mutter überhaupt auf diesen Gedanken gekommen ist. Das darf auf keinen Fall geschehen, ich kann die Bücher alle mit ins Ausland nehmen, das bißchen Geld, das man bekommt, steht in keinem Verhältnis zu dem tatsächlichen Wert. Du weißt, wieviel die Bücher für uns bedeuten.* Um den Verbleib anderer Sachen kümmert sie sich nicht. Unwichtig. *Kannst Du dir vorstellen, daß ich in 6 Wochen schon bei dir bin, wir uns gesehen, gesprochen haben und vor allem für ½ Jahr auf Wiedersehn sagen?* Alfred kann es nicht. Er traut dem Frieden nicht. Die Geschichte wird zeigen, wie berechtigt seine Zweifel sind. Auch Hilde kommt der Gedanke des Wiedersehens noch *reichlich utopisch* vor. *Ich teile zwar Deine pessimistische Stimmung nicht, bin aber auf das Schlimmste gefaßt. Man wird hier notgedrungen Fatalist.* Über ihre Freilassung am 6. Mai 1939, 10 Uhr 54, ist, was Hilde nicht ahnt, längst noch nicht entschieden. Schon die

Leitung des Zuchthauses Ziegenhain hatte sich am 14. Dezember 1938 mit dem Generalstaatsanwalt beim Kammergericht in Berlin in Verbindung gesetzt. *Hierdurch wird um Mitteilung gebeten, ob gegen Hilde Berger ein Ausweisungsverfahren schwebt.* Ein Justizinspektor antwortete zwei Tage später, die Anfrage würde an die Staatspolizeileitstelle Magdeburg weitergereicht. Als bis April keine Antwort erfolgt, wiederholt der Leiter der Vollzugsanstalt Cottbus am 14. April 1939 die Nachfrage. Am 3. Mai bekommt er Post. Die Magdeburger Gestapo-Beamten um Fischer und Krätsch melden keine Bedenken an, lassen der *einsitzenden Jüdin Hilde Berger* aber mitteilen, sie habe *sich nach ihrer Entlassung sofort bei der Staatspolizeileitstelle in Berlin zu melden.* Der Direktor legt den Amtsbrief neben ein zweites, die gleiche Insassin betreffendes Schriftstück, das gestern auf seinem Schreibtisch landete. Das Kuvert trägt eine fremdländische Briefmarke, die der Anstaltsleiter, einige Tage später, bevor er die Akte Berger in den Schrank der *Abgänge* einstellt, ausreißen und seinem Sohn, der zum Geburtstag ein neues Sammelalbum erhalten hat, mitbringen wird. *Norge* steht auf der Marke, die einen Mann zeigt, in dem der Gefängnisleiter, obwohl mit diesen Dingen nicht sehr vertraut, den norwegischen König vermutet. Das Schreiben stammt nicht von Seiner Majestät Håkon VII., sondern einem gewissen Kjell Ottesen, wohnhaft in Oslo, Wergelandsveien 5. *Sehr geehrte Herren*, liest der Direktor und spürt Genugtuung, daß der Ausländer annimmt, ein so wichtiges Unternehmen wie ein Frauenzuchthaus könnte nur von *mehreren* Männern geleitet werden. *Wie ich erfahren habe, wird Fräulein Hilde Berger am 6. Mai aus Ihrer Anstalt entlassen.* Der Anstaltsleiter schmunzelt. Scheinbar verfügt der Norweger über gute Drähte zur Gestapo, war ihm selbst doch erst vor wenigen Minuten diese Nachricht mitgeteilt worden. *Da es meine Absicht ist, mich ihrer anzunehmen und ihr in meinem Heimatlande Aufenthalt zu verschaffen, erlaube ich mir die høfliche Anfrage, ob es möglich ist, dass ich Fräulein Berger am 6. Mai bei Ihnen abhole.* Der Brief ist am 30. April datiert, am Sonntag. Zwei Tage von Oslo nach Cottbus, Geschwindigkeit ist keine Hexerei. *Da die Zeit sehr knapp ist und ich bereits Mittwoch von hier abreisen müsste, werde ich mir erlauben, Dienstag vormittag telefonisch eine Antwort auf diese Anfrage zu erbitten.* Das hat er allerdings getan, gestern, am 2. Mai, noch bevor sein Brief eintrudelte. Als Direktor hatte er ihm mitteilen müssen, daß die Entlassung der Berger wahrscheinlich, aber noch nicht sicher sei. Es könne noch immer von *maßgeblicher Seite* Einspruch erhoben werden, doch sollte er, Ottesen, ruhig zur Abholung erscheinen. Während der Beamte auf den Briefbogen schreibt: *Durch Ferngespräch bereits erledigt*, fragt er sich, ob es seine Pflicht sei, die erwähnte *maßgebliche Seite* vom Ansinnen des Fremden zu benachrichtigen, doch denkt er dann, die Gestapo-Kollegen wüßten wohl ohnehin Bescheid. Wer weder von Kjell Ottesen noch seinem Plan, sich ihrer anzunehmen, weiß, ist Hilde selbst. Am Mittwoch fragt sie die Hauptwachtmeisterin, die der Direktor ins Vertrauen zog, ob sie Verwandte in Norwegen hätte? Ja, behauptet sie, die Lüge konnte ihr nicht schaden, und von Werner wußte sie, daß er zur dortigen Arbeiterpartei Beziehungen hatte. Du weißt doch, daß Trotzki einige Monate bei Oslo gelebt hat? Die Wachtmeisterin mag Hanna und Hilde, die beiden jungen Frauen sind in ihren Augen keine Verbrecherinnen. Seit dreißig Jahren im Dienst, kennt sie sich aus. Also, sagt sie, ihr Verwandter hat angerufen und gefragt, wann sie rauskommen. 10 Uhr 54 steht er vor dem Tor. Hilde hört das und nickt. Am Tag der Entlassung werden sie und Hanna Herz aber schon um 9 Uhr zum Ausgang begleitet, die Anstaltsleitung hat ihrem Antrag, zum Zug nach Berlin um 10 Uhr 26 entlassen zu werden, großzügig zugestimmt. Am Ende zeigt man sich noch einmal von seiner besten Seite. Passend zum Anlaß das Wetter. Strahlender Sonnenschein. 2½ Jahre Warten sind zu Ende. Hanna drückt ihre Hand. Mensch, Hilde. Soll sie auf den Norweger warten? Falls der nicht kommt, muß sie allein mit dem Abendzug fahren, und ein halber Tag ist verloren.

Den Gedanken, weitere sechs Stunden in Cottbus bleiben zu müssen, hält sie nicht aus. Wer weiß, ob sie Alfreds Schwester Lucie Buchwald dann noch antrifft? Wo soll sie unterkommen mitten in der Nacht? Sie hat ja niemanden mehr dort. Also nimmt sie den Zug und versetzt Ottesen, den Abgesandten der Norwegischen Arbeiterpartei, der mit einem falschen Paß und Blumen vor dem Frauenzuchthaus wartet, bis ihm die Wache erklärt, daß er umsonst ausharrt. Er fährt mit dem Auto nach Berlin und trifft Hilde bei ihrer Schwägerin. Sie gehen in ein Restaurant. Das Reisedokument ist auf einen norwegischen Namen ausgestellt und funkelnagelneu. Wie soll das klappen? fragt sich Hilde. Und Alfred? Sie wird nicht nach Oslo gehen. Ihr wird übel, das ungewohnt fette Essen. Als sie von der Toilette zurückkommt, bittet sie der Norweger, es sich gut zu überlegen. Eine Gelegenheit, die so schnell nicht wiederkehren wird. Wenn es zum Krieg kommt, was dann? Zur gleichen Zeit sitzt Alfred in seiner Zelle in Coswig. Er hat Genehmigung, bis um 8 Uhr das Licht brennen zu lassen. *In der Visumfrage sind wir auch nicht viel weiter,* liest er in Hildes Brief. *Du siehst, sogar für solche unbedeutenden Leute, wie wir es sind, ist der Planet ohne Visum.*

MIDTOWN MANHATTAN,
DECEMBER 1, 1998, 3.10 p.m.

81 Grad. Klimakatastrophe. Wir schwitzen, sehen aber verdammt cool aus, Jacob im Kosmonautenanorak, ich mit Matrosenjacke, staubgrauen Hosenbeinen und fettigen Haaren, Havanna im Mundwinkel. So läuft nicht jeder über die Sixth Avenue. Mut und inneres Gleichgewicht. Rauchen auf offener Straße wird mit Bußgeld bis zu 500 Dollar bestraft. Hab ich das Gesetz geträumt? Der Officer, Ecke 33. Straße, an den Feuerhydranten gelehnt, grinst, statt einzuschreiten. Zigarren rauchende Kinder im Vorruhestandsalter. Dieser Stadt mangelt es an vielem. Nicht an Exzentrikern. Rush hour, überfüllte Subways. Ein bißchen Bewegung kann nicht schaden.

59th oder 76th Street können wir einen Crosstownbus nehmen. Jacob wohnt auf der Eastside, in einer der 80er Straßen, nah am Fluß. Er läßt mich seine Wohnung sehen. Ein Vertrauensbeweis? Wenn du so willst. Bedank dich bei meiner Bandscheibe. Die Erstausgaben. Ich hätte sie glatt vergessen. Zwar hatte Jack erwähnt, in seiner Wohnung stünden *first editions*, die mir gehörten, weil unser *deal* festlegte, daß ich alle seine deutschen Bücher übernehmen sollte, ausgenommen Judaica. Ich glaubte, du hättest sie schon nach Chelsea gebracht? Sie hätten nur im Weg gestanden. Wären womöglich runtergefallen. Sag bloß, du hättest sie nicht vermißt? Ich vertrau dir eben blind. Das kannst du auch, also vergiß die Geschichte, es ist in meiner Wohnung kein einziges deutsches Buch mehr, kein Inselband, kein Reclam-Heft. Es war ein Witz. Gehen wir ein Bier trinken, mein Apartment zeig ich dir andermal. Und Patty, was ist mit der? Ruf sie an, wenn die Lady durstig ist, stößt sie zu uns. Morgen früh, 9 Uhr, sitzt sie in ihrem zerbeulten Nissan, wartet vor deiner Haustür, im Parkverbot, um uns nach Chelsea zu fahren, weil dein Freund Lenny einen Termin beim Kardiologen hat. Nett von Patty, aber ich kann die Subway nehmen. Schleppst du die Büchertüten zur U-Bahn? Du sprichst in Rätseln, Tüten? Gefüllt mit deutschen Erstausgaben, die in deinen Regalen stehen, weil sie zu schön und kostbar sind, ich zitiere deine Worte, Boß. Das soll ich gesagt haben? Hast du gesagt. Ich rede zuviel, sagt Jacob. Wir schlängeln uns zwischen den Passanten durch. Am Straßenrand fliegende Händler: Uhren, Gürtel, Feuerzeuge. Auch Bücher. *Fell off the truck*, meint Jacob. Hier kriegst du brandneue Titel für den halben Preis, den sie bei *Barnes & Nobles* verlangen. Angeblich tolerieren die großen Verlage diesen Handel, um hohe Absatzziffern vermelden zu können. Komische Geschäftspraxis. An einem Stand bleibe ich stehen. Igor, der russische T-Shirt-Verkäufer, hat seinen Vertrieb auf die 6. Avenue verlagert. Hi, sage ich, wie läuft der Laden? Schlecht, antwortet er auf russisch. Warum bist du weg von der Fifth Avenue? In der Nähe vom MoMA kommen doch viel mehr potentielle Kunden vorbei. Er winkt ab. Verkauf du mal im Winter T-Shirts. Das Wetter ist doch auf deiner Seite, Dezemberfrühling. Die Leute glauben dem Frieden nicht, meint Gospodin Igor. Wäre das nicht was für dich? frage ich Jacob. Ein T-Shirt mit einem Frauengesicht. Das Haar hochgesteckt, große Augen, Lilja Brik ähnelnd. Sieht aus wie ein Bild aus Majakowskis *Rosta-Fenstern.* Die Hände vor dem Mund zum Trichter formend, ruft die fesche Sowjetfrau: Книги! Was heißt das? fragt Jack. Bücher, übersetze ich. Genossen, endlich eingetroffen, lang entbehrt, heiß begehrt, das Manna der Unterprivilegierten! Jacob verzieht die Lippen. Mir sieht es mehr wie eine Drohung aus: Bücher! Köpfe einziehn, rette sich wer kann. Tut mir leid, sage ich dem T-Shirt-Unternehmer, dieser Mann ist zu lange im Kleinhandel tätig. Doswidanija. Nach hundert Metern knurrt Jack: Hast du den Russen wirklich verstanden oder nur gut gespielt? Willst du einen Kurzvortrag über den Roten Platz hören oder ist dir mehr nach dem Sturm auf das Winterpalais? Irgendwas mußten uns die Lehrer ja beibringen. Wenn ich Russisch könnte und in deinem Alter wäre, meint Jacob, wüßte ich, was ich täte? Ich ahne schon, was jetzt kommt. In Rußland leben Millionen Leser, darunter noch eine ganze Menge Juden. Er sieht mich an, als müßte mich diese Botschaft umhauen. Und weiter? Die warten auf deutsche Bücher? Judaica, Hebräischlehrbücher, die Thora. Religiöse Erneuerung. Verstehst du, wenn jemand Bücher braucht, dann die russischen Juden. Du fährst hin, knüpfst Verbindungen, Gemeinden, Schulen, Forscher, ich besorge die Lektüre. Das funktioniert doch nicht. Elender Pessimist, es macht keinen Spaß, schimpft Jacob, alle meine Ideen prallen an der Mauer deiner Skepsis ab. Das Geschäft kann nur ein Flop werden. Die Juden, die heute noch in Rußland leben, sind zu arm für Bücherkäufe aus Übersee. Hätten sie Devisen, würden sie sich ein Ticket kaufen und nach Israel übersiedeln, nach Brighton Beach oder Deutschland. Immerhin ein Argument, meint Jack, ein ordentlicher Streit ist mir lieber als nackte Ignoranz. Also, erstens, guter Freund, weiß man inzwischen auch in Birobidschan, wie viele Akademiker in Tel Aviv Taxi fahren, zweitens gibts immer ein paar Nesthocker, die dem Goldrausch widerstehen und brav zu Hause bleiben, selbst wenn dieses Zuhause Rußland heißt, drittens sind unter den Heimatverbundenen einige sehr erfolgreich, also reich, können aber auch nicht zwischen Halacha und Haggada unterscheiden, viertens, wer sagt, die armen Schlukker, denen wir die Bücher liefern, sollen diese bezahlen? Liefer- und Rechnungsadresse müssen nicht übereinstimmen, die Schecks können die Brüder unterzeichnen, die es geschafft haben, die Parvenüs, die das schlechte Gewissen plagt oder der Zweifel am Erhalt der göttlichen Eintrittskarte, die Verwandten, die ihre Brüder und Schwestern lieber im fernen Sibirien über ein Gebetbuch gebeugt sehen, als mit einem Koffer auf der Schwelle ihrer Wohnung in Manhattan. Ich weiß, das klingt nicht sehr heroisch, aber so ist das Leben, wir müssen den Tatsachen ins Auge schauen und Schlußfolgerungen ziehen, wenn wir vorwärtskommen wollen. Jacob, sage ich, das Geschäft ist mir zu familiär. Da misch ich mich nicht ein. Meine Sprachkenntnisse sind im Grunde nur Potjomkinsche Dörfer. Mach einen Intensivkurs. Ich bin fast vierzig, da lernt man nicht mehr so schnell. Hebräisch, Russisch, Betriebswirtschaft, Steuerrecht. Hab ich was vergessen? Ein Freund von mir hat noch als Rentner angefangen, Japanisch zu lernen. Ein Antiquar? Wie kommst du darauf? Ich dachte, du hättest ihn überredet, deine Judaica nach Tokio zu verkaufen. Unsinn, es gibt in Japan keinen Markt. Und die wenigsten meiner Freunde sind Buchhändler, im Grunde bist du der einzige. Ich bin keiner, entgegne ich. Warts ab. Er zieht mich zur Bushaltestelle.

HAPPY BUS DRIVER

Das ist nicht der gewöhnliche M-4-Bus
nach Downtown Manhattan, Sie fahren
im Happy Bus, ich bin der glückliche

Busfahrer, genießen Sie jede Stunde,
jede Minute, lächeln Sie, wenn ich
Ihre Station verpasse, weil ich zuviel rede,
laufen Sie ein paar Blocks, im Regen,
rufen Sie meinen Boß an, wenn Sie
gern im Happy Bus fuhren, dann werde
ich nicht gefeuert und bin glücklich.

YORKVILLE, E 77TH STREET, DECEMBER 1, 1998, 4.22 p.m.

Jacob braucht ewig, um die Schlösser seiner Wohnungstür zu öffnen. Für Manhattan nicht ungewöhnlich, für ihn normal. Komm rein, es ist ziemlich eng. Bedeutet der Hinweis: wirf bitte nichts um? Zwei Zimmer, Küche, Bad. Ich werde in den Living Room geschoben, dessen Längsseite ein Bücherregal begrenzt. Die Mitte des Raumes füllt eine Art Sitzgarnitur, Couch, Sessel, weiches Leder, flacher Glastisch, auf der Platte in schöner Symmetrie Kupferschalen und Holzkästchen mit Intarsien. Neben dem Durchgang zur Küche schimmert dunkel ein kleiner Schrein aus Mahagoni, der einst einen buddhistischen Tempel geschmückt haben dürfte. An den Wänden Schriftrollen, Fächer, Pergamente mit exotischen Zeichen. Eine chinesische Tuschzeichnung sticht heraus, dreißig Zentimeter hoch, mehr als einen Meter lang. Sicherlich alles echt. Jacob sieht meinen Blick und meint: Schönes Blatt, nicht wahr? Tai Wên-Chin, um 1450, Philosophenbesuch, leider nicht das Original, aber verrate es keinem. Jacks Wohnung ist das genaue Gegenteil seines Büros. Es gibt dafür ein passendes deutsches Wort: aufgeräumt. Wo ist dein Fernseher? In der Ecke. Erst stand er in der Küche. Dann übermannte mich das Mitleid. Mit dir? Mit dem Gerät. Wie soll es seine Bestimmung erfüllen, wenn ich es nie benütze? Schönes Apartment, ein bißchen wie eine Mönchszelle. Im Grunde ist es eine, meint Bruder Jacob. Ich sag dir was, wenn man alleine lebt, ist das wichtigste, daß man Ordnung hält. Macht dir jemand sauber? Ich soll jemanden bezahlen, damit er meine Vasen zerbricht? Jack lacht. Das mache ich allein billiger. Es geht nicht um Staubsaugen und Geschirrspülen, Eremiten brauchen Regeln. Männer verwahrlosen zu schnell. Weshalb überleben die Ladies ihre männlichen Gefährten? Frauen achten mehr auf ihr Äußeres. Die Eitelkeit als Lebensretter. Eine Frage der Physiologie? Wer weiß. Ich wäre wohl schon tot, wenn ich nicht ganz strenge Rituale hätte. 6 Uhr aufstehen, Sommer wie Winter, nur Sonntag bleibe ich bis 7 Uhr liegen, um zu lesen. Gesundes Essen, Gemüse, wenig Fleisch, fettarm, regelmäßig ein Glas Rotwein, einen Cognac, eine feine Zigarre. Selten, daß ich später als 11 Uhr einschlafe. Betest du? Eine dreiste Frage, mein Freund, ich habe sie längst erwartet. Nein, ich bin nicht in der Weise religiös, um früh und abends zu dawnen. Bis zu meiner Bar Mizwa, ja. Ich bete nicht, bin aber auch kein Atheist wie du. Ich denke sehr oft an meine Mutter, ich habe sie sehr geliebt. Eine merkwürdige Art, Religiosität zu definieren. Bestimmt der Glauben, in dem einen die Mutter wiegt, unser Verhältnis zu Gott? Zur Welt? Freudsche Frage, über die ich auf dem Rückflug nachsinnen werde. Ein Glas Wein? Blick zum Fenster: Dunkelheit. Auch ich habe Grundsätze. Ist es im Preis inbegriffen? Hast du meine Firma nicht allmählich als großzügiges Unternehmen schätzen gelernt? Ein Bordeaux, die Flasche vor zwei Tagen geöffnet. Vive la France, ich bin überzeugter Europäer. Jacob holt zwei langstielige Gläser. O la la. Dachtest du, wir trinken aus Pappbechern? Cheers, wir haben es fast geschafft. Der Job heute abend ist schon fast keine Arbeit mehr. Er steht vor seinem Bücherregal wie der Fernsehansager beim Wetterbericht. Diese Reihe ist deutsch, hier, diese Ecke Stefan Zweig, Arnold Zweig, sie waren nicht verwandt, oder? Sie konnten sich nicht mal besonders leiden. Das kommt in den besten Familien vor, gibt Jack zu bedenken. Werfel, Ferdinand Mainzer, Jakob Wassermann, *Olivia*, Zürich 1937, Heinz Liepmann, *Das Leben der Millionäre, Wiener Bauratgeber,* Hesse, Kraus, Tucholsky, Heinrich Mann. Schon sind wir bei der Sache. Jack gibt mir zwei, drei Bände, die ich in Plastiktüten versenke, vorsichtig, um die Kanten nicht zu bestoßen. Es ist nicht die beste Transportmethode, aber die paar Kilometer auf die Westside werden sie schon überstehen, wenn Patty nicht wie ein Teufel fährt. Sie hat mich hier besucht, erzählt Jacob und reicht mir Hofmannsthals *Rosenkavalier.* Sie rief mich im Office an. Ob sie die Bücher anschauen könne, in deinem Auftrag. Ich brauchte sie als Spitzel, sage ich, ich hatte doch keine Ahnung, was ich eigentlich kaufen wollte. Jetzt kann ichs dir ja sagen, ich hab nie geglaubt, daß unser Geschäft zustande kommt. Patty hab ich nur die besten Sachen gezeigt, hier in der Wohnung. Sie scheint etwas von deutscher Literatur zu verstehen. Möchte sein, sage ich, sie hat ein Buch über Brecht geschrieben. O Gott, erzähl nicht weiter. Alle deine Freunde haben Ambitionen, du bist wirklich nicht zu beneiden. Ohne ihre Spionage hätte ich den *deal* nicht gewagt, ich bin ihr dankbar. Na, ich erst, meint Jack, sie hätte dir auch abraten können. *She's really a nice person.* Cheers. Auf Patty. Schon ausgetrunken? Bekomme ich nur ein einziges Glas? Er schenkt nach. Das ist aber das letzte, sonst fällst du mir noch um. Wie alt, denkst du, ist sie? Ich gehöre nicht zu den Leuten, die andere fragen, ob sie beten, Mittags schlafen oder in den Wechseljahren sind. So alt wie du. Tatsächlich? Patty läuft jedes Jahr den *New York Marathon*. Auch das noch. Wie konntest du es wagen, mir eine so starke Frau ins Haus zu schicken? Mir hätte ja sonst was passieren können.

BERLIN-LICHTENBERG, 15. MAI 1970

Mein Bruder wird geschlechtsreif. Wenn man ihn nicht versteht, weil er undeutlich spricht, behauptet er, im Stimmbruch zu sein. Am Morgen besetzt er zwanzig Minuten das Bad. Sonnabends zieht er mit seinem Kofferradio los, zur Disko, Club *Passage*. Wieso nimmt man ein Radio mit, wenn man tanzen geht, fragt Mutter. Da muß ich ihr recht geben. Er trägt es an die Schulter gepreßt, mit ausgezogener Antenne.

Ich darf es nur unter seiner Aufsicht anfassen. Geht er zur Schule, schließt er die *Heule* im Schrank ein, damit *Keule* nicht dran kann, wenn *Keule* vor ihm Schluß hat. Das Radio heißt *Heule*, der Reim darauf meint mich. Wenn ich etwas vom Bruder will, nenne ich ihn *Atze*, meist will ich nichts. Unsere Beziehungen sind gespannt wie die Lage im Nahen Osten. Ich kenne mich in der Weltpolitik aus, ich bin verantwortlich für die Politinformation in der Klasse. Natürlich war es peinlich, als ich am Abendbrottisch verkündete, ich sei zum *Alligator* gewählt worden. Fremdwörter sind Glückssache, meinte mein Bruder und fragte, ob die Krokodile bei mir *Agitatoren* heißen? Dabei weiß ich sogar, daß der UNO-Generalsekretär aus Birma kommt und U Thant heißt. Ich würde auch gern einen Vornamen haben, nur aus einem Buchstaben bestehend. Mein Bruder meint, aus mir würde mal was ganz Besonderes. Das nennt man Ironie. Ihn interessiert Politik nicht, nur Rock. *Inagaddadavida* heißt sein Lieblingssong, endloses Getrommel, irgendwie indisch. Er hört nur RIAS, trotz des Vietnamkriegs. Ich höre *Die Schlager der Woche* mit Lord Knut nur, um zu wissen, wer auf Platz 1 ist. Mein Bruder hört Sendungen, die sich *in die inneren Angelegenheiten der DDR* einmischen. Sogar am Nachmittag. Ich sitze und mache Schularbeiten. Musik stört mich nicht. Plötzlich vernehme ich einen Satz, der mich aufhorchen läßt: *Ein Gespenst geht um in Europa, das Gespenst des Kommunismus.* Ein Hetzsender, denke ich, die westlichen Agitatoren wollen den Menschen in der DDR Angst machen, mein Bruder fällt prompt drauf rein, obwohl er schon Jugendweihe hatte. Mach sofort den Westsender aus, befehle ich. Was willst du? Du sollst den Westsender ausmachen, diese Hetze will ich nicht hören. Bist du bescheuert? Das ist das *Kommunistische Manifest* von Karl Marx und Friedrich Engels. Das kann er einem Idioten erzählen, aber nicht mir. Du bist so ein Idiot, sagt er. Das ist eine Sendung über das *Manifest*, außerdem Radio DDR 2. Du hörst doch nie unsre Sender. Ab und zu schon, sagt er. Mutter kommt, durch mein Geschrei angelockt, ins Kinderzimmer.

Was ist denn nun schon wieder, Jungs? Er glaubt nicht, daß das *Kommunistische Manifest* mit dem Satz anfängt: Ein Gespenst geht um in Europa. Doch, sagt Mutter, da hat dein Bruder recht. Ich habe zwar keine Ahnung, was sonst drin steht, aber daß es damit anfängt, weiß ich. Das will ich schriftlich sehen. Haben wir ein *Manifest* im Bücherschrank? Nein, so was haben wir nicht.

NATHANS BÜCHER 2

Max Martins Geschichte gerät zu einer Marotte. Die Künstler-Biographie eines verhinderten Genies. Albern. Würde er sich die Einmischung in seine Angelegenheiten verwahrt haben? Tote sind wehrlos. Woher nehme ich die Gewißheit seines Ablebens? Dr. Riegers Tochter behauptet es. Sie hat ihn nie gesehen, geschweige denn gesprochen, kennt nur seine blauen Luftpostbriefe, ein paar Fotos. Sie wollte mir ein Bild schicken. Hat es nicht getan. Australien ist groß. Einem Mann, der New York verläßt, um auf die Südhalbkugel zu übersiedeln, ist vieles zuzutrauen, auch ein Exil im Regenwald von Queensland. Er wäre jetzt Mitte Achtzig. Ein rüstiger Rentner. Vielleicht lebt er als Höhlenzeichner bei den Aborigines? Fest steht, Max Martin, ob tot oder lebendig, ist auf der Flucht. Vor mir. Im *Leo Baeck Institute* durchsucht der Computer den Katalog ohne Erfolg. Dutzende Nathans, kein Max, kein Martin. Die Doktorarbeit des Vaters wird erwähnt, ein Aufsatz über das israelitische Vorschußinstitut in Hamburg 1876–1916. Soll ich die zwanzig Jahrgänge des Gemeindeblatts am Lesegerät durchforschen, mit brennenden Augen, Rückenschmerzen, in der Hoffnung, eine Zeile über den widerspenstigen Freund zu entdecken? Richtige Detektive scheuen keine Mühe. Was würde Marlowe gemacht haben? Alle Hinweise prüfen. Wie hieß Max Martins Mutter? Dora Rieger. Den Namen kennt der Rechner. Die Paul-Rieger-Collection umfaßt mehrere Aktenordner. Gibt es zwischen der Mutter und jenem Paul einen Zusammenhang? Augenblick,

Max Martins Cousin, der Akademiker aus Torgau, der das ostdeutsche gesamtdeutsche Gartenbaubuch in die 178. Straße verschickte, hieß Paul Rieger? Warum hat mir Diana, seine Tochter, der ich von meinen Reiseplänen nach New York erzählte, diese Sammlung verschwiegen? Seltsam. Erwähnte nicht Max in seiner Rückerstattungsforderung ein Eßbesteck oder einen silbernen Trinkbecher mit der Gravur PR, gleich Paul Rieger, einem Onkel? Existiert ein Cousin und ein Onkel PR? Wenig Betrieb heute, bei *Baecks*. Ein Mann mit Laptop, eine alte Frau vor einem Packen Briefe, eine pummlige Historikerin mit Kopftuch sichtet mit weißen Handschuhen einen Fotoberg, ganz hinten sitzt ein junger Chassid mit Kaftan über einem Buch und dreht mit der rechten Hand seine Pejes. Ich gehe in die linke Ecke, zu den Enzyklopädien. *Rieger, Paul.* Die *Große Jüdische National-Biographie* von S. Wininger, erschienen Ende der zwanziger Jahre in Cernăuţi, was wohl der rumänische Name von Czernowitz ist, hat ihn einer Erwähnung wert befunden. *Rabbiner und Historiker*, lese ich, *geboren am 4. Juli 1870*, am Independence Day, dem Geburtstag meiner Frau, er ist mir sofort sympathisch, *in Dresden*. Eine Spur! Kam nicht Max' Mutter auch in der sächsischen Residenz zur Welt? *Studierte dortselbst sowie an den Universitäten Breslau und Berlin*. Seine Dissertation war *Versuch einer Technologie und Terminologie der Handwerke in der Mischna*. Von 1896 bis 1902 Rabbiner in Potsdam, hierauf in Hamburg, na bitte, die Hansestadt wieder, Max Martins Geburtsort. Paul R. ist eine Persönlichkeit, ein VIP, die *National-Biographie* versammelt zehntausend jüdische Männer und Frauen, aller Zeiten und Länder, la Crème de la crème des juifs. Band 5 umfaßt die Lebensläufe von Pereira bis Steinhaus. Beide Herren oder Damen sind mir so unbekannt wie Paul R. Von ihm werde ich gleich mehr wissen, die Institutslady hinter dem Tresen gibt mir einen Wink, die bestellten Ordner liegen zur Abholung bereit. Ich liebe den Augenblick, eine Archivmappe zu öffnen. Nie weiß man, was einem begegnet. Als Kind wollte ich Archäologe werden. Vielleicht bin ich es geworden? Paul R. war ein eifriger Publizist, der erste Folder steckt voller Sonderdrucke: *Hillel und Jesus*, *Die Sprachen Deutschlands*, *Ein Tag aus dem Leben eines babylonischen Großkaufmanns vor viertausend Jahren*, *Festschrift zum siebzigsten Geburtstag Martin Philippsons*, *Vom Heimatrecht der deutschen Juden*. Letztgenannte Schrift, eine Broschüre von 32 Seiten, erschien 1930 im Berliner Philo Verlag, der in der Lindenstraße 13 seine Redaktion hatte. Im Vorsatz trägt das Heft ein Zeichen, das mir für eine Sekunde den Atem nimmt: Zeichendreieck und Zirkel als Magen David, *Ex-Libris Hamburgensis*, *Max Martin Nathan*. Daß Riegers Schriften in seinem Nachlaß auftauchen, ist nicht ungewöhnlich, warum aber stammen sie aus Max Martins Bibliothek? Die Frage wird um so merkwürdiger, da der Historiker, wie aus Zeitungsausschnitten, die ich finde, hervorgeht, bereits 1939 in Stuttgart verstarb, dem Ort, wo er die letzten Jahre als Rabbiner wirkte. Bizarres Material. Dutzende Notizbücher, Exzerpte und Kommentare in hebräisch, deutsch, teilweise englisch. Eine kleine, filigrane Handschrift. Theologie, Geschichtsforschung, Aufsätze, die ich gern lesen würde, aber nicht lesen kann. Ein deutscher Reisepaß, ausgestellt für Emilie Sara Rieger, Geburtsort Gießen, geboren am 29. 6. 1892, emigrierte im November 1940 über Portugal in die USA. Zwei Postkarten, eine aus Worms (Synagoge, älteste Deutschlands, 1034), die 5-Pfennig-Adlermarke trägt den Stempel: 14. April 1927, der Adressat ist Herr Dr. M. N. Nathan, Hamburg, Rothenbaumchaussee 38. *Lieber Herr Dr., von jüdischer Studienfahrt beste Grüße. Ihr Dr. Block.* Und mit jugendlicher Handschrift dazugesetzt: *Mit bestem Gruss, Anna-Sophie Block.* Die zweite Karte ist älter und zeigt das Hafenbecken von Boulogne-s.-Mer, den wuchtigen Rumpf eines Überseedampfers, und die palmenreiche Uferpromenade. Sie ist an *Fräulein Rieger* gerichtet *per Adresse Herrn Dr. Paul Rieger, in Hamburg, Grindelallee 188, parterre*. Das Fräulein ist keine andere als Dora, Max Martins Mutter, die seine Mutter nicht geworden wäre, hätte der Postkartenschreiber Alexander

Kohut eifriger um sie geworben. Aber der in Südfrankreich Weilende deutet seine Zuneigung nur zaghaft an und fährt weiter nach Amerika. Der junge Mann ist ein Studienkollege des Bruders Paul, wie auch der ruhige Nathan Max Nathan, der nun, und folgenreich, ihren Lebensweg kreuzt. Dora Rieger, Tochter des Dresdner Getreidehändlers Max R. und der Johanna R., geborene Levi, tritt mit Nathan Max Nathan, Sohn des Metzgermeisters Max N. aus Emmerich und Jeanette N., geborene Horn, am 27. Mai 1914 in Hamburg unter die Chuppa. Eine Hochzeit in den letzten Friedenstagen. Ihre Kinder werden die Folgen des Krieges zu spüren bekommen. In einer Pappschachtel liegen Hunderte Coupons des Kriegsversorgungsamts: Reichsfleischkarte für ein Kind, Nr. 036599, Name der Bezugsberechtigten: Margot Nathan, Unterschrift des Haushaltsvorstandes, Bezugskarte für Gerstenfabrikate, Haferflocken, Seifenkarte, Zusatzzuckerkarte für Kranke, Magermilchkarte, Vollmilchkarte, Zwiebackbezugsschein für Kinder im Alter bis zu 3 Jahren, gültig für die Zeit vom 12. Mai bis zum 31. August 1917, Inhaber: Max Martin Nathan (Rufname und Familienname), Wohnung Werderstraße 30, Ausgabestelle Nr. 69. Ein Verzeichnis der Bäcker, die Zwieback liefern. Welchen wird Dora bevorzugt haben, Otto Furcht, Rutschbahn 18, oder Friedrich Behn, Beim Schlump 1? Sicher hat sie bedauert, daß das Amt der Bäckerei Daube, Grindelberg 68, Ecke Werderstraße die Zwiebackkonzession verweigerte. Ich stecke die Markensammlung wieder in die Pappbox. Wann wird sie das nächste Mal geöffnet werden? In zwei Jahren, in dreißig, nie wieder? Archivalien führen ein seltsames Leben, sie warten auf den Forscher wie auf den Messias. Die nächste Box, ein neuer Hoffnungsschimmer. Samuel Grünberg schreibt am 5. Oktober 1911 auf einem Briefbogen der hebräischen Wochenschrift *Haibri* an Dr. Hans Rieger. Höchste Zeit, etwas Ordnung in die Nathanschen Verwandtschaftsverhältnisse zu bringen. Who is who in the Nathan family? Wenn Dora, Paul und Hans Geschwister sind, wäre Max Martin der Neffe von Paul und Hans, Cousin ihrer Kinder, falls sie welche hatten.

Der Dr. Rieger aus Torgau, der die *Deutschen Gärten* zur Deutschen Post trug, hieß mit Vornamen Paul. Weil ich ein gebildeter Mitteleuropäer bin, weiß ich um die Sitte der Sepharden, Kindern die Namen lebender Angehöriger weiterzugeben, im Gegensatz zu ihren aschkenasischen Glaubensgenossen, die nur Vornamen toter Verwandter vererben. Die Wurzeln der Nathans liegen in Spanien, wie steht es mit den Riegers? Folgte Hans der sephardischen Tradition, als er seinem Sohn den Namen seines Bruders gab, nämlich Paul? Samuel Grünberg hat eine schwer entzifferbare Handschrift. Offenbar wirbt er für die Zeitschrift *Haibri*. Soll Dr. Hans Rieger Beiträge liefern, als Abonnent gewonnen werden, oder beides? Welcher Art ist seine Profession? *Empfehle mich bestens Ihrer w. Frau Gemahlin und l. Kindlein*, schließt das Schreiben. Im Oktober 1911 gibt es also ein Baby, ein Kleinkind, im Haus von Hans Rieger. Ist es Paul, der Torgauer, der wenige Wochen vor meiner Suche als Neunzigjähriger starb? Wenn ja, dann dürfte mit der *werten Gemahlin* Dianas Oma gegrüßt worden sein. Je tiefer ich in die ganze Sache eindringe, um so mehr häufen sich Fragezeichen. Andererseits finden ungestellte Fragen unerwartet Antwort, etwa die, welche Kurorte und Sommerfrischen auf dem Gebiet des Deutsche Reichs im Jahr 1930 antisemitischen Charakter hatten. Ein Blatt aus einem Taschenkalender gibt darüber, in alphabetischer Auflistung, Auskunft: Bansin (Ausnahmen: die Erholungsheime der G. D. A. Strandhaus und Marie-Luise), Bauerhusen (Ostseebad), Bad Bentheim, Bad Bibra b. Naumburg (Thür.), Boltenhagen (Mecklenburg), Dangast (Nordseebad), Ditzenbach (in Württemberg), Fallingbostel, Finsterbergen, Kloster Frankenberg (bei Goslar), Georgenthal (Thür.), Gronenberg (Lüb. Bucht), Heiligensee (Ostsee), Königsfeld (Schwarzwald), Langeoog (rein christlich, judenfrei, nicht judenfeindlich), Lensahn, Markt Oberdorff bei Lauffen, Meura (Thür. Wald), Müritz (Ostseebad), Norddorf auf Amrum, Oberstaufen (Bayr. Allgäu), Prerow a. d. Darß, Scharbentz (Ausnahme: Hotel Augustusbad, Inh. Heinr.

Platzbecker jr.), Schecking (Chiemgau), Spiekeroog, Tabarz (Thür.). Die unvollständige Liste bildet den Hintergrund, vor dem Paul Rieger der Ältere *Vom Heimatrecht der deutschen Juden* spricht. Bevor er in medias res geht, die historischen, kulturellen, sprachlichen Verwurzelungen der jüdischen Deutschen zu beschreiben, gestattet sich der Stadtrabbiner eine Attacke gegen die neuen Rassentheoretiker. *Wo gibt es denn eigentlich diese hochgepriesene reine germanische Rasse? Wer nur Augen im Kopfe hat und eine auch nur elementare Kenntnis der deutschen Geschichte besitzt, sieht überall die Blutmischung in Deutschland, so daß die eingebildete Blutreinheit der Neugermanen als eine rechte Kinderphantasie bezeichnet werden muß. Ausnahmslos alle modernen Nationen sind das Ergebnis eines Völkergemisches. Eine Prüfung der Blutmischung gehört in das Gebiet der Kurpfuscherei, die Rassenlegende selbst in das Weltreich der Narretei.* Ein klarer Denker, ein aufgeklärter Mann. Ein Foto zeigt ihn vor der Stuttgarter Synagoge. Gehrock, brünettes Haar, Spitzbart, verschmitzte Augen. Er ähnelt Heinrich Mann. Dem Jahr 1930 sieht er mit Zuversicht entgegen. Ein kleines Gedicht, das sein Schwager, Syndikus Nathan, im Hamburger Gemeindeblatt abdruckt, gibt davon Zeugnis. *Neues Jahr bringt neues Hoffen, / Deinem Leben steht die Pforte /Einer neuen Zukunft offen. / Neues Jahr will neue Taten, / Neue Arbeit wird gefordert, / Säen willst du neue Saaten. / Neues Jahr ist neuer Segen, / Will zu neuen Paradiesen, / Führen dich auf neuen Wegen.* Der dichterisch ambitionierte Forscher, Verfechter von Emanzipation und Assimilation, Sprachkünstler Rieger, ahnt nicht, daß das anbrechende Jahrzehnt die Zerstörung seiner Träume und Pläne ins Werk setzen wird. *Deutschland ist für die in ihm lebenden Juden nicht nur der Boden, in dem sie wurzeln, nicht nur die Stätte ihrer Arbeit – es ist die Heimat ihrer Seele.* Nicht jeder seiner Glaubensbrüder teilt seine Euphorie. Der Rabbiner sitzt in der Rosenbergstraße 174 in Stuttgart am Fenster, sieht das Feuerwerk über der Karlshöhe, mit dem das Jahr 1929 (des christlichen Kalenders) verabschiedet, das Jahr 1930 begrüßt wird. Deutschland ist eine Kulturnation. Keine tausend Tage später werden ihm und seinesgleichen die Verfechter des Tausendjährigen Reiches erst das beschworene Heimatrecht, später das Lebensrecht schlechthin, absprechen. Heimatlose Seelen. *Die deutsche Sprache besitzt ein seltsam sinniges Wort für das Leid: Heimsuchung.* Anders kann er die Katastrophe von 1933 nicht bezeichnen. Sie trifft ihn ins Herz. *Tausende werden Deutschland verlassen, das ihnen keine Lebensmöglichkeit mehr vergönnt. Sie werden ihre Liebe zum Deutschtum in die ferne Fremde mitnehmen, die ihnen Fremde bleiben wird. Sie werden viel vermissen, viel entbehren müssen. Aber sie betrachten ihr Schicksal als eine Heimsuchung: Gott führt Israel wieder zu sich heim.* Paul Rieger wird Deutschland nicht verlassen. Er stirbt am 10. Juli 1939, wenige Tage nach seinem 69. Geburtstag. Die Traueranzeige unterzeichnen Milli Sara Rieger geborene Reiss und Martin Israel Rieger. Letzterer nimmt an der Beerdigung nicht teil. Zwar erscheint in der Annonce der erzwungene Namenszusatz *Israel*, doch muß er ihn dort, wo er lebt, nicht mehr führen. Seine Anschrift lautet: Tylev-Hill, Pa., Camp Harlee. Er hört nicht, daß sein Onkel Nathan Max Nathan am Grab des Vaters auch von ihm spricht, Martin, der *die Hoffnung seines Lebens war*. Der Redner würdigt den Schwager als Gelehrten von Rang, kämpferischen Wissenschaftler, Künstler des Wortes und Diener Gottes. *Ganz besonders denke ich hier all der Liebe, die er unseren Kindern entgegen brachte, unserem Sohne, dessen Entwicklung und dessen Studiengang er mit väterlicher Liebe verfolgte, und unserer Tochter, in deren Erinnerung die in seinem Hause verbrachten Feiertage als Festtage von erhöhter Bedeutung bleiben werden.* Der Nekrolog umfaßt drei Schreibmaschinenseiten. Da er sich mit Büchern von Max Martin in Riegers Nachlaß wiederfindet, kann vermutet werden, daß der Hamburger Zeichner mit den Erben des Stuttgarter Rabbiners in Amerika, Australien oder sonstwo zusammentraf. Wer hat die Dokumente dem *Baeck Institute* übergeben? Paul Riegers Witwe Milli? Nach ihrem Reisepaß 1892 geboren, wäre sie heute weit über hundert Jahre alt. Oder der Sohn? Von dem ich nur weiß, daß er 1939 in Pennsylvania in einem Camp lebte und mit seinem Cousin, Max Martin Nathan, nach sephardischer Sitte, einen Vornamen teilte.

CHELSEA, W 26TH STREET,
DECEMBER 2, 1998, 1.09 p.m.

Hör zu, ich habe eine Geschichte für dich. Du fährst mit diesem Schiff, als Passagier. Du speist in der Offiziersmesse, das ist auf Frachtern so üblich. Was für ein Schiff, welche Flagge, woher kommt die Besatzung? Ein polnisches Schiff. Taufen wir es *Mickiewicz*. Die Köchin ist eine reizende junge Polin, sehr schön und eine sehr gute Köchin. Nach all dem schlechten Essen in Amerika, Pizza, Bagel, Coca-Cola, verliebst du dich in sie und ihre Kochkunst. Eine zunächst einseitige Leidenschaft, du bist ihr zu alt, zu klein, sie ist Seemänner gewöhnt, Riesenkerle, außerdem überzeugte Katholikin. Leider, oder, wie sich herausstellen soll, dem Himmel sei Dank, gerät des Schiff in Seenot, Karibik, Bermudadreieck. Seltsame Reiseroute, sage ich, wo wollen wir denn hin? Unterbreche mich nicht, die Geschichte fängt gerade an, spannend zu werden. Also, ein fürchterlicher Hurrican, *Mickiewicz* läuft auf ein Riff, Schlagseite, sinkt, die Rettungsboote sind schlecht gewartet, man kriegt sie nicht frei, der Funker funkt sein letztes SOS, der Kapitän rettet das Bordbuch, kurz, alle ertrinken, nur ihr zwei überlebt, die Köchin und du, wie soll sie eigentlich heißen? Tanja, sage ich, nenn sie Tanja. Das klingt eher russisch, egal, es ist deine Geliebte. Ach ja? Noch nicht, aber bald. Als Schiffbrüchige, auf einer Insel, menschenleer, natürlich, aber üppig bewachsen, Bananen, Mangos, Fische und so weiter, findet ihr zueinander, was soll sie machen, es ist langweilig, kein Priester zu erwarten, und – jetzt kommt der Höhepunkt – kurz nach der Landung auf dem Eiland findet ihr, wie bei Robinson, am Strand den angeschwemmten Container mit den Büchern. Wie, der ist nicht gesunken? Nein, liegt unversehrt, nur etwas verbeult, am Ufer. Ein Wunder. Kein Wasserschaden, nur zwei Marxbände ruiniert, George etwas angeschlagen, sonst alles tipptopp. Du könntest ein erstklassiges Antiquariat eröffnen, auf der Insel, völlig konkurrenzlos. Du findest das deutsch-polnische Wörterbuch und die polnische Sprichwortsammlung von W. Constant, erschienen in Lemberg 1842, schlägst das Büchlein auf und liest, gib es her, was liest du? *Es ist, nimmt sich ein junges Weib ein alter Mann, als spannte man ein feurig Ross an morschen Karren an.* Nein, das liest du nicht, du schleppst die Bibliothek in die Palmblätterhütte, reichst der Gespielin Dörrfisch und trägst ihr in den Tropennächten den gesammelten Kant vor. Aus der Köchin wird eine Philosophin, Rosa Luxemburg im Regenwald, ihr bekommt Kinder. Sehr gut, unterbreche ich Jacobs Redefluß, das mit der Vermehrung ist eine gute Szene, aber wo bekomme ich Licht her in der Inselnacht? Brauchst du zum Kindermachen Licht? Zum Vorlesen schon. Die Dämmerung in Äquatornähe ist kurz, der Kant dick. Tagsüber muß ich fischen und jagen. Du bist ein Nörgler, sagt Jacob. Gefällt dir die Geschichte nicht? Ich schenke sie dir, mach einen Roman daraus, ich verlange keinen Dime für die Idee. Danke, Jack, aber ich würde vorziehen, Tanja wäre eine polnische Jüdin und könnte mir als Ausgleich für den Kant Hebräisch beibringen. Nach unserer Rettung – durch kubanische Fischer oder die U.S.-Küstenwache, das kannst du entscheiden – würden wir auf schnellstem Weg zurück nach Manhattan kommen, dich trösten, denn die Nachricht von meinem Untergang stürzte dich in eine tiefe Lebenskrise, immerhin hast du mir die Sache eingebrockt, Schuldkomplexe. Meine glückliche Bergung und die noch glücklichere Heirat mit Mirjam, der ehemaligen Tanja, rührt dich derart, daß du uns als Hochzeitsgeschenk – ich spreche Hebräisch wie der Messias persönlich – die Judaica-Sammlung schenkst. Jacob wiegt den Kopf. Mein Freund, ich verstehe die Absicht, aber die Story ist zu absurd. Wenn, was unwahrscheinlich genug ist, eine junge polnische

Jüdin – es gibt nicht mehr viele – als Köchin auf einem Container-Frachtschiff *Mickiewicz* von Europa nach Amerika führe, würde sie New York bestimmt nicht mit dir und den Büchern verlassen haben, weil sie, bei ihrem ersten Landgang weggefangen, mir nichts, dir nichts unter den Baldachin geschleppt, von einem guten Lubavitcher Bocher aus Brooklyn geheiratet worden wäre, statt mit dir im karibischen Konkubinat zu sündigen. Zudem glaube ich nicht, daß eine junge Frau, egal ob Polin, Jüdin oder Deutsche, einen mittelalterlichen Mann heiraten würde, der ihr den gesammelten Kant zumutet, es gibt seltsame Neigungen in der Natur, diese scheint mir allzu literarisch, schließlich überschätzt du, fürchte ich, meine sentimentale Ader, ich hätte deinen Untergang durchaus bedauert, den der Bücher nicht minder, aber Gewissensbisse hätten mich kaum geplagt. Du wolltest das Geschäft, ich habe dich nicht unter Druck gesetzt, und, wenn du die Judaica haben willst, ist es nur eine Frage des Preises. Für das bißchen Hebräisch stehe ich nach wie vor zur Verfügung, da brauchst du keine Rachel oder Mirjam. Lehrerinnen sind nichts für dich, du könntest dich nicht konzentrieren. Ich beherzige eben das erste Gebot, wachset und mehret euch. Jacob reicht mir einen Stapel Inselbände. Hier gilt ein anderer Katechismus, sagt er, Gebot Nummer 1: Arbeiten und nicht verzweifeln. Also, mach weiter, sonst legt der polnische Frachter mit der reizenden Tanja ohne deine Bücher ab.

JACOBI ODER DER COMMUNISTEN-CLUB NEW YORK 5

Die Niederkunft ihrer Schwester Sophie in der Scharnstraße zu Minden wartet Fanny ab, erneut eine schwere Geburt, diesmal glücklich, Antonia, genannt Toni, ein gesundes Mädchen, das die Tante sacht in die Wiege zurücklegt, bevor sie sich auf den Weg nach Bremen macht, mit der Kutsche, da sie Zugfahrten nicht verträgt, an der Weser entlang, durch den Herbstwald des Jahres 1854. Die Ozean-Überquerung im

Zwischendeck gerät zu einer Tortur. Fanny, 21 Jahre alt, glaubt sterben zu müssen. Ihre Konstitution, ohnehin nicht die robusteste, ist dem ewigen Auf und Ab der Wellen nicht gewachsen. Zwar hatte Jacobi, der wußte, was ihr bevorstand, sie dringend angehalten, nur im Vollbesitz ihrer Kräfte sich fühlend die Expedition zu wagen, doch wollte ihr, an Reisefieber und Abschiedsschmerz leidend, in den Tagen der Vorbereitung nur mühsam gelingen, die Mahlzeiten regelmäßig einzuhalten. Jetzt liegt sie auf der Schiffspritsche, während ein Matrose, von Marie, der Frankfurter Reisebekanntschaft, die sich zumindest auf den Beinen halten kann, ans Lager kommandiert, ihr dreimal täglich schwarzen Tee einflößt. Ein vierter Passagier sei der Auszehrung erlegen. Die übliche Quote, meint der Seemann. Da es an Bord regelmäßig zu Geburten käme, bliebe die Anzahl der Passagiere bei Abfahrt und Ankunft relativ stabil. Führe sie nicht zu ihrem Bräutigam, müßte sie ihn wohl heiraten, scherzt Fanny, ein Stück Zwieback umklammernd, als Dank für die Lebensrettung. Den Preis hätte schon mancher für seine Gutmütigkeit bezahlt, antwortet der Hamburger trocken, er wisse um die Gefahr und werde auf keinen Fall abheuern, selbst wenn sie, was die Art ihrer Unterbringung auf dem Schiff kaum vermuten lasse, Prinzessin sei oder Reedereibesitzerstochter. Abrahams Mahnung, den Aufpreis für die Kajüte nicht zu scheuen, ausgeschlagen zu haben, hatte sie in den lichten Augenblicken ihrer Fiebernächte in der Tat bereut. Jetzt, wo es mit ihr aufwärts geht, ist sie froh, nicht nachgegeben zu haben. Die Vorstellung, gänzlich vom Wohlwollen eines noch so liebenswerten Ehemannes abhängig zu sein, widerstrebt ihrem Gerechtigkeitsgefühl. Außerdem würden sie jeden Taler nötig haben für die Einrichtung des Hausstandes. Fanny traut ihrem Doktor manches zu, Gemüt und Sinn, eine Wohnung gediegen herauszuputzen, gehen ihm mit Sicherheit ab. Am Morgen der Ankunft wagt sie sich, am Arm der treuen Marie, erstmals seit Wochen wieder an Deck und jubelt, wie die anderen Fahrgäste, angesichts der mit hohen Bäumen bewachsenen Inseln in der sonnendurchfluteten Bucht. Zahllose Boote und Segelschiffe kreuzen ihren Weg, je näher sie der Stadt kommen. Am Pier wartet Jacobi. Er hat sich, wie sie findet, kaum verändert. Daß ihr Gesundheitszustand den Mediziner sorgt, sieht sie an seinem Blick. Die Seekrankheit, mehr nicht, beruhigt sie ihn. Doch bleibt er eisern. Ein Fußmarsch bis zur Forsyth Street kommt nicht in Frage. Zwei Meilen sind nicht weit? Das ist Manhattan, Mädchen, nicht mehr Minden. Sie ist beleidigt, trotz des Stabreims. Alles hier ist größer, besser, schriller, Hochmut der Großstadt, die Einspruch provoziert, doch steigt sie schweigend in die Kutsche. Und schläft zwei Tage, ohne der Stadt ihre Aufwartung zu machen. Erwachend, findet sie sich in einem düsteren Zimmer wieder, in einem schmalen Bett, an dem, was sie verwirrt, ein Fremder sitzt und schläft. Der Mann trägt Zwicker, das Kinn mit dem Vollbart ist ihm auf die Brust gesunken, rotblonde Locken wachsen um eine natürlich gebildete Tonsur, dicke Koteletten an den Schläfen geben dem schmalen Gesicht einen harten Rahmen. Fanny pressiert ein Bedürfnis, das nur natürlich ist nach 36 Stunden Schlaf. Der Topf steht unter dem Bettgestell, doch fürchtet sie, das Geräusch im Emaillegefäß könne den Besucher wecken. Die Vorstellung, sich dem Fremden mit geschürztem Hemd, auf dem Boden hockend, präsentieren zu müssen, schreckt sie. Sie schlüpft aus dem Bett, schiebt den Samt zur Seite. Das Fenster wird von einer Feuerleiter diagonal geteilt. Jacobis Wohnung liegt im zweiten Stock. Heller Tag, die Straße ein Marktplatz. Handkarren, Kutschen, Einspänner, faules Obst im Rinnstein. Geschrei und Gepolter, das der Vorhang von ihr ferngehalten hatte. Sie geht mit dem Nachtgefäß in die winzige Kochnische, durch die man ins Treppenhaus gelangt. Neben dem Herd sind Holzscheite aufgestapelt. Eine Schüssel, eine Keramikkanne mit Wasser, ein Leinentuch. Fanny wäscht sich. Schritte auf der Treppe. Jacobi stellt die Arzttasche ab, umfaßt ihre Schultern, küßt die Stirn, stößt theatralisch die Tür auf. Kaum einen Tag ist die Braut auf Besuch, schon muß ich fremde

Männer an ihrem Lotterbett entdecken. Dr. Samuel Smith, stellt Jacobi die Nachtwache vor, Freund, Geburtshelfer, Patriot, von dessen vielen Qualitäten Fanny eine von besonderem Wert sein werde, Smith spreche nämlich, obwohl irischer Abstammung, typischer Yankee, weder Deutsch noch Französisch, das einzige fremdländische Wort, das er beherrsche und darum bei jeder sich bietenden Gelegenheit anbrächte, sei *Prosit*. Der Gast lächelt, als er den Trinkspruch hört, und hebt die Hand, als hielte er ein Glas. Dr. Smith ist der erste eingeborene Amerikaner, den Fanny kennenlernt. Keiner ahnt an jenem heiteren Novembertag 1854, daß er auch derjenige sein wird, der ihr den Abschied gibt. Das Leben scheint grenzenlos. Nach den Jahren der Furcht, Trauer und Trennung ist sie mit dem Mann zusammen, den sie liebt, seit sie 13 Jahre alt war, ein Gefühl, das sie mit ihrer Schwester Sophie ohne Eifersucht teilen konnte. Sie schreibt ihr nach Minden von der schlichten Zeremonie der Eheschließung: Wir gingen zu einem Notar, mit dem Abraham bekannt ist. Die Papiere waren vorbereitet. Beide sprachen zu schnell, als daß ich folgen konnte. Ich setzte meinen Namenszug unter die Urkunde. Man hätte mich auch als Sklavin nach Louisiana verkaufen können, aber ich hatte Glück, ich wurde wirklich Frau Jacobi. Die Hochzeit ist republikanisch, kein Rabbiner wird bemüht. Mit dem Ehevertrag gehen beide ins Stadthaus, um die Verbindung im *Registry office* eintragen zu lassen. Ein kurzer Honeymoon in der Lower Eastside. Jacobi arbeitet weniger, Smith springt für ihn ein. Der versprochene Spaziergang zum Kristallpalast wird unternommen. Fanny bewundert das Glas, die Säulen, die Schwarzen in Greenwich Village, die riesigen Häuser am Broadway, 6 Etagen, und kein Ende absehbar. An einem Tag im August 1855 kommt der Doktor in bester Laune von einem Krankenbesuch. Stell dir vor, eröffnet er seiner jungen Frau, treffe ich doch heute auf der Bayard Street den Schnorrer – einen deutschen Landsmann, der Jacobi mehrfach konsultierte, ohne ihn jemals zu honorieren –, er spricht mich in seiner gewohnt vertraulichen Manier an: Wie gehts, Abram? Ich will vorübereilen, er hängt mir am Rockschoß, sterbenskrank sei er, Druck auf der Brust, Fieber, Schlaflosigkeit, Husten, kurz, er rattert das Register seiner Leiden herunter, bis ich ein Einsehen habe und neben ihm zu stehen komme. Der Mann sieht aus wie immer, frischer Teint, rosige Wangen, stünden wir nebeneinander, jeder würde mich als Kranken wählen. Gut, ich entschließe mich, ihn auf der Gasse zu examinieren, befehle, er solle die Augen schließen, Mund öffnen, Zunge herausstrecken. Er gehorcht. Jacobi spricht nicht weiter. Was dann? fragt Fanny, auf dem Bett ausgestreckt. Nichts, ich habe mich davongeschlichen, habe ihn stehenlassen, mit geschloßnen Augen, Zunge bläkend. Angeblich soll er eine Stunde so verharrt haben. Der Doktor klopft sich auf die Schenkel. Ich hoffe, der Mann ist geheilt. Sie lächelt. Was hast du? Du bist so blaß, Luise. Die Hitze. Er fordert ihre Zunge. Daß du mich foppen kannst wie den Schnorrer? Bei Hippokrates, nein. Wer soll dir, Kasper, trauen? Er fühlt den Puls, wagt nicht zu hoffen, was sich, Tage später, bestätigt. Fanny erwartet ein Kind. Jetzt scheint das Glück vollkommen. Das weitere ist zu traurig, um es weitschweifig zu erzählen. Im Frühjahr 1856 kommt Fanny Jacobi, geborene Meyer aus Minden, in Manhattan nieder. Die Hebamme legt ihr den Sohn an die Brust, wissend, daß der nicht überleben wird. Auch Dr. Smith und Abraham geben sich keinen falschen Hoffnungen hin. Nach zwei Stunden setzt die Atmung aus. Daß die junge Mutter dem Neugeborenen einen Tag später in den Tod folgen soll, ist ein entsetzlicher Schlag. Kindbettfieber. Als Jacobi vom Friedhof in die Wohnung zurückkehrt, zieht er den Vorhang auf, wirft ein Laken über die Wiege, stopft die Kleider seiner Frau in die Tasche. Er wird alles verschenken. Seine Verzweiflung macht ihn stumm. Jacobi steigt die Treppen herab. Stanton Street wartet eine Patientin auf ihren Onkel Doktor, die er unmöglich versetzen kann: Rebbeca Feinstein, sechs Jahre, Diphtherie im letzten Stadium.

CHELSEA, SUNDAY MORNING

Schnür deine Sprintstiefel und laufe
in der Stunde, in der auch Manhattan
den Vögeln gehört, Richtung Hudson
durch leere Straßen, ohne Taxis,
Sirenen, das Dröhnen der Nebelhörner
der Trucks. Kein Polizist, kein Tourist
steht im Weg mit entfalteter Karte, nur
die Obdachlosen bleiben als Hürde
zu überspringen, auch sie ziehen sich
noch einmal den Karton übern Kopf.

NATHANS SPUREN 4

Dr. Riegers Tochter Diana hat mir ein Bild von Nathan gemailt. Sein Gesicht erscheint auf Lilys Monitor. Max.jpg heißt die Datei. Mein flüchtiger Freund sitzt auf einer Parkbank, im weißem Sommerhemd, Kragen offen, kurze Ärmel, der linke Ellenbogen liegt lässig auf der Lehne, die Hand hängt schlaff, man sieht die Armbanduhr, das Bein angezogen, den Fuß auf die Bank gesetzt, der Kniestrumpf, über dem Halbschuh hochgerutscht, bildet eine Wulst, Max blickt nicht ins Objektiv, lächelt nicht, sein schmales Gesicht bleibt undeutlich, dunkles glattes Haar, Seitenscheitel, eine dicke, etwas zu große Brille, offenbar ein helles Horngestell. Vermutliches Alter: 18 bis 20. Im Hintergrund unscharfes Grün, Buschwerk, Wald. Ein deutscher Garten. Er sitzt nicht allein auf der Parkbank, rechts neben ihm erkennt man den Anschnitt eines unbekannten Körpers, der abgedeckt wurde. Habe ich ihn mir so vorgestellt? Vielleicht nicht so brav. Ich drucke die Datei Max.jpg aus. Ich gehe mit Max' Gesicht in die Küche. Lily kniet auf dem Boden und füttert Penny, die Hündin. Frißt sie? Ach, sie sekkiert mich, klagt die Freundin, sie ist böse mit mir, weil ich ihr heute morgen nicht sofort das Frühstück gemacht habe. Jetzt frißt sie, um mich zu ärgern, nur Käse, französischen. Was hast du da? Sie deutet auf Max Martin. Das ist der Mann, den ich suche. Wann ist das aufgenommen? 1934, 1935, so in dem Dreh. Dann dürfte er heute auch nicht mehr ganz so fesch dreinschauen. Schlimmer, sage ich, ich fürchte, er ist schon tot. Ach Gott, sagt Lily, wie willst du ihn dann finden? Du machst es dir auch immer besonders schwer. Ich fahre in die Stadt. Soll ich dich zur Brücke bringen? Nein, wenn ich mich beeile, kriege ich den 9A-Bus um halb. Man muß sie überrumpeln. Sie ist zu hilfsbereit für diese Welt. Ich laufe zur Closter Dock Road, vorbei am Schloß des Pharmazie-Multi-Millionärs. Siehst du, es reicht ihm schon nicht mehr, nach zwei Jahren muß er anbauen, sagt Lily, er braucht jetzt ein Indoor-Basketballfeld. Ich begreife gar nicht, wie wir leben können ohne so was. Auf der Straße, die zum Palisades Highway führt, ein Verkehrsstau, stop and go. Ich bin offensichtlich nicht der einzige, der in die Stadt will. Allerdings der einzige, der zu Fuß geht. Es gibt keinen Wanderweg, ein Fehltritt und ich laufe Gefahr, in eines der entgegenkommenden Autos zu stolpern. Hier rechnet niemand mit Spaziergängern. Der Fahrbahnrand eine Müllhalde, zerdrückte Getränkedosen, Zigarettenschachteln, Radkappen, ein plattgefahrener Teddy, Feuerzeuge, Kassettentonbandschleifen flattern in den Sträuchern. Nachdem ich einen knappen Kilometer an der Fahrzeugkolonne vorbeimarschiert bin, sehe ich auf dem Sandstreifen, wo der Asphalt abbricht, eine Broschüre liegen, der Titel schwarz. Ich hebe das Buch auf, eine fremde Sprache. Logisch, es wäre ja auch noch schöner, hier in Alpine County ein deutsches Buch auf der Straße zu finden. Englisch ist es aber nicht. Ich laufe lesend weiter, wenn ich den Bus schaffen will, muß ich mich beeilen. An der nächsten Einbiegung steht ein Feuerhydrant, ich stelle die Broschüre auf die Anschlußstutzen, wo die Jungs vom Fire Department, im Brandfall, ihre Schläuche anbringen. Was für ein Buch mag es gewesen sein? denke ich im Weitergehn. Vielleicht steckte irgend etwas Geheimnisvolles darin, das ich nun nie erfahren werde? Und schon drehe ich um, laufe vierzig Meter zurück. Im Vorsatz finde ich den Namen der Besitzerin: Leila. Eine Bibelinterpretation in Portugiesisch. Damit kann ich nichts anfangen. Jeden Dreck hebst du auf, wenn er nur zwischen zwei Buchdeckeln steckt. Augenblick, mäßige deinen Ausdruck, du sprichst von der Heiligen Schrift, wenn du zu blöd bist, Portugiesisch zu lernen, ist es deine eigene Schuld. Leila, singe ich, you knock me off my feet, und lasse mich an der Bushaltestelle, im hölzernen Wartehaus, auf die Bank fallen. Die christliche Leserin hat eifrig Anstriche gemacht, Kommentare, leider auch die in ihrer Muttersprache, ihre Adresse, oder die ihrer Mutter, hat sie dummerweise nicht hineingeschrieben. Warf sie die Broschüre aus dem Autofenster, in einem atheistischen Anfall? Rutschte ihr diese aus der Hand, als sie sich eine Zigarette anzünden wollte? Wie sie wiederfinden, in der Dunkelheit der New-Jersey-Nacht? Eher findet man eine Nadel im Heuhaufen oder einen Max Martin Nathan im Internet. Was anfangen mit einem Exegesematerial, gedruckt in São Paulo? Ich stelle die Broschüre auf die Bank. Vielleicht sieht Leila vorbeifahrend ihr Buch, unwahrscheinlich, aber immerhin ist die Chance, daß jemand sich hier der Bibel erbarmt, den Kommentar rettet, größer als mitten auf dem Highway. Der Bus kommt nicht. Schon drei Viertel acht. Ein Auto hält in der Parkspur. Die Beifahrerin, eine Asiatin, winkt mich zu sich. Hat sich das Paar verirrt? Ich werde ihnen keine große Hilfe sein können. Ob ich mit will? Über die Brücke, in die Stadt, nach Manhattan? Aber ja, of course, aber gern. Jenseits der Kreuzung, am Traffic light, wartet mein Bus, ich spare 3 Dollar 50 Cents und lerne nette Menschen kennen. Ich bin adoptiert, für eine halbe Stunde, meine Gasteltern, Mann und Frau, arbeiten als Physiker an der Columbia-University. Woher kommen Sie? Deutschland. Wir dachten gleich, ein Europäer. Sehe ich nicht wie ein waschechter Yankee aus, mit Sonnenbrille und Basecap? Als Spaziergänger auf der Closter Dock Road, am Morgen? Auf solche Verrücktheiten kommen keine Amerikaner. Jedenfalls keine Weißen, denke ich, sooft ich die Straße entlangging, traf ich nur Schwarze und Latinos. Wohnen Sie in Alpine? Oh no, sage ich, ich bin nur zu Besuch, ich fahre wieder zurück. Tatsächlich? Die meisten Leute gehen davon aus, daß man versuchen wird, hierzubleiben. Was machen Sie beruflich? Schriftsteller, sage ich, eine Auskunft, die den japanischen Physikern erklärt, warum ich zu Fuß und per Bus unterwegs bin. Künstlerpech, jeder zweite Kellner oder Taxifahrer in New York ist Schriftsteller, der Rest ist entweder Schauspieler oder Tänzer. Wir reden übers Wetter, das Schulsystem, den Verkehr auf der Brücke, ihr Sohn studiert in Harvard, auch Physik, er liest keine japanischen Bücher, nur Comics und Shakespeare. Kennen Sie *Tom's Restaurant*, fragt mich die Frau, in der Nähe der Universität, berühmt geworden durch *Seinfeld*, die Fernsehserie. Das ist die Riverside Church. Mächtiger grauer Klotz. Wir lebten früher auch in Washington Heights. In der Nähe der Brücke. Ob ich Max Martins Porträtfoto herausholen und den Physikern zeigen soll? Ritual der Privatdetektive. Kennen Sie diesen Mann? Jetzt wohnen hier nur noch Dominikaner. Mönche? Junge Burschen, Straßenbanden, die Drogen verkaufen. Von denen hat jeder 2000 Dollar cash in der Tasche, sagt der Japaner. Wahrscheinlich haben sie deshalb so große Hosen, denke ich. Henry Kissinger ist hier aufgewachsen. Der Ex-Außenminister ist mir egal. Die Kantinenfrau in der Jeshiva University hat ihn noch als Kind gekannt. Wen? Na, Kissinger. Ach. Haben Sie Kinder? Einen Sohn. Vermißt der Sie nicht, wenn Sie so lange fort sind. Kann sein, sage ich. Der Fahrer hält an einer Kreuzung. Nice to meet you. Leben Sie wohl. In der U-Bahn betrachte ich Max Martins Gesicht. Neben mir sitzt eine ältere schwarze Frau in einem blauen Strickkleid. Ich spüre ihren Blick auf meinem Blatt Papier, schaue auf und grinse sie an. Ertappt. Sie lächelt zurück. Ihr Vater? O no, ein Freund. Er sieht traurig aus, sagt die Lady. Sie haben recht, antworte ich. Im Lesesaal des *Leo Baeck Institute* bin ich durch die Hilfe meiner japanischen Columbia-Fähre der erste Besucher. Mehrere boxes der Rieger-Collection stehen für mich bereit.

Im ersten Aktenordner liegen Bücher mit Max Martins Ex-Libris-Stempel im Vorsatz, Zustand: tadellos. *Der Mischnatraktat ›Götzendienst‹*, herausgegeben und erklärt von Prof. D. Hermann L. Strack, *Hapax Legomena im alten Testament* by A. S. Yahuda, *Das jüdische Dorf* von Ing. Agron. S. Zemach, Keren Hajessod, Jerusalem 1932, aus dem gleichen Verlag, *Die jüdische Stadt* von G. Hanoch, der *Report on the ›Marranos‹ or Crypto-Jews of Portugal* by Lucien Wolf, London 1926, sowie die gedruckte Doktorarbeit von Nathan Max Nathan, erschienen bei Nathansen und Lamm, 1905, in Berlin. Ich schlage das Bändchen auf und lese im Vorsatz: *Meinen Eltern.* Ehrfurcht vor den Erzeugern, eine Tugend, die um die Jahrhundertwende noch hoch im Kurs stand. Ich finde eine Postkarte, adressiert an Max Martin Nathan, Hamburg, Werderstraße. Absender ist das *Hebrew Technical Institute Haifa*, die Briefmarke, aus *Palestine*, wirbt für die *Levant Fair*, die vom 30. April bis zum 30. Mai 1936 in Tel Aviv stattgefunden hat. Seltsamerweise hat Max die Anschrift selbst auf die Postkarte gesetzt. Was bedeutet der hebräische Text? Ich vermisse meinen Lehrer Jacob. Befand sich Max 1936 in Palästina? Wenn ja, dann nur vorübergehend, denn 1937/38 war er Mitglied im Jüdischen Kulturbund Hamburg e. V. Ich halte seinen Ausweis in der Hand. 60 Pfennig Aufnahmegebühr mußten hinterlegt werden. Das Lichtbild auf der Mitgliedskarte Nr. 5143 ist das zweite Foto, das ich an diesem Tag von meinem Freund zu sehen bekomme, es zeigt sein Gesicht deutlicher und beweist mir, daß die Lady im blauen Strickkleid, die Columbus Circle den U-Bahnwagen verließ, eine solide Menschenkenntnis besaß. Max Martin ist ein ernster junger Mann. Die Augen, unter dichten Brauen, hinter den Gläsern der Nickelbrille, blicken prüfend, trotzig, dunkel in die Kamera, die Lippen sind geschlossen, von keinem Lächeln umspielt, der Scheitel ist akkurat gezogen. Er ist zum Zeitpunkt der Ausstellung des Ausweises 22 Jahre alt, wirkt aber jünger. Forscherglück. Wahrscheinlich dankt mir Gott die gute Tat der Bibelrettung. Im nächsten Folder steckt eine Schulzeitung.

Klasse IV/2 hat 43 Schüler / Alles furchtbar dumme Hühner, / Die lieber denken an das Spiel / Und meinen sie lernen viel zu viel. Diese hölzernen Verse schmiedete Karl Zimmermann, einer der 42 Jungen, die mit Max Martin die Klasse IV/2 der *Talmud Tora Realschule* besuchen. Oder stammt die Zeitung aus einer anderen Schule? 43 Schüler in einer Abiturklasse? Wann hat Nathan die Reifeprüfung abgelegt? Vor oder nach 1933? Den Mathematiklehrer nennen die Schüler *Rap-rap. Und wenn die Tadel auch noch so fliegen / Den Schülern macht das nur Vergnügen.* Mehr Respekt haben sie vor Niensche, Scharl, der sie nachsitzen läßt in der siebten Stunde, oder Dr. Straus, der weiß, was jeder Schüler kann. *In seiner Stunde wird aufgepasst, / Wer nicht, den hat er schnell erfasst, / Und wenn einer einmal was nicht weiss / Bekommt er eine Bemerkung in Fleiss.* Ein zweites Epos besingt die Schülerschar: Träumer Seichod, Sperber, der sich an seinem *Buit* herumkratzt, Zinner, der ständig die Uhr im Auge hat, Marbach, der Geiger, Rueff, ausdauernd dichtend, Rothmensch, ewig hungrig, knabbert an den Fingernägeln, Hähnleins Nase blutet, Tulpe und Biele, die eine Klasse nachholen mußten, nennt man ehrfurchtsvoll *die beiden Alten*, Lesser den *Gentleman*, dagegen pult Rawel in der Nase und ist *weiß wie Kümmelkäs'*, Rosenthal, *Hänschenklein / kommt von Magrabowa nach Hamburg rein*, stammt wohl aus Polen. Satiriker Zimmermann findet für jeden einen Vers. *Max Nathan ruft: Philippi hör / Gib mir einmal ein Stück Papier, / Darauf will ich Briefmarken malen / Für die muss man zwei Mark bezahlen.* Ein junger Künstler, der sein Werk zu vermarkten versteht. Es geht auf Mittag. Die alte Dame liest ihre Briefe, die Historikerin sortiert mit Glacéhandschuhen Fotografien, der Bocher sitzt über seinem Buch in der letzten Reihe. Ich nehme die Postkarte aus Haifa und gehe zu ihm. Entschuldigen Sie, eine Bitte, könnten Sie mir vielleicht sagen, was auf dieser Postkarte steht, ich kann leider kein Hebräisch. Er steht auf. Wir sind etwa gleich groß. Natürlich, sagt er, lassen Sie mich sehen. Es ist eine Benachrichtigung über die Aufnahme an einer Technischen Schule. Geschrieben am 6. Januar 1936. Für einen Herren in Hamburg. Das ist alles? Ja, technische Hochschule in Haifa, sagt der Talmudist. Offenbar plante Max Martin seine Emigration nach Palästina? Er hatte die Studienzulassung. Fuhr er hin, um wieder zurückzukehren? Unwahrscheinlich. Wer 1936 das Land verließ, kam in den seltensten Fällen zurück. Bekam er die Ausreise nicht? Warum blieb er bis 1939 in Hamburg? Wenn man doch jemanden fragen könnte. Ich stecke die Postkarte in den Dokumentenordner zurück, dabei fällt mein Blick auf ein einzelnes Blatt Papier am Boden der Box. Ein Brief in Englisch: *Gentlemen, als ich vor kurzem in meinem Haus etwas Ordnung machte, stieß ich auf einiges Material, das für Sie möglicherweise von Interesse ist. Falls nicht, möchte ich Sie bitten, es einer anderen Organisation zukommen zu lassen oder wegzuwerfen. Mit besten Grüßen. Martin Rieger.* Der Sohn des Rabbiners, Max Martins Cousin. Morris Plains, N. J. Ich notiere die Telefonnummer, 201, die gleiche Vorwahl wie die von Lily. Vielleicht lebt Mister Rieger ganz in ihrer Nähe. Wenn er noch lebt. Wann wurde der Brief geschrieben? Vor zwei Jahren. Oder werde ich wieder zu spät kommen wie bei Paul Rieger aus Torgau?

CHELSEA PIERS, W 18TH STREET, DECEMBER 2, 1998, 3.15 p.m.

Linker Hand rauscht der Verkehr auf dem Westside Highway. Wir schlendern am Ufer des Hudson entlang nach Süden. Vor uns die glitzernden Glashäuser des Finanzriesen. In der Luft Hubschrauber und Möwen. Ab und zu überholen uns schniefende Jogger oder lautlos gleitende Inlineskater, kniebeschützt und behelmt. Jack will die Mittagspause hinauszögern. Er blinzelt in die Sonne wie ein Kater. Träumst du von Miami? Nicht mehr lange, dann bin ich dort. *Book business farewell.* Wissen, wann man aufhören muß. Das ist Lebenskunst. Ja, sage ich, siehe Dostojewski *Der Spieler.* Ich habe einen Nachfolger, dem übergebe ich den Staffelstab. Meinst du mich? Ich habe mal einen alten französischen Film gesehen, irgendeine Legende, der Teufel verkauft einem Mann eine Lampe oder ein Feuerzeug, hab vergessen, was, einen magischen Gegenstand, der alle Wünsche erfüllt. Satan nimmt nur wenig Geld. Kein schlechtes Geschäft, logisch, ein Trick. Die Sache hat einen Haken. Nach Ablauf einer Frist fällt die Seele des Lampeninhabers an den Höllenchef. Unser Held nutzt die Superlampe redlich aus und stößt sie dann ab. Der Weiterverkauf unterliegt einer Klausel: der Verkäufer muß um eine geringere Summe verkaufen, als er selbst bezahlte. So wandert die Lampe von Hand zu Hand, erfüllt verschiedenen Besitzern verschiedene Sehnsüchte, am Ende kommt sie, für einen Sou, zum Helden zurück. Er hat inzwischen alle Reichtümer verpraßt und braucht erneut Sozialhilfe per Magie. Irgendeinen Dummen wird er schon finden, glaubt er, übersieht jedoch den Kaufpreis. Kleinere Münzen als das 1-Sou-Stück gibts nicht. Er bleibt auf der Lampe sitzen und muß zur Hölle fahren. Nette Allegorie, meint Jacob, eine Warnung vor Billigangeboten. Ist das der Zusammenhang? Oder fürchtest du, die Bücher nur mit Verlust losschlagen zu können? Eine unbegründete Sorge. Macht dich mein guter Preis skeptisch? Willst du sagen, ich sei des Teufels? Unmöglich, daß du so primitiven Vorurteilen anhängst. Der Antiquar schüttelt den Kopf. Dein Märchen stammt aus vorinflationärer Zeit. Heutzutage findest du problemlos Dutzende Währungen, die weniger wert sind als ein Sou. Das Wasser des Flusses bricht sich an den verfaulten Holzstümpfen. Kein einziges Schiff liegt am Pier. Hinter einem heruntergekommenen Freizeitpark mit Karussells und Pommesbuden erhebt sich ein Quader aus Maschendraht. Fünfzehn Meter hohe Zaunflächen rastern den Himmel über New Jersey. Eine Greifvogelvoliere? Eine Dépendance von Sing-Sing unter freiem Himmel? Plopp. Alle fünf Sekunden knallt ein Sektkorken. Wer immer da feiert, er scheint gewaltigen Durst zu haben. Plopp. Jacob starrt in die Wellen. Ich betrete den Holzweg, der zum Käfig führt. Der Innenboden ist grün wie das Lauffeld der NYU in der

Bleecker Street. Kein Mensch ist zu sehen, nur Hunderte weißer Golfbälle. Eine Wiese voller Gänseblümchen, sage ich, als der Boss neben mich tritt. Ich versuche einen Golfball aus dem Maschendraht zu lösen. Plopp. Die der Stadt zugewandte Seite des Würfels ist massiv gebaut. Auf zwei Galerien stehen circa 15 Männer mit Basecaps und traktieren weiße Kugeln mit Metallschlägern. Wenig Betrieb heute. Jack beschirmt die Augen mit der Handfläche. Lenny kommt regelmäßig her. Obwohl es ihm sein Arzt verboten hat. Hat das Spiel eine Regel? Es ist kein Spiel. Was dann, eine militärische Ausbildung? Wie auf Stichwort schlägt ein Geschoß gegen den Zaun. Ich zucke zurück. *Jesses.* Ein Attentat. Warum hast du mich eigentlich hergeführt? Ich liebe diesen Platz. Ich vermisse kleine Bohrlöcher im Betonrasen. Man übt auf dieser Anlage nur den Aufschlag, erklärt Sportsfreund Jack. Sag bloß, du spielst Golf? Ich dachte, du verbringst deine Sonntage auf Flohmärkten, wie es sich für einen ordentlichen Antiquar gehört. Wenn ich mein Geschäft aufgelöst habe, fange ich damit an. Stark, sage ich. Darf ich dann mal deinen Handwagen ziehen, wenn ich dich besuche? Spar dir die Ironie, ist ein feines Hobby, immer im Grünen, Bewegung, nette Leute. Du solltest trotzdem ein paar Dollar auf die Seite legen für eine künstliche Hüfte. Jack findet den Witz nicht komisch. Wann ist die Ziehung unserer Lottozahlen? Sonnabend. Am Tag meiner Heimkehr. Denkst du das gleiche wie ich? Keine Angst, du stürzt nicht ab, Gott hat mit dir noch was vor. Plopp. Ich ziehe den Tippschein aus dem Portemonnaie. Vorsichtshalber. Falls deine Informanten unzuverlässig sind. Kauf dir vom Gewinn eine Hightech-Hüfte. Und denk an mich auf dem Schießstand. Wir umrunden den Käfig voller Narren. Trommelfeuer aus allen Rohren. Querschläger. Jack und ich zucken im gleichen Takt zusammen. Das Hudson-Ballett. *Would you mind, if I call that a second Gulf War, Jack?* Ohne das Drahtnetz wäre die Welt um zwei Bibliomane ärmer. Ein Verlust, der kaum auffallen würde. Plopp, Zong, Klirr. Was zahlen die Gentlemen für die Vorführung lebender Ziele? Wir stehen dicht am Balkon der Aufschläger. Gibt es Frauen in diesem Sport? Als Zuschauer. Eine Männerdomäne, Freizeitspaß für Artilleristen, ich verstehe. Es sieht nicht schwer aus. Der Schein trügt. Eine Maschine saugt die Bälle im Feld auf und spuckt sie den Eleven vor die Füße. Let's go. Der Commander befiehlt den geordneten Rückzug. Man kann hier auch Tennis spielen, Bowling oder Billard. Dort, sage ich und zeige auf ein Restaurant, das in der Heimat *Sportlerklause* heißen würde, kann man Steak essen, Hamburger und Bier trinken. Jacob geht nicht auf den Vorschlag ein. Hinter den Scheiben sitzen übergewichtige Athleten vor riesigen Diätgerichten. Zwischen den Fenstern hängen Fotoplakate, die den Golfern einreden, sie seien Teil der amerikanischen Sportgeschichte. Jack Dempsey, Babe Ruth, Mark Spitz, Jackie Robinson, der erste schwarze Baseball-Profi, John McEnroe. Das ist Jesse Owens. Der Boss deutet auf das Gesicht des schwarzen Sprinters. Niemand hat den *Führer* mehr geärgert als er durch seinen Olympiasieg. Da bin ich unsicher. Wer sonst? Chaplin. Ich rede von Amerikanern, Charlie war Engländer. Egal, sage ich, sein *Großer Diktator* dürfte Adolf mehr Verdruß bereitet haben. Du kennst den Film? Klar, sage ich. Eine Notlüge, die eine Wissenslücke verbirgt. *City lights* kenne ich auswendig, *Modern Times,* hundert Mal gesehen, *The Goldrush* kann ich im Schlaf nacherzählen, aber *The Great Dictator* habe ich, weiß der Himmel warum, immer verpaßt. Jeder Bildungsbürger hat so eine Schwachstelle. Gustav Mahler? Sehr schön, bedeutend. Was mögen Sie von ihm am liebsten? Seine Aquarelle, wäre die falsche Antwort. Alles, einfach alles. Chaplin war jüdisch, wußtest du das? Wir stehen an der Ampel, als Jack die Bemerkung fallenläßt. Das höre ich zum ersten Mal. Doch, doch. Ich habe eine dicke Chaplin-Biographie gelesen, die erwähnt das mit keinem Wort. Es wird oft verschwiegen, soll aber wahr sein. Er übertreibt, denke ich. Die Sucht, alle Geistesgrößen zu adoptieren, ist irgendwie albern. Was ist mit Picasso, Goethe, Verdi? Wer etwas taugt, kann kein Goj sein. Welche Rolle spiele ich in dieser Posse?

Pflichtverteidiger der Christenheit? Ambassador des Abendlandes? Ich denke an den Abend in Alpine. Wir saßen im unteren Stockwerk, Lily, Penny und ich. Herbert kam langsam die Treppe herunter. Was möchtest du hören? Bach. Die Goldberg-Variationen oder ein spätes Klavierkonzert, gespielt von Richter? In Pyjama und Bademantel, schlecht rasiert, lauschte Herbert mit großen Augen. Gut gemacht, war sein höchstes Kompliment. Besonders schöne Passagen bedachte er mit anerkennendem Kopfnicken. Diese Musik ist so friedlich, sagte Lily, sie muß ein Jud gemacht haben. Wir lachten schallend. Herbert schmunzelte, der Hund hob den Kopf. Ob Jacob in das Gelächter hätte einstimmen können? Mitunter geht er mir ganz schön auf die Nerven. Als wir an der 21. Straße auf die 11th Avenue einschwenken, sagt er: Übrigens existiert im Hebräischen für Satan und Schatten das gleiche Wort. Das gefällt mir. Da der Teufel der Schatten ist, besitzt er keinen.

MÄNNERZUCHTHAUS COSWIG/ANHALT, 7. MAI 1939 / HILDES GESCHICHTE 11

24 Stunden nachdem sie mit Hanna Herz von Cottbus nach Berlin gefahren ist, am Sonntag, dem 7. Mai 1939, sechs Jahre vor Beendigung des Krieges, der in knapp vier Monaten ausbrechen wird, fällt hinter Hilde wieder ein Gefängnistor ins Schloß. Die Anstaltsleitung des Männerzuchthauses Coswig/Anhalt hat ihren Besuchsantrag genehmigt. Da sie im Begriff sei, Deutschland zu verlassen, den Insassen Alfred Bakalejnyk unmittelbar nach seiner Entlassung zu heiraten beabsichtige, müsse sie, um dazu erforderliche Papiere zu besorgen, unbedingt persönlich mit ihm sprechen und bitte, da es sich um einen einmaligen Besuch handele, um verlängerte Sprecherlaubnis. Sechzig Jahre später glaubt Hilde, man habe ihnen doch nur zwanzig Minuten gewährt. Höchstens eine halbe Stunde. Von der Begegnung bleibt ihr kein besonderer Eindruck. Wir waren einfach glücklich, uns wiederzusehen.

Alfred war noch schlanker geworden, sah aber nicht schlecht aus. Keiner dachte doch, daß es das letzte Mal sein würde. Ich habe all die Jahre mit niemandem darüber gesprochen, sagt sie. Du bist der erste. Was bereden sie in den wenigen Minuten? Soviel ist sicher, was Hilde in Briefen nicht gelang, erreicht sie mit Worten. Alfred korrigiert seine Sprachausbildung und beginnt mit *1000 Worte Englisch.* Das Polnisch-Lehrbuch aus der gleichen Buchreihe hätte er Hilde überlassen können, sie würde es, was sie noch nicht ahnt, in wenigen Wochen gut gebrauchen können. Noch glaubt sie, ihren Aufenthalt in Berlin ausdehnen zu können. Am 20. Mai beantragt sie, ihm ein englisches Lexikon und englische Lektüre schikken zu dürfen. In Alfreds Akte erscheint der Vermerk: *Hat nur ein polnisches Lehrbuch, möchte nach Amerika auswandern.* Die Belletristik erfährt erneute Ablehnung, das Nachschlagewerk darf eingeführt werden. Auf dem Begleitschreiben steht als Datum der 6. Juni 1939 und Hildes Adresse: Berlin S. W. 68, Prinzenstraße 97, das ist die Anschrift von Alfreds Schwester Lucie Buchwald. Richtig, meint Hilde, Lucie hätt ich noch gewußt, der Nachname fällt mir erst jetzt ein, wo dus sagst. Durch sie hört Alfred von ihrer neuerlichen Verhaftung. Polizeigefängnis Alexanderplatz. Unerwünschte Ausländerin, keine Aufenthaltsgenehmigung. Ende Mai 1939. Als Lucie sie dort besucht, folgt ein Wachtmeister ihrer Unterhaltung. Wieso lassen Sie sich nicht über die grüne Grenze abschieben, wenn Ihre Eltern schon drüben sind? Das war kein Nazi, sagt Hilde, der hat mir geholfen. Nach ein paar Wochen bringt man sie zusammen mit einer anderen Frau im Gefängniswaggon an die Grenze und läßt sie frei, mitten in der Nacht. Der Polizeimeister, der sie begleitet, sagt: Seid vorsichtig, die Polen wollen euch auch nicht. Sie setzen sich unter einen Baum und warten auf die Dämmerung. Niemandsland. Und am Morgen sind wir rüber, erzählt Hilde. Über den Fluß? frage ich. Wieso, da war kein Fluß. Muß doch aber. Ich kann mich an keinen Fluß erinnern, allerdings hab ich auch viel vergessen. Blödsinn, ich tippe mir an die Stirn, an der

Grenze gabs ja keinen Fluß damals, ich bin so daran gewöhnt, daß man, um nach Polen zu kommen, über eine Brücke muß. Neustadt hieß der Ort, wo wir rüber sind. Hilde geht ins dortige Jüdische Komitee. Weil sie ein englisches Visum und einen Brief vom norwegischen Konsulat besitzt, bietet man ihr einen Paß an. Aber ich dachte, wenn ich schon mal in Polen bin, da will ich meine alten Eltern besuchen. Das Komitee gibt ihr ein paar Złoty für die Fahrkarte nach Borysław über Lemberg. Jetzt ist alles gut, wo Hilde bei uns ist, sagt der Vater. Dabei will sie gar nicht bleiben. Was soll sie in Borysław? Einem Ort, dessen Reichtum und Elend vom Erdöl abhängt. Ein Vetter bringt sie mit polnischen Kommunisten zusammen. Komisch, wie viele polnische Juden Kommunisten waren. Für die war ich 'ne große Persönlichkeit, sagt Hilde, weil ich gesessen hatte. Die wollten wissen, wie es geschehen konnte, daß Hitler an die Macht kam, was mit der deutschen Partei los sei. Ich verschwieg, daß ich Trotzkistin bin, hab aber gesagt, daß die Partei Mitschuld hat, weil sie die Sozialdemokraten beschimpft hat, statt mit ihnen zusammenzugehen. Also, ich hab mich ziemlich exponiert, was mir später gefährlich werden sollte. Die haben gemerkt, daß ich nicht ganz koscher bin. Mit einem Cousin fährt sie in die Kreishauptstadt, um einen Paß zu kriegen. Man sagt, sie soll wiederkommen, als sie wieder erscheint, das gleiche Lied. Ich hab nicht dran gedacht, daß man schmieren muß, ist mir nicht eingefallen. Ich war so naiv, mein Cousin hätte es wissen müssen. Als der Nichtangriffspakt verkündet wird, rühmen ihre Freunde Stalins Genialität. Das bedeutet Frieden. Tage später beginnt der Krieg. Borysław liegt an der ukrainischen Grenze. Erst kommen die Deutschen, Mitte September, wie im Pakt vereinbart, die Russen. Kein Mensch rechnete damit. Mir war es, ehrlich gesagt, lieber so, sagt Hilde, ich glaubte, es würde besser sein. Dabei haben sich die Russen dumm benommen, wie Besatzer eben, wie Herrscher. Überall ihre Leute, in allen wichtigen Stellungen. Ingenieure aus Baku übernehmen die Ölproduktion, der Kleinhandel wird eingeschränkt, zionistische Vereine verboten. Man mißtraut den Einheimischen. Als Ölarbeiter in Hildes Betrieb Kleidung und Gummischuhe verlangen, weil sie im Nassen arbeiten, lehnen die Russen das ab. Unmut wird geäußert. Über Nacht verschwinden die Wortführer der Protestierenden. Wenn die in ein Lager kamen, sagt Hilde, hatten sie noch Glück. Eine eigene Meinung zu haben war lebensgefährlich. Deswegen bin ich 41 auch nicht mitgegangen, als die Nazis angriffen. Viele der lokalen Chefs sind mit den Russen gegangen, die hatten Angst vor den Deutschen, weil sie den Sowjets geholfen hatten. Ihr Freund Kulo warnt, du kannst nicht hierbleiben, Hilde, bei den Nazis, sie antwortet, ich bin besser dran bei den Deutschen als bei den Russen, der Rattner, der Natschalnik, der weiß doch, daß ich Trotzkistin bin, das ist tödlich für mich, die Nazis wissen das nicht, die interessieren sich nicht für mich, ich hab meine Strafe abgesessen. Das ist die Ironie meiner Geschichte, daß ich als Jüdin, als jemand, der im Zuchthaus war und politisch tätig, lieber bei den Deutschen geblieben bin, als mit den Russen zu gehen. Statistisch betrachtet, war das ein Fehler, weil doch viel mehr Juden von den Nazis umgebracht wurden. Für mich war die Entscheidung trotzdem richtig, ich lebe ja noch. Du wärst mit den Russen gegangen, nicht? Wie soll ich das beurteilen? sage ich und denke: wer weiß, was ich damals gewesen wäre? Alfred und Hans träumen davon, zu den Sowjets zu kommen. Am 12. Oktober 1939 schreibt der Häftling Bakalejnyk dem *russischen Konsulat* in Berlin *wegen Paß,* eine Woche später bittet der Gefangene die Sowjetvertretung, *russischer Staatsbürger* werden zu dürfen. Er und Hans haben den Plan in Briefen abgesprochen. Hilde wird aufgefordert, für ihre Einbürgerung Hilfe zu organisieren. Was konnte ich in Borysław für sie tun? In Drohobycz gabs eine Art Landesvertretung. Aber ich sprach nur wenig Ukrainisch, etwas Polnisch, man verstand mich schlecht, und die Behörde schien nicht gerade auf Gefangene aus Deutschland zu warten. Weder Hilde noch Alfred wissen, daß bereits am 13. September 1939 – die Wehrmacht eroberte

Kraków und Toruń, die Rote Armee stand noch jenseits des Bug – die Gestapo Berlin sich um den in Coswig einsitzenden Bakalejnyk (Haft-Nr. B 1576) bemühte, *zwecks Prüfung der Frage, ob im Anschluss an die Strafhaft der Entlassene in Schutzhaft zu nehmen ist.* Die Zuchthausleitung war damit eine Sorge los. Am 14. September, während Hitler durch das *wiedereroberte* Łódź fuhr, das demnächst *Litzmannstadt* heißen würde, fragte der Coswiger Direktor bei den Beamten in der Hauptstadt an, ob der *politische Jude* am 6. November 1939, 10 Uhr 54 wie vorgesehen zu entlassen sei oder nicht? Ein angefordertes Führungszeugnis verließ die Anstalt am 15. September, wobei Alfreds Beschreibung leicht nuancierte. *B. führte sich im allgemeinen hausordnungsgemäß, mußte aber einmal wegen Faulheit disziplinarisch bestraft werden. Daß er als polnischer Jude seine staatsfeindliche Einstellung aufgegeben hat, ist so gut wie ausgeschlossen.* Von einem Tag zum anderen wurde aus dem *politischen* ein *polnischer Jude*. Die zwischen seiner Gesinnung und Staatsbürgerschaft konstruierte Verbindung entbehrte jeder Logik, begründete aber seine weitere Festsetzung. Deutsche Tugenden. Noch die banalste Willkür hüllt sich, wenn irgend möglich, in den Schein der Rechtmäßigkeit. Am 6. November, einem grauen Montagmorgen, wartet Alfred vergeblich auf den Schließer, der ihn in die Effektenkammer zur Aushändigung seiner Habseligkeiten führt. Bis auf weiteres sei *Überhaft* gegen ihn verhängt. Eine Begründung? Selbst wenn er sie wüßte, würde der Wärter sie dem *Polen* nicht sagen. Persönlich hat er nichts gegen den Gefangenen, nur, daß er ihm und seinen Landsleuten die Schuld gibt am neuen Krieg. Der *Führer* hat nicht anders gekonnt, als zurückzuschießen. Grad jetzt, wos aufwärts ging mit der Wirtschaft. Zwar wurde Warschau im Sturm genommen, und der Russe spielte artig mit, aber wer weiß, wie lange? Den Weltkrieg hat der Aufseher noch gut in Erinnerung und einen Splitter aus Soupir in der linken Hüfte. Am 10. November geht der Gefangene im Sammelwagen auf Transport. *Gestapo Berlin* lautet der Eintrag auf dem Kopfbogen der Personalakte. Das letzte Lebenszeichen von Alfred Bakalejnyk, Hildes Mann. Ein Verschwundener. Der Bruder Hans lebt in Brandenburg unter relativ erträglichen Bedingungen. Magenschwierigkeiten hätten ihn geplagt, erinnert sich Hilde, kein Wunder bei dem, was er mitgemacht hat. Bei ihrem Besuch habe sie ihn angehalten, Essenzulage zu beantragen. Psychisch sei er in guter Verfassung gewesen, hätte sich mit der Strafe abgefunden, gelesen, sich mit Chemie und Physik befaßt. Experimente hat er durchgeführt, sagt Hilde. In Brandenburg? Ja, er behauptete, etwas Wichtiges erfunden zu haben, eine Entdeckung, Hänschen war sehr begabt, weißte. Ich nicke, aber bezweifle im stillen, daß sich der Bruder im Zuchthaus die Langeweile mit Versuchen vertreiben durfte. Hilde quält sich aus dem Sessel. Die Hüfte schmerzt sie. Irgendwo hab ich einen Brief zurechtgelegt, den ich dir zeigen wollte. Sie verläßt den Living Room in Richtung Arbeitszimmer. Ein vergilbtes Blatt, vierfach gefaltet. Das ist nicht die Handschrift von Hans. Woher weißt du das? Aus der Akte, er hatte eine schwungvolle, saubere Schreibschrift. Lewy an Hans Berger, lese ich. Wer ist Lewy? Hannas Mutter. Nach der Entlassung aus Cottbus reiste Hanna nach Schweden, sie war ja Deutsche, Jüdin, aber mit deutschem Paß. Ihr Bruder lebte dort. Die Mutter blieb in Deutschland. Sie wollte Walter, ihren Schwiegersohn, rausholen, der die gleiche Strafe wie Alfred absaß. Der Brief ist eine Abschrift und besteht aus zwei Teilen. Ich brauche eine halbe Stunde – während sich Hilde zu einer Siesta zurückzieht –, um herauszufinden, wer Absender, Adressat und Übermittler sind. Die Zeilen haben eine Odyssee hinter sich. Hilde bekam die Post von Hanna aus Stockholm. Die Freundin kopierte ein Schreiben, das ihr eine gewisse Frau Pinckardt, Berlin N. 15, Bregenzerstr. 10, zuschickte. Die wiederum hatte die Briefe von Hans erhalten, abgeschrieben und an verschiedene Anschriften verschickt. Sie fungierte als Poststation, eine Aufgabe, die zuvor Gerda (eine Cousine von Hans und Hilde) und Frau Lewy selbst übernommen hatte. Warum Hannas Mutter diese Aufgabe an Frau Pinckardt übergab, erklärt der Brief Nummer 1: Frieda Lewy an Hans Berger in Brandenburg-Görden: *Dir diesen ersten Brief Deiner Schwester zu vermitteln, ist mir so wichtig, daß ich Dir einige Tage vor dem Termin schreibe, was zu den Feiertagen gewiß erlaubt ist. Zwar wirst Du traurig sein über Deiner Lieben schweres Los. Wenn man nahe Menschen leiden weiß, ist's schwer nur an die großen geschichtlichen Strömungen zu denken, in deren Wirbeln wir kreisen. Möchte der Strom nur wieder ein gutes Fahrwasser werden! – Auch ich stehe auf der Liste für einen der nächsten Transporte.* Das Schreiben ist am 26. Dezember 1941 datiert. Offenbar war der Briefkontakt zwischen den Geschwistern seit dem Beginn des *Barbarossa-Feldzuges* unterbrochen. Wenn Frau Lewy von einem *ersten* Brief schreibt, kann sie nur meinen, dem *ersten* nach der deutschen Besetzung. Was Hilde über die Lage in Borysław mitteilte, ist unklar. Die ganze Wahrheit wird sie, in Erwägung der Zensur, nicht zu äußern gewagt haben. Schon die Andeutungen wirkten schockierend. Was wußte man im *Reich* über die Zustände im *Generalgouvernement*? Frieda Lewy erweckt nicht den Eindruck von Blauäugigkeit, ihr Brief klingt endgültig wie ein Testament. *So werde ich zu tragen suchen, was mir auferlegt wird. Guten Menschen helfen, warme Sachen nähen und trösten, daß es vielleicht noch anders wird.* Durch den Zuchthäusler Hans Berger erfährt die Emigrantin Hanna Herz am 14. Februar 1942 von der Deportation ihrer Mutter. *Sie soll kraftvoll und mutig abgereist sein.* Die Nachricht habe ihm Gerda per Postkarte übermittelt. *Das Schicksal Deiner Mutter geht mir sehr nahe, denn es muß dort sehr schlimm sein. Aber die Gerüchte werden wohl, wie immer, übertreiben. Für Dich ist es nun der zweite Dir nahe stehende Mensch.* Was die Übertreibungen angeht, verläßt sich Hans auf seinen gesunden Menschenverstand. Er weiß noch nicht, daß dieser Maßstab *dort* nicht mehr gilt. Das Reiseziel von Frau Lewy wird wenig später genauer bezeichnet. *An Frieda schreibe ich erst, wenn die Postsperre nach Litzmannstadt aufgehoben ist.* Sie war eine ungewöhnliche Frau, die Frieda Lewy, sagt Hilde, ins Zimmer zurückkehrend, gebildet, in ihrem Haus gab es literarische Salons, Martin Buber war da, und der, wie hieß der gleich? Berühmtheiten. Hannas Mutter glaubte, Walter herausholen zu können. Sie kannte einen SS-Mann, der Geld nahm. Aber es hat nicht geklappt. Gerda war beeindruckt von ihr, sie haben sich in Brandenburg getroffen. Am Besuchstag. Als sie zu Hans kam, war Frieda bei Walter. Was ist aus ihm geworden? Nicht mehr rausgekommen, sagt Hilde, wie mein Mann. In Hans' Brief, sage ich, ist von einem Mann die Rede, der in *Walters Lager* sein soll und angeblich evakuiert würde. Kann sein, daß er und Alfred in ein Konzentrationslager überführt wurden? Bestimmt, ich habe nie erfahren, in welches. Ende 1941 tritt der absurde Umstand ein, daß Hans, der mit seiner achtjährigen Haftstrafe das schwerste Los zu tragen schien, in Brandenburg besser aufgehoben ist als seine in die KZs und Ghettos deportierten Freunde und nach Polen ausgewiesenen Verwandten. *Meine Lage ist unverändert, bin mit 12 Mann zusammen, beschäftige mich fast nur (in der kargen Freizeit) mit Mathematik, Organischer Chemie und Physik, besonders mit meiner Hauptarbeit: der Klärung und Deutung der Probleme und begrifflichen Schwierigkeiten der modernen Physik (Relativität- und Wellenmechanik etc.) Hatte Gelegenheit oft mit einem (Atom-) Kern-Physiker zu sprechen, der meine Gedanken und Methoden für sehr fruchtbar hielt.* Wie viele Physiker gab es in Brandenburg-Görden? Robert Havemann ist der einzige, den ich kenne. Wann durfte der Physikochemiker in einem eigens für ihn eingerichteten Labor an kriegswichtigen Forschungen experimentieren? War er 1941 überhaupt schon in Brandenburg? Hans bittet Hanna, ihm wissenschaftliche Bücher aus Schweden zu schicken, die jüngere Schwester schickt regelmäßig aus Frankreich Rote-Kreuz-Briefe. *Röschen ist wie ich und andere optimistisch. Mutti braucht sich um sie und mich gar keine Sorgen machen. Alles ist in Ordnung. Nur bei Euch nicht. Es muß dort ganz fürchterlich sein*, schreibt er an Hanna, *ein Wunder, daß sie noch existieren.*

HARLEM, DAWN

Auf Meilen das nächste
Bleichgesicht: dein
eigenes, gespiegelt im Fensterglas
der Grocery. Hier hast du
nichts zu suchen, Liebe
schon gar nicht. In dieser Wüste
erwartet dich niemand
als Rufer. Geh deiner Wege
und schlage erleichtert auf
das weiße Ufer.

NATHANS SPUREN 5

Ihre Verbindung kann nicht hergestellt werden. Man ist mit einem fremden Land erst wirklich vertraut, wenn man die Tonbandschleifen im Telefonnetz versteht. Ich schalte den Laptop ein. We're all Google's friends. Von der Dampf- zur Suchmaschine. *Morris Plains, N. J.* Ein Ort östlich von Jersey City. Wieviel Meilen entfernt? Vielleicht hat sich die Nummer von Max Martins Cousin geändert? Er ist gestorben, der Anschluß wurde abgemeldet. Basta. That's it. Adieu. In der Küche steht Lily mit dem Telefonhörer am Waschbecken. Sie macht immer drei Sachen auf einmal, Abwasch, Hundefrühstück (Rumpsteak, Käse und Eiskrem), Telefonseelsorge. Shanghai, Wien, Phoenix oder Hamburg? In allen Weltteilen hat sie Klienten sitzen, die wissen, in diversen Zwangslagen (Schmerzen, Finanznöte, Ehestreit, Allergien, kranke Haustiere) können sie bei ihr anrufen, um Trost zu finden, Rat, Unterstützung, ein offenes Ohr. Die transatlantische Kummernummer, eine Art Privat-UNO. Heike, haucht sie mir über die Schulter zu. Ohne die Dame jemals gesehen oder gesprochen zu haben, kenne ich ihre Vita. Herkunft: Wolfsburg, Beruf: Journalistin (mit wechselndem Erfolg), Besonderheiten: zur Fülle neigend, Beziehungskrisen (mit wechselnden Männern), Gesprächsdauer: selten unter einer halben Stunde. Lily und Herbert haben sie im Guggenheim Museum kennengelernt. Herbert wartete fünf Minuten vor dem Restroom. Als Lily dazutrat, waren die beiden schon gute Freunde. Seitdem gehört sie zur Familie. Mit weiteren zweitausend Adoptivkindern, ich bin auch eins. Lily gibt mir ein Zeichen. Ich durchquere das Klavierzimmer, trete zur Haustür hinaus, drücke zweimal die Klingel. Zurück in der Küche, höre ich Lily sagen: Entschuldige, es hat geläutet, ich muß Schluß machen, ich rufe am Abend zurück, ich glaube, der Klempner. Wie schamlos du lügen kannst. Was soll ich machen, es ist für einen guten Zweck, sie wird es nie erfahren, wenn du es nicht ausplauderst, und zwanzig Minuten reichen wohl aus, für einen Diättip. Kommst du mit der Arbeit voran? Ich bin der Klempner und werde jetzt alle Wasserhähne kontrollieren. Da gibts diesen blöden jüdischen Witz: Ich habe ein Bad genommen. Wieso, fehlt eins? Lily lacht schallend und holt das Steak für Penny aus dem Ofen. Sie mag es gern *English.* In meinem nächsten Leben, sage ich, möchte ich bei dir Hund sein. Da existiert schon eine lange Warteliste. Penny trottet heran, Lily sitzt vor ihr auf den Dielen. Wenn ich sie nicht füttere, ißt sie nicht, wenn das Fleisch kalt ist, ißt sie nicht. Ich bin noch nie von einem Hund so schlecht behandelt worden. Irgendwie muß ich an die Adresse von Max Martin Nathan gelangen. Gibt es im Land der unbegrenzten Möglichkeiten eine Telefonauskunft? Was soll das sein? fragt Lily. Eine Stelle, wo man eine Nummer erfragen kann. Ich denke, du hast eine Nummer. Ja, aber keine Verbindung. Wait a second. Penny verweigert die Einnahme der täglichen Vitamine, obwohl ihr diese in Eiskrem verpackt gereicht werden. Lily winkt resigniert ab, wäscht sich die Hände, nimmt mir den Zettel aus der Hand. Two, o, one, sagt sie, das ist die Vorwahl von Jersey. Die Telefonschnur teilt die Küche wie eine geringelte Hochspannungsleitung. Hallo, ich möchte wissen, ob sich die Einwahlnummer von Morris Plains geändert hat? Ja, ich warte. Sie nickt. Ein Mensch, sagt sie, keine Maschine. Weiterleitung an einen anderen Operator, die gleiche Frage, erneutes Warten. Es ist zum Wahnsinnigwerden. Man braucht eine halbe Stunde, um ein lebendiges Wesen an den Hörer zu bekommen, und hat man jemanden an der Strippe, hat er keine Ahnung. Diese Jobs machen Leute in den Gefängnissen. Wahrscheinlich versucht jetzt ein Raubmörder aus Arkansas in einem Zuchthaus in Ohio einen Drogendealer aus Miami in einer Anstalt in San Francisco zu erreichen, um die Vorwahl von Morris Plains, New Jersey, zu erfragen. Hallo, ja, nine, seven, three, okay. 9, 7, 3 heißt die richtige Nummer. Ob ich jetzt bei Martin Rieger anrufen soll oder später? Vormittags um zehn sei eine gute Zeit, meint Lily. Am Telefon büße ich sofort mein englisches Konversationsvermögen ein. Eine Frauenstimme meldet sich, kein deutscher Akzent, schlechte Karten. Spreche ich mit Familie Rieger? frage ich. Wer ist dran? antwortet die Frau. Ich stelle mich vor als deutschen Journalisten, der im *Leo Baeck Institute* die Collection von Dr. Paul Rieger eingesehen hat. Ich bin doch bei Mister Martin Rieger? Den Satz aussprechend, erwarte ich, daß die Frau antworten wird: Ja, aber mein Mann ist vorgestern gestorben. Sagt sie nicht, statt dessen ruft sie: Marty! Mein Pulsschlag steigt merklich. Ein paar Sekunden höre ich Gesprächsfetzen im Hintergrund. Sind das die Leute, die du suchst? fragt Lily. Ich hoffe, sage ich. Jemand aus Deutschland. Die Frau nennt einen Namen, der mit meinem nur ungefähr zu tun hat. Hallo, this is Martin Rieger speaking. Eine warme Männerstimme. Fragt, was ich wünsche. Der Unbekannte am andern Ende der Leitung ist gewiß nicht als Amerikaner geboren. Exilantenakzent. Ich sage mein Gedicht auf. Stipendiat der NYU, Jacobs Angebot, der Buchkauf, verheddere mich in der vollendeten Vergangenheit. Meine Geschichte ist nicht ganz einfach, kann ich deutsch sprechen? Go on, sagt Martin Rieger freundlich, aber bestimmt, I'm listening. Er scheint nicht gewillt, die Konferenzsprache zu wechseln. Erst als ich Max Martin erwähne, schwindet die Distanz. Ja, er habe sehr viele Bücher gehabt. Soll ich Mister Rieger fragen, ob er die Kunstbände, die Inselbändchen, die Goethe-Biographie an meinen Freund, den Buchhändler in Chelsea, verkaufte. Idiotische Idee. Vielleicht erkundigst du dich bei der Gelegenheit gleich noch, was Jacob dafür gezahlt hat. Was wollen Sie denn wissen? Alles, antworte ich nicht gerade geistreich, zum Beispiel, wo und wann Max gestorben ist, angeblich ging er nach Australien? Das Todesjahr? 1995 oder 1996, meint Martin. Nein, ruft im Hintergrund die Frau, Ende der achtziger Jahre. Audrey, meine Frau, weiß es besser. Und wo? In einem Altenheim in Perth, am Ende sah er aus wie ein Rabbi aus dem 18. Jahrhundert, weißer Bart und graues Haar. Hat Hebräisch unterrichtet. Das kannte er noch von der Schule in Hamburg. Die *Talmud Tora Schule*, sage ich, um zu zeigen, daß ich informiert bin, aber mein Wissen scheint ihn nicht besonders zu berühren. Und Margot, die Schwester, was ist mit ihr? Auch tot, Gehirntumor. Brustkrebs, korrigiert Audrey aus dem Off. Meine Frau kritisiert mich immer, aber wahrscheinlich hat sie recht. Sie wissen wahrscheinlich, daß Frauen sich einfach länger halten? Ja, sage ich, davon habe ich schon gehört. War Max eigentlich verheiratet? Niemals, undenkbar, Margot ja. Max nie. Er wollte ihr immer einen Ehemann beschaffen. Ist ihm am Ende auch gelungen. Ernst, Margots Mann, kam aus Polen, hatte ein Konzentrationslager überlebt. Keine gute Ehe, unter uns, er war sehr orthodox. Soll ich Ihnen sagen, was ich von Religion halte? fragt Martin Rieger. Ihr Vater war Rabbiner, sage ich, ich habe einige seiner Aufsätze gelesen, ein sehr kluger Mann. Finden Sie? Soll das ernsthaft eine Frage sein? Meine Kinder sind ganz normal, höre ich den Mann ins Telefon sprechen. Reicht Ihnen das? O nein, ich hätte noch eine Menge Fragen, nur ist es hier, jetzt, am Telefon etwas schwierig, sagen Sie, ich weiß gar nicht, ob ich Ihnen erzählt habe, ich rufe nicht aus Berlin an, sondern aus New Jersey, könnten wir uns nicht einmal treffen, vielleicht in Manhattan, ich würde Sie auch besuchen kommen, wenn ich wüßte, ob es Ihnen recht ist und wo Morris Plains liegt. Von mir aus, kommen Sie, sagt Mister Rieger, ich übergebe mal wieder an meine

Frau, die erklärt Ihnen, wie Sie uns finden. Audrey fragt, ob ich eine E-Mail-Adresse habe, damit sie mir eine Reiseskizze schicken kann. Mit dem Zug oder Auto? Und wann? Wie wärs morgen? frage ich. Sie haben es aber eilig. Ich bleibe nur noch ein paar Tage. Freitag? Abgemacht. Sie haben Glück, daß Sie uns noch erreichten, wir ziehen nämlich gerade um. Bye, bye. Ich hänge den Hörer ein. Und? fragt Lily. Waugh, sage ich, what a story!

GLOBALIZATION

Im Shanghai-Garden in China-Town, mühsam
die letzten Reiskörner vom Teller
pinzettierend, erkannte ich meinen durch
und durch reaktionären Standpunkt, als ich,
ein rundum satter, glücklicher Buddha
in der Fremde, im Spiegel sah, wie Wirt,
Koch und Kellnerin ihre Ente, süßsauer,
mit Gabeln aus Plaste verzehrten, verzweifelt,
ob dieses schnöden Verrats, zerbrach ich
unter dem Tisch, über uns, meine Stäbchen.

NATHANS BILDER 2

Als ich in die Jeans steige, fällt der chinesische Glückskekszettel auf den Teppich. *Time and patience are called for many surprises await you!* Solche Prophezeiung wirft kein Metaphysiker in den Müll. Lily klopft, ruft durch die Tür: Die Autovermietung. Rob, Mitte Zwanzig, Anzugträger, mit der Figur eines Profifootballspielers, braucht für den Papierkram keine fünf Minuten. ID, Visacard, Führerschein. In der Auffahrt parkt ein weißer Toyota. Lily gibt mir vier 20-Dollar-Noten. Was soll ich mitbringen? Unsinn, ich bezahle die Rechnung. Kommt nicht in Frage. Ich gebe sowieso zuviel Geld aus, außerdem bin ich schuld, daß du dieses elegante Auto mieten mußtest. Kann man diese Logik erklären? Und ob, du hättest meinen Wagen nehmen können, er ist fahrbereit, vollgetankt, okay, aber alt, dreizehn Jahre, die Strecke bis Morris Plains ist kein Katzensprung, laß was kaputtgehen, man muß dich abschleppen, ein Unfall, auch wenn du nicht schuld bist, ohne Fahrerversicherung haben wir eine Riesenhetz. Aber, ich kann doch, setze ich an. Widersprich nicht, sei ein braves Kind. Wenn Lily ihre autoritäre Phase hat, ist man machtlos. Hinters Steuer, Sitz verschieben, Spiegel richten, startklar. Zündung, ab gehts. Der Motor schnurrt. Ich habe ein Bein zuviel, vermisse die Kupplung. Rückwärts fahren: Schalthebel auf Stellung *R*. Let's do it. Der Schalthebel geht nicht vor, nicht zurück. Der Nieselregen verdickt sich. Die Scheibenwischer erfüllen alle in sie gesetzten Erwartungen, ritsch, ratsch. Nur der Hebel verharrt eisern in Position *P*, was Parken bedeutet. Neun Uhr zehn, gegen Mittag will ich bei den Riegers sein. Verdammtes Automatikgetriebe. Gibt es beim Rückwärtsgang irgendwelche Tricks? Ist das die erste Überraschung, die der Glückskeks androhte. Irgendeine Sicherheitsschikane. Was machen wir falsch, Bürger? Nicht angeschnallt. Klar, in God's own country kann man nur mit Gurt einen Gang einlegen, aber auch als ich den *seatbelt* über die Schulter *faste*, bewegt sich der störrische Hebel um keinen Millimeter weiter. Eingerostet. Mistwetter, keine Gewalt, nicht abbrechen das Teil. Eben fuhr die Karre doch noch, mit Rob am Steuer. Ist nicht vom Himmel gefallen. Aus demselben stürzt Wasser eimerweise, prasselt aufs Dach. Toyota kaputt? Nichts ist unmöglich. Im Handschuhfach liegt die Gebrauchsanweisung. Austauschen von Sicherungen, Radwechsel, technische Parameter, Fehlersuche. Probleme mit dem Schalthebel haben die japanischen Ingenieure nicht vorgesehen. Ich trete auf die Bremse, obwohl ich mich nicht vom Fleck bewege. Siehe da, des Rätsels Lösung, es geht seinen Gang, der Gang geht denselben, ich schalte, ich walte, ich rolle, ich bin unterwegs. Richtung Süden. Der Verkehr mäßig, der Regen tropisch. An meiner Stoßstange hängt ein Lastwagen, wahrscheinlich liegt ein Riesenmagnet in meinem Kofferraum. Ich denke nicht daran, zu beschleunigen, ich bin ja versichert. 50 Meilen, keinen Skalenstrich mehr, ein Preuße in Amerika. An der Brücke nehme ich die Ausfahrt auf den Interstate Highway, Route 80. Vierspurig. Radiohören. Mich amüsieren die dümmsten Werbespots, zu Hause brächten sie mich zum Erbrechen. Warum kann man sein Heimatland nicht mit den Augen eines Ethnologen betrachten, wieviel Leiden bliebe einem erspart? Exit 38, die Schilder verschwommen hinter dem Regenvorhang. Kein schlechtes Gefühl, in einem neuen Toyota durch den Garden State zu fahren. Bruce Springsteen, *Born in the U.S.A.*, im Radio. Mein kritischer Apparat bricht zusammen, alle marxistischen Regulative gehen über Bord. Exit 40. Refrainsüchtig brülle ich die heimliche Hymne des Landes, ein einsamer Steppenwolf, Hipnik, Flower-Power-Bauer, Pionier, weißer Siedler, den es in den Westen zieht, immer dem Highway nach. Born in the U. S. A. Einfach weiterfahren, das rechte Bein durchgedrückt. Alles stehen- und liegenlassen. Von irgendeiner Tankstelle anrufen, Riegers, Lily, die Autovermietung, sorry, mir ist was dazwischen gekommen, ein Anfall, kein Unfall, heute ist der Tag, wo es passiert. Wo bist du? In the middle of nowhere. Nimm doch Vernunft an! Pah. Ich verrenne mich, mutwillig, ergreife die letzte Chance, meiner Story einen Knick zu geben, einen Kick, sie umzubiegen in einen Roadmovie, runter nach Mexiko, in einem Grenzstädtchen verkaufe ich den Toyota für ein paar hundert Dollar, von denen die Hälfte Blüten sind, an einen einbeinigen Mestizen, brenne mit einer minderjährigen Aushilfskellnerin durch, die mir wenig später die Hälfte des Geldes klaut, mir alle falschen Scheine beläßt, solche Schicksale bewegen die Leute, Jacob hat recht, erfolgreiche Autoren sind wie Schrotthändler, Dreck zu Gold machen, was geht dich die Geschichte an? Ist Max Martin nicht auch nach Australien ausgebüxt? Warum verbietest du dir, was er sich gestattete? Exit 43. Moment, Augenblick, Morristown steht auf dem Hinweisschild. Ich hätte längst raus gemußt. Blinken, Ausscheren, Abbiegen. Exit 42 wäre der meine gewesen.

Jetzt ist Audrey Riegers Reisebeschreibung Makulatur. Umdrehen? Den Highway zurück? Versuchen, über Landstraßen nach Morris Plains zu gelangen? Keine Wahl, keine Wendemöglichkeit, ich treibe, eingekeilt in regennasse lackierte Blechbüchsen, über eine fremde Straße. Links und rechts Mittelklasseholzhäuser, grüner Rasen, Basketballkörbe, Garageneinfahrten, Diner, Tankstelle, Chinarestaurant, Nagelstudio, Supermarkt mit Parkplatz, groß wie ein Fußballfeld. Wo bin ich? Morris County. Route 202, South, da steht es auf dem Schild, da muß ich hin. Mittelspur. Ein, zwei drei Ampeln. Über die Route Number 10 hinweg, plötzlich scheine ich wieder auf dem richtigen Weg. Durch die Eisenbahnunterführung, hart rechts halten. Die Straße macht eine Linksbiegung. Audreys Wegbeschreibung ist idiotensicher. Irgendwo muß eine Schule auftauchen. Statt dessen stehen drei Rehböcke auf der Straße. Erst denke ich, sie sind ausgestopft, aber als ich hupe, gehen sie gemächlich zur Seite, zwei nach links, ein Bock nach rechts. Ehestreit. Nummer 304 Mountain Way. Ein *Ranch house* hatte Audrey am Telefon gesagt. Die Ranch, mitten im Wald, ist parzelliert, das Haus ein Flachbau, graublau, mit großen Fenstern, bräuchte einen neuen Anstrich. Wofür? Am Straßenrand steht das Schild der Maklerfirma: *For Sale*. Many surprises await you. Ein Mann, Mitte Siebzig, öffnet. Martin Rieger, Max Martins Cousin, Sohn des Stuttgarter Rabbiners. Vom Vater hat er das kräftige, widerspenstige Haar. Ein stattlicher Mann, jetzt etwas gebeugt und verlangsamt, der Handschlag fest. Audrey, seine Frau, wirkt jünger, im lockeren Hosenanzug, drahtig, eine bewegliche Person, mit hagerem Gesicht, in dem eine schlanke Nase und wache Augen sitzen. Die Begrüßung gerät freundlich, ohne Überschwang. Ob ich den Ort gleich gefunden hätte? Ich verschweige meinen Umweg. Schön gelegen, ihre Ranch, sage ich. O ja, sagt Audrey, wir gehen auch ungern weg. Ich werde in eine Art Studio gelotst, halb Wohn-, halb Arbeitsraum, der hell wäre, würde am Himmel das Wolkengrau aufreißen und wüchsen nicht nah an den Fenstern Tannen und Büsche. Die

Einrichtung modern, ohne ungemütlich zu sein. Bilder an den Wänden. Martin ist kein Mann, der sich lange an Vorreden aufhält. Womit können wir Ihnen dienen? Ich beginne meine Geschichte abzuspulen, ich weiß, wir werden beim Englisch bleiben. Als ich auf Max Martins Zeichnungen zu sprechen komme, sagt Mister Rieger, er war ein talentierter junger Bursche, eines seiner Bilder hängt im Living Room. Ein Hochzeitsgeschenk, eine Berglandschaft in Colorado. Kein Meisterwerk, aber gut genug, um es aufzuhängen. Ich habe mich gefragt, was aus so einem begabten Jungen wurde? Das kann ich Ihnen sagen. Er ging an die St. Louis University und studierte Architektur. Was suchst du, Babe? fragt er seine Frau. Eine Schachtel mit Dias, antwortet diese, Max muß sie auf einer Reise an die Westküste aufgenommen haben. An der Universität beschäftigte er sich mit ägyptischen oder assyrischen Bauten, keine Ahnung, warum, zusammen mit einem gewissen Dr. Heisdorf, kennen Sie den? Nein, sage ich. Audrey hat die Blechbüchse geöffnet. Sie ist leer. War Architekt und Antiquar, dieser Heisdorf. Wo ist eigentlich das Diplom von Max? Du hast es aufgehoben. Natürlich habe ich es aufgehoben, lacht Martin Rieger schallend, aber wo? Es ist alles etwas durcheinander durch den Umzug, erklärt Audrey. Es war schon vorher durcheinander, Babe. Wären Sie ein paar Tage eher gekommen, wir haben so viel weggeworfen, Bücher, Zeitschriften, man kann nicht alles aufheben, ich habe selbst auch einiges geschrieben, in meinem Leben, dort auf dem Schreibtisch die blauweißen Zeitschriften, *Journal of the Society of Cosmetic Chemists,* hab ich ein paar Jahre lang herausgegeben, in den Vierzigern, das geht jetzt alles in den Müll. Ich kann nicht alles mitnehmen, in die kleinere Wohnung. Es interessiert keinen mehr, veraltet, überholt. Ein paar Sachen von meinem Vater habe ich behalten, mein Vater war eine wirklich bedeutende Persönlichkeit, auch bekannter als Max. Martin Rieger versteht nicht recht, warum und was ich über den Cousin schreiben will. Ein Durchschnittsleben. Im Grunde hat er recht. Ich habe im *Leo Baeck Institute* Texte von Paul Rieger gelesen, gebe ich an, ein kluger, ein geistreicher Mann. Über viele Jahre war er ein irregeleitetes Individuum, urteilt der Sohn über den Vater, er glaubte tatsächlich, die Deutschen könnten nichts Böses tun, deutsche Juden wären Deutsche, Deutschland überhaupt das Schönste, Beste, Kulturvollste und so weiter, bis ihm die Augen aufgingen. Ende der dreißiger Jahre hat er zu mir gesagt: Du gehst in die Schweiz, buchstäblich rausgeworfen hat er mich aus Stuttgart. Ich ging nach Zürich, erbettelte bei Freunden meines Vaters Geld, um in die Staaten zu kommen. Hier ging es weiter: borgen, betteln, stehlen, um an der Schule zu überleben, wo ich schließlich meinen Doktor machte, in Chemie. Wann sind Sie in Amerika gelandet? 1938. Und Ihre Mutter, 1940? Ich weiß nicht, ich glaube 1941. Audrey kommt mit einem Stoß Papier ins Zimmer zurück. Das Programm der Abschlußfeier von Max Martins Studienjahr. St. Louis, Mittwoch, 11. Juni 1952. Gehört der Kram auch zu Max? Martin verfällt vor Erstaunen in die Sprache der Kindheit: *What im Himmel, was ist denn das? Ach, das liebe Geld.* Max' Einkommenssteuererklärung von 1971. Would you like this kind of stuff? Unsicher, ob das eine rhetorische oder wirkliche Frage sein soll, stottere ich hervor, alles was irgendwie mit Max Martin Nathan in Zusammenhang steht, würde ich gern ansehen. Freie Hanseatische Stadt Hamburg, liest Marty vor. Neunzehnsechsundsechzig. I don't know where you found this *Schmutz*. Wenn du das durcharbeiten willst, wendet er sich an mich, bitte, ich werde es nicht mehr tun, ebensowenig meine Kinder, die lesen kein Deutsch, meine Frau auch nicht, du kannst es haben. Audrey entgegnet etwas, das ich nicht verstehe, ich glaube, sie regt an, Martin solle erst den Sohn fragen, ob er die Papiere will. Aber hier ist jemand, der damit etwas anfangen kann. Damit bin ich gemeint. Audrey gibt nach: kein Problem. Sie hat die Dias gefunden. Auf den meisten sind Landschaften, einige zeigen Max mit Reisebegleitern. Martin blättert in den Unterlagen. Deutsch vorzulesen bereitet ihm Vergnügen. Frau Margot Weis, geborene Nathan, geboren am 29. April 1917 in Hamburg. Da muß auch etwas über Max' Geburtstag dabei sein. War der nicht im Mai? Ja, es war Mai. Aber welches Jahr? 1915, sage ich. Wann kam meine Mutter in die Staaten? Audrey sieht die Dias durch. 1940, sagt sie. Du hast recht gehabt, Martin nickt mir zu. Ich habe es gelesen, gestehe ich. Er reicht mir die Papiere. Es gehört dir, ich habe es so lange aufbewahrt, jetzt kannst du es einige Zeit behalten. Allerdings ist das meiste aus der Nachkriegszeit. Hatten Sie und Max schon in Deutschland Kontakt? Er besuchte uns in Stuttgart. Du hast erzählt, er hat eine Zeitlang bei euch gewohnt, wirft die Frau ein. Max hat bei uns in Stuttgart gelebt? Jetzt ist Martin in Zweifel. Was fragst du mich, sagt Audrey, ich war ja nicht dabei. Sie geht aus dem Zimmer. Verdammt lange her, entschuldigt sich Martin, um, scheinbar ohne Zusammenhang, anzufügen: Max war kein wirklich glücklicher Mann, wenn du verstehst, was ich meine. Er war nicht sehr, er stockt, vollendet den Satz nicht, als wollte er nicht zu viel über den Cousin verraten. War er schüchtern? Die Frage verwirrt Mister Rieger für eine Sekunde. No, he could talk you a head off. Hey Babe, ruft er seiner Frau hinterher, unser Gast stellt Fragen, die ich nicht beantworten kann. Er hatte viele Freunde, sagt Audrey, auf all diesen Reisen war er nie allein. Und Girlfriends? War er je verheiratet? Nie. Die Frau seufzt, als hätte ich eine Frage gestellt, die sie nur zu gut kennt. Es gibt da ein paar Briefe, die auf ein gewisses Interesse an Frauen hinweisen. Ich dringe nicht weiter in das Intimleben von Max Martin Nathan, was gehts mich an, ob er Asket war, Don Juan oder Transvestit? Ich habe vor kurzem Fotos angeschaut, sagt Martin. Familienfotos, unterbricht ihn die Gattin, sie liegen dort in der Schreibtischlade. Da sind sie nicht, entgegnet er mit plötzlich gereizter Stimme, ich soll verflucht sein, wenn ich weiß, wo sie sind. Alles in diesem Haus ist total durcheinander. Ein Vorwurf, der jede Hausfrau kränkt. Ich weiß, wo ich die Sachen liegenlasse, die ich brauche. Drunter und drüber, lautet Martins Fazit. Für einen kurzen ehelichen Schlagabtausch vergessen sie, daß ich im Niemandsland zwischen ihnen sitze. Was für ein Architekt war Max eigentlich? Mein hilfloser Versuch, das Gespräch wieder in Gang zu setzen. Erinnerst du dich an das Foto von Mama und Sophie von 1900? Der Augenblick der Monologe. Martin verschwindet im Flur. Was für ein Architekt? Wald und Wiesen, höre ich seinen knappen deutschen Kommentar aus dem Off des anderen Zimmers. Er arbeitete zunächst als technischer Zeichner, sagt Audrey, bei einer Firma in der New Yorker Umgebung, kennen Sie Washington Heights, die Gegend wurde damals *Fourth Reich* genannt, weil dort fast nur Deutsche lebten, Refugees, heute ist sie überwiegend puertoricanisch. Da hat Max gewohnt. Immer allein. Er war sehr um seine Schwester besorgt. Margot war eine sehr bescheidene Person, nicht besonders gebildet, hatte eine Hausarbeitsausbildung. Ihr Mann war älter, wir hatten nie eine wirkliche Beziehung zu ihm. An den Feiertagen Kartengrüße. Ich schickte ihm immer eine Kleinigkeit zum Geburtstag, Anfang November, danach rief er mich an, ich bin auch im November geboren. Das wars dann schon. Vor zwei Jahren blieb der Anruf aus, da nahmen wir an, er sei gestorben. Die Familie von Ernst kam aus Polen, alle hatten irgendwelche Lager überlebt, sie waren sehr gläubig. Einmal luden wir sie ein, zu Thanksgiving, Margot wollte ihre eigenen Kochutensilien mitbringen, Tassen, Teller, alles. Ich überredete sie, es nicht zu tun, ich besitze *Coring Wear*, Töpfe und Geschirr aus Glas. Das und einige Silbersachen, die ich selbst nie benutze, waren für sie akzeptabel, sie brauchte ihre Gerätschaften nicht mitschleppen. War Margot orthodox? Wegen ihm, antwortet Audrey Rieger, es wurde von ihr erwartet und sie folgte. Als ich die Gretchenfrage für Max stelle, zögert sie, er sei nicht wirklich religiös gewesen, und wenn, auf eine halbherzige Art. He was really a bit obsessive with his ideas. In Australien habe er plötzlich angefangen Japanisch zu lernen, kein Mensch weiß, warum. Weshalb Australien? frage ich. Washington Heights veränderte sich. Heut ist die Gegend ziemlich runter, gefährlich. Noch mehr Schlösser an der Tür anbringen könne er nicht, hat Max gesagt. Was ihn nach Perth zog, das ist wie mit den Japanischlektionen, wer weiß, was in seinem Kopf vorging, uns jedenfalls hat er es nicht verraten, obwohl wir eine sehr gute Beziehung hatten. Martin kommt zurück. Er spielt Quiz mit uns, sagt er zu seiner Frau, auf mich deutend und reicht mir ein Kärtchen aus Büttenpapier. Das geht in Ordnung, sagt Audrey. *Zur Barmizwoh-Feier von Max Martin Nathan* lese ich auf dem Deckblatt, *am 2. Juni 1928 / 14. Siwan 5688.* Die Einladung sieht aus wie neu und verheißt ein verlockendes Menü: Vorspeise nach Diplomatenart – Geflügelcremesuppe mit Einlage – Rheinlachs, Sauce Mayonnaise – Stangenspargel und Kaisererbsen mit Rauchzunge – Junge Vierländer Mastgänse, neue Kartoffeln, Gurkensalat – Eisbombe – Mokka. Joseph Carlebach, Max Martins Lehrer, hat ein leckeres Mahl verpaßt, damals, in Harvestehude, als er im Reich unterwegs war, in dringenden Gemeindeangelegenheiten. Ich erzähle die Geschichte der Goethe-Biographie. Das Buch, fragt Audrey, liegt jetzt bei Ihnen zu Hause? Nicht mehr, es ist unterwegs nach Israel, nach Ramat-Gan. Kommen Sie, ich will Ihnen etwas zeigen. Wir gehen an Living Room und Küche vorbei in ein kleines Zimmer, in dem neben einem Bücherregal ein Bett steht, belegt mit Schubfächern und offenen Umzugskisten. Ich habe hier eine Unordnung gemacht, die mir mein Weib nie verzeihen wird. Das ist ja nichts Neues, kommentiert Audrey die Selbstanzeige ihres Mannes. Martin zieht eine Plakatrolle aus braunem Packpapier, auf dem mit Wachsstift der Name Max Martin Nathan geschrieben steht. Wir fanden es nach seinem Tod unter seinen Sachen. Eine Wandzeitung, blaue Schriftzeichen auf gelbweißem Karton. Mein Hebräisch ist so armselig, sagt Martin, ich kann es nicht lesen. Wie sieht dein Hebräisch aus? Ich erkläre, daß in meinem Kopf der Ausdruck *mein Hebräisch* noch nie gedacht wurde. Das Bücherbord gehört auch zu Max, erklärt Audrey. Kurz vor seinem Tod wollte er, daß wir es ihm nach Australien schicken, weil dort Holzsachen so teuer sind, aber dann blieb es hier, weil er es nicht mehr brauchte. Ich verrate dir ein Geheimnis, sagt

Martin, auch bei uns sind Holzmöbel sündhaft teuer. Ein einfaches Regal, stabil, dunkelbraunes, poliertes Holz, vielleicht Kirsche? Für einen Augenblick sehe ich Max' Bücher darin; Clausewitz, Rosenbergs Kunstgeschichte, *111 Flugaufnahmen der deutschen Lande*, *Die staatliche Gemäldegalerie zu Dresden*, *Chinesische Kunst*, *Die Augen des ewigen Bruders*. Max hat viele Bücher besessen und gekauft. Mister Rieger scheint meine Gedanken zu lesen. Wer schleppt sich heute noch mit Büchern ab? Alles gibts auf CDs, gespeichert, Bücher aufzubewahren ist Unsinn. Keiner macht es. Meine Kinder nicht, meine Enkelkinder nicht. Temperatur, Luftfeuchtigkeit, die Lagerung muß stimmen, sonst fängt der Ärger mit dem Schimmel an. Ich habe viele verschimmelte Bücher. Morgen gehen wir zum Müllplatz, sagt Martin, und werfen meine Chemiebücher weg. Zum Schreddern verurteilte Fachliteratur. Aufgestapelt auf den Dielen. Mein Vater ist auch Chemiker, erzähle ich, hat Klebstoffe entwickelt, was haben Sie gemacht? Kosmetik, Parfüms vor allem, ich habe mich für das schöne Geschlecht abgearbeitet, nicht wahr, Babe? Er zwinkert Audrey zu. Sie überhört den Witz, zeigt einen Holzschnitt. What the hell is this? Ein Bild von Jerusalem, 1936. Es gehörte Max, er hat es aber nicht gemacht. Die Signatur unlesbar. Es gibt doch kein Wasser in Jerusalem. Audrey deutet auf die weite Ebene vor der Klagemauer. Oder ist es Haifa? Der Bahai-Tempel? Nein, es ist die Mauer, die Al-Aksa-Moschee. Zeichnungen von Max haben Sie nicht mehr? Wir hatten welche, wo sind die? Porträts vom Vater, der Mutter, erinnerst du dich, Marty? Einige waren entsetzlich, urteilt der Kosmetikforscher. Allerdings, stimmt Audrey zu, wirklich nicht alles, was er anfing, glückte ihm. Hier, sein Hochzeitsgeschenk. Im Living Room an der Wand. Ein Ölbild, 40 mal 40 Zentimeter, Berge, Nadelbäume, naturalistisch. Ich würde es mir nicht ins Zimmer hängen, denke ich und frage, wann Max Martin die Sache gemalt hat? Mitte der fünfziger, geheiratet haben wir 1943, es dauerte bei Max immer etwas länger, er war Perfektionist. Das verrät schon sein Autogramm.

Neben dem Ölbild hängt eine kleine Zeichnung, unter die Max mit altdeutscher Schreibschrift seinen Namen setzte. Vermutlich aus der Zeit um 1927/28. Eine Bootsanlegestelle – an der Krugkoppelbrücke? –, neun leere Ruderkähne, ein Mann auf dem T-förmigen Holzsteg, ein Einmastsegelboot, das gerade anlegt, leicht bewegtes Wasser, ein Schuppenhaus im Anschnitt, Bäume und Buschwerk am Uferhorizont, Möwen im Aufwind vor aufgeplusterten Wolken. Wenige Striche, der wartende Mensch, im Gehrock oder Mantel, mit Hut, steif, ein wenig verfroren, verschroben, hanseatisches Gemüt. Hätte er bloß in der Manier weitergemacht. Der Colorado-Ölbild-Weg war ein Holzweg, der Holzsteg-Weg ein Goldweg. Die Hoffnung, aus dem kleinen Hamburger Zeichentalent könne ein Meister geworden sein, muß ich wohl aufgeben. Irgendwo auf der Lebensreise zwischen Hamburg-Harvestehude, England, St. Louis und New York ging ihm das Talent flöten, wurde aus dem Künstler, den Joseph Carlebach in ihm gesehen hatte, ein Hobbyartist mit Hang zum Höheren. Begabung ist eine empfindliche Pflanze, nicht jede gedeiht, erfüllt die Erwartung, die man in sie setzte. Davon kann mancher Dilettant ein Lied singen. Als wolle er meine Gedanken stützen, reicht mir Martin ein Fotoalbum. So sah er am Ende aus, in Australien. Das Haar schlohweiß, noch immer voll und kräftig, der Bart geht ihm bis auf die Brust. Er sitzt, im Altenheim am Stadtrand von Perth, im Speisesaal, vor einer Tischdecke mit Blumenornamenten – einer Mixtur aus Jugendstil und Flower-Power-Frohsinn – vielleicht wurde gerade Kaffee und Kuchen gereicht, denn Max Martins rechte Hand verdeckt einen Teller, eine Tasse ist am Bildrand zu erkennen, den linken Arm hat er auf die Lehne gestützt, eine Haltung, die er schon auf dem Foto einnahm, das mir Diana schickte, wahrscheinlich seine Standardfotopose, eine verinnerlichte Haltung, der Aufgenommene macht keinerlei Anstalten, dem Fotografen ein günstiges Motiv zu bieten. Er ignoriert die Kamera, starrt vor sich hin, dreht den Kopf zur Seite, daß man ihn nur im Profil erwischen kann. Unter dem Brillenbügel hindurch erblickt man sein rechtes Auge, ein dunkler, klarer, wacher Knopf, einziger Energiepunkt in diesem Bild einsamer Kapitulation. Von der Einrichtung des Heims ist auf dem Foto nicht viel eingefangen, die Plastelehnen der Stühle, das Teppichmuster – wieder Pflanzenstrukturen –, die weißen Gardinen, eingerahmt von steifen, gestreiften, vermutlich rotbraunen Kunstfaservorhängen, provozieren die Vermutung, daß sich die Innenarchitekten der Altenheime dieser Welt auf ein gemeinsames Credo geeinigt haben: Allerweltsdesign macht Sterben leichter. Ich bin sicher, daß Max Martin diese Tischdecke gehaßt hat, wenn er sich am Morgen zum Frühstück setzte. Oder gibt es den Punkt, wo dies alles keine Rolle mehr spielt? Ich denke an Herbert, der Zehntausende Schallplatten sammelte, für den Musik das Größte war, ein Wunder, Bach, Mozart, Schönberg, Mahler, Benny Goodman, Buster Bailey, und der seine letzten Monate neben dem Fernseher liegend verbringt, froh über die Geräuschkulisse, Baseball, Fernsehserie, Nachrichten, Late Night Show, tägliche Rund-um-die-Uhr-Beschallung mit Schwachsinn. Das will er hören. Vielleicht fällt der Abschied nicht so schwer, wenn wir uns in den Eindruck flüchten, von dem, was wir liebten, sei schon nichts mehr auf der Welt. Ja, sage ich, zu Martin und Audrey, wie ein glücklicher Mensch sieht er wirklich nicht aus. Warum sollte er? sagt Mister Rieger.

CHELSEA, W 26TH STREET, DECEMBER 2, 1998, 5.50 p.m.

44 Kartons stapeln sich im Lagerhaus an der 11. Avenue, zehn in der Kammer. Die restlichen 34 verstopfen das Office. Jacob sitzt auf dem Stuhl in der Türfüllung, ich ihm gegenüber, auf dem Dolly. Jeder hält seinen Kaffeebecher fest. Alles verpackt. Jetzt haben wir sogar Zeitungen übrig. Du kannst sie deiner Freundin zurückbringen, knurrt Jack. Vor ein paar Jahren hätte ich die *New York Times* auf dem Alexanderplatz verkaufen können, sage ich, im Osten, als Rarität. Du machst Witze. Und ob, sage ich. Probiers, wenn du nach Hause kommst. Vielleicht findest du einen Irren, es gibt Sammler

für alles. Die stecken mich in eine Anstalt. Da hättest du viel Zeit zum Lesen. Weißt du, woran ich als Kind gedacht habe? Daß ich, wenn ich einmal ins Gefängnis kommen sollte, alle Bücher lesen würde, für die ich vorher keine Zeit hatte. Du mußt ein schreckliches Kind gewesen sein, kein normaler Junge denkt daran, als Verbrecher zu enden. Ich wollte die Welt retten, träumte von Heldentaten, als Arbeiterführer, die saßen auch immer im Gefängnis. Heutzutage müßtest du ein schweres Verbrechen verüben, einen Mord zum Beispiel, sonst lassen sie dich arbeiten. Ich werde dich ermorden, was hältst du davon? Dann bitte gleich heute, nicht wenn wir fertig sind. Jacob erhebt sich. Darf ich vor der Exekution noch den Kaffee austrinken? Verschieben wir es auf morgen abend, sage ich. Ich habe ein paar Tonnen zuviel gehoben, um noch ein Verbrechen aus Leidenschaft hinzukriegen. Arbeiterführer, war das in Ostdeutschland ein anerkannter Job? Der Antiquar zerdrückt den Kaffeebecher. Profifußballer gab es offiziell auch nicht, und das war mein zweiter Berufswunsch. Jacob wiegt den Kopf. Mein Freund, du hast Glück, hätte ich von deinen infantilen Leidenschaften drei Monate früher erfahren, würde ich kaum gewagt haben, dir diese seltenen Bücher anzuvertrauen.

EXISTENCIALISM

Die rotblonde junge Frau im A-Train
mit käsebleichen dünnen Beinen,
im schwarzen Kleid, schiebt sich die Haut
ihrer zu kurzen, violett lackierten
Fingernägel mit der Nagelfeile zurück,
ohne Erfolg, sie werden nicht länger,
ihr Mund ist verkniffen, als lutschte sie
eine Zitronenscheibe, an ihre kleine Brust
gepreßt hält sie La Nausée, den Ekel
von Sartre, ist aber erst auf Seite 8.

MUTTERS GESCHICHTE, BERLIN-JOHANNISTHAL, 6. JANUAR 1956

Eine kluge Entscheidung, im letzten Winter den Mantel eine Nummer größer gekauft zu haben. Obwohl man es im Grunde nicht Entscheidung nennen konnte, das Modell (Kamelhaar mit dickem Innenfutter) gab es nur noch in dieser Größe. Traudel hatte später, über den Verzweiflungskauf verärgert, überlegt, ob man in der Taille etwas wegnehmen könnte, ohne den Schnitt zu verderben, jetzt war sie froh, die Korrektur ins Frühjahr verschoben und dann vollkommen vergessen zu haben. Die HO rechnet eben mit stetigem Bevölkerungszuwachs, bald verkaufen sie nur noch Kinderkleidung und Übergrößen. Dann entscheide schon mal, ob du ab- oder zunehmen willst, sagt sie zu Günter, der in den letzten Monaten drei Kilo zugenommen hat, um ihr, wie er behauptet, nicht die ganze Arbeit allein zu überlassen. Er schließt die Laube ab und prüft, ob die Tür fest verriegelt ist. Eine alberne Maßnahme, findet Traudel, jedem Dieb würde ein kräftiger Tritt gegen das Holz genügen, um sich Einlaß zu verschaffen. Was gab es bei ihnen zu stehlen? In den zwei winzigen Räumen war vielleicht der Kanonenofen der wertvollste Gegenstand, und den würde niemand wegschleppen. Der Kater begleitet sie, ihre Beine umschmeichelnd, zum Gartenzaun, springt auf den Holzstapel, als wolle er dort auf ihre Rückkehr warten. Traudel faßt in das dicke Nackenfell. Das dauert heute länger, Pummelchen. Ist kein Katzensprung nach Marienfelde, sagt sie und stupst dem Tier die weiße Nase. Die Abschiedszeremonie muß sein, weiß Günter, Frauen sind an solchen Punkten empfindlich, solche in anderen Umständen unter Umständen besonders. Er fegt mit dem Handschuh Schneekronen von den Zaunspitzen. Schade, daß man in Berlin nicht Ski laufen kann. Nur in den Müggelbergen. Jetzt hätte er sowieso keine Zeit. Das Paar geht durch die Kleingartenanlage *Goldweide* zum S-Bahnhof. Aus Schornsteinen steigen schwarze Rauchfahnen. Die Bewohner der Kolonie sparen am Sonnabend nicht mit Holz. Fünf Jahre sind eigentlich keine lange Zeit, denkt Traudel, viel ist seither passiert. Das neue Leben, von dem ständig geredet wird, im Betrieb, im Radio, für sie hat es tatsächlich begonnen. Ausgerechnet für sie. Anderer Name, annehmbare Arbeit, fremde Stadt, in der sie niemand kennt. Seit Omas Tod zieht sie nichts mehr nach Görlitz. Günter zuliebe fährt sie mit. Ruth ist in den Westen gegangen, Rita nach Dresden. Und Mutter? Ihr Verhältnis ist besser geworden, gut würde sie es nicht nennen. Traudel hat ein Elefantengedächtnis. Alle Kränkungen sind sicher vermerkt. Im Sommer soll die Wohnung in Lichtenberg schlüsselfertig sein. Zwei Stockwerke stehen schon. Hoffentlich taut der Schnee bald, damit die Bauarbeiter den Termin halten. *Warschauer Tempo, Genossen.* Als sie gestern abend von der Arbeit kamen, steckte das Telegramm im Türspalt der Laube. *Bin Marienfelde. Stop. Warte auf Anruf. Stop 73 02 01 App. 202. Vater.* Das Jahr begann mit guten Zeichen. Sie würde ein gesundes Kind zu Welt bringen. Tante Elli hatte sie auf der Arbeit angerufen. Die Amnestie gelte auch für Artur, sie erwarte den Bruder mit dem Abendzug aus Dresden. Traudel erklärte, sofort nach Görlitz kommen, den Heimkehrer begrüßen zu wollen, wenn sie Urlaub bekäme. Die Tante beruhigte sie, die Zugreise wäre zu teuer, zu anstrengend, überhaupt unnötig, ob ihr Vater lange in der Stadt bleiben werde, sei zweifelhaft. Keine Woche hielt er aus. Die Trasse der S-Bahngleise. Schnee treibt durch das noch nicht wieder verglaste Eisenskelett der Bahnüberführung. Eisbuckel auf den Stufen. Traudel hält sich am Geländer fest, Günter schiebt sie von hinten. Vater weiß noch nicht, daß er Großvater wird. Er weiß nichts von ihr. Kaum sind sie auf dem Bahnsteig, kommt ein Zug. Glück gehabt, sagt Traudel. Gut berechnet, sagt Günter. Obwohl Marienfelde, im Westteil, mit Johannisthal, im Osten, fast auf gleicher Höhe liegt, müssen sie zunächst ein Stück in die Innenstadt fahren, über den Südring, durch Neukölln, am Tempelhofer Flugfeld vorbei, bis Papestraße, von dort Richtung Blankenfelde. Das Licht im

Zug ist milchgrau. Alle Fenster dick vereist. Traudel verschränkt die Arme, lehnt der Kopf an die Schulter ihres Mannes. Im Grunde geht es ihr wie ihm. Sie wird einen Fremden treffen. Zufällig ist er ihr Vater. Das Leben war weitergegangen. Auf dem Hochzeitsfoto, das sie ihm schicken durfte, war ihm vielleicht eine Handvoll Gesichter vertraut. Ob er sie gern sah, in gemütlicher Runde? Die Pradel-Oma, Mutter, Hans und Bernhard, die Dauermieter im *Baum*, Elli, Onkel Johannes, ehemals Geschäftsführer der Firma Müller, jetzt Handlungsreisender für Sanitärartikel. Günters Verwandte kannte er nicht. Obwohl nicht auszuschließen blieb, daß ihm der eine oder andere schon einmal über den Weg gelaufen war. Als Lieferant beim Onkel war er in der Stadt viel herumgekommen, gerade in den besseren Kreisen. Görlitz ist nicht Berlin, wo sich alles verläuft. Zog es ihn deshalb in die Großstadt? Das hätte sie verstanden. Oder war er einzig auf der Flucht? Vor den Russen, den Behörden, vor Klara Johanna Charlotte Körner, geborene Pradel, der Frau, zu der er nach zehn Trennungsjahren nicht zurückkehrte. Station Baumschulenweg, austeigen, umsteigen. Seltsame Zufälle hielt das Leben bereit. Hätte das Landgericht den Kripobeamten in ein anderes Zuchthaus eingewiesen, säße Vater heute nicht in Marienfelde, sondern in der Gaststube im *Goldenen Baum*. Einen letzten Versuch würden die Eltern gewiß unternommen haben. Ob es gutgegangen wäre? Spekulation. Alles kam anders, weil sich Kommissar Otto einen Gesetzesbruch zuviel leistete, erwischt, verurteilt, nach Waldheim überführt und dort dem Fellschneidekommando zugeteilt wurde, in dem der Häftling Nummer 759, Artur Körner, bereits ein Jahr lang als Hilfskraft arbeitete. Ob der ehemalige Polizist sich in der Werkstatt mit seinen Eroberungen brüstete, dabei die fesche Lotte aus Görlitz erwähnte, ob er Vater gezielt demütigte oder die Affäre zufällig herauskam, in einem der geflüsterten Gespräche am Schneidetisch, die kaum andere Gegenstände kannten als Frauen und Zoten, ist unklar. Fest steht, schrieb Tante Elli, daß Vater durch einen Zellenkameraden von der

Kindesgeschichte erfuhr. Im Mai 53, kurz nach Stalins Tod, war das gewesen, das Gerücht einer bevorstehenden Amnestie hielt sich bis Anfang Juni. Traudel lebte schon als jung verheiratete Ehefrau in der Schrebergartenanlage, als sie die Tante, die aus ihrer Parteinahme für den Bruder kein Hehl machte, wissen ließ, der Kontakt zwischen den Eltern sei endgültig abgebrochen worden. Traudels Vorwürfe beantwortete die Mutter mit einer kurzen Postkarte: Er will nicht mehr, basta. Gründe wurden nicht erörtert. Jeder setzte voraus, daß der andere sie kannte. Charlotte Körner war nach ihrer Entlassung aus Meuselwitz zur Glasschleiferin umgeschult worden. Keine bloße Erziehungsmaßnahme, der Staat erwartete die zügige Abzahlung der Geldstrafe in Höhe von 5000 Mark, zu der man sie neben dem Freiheitsentzug verurteilt hatte. Das Arbeitsamt vermittelte ihr eine Stelle in Helmut Passins Firma in der Blockhausstraße. Den Chef mochte sie genausowenig wie den feinen Staub und das schrille Singen der Maschinen, das ihr noch Stunden nach Feierabend in den Ohren pfiff. Nach drei Monaten wechselte sie zu Hugo Bienefeld. Die Arbeit war nicht erfreulicher, der Meister ein verschlossener Mensch ohne Witz. Allerdings war der Betrieb, unterhalb der Peterskirche, vom Untermarkt in einer Minute zu erreichen. Das verschaffte ihr morgens eine Stunde längeren Schlaf. Wie sie als Nachtmensch das frühe Aufstehen haßte. Schlimmer als Knast. Es hielt sie auf keiner Stelle. Reinemachefrau, Arbeiterin, Büffethilfe. Zur Zeit war sie, schon seit einem guten Jahr, beim VEB Bau. Traudel überlegt, was Mutter eigentlich macht. Kalfaktorin? Graues Wort aus der Anstaltssprache. Die S-Bahn nach Westend fährt in den Bahnhof ein. Eisfreie Fenster. Reisende mit Koffern und Rucksäcken. Eine Familie mit drei Jungen. Bestimmt ohne Rückfahrkarte. Soll sie den Schwangerenausweis zeigen, der ihren Anspruch auf einen Platz in öffentlichen Nahverkehrsmitteln belegt? *Gilt im Bereich des Magistrats von Groß Berlin.* Im Senats-Berlin ist sie quasi nicht schwanger. Noch sind sie im Osten. Köllnische Heide biegt der Zug ab. Einen

Sitzplatz, den sie im Sowjetsektor erkämpft, darf man ihr im amerikanischen nicht wegnehmen. Bahnhof Hermannstraße bleibt die Bahn stehen. Keine Durchsage. Jemand zupft sie am Ärmel. Komm Se ma, Frollein, setzen Se sich. Die Frau schiebt den Jungen von der Bank und rutscht näher an den am Fenster sitzenden Kleineren. Zieh keene Flappe, Micha, wenn de sitzen willst, kannste dein kleen Bruder uffn Schoß nehm. Ob sie sich je an den Berliner Dialekt gewöhnen wird? Knabba nich an die Näjel. Der Knabe ist sieben oder acht. Im Stehen kann er das Emailleschild am Wartehaus erkennen. *Knesebeckstraße, Ausgang links,* liest er stockend vor. Wer isn dit, Knesebeck? Traudel weiß es auch nicht. Der Zug fährt ruckend an. Ein kleiner Bruder wäre nicht die schlechteste Vorbereitung gewesen. Einzelkinder verwöhnt man zu sehr. Traudel will zwei, mindestens. Sie selbst wollte nie ein *Geschwisterchen*, fürchtete um ihren Status als Alleinherrscherin. Als sie am wenigsten damit rechnete, bekam sie eins. Die Pradel-Oma hielt ihre Hände fest. Zuerst glaubte sie, Großmutter sei verrückt geworden. Mutter bekommt ein Kind? Wie denn? Sie sitzt doch in Meuselwitz, Vater in Waldheim. Sie weigerte sich, die Mutter in der Klinik zu besuchen. Im Februar 1949 brachte die Mutter einen gesunden Jungen auf die Welt, ihren Halbbruder, denn Vater war nicht sein Erzeuger. Sie wollte gar nicht wissen, wer es war. Sie würde dieses Kind nicht einmal ansehen. Der Vorsatz war ohne die Großmutter gemacht. Du gehst zur Mutter. Ins Krankenhaus? Ich denke nicht daran. Am Ende der Auseinandersetzung schlug die Oma mit der flachen Hand auf den Küchentisch. Und wenn du dich kopfstellst, du gehst hin. Mit dieser Geste sorgte die Wirtin im *Baum* für Ruhe, wenn zwischen den Männern Streit ausbrach. Verhalf die Maßnahme nicht zu Wiederherstellung der Ordnung, rief sie die Dauermieter Hans oder Bernhard, in schwierigeren Fällen die Polizei. Gegen Traudel hatte sie die, jede Widerrede ausschließende, Pointe noch nie zur Anwendung gebracht. Wenn ein Kind da ist, muß sich einer drum kümmern. Später wirst du das begreifen. Sie warf sich heulend aufs Bett. Großmutter kam nicht, ihr übers Haar zu streichen. Am nächsten Nachmittag liefen sie zur Entbindungsklinik Ferdinand-Lassalle-Straße. Eine Viertelstunde, mehr ist nicht erlaubt. Die Schwester schloß das Zimmer auf. Mutters kleines, rotes Gesicht lag im Kopfkissen versunken. Die Schlafende schien ihr kaum verändert. Vor den Fenstern hingen Gardinen. Nichts deutete darauf hin, daß die Wöchnerin Hafturlaub hatte. Fluchtabsichten waren nicht zu befürchten. Eine Schwester brachte ein Bündel in den Raum. Frau Körner, Besuch. Die Hebamme, wenig älter als Traudel, schob die Windel zur Seite, um ihr den Säugling zu zeigen. Traudel wandte den Blick ab und trat an die Längsseite des Bettes. Sie versuchte ein Lächeln. Nett, daß du gekommen bist. Das Kind lag an Mutters Seite. Schlief es? Ich habe frische Laken für dich, und ein Nachthemd. Nimm den Stuhl. Traudel setzte sich auf die Bettkante. Wie geht es dir? Gut. Und dir? Auch. Kommt ihr zurecht? Sie nickte. Das Baby schmatzte, als wollte er sich in Erinnerung rufen. Mutter streckte die Hand auf dem Bettzeug aus. Lange Finger, dünne Glieder, hervortretende Adern. Wie ihre eigenen Hände, die Mutter nicht greifen konnte. Sie saß zu weit weg. Ich muß wieder gehen, die Pradel-Oma will dich, glaube ich, noch sprechen. Vor der Tür hielt sie Mutters Stimme auf. Kind? Sie blickte zum Bett. Sei mir nicht böse. Flugfeld Tempelhof. Günter zeigt aus dem Fenster. Eine viermotorige Maschine wartet auf dem Rollfeld mit drehenden Propellern auf das Startzeichen. Pan American Airways. Der Junge hat Mühe, die schwierigen Worte zu buchstabieren. Woran denkst du? An nichts. Sind wir bald da? Papestraße ist die nächste Station. Schneetreiben. Ein kleines zerknautschtes Affengesicht. Das ist alles, an das sie sich erinnert. War der Junge getauft? Was sollte aus ihm werden, hatte sie sich gefragt, während die Pradel-Oma im Krankenzimmer blieb. Nach Meuselwitz kann sie ihn nicht mitnehmen. Also ein Säuglingsheim? Oder setzt Großmutter ihren Plan durch, sich um das Sorgerecht zu bewerben? Nur das nicht. Dann hätte sie das Kind auf dem Hals, die Wirtin mußte ja den Betrieb schmeißen. Traudels Befürchtungen waren umsonst. Nach zwei Tagen war der Halbbruder tot. Die genauen Umstände kennt sie heute noch nicht. Angeblich war einer Schwester – vielleicht jener, die das Windelpaket ans Bett brachte? – das Kind aus den Armen geglitten und zu Boden gestürzt, oder sie selbst strauchelte, ohne verhindern zu können, daß der Kopf des Kleinen gegen eine Wand oder Säule schlug. Eine schwere Schädelverletzung war die Folge, die der Junge nur um wenige Stunden überlebte. Als man den Frauen im *Goldenen Baum* den Unfall mitteilte, fühlte Traudel trotz ihrer Abneigung Mitleid mit dem toten Säugling. Ein armer Wurm, den man hatte fallen lassen. Vielleicht war es am Ende besser so? Niemand wollte dieses Kind. Und was, wenn er durch den Sturz blöd geworden wäre? Ob sein Erzeuger von seiner flüchtigen Existenz wußte, stand in den Sternen. Tante Elli machte Ex-Kommissar Otto für die Vaterschaft verantwortlich, zumindest habe der im Zellentrakt damit geprahlt. Hätte er mit der Geschichte hinter dem Berg gehalten, würde Artur Körner jetzt nicht im Auffanglager sitzen und auf die Tochter und ihren Mann warten. Die Marienfelder Allee bedeckt eine dünne Schicht Neuschnee. Sie überholen das Paar mit den drei Jungen, die mit ihrem Gepäck nur langsam vorwärts kommen. Rechter Hand streckt sich ein leeres Feld. Unvermutet tauchen graue dreistöckige Häuser auf. *Notaufnahmelager Marienfelde*. In der Pförtnerloge des flachen Empfangsgebäudes sitzt ein Uniformierter. Er blättert in den Personalausweisen mit dem DDR-Wappen. Haben Sie Gepäck in der Stadt? Wir wollen jemanden treffen, nicht hierbleiben. Ist der Besuch angemeldet? Gestern abend, telefonisch. Das Foyer füllt sich mit Menschen. Der Schnee von den Schuhsohlen hinterläßt schwarze Pfützen auf dem Fußboden. An der Wand hängt ein Schild. *Vorsicht!* mahnt es. *Bei Gesprächen (Spitzelgefahr), bei Einladungen (Menschenraub), bei Schriftverkehr nach der SBZ (sowjetische Besatzungszone). Sektorengrenze beachten!* Sicher gibt es Gründe für solche Warnungen.

Trotzdem liest Traudel den Text mit Befremden. Kommen sie nicht auch aus der SBZ? Sind sie denn Spitzel, wenn sie zurückfahren wollen? Wimmeln die RIAS-Leute nicht selber ab. Wer keine dringenden Gründe hat zur Flucht, soll in der Zone bleiben? Es gibt nicht für alle Platz und Arbeit. Von Ruth hat sie nichts mehr gehört, seitdem die Freundin mit ihrer Mutter nach Bayern ging. Sollten sie auch *abhauen*? Trotz der Wohnung in Lichtenberg? Käme denn Mutter ohne sie aus? Die Laube ist ja nichts wert. Was machte sie mit Pummelchen? Darf man Tiere im Lager halten? Der Pförtner bringt ihre Ausweise. Pardon, sagt er, ich habs nicht gesehen. Er zeigt auf den Schwangerenpaß, der im Ausweis steckte. Haus D, 2. Aufgang, 3. Etage, Zimmer 17, durch die Tür, geradeaus, dann rechts. Schwere Flocken fallen. Auf dem matschigen Weg kommt ihnen eine dünne Gestalt entgegen. Bevor sie umherirren, sollten sie den Mann nach Haus D fragen. Wenige Meter vor ihnen bleibt er stehen. Vater, ruft Traudel und läuft auf den Mann zu. Artur Körner denkt, als er die Tochter umarmt, daß sie noch ein Stück kleiner ist als er, aber doch schon eine junge Frau, seine Tochter denkt, daß sie sich diesen Augenblick oft erträumt hat, aber nicht weiß, was sie sagen soll. Das ist Günter, sagt sie. Die Männer schütteln sich die Hände. So ein Zufall, dich gleich zu treffen. Zufall ist es keiner, sagt der Vater, ich hab gehört, daß ihr da seid. Die Information klappt hier besser als alles andere. Vor dem Eingang Haus D stehen junge Männer und rauchen. Der Weg in den dritten Stock führt zwischen lärmenden Kindern hindurch, die den Hausflur zum Spielplatz erklärt haben. Man muß aufpassen, nicht über Mensch-ärgere-dich-nicht-Figuren zu stolpern. Bei schlechtem Wetter ist es leider etwas eng, sagt der Vater. Wo sollen die Bengel hin? In den Wohnungen hocken die Erwachsenen. Ich habe Glück, ein Vierbettzimmer, Vorzugsbehandlung. Er legt den Finger auf die Lippen. Im Raum Nummer 17 stehen zwei Doppelstockbetten aus Eisen, ein Tisch, zwei Hocker. An den Bettrahmen hängen Mäntel, Jacketts, auf den Schränken, unter den Betten Koffer und Kisten. An der einzig freien Wand neben der Tür hängt ein Plakat der Lagerordnung. Die drei Männer, die um den Tisch beim Kartenspiel sitzen, unterbrechen die Partie und erheben sich. Darf ich vorstellen, meine Tochter, ihr Mann, auch aus Görlitz. Die Skatspieler nennen ihre Namen, Traudel versteht sie kaum. Die Männer nicken und verlassen den Raum. Nicht sehr komfortabel, sagt der Vater, aber besser als das Hotel, in dem wir uns das letzte Mal sahen. Ich freue mich so, dich zu sehen, Waltraud, dich kennenzulernen, Günter. Meine Schwester, die Elli, hat geschwärmt, was für ein kluger junger Mann du bist. Ich denke, wir bleiben nicht lange auf dem Zimmer, ich wollt euch nur mal zeigen, wies hier aussieht, laßt uns in ein Restaurant gehen, ihr seid meine Gäste, die Stadt Berlin bezahlt, ich habe Geld bekommen, zur Überbrückung, der Passierschein gestattet mir, das Lager bis 22 Uhr zu verlassen. Strenge Regeln, Glücksspiel verboten, Tierhaltung, Stromnutzung untersagt, Rauchen im Bett verboten. Er redet ohne Pause, denkt Traudel. Günter zieht die Zigarettenschachtel aus der Manteltasche. Ich bin gleich zurück. Seit wann raucht er schon mittags? Vater und Tochter bleiben allein. Sie sitzen sich am Tisch gegenüber wie im Besucherzimmer in Waldheim. Ohne das Drahtgitter. Auf dem Schrank tickt ein Wekker. Der Vater nimmt ihre Hände. Weiß du noch, wie wir den gelben Kanarienvogel hatten? sagt Traudel. Wie kommt sie jetzt auf diese Geschichte? Der sprechen konnte. Vater hebt den Kopf. War das nicht ein Rabe? Den gab es auch noch, Jakob hieß er und gehörte Hella, der Albino, die mit ihrem Mann im Zuchthaus wohnten. Richtig, Julius und Hella, die im alten Gefängnis in einer Zelle lebten, beide mit schlohweißen Haaren und roten Augen. Der Rabe gehörte also der Hella? Wir hatten einen Kanarienvogel, knallgelb, sein Käfig stand auf dem Klavier. Beim besten Willen, den Vogel habe ich vergessen. Manchmal durfte er durch die Gaststube fliegen. Sonntags, zu meinem Geburtstag und Heiligabend. Er landete immer in der Gardine. Bis er gegen den Spiegel prallte, den großen, mit dem Goldrahmen.

Ein Erbstück von den Urgroßeltern. Der Vogel war sofort tot. Ich habe oft geweint, aber nie so doll wie an dem Tag. Wie alt warst du? Fünf oder sechs. Du hast mich in den Arm genommen und hast gesagt: Siehst du, alles was man liebt, das geht kaputt. Ich höre den Satz noch ganz genau. Nein, sagt der Vater, ich erinnere mich nicht.

ALPINE, NEW JERSEY, WARREN LANE, DECEMBER 2, 1998, 11.43 p.m.

Nach dem Stammtisch entführen mich Lily und Herbert nach Alpine. Wir sitzen im Living Room, in dem etwa zehntausend Schallplatten stehen. Vor zehn Jahren noch soll Herbert genau gewußt haben, wo welche zu finden ist. Vor zehn Jahren war ich das erste Mal in New Jersey. Hätte mir jemand damals gesagt, ich würde mich hier einmal wie zu Hause fühlen, ich hätte ihn für verrückt erklärt. New Jersey, der Garden State, jahrelang war dies für mich das Synonym für das öde, biedere Mittelklasse-Amerika mit Reihenhäusern, Primeln und stars and stripes. Patty lief ein Rennen über zwanzig Meilen, und ich stand am Straßenrand. Ich fand es entsetzlich. Die meisten Läufer waren weiß. Nach der Siegerehrung tranken tausend verschwitzte Menschen mit kräftigen Oberschenkeln dünnes Bier und tanzten in Shorts nach Barry-White-Hits. Ich wollte zurück nach Manhattan. Ich ziehe ein Buch aus dem Regal. Was liest du da? Herbert setzt sich auf die Couch. Ich blicke auf den Titel. Karl Kraus, *Dritte Walpurgisnacht*. Toller Mann. Ich nicke, ich kenne den Band nicht. So oft ich kein Geld hatte, sagt Herbert, für die *Fackel* hats immer gereicht. Als Kind habe ich einen Ball in seine Wohnung geschossen, unser Spielfeld war auf der Straße, genau neben seinem Haus, das Fenster offen, im Sommer, ich mußte hin, klingeln, beichten. Kein Lumpenbündel, ein richtiger Ball, eine Kostbarkeit. Was erzählt mir Herbert eigentlich? Karl Kraus öffnete, hörte mich an, ging ins Zimmer, brachte den Ball, keine Maßregelung, kein lautes Wort, ein netter alter Herr. Du hast die

Scheibe eingeschossen? Durchs geöffnete Fenster in den Salon. Ich war ein guter Fußballer, auch Skiläufer. Ich sehe seinen kantigen Schädel, die hohe Stirn voller Altersflecken, dichte Augenbrauen, Stoppelkinn. Irgendwie will ich ihm die Geschichte nicht abkaufen. Hätte er berichtet, Kraus als Vortragskünstler erlebt zu haben, okay, aber ihn mir als Förderer der Nachwuchskader von Rapid oder Maccabi Wien vorzustellen, fällt mir schwer. Wann war das? Neunzehnhundertsechzehn, siebzehn? Herbert, mischt sich Lily ein, als Sechsjähriger warst du doch noch nicht in Wien. Wir sind während des Krieges aus Stanislau weg. Während des ersten, setzt er hinzu, kennst du Stanislau? Ein Dorf? Eine polnische Kleinstadt, heute ukrainisch oder russisch. Meine Eltern waren Kerzenmacher. Die Front ging hin und her. Mal eroberten uns die Deutschen, dann wieder die Russen. Einmal fand ich ein Menschenknie, als wir in den verlassenen Gräben spielten, ohne Bein, ohne Körper. Es lag einfach in der aufgewühlten Erde, das ist das Schrecklichste, was ich jemals gesehen habe, dieses einsame Knie. Lily sieht mich an und sagt mit den Augen: Glaub bloß nicht alles, was er dir erzählt. Was bist du eigentlich, Herbert? frage ich, als würde ich ein Interview führen. Wie meinst du das? Na, als was würdest du dich bezeichnen? Staatenlos, sagt er. Wie kannst du das behaupten? ruft Lily beinah heftig, du bist doch amerikanischer Staatsbürger. Als Jude, sagt Herbert, vom Argument seiner Frau überzeugt, ich bin Jude. Okay, sagt Lily, für dich stimmt das, du hast einen koscheren Background. Ich würde sagen, ich komme aus Österreich, ich bin Europäerin mit amerikanischem Paß. Und du? will Herbert wissen. Gute Frage. Ich glaube, ich bin Ostdeutscher. Richtige Patrioten gibt es wohl nicht in diesem Haus. Penny bellt. Maybe she's a patriot. Der Hund will hinaus in die Natur. Ich lege eine CD in die Hifi-Anlage. Schuberts A-Dur Sonate für Violine und Klavier, gespielt von Kremer und Afanassjew. Herbert bleibt auf der Couch sitzen, im Bademantel, vor sich einen Teller mit Schokowaffeln. Eine milde Nacht. Wir gehen über die Warren

Lane. Halb eins. Komm, Penny, komm. Der Hund will seinen Spaziergang machen, nicht nach links, sondern nach rechts. Zum Haus des Millionärs. Sie ist so eigensinnig, ich kann nichts machen. Der Klügere gibt nach, sage ich. Bist du sicher, daß wir klüger sind? fragt Lily. Meine Lehrerin, Genia Schwarzwald, die Direktorin unserer Schule in Wien, hat immer gesagt, ich hasse den Spruch: Der Gescheitere gibt nach, eine traurige Wahrheit, sie begründet die Weltherrschaft der Dummheit. Als wir, dem Hund folgend, zum Haus zurückkehren, beginnt Afanassjew das Scherzo.

BERLIN-LICHTENBERG, 12. APRIL 1965

Um meinen Hals hängt der Wohnungsschlüssel, an einem schwarzen Schnürsenkel. Falls mir die Tür zufällt, wenn ich ins Treppenhaus gehe, zu Frau Steffek oder Frau Brade, den Nachbarinnen. Mutter hat gesagt, wenn Großvater kommt und sie noch nicht von der Arbeit zurück ist, soll ich die Tür aufmachen. Sie hat mir ein Foto gegeben. Es steht gegen die Butterdose gelehnt. Großvater ist ein alter Mann. Mit dünner Nase und abstehenden Ohren. Alle Leute in unserer Familie haben Segelohren. Daran sollte ich ihn eigentlich erkennen. Ich sitze am Küchentisch. Ich soll nicht an den Fingernägeln knabbern. Ich soll das Geschirr abtrocknen. Wenn er mir nun nicht gefällt? Kein Mensch kann sich seinen Großvater aussuchen. Jahrelang hatte ich Opa Hans für meinen richtigen Großvater gehalten. Seit ein paar Tagen weiß ich, er ist nur *anverheiratet*, keine Ahnung, was das bedeutet, wahrscheinlich das Gegenteil von *unverheiratet.* Ich werde ihn trotzdem weiter Opa Hans nennen, weil er es gewohnt ist und sich all die Jahre wie ein Großvater benommen hat, als Weihnachtsmann und Reitpferd, Boris meint, ich soll zufrieden sein, einen Großvater im Westen zu haben, seiner lebe in Engels, den kriege er nie zu Gesicht. Daß mein Großvater uns nie besuchen konnte, verstehe ich. Holzgerlingen bei Böblingen bei Stuttgart liegt in Westdeutschland, dort gibt es viele Faschisten. Auf seinen Paketen steht neben Adresse und Absender in eckiger Handschrift ein Satz, den mir Vater vorgelesen hat: *Geschenksendung, keine Handelsware*. Handelsware muß etwas ganz Besonderes sein. Geschenksendungen sind Bohnenkaffee, Nylon-Strumpfhosen, Schokolade und Bonbons. Die Süßigkeiten werden, wenn Mutter sie nicht vor Ostern und Weihnachten im Wohnzimmerschrank versteckt, unter ihrer Aufsicht geteilt. Ritter-Sport-Schokolade, Mamba, Blasenkaugummi. Gummibären zählen wir ab, nach Farben sortiert. Am liebsten sind mir die roten. Auch um die Briefmarken gibt es Streit. Das Spezialgebiet meines Bruders sind Tiere, obwohl er auch Angst vor Hunden hat. Man muß das dicke braune Packpapier zerreißen, den Fetzen mit Marke ins Wasserbad legen, schwimmt die Marke frei im Wasser, fischt man sie heraus, klebt sie auf den Badewannenrand oder an die Fliesen. Ich sammle alle Marken, die ich kriegen kann, Blumen, Schmetterlinge, Sport, Raumfahrt oder Politiker, ich will nur möglichst viele Länder haben. Es klingelt an der Tür. Im Treppenflur steht ein Mann mit Segelohren. Ich vergleiche sein Gesicht mit dem Foto. Es ist niemand zu Hause, sage ich. Das macht nichts, sagt mein fremder Großvater, wir werden uns schon verstehen, oder? Er hängt seinen Mantel auf einen Bügel. Hier wohnt ihr also? Ja. So lernen wir uns auch einmal kennen, nicht? Ja. Ist ein bißchen komisch, stimmts? Ja. Stör ich dich bei den Schulaufgaben? Ich geh noch nicht zur Schule. Richtig, hab ich vergessen. Für einen Augenblick werde ich mißtrauisch. Ist er echt? Der Mann greift in die Innentasche seines Jacketts. Hier, ich besitze auch eine Fotografie von dir. Sehe ich mir ähnlich? Was ist an der Frage lustig? Ich möchte wissen, warum Erwachsene so oft ohne Grund über Kinder lachen. Du siehst dir ganz schön ähnlich. Dann fragt er, ob ich mit ihm nach unten gehen will, das Auto ausladen. Ich zeige ihm den Wohnungsschlüssel. Vor dem Haus steht Großvaters Auto, ein Käfer. Schade, daß uns niemand sieht. Großvater öffnet die Kofferraumklappe. Eine Tasche, ein Stoffkoffer, zwei Plastikbeutel mit dem HB-

Männchen. Im zweiten Stock muß Großvater verschnaufen. Ich erzähle, daß ich schon sechs Treppenstufen herunterspringen kann. Tatsächlich? Ob er es sehen will? Später. Ich bin enttäuscht. Wäre ich Großvater, würde ich die Treppensprungkunststücke meines Enkels sehen wollen. Braucht er einen Kaffee? Frau Brade kocht sich mittags, wenn sie müde wird, immer eine *gute Tasse* Mokka oder Muckefuck und raucht am offenen Fenster ihre Zigarette. Die Marke heißt *Casino*. Wenn die Schachtel leer ist, sucht sie zwei Mark aus ihrem Portemonnaie, ich renne über die Weitlingstraße in die HO, eine neue holen. Die Verkäuferinnen kennen mich und wissen, daß ich Nichtraucher bin. Zur Belohnung bekomme ich einen Groschen. Ich kann bei der Nachbarin klingeln. Sicher macht sie ihm eine *gute Tasse*, wenn ich erkläre, daß er erschöpft ist von der Reise. Als wir das Gepäck in der Wohnung haben, fragt mich Großvater, ob wir eine *Spritztour* machen wollen. Was meint er? Ich kenne mich aus mit Wörtern. Ich kann schon bis zehn zählen, in englisch. Eine Spritztour habe ich noch nie gemacht. Dann wirds aber höchste Zeit, Partner, sagt er. Wieder ein unbekanntes Wort. Nennt man in Westdeutschland die Enkelkinder Partner? Das Käferauto riecht innen ganz anders als unser Trabant. Die Polstersitze haben kurze Haare. Der Motor schnurrt. Ich sitze auf dem Beifahrersitz. Obwohl ich noch viel zu klein bin. Ich verrate Großvater nicht, daß es verboten ist. An der Scheibe klebt Vogelkacke. Großvater hätte nicht unter der Linde parken sollen. Das sage ich. Er drückt einen Knopf, die Scheibenwischer bewegen sich, ein dünner Strahl schäumenden Wassers trifft die Frontscheibe. Heißt es deshalb Spritztour? Am S-Bahnhof vorbei. Gleisanlagen, Signale, die Uhr auf dem Bahnsteig. An der Litfaßsäule warte ich immer auf Vater, drei Viertel fünf kommt er von der Arbeit. Aus dem Sitz heraus kann ich nur Baumspitzen und Häuserwände erkennen. Laß uns aussteigen, sagt Großvater, er macht den Motor aus, zieht die Handbremse. Was wollen wir hier? Das Mauerwerk ist grau, der Putz abgefallen, besonders um die Einschußlöcher herum. Hand in Hand durchqueren wir einen Torbogen, gelangen in einen Hinterhof, durch einen weiteren Durchgang in einen zweiten. Ein Lichtschacht, Mülltonnen, eine Klopfstange. Ich hänge mich mit den Beinen daran, kopfunter. Kannst du singen, Partner? Natürlich. Großvater staunt. So natürlich ist das nicht, ich zum Beispiel kann nur brummen. Sing mal was. Wenn es den Leuten gefällt, werfen sie uns ein paar Münzen aus dem Fenster. *Kleine weiße Friedenstaube, fliege übers Land.* Großvater klatscht. Kein Fenster öffnet sich. Bestimmt war ich zu leise. Wir sollten etwas zusammen singen. O Tannenbaum, sagt Großvater, das kennst du doch auch? *Du grünst nicht nur zur Weihnachtszeit, nein auch im Winter wenn es schneit.* Die Fenster bleiben geschlossen. Noch zu früh, die Leute sind arbeiten. Weißt du was, wir fahren nach Hause, essen einen Happen, und am Nachmittag, wenn die Leute wieder in ihren Wohnungen sind, versuchen wir es noch mal. Wir brauchen aber einen Hut, um die Münzen einzusammeln, und ein Schild, auf dem steht, wer wir sind. Steinreiche Bänkelsänger werden wir, das versprech ich dir. Ich nicke, obwohl ich nicht weiß, was Bänkelsänger sind. Was soll draufstehen auf dem Schild? Zwei lustige Sänger, Opa und Partner, sage ich. Guter Vorschlag, genau das werden wir schreiben, sagt er und startet das Käferauto.

BROADWAY, DECEMBER 3, 1998, 6.30 a.m.

Der Bettler vor der GAP-Boutique schläft, gepolstert wie eine Erstausgabe, umrahmt von Kartons, Altpapier und Plastesäcken, auf dem Lüftungsschacht der Subway. Unter ihm rattert der Number-1-Train. Neben dem filzigen Graukopf liegt ein Paperbackband. *Anna Karenina*, Band 2. Armer Irrer. Ich wäge ab: Jemand, der so endet, liest Tolstoi, oder: jemand, der Tolstoi liest, endet so?, und stürze weiter, wie ein vom FBI Verfolgter. An der 75. Straße werfe ich zwei Quarter in den Telefonapparat, wähle die Chiffre der *foncard*, eine fünfzehnstellige Nummer, und höre, via Satellit, aus Deutschland, meine Stimme säuseln: Tut mir leid, bin nicht zu Hause, sprechen Sie nach dem Piep. Hey, family, sage ich, wir haben es gepackt, heut kommt der LKW, morgen fliege ich, übermorgen bin ich da und raube der Frau Königin ihr Kind.

JACOBI ODER DER COMMUNISTEN-CLUB NEW YORK 6

Die erste Zusammenkunft des *Communisten-Clubs* New York findet in *Finzels Local*, 148 Fulton Street, statt, in unmittelbarer Nachbarschaft zur Börse. Dabei haben die Männer, die sich dort im Spätsommer 1857 versammeln, nicht nur kein Verhältnis zum Privateigentum, es fehlt ihnen auch jedes Kapital. August Willich, Adolph Douai, Sebastian Seiler, Wilhelm Wolff, Fritz Anneke, Max Cohnheim, Adolph Cluss, Robert Rosa, Joseph Weydemeyer. Im Dezember ist die Runde auf dreißig Mann angewachsen. Der frisch gewählte Präsident, Friedrich Kamm, hofft auf eine rasche Vergrößerung. Er liest der Versammlung ein Schreiben vor, das er, zusammen mit Kassierer Albrecht Komp und Vice-Präsident Fritz Jacobi, Abrahams Namensvetter, den Engels in Manchester erwähnte, verfaßte, um es nach London zu senden. Marx, *Führer und Parthei-Haupt der Communisten in der alten Welt,* lobpreist das Schreiben, *Central-Punkt*, in dem die Fäden aller Organisationen ihren Anfang und ihr Ende fänden. Mit Verlaub, ist die Verneigung nicht eine Spur zu tief? fragt Dr. Abraham Jacobi. Die Mehrheit findet den Tonfall angemessen, immerhin, erklärt Willich, habe man am Alten einiges gutzumachen. Marx sei auch nur ein Mensch und als solcher für ein gewisses Maß Schmeichelei empfänglich. Wenn er sich da mal nicht irrt, denkt der Arzt und schweigt. Einige der Club-Mitglieder zählten im Fraktionskrieg 1850 zu den schärfsten Widersachern der Central-Behörde und zeigen mitunter Übereifer im Bemühen, ihre Loyalität herauszustellen. Den Gehalt des Briefes unterstützt der Doktor entschieden. Der Club bittet um Mitteilungen, *in wie weit und unter welchen Formen die Communistische Partei in Europa, besonders in Deutschland besteht.* Welche Literatur ist erschienen? Ist Marx' *Theorie des Communismus* bei Schablitz in Basel erschienen? Kann man noch einige der alten Statuten des *Kommunistenbundes* erhalten? Welche verläßlichen Männer in Amerika könne er ihnen empfehlen? *Besonders wünschen wir recht viel Intelligenz in unsern Kreis zu ziehen.* Die Exilanten leiden unter der Isolation. Aufgabe des Clubs sei die Sammlung Gleichgesinnter und Propaganda, eine schwere Aufgabe in einem Lande, *wo Alles weit mehr nach dem augenblicklichen Erfolge, und dem Nutzen, den es recht schnell bringt als werthvoll betrachtet* werde, das dennoch zur *praktischen Ausführung des Communismus so viele Anhaltspunkte* böte wie kein anderes Land der Erde. W*ir lebten nur von unsern Erinnerungen und hatten keine andre Hilfe zum Fortschritt, als das eigene Denken. Der Gedanken-Austausch fand eben immer nur zwischen denselben Personen statt, – und dieß führt leicht zu Irrtümern, besonders in diesem Lande reich an praktischen Gedanken, aber arm an Ideen*. Daß der Club am 5. November 1857 eine Demonstration von fünfzehntausend arbeitslosen Arbeitern organisierte, erwähnt Kamm nicht, obwohl dieser Fakt auf Marx tieferen Eindruck gemacht hätte als die gesammelten Absichtserklärungen und Grundsätze. *Die Mitglieder des Kommunisten-Klubs verwerfen jeden religiösen Glauben, in welcher Art und Weise er sich auch gestalten möge, sowie jede nicht auf unmittelbarer Sinneswahrnehmung beruhende Anschauung. Sie anerkennen vollkommene Gleichberechtigung aller Menschen – gleichviel welcher Farbe oder welchen Geschlechtes – und streben deßhalb zuvörderst darnach, das s. g. bürgerliche Eigenthum, sei es ererbtes oder erworbenes, aufzuheben, um an dessen Stelle eine vernunftgemäße, jedem zugängliche, seinen Bedürfnissen möglichste entsprechende Betheiligung an den materiellen und geistigen Genüssen der Erde zu setzen.* Der erste Paragraph des Vereinsstatuts gilt als unumstößlich, § 7 erklärt, er könne *niemals* geändert werden. Die anderen Grundsätze sind flexibel. Zur Bestreitung der Kosten wird von jedem Mitglied ein monatlicher Beitrag von 25 Cents erhoben. Für Abraham Jacobi bedeutet das, von fünf Patienten die Grundgebühr einzutreiben. Krankheit oder Arbeitslosigkeit können gegen den Kassierer Komp als Zahlungsbefreiung geltend gemacht werden. Die Versammlungen sind nicht öffentlich. Fremden bleibt der Zutritt zu den Sitzungen versagt. Der Vize-Präsident hat neben seiner Stellvertreterfunktion den Posten des Bibliothekars inne. Fritz Jacobi ist somit derjenige, der die Genossen auffordert, Bücher allgemeinen Interesses in den Clubbestand zu überführen. Der Rheinländer Kaufmann Komp geht mit gutem Beispiel voran und liefert den *Staatsbürgervertrag* ab. Sein Name bleibt im Vorsatz stehen. Katalogisiert wird das Buch 1859. Inzwischen dürfte Dr. med. Jacobi zum Bibliothekar avanciert sein. Falls es zu keiner Ämtertrennung kam, fungierte Abraham auch als Vizepräsident. Den Posten des Bücherverwalters muß er innegehabt haben, steht doch Dr. Jacobi in verschiedenen Bänden der Club-Bibliothek. Selbst wenn der Referendar Fritz Jacobi, wovon nicht auszugehen ist, in Amerika promovierte und einen Dr. jur. errang, hätte er, um sich von Dr. A. Jacobi abzugrenzen, mit Dr. F. Jacobi zeichnen müssen. Vielleicht halfen dem Mediziner die stillen Stunden im Club, über die zermürbenden privaten Katastrophen hinwegzukommen? Kein vom Glück verwöhnter Mann beugt sich am Dienstag, dem 1. April 1859, den Federhalter in der Hand, über Rousseaus *Staatsvertrag.* Glaubte er, was er nicht tut, an Gott, müßte er Strafe vermuten. Schrecklichen Schabernack treibt das Schicksal mit ihm. Sein berufliches Fortkommen steht in krassem Kontrast zu den persönlichen Desastern. Abrahams zweite Frau, Kate Rosalie Rabbe, kommt, was der Name nicht vermuten läßt, aus Savannah, Georgia. Eine ehemalige Patientin. Ob sie die politischen Überzeugungen des Mediziners mit der gleichen Leidenschaft wie Fanny Meyer teilte, ist ungewiß. Über sie ist nicht mehr bekannt, als daß sie drei Kinder zur Welt brachte, von denen keines die ersten Stunden überlebte. Kates vierte Schwangerschaft, eine Frühgeburt, bringt sie um. Die Jahreszahl ist nicht überliefert, allein die Tatsache, daß Jacobi seine zweite Frau und einen weiteren Säugling auf dem Green Wood Cemetery bestattete. Die Praxis läuft erfolgreich, nicht nur in der deutschen Kolonie ist er ein gefragter Mann. Jacobis Berufung ans *College of Physicians and Surgeons*, wo er über Kinderkrankheiten doziert, verleiht ihm den Rang einer Kapazität, auch Anwohner von Broadway und 5th Avenue vertrauen ihm seither ihre Sprößlinge und Wohlstandsleiden an. Im Frühjahr 1857 tritt er erstmals mit weichen Knien vor sechs Studenten, um über *Larynx* und *Laryngismus stridulus* zu sprechen. Sein Referat über die kindliche Kehlkopfentzündung gerät ihm so überzeugend, daß nach wenigen Minuten seine eigene Stimme vollständig versagt. Anfangsschwierigkeiten. Auf den Mund gefallen ist der Doktor nicht. Er beherrscht die freie Rede, sein Stil ist flüssig, witzig, sein Englisch elegant. Als ihn Job Lewis Smith bittet, für sein *New York Journal of Medicine* Aufsätze aus deutschen und europäischen Zeitschriften zu übersetzen, beginnt er, angeregt, eigene Erfahrungen in Artikeln festzuhalten. Pädiatrie wird sein erklärtes Forschungsfeld. 1859 veröffentlicht er gemeinsam mit E. Noeggerath das Buch *Contributions to the Diseases of Women and Children*. 800 Dollar investieren die beiden Mediziner in die Publikation, die in Fachkreisen Beachtung erregt, aber kein Verkaufserfolg wird. Der größte Teil der Auflage wird später für 86 Dollar verramscht. Jacobis Arbeitspensum ist enorm. Sprechstunden, Hausbesuche, Forschung, Lehrbetrieb, der Versuch, eine Familie aufzubauen, Versammlungen, Journalistik, Beiträge für Weydemeyers Zeitung *Reform*: *Wissenschaftliche Beiträge zur Temperenzlehre*, *Die Bedeutung des Turnens für die Gesundheit*. Zusammen mit dem Freund Dr. Ernst Krakkowitzer gründet und betreibt er auf der Canal Street die *Deutsche Apotheke*, wo die Behandlung grundsätzlich kostenlos erfolgt. *Wir hatten für nichts anderes Zeit als für Arbeit. Den Luxus von Freizeit kannten wir nicht, Freude empfand, zumindest vorwiegend, nur derjenige, der sie in der Arbeit finden konnte.* Auch die Vereinstätigkeit im Communisten-Club ist Arbeit. Mitunter verzettelt sich der Streit in Nebensächlichkeiten. Etwa der Frage der Schreibweise des Bundes. Während die einen, in Betonung des europäischen Hintergrunds, für die Beibehaltung des Buchstaben *K* plädieren, einem Kommunisten-Klub angehören möchten, drängen die Amerikanisierten, auf ihre Assimilation verweisend, auf die Inthronisierung des *C*, also den Communist Club. Die Einigung ist ein Kompromiß. Englische Schreibweise, deutsche Aussprache. Communisten-Club. Nie in Frage gestellt wird die Zurückweisung der Sklaverei. Der Verein ist hundertprozentig abolitionistisch. Abraham und Fritz Jacobi stehen in der Menge der 3000 Schneider, Zigarrenbinder, Buchdrucker und Brauereiarbeiter, die in New Yorks Washington Hall gegen den Kansas-Nebraska-Act protestieren. Das Sternenbanner hängt über dem Podium, daneben die schwarz-rot-goldene Fahne der 48er. Die *Marseillaise* erklingt, Schilder werden hochgehalten: *No Slavery, No Maine Liquor Laws. In diesem Land genauso wie in der Alten Welt, müssen wir beginnen auszurufen: Revolution!*, fordert unter tosendem Jubel der Redner. *Wie sollte diese Republik in der Lage sein, etwas zur europäischen Freiheit beizutragen, solange sie das Joch der Sklaverei nicht abgeschüttelt hat?*

TEENAGED FREEDOM, BROADWAY, 8 p.m.

Ihr Kuß schien wie ausgeschnitten
aus einem Film der Nouvelle Vague, sie
ging in die Knie, nahm seinen Schwanz
aus den Shorts, in den Mund, er warf,
theatralisch, den Kopf ins Genick, ihr Zeuge,
ein Kumpel, am Straßenrand lachte, ich,
verwirrt, oder neidisch?, dachte, jetzt
werden sie sagen können, sie haben
es auf dem Broadway getan, Sonnabend-
abend, d. h. vor den Augen der Welt.

BORYSŁAW, GENERALGOUVERNEMENT, DEZEMBER 1941 / HILDES GESCHICHTE 12

Hildes Brief vom 18.12. hat mich in große Sorge und Unruhe um Euch gebracht, schreibt Hans im Februar 1942. *Ich verzweifle fast darüber, daß ich Euch gar nicht helfen kann. Werde versuchen Euch Geld zu schicken. Schickt mir Fotos von Euch allen, einzeln oder zusammen, auch Hildes! Seid Ihr alle gesund? Wovon lebt Ihr? Wie ist die Ernährung?* Wie Hans versuche auch ich, mir ein Bild von Borysław zu machen. Es gelingt nicht. Eine primitive Ölstadt wie in Texas, lese ich, Pennsylvania des Ostens, Oklahoma der Karpaten. Alfred Döblin berichtet in seiner *Reise in Polen* von Holzhäusern, blau, rot, rosa, gelb bemalt, niedrigen Schindeldächern, Holzpfeilern, Kirchtürmen, vor allem aber, einem Meer hölzerner Bohrtürme an kahlgeschlagenen Berghängen. Die Luft stinkt nach Petroleum und Paraffin. Die Einwohner Ukrainer, Polen und Juden. Die meisten Geschäfte auf der Panska Ulica bleiben Sonnabends geschlossen. Am Freitag schlägt der *Shabes klaper* mit einem Hämmerchen an die hölzernen Fensterläden, um die Sabbatruhe zu verkünden. Geht man die Hauptstraße bis ans Ende, stößt man auf die Baraba Most, die das Flüßchen Tymienica überbrückt und die Stadtteile Moczary und Nowy Świat verbindet. Alle wichtigen Straßen beginnen oder enden an der Brücke, die ihren Namen den Obdachlosen verdankt, die früher am Flußufer Zuflucht suchten. Gepflasterte Wege gibt es kaum, im Herbst versinkt man beim Überqueren der Straße bis zu den Knöcheln im Morast und muß den schweren Boden, der an den Sohlen pappt, an den Bohlen abstreifen, die, auf Balken gelegt, eine Art Bürgersteig bilden. Drei Kirchen, Stadthaus, Gymnasium, Kino, Grundschule, Krankenhaus, Polizeistation, Geologisches Institut, die Handelskammer der Petrolindustrie, das ist alles. Dichte Wälder in Sichtweite. Wuchernde Werkssiedlung. Der Reichtum, den man seit fünfzig Jahren aus 1500 Meter Tiefe in Form von Rohöl zutage pumpt, akkumuliert an anderen Orten, einst

Wien, dann Warschau, vorübergehend Moskau, jetzt Berlin und Hamburg. Am 26. Juni 1941 besetzen Einheiten der 17. Armee der Wehrmacht die Stadt. Mit den Truppen treffen Experten ein, die den Zustand der von den Russen vor ihrer Flucht zerstörten Produktionsanlagen überprüfen. Berthold Beitz, 28 Jahre, Kaufmann, verheiratet, ein Kind, tritt in die Geschichte ein. Der einzige Sohn eines ehemaligen Unteroffiziers und einer Gutsverwalterstochter aus dem Dorf Zemmin im Kreis Demmin war, nachdem er sich einige Jahre im Bankgewerbe umgetan hatte, in der Hamburger Shell-Zentrale am Alsterufer rasch zu einer wichtigen Fachkraft avanciert, und bereits 1940 als Mitarbeiter der *Beskiden-Erdöl-Gewinnungs GmbH* in den Süden des Generalgouvernements gereist. Die Monate in Jaslo und Krosno haben ihn gelehrt, daß im besetzten Gebiet die Uhren anders gehen. Obwohl er weiß, daß ihn kein Luftkurort erwartet, hat er Mühe, vor seiner Frau das Entsetzen zu verbergen, das ihn befällt, als der Chauffeur den Dienstwagen über die mit Löchern übersäte Hauptstraße lenkt, die zu ihrer zukünftigen Residenz führt. Ein kleines Haus oberhalb von Borysław, abseits des verlotterten Stadtteils, der Nowy Świat, Neue Welt, heißt, ihn aber eher an Bilder aus dem Mittelalter erinnert. Auf der Landstraße braucht man mit dem Auto keine halbe Stunde bis zur Kreisstadt Drohobycz, die zumindest über einen Hauch von Kultur und Bürgerlichkeit verfügt. Dort gibt es das Offizierskasino und den Sitz der Gruppenverwaltung Ost, mit Direktor Dr. Junge an der Spitze, den er schätzt, obwohl er und der nur wenig Ältere, dessen Befähigung seiner gliche, wäre er eine weniger zögerliche Natur, in einem innerbetrieblichen Wettbewerb stehen, aus dem am Ende nur einer als Sieger hervorgehen kann. Mit der Verlagerung seines Wohnsitzes nach Borysław will Beitz Unabhängigkeit demonstrieren, auch glückt ihm dadurch die Flucht vor der ewig betrunkenen, auf Krawall bedachten slowakischen Wachmannschaft, die ihm und seiner Frau Else den Schlaf raubte. In der Hierarchie der Firma steht er hinter Junge und Erich Radecke, dem offiziellen Betriebsleiter, doch spekuliert Beitz darauf, daß man seine Erfahrung zu schätzen weiß. Er sitzt in des Wortes wahrstem Sinn an der Quelle. Seine Anlagen fördern das Öl, das per Dampfdruck durch kilometerlange Rohrleitungen bis in die Raffinerien von Drohobycz gelangt. Niemand im Kreis hat mehr Arbeitskräfte unter sich als der kaufmännische Leiter der Betriebsinspektion Borysław: zehntausend Leute. Masse Mensch. Ein Pfund, mit dem man wuchern muß, auch, vielleicht besonders, in Zeiten der Baisse. Schnell verliert ein Menschenleben an Wert, rasant ist der Verfall vor allem bei den als minderwertig eingestuften Rassen. Zwar bemüht sich der Kaufmann, den Blick in die Auftragsbücher zu lenken, doch drängt sich das Grauen dazwischen. So weitläufig der Ort ist, die Schüsse sind unüberhörbar. Anfang Juli geschieht das erste Massaker, ein von Dr. Terleckyj, Arzt und lokaler Anführer der ukrainischen Nationalistenpartei OUN, organisiertes Pogrom. Als man im Keller der einstigen NKWD-Zentrale auf der Panskastraße Leichen entdeckt, die von sowjetischen Geheimpolizisten dort verscharrt worden waren, treiben OUN-Milizionäre jüdische Männer und Frauen aus ihren Häusern und geben ihnen mit vorgehaltenen Gewehren Befehl, die sterblichen Überreste zu bergen und zu waschen. *Ihr habt Stalin mit Blumen willkommen geheißen, wir werden Hitler als Gruß eure Köpfe vor die Füße legen.* Später hört Beitz den Bericht einer Frau, die unter den Toten die Körper zweier Freunde gefunden zu haben glaubt, die erst vor zehn Tagen verhaftet worden waren, also statt von den Sowjets wohl eher von OUN-Leuten umgebracht worden sein müssen. Die *Waschungen* finden im Hinterhof des NKWD-Gebäudes statt. 300 Juden sind dort zusammengetrieben. Ohne Anlaß werden Männer von der grauenhaften Arbeit weggerissen und im Hof erschlagen oder erschossen. Andere zwingt man, stundenlang in ätzendem Desinfektionsmittel zu sitzen. Bauern aus der Umgebung drängen mit Dreschflegeln, Heugabeln und Knüppeln in die Stadt. Wie ein Lauffeuer verbreitet sich das Gerücht, es ginge den Kaftanjuden an den Kragen. Auch

Debry und Łozina, die Viertel der Ärmsten, werden nicht verschont. Wenn es Fotos von diesem Pogrom gibt, stammen sie von Freizeitfotografen in Feldgrau, Soldaten, die vom Straßenrand zuschauen. Eine Frau, die dem Gemetzel entkommt, sagt: *Die Bauern hatten tierische Gesichter, die Deutschen ganz ruhige, menschliche*. Andere Zeugen wollen deutschen Uniformen beobachtet haben, die der OUN zu Hilfe eilen und sich an der Hatz beteiligen. Am Abend des 4. Juli fährt eine Motorradstreife der Wehrmacht durch die Straßen und erschießt, während der Sabbat anbricht, die in den Gassen liegenden Schwerverletzten. Für 183 Tote spricht der Rabbiner auf dem Friedhof das Kaddisch. Beitz ist entsetzt über die, wie er sagt, *spontane Rache der Ukrainer*, nicht weniger über die Passivität der deutschen Armee. Der Ortskommandant von Drohobycz, Major Tautenhahn, sieht sich veranlaßt, die Juden unter seinen Schutz zu stellen, und fordert ein Gruppe von Anwälten, Ärzten und Stadtautoritäten auf, um ein engeres Zusammenwirken abzusichern, einen Judenrat zu bilden. Ob Tautenhahns Initiative der Grund für seine baldige Versetzung war, darf man vermuten. In Borysław wird Rechtsanwalt Michael Herz zum Vorsitzenden des Gremiums, Eduard Goldmann zum *Verbindungsmann* mit den deutschen Beamten bestimmt. Viele der freiwilligen Räte sind Akademiker, Mitglieder zionistischer Vereine, die im Naphta-Bezirk eine wichtige Rolle spielten, bis sie von den sowjetischen Besatzern verboten wurden. Ob Hilde Berger, die mit Goldmann befreundet ist, dem Leiter der Betriebsinspektion, Direktor Beitz, im Wohnort ihrer Eltern oder im Büro des Drohobyczer Judenrates, Dr. Izak Rosenblatt und seines Stellvertreters Dr. Maurycy Ruhrberg, ins Auge fiel, ist nicht bekannt. Zweifellos ist sie eine Erscheinung, schwer zu übersehen, zumal in einer Kleinstadt: eine moderne, attraktive Frau mit schwarzem Haar, offenem Blick und *europäischen Manieren,* die Polnisch mit starkem Akzent spricht, dafür Deutsch so gut, daß die Annahme, sie sei im Reich groß geworden, naheliegt. Französisch und Englisch sind ihr geläufig, sie verfügt über die Grundlagen der Wirtschaftskorrespondenz, Stenographie und Maschinenschreiben beherrscht sie im Schlaf, den Ort kennt sie besser als die Gestapo, als Teil einer alteingesessenen Familie genießt sie einen Vertrauensbonus, kurz, die Frau ist nicht allein eine wertvolle Arbeitskraft, sie ist ein Glücksfall. Gerade jetzt, wo man in Galizien eher frischen Seefisch bekommt als fähiges Büropersonal. Mit Sicherheit begegnet Beitz der Berlinerin, als sie in der Gruppenleitung dienstverpflichtet ist. Mit Dr. Junge will er ihretwegen keinen Streit riskieren, man könnte ihm unterstellen, er bemühe sich aus Eigennutz, nicht im Unternehmensinteresse, um die Dame. Neider gibt es überall, Gerüchte sind schneller verbreitet als widerlegt, man ist gut beraten, kein Öl ins Feuer gießen, auch wenn man darin schwimmt. Hilde Berger bemerkt von dem Gerangel hinter ihrem Rücken nichts. Wie alle anderen hatte sie sich, im September 1941, bei Einführung der Arbeitspflicht auf dem Arbeitsamt einbefunden, zu einem Zeitpunkt, da die Stadt, als reiche nicht ein Unglück, vom heftigsten Hochwasser der letzten Jahre heimgesucht wurde. Tagelanger Regen, Gebirgsbäche münden als reißende Flüsse in die Tymienica, der Fluß tritt über die Ufer, die Barababrücke ist unpassierbar, Häuser und Bohrtürme versinken in der schmutzigen Flut. Der Messias kann nicht mehr weit sein, verkünden die Alten, wippend über den Büchern. Anwalt Herz klagt über die gähnende Leere in der Gemeindekasse. Zwei Jahre Sowjetmacht bereiteten den Ruin vor, der jetzt perfekt wird. Kaum noch ein Händler mit Gewerbeschein, bald werden alle Läden auf der Panskastraße geschlossen sein. Falls man sie wieder öffnet, erwarten neue Besitzer die Kunden, die über die Adolf-Hitler-Straße flanieren. Die Ölwerke entlassen alle jüdischen Arbeiter und Ingenieure. Beitz fügt sich dem Befehl, fragt allerdings, wie er die Fördermenge erhöhen soll ohne Fachleute? Polen und Ukrainer darf er einstellen, nur findet er keine Bewerber in ausreichender Zahl. Weshalb verbietet man den Juden die Fabrikarbeit, wo man sie andererseits zwingt, in Kolonnen bei Brückenbau, Straßenreinigung und der Beseitigung der Flutfolgen zu schwitzen. Sogar einen eigenen *Ordnungsdienst* haben sie neuerdings. Kann mir jemand erklären, weshalb die Kerle mit Holzknüppeln ihre Mischpoche zur Räson bringen, aber nicht an meinen Pumpen stehen dürfen? braust er in Drohobycz auf und schlägt bei der Hauptverwaltung in Lemberg auf den Tisch, daß es kracht. Ein Betrieb muß *funktionieren*, das ist seine Maxime. Beitz, der Tatmensch. Für ihn zählen Leistung, Tonnen, Kubikmeter, Mark und Pfennig. Im Oktober 1941 wird das Einstellungsverbot gelockert, zunächst für Spezialkräfte. Der Ingenieur Salomon Rosenberg wird zum Leiter des Gummiwalzwerks bestellt, Markus Kleiner übernimmt den Einkauf von Ersatzteilen und Maurycy Ringler, ein findiger Kopf, der ein Dutzend Patente angemeldet hat, die ihm im Augenblick wenig nützen, die Werkstatt und das Konstruktionsbüro. Während Beitz sein polnisches Faktotum Gronek mit einem mit Kanistern beladenen Panjewagen zu den Bauern in der Umgebung ausschickt, um Petroleum gegen Butter, Schinken und Gemüse zu tauschen, Dinge, die man in der Stadt gar nicht oder nur auf dem Schwarzmarkt zu unverschämt überteuerten Preisen bekommt, fährt Hilde in Begleitung eines Mannes vom Ordnungsdienst in die Kreishauptstadt. Obwohl sie einen gültigen Passierschein besitzt, darf sie nicht allein reisen. Eduard Goldmann drängte sie, Borysław zu verlassen, sie sei nicht länger sicher. Jemand hätte eine anonyme Anzeige geschickt, die ihren Gefängnisaufenthalt in Deutschland erwähnte. Zwar habe er den Brief nicht weitergeschickt und verschwinden lassen, doch ginge das einmal, nicht öfter. Hat er einen Verdacht, von wem das Schreiben kommt? Ein Ukrainer oder Pole, wich Goldmann aus. Sie könne bei der *Beskiden-Öl* anfangen. Die Gruppenleitung suche händeringend eine Sekretärin für deutsche Stenographie und Schreibmaschine, und das könne sie doch, oder? Ja, sagte sie, aber. Kein aber, sagte Goldmann. In Borysław hält sie nicht viel, nur Mutti, Papa und Regina. Ihr Vater sieht in ihrer Abreise ein schlechtes

Zeichen. Es sind doch nur 10 Kilometer, tröstet sie ihn, obwohl sie weiß, wie groß die Entfernung ist, seit das Verbot existiert, den Wohnort eigenmächtig zu verlassen. Todesstrafe drohen sie an. Daß das keine leeren Worte sind, wissen inzwischen schon die kleinen Kinder, die bei Onkel Mendel Freund in der *Talmud Tora Beth* das Lesen lernen. Nichts schützt einen mehr vor der Willkür der Deutschen als ein Arbeitsplatz, auf dem man unentbehrlich ist. Sie ist schon Schreibkraft bei Junge, als am 22. November 1941 fast 400 stellungslose Juden um 7 Uhr früh zum Arbeitsamt, Hauptstraße 42, bestellt werden. Hilde erfährt dies von Dr. Rosenblatt, der die Briefe durch seinen Mitarbeiter Güldner an die entsprechenden Einwohner übermitteln ließ. *Wer der Aufforderung nicht Folge leistet, wird mit dem Tode bestraft,* endet die Vorladung. 250 der Bestellten, darunter Kinder, erscheinen am Treffpunkt, in Erwartung *verschickt* zu werden, vielleicht nach Lemberg, Stryj oder in die Krakauer Gegend. Man lädt sie, unter Bewachung, auf Lastkraftwagen, fährt los, verläßt aber bald die Straße. Die Reise endet im Wald von Bronica. Mit SS-Sturmbannführer Eduard Jedamzik leitet die *Arbeitsamt-Aktion*, unter dem Namen erscheint der Mord später in der Auflistung galizischer Greueltaten, ein deutscher Jurist, der sich bei seinem Dienstherrn Himmler durch ein *ausgezeichnetes Sammelergebnis von jüdischem Edelmetall* in Kielce für höhere Weihen empfahl. Den Männern der Sicherheitspolizei genehmigt er nach der Arbeit eine Extra-Ration Wodka. Das Massengrab war, infolge des, durch die anhaltende Kälte, stark gefrorenen Bodens, nicht tief genug ausgehoben worden. Es war noch nie vorgekommen, daß man Schreie hörte, wenn die Körper bereits Erde bedeckte. *Als noch einige Lebende weiterschrien, donnerten die Sipo-Beamten mit ihren Maschinenpistolen durch das lose Erdreich auf die in der Grube liegenden.* Jedamzik weiß, die Erschießung von Halbwüchsigen ist eine Aufgabe, die einen ganzen Kerl fordert. Er liest das knappe Protokoll, mit der die *Aktion* zu den Akten geht: *Ein Mann Nervenzusammenbruch, ins Lazarett überführt.*

CHELSEA, W 26TH STREET, DECEMBER 3, 1998, 7.10 a.m.

Wir sitzen auf den Kartons und warten. Warum willst du über mich schreiben, fragt Jacob, gibt es in Deutschland nicht schon genug Antisemitismus? Ich werde dich etwas besser machen, als du bist, schöner und klüger. Noch schöner, wie willst du das schaffen? Und was die Klugheit anbetrifft, sie hat noch niemanden vor Verfolgung geschützt, im Gegenteil. Du solltest dir auch nicht einbilden, deine Cleverness würde dich davor bewahren, auf die Nase zu fallen. Ich kann dir die Verrisse, die dein Buch bekommen wird, jetzt schon zitieren. Zwischen alle Fronten wirst du geraten, Philosemitismus wird noch der angenehmste Vorwurf sein, den du zu hören bekommst. Außerdem, was machst du, wenn Hollywood die Geschichte verfilmen will? Steven Spielberg zum Beispiel. Wer soll mich spielen? Ich selbst stehe nämlich nicht zur Verfügung. Auch nicht für 10 Millionen? Für keinen Preis. Woody Allen? frage ich. Nein, sagt Jack, ich hasse ihn. Er macht sich über alles lustig. Alle Welt glaubt, wir New Yorker liegen entweder auf der Couch oder mit jungen Mädchen im Bett. Ich könnte versichern, daß zumindest letzteres nicht stimmt, denke ich. Dustin Hoffman? Ist der nicht sehr klein? Eben deshalb, Marlon Brando oder Jack Nicholson scheinen mir als deine Alter egos zu kräftig. Du findest mich also schwach? Ich möchte mal sehen, ob Brando noch 40 Kilo schwere Bücherkisten heben kann. Danny di Vito? Der ist Italiener, sagt Jacob, damit ist der Vorschlag vom Tisch. Ich glaube, wir müssen uns wegen Spielberg keine Gedanken machen. Er wird das Projekt nicht kaufen. Wieso? Zu langweilig. Du willst ein Buch schreiben, von dem du jetzt schon weißt, daß es nichts taugen wird, wieso tust du das. Gibts nicht schon genug überflüssige Schriften auf dieser Welt? Das Buch wird einmalig, spannend, unterhaltsam, postmodern, klassisch, tragisch, witzig, eine Stopfgans, eine Enzyklopädie, eine Wundertüte, aber ein Film wird es nicht. Kannst du dir vorstellen, zwei Stunden zuzusehen, wie zwei kleine Männer alte Bücher in Zeitungen einwickeln, im Staub hocken, Pizza essen und aus dem Fenster starren? Das wird ein Flop, selbst wenn Michael Jackson die Filmmusik schreibt. Niemand zwingt dich, bei der Wahrheit zu bleiben. Fiktion. Schon mal davon gehört? Du mußt halt etwas dazuerfinden. Zuerst eine Frau. Leider gibt es in diesem Gebäude keine Frau, nur Mister Thompsons Gattin, charmant und gebildet, aber für Spielberg zu alt. Was ist mit der Kleinen von *Guppy*, die manchmal an der Raucherecke steht? Ihre Stimme erinnert ein wenig an Donald Duck. Sie hat einen Entenhintern. Das wäre eine Rolle für Jennifer Lopez. Wer ist das, Miss Lopez? Du willst mir erklären, wie unser Film aussehen soll, und kennst nicht mal Jennifer Lopez? Muß ich sie kennen? Weißt du, wer Jochanan ben Zakkai war oder Aqiba ben Joseph? Keine Ahnung. Na also. Ich meine nur, wenn wir den Film machen wollen, brauchen wir ein Zugpferd. Was sollte sie denn mit uns zu tun haben, deine Jennifer von *Guppy*? Wir könnten sie zu Albertos Schwester machen. Sie springt für ihn ein, weil er einen Unfall hatte, oder ein Drogendelikt, egal, er muß abtauchen, und sie übernimmt seinen Job. Ja, und dann? Zwei alte Männer, die mit einem Mädchen Bücher einpacken, das wäre dann eine Story, die uns Hollywood abkauft? Nein, wir brauchen einen Konflikt, logisch. Sie kriegt Schwierigkeiten mit dem sechsten Stock, die Leute von *Guppy* wollen nicht, daß sie bei uns arbeitet? Eifersucht? Auf wen? Was weiß ich, sagt Jacob, es soll vorkommen, daß junge Mädchen ältere Männer attraktiv finden, frag nicht, warum, ich kenne mich mit jungen Frauen nicht aus, ich gebe diese Wissenslücke offen zu, im Gegensatz zu dir. Ärger mit den Fischfuttermännern? Irgend etwas Kriminelles vielleicht. Sie kriegt etwas raus, was sie nicht rauskriegen soll, sagt Jacob. Liest du Kriminalromane? Ich lese überhaupt keine Romane, auch deinen werde ich nicht lesen. Also ein Geheimnis. Wie heißt sie eigentlich? Wer? Na, unsere Sexbombe, das Zugpferd, der Joker? Jennifer. Okay, was weiß sie? Was weiß ich, sagt Jacob, du beginnst mich zu langweilen. Spar deine Ideen für dein Buch, du wirst sie brauchen. Ich habs. Sie stellen kein Fischfutter her. Jennifer nimmt etwas von der stinkenden Substanz, die man in den Erlenmeyerkolben destilliert, zu sich mit nach Hause, in die Bronx, nein, nach Washington Heigths, sie wohnt gegenüber dem Busbahnhof an der Brücke, ein malerischer Drehort, und schenkt es dem Sohn ihres Freundes, Alberto, der ihr den Job bei *Guppy* besorgte, Martin, der Sohn, sieben Jahre alt, Lockenköpfchen, große schwarze Augen, züchtet Fische, hat ein Aquarium, aber, Sekunden nachdem Jennifer das Pulver ins Wasser geschüttet hat, schwimmen alle Welse und Schleierschwänze mit dem Bauch nach oben im Wasser. Grausame Szene, seufzt Jacob. Spotte nur, sage ich, wenn Spielberg das dreht, stehen weltweit die Kinos unter Wasser, so viele Tränen fließen. Mit dem Kummer kleiner Kinder kann man noch immer viel Geld verdienen. Da magst du recht haben. Und wie weiter? Welche Rolle spielen wir in dem Rührstück? Jennifer vertraut sich dir an, hier zwischen den Judaicabänden, schüttet dir ihr Herz aus, während ich weiter packe, in der Kammer, im Schweiße meines Angesichts, du bist so eine Art Vaterfigur für sie. Aha, was für eine Figur bist du dann, der latin lover? Wir können gern tauschen. Warum kommt sie zu mir, statt zur Polizei? Gute Frage. Illegale Einwanderung, ihr Bruder wird gesucht, wegen Drogen, ihre Mutter ist flüchtig. Okay, okay, das reicht. Jennifer ist also hier bei mir. Ja, sie traut sich nicht mehr nach Hause. Du nimmst sie mit zu dir. Bitte? Ich lasse keine Fremden in meine Wohnung, Frauen schon gar nicht. Sie ist wie eine Tochter für dich. Warum geht sie nicht zu Alberto? Der steckt mit denen vom sechsten Stock unter einer Decke. Er wird erpreßt. Sie haben Martin, seinen Sohn, in ihrer Gewalt, entführt. Eben war er doch noch bei seinen Fischen? Die Fische sind tot, vergiftet, es ist ein schneller Film. Gut, Jennifer ist bei mir. Was machen wir? Du zeigst ihr deine alten persischen Drucke, die japanischen Holzschnitte, deine deutschen Erstausgaben. Wie spannend. Jennifer kocht für dich, mexikanisch, ihr kommt aber nicht zum Essen. Wieso? Es klopft an der Tür, *Guppy*, sie sind euch auf der Spur, wollen euch umlegen. Harte Kerle, Pumpguns, Schalldämpfer. Wegen des Fischfutters? Es ist Senfgas oder sonstwas, ein Nervengas, hoch toxisch, mit ein paar Kilogramm kann man das gesamte Trinkwasser New Yorks vergiften. Du bist dahintergekommen, und die vom sechsten Stock wissen es, noch schlimmer, sie glauben, du arbeitest für den Mossad. Mach ich auch, sagt Jacob, alle guten Juden außerhalb Erez Israel machen das, deswegen geht es mir auch so gut. Woher kommen eigentlich deine Fischfutterhersteller, aus Arabien? Das bleibt im dunkeln, wir wollen keine Verwicklungen, aber den Film weltweit verkaufen. Es sind Verbrecher. Ganz allgemein, ich meine, sie sprechen nicht irgendeinen Akzent oder so. Und der Schluß? Heiratest du Jennifer? Ziehst du nach Washington Height und eröffnest ein Antiquariat: Best german books in town? Ich dachte eher, sie sterben zu lassen. Am Ende kommt es zu einer Explosion, hier im Lagerhaus. Der Tag der Pyrotechniker und Special-Effect-Experten. Der sechste Stock brennt, ich stürze hinein, um sie zu retten. Schaffe es aber nicht. Alle unsere Bücherkartons brennen, die Kammer brennt, dein Büro steht in Flammen, auch die Schränke aus Kirschholz, hergestellt in der deutschen Reichshauptstadt. Eine brennende Bibliothek, die den Weg nach Hause nicht schaffen wird. Welch Symbol. Ja, und unten, zwischen den Feuerwehrwagen und den Einheiten der Nationalgarde, stehst du, mit Martin, dem kleinen Jungen, der gerettet wird. Beeindruckend. Die Sonne geht unter, jenseits des Hudson, über der Küste von Jersey, ihr lauft die 26. Straße nach Westen, man sieht euch von hinten, Martin greift deine Hand. Abblende, Musik, Schluß. Nicht schlecht, sagt Jacob, die Klischees sitzen an den richtigen Stellen. Nur, daß die Sexbombe verbrennt, kriegst du bei keinem Produzenten durch. Du wirst sie am Ende wohl mitnehmen müssen, nach Deutschland. Tut mir leid für dich. Mit Jennifer in der Wohnung wirst du selten zum Lesen kommen.

EX LIBRIS 3

Der himmlische Spiegel, Gedichte von Paula Ludwig, S. Fischer Verlag 1927, Berlin. *Gemeinsamen Geistes strahlende Rüstung / tödtet den Lindwurm / die uralte Furcht des Alleinseins. / Fremde Gesänge erschüttern den Herzgrund / daß die eigene Quelle selig zum Licht springt!* Eine Tuschzeichnung mit Schlüsselblumen. *März 1932, Dr. Hans Simons mit einem Frühlingsgruß! Paula Ludwig* + *Chadschi Murat*, Roman von Leo Tolstoi, S. Fischer, Verlag, Berlin. *Empfangsbescheinigung über Rundfunkgebühren, 2 RM für Juni 1939 von Herrn W. Metzig Hannover-N. Rich. Wagnerstr. 21 III, erhalten Postamt Hannover 1, 2.6.39.* + *Carolinens Leben in ihren Briefen,* eingeleitet von Ricarda Huch, mit 18 Vollbildern, im Insel-Verlag zu Leipzig 1914. Zeitungsausschnitt: *Der Tod der Günderode*, von Richard Wilhelm. Auf der anderen Seite: *Schönheit und Leistung*, eine Rede von Dr. Ley: *Berlin, 28. April. Auf der Tagung des Amtes ›Schönheit der Arbeit‹ im Haus der NS-Gemeinschaft ›Kraft durch Freude‹ sprach Reichsorganisationsleiter Dr. Ley am Donnerstag über Schönheit der Arbeit. Er sagte unter anderem folgendes: ›An sich ist es immer das gleiche, was wir zu sagen haben: Die Menschen müssen an Schönheit gewöhnt werden, wieder Würde in ihr Leben bekommen und damit begreifen, daß das Höchste die Ehre ist und daß sich die Ehre eben aus der Würde des Menschen, aus dem Recht, aus der Schönheit und der Leistung zusammensetzt. Man kann der Arbeit nicht das Harte nehmen, nicht dem Kampf. Das muß man den Menschen klar machen. Ebenso muß man ihnen aber auch sagen, daß wir versuchen wollen …* + *Zerbrecht die Krücken, Krüppel-Probleme der Menschheit, Schicksalsstiefkinder aller Zeiten und Völker in Wort und Bild*, von Hans Würtz, mit 81 Bildwiedergaben und 3 mehrfarbigen Tafeln, 1932, Verlag von Leopold Voss Leipzig. Widmung im Vorsatz: *Herrn Dr. Erlanger und Frau Gemahlin zur Erinnerung. Tüchtigkeit setzt sich durch – dennoch. Hans Würtz.* + *Glück*, v. Prof. Dr. C. Hilty; Dritter Teil, 1899 Frauenfeld, J. Hubers

Verlag Leipzig J. C. Hinrichs'sche Buchhandlung. Stempel auf Titelseite: *Dr. Max Freudenthal, Nürnberg.* + *Das Kapital, Kritik der politischen Ökonomie, Volksausgabe, Erster Band: Der Produktionsprozeß des Kapitals* von Karl Marx, Verlag für Literatur und Politik Wien – Berlin SW 61, 1933. Inliegend Zeitungsartikel von Howard Fast, erschienen in *Crisis No. 3, 1951: A new word, a new horror has been coined in America – ›McCarthyism.‹ In the underworld, in gangland, this was known as ›the big finger‹ But today, it has become a part of the pattern of American politics. Senator McCarthy and he is not the only one who practices it – has become the chief exponent of this shame. He calls men Communists, and thereby he ruins them.* + *Sieben Legenden* von Gottfried Keller, mit 10 Radierungen von Gustav Traub, Verlag von Franz Hanfstaengel München 1920, signiert von Traub. *Meiner Dorle mit den innigsten Wünschen zum Hochzeitstag in herzlicher Liebe ihre Thea Leipzig, 12. August 1924* + Walter Bloem, *An heimischen Ufern*, Vita Deutsches Verlagshaus Berlin-Charlottenburg 1912. *Der lieben Johanna zu ihrer Einsegnung. Lene Gerlach* – Exlibris Johanna Boetz + *Auferstehung der Dame* von Paula von Reznicek, Dieck und Co. Verlag Stuttgart 1928. *Im Feuergefecht des Seins! In memoriam der Gefäßkrisen … Die Patientin Paola R.* + Thomas Mann, *Ausgewählte Erzählungen*, Bermann-Fischer Verlag Stockholm 1945. Zwei Artikel von *The Saturday Review of Literature*, ein Aufsatz Alfred Werners *Luebeck to Liberty*, zu Thomas Manns 70. Geburtstag, in dem die Frage gestellt wird, warum man nach 1933 zwei Jahre auf eine öffentliche Stellungnahme des Nobelpreisträgers gegen Hitler-Deutschland warten mußte. Im zweiten, kürzeren Beitrag (*Making of Nazis*, 20. Oktober 1945) bespricht F. C. Weiskopf die amerikanischen Editionen von Heinrich Manns Roman *Der Untertan*. *Creative Age Press* veränderte den Titel: Diederich Hessling, ehemals *The Patrioteer*, erschien nun als *Little Superman*. Weiskopf empfiehlt das Buch dem Personal der Militärregierung in Deutschland als Pflichtlektüre. Es sei die klarste und informativste Studie des deutschen Durchschnittsbürgers, jenes *average good German*, der Hitler zujubelte, der Nazipartei beitrat, an den Plünderungen der Wehrmacht teilhatte, solange Krieg und Verbrechen sich auszuzahlen schienen, um nach dem Untergang des Dritten Reiches in die Rolle des unschuldigen Opfers zu schlüpfen und den lieben amerikanischen Befreiern eilfertig seine guten Dienste anzubieten. *Allied newspaper correspondents while visited one of Heinrich Himmlers ›breeding institutions‹ at Schwanenwerder near Berlin, reported, that the so-called copulation rooms were adorned with life-size Hitler pictures in front of the beds. This arrangements could have been made by Diederich Hessling …*

WALLSTREET, STOCK EXCHANGE

Das Kapital, sagt Samuel, der Broker, fließt immer
dorthin, wo es sich am besten vermehrt. Clerks
in blauen Uniformen lungern um die Computer
wie die Natschalniks der Gepäckaufbewahrung
am Bahnhof Tula. Ein Tonbandbariton verstreut
Weihrauch auf der Touristengalerie. Der Weltmarkt
bricht heute nicht mehr zusammen. Beschlipste
Männer lassen Zettel fallen, die Putzkolonnen werden
keine Aborttüren eintreten müssen, Suizide, so Sam,
sind selten, auch die Verlierer respektieren den Ort.

NATHANS BRIEFE 2

Der Amtrak-Zug von New York City nach Washington fährt 7.30 a.m. ab Pen-Station. In der Bahnhofshalle scharen sich die Reisenden um die Anzeigetafel wie Hühner um den Hahn. Aus nicht sichtbaren Lautsprechern an der Rolltreppe schnarrt als endlose Schleife die Warnung: Vorsicht, halten Sie sich fest, achten Sie auf Ihre Füße. Ich fliehe aufs Klo. Das Plastikgitter im Becken grüßt mit einem Werbespruch: *Don't piss away half your money – head to half.com.* Wer würde da nicht den

Schwanz einziehn. Marx hatte recht. Das Kapital schreckt vor nichts zurück. Der Zug steht zum Einstieg bereit. Gate 21. Im Untergeschoß. Stau vor der Treppe. Halten Sie sich fest, achten Sie auf Ihre Füße. Niemand schubst, rempelt, drängelt vor. Die Plattform düster, der Beton schmierig, der Zug ein Silberpfeil. Lautlos schiebt er sich in die Tunnelröhre. Goodbye, Big Apple, the city that never sleeps. Ich fahre durch den Hudson River und schlafe augenblicklich ein. Eine Berührung an der Schulter weckt mich. All tickets for inspections. Der Kontrolleur ist ein ernster Mann, der kein Lächeln erwidert. In diesem Land gilt ein Zugbegleiter als Autorität. Sentimentales Relikt aus den Zeiten der Indianerüberfälle. In allen Wildwestfilmen sind die Schaffner gutmütige, etwas dröge Gentlemen mit Koteletten und Ärmelschonern, die für die Fahrgäste den Opfertod sterben. Ich reiche dem Helden das Ticket. Grauer Anzug. Glänzende Pfeilspitze in Bauchhöhe? Thank God, nur die Krawattennadel. Flaches Land hinter getönten Scheiben. Bevor ich wieder einschlafe, werfe ich einen Blick in Audreys Blechbüchse. Max Martins Diapositive. Bizarre Steine, blauer Himmel, Nadelbäume, violetter Horizont, blattlose Strünke, Drahtzaun, steppige Prärie, Felsen, halb besonnt, halb schattiert, flimmernde Wolkenfahne, gelber Fels, Waldrücken, frisches Grün, roter Canyon, gewundener Bergpfad, zwölf Reiter, Bild mit Fluß, schwarze Pferde, Schlucht mit Tannenkamm. *Max and friend in lower trail* heißt ein beschriftetes Bild. Aber kein Max ist zu sehen. Menschenleere Natur. Mit Scharfschützenhand gemachte Aufnahmen, tief, dynamisch, keine Schnappschüsse. Hätte Mrs. Rieger mir nicht verraten, daß Max Martin der Fotograf war, ich hätte es vermutet. In ihnen herrscht das gleiche Raumgefühl, das seinen frühen Zeichnungen eigen war. Der Zufall machte mich zum Verwalter seiner Bücher, jetzt zum Erben seiner Urlaubsfotos. Als Max die Reise nach Arizona unternahm, im Juli/August 1959, erlebte ich krabbelnd meinen ersten Sommer. Die Dinge gehen seltsame Wege. In der Büchse liegen einhundert Bilder. Guter Grundstock für einen

Volkshochschul-Dia-Ton-Vortrag über den Grand Canyon. Der Zug verlangsamt die Fahrt. Beton, Glas. Hochhäuser, Highways. The streets of Philadelphia. Bruce Springsteen, Kräuterquark, Ort der Unterzeichnung der Unabhängigkeitserlärung. Ich fahre weiter nach Washington, D. C. Vor drei Tagen hätte ich keinen Grund für eine solche Reise gehabt. Gegen Mittag bin ich in der Hauptstadt. Keine Zeit für einen Schwatz mit dem Präsidenten. Auch der Besuch der *Library of Congress* muß auf eine spätere Reise verschoben werden. Ich weiß aus verläßlicher Quelle, daß dort eine seltene Ausgabe der Gesammelten Werke des niederdeutschen Poeten Fritz Reuter liegt. Nicht, daß mich der Mann aus Stavenhagen besonders interessierte, auch die in Wismar, Rostock und Ludwigslust in den Jahren 1875 bis 1883 veröffentlichten zwölf Bände sind mir im Grunde gleichgültig. Unter den Papieren von Martin Rieger war ein Dankschreiben des *Librarian Luther A. Evans,* in dem er sich die Ehre gab, Herrn Max M. Nathan für die wertvolle Bereicherung des Bestandes seine dankbarste Anerkennung auszusprechen. Max Martin übergab die VIBs *(very important books)* von Reuter dem amerikanischen Staat am 15. Februar 1946. Irgendwann werde ich das Gefühl auskosten, in Bänden, die das stolze Signum der Kongreßbibliothek ziert, das *Ex-Libris Hamburgensis* wiederzufinden. Jeder Bibliomane wetteifert doch im stillen mit den Kollektionen von Weltrang. Heute suche ich die Briefe von Nathans Eltern. Kurz vor meinem Abschied in Morris Plains hatte Martin Rieger die Existenz dieser Korrespondenz erwähnt. Wir haben sie nach Max' Tod an das Holocaust Museum in Washington übergeben. Kann man sie dort lesen? Vielleicht. Zurück bei Lily, hatte ich sofort auf der Website des Museums nach Syndikus Nathan gefahndet. Vergeblich. Die Übergabe der Dokumente sollte vor einem knappen Jahr erfolgt sein. Waren sie noch nicht katalogisiert? Ich schickte ein E-Mail, bat um Hilfe, harrte einer Antwort. Sie kam umgehend durch einen freundlichen Mister Mayer, der als *Chief Archivist* des *U.S. Holocaust Memorial Museum* zeichnete und mitteilte, die gesuchten Materialien lägen im Lesesaal zur Ansicht bereit, ich müßte nur kommen. Lohnt der Aufwand? fragte Lily. Fahre ich, werde ich dir die Frage beantworten können, fahre ich nicht, wird mich ewig die Frage quälen, ob ich nichts Wichtiges versäumte. *Washington Union Station.* Ich springe aus dem Zug, putzmunter. Der Bahnsteig dagegen machte einen eher verschlafenen Eindruck. Seltsam provinziell. Der Strom der Reisenden spült mich zur U-Bahn. Sie heißt Metro. Die Station, ein Sarkophag, ist bombensicher und im Notfall als Raketensilo nutzbar. Richtung *Shady Grove, Metro Center* umsteigen. Die Wagen sind luftig, breit, der Fußboden mit Spannteppich bezogen. Luxus, den ich mit mitleidigem Lächeln quittiere. Eine kühle Maschinenstimme verkündet die Namen der Haltepunkte. Der Tonfall ist offiziell, deutlich, anders als das zerkaute Silbengemenge, das die Touristen in der New Yorker Subway nicht mal Bahnhof verstehen läßt. *Smithsonian* trete ich in gleißendes Sonnenlicht. Ein Boulevard ohne Hochhäuser. Sandsteinquader. Staatstragende Mauern, sich ihres Gewichtes bewußt. Erdschwere Macht. Irgendwo hier in der Nähe vermute ich das *Arts and Industries Building,* das Architekt und Communisten-Club-Mitbegründer Adolph Cluss für die *Smithsonian Institution* errichtete. Independence Avenue oder Museum? Ich frage eine schwarze Polizistin. In keinem andern Land der Welt gehe ich lockerer auf Ordnungshüter zu. Weil mir die blauen Uniformen von Kindheit an aus dem Fernsehen vertraut sind. *Alles, was Sie sagen, kann gegen Sie verwendet werden.* Täusche ich mich oder blicken die Augen von *Officer E. A. Fitzgerald* kühler, als ich mein Reiseziel ausspreche. *The Holocaust Museum?* Ich verschlucke die Nachfrage, ob sie Ellas Enkeltochter ist, und folge brav ihrer Wegbeschreibung. Geradeaus, links abbiegen, die Straße queren, that's it, vierhundert Meter. Auch das Museum ist ein Monumentalbau. Von Wachmännern beschützt. Ich habe keine Zeit für die Ausstellung und fahre mit dem Lift in den vierten Stock: Bibliothek und Lesesaal. Am Empfangstresen sitzt Mister Mayer persönlich. Anfang Fünfzig, graumeliertes Haar, verschmitztes Lächeln. Ich danke für seine Post, er winkt ab. Das ist mein Job, dafür werde ich bezahlt. Fünf Minuten später liegen auf der braunen Tischplatte ein Paar Handschuhe und zwei dünne Dokumentenmappen. Bitte, sagte Mister Mayer, schreiben Sie nur mit Bleistift. Das mache ich sowieso. Wie ein Chirurg vor der OP ziehe ich den weiße Baumwollstoff über die Finger. Im ersten Ordner stecken keine Briefe, sondern Amtsschreiben. Zuoberst eine Urkunde, die bestätigt, daß *Herr Max Nathan aus Hamburg als Studierender unter die akademischen Bürger der Technischen Hochschule Stuttgart aufgenommen* wurde. Ein neues Puzzle in seinem Lebensbild. Am 5. Dezember 1934 gelobt er dem Rektor Göring durch Handschlag, *den akademischen Gesetzen Gehorsam zu leisten und in seinem Verhalten den Anforderungen der Ordnung und guten Sitte des akademischen Lebens zu entsprechen.* Bis 1938/39 scheint er mit seinem Betragen gegen diesen Kodex nicht ernsthaft verstoßen zu haben, denn ein *Rückmeldeschein der Studentenführung* belegt zu Semesterbeginn seine Anwesenheit an der Schule. Inwieweit man das Verhalten des Rektors in diesen Jahren als den *guten Sitten* gemäß bezeichnen kann, dürfte davon abhängen, ob ihn mit dem Preußischen Ministerpräsidenten Hermann G. mehr verband als der gleiche Nachname. Max Martin (Hochschul-Nummer 93 N/3) studiert an der Fakultät Architektur mit dem Studienziel Diplom-Ingenieur. In Stuttgart sieben Semester. Die Fächer Städtebau, Kunstgeschichte, Freihandzeichnen, Baugeschichte und Baukonstruktion schließt er mit Prüfungen ab. Mitglied oder Anwärter im Nationalsozialistischen Deutschen Studentenbund (NSDStB) ist er aus bekannten Gründen nicht. Allerdings gibt die *Deutsche Studentenschaft* acht, was er so treibt. Am 5. Juli 1935 vermutet ihn deren *Reichsführung* zum Studium im Ausland und schreibt an Nathan Max Nathan, warum für diesen Aufenthalt keine Genehmigung durch den *Kreis Ausland* der *Deutschen Studentenschaft* eingeholt worden sei. *Weiterhin wollen Sie uns bitte mitteilen, von welchen Mitteln Sie im*

Ausland studieren und auf Grund welcher Massnahmen Sie die erforderlichen Devisen erhalten. Heil Hitler! Unterschrift. Ob Syndikus Nathan diesen Brief beantworten *wollte,* darf bezweifelt werden. Am 9. Juli erklärt er die offensichtliche Denunziation als Mißverständnis. Sein Sohn Max Martin studiere weiter in Stuttgart, habe aber die Absicht, *im Laufe der jetzigen Ferien etwa 2–3 Monate in die Schweiz zu gehen, um dort von bemerkenswerten Bauten zeichnerische Aufnahmen zu machen. Die Mittel zu seinem Aufenthalt im Ausland erhält er mit Genehmigung des Hamburger Landesfinanzamtes von mir. Ergebenst Unterschrift.* Max wohnt in dieser Zeit in der Stuttgarter Eberhardstraße 69 bei Agulnik zur Untermiete. Später wechselt er das Quartier, nimmt ein Zimmer bei einer Person namens Vischl, Mozartstraße 45. Anfang 1938 zieht er zur Familie seines Onkels. Der Postbote hat die Adressenänderung auf einer Karte vermerkt. *Verzogen nach Hohenstaufenstr. b. Rabbiner Dr. Rieger. Stuttgart, Stadt der Auslandsdeutschen.* Der Titel steht im Poststempel. Absender ist nicht irgendwer, sondern die *Geheime Staatspolizei, Staatspolizeileitstelle S., Dorotheenstraße 2/4.* Am 23. April 1938 wird Max Martin aufgefordert, am Mittwoch kommender Woche zwischen 14.15 und 15.05 Uhr im vierten Stock, Zimmer 111 zu einer Besprechung in eigener Sache zu erscheinen. Der Name des zuständigen Kriminal-Assistenten ist unleserlich: Schlagentrenck, Schlagentwengk, Schlagenzwengk. Was die *eigene Sache* bedeutet, liegt auf der Hand: Emigration. Dank der straff organisierten Reichsmeldeordnung ist Max' Lebenslauf bis zu seiner Ausreise akribisch dokumentiert. Ein Hamburger *Führungszeugnis* (H) und ein Stuttgarter *Leumunds-Zeugnis* (S) geben, sich ergänzend, fast lückenlos Auskunft. Von der Kindheit bis 26. 10. 1934 (H), vom 1. 11. bis 17. 2. 1935 (S), vom 17. 2. bis 2. 4. 1935 (H), vom 11. 4. bis 27. 4. 1935 (H), vom 28. 4. bis 21. 7. 1935 (S) vom 15. 9. bis 14. 10. 1935 (H), vom 15. 10. 1935 bis 23. 2. 1936 (S), vom 24. 2. 1936 bis 21. 4. 1939 (H). Während des letztgenannten Abschnitts ist er jeweils mehrere Monate in

Stuttgart gemeldet. Beide Papiere sind gestempelt: *Gültig für Auswanderungszwecke und gültig für drei Monate, vom Tage der Ausstellung an gerechnet.* Daß Max Wohnsitz einige Tage ungeklärt bleibt, am Oktoberende 1934 zum Beispiel, ist nicht mehr als ein mysteriöses Versäumnis der deutschen Bürokratie. Größere Verwirrung stiften die Ausstellungsdaten der Zeugnisse. Das Hamburger Zertifikat wurde am 18. September 1939, sein Stuttgarter Pendant eine Woche später, am 25. des Monats, unterzeichnet. Zu jenem Zeitpunkt glaubte ich Max Martin bereits im Exil. Nannte nicht Staatsarchivar Jungmann einen Ausreisetermin im Februar? Ich suche im Notizbuch die Stelle. *22. Februar 1939, Max Martin und Margot N., England, Quelle: Kultussteuerkarte Hamburg.* Warum wird für Max im Herbst 1939 ein Führungszeugnis erstellt werden, wenn er bereits im Frühjahr das Land verlassen hat? Irrt Jungmann? Reist die Schwester voraus? Wie kommt Max über die Grenze, in den ersten Kriegswochen? Ich nage wie ein Biber an meinem Bleistift. Aus einer kleinen Papiertüte fällt ein roter Ausweis, *National Registration, Identity Card*, das Wappen ziert der Spruch des Hosenbandordens: Honi soit qui mal y pense. Very british. Weder Gutes noch Schlechtes denkend, öffne ich die Klappkarte und sehe ein Paßbild Nathans als junger Künstler, elegant, Stahlrahmenbrille, Anzug, Fliege. Mit diesem Papier wurde Max Martins Exil offiziell. *Issued at Commercial Street on 26th april, 1939. Metropolitan Police, Registration of Aliens, »G« Division.* Stand das *G* in diesem Fall für *German*? Stuttgarter Leumundszeugnis hin, Hamburger Führungszeugnis her, der Architekturstudent landet am 24. April 1939 in London und wohnt *Rowton House, 54 Fieldgate Street.* Die Identitätskarte schränkt seinen Aufenthalt allerdings mit zwei Klauseln ein. Sie gewährt keine Arbeitserlaubnis und gilt nur als Transitvisum, *on condition that the holder will emigrate from the United Kingdom on completion of his training.* Nathan hat Glück im Unglück, erstens gelingt es ihm, vor der mit Kriegsbeginn vollzogenen Grenzschließung Deutschland zu verlassen, zweitens bewahrt ihn ein am 4. Oktober 1939 in seine ID-Card gesetzter Stempel vorläufig vor Internierung und Sondermaßnahmen gegen feindliche Ausländer. *Refugee from Nazi oppression* fügt ein Beamter der *Metropolitan Police Tribunal No. 10* handschriftlich als Begründung an. Andere Flüchtlinge, die dieses Etikett genauso beanspruchten, verbannten die britischen Behörden für ungewisse Zeit in eilig eingerichtete Lager. Berüchtigt war das Camp auf der Isle of Man, gefürchtet die Schiffstransporte nach Australien. Zu den Strapazen der Wochen dauernden Überfahrt im Laderaum kam die wachsende Gefährdung durch Seeminen und deutsche U-Boot-Angriffe. Mit dieser Bedrohung muß auch Max Martin rechnen, als er am 14. Februar 1940 an Bord des Dampfers nach Amerika geht. *To U. S. A. via Liverpool* lautet die letzte Eintragung in seiner roten Klappkarte. Damit endet die englische Episode des Nathanschen Exils. Was der *cand. arch. Student* während des zehn Monate währenden Aufenthaltes auf der Insel trieb, ist unbekannt. Ob der zweite Ordner darauf Antwort gibt? Rote-Kreuz-Briefe. Nachrichten im Telegrammstil, 25 erlaubte Worte lang, die einzige postalische Verbindung zwischen den kriegführenden Staaten. *Innigste Glückwünsche zum Geburtstag* senden Nathan und Dora am 9. August 1940 aus Hamburg nach *Gresham, Frome Road, Combe Down, Bath*, wo ihre Tochter Margot bei einer *Mrs. S. Wright* Quartier gefunden hat. Vielleicht als deren Haushilfe? Am 29. August, ihrem 23. Geburtstag, hat Margot einen freien Tag, wartet aber vergeblich auf Grüße aus Deutschland. Das Schreiben der Eltern erreicht sie erst am 12. November. *Von Max Brief Affidavit. Freude. Wir Verwandte Freunde gesund. Senden Zeugnisse Max. Achte auf Wäsche Nähmaschine Gesundheit Glück Geburtstagsküsse.* Max besorgt in St. Louis die Unterlagen, die für die Ausreise nach Amerika benötigt werden. Noch ist man guter Hoffnung. Nach Pearl Harbor und dem Eintritt der USA in den Krieg, scheint die Verbindung abgerissen. Am 13. Mai 1942 erfährt die Schwester von den in Hamburg Gebliebenen: *Sind gesund.*

Von Maxel seit November ohne Nachricht. Margot schickt den Brief von England nach St. Louis, der Bruder soll auf die Rückseite die Antwort des Empfängers setzen: *My dear Parents, Received your seven Red Cross messages, answered all; sent one of my own in May. Affectionately, Max.* Der Brief blieb erhalten, wurde also nicht nach Europa retourniert. Max Martin schickt ihn nicht ab. Scheint ihm die Antwort zu unterkühlt, bedauert er, die Wortanzahl unterschritten, statt möglicher 25 nur karge 20 Worte gefunden zu haben? Unverkennbar ist sein Stil, seine Handschrift, sachlich, schnörkellos, ohne Überschwang, Gefühl verbirgt die Anrede: *Meine* lieben Eltern, und das Grußwort: *Liebevoll.* Den Kontakt zu den Eltern muß ein anderer Brief hergestellt haben, denn am 1. August 1942 schreibt Syndikus Nathan aus Altona, Breitestr. 46, der dritten und letzten Hamburger Wohnung, die ihnen die Behörden zuteilten: *Sind gesund und guter Dinge. Gehen zusammen mit guten Freunden fort. HALTET treu zusammen. Auf frohes Wiedersehen. Wir segnen Euch in Liebe. Vater. Mutter.* Auch die Eltern verschenken ein letztes Wort. Am Ende scheint alles gesagt. Kein schmückendes Adjektiv mehr. Der Brief, anders als die frühere Rote-Kreuz-Post, ist nicht getippt, die Schreibmaschine schon verpackt für die Reise, die sich in der 24-Worte-Mitteilung wie ein Ausflug in die Sommerfrische liest, aber die Deportation nach Theresienstadt bedeutet. Über das Leben der Nathans vor der Verschleppung erfahren deren Kinder nach dem Krieg durch eine Hamburger Bekannte, die Anwältin Charlotte Kallmorgen. Anfang 1942 wird den Eltern eine 3-Zimmer-Wohnung am Altonaer Fischmarkt (Breitestraße) zugewiesen, wo sie mit anderen jüdischen Familien in einem Haus wohnen, das *Arier* nicht betreten dürfen. Eins der Zimmer ist mit *Margots hellen neuen Möbeln* möbliert, das Wohnzimmer enthält viele Bücher. Frau Kallmorgen kennt die Wohnung, gelegentlich fährt sie mit dem Rad in die Gegend, bringt den Nathans Fisch und Gemüse, da sie kein Fleisch mehr essen können, infolge des Verbots der Schächtung. *Ich hatte aber nicht den*

Eindruck, daß sie Hunger litten, denn die Geschäfte in dieser einfachen Gegend waren sehr viel netter und weniger furchtsam als in den sogenannten guten Gegenden, und so bekamen sie Eier und dergleichen unter der Hand. Freundin Charlotte bringt nicht nur, sondern nimmt auch. Die Dinge, die sie vor der *Verschickung* aus der Wohnung schmuggelt, sind das einzige, was den Kindern vom Hausstand ihrer Eltern bleibt. *Ich habe für Margot in der Aktentasche 2 schöne Tischdecken, eine weisse und eine gestickt, ferner eine schwere Kristallvase (Hochzeitsgeschenk der Gemeinde), ein Paar Manschettenknöpfe für Max, einige wenige Bücher wegbringen können. Ferner die 800,– und einen Umschlag mit Dokumenten in hebräischer Sprache. Diese liegen in meinem Safe zusammen mit dem Abschiedsbrief.* Ist alles okay? Archivar Mayer tritt an meinen Tisch. Irgendwelche Fragen? Das Kopiergerät steht um die Ecke. Copykarten erhalten Sie am Tresen der Bibliothek. *Liebe Kinder! Wir reisen Sonntag, den 19. Juli, nach Theresienstadt, wo wir wohl bis Kriegsende bleiben werden. Und dann hoffen wir Euch wiederzusehen. Wir wollen Euch noch sagen, daß wir sehr glücklich miteinander waren, seitdem Ihr uns verlassen habt. Wir haben uns sehr mit Euren Nachrichten gefreut und waren stolz auf Euch beide, sahen wir doch aus ihnen, daß Ihr fleißig und redlich durch die Welt ginget. Mir war es ein besonderes Glück Euch im Juni 1939 noch einmal in London gesehen zu haben. Haltet treu zusammen und sorgt Euch nicht um uns; wir bleiben gesund, um Euch wiederzusehen. Gott segne Euch. Euer Vater.* Das Datum des Briefes ist der 17. Juli 1942, ein Sabbat, für die Nathans der letzte in Deutschland. *Allerliebste Kinder! Sorgt Euch nicht um uns. Der liebe Gott führt uns schon den richtigen Weg. Vielleicht kommen wir bald zusammen. Ich küsse Euch ganz schrecklich. Haltet fest zusammen und erzählt Euren Kindern von der alten Muttrich-Mutter. Ich gebe auf den lieben Vater gut acht, damit er gesund bleibt. Hoffentlich dauert die Zeit bis wir uns wiedersehen nicht zu lange. Ich glaube an den lieben Gott, der uns helfen wird. Bleibt gesund und habt eure Mutter lieb.*

GHETTO DROHOBYCZ, 19. NOVEMBER 1942 / HILDES GESCHICHTE 13

Anna Płockier, Malerin und Freundin, hatte Hilde ins Haus des Schriftstellers Bruno Schulz in Drohobycz gebracht. Der Zeichenlehrer am Gymnasium, schreibt polnisch, liest aber deutsche Bücher: Kafka, Thomas Mann. Ein bescheidener, intelligenter Mensch. Hilde genießt es, jemanden zu sprechen, der die gleichen Autoren liebt wie sie selbst. Schulz arbeitet für einen SS-Mann Landau. Dessen Stiefvater soll Jude gewesen sein. Der Scharführer haßt seinen eigenen Namen leidenschaftlich. Antisemit durch und durch, hat er doch an Schulz einen Narren gefressen. Der Dichter ist sein *Leibjude*, Privateigentum. Er darf die *Villa Himmel* in der Janastraße verzieren, die der Scharführer mit Trude, seiner Geliebten, einer Tippse vom SD in Radom, und einem Sohn aus erster Ehe bewohnt. Im Kinderzimmer malt Schulz Gestalten aus Grimms Märchen an die Wände. Rumpelstilzchen, Rotkäppchen und der Wolf, Hänsel und Gretel. Ein lebensgefährliches Spiel. Der Dichter plant die Flucht. Einen Tag vor dem Entkommen aus dem Ghetto wird Schulz, mit gefälschten Papieren in der Tasche, auf offener Straße erschossen. Von einem SS-Mann, der sich einen Zahntechniker namens Löw als Haussklaven hielt, den Landau zuvor tötete. Der andere Nazi nimmt Rache. Nimmst du mir mein Spielzeug weg, mach ich dir deines kaputt. Der 19. November 1942, der *blutige Donnerstag*. Eine *wilde Aktion*. Keine vom SD oder der SS geplante Sache. Der Drohobyczer Apotheker Reiner attackiert und verletzt den Gestapo-Mann Hübner, dafür wird Vergeltung genommen. Wer von der Lemberger Gestapo auf der Nurastraße aufgegriffen wird, ist so gut wie verloren. Der Chef von Hildes Abteilung bei der *Beskiden-Öl-Gesellschaft* hält die Zwangsarbeiter im Büro zurück. Geht nicht raus, ich kann für nichts garantieren, wenn ihr erwischt werdet. In Drohobycz und Borysław werden bis Ende 1942 fünftausend Leute abgeholt, darunter Sarah und Nathan Berger und

Hildes Schwester Regina. Ziel des *Überführung:* unbekannt. Anfang 1943 ist die Zahl der im Kreis verbliebenen Juden auf 8000 gesunken, im September 1939 wohnten dort dreimal soviel. Alte, Invaliden und Kinder gehen zuerst *auf Transport.* Zurückbleiben dürfen diejenigen, die ein A-Abzeichen als *Arbeitsjude* oder, später, ein R-Abzeichen als *Rüstungsjude* tragen. Der achtzigjährige Schneider Nathan Berger konnte auf einen solchen deutschen Orden nicht hoffen. Am Bahnhof von Borysław erscheint der Direktor der Betriebsinspektion, Dr. Beitz. Fünfzig Jahre später, vom Historiker Thomas Sandkühler befragt, erinnert sich Beitz des merkwürdigen Lichts der Bogenlampen an den Gleisen. Darunter geduldig, geduckt wartende Menschen. Kinder in gestreiften Schlafanzügen, die Insassen des aufgelösten Borysławer Waisenhauses. Eilig gegriffenes Gepäck. Chaos und Ordnung. Durchzählen, Verteilen auf die Waggons. Jeder Erwachsene hat ein Kind zu nehmen. *Und die Leute, wissen Sie, das ist für mich als Mensch das Unwahrscheinlichste dabei, die galten eigentlich gar nichts, die waren Nummern, Ware oder so etwas.* Ein Mann versucht seine Freilassung zu erwirken, er sei Mediziner. *Ach, im Himmel werden auch Ärzte gebraucht*, ist die Antwort. Unter den Deportierten befinden sich Arbeiter seiner Firma, weiß Beitz. Gelingt es ihm, dem Leiter der *Aktion,* SS-Mann Gschwendtner, glaubhaft zu machen, daß die Betreffenden zur Absicherung der Produktion unverzichtbar sind, kann er sie auslösen. Im August 1942 am Perron entlanglaufend, ruft er, Inhaber von Arbeitsausweisen der *Beskiden* sollen sich melden. Vom Bahnsteig, aus dem Lagerschuppen, aus den Waggons antworten ihm verzweifelte Rufe: *Herr Direktor, nehmen Sie mich! Herr Direktor, ich arbeite doch!* Nachdem er die Frauen Klinghoffer, Lockspeiser und Engelberg hat mitnehmen dürfen, entdeckt er die Stimme seiner Sekretärin. Diese fragt, aus dem Waggon kletternd: Ist es erlaubt, meine Mutter mit herauszuholen. Beitz bejaht, mahnt aber zur Eile. Ein SS-Mann fragt: Was ist das denn? Sie würde bei ihm arbeiten, erklärt der Kaufmann. Die alte Frau? Das sei die Mutter. *Nein, die geht wieder zurück, die andere können Sie haben, die schenke ich Ihnen.* Daraufhin wendet sich die Sekretärin, als höfliche Angestellte, die ihrem Chef nur ungern einen Gefallen verweigert, an den Betriebsleiter: *Ist es erlaubt, Herr Direktor, dann gehe ich auch zurück.* Selbst wenn Hilde in Borysław gewesen wäre, hätte sie Nathan, Sarah und Regina nicht retten können. Auch nicht mit Hilfe eines mächtigen Mannes, der am Bahnhof mit einem Zweispänner vorfuhr, wie ein magischer Bote oder Märchenprinz. Wußtet ihr, wohin die Züge fuhren? Damals nicht, sagt Hilde, erst später, als einige Polen die Spuren verfolgten. Belzec, da wurde überhaupt nicht gearbeitet, ein Vernichtungslager. So oft sie sich die Frage gestellt haben wird, wie sie an Stelle der Kollegin gehandelt hätte, eine Antwort zu finden wird ihr nicht gelungen sein. Hätte die Frau ihre Mutter verlassen, wäre Hilde vermutlich nie nach Borysław auf deren Posten gekommen. Alles wäre anders gelaufen, wir säßen jetzt kaum zusammen in Manhattan. Ende 1942 holt der Leiter der Betriebsinspektion Hilde in sein Büro. Beitz habe sie schon Monate vorher in Boryslaw haben wollen. Warum kümmert er sich um Hilde? Ist sie ihm sympathisch? Weshalb sonst sollte er zu ihr gesagt haben: *Nach dem Krieg, Hilde, gehen wir aus.* Ein Satz, an den sich die New Yorker Freundin schmunzelnd erinnert. Oder braucht der Herr Direktor die Fachkraft, weil es zu seinem Ehrgeiz gehört, nur ausgesuchtes Personal in seinem Stab zu versammeln? Hildes voriger Chef, Gruppenleiter Junge, ist froh, sie loszusein, ihre Tüchtigkeit wiegt ihre Herkunft nicht auf. Schon bei ihrer Anforderung, im März 1942, hatte er seinen Vorgesetzten versprochen, sie so schnell wie möglich durch *eine Arierin ersetzen* zu wollen. Der Einsatz *fremdvölkischer Arbeiter* in der Verwaltung ist nicht gern gelitten. Hilde ist wieder in Borysław, doch ihre Eltern und die Familie Freund findet sie nicht mehr. Einem Sohn der Tante begegnet sie im Werk, ein Ölingenieur, den das R-Abzeichen schützte. Sie arbeitet bei der neugegründeten *Karpathen-Öl GmbH,* in einer Kammer neben dem Arbeitszimmer von Berthold Beitz, den

Empfangsraum hält Frau Evelyn Doering, die deutsche Sekretärin, besetzt, Hildes Kabuff ist durch eine Klingel mit dem Direktor verbunden, läutet er ihr, muß sie zum Diktat. Sie bittet ihn, ihr bei der Freistellung der Wohnung der Eltern zu helfen. Er hat gute Beziehungen zur Polizei gehabt, sagt Hilde. Als sie die Räume betritt, steht auf dem Herd noch das Essen, das die Mutter vorbereitete, als der Ordnungsdienst an die Tür pochte, auf dem Tisch liegen die Tefilin von Papa. Wenn Nathan Berger vergaß, seine Gebetsriemen mitzunehmen, kann man sich denken, wie unvorbereitet die Vertreibung stattfand, Aufschub wurde nicht gewährt. Hilde bleibt nicht in der elterlichen Wohnung, sondern zieht mit anderen Mitarbeitern der Verwaltung in ein Gebäude auf dem Betriebsgelände der Ölgesellschaft, das *Weißes Haus* genannt wird. Die Betriebsinspektion verbreitet Erfolgsmeldungen: Pro Jahr liefere man mit 165000 Tonnen Rohöl 50 Prozent der galizischen Gesamtfördermenge. 10000 Arbeitskräfte würden beschäftigt, 23000 Menschen im Distrikt versorgt, es gebe werkseigene Verkaufsstellen, Küchen, eine Schweinezucht, eine Bäckerei, das gesamte Licht-, Gas- und Wassernetz der Stadt sowie 700 Häuser seien im Besitz der Firma. Das *Weiße Haus* wird in der Bilanz nicht erwähnt. Der Direktor weiß, solange er erfolgreicher wirtschaftet als andere, kann er sich, unter Umständen, ungewöhnliche Maßnahmen leisten. Poker mit der Macht. Hilde glaubt, Beitz habe nach der *August-Aktion* am Bahnhof begriffen, daß der Terror kein Ausnahmefall sei, sondern Methode, die auf die Vernichtung der Juden abziele. Weder Partei-Mitglied, noch Anti-Nazi, gehört Beitz keiner Kirche an, lebt gern, ißt und trinkt, geht zur Jagd, auch in Begleitung von Uniformträgern, er sorgt für Frau und Kind, Heim und Herd sind Goldes wert, am Abend legt er sich eine Schallplatte mit Jazzmusik aufs Grammophon. Er genießt Erfolg und schätzt Loyalität. Er hilft den jüdischen Zwangsarbeitern, die er seine Angestellten nennt, sie helfen ihm, eine Hand wäscht die andere. Abhängigkeit fördert Leistung. Die Experten im *Prominentenlager* sichern eine reibungslose Produktion, machen sich unentbehrlich, bewahren ihn, indem sie sich selbst retten, vor der drohenden Einberufung. Man kann uns manches nachsagen, meint er zu seinem Buchhalter Josef Hirsch, nur nicht, daß wir den Beruf auf die leichte Schulter nehmen. Das Werk ist unser Leben, gibt der Mann salomonisch zur Antwort und widmet sich dem Papierkram auf dem Schreibtisch. Wochen später wird ihn Beitz, hinter vorgehaltener Hand, über eine bevorstehende *Aktion* in Kenntnis setzen, ihm Gelegenheit bietend, seinen achtjährigen Sohn in ein anderes Versteck zu bringen. Es bedarf einiger Überredungskunst, bereits Verladene aus den plombierten Viehwagen zu befreien. Weil Beitz nicht nur am Bahnhof, sondern auch am Kino *Colosseum* und am Schlachthaus gewesen ist, weiß er, welcher Beamte mit Aussicht auf polnischen Schinken, welcher mit französischem Cognac zu überzeugen ist. Bei den meisten sitzt die Seele, falls sie eine besitzen, statt im Herzen im Magen. Mit Obersturmführer Hildebrandt kommt er hin, man kennt sich von der Rotwildjagd, Wüpper dagegen, eiskalt und leidenschaftslos, kuscht nur vor der Macht. Da muß er schon mal laut werden. Die Juden sind Reichsgut, Betriebskapital, wollen Sie, daß unsere Panzer im Schnee steckenbleiben, weil ihnen der Sprit ausgeht? Vorsicht ist die Mutter der Porzellankiste. Man darf den Bogen nicht überspannen. Wüpper ist doppelt gefährlich, weil er als Schupo-Chef die achtzehnköpfige Dienstabteilung in Borysław leitet und, was in dem Zusammenhang noch schwerer wiegt, mit Beitz' Vorgesetzten, Betriebsleiter Radecke, auf bestem Fuß steht. Regelmäßig werden die deutschen Belegschaftslisten der Firma einer erneuten Prüfung unterzogen, die Front braucht Reservisten. Beitz erfragt bei Gruppenleiter Junge, welche Mitarbeiter er ersetzen muß. Wie ist es gelaufen? Alles bestens, antwortet der Kollege, bis auf einen Fall, und das sei er. Zwar gelingt es ihm, seine Einberufung durch sofortige Intervention bei General von Unruh, dem Leiter der sogenannten *Heldengreif-Kommission*, deren *Auskämmungen* in der Tat für einige Unruhe in der

Etappe sorgten, abzuwenden, doch ist er fortan gewarnt, man hat ihn im Visier, er muß seine UK-Stellung als Offizier der Reserve jedes halbe Jahr neu beantragen. Es gibt großen Bedarf. Wenn man den *Völkischen Beobachter* aufschlägt und die Traueranzeigen liest, weiß man, warum. Die Lage an der Ostfront bedroht Beitz und schützt ihn gleichzeitig. Seitdem der Angriff auf die Ölfelder von Baku bei Ordshonikidse ins Stocken geriet, weiß man in Berlin wieder zu schätzen, was man an den Karpaten-Quellen hat. Statt der geplanten Demontage und Umlagerung von Raffinerien in den Kaukasus, beginnt man in Drohobycz mit dem Neubau von Tanklagern und Destillationsanlagen, in Borysław werden Neubohrungen vorgenommen. Gleichzeitig verstärkt die SS ihre Versuche, Teile der Belegschaft *umzusiedeln*. Am 5. September 1942 erläßt OKW-Chef Keitel die Weisung, alle Juden aus Wehrmachts- und Rüstungsbetrieben im Generalgouvernement zu entfernen und durch Polen zu ersetzen. Weiß die Heeresführung noch, wie es vor Ort aussieht? Die Leitung der Öl-Firma in Lemberg legt beim Wirtschaftsrüstungsamt Beschwerde ein, Himmler wird persönlich benachrichtigt. *Die zuständigen Kommandeure haben von dem SS- und Polizeiführer im Distrikt Galizien nochmals den Befehl erhalten, die bei der Beskiden-Erdölgewinnungsgesellschaft beschäftigten jüdischen Arbeiter nicht eher zu evakuieren, als bis Ersatz durch Nichtjuden gestellt ist.* Ausnahmeregelungen mit Sonderauflagen: Strenge Registrierung, Kasernierung und Bewachung. Beitz bittet Wüppers im Arbeitslager Borysław, die Einwohner des *Weißen Hauses* durch eine Sonderabteilung Polizei bewachen zu lassen, nicht, weil er fürchtet, die Mitarbeiter würden dem goldenen Käfig entfliehen, vielmehr, um zu verhindern, daß übereifrige Beamte vom SD, die Weisungen ignorierend, ins Herz seines Unternehmen eindringen und seine besten Leute verschleppen. Wir hatten da wichtige Arbeiter, erinnert sich Hilde, einen Erfinder und einen Ingenieur. Ich habe im *Weißen Haus* gewohnt. Zwei Leute haben uns immer bewacht. Mit Karabinern. Eines Tages kommt jemand in mein Kabuff. Hilde, einem der Polizisten ist langweilig, der will Gesellschaft, mit dir sprechen. Da bin ich raus, was sollte ich machen, hab mit ihm gesprochen, dies und das, wo man herkommt. Stellt sich raus, der ist auch aus Berlin. Sympathie auf den ersten Blick, hat er gesagt. So was gibts ja. Später hat er mir gestanden, wenn was passiert, man mich abholt, dann nimmt er eigenhändig den Revolver und erschießt mich. Daß ich mich nicht quälen muß, weil ich ihm doch so sympathisch bin. Nette Art, oder? Der hat sich überhaupt nicht gefragt, ob es richtig oder falsch ist, daß man mich holt. Das war ihm schnuppe, ein Berliner mit Herz. Dabei ging es uns vergleichsweise gut. Sonderrationen. Wir waren Privilegierte, das darfst du nicht vergessen. Ich mußte keine Armbinde tragen, mit dem *R* und kein Magen David. Einmal, als sie im Büro des Direktors beim Diktat sitzt, stürzt Obersturmführer Hildebrandt herein. Beitz schickt sie in ihre Kammer, um wenig später aufgeregt zu ihr zu kommen: Du, das geht nicht, Hildebrandt wollte mit dir eine Verabredung, der dachte, du bist Deutsche und war entsetzt, als er hörte, du bist Jüdin. Seitdem muß sie den Stern tragen, obwohl Beitz das nicht gern sieht in seinem Schreibbüro. Nach dem Krieg, sagt Hilde, habe ich ihn wiedergesehen, hab ich das erzählt? Berthold Beitz? Den auch. Hildebrandt, bei seinem Prozeß vor dem Bremer Landgericht. Sechsundsechzig. Ich war als Zeugin geladen, habe ihn aber erst gar nicht erkannt. In meiner Erinnerung war Hildebrandt ein kräftiger Mann in SS-Uniform, auf der Anklagebank saß ein älterer Herr mit grauem Gesicht und gesenktem Blick. Beitz kam nach mir zur Aussage. Na, Hilde, wie gehts? hat er gefragt. Im Gerichtssaal. Noch immer der selbstsichere, gutaussehende Mann, Manager bei Krupp. Und hat den Hildebrandt entlastet, ich weiß bis heute nicht, warum. Ich hab es nicht verstanden. Der Richter hat ihm trotzdem lebenslänglich gegeben. Nach dem Prozeß sind wir essen gegangen, Beitz hat mich eingeladen. Zu mir war er immer anständig. Wenn ich in New York bin, hat er gesagt, besuch ich dich, versprochen. So was sagt man so, weißte.

NATHANS SPUREN 6

Die *Collectanea Jacobi* fehlt im Bestand der New York Public Library. Man kann die achtbändige Ausgabe der Schriften Dr. Abraham Jacobis per Fernausleihe besorgen, erklärt die Bibliothekarin am Tresen, das würde aber ein paar Tage dauern. Ich fülle artig alle Formulare aus und bitte um ein Ticket für einen Internetplatz. Ab 11.44 a.m. darf ich den PC Nr. 27 benutzen. Noch sitzt vor dem Monitor ein baumlanger schwarzer Kollege und versucht mit seinem Surfbrett das Netz zu durchdringen. Ich bleibe in Sichtweite, nehme einen Stuhl, leise, bemüht, die auf dem Nachbarplatz arbeitende Studentin nicht zu wecken. Den Lockenkopf auf zwei Bände Heidegger gelegt, träumt sie von akademischen Weihen. Im meinem Rucksack steckt das Material, das mir Martin Rieger in Morris Plains übergab. Höchste Zeit, davon Kopien anzufertigen. Falls die Tasche verlorengeht, auf dem Rückflug oder bei einem Raubüberfall, werde ich nie erfahren, was Max Martin in Australien trieb. Was man im Kopf hat, verliert man auch, aber stückweise. Also beginne ich die Lektüre. Was soll ich sonst machen? Löcher in die Luft starren? Siesta? Bürgern, die das vierzigste Lebensjahr überschritten haben, ist aus Gründen der öffentlichen Moral das ungezügelte Schlummern in städtischen Lesehallen untersagt. Eine weitere Kategorie, nach der man die Menschheit einteilen kann, Individuen, die an Bibliothekstischen schlafen, freiwillig oder von Müdigkeit überwältigt, und die Partei der kategorischen Nichtschläfer, zu der ich Max Martin Nathan und mich zähle. Das *Curriculum Vitae,* das zwischen Bankbelegen und Briefen liegt, verrät einiges über sein Berufsbild, so gut wie nichts über Privates. Ein Bewerbungsschreiben ohne Datum, sauber getippt, ist vermutlich Anfang der siebziger Jahre verfaßt, erklärt doch der Verfasser, über gut dreißigjährige Erfahrung in *design professions* zu verfügen. Herkunft und Emigration werden lakonisch berührt. *Education first interrupted by World War II.* Ökonomische Schwierigkeiten nach dem Krieg hätten die Vollendung seines Studiums um Jahre verzögert. In dieser Zeit arbeitete Max Martin als technischer Zeichner. Seine Tätigkeit als Architekt sei bestimmt gewesen durch Gründlichkeit und Liebe zum Detail *(a natural inclination toward thoroughness and interest in detail)*. Schulen, Kindergärten, Bibliotheken, Krankenhäuser errichtete er, meist als koordinierender, selten als Chef-Architekt. Die Komplexität moderner Gebäude verlange Teamwork. Während viele Kollegen diese Veränderungen bedauerten, fasziniere ihn die Entwicklung. *There ist nothing wrong being ›primus inter pares‹.* Die ganz großen Jobs hat er wohl nie bekommen. Häufig durfte er *Feuerwehrmann* spielen, Projekte retten, die andere in den Sand gesetzt hatten. *Troubleshooting* sei eine seiner Stärken, obwohl er lieber eine Arbeit von Anbeginn begleite. Abstraktes Denken ist hilfreich, steht doch der koordinierende Architekt oft vor ungewohnten Situationen, für die es keine Routinelösung gibt. Wenn man Initiativen fördert und Fehler so korrigiert, daß die Leute ihre Selbstachtung behalten, werden sie ihr Bestes geben. Was ist das, denke ich, ein Lebenslauf oder das Manifest eines Arbeitspsychologen? Nach dem Studium bleibt er bis 1957 in St. Louis, geht bis 1962 nach New York City, von dort bis 1964 nach Tucson, Arizona, von wo er die blauen Luftpostbriefe nach Torgau verschickt, die das DDR-Kind Diana so begeistern. 1965, im Jahr meiner Einschulung, schlägt er sich mit mehreren kleineren Jobs durch, an der Westküste, zwischen San Diego und Alaska, um 1968 nach New York zurückzukehren. Die wenigen Daten, die er preisgibt, sind mir bekannt: 1945 US-Bürger. Alleinstehend, ohne Nachkommen. Seine Sprachkenntnisse machen neidisch: French, Italian, Spanish, German, Hebrew, Arabic, Mandarin. Japanisch ist noch nicht ewähnt. Da er es für nötig erachtet, den letzten Aufenthalt im British Commonwealth zu erwähnen: *London, England, 1939–1940,* schlußfolgere ich, das *Curriculum* diente seiner Übersiedlung. 91 Woodrow Ave, Mt. Yokine, W. A. Australia 6060 lautet die Postadresse. Ein Blick zur Uhr. 11.52 a.m. Der schwarze Wellenreiter sitzt regungslos vor dem Bildschirm. Ich muß ihm Beine machen. Näherkommend, muß ich feststellen, daß er circa zwei Meter groß ist. Er sieht mich kommen, bekommt es mit der Angst und nickt. Kampflos beendet er die Forschungsreise und übergibt mir Platz und Maus. Noch 19 Minuten Zeit für die elektronische Post. Meine Frau schickt mir Liebesgrüße und fragt, wo ich die Versicherung für das Auto abgeheftet habe. Ein Auffahrunfall, sie sei aber unschuldig. Frau Professor Gillis-Carlebach aus Ramat-Gan schreibt, *daß das »goethische Nathanbuch« wunderbar erhalten bei uns angekommen ist.* Ich habe das Gefühl, einen Auftrag erfüllt zu haben. Mein Hochgefühl bekommt einen Dämpfer, als ich die nächste E-Mail lese. Diana Rieger schreibt: Wir möchten nicht erwähnt werden, wenn Sie etwas schreiben. Meine Mutter nicht, Torgau nicht, keiner von uns. Damit bricht die Nathan-Geschichte zusammen. Ohne das Gartenbuch aus T. wäre ich nicht auf Cousin Paul R. gekommen, ohne diesen nicht auf den Onkel Paul R., ohne die Rieger-Collection im *Leo Baeck Institute* nicht auf Martin und ohne ihn nicht nach Washington. Andererseits hatte ich Diana versprochen, nichts ohne ihre Einwilligung zu veröffentlichen. Ich muß versuchen, sie zu überzeugen. Ich will niemanden verletzen. Ich will keinen Streit, schon gar keinen Rechtsstreit. Sollte ich am Ende der Geschichte neben viertausend Büchern noch ein Dutzend Verfahren am Hals haben? Jacob, Diana, Steven Spielberg, diverse Sammelkläger in Amerika, das Joseph-Carlebach-Institut, Schulfreunde, Jochen Dellner, Herr Lehmann, mein Fußballtrainer, das Staatsarchiv Hamburg. Hoffentlich lassen sich wenigstens meine Eltern auf einen außergerichtlichen Vergleich ein. Ihre Zeit ist abgelaufen, sagt eine zarte Stimme mit Nachdruck. Wie recht Sie haben, antworte ich der kleinen wuscheligen Schläferin, die neben mir steht, als wollte auch sie gleich ihren Anwalt anrufen. Sie hält mir ihren Internetplatzzettel unter die Nase. Deutscher Akzent? Heidegger als Kopfkissen, na logisch. Wenn ich sie wieder beim Schönheitsschlaf überrasche, werde ich mit den Stuhlbeinen scharren wie

Theo Adorno als Fünfjähriger. Ich kehre zurück zu Max Martin. Wenige Tage vor seinem 64. Geburtstag, am 1. Mai 1979, gibt er seinem Cousin einen kurzen Bericht über sein Leben in Perth. Seit vier Jahren belegt er das Fach *Asian Studies* am *Western Australian Institute for Technology.* Nachdem er die ersten drei Jahre Nachmittags- und Abendkurse besuchte, wechselt er jetzt in den normalen Studienbetrieb. Ein junger Kommilitone nimmt ihn mit dem Auto mit. Da schafft er es in dreißig Minuten. Die Anforderungen sind größer, der Wettbewerb mit den Vollzeitstudenten spannender. Einziger Nachteil: zweimal pro Woche, Montag und Donnerstag, auf das warme Mittagessen verzichten zu müssen. *Box lunch* nennt man in Australien *cut lunch*. Gegen 5 p.m. ist er meist zu Hause, muß aber Unmengen Hausaufgaben erledigen. Dienstag und Mittwoch: Gesundheits-Club, Freitags: Physiotherapie, Sonnabendmorgen: Gottesdienst, wo es sein *Job* ist, aus der Thora vorzulesen. Ein geregeltes Leben. Freunde werden erwähnt, mit denen er schwimmt oder in der Sauna sitzt, Mitbewohner aus dem *Jewish Aged Home*, in dem er wohnt, spielen in den Briefen keine Rolle. Anders *Ittybitty*, alias *Esther*, alias *Esti*, abgekürzt *ST*, die einjährige Perserkatze, von der Gäste behaupten, er würde sie zu sehr verwöhnen. Ist sie auf dem großen fünften Kontinent das einzige Wesen, das er liebt? Wie verhält es sich mit der Steuerberaterin, die er konsultiert und als *sehr gut aussehend* beschreibt? Oder die Augenärztin, die mit ihm eine Woche auf *Rottnest Island* Vögel beobachtet? Über sein Liebesleben gebe es nicht viel zu berichten, erklärt Max Martin dem Cousin, damit attestierend, daß es zumindest das Phänomen gegeben hat. Seine letzte *lady love* habe Perth verlassen, wäre nach Blimy gereist, oder nach Cambrigde, um dort ihr *Master's degree* zu beenden. Da das durchschnittliche Studentenalter weit unter 60 liegt, kann man vermuten, daß die erwähnte Dame einige Jahre jünger war als der Pensionär. Er kommt nicht groß herum in Australien, nach Adelaide fliegt er, um die Ausstellung *Chinesische Kunst* zu besuchen. Die demnächst zu erwartende Direktverbindung nach Bali weckt sein Interesse. Die Strecke Perth – Djakarta sei kürzer als die nach Sydney. Weihnachten und das christliche Neujahr verbringt er regelmäßig auf der *Rattennest-Insel,* 20 Kilometer vor der Küste, so genannt, weil holländische Seefahrer die dort lebenden Quokkas, kleine Beuteltiere, irrtümlich für Ratten hielten. Dort hat er *die Zeit seines Lebens.* Er steht früh am Morgen auf, bereitet sich sein eigenes Frühstück, das ihm besser gefällt als das im Altenheim, er geht schwimmen in seine Lieblingsbucht, baut anschließend Sandburgen am Strand. Er hat ein Gefolge von Jüngern: zwei-, drei-, vier- und fünfjährige Kinder, die ihn auf Grund seines Bartes und weißen Haares für den Weihnachtsmann halten und anhimmeln. Sechsjährige, schreibt er nach Amerika, glauben auch hier nicht mehr an Santa Claus. Die Kleinen löchern ihn mit Fragen, wie er zu dem Job kam, wo sein Schlitten sei, was er von Rudolph halte. Geduldig antwortend, bleibt er zu lange in der Sonne, bis seine eigene Nase zu glühen beginnt. Er vermißt den New Yorker Winter nicht. Kein Wort des Bedauerns, kein Heimweh. Ich würde mich einen glücklichen Menschen nennen, wenn nur der unvermeidliche Verfall noch etwas auf sich warten ließe. Was Altern bedeutet, sieht er tagtäglich im Heim. Außerdem hat er sich über Jahre medizinische Kenntnisse angeeignet, die ihn zum Krankenpfleger befähigen würden. Unter den circa sechzig Heim-Insassen seien höchstens fünf, die nicht unter schweren geistigen Beeinträchtigungen litten. Ein Mann, um die neunzig, körperlich robust, sei auf ein *one-word-vocabulary* reduziert. Kein erstrebenswerter Zustand. Flucht unmöglich. Auf der anderen Seite des Eisernen Vorhangs weiß man mit den alten Leuten genausowenig anzufangen wie auf dieser Seite, kommentiert er einen Brief seines Cousins Paul aus Torgau. Im Dezember 1979 besucht ihn Margot. Perth ist das Paradies, schwärmt die Schwester, der Aufenthalt läßt sie für ein paar Tage die Krankheit und ihre nicht einfache Ehe vergessen. Jeder Tag hier verjünge sie. Noch ein paar Wochen länger und ich komme als Baby zurück. Der nächste Australienurlaub ist sicher. Der Tod durchkreuzt den Plan. Am 5. Januar 1982 stirbt sie an Krebs in einem Hospital in Manhattan. Max Martin sitzt für die Tote Schiwe in Perth, geht die *Sheloshim Days,* dreißig weitere Trauertage, täglich in die Große Synagoge, um das Kaddisch für seine Schwester zu sprechen. Als Rabbi Simon Schwab an ihrem Grab ihre endlose Hilfsbereitschaft würdigte, traf er damit den Nagel auf den Kopf, schreibt Max an Audrey und Martin. Auch im Heim in Perth hinterließ sie, obwohl nur Gast für ein paar Wochen, zahllose Freunde. Diese Reise war wohl der Höhepunkt ihres Lebens. Max Martin macht einen einzigen Erbanspruch: *Ich würde gern die Briefe meiner Eltern haben, bitte.* Die Korrespondenz, die im Holocaust Museum in Washington liegt. Max rät seinem Cousin, Dokumente und Bücher von Paul Rieger, die seine Mutter aufbewahrte, dem *Leo Baeck Institute* zu übergeben. *What to do with special interest libraries will always be a problem.* Zum Beispiel die historischen Studien und Kommentare zur Halacha der späten Rabbiner, wer bräuchte sie noch? Weder sein Altenheim noch die *Hebrew School,* an der Max unterrichtet, hätten dafür Interesse. Im LBI dagegen wären die Bücher gut aufgehoben, dorthin kämen Spezialisten, die sie suchen würden. Max Martin hat die Spur selbst gelegt, denke ich, auf der ich ihm folgen konnte. Es wird die Zeit kommen, schreibt er Audrey und Martin, wo Ihr Euer Haus aufgeben werden müßt. *Ich warte nicht bis fünf vor zwölf, ich schaffe selbst Ordnung, freiwillig.* Von seinen eigenen *geliebten Büchern* will er sich nicht trennen. *I don't want to give up anything.* Im Gegenteil, er bewohnt jetzt einen zweiten Raum, in dem er die Bücherregale aufstellen kann. *I can assure you that nothing is farther from my mind than the salability of my books. I don't plan to sell them.* Was zu regeln ginge, werde er regeln. Im Gegensatz zum Präsidenten stünde ihm keine Nancy zur Seite, der er das überlassen könne. Max hält nichts von Ronald Reagan. *Somebody my age should never be president, and he is 4 years my senior.* Zwar fühle er sich, für ein Fossil von 73 Jahren, noch ganz wohl in seiner Haut und beharre auf dem Vorsatz, einhundert Jahre alt zu werden, doch müsse ein kluger Mann immer damit rechnen, daß ihn das Schicksal täuschen und anders entscheiden könne. *Ich weiß, daß ich alt werde und muß meine Entscheidungen fällen, so lange ich dazu noch fähig bin.* Er regt die Gründung des *Nathan Music Trust* an, einer Stiftung, die den Enkeln seines Cousins eine musikalische Ausbildung sichern soll. Mit Hilfe dieses *Trust* könnten sie ein Instrument erlernen, *such as Piano, Violin, Cello (not drums!)*, Unterricht von Fachlehrern erhalten, Kenntnisse vertiefen, ihren Geschmack bilden, Konzerte besuchen, Opern, Chorwerke, Ballett, Musik von Bach bis Bartók. (*Rock ›Concerts‹* werden in Anführungszeichen gesetzt und definitiv *ausgegrenzt.*) Nicht nur die Idee, auch der Finanzierungsplan stammt aus seiner Feder. Seinen ruhigen, wenn auch nicht luxuriösen Lebensstil als Rentner, Philatelist, Ornithologe und Langzeitstudent kann er sich leisten, nicht dank fleißig entrichteter Sozialversicherungsbeiträge, sondern durch klug angelegte Wertpapiere. Als Anlageberater ist er gefragt. Martin Rieger erhält aus Perth seitenlange Berichte über die Wogen an den Börsen. Was taugen australische Rentenwerte? Wie entwickeln sich die Minen-Aktien? Warum steigen die Wollpreise? Im Mai 1979 entschließt sich Max Martin Nathan zum Kauf eines elektronischen Taschenrechners, eine Anschaffung, die ihm erwähnenswert scheint. *It seems a good item to have around. What's money?* Er ist das Gegenteil des Spekulanten. Wohlüberlegt, ruhig wie seine Handschrift, sind seine Geschäftsgebaren, langfristige Sicherheiten wichtiger als kurzlebiger Erfolg. *Making a lot of money has never been an important goal for me. I want to do my own thing for the community.* Er unterrichtet in der *Hebrew School* acht zehn- bis elfjährige Jungen im Thorastudium. Einst in Stuttgart, im Haus seines *verehrten Vaters,* schreibt er Martin Rieger, habe er den namhaften Philosophen Abraham Heschel getroffen, von dem er unter anderem lernte, daß die hebräischen Verben *wissen* und *lieben* derselben sprachlichen Wurzel entstammen. *Comprenez-vous?*

Capisci? Die Kinder liebten ihn, vielleicht, weil er sie verstünde und umgekehrt? Er sei der Onkeltyp. Mit Vertretern der eigenen Generation ist die Verständigung wohl schwieriger. Briefe der Heimleitung nach Amerika berichten von Konflikten. 1983 wird sein körperlicher Zustand als *very fit* beschrieben, doch nehme ihn sein Studium so sehr in Anspruch, daß er nur noch selten außer Haus gehe. Zwei Jahre später tadelt man sein Benehmen schärfer, er sei ein eingefleischter Individualist, zeige Schwierigkeiten im Umgang mit anderen Heimbewohnern. Im April 1985 spricht man sogar von *verbalen und körperlichen Kämpfen (verbal and physical fights) mit anderen* Insassen, in die er sich nur allzu leicht verwickeln lasse. In seinen *schlechten Perioden* sei schwer mit ihm auszukommen, man habe schon nach *alternativen Lösungen* für Max gesucht. Vielleicht fruchtete die Suche nach besonderer Unterbringung, oder man machte ihm deutlich, daß er das Heim verlassen müsse, wenn er sich nicht unterordne? Vielleicht schwächen ihn die eigenen gesundheitlichen Probleme derart, daß er seine Kräfte nicht länger in kleinlichen Streitereien vergeudet? Sein Witz kann bissig sein, und bitter. Einen Geburtstagsbrief an Martin beginnt und beschließt er mit deutschen Frakturlettern. *Happy birthday to you. Mit jüdischem Gruß. Heil Finkelstein!* Großes Wissen bewahrt nicht immer vor Rechthaberei. Wenn er anderer Meinung ist, formuliert er seinen Standpunkt scharf und pointiert. Nachlässigkeit, Oberflächlichkeit, Ungenauigkeit bringen ihn auf die Palme. *Wenn du meine Briefe lesen würdest, bräuchtest Du mich das nicht zu fragen.* In der Beziehung zu Martin Rieger bleibt er, auch im Alter, der um fünf Jahre ältere Cousin. Ein sensibler, verletzlicher Einzelgänger mit rauher Schale. Kein einfacher Zeitgenosse. Unabhängig, selbstbestimmt. Sein Testament verfügt über das Exil seiner Bücher. Die Judaica gehen an die *Perth Hebrew Congregation*, die weltlichen Bände ins Haus seines Freundes David in Fremantle. Sein letzter Brief endet lakonisch mit dem Satz: *Übrigens, das französische Substantiv »Déluge« ist immer noch männlich. Love, Max.*

THE UNION'S RAT

Polizeipferde bescheißen
den Bürgersteig. Eine zwei
Meter große Gummiratte
zeigt den Bauunternehmern
die Zähne, Schwarzarbeiter,
sagt mein Tischgenosse
in Joe's Pizzeria, drücken
die Löhne. Was die Ratte
bedeutet? Sie gehört einfach
zur Gewerkschaft wie ich.

JACOBI ODER DER COMMUNISTEN-CLUB NEW YORK 7

Abraham Jacobi meint, sein Bart müsse Feuer fangen, so groß ist die Hitze. Im nassen Gras sitzend, die Beine ausgestreckt, als wäre er auf einem Picknick, starrt er in die Flammen, die aus dem Fenster des Schlafzimmers im zweiten Stock schlagen. Dreißig Jahre hat er es mit Mary, seiner dritten Frau, geteilt. Funken stieben in den Himmel und erlöschen wie Sternschnuppen. Mitternacht ist vorbei, Hilfe nicht zu erwarten, Wasser gibt es genug, aber keine Feuerwehr auf Hiawatha Island, der Brand hat Zeit, sein Werk bis zur völligen Zerstörung zu vollenden. Jacobi sieht dem Schauspiel mit einer Nüchternheit zu, die ihn selbst verwundert. Ist dies die Gefühlskälte, die bei Medizinern reiferen Alters häufig beobachtet worden sein soll? Er sollte aufstehen und zu Schurz' Haus gehen. Seine Knochen scheinen heil geblieben. Kein Kratzer. Ein Wunder. Andere 88jährige würden einen Fenstersprung aus der Höhe von zwölf Fuß nicht überlebt haben. Man sollte diesen stählernen Greisenkörper zur Schau stellen, zum Gegenstand einer populären Vorlesung der Medizinischen Akademie machen. *Gesunde und fettarme Ernährung, Bewegung an frischer Luft, geistige Regsamkeit als*

Ursachen ausgezeichneten Wohlbefindens in hohem Alter. Jacobi würde den Akademie-Präsidenten zu überzeugen wissen, er kennt ihn persönlich – er ist es selbst. Der Kaufmannssohn aus Hartum in Westfalen ist zu Ruhm und Ansehen gekommen. Finanziell ist der Verlust des Hauses zu verkraften. Geld kümmert ihn nicht. Hat ihn nie interessiert. Seine Tochter ist versorgt. Ernest, der Sohn, sein Stammhalter, der auf der Insel geboren wurde, ist gestorben, als er acht war. An Diphtherie in New York City. Schicksalsschläge hat er einige hinnehmen müssen, zuletzt den Krebs seiner Frau, Mary Putnam. Die alten Freunde sind tot, Carl Schurz, der sein Nachbar war, hier auf Hiawatha, Krackowitzer. Lohnt es eigentlich, alle zu überleben? Der letzte Mohikaner zu sein, wenn der Stamm aufgerieben wurde. James Coopers Geschichte spielt am Lake George, im Indianerland. Sein Neffe Franz Boas, Sophie Meyers Sohn, der Schwester seiner ersten Frau, der Freundin aus Mindener Tagen, als sie Lotterielose vertrieben für die Revolutionsflüchtlinge, der er, wie lang ist es her?, auch ein wenig den Hof machte, bis sie den Kaufmann erhörte und er sich gänzlich Fanny zuwandte, sein Neffe Franz also kann stundenlang davon erzählen. Der Geograph, Indianersprachenforscher Boas verliebte sich in Marie Krackowitzer, die Tochter seines besten Freundes, die mit nach Deutschland kam, im Sommer 1881 auf der Harzreise. Damals kannte er den halben Heine auswendig. *Atta Troll, Wintermärchen, Tannhäuser*. Alles brennt. Um die Bibliothek im Erdgeschoß ist es jammerschade. Unersetzbare Fachbücher, Schriften zur Geburts- und Frauenheilkunde, seine Manuskripte, Marys Doktorarbeit, Fannys Briefe nach England, die Zeichnungen der Kinder, Briefe von Schurz, Sorge, Komp, die witzigen Botschaften Engels', Marx' Grußworte auf dem Bestellschein der British Library. Mitte der sechziger Jahre hatten ihm die Oberkommunisten die Freundschaft gekündigt. Marx ließ ihn wissen, er werde nicht länger mit seinen Angelegenheiten, sprich Geldsorgen, belästigt, weil reisende Arbeiter verlautbart hätten, er, der

Medicus, wäre ein guter Bürger geworden. Woher sie das wußten? Jacobi selbst war oft genug zu Ohren gekommen, er sei alles andere als ein richtiger *german doctor*, enthielt er sich doch einer Gewohnheit, die diese Loge auszeichnete, der Teilnahme am *Frühschoppen.* Er liebte seinen Beruf, nicht das Tragen eines weißen Kittels und Stethoskops. Daß er damit sein Auskommen hatte, daß man seine Arbeit anerkannte, nahm er als angenehme Begleiterscheinung, die ihm ermöglichte, mehr Zeit für die Forschung einzusetzen. *The history of Cerebro-Spinal Meningitis in America, The pathology and treatment of the different forms of croup, Cholera infantum, Typhoid fever of the young, The prevention of tuberculosis in school children. Nephritis of the newborn.* Feigheit vor dem Feind konnte ihm niemand vorwerfen. Er hat dem Tod einige Schlachten geliefert. Nicht immer siegreich. Er wußte gut, daß Armut und Krankheit ein trauriges Paar sind, das Elend erzeugt und getrennt werden muß. Licht in die Mietskasernen, Luft und Sonne. Man muß hineinleuchten wie mit einem Laryngoskop, das er entwickelt hat, eine nützliche Erfindung, für die man ihn immerfort lobte, die er nur halb so wichtig nahm. Früher oder später wäre ein anderer Arzt auf die gleiche Idee gekommen. Lesen Sie lieber meine Aufsätze über Hysterie oder Rachitis, Säuglingshygiene oder Masturbation im Kindesalter. Sogar die Berliner Universität bot ihm einen Lehrstuhl an. Eine späte Ehre, immerhin. Der Brief mit der Anfrage hatte ihm geschmeichelt. Er verbrennt. Deutschland verliert den Krieg. Europa ist zerstört. Fotografien aus Frankreich. Sedan, Verdun. Sehnsucht nach Deutschland? Weshalb? Man hatte ihn vertrieben. Das Hepp-hepp an den Hochschulen behielt er gut in Erinnerung. Barbarei und Bildung gingen mitunter Hand in Hand. Einige der 48er Freunde waren unter Bismarcks breite Rockschöße geschlüpft. Der rote Becker als Oberbürgermeister von Köln, der hagere Johannes Miquel, der einst das *Manifest* vertrieben hatte, wurde mit Pomp als preußischer Finanzminister zu Grabe getragen. Seltsame Karrieren hielt das Leben bereit. Dagegen nahm sich Jacobis Erbe bescheiden aus, eine Wohnung in New York, ein paar Morgen Land auf der Insel im Lake George, darauf ein bis auf die Grundmauern niedergebranntes Holzhaus. Im Sommer 1873 hatte er Mary nach Hiawatha Island geholt, zweifelnd, ob sein spartanischer Lebensstil sie nicht abschrecken würde. Immerhin war sie, als des Verlegers George Putnam liebstes Kind, einigen Luxus gewöhnt. Im Hörsaal der Akademie waren ihm die wachen, klugen Augen der jungen Ärztin aufgefallen. Sie akzeptierte ihn, wie er war. Ihm ist, als käme die Dämmerung herauf, am östlichen Seeufer. Ein neuer Tag. Fünfhundert Meter ist es bis zum Haus der Schurz-Familie. Die Erben des Innenministers haben einen tiefen Schlaf. Wie lange sitzt er jetzt hier? Drei Stunden, vier? *Teurer Freund! Was soll es nützen / Stets das alte Lied zu leiern? / Willst du ewig brütend sitzen / Auf den alten Liebeseiern?* Heine nie getroffen zu haben, bedauert er doch. Sie hätten sich verstanden, denkt Jacobi und rappelt sich auf.

CHELSEA, W 26TH STREET,
DECEMBER 3 1998, 8.00 p.m.

Was machen wir, wenn uns die Shipping Company versetzt? Wann, haben sie gesagt, sollen wir bereit sein? Zwischen 7 und 9 Uhr a.m.? Natürlich a.m., knurre ich. Hast du richtig verstanden? Hm. Bist du sicher? Es ist acht Uhr, Jacob, der Truckfahrer kommt aus Jersey, er muß durch den Tunnel oder über die GWB, du weißt, wie es da um die Zeit aussieht. Ich habe ein ungutes Gefühl. Soll ich die boxes schon runterbugsieren, im Eingangsbereich aufstapeln? Wir sparen eine halbe Stunde. Und wenn er nicht kommt? Jack, der Fatalist. Ich lasse mich auf dem Campingtisch fallen. Du verbiegst seine Beine. Im Schneidersitz auf den Dielen, die wandernden Hosenbeine meines Partners vor Augen. Fleißigster *Secondhand Bookdealer* der westlichen Welt, hast du keine anderen Kunden? Er verschwindet ins Büro. Winterurlaub in Manhattan. Klare Luft, kein Sarin oder Senfgas, an der Wand krabbelt ein Insekt. Spinne am Morgen, gesundes Biotop. Vom Schreibtisch kommen Töne, die ich für Flüche halten würde, wüßte ich nicht, daß mein Boß nicht flucht. Eine Unmutsäußerung auf aramäisch? Ist dir zu helfen? Ich weiß, ich besitze davon zwei Exemplare. Zumindest eins muß in dem Schrank stehen, den deine Kartons blockieren. Und das Paket muß heute nach Detroit. Dieser 3. Dezember ist nicht unser Tag. Welchen Titel suchst du? *The Atlas of Jewish Life.* Ich trete an ein Regal in der Zimmermitte. Hier. Triumphierend ziehe ich den Atlas heraus. Unmöglich, dort gehört das Buch nicht hin. Hast du es da versteckt? Um dich zu überrumpeln. Du kennst dich hier schon sehr gut aus. Das muß ich auch, wenn ich den Laden übernehmen soll. Wie spät? Halb neun. Ich habs dir gesagt. Weiß Alberto Bescheid? No. Jacob hat eine Aufgabe. Ich plaziere den halben Hintern auf der Campingtischkante, als mein Partner zurückkehrt. Wenn der Truckfahrer in der Zwischenzeit eintrifft und du dich mit ihm nicht verständigen kannst, fährt er womöglich wieder ab. Sprechen die LKW-Fahrer in diesem Land Suaheli? Die Firmen nutzen jede Chance, einem zwei Anfahrten zu berechnen. *Fuckin' capitalism,* dieses System muß untergehen. Jacob hat seinen Humor auf der Eastside gelassen. Pack du den *Atlas*, Chief, ich hole den puertoricanischen Leiharbeiter. Jacob winkt entnervt ab. Im sechsten Stock treffe ich die *Beauty Queen.* Hi Jennifer, sage ich beschwingt. Mein Name ist Leila. Das ist ja noch schöner. Brasilien? Ihr Blick fragt: Hat der Typ alle Tassen im Schrank? Ich erkundige mich nach Alberto. Der ist unten und wartet auf den Truck. Was hat mir Jacob denn erzählt? Braucht ihr mehr Zeitungen? Alles eingepackt, sage ich. Bei uns auch. Leila alias Jennifer zeigt auf Glasfiberkisten am Liftschacht. Wir ziehen aus. Schade, ist die Firma *Guppy* pleite? Bei dem Gestank kann kein Mensch arbeiten. In Jersey zahlt man außerdem die Hälfte an Miete. Angeblich kommt doch der ekelhafte Geruch durch euer Futter. Wovon redest du eigentlich? Ihr Handy klingelt in der Gesäßtasche. Alberto, vom Eingang, 25th Street. Er sagt, der Truck, der ankam, sei nicht *unser* LKW, sondern *euer.* Er schickt ihn rüber auf die 26. Straße. Das bedeutet, Alberto arbeitet heute für euch? Wir zahlen besser, sagt die Schönheitskönigin und wackelt ins leere Büro zurück. Ich überbringe dem Boß die Hiobsbotschaft. Er trägt es mit Fassung. Der LKW ist wenigstens da? Angeblich. Er muß einmal um den Block fahren, bis zur 10. Avenue. Nurejew, der polnische Aufzugsführer mit den Spinnenfingern, steht in der Tür und sagt *Truck.* Ich ziehe den Dolly über den Spalt zwischen Fahrstuhl und Flurkante. Langsam, langsam. Am besten, wir packen gleich alle Kisten in den Lift? Nein, entscheidet Jacob, wir sehen uns erst einmal den Frachtbrief an. Der Fahrer, ein breitschultriger Schwarzer, Anfang Dreißig, blickt auf den Buchhändler herunter, hört geduldig seine Fragen und nickt. Achtzig Kisten, zwei Adressen, kein Problem. Bringt alles zur Ladefläche, den Rest übernehme ich. Kann er nicht helfen, die Kartons aus dem Office zu tragen? Sorry, er müsse beim Wagen bleiben, Vorschriften. Zurück in die fünfte Etage. Jack spricht mit Nurejew. Der hält sich mit einer Hand am Scherengitter fest, die andere berührt den Startknopf. Warten, nicht fahren, stehenbleiben. Der Mensch macht mich wahnsinnig, seit sechs Jahren Amerikaner, aber versteht nicht Hüh und nicht Hott. Der Tänzer verharrt neben dem Gitter wie ein Wachsoldat. Schleife ich, in gebückter Haltung, einen Karton über die Schwelle, tritt er einen halben Schritt zur Seite. Acht Kisten bleiben auf dem Dolly. Wir parken den Wagen im Flur. Der Fahrstuhl ist verschwunden. Jacob spricht ein Stoßgebet und preßt die Klingel. Nurejew öffnet, deutet auf zwei Müllsäcke, lächelt mit Unschuldsmiene. Am LKW geht alles schnell. Der Fahrer schleudert die Kartons auf die Ladefläche, daß ich mich in Schmerzen abwende. Du hast hoffentlich nicht mit Klebeband gespart? Will Jacob meine Zweifel mehren oder verscheuchen? In dreiunddreißig Minuten landen achtundachtzig Kisten im Autobauch. Aufgestapelt, bedecken sie die Wand zur Fahrerkabine. Wir stehen an der Rampe des Storage House. Der Fahrer schließt die Heckklappe. Sie macht einen sicheren Eindruck. Eine Unterschrift auf dem Transportschein? Jacob hebt die Hände. Nicht ich, dieser junge Mann ist Auftraggeber. Wird die Ladung noch in Folie eingewickelt? In Morris Town, wenn die Kisten auf Paletten stehen. Der Truckfahrer schwingt sich auf seinen Sitz. Eine Wolke verbrannten Diesels steigt uns in die Nasen. Mission accomplished, sagt Jacob und schlägt mir die Hand auf die Schulter. 11 Uhr 6 Minuten. Was machen wir jetzt? Wir ziehen den leeren Dolly zurück ins Officegebäude. Zwei Hausierer, die allen Plunder losgeworden sind. Ich hoffe, sagt Jacob, du meinst damit nicht meine Bücher. Es sind nicht mehr deine, sage ich. You are right, boy. Habe ich dir von dem Mann erzählt, der seine Bibliothek verkaufte, weil seine Frau die Unordnung störte. Nein? Also er entschließt sich, gibt alles weg, eine Riesensammlung. Am nächsten Tag, in den verwaisten Räumen, hält er es nicht mehr aus, ruft den Buchhändler an und kauft alles zurück, natürlich zum doppelten Preis. Ist dir die Geschichte passiert? Mir erzählt man immer nur solche Geschichten. Wer weiß, vielleicht komme ich nach Berlin und kaufe alle Bücher zurück, wenn mich die Sehnsucht überfällt. Ich mach dir einen guten Preis, sage ich. Du bist ein Halunke, sagt Jacob, keine Ahnung, warum ich dich mag.

WATER SUPPLY

Die rostbraunen Wassertanks
auf den Dächern
sind in Wahrheit mit Phosphor
und Magnesium gefüllte
Feuerwerkskörper, noch immer
startbereite Raketen, Reste
der Mega-Party zur Begrüßung
der Aliens, die zu lange
vorbereitet wurde und am Ende
mangels Beteiligung ausfiel.

MANHATTAN, W 82ND STREET, DECEMBER 3, 1998, 5.23 p.m. / HILDES GESCHICHTE 14

Im Flur lärmen Kinder. In Hildes Küche tropft der Wasserhahn. Der Hausmeister ist wohl ein vielbeschäftigter Mann. Hilde kocht Kaffee. Es gibt einen Brief von Bruno Schulz vom Juni 1941, in dem er Anna Płockier bittet, Hilda zu grüßen, damit bist du gemeint, sage ich. Meinst du? *Die Zimtläden*, kennst du das Buch? Mußt du lesen. Die Wandmalereien vom Bruno Schulz gibts noch, in Drohobycz, ich hab Fotos. Hast du dir *Schindlers Liste* eigentlich angesehn? Erst hab ich mich geweigert. Ein paar Monate. Hatte Angst, sagt Hilde, dann gab ich mir einen Ruck, du mußt doch wissen, ob es stimmt, bin mit Alex hingegangen, habs nicht bedauert, es war echt, mit Ausnahme einer Szene, die Hollywood war, wo alle marschieren, weißte, so eine Mauer von Menschen, das sieht man in Amerika gern. Aber Stern, der Vertraute von Oskar, Bejski, den ich gut kannte, und Göth, der Lagerkommandant, die waren gut besetzt. Der hatte wirklich so einen französischen Balkon, von dem er mit dem Revolver herumschoß, Göth, der ist umgekommen, nicht wahr? Ich glaube, die Russen haben ihn erschossen. Hat er verdient, sagt Hilde. Hat man dich nie gefragt, als der Film vorbereitet wurde? Der Krieg vorbereitet? Sie versteht mich falsch. *Schindlers Liste,* Spielberg. Ich hab mich nicht gemeldet, wollte nicht dabeisein, er hatte genug Berater. Das Telefon klingelt. Hilde, die Frau, die *Schindlers Liste* tippte, nicht das Drehbuch, sondern die wirkliche Namensliste, die als Begriff so bekannt ist wie die *Unabhängigkeitserklärung* oder das *Kommunistische Manifest*, geht aus der Küche in den Living Room. Wait a second. Über dieses Kapitel will sie nicht sprechen. Warum? Die ganze Wahrheit werde ich nicht erfahren. Was ist die *ganze* Wahrheit? Bin ich Staatsanwalt? Muß sich Hilde rechtfertigen? Schnorrer, sagt sie, Geldsammler am Telefon, fünfmal am Tag erbetteln sie Spenden. Man kann nicht für alles geben, für alle Krankheiten, für Nieren, Gliedererkrankungen, Herz. Ich gebe der Krebsforschung, *Amnesty International* und *Planned Parenthood*, für Abtreibung. Wie bist du zu Schindler gekommen? Als das Lager evakuiert wurde. Das Arbeitslager? Ja, sagt Hilde, von Borysław wurden wir nach Plaszów gebracht. Mit Beitz? Nein, der mußte im Frühjahr 1944 an die Front. Kinder, haut ab!, hat er noch gesagt. Das Lager wurde umzingelt, LKWs von der *Karpathen-Öl* brachten alle zum Bahnhof. Fünfhundert Leute waren übrig, die Bewachung war nicht stark. Wir hätten in die Wälder fliehen können. Um auf die Rote Armee zu warten. Aber alle waren so eingeschüchtert, wir haben gar nicht daran gedacht. Später hat mir ein Freund erzählt, Josef Fajner, von seinen Fluchtabsichten im Zug, die er dann doch nicht gewagt hatte. Wenn sie mich kriegen, brauchen sie nur die Hosen runterzuziehen, um zu entdecken, daß ich Jude bin. Im KZ Plaszów, einem Vorort von Krakau, fragte beim ersten Zählappell ein SS-Mann, ob sich unter den Neuzugängen jemand befände, der Stenographie und Schreibmaschine beherrscht. Hilde Berger, Hilde Berger, schrien alle, die war Sekretärin von Herrn Direktor Beitz. Weißte, die wollten mich wieder im Büro sehen, sagt Hilde, als müßte sie die Reklame der Mitgefangenen erklären, es ist immer günstig, jemand zu kennen, der Beziehungen hat. Glück im Unglück. Plaszów ist ein viel größeres Lager als Borysław. Täglich treffen Züge ein, Evakuierungen aus dem Osten. Auf dem Hügel am Rand des Lagers finden Erschießungen statt. Die Mannschaften erhalten dann Extra-Schnapsrationen. Alle mußten arbeiten, sagt Hilde, in Fabriken und Werkstätten. Möbel, Töpfe, Kleidung, alles mögliche stellten die her. Ich hab Briefe geschrieben, ans Heereswaffenamt oder SS-Wirtschaftsverwaltungshauptamt in Oranienburg. Viel Schreibkram, es gab ja noch keine Computer. Mein Chef, Baierle hieß der oder so ähnlich, nannte mich immer nur *Arbeitskraft*, nie beim Namen. Aber seinen Hund durfte ich bürsten. Zu dem war er besser als zu mir. Wenn er was diktiert hat, das falsch war, hab ichs korrigiert, dann kam er an, wedelte mit dem Brief, sagte, das hab ich doch nicht gesagt, darauf ich, nein, es war falsch, sehen Sie nach im Lexikon. Hat er nachgesehen und nie wieder in Frage gestellt, was ich geschrieben hab. Früh bin ich von der Baracke ins Arbeitseinsatzbüro gelaufen, in Gefängniskleidung, ohne Begleitung, du konntest nicht abhauen, einfach verschwinden, Zäune und Wachposten überall, manche, die es versuchten, sind aufgehängt worden. Von den Deutschen. Trifft dich das eigentlich, fragt Hilde, wenn ich sage: *die Deutschen?* Nein, sage ich. Und denke, stimmt das? Und denke weiter: Und wenn es stimmt, was bedeutet es? Von der Straße dröhnt der Verkehrslärm vom Central Park West, rush hour, ein Flugzeug zieht im Landeanflug auf *La Guardia* über das Haus. Was mache ich hier? Oral history. Ein Interview mit einer Zeitzeugin. Wer braucht diese Geschichte? hat Hilde gefragt, es gibt so viele Bücher über das Thema. Hat dir Schindler den Auftrag erteilt, die Liste zu tippen? Schindler hatte die Emaillewarenfabrik unter sich, über die Leute bestimmten Göth und der Arbeitseinsatzleiter. Das war sein Ressort, Zwangsarbeit. Als das Lager evakuiert werden sollte, wurde die Liste getippt. Nicht von mir allein, noch ein Mädchen hat geschrieben, zwölfhundert Namen, es mußte schnell gehen, wir sollten weg, die russische Front kam näher. In der Schindler-Liste, die vor ein paar Jahren auftauchte, steht Hildes Name an siebenter Stelle bei den Frauen. Eine Glückszahl. Man muß kein Detektiv sein, um zu erkennen, daß diese Liste auf der gleichen Maschine, aber von mehreren Stenotypisten geschrieben wurde. Gleichmäßiger Anschlag wechselt mit einem ungestümen, bei dem Großbuchstaben in der Zeile flattern, häufige Tippfehler stehen nach fehlerfreien Passagen, gelegentlich wird hinter eine Klammer ein Leerzeichen gesetzt, dann wieder nicht. Die Frauen-Liste ist alphabetisch geordnet, sauber getippt, die der Männer ungeordnet. Seite 9 sind die Typen verschmiert, wurde das Farbband mit Tinte getränkt oder ein neues Blatt Kohlepapier benutzt. Hilde erscheint mit dem Beruf Schreibkraft, Häftlingsnummer 76207, Josef Fajner (Häftlings-Nr. 69247) ist Automechaniker. Es ist bekannt, daß die wenigsten der Schindler-Juden über die technische Qualifikation verfügten, die sie zu besitzen vorgaben: Stanzer, Dreher, Galvaniseur, Zeichner, Kesselschmied. Unter den Frauen gibt es nur fünf Professionen: eine Ärztin, drei Sanitäterinnen, 13 Schreibkräfte, fünf Schneiderinnen und 275 Metallarbeiterinnen. Die Männer weisen ungewöhnliche Berufe auf: drei Kutscher, einen Hutmacher, einen Tierarzt (wohl für die Pferde?), je einen Schriftmaler, Fahrradmechaniker, Dentist, Friseur, Steinbruchmineur, schließlich mit Selman Szydlo einen Pferdepfleger, und den Spediteur Erwin Waldapfel, der Lilys Mädchennamen trägt, aber nicht mit ihr verwandt ist. Wer eine ungewöhnliche Profession anmelden konnte, durfte hoffen, nicht bei der ersten Reduzierung des Transportes gestrichen zu werden. Wer entschied, mit welcher Ausbildung der jeweilige Häftling auf der Liste erschien? Gab es ein Auswahlkomitee? Die Berufe der Frauen wirken wie per Dekret bestimmt, die der Männer kalkuliert und ausgetüftelt. Was sagt die Fotokopie mit den 1078 Namen überhaupt aus? Zu welchem Zweck wurde sie erstellt? Das Dokument ist datiert: 18. 4. 45, es zeigt die Belegschaft des Arbeitslagers zwei Wochen vor der Befreiung, nicht die Transportliste, die im November 1944 in Plaszów erstellt wurde. Sonderbarerweise steht als Kopfzeile der einzelnen Blätter: KL Groß-Rosen – AL Brünnlitz. Für die männlichen Häftlinge stimmt die Wegbeschreibung, doch nicht für Hilde und die anderen weiblichen Gefangenen. Welchen Grund gab es, den Transport der 297 Frauen auf dem Papier über Groß-Rosen gehen zu lassen? Ein Zufall scheidet aus. Keine der Frauen hätte auf fünf Seiten fünfmal den gleichen Fehler gemacht und einen Ort angegeben, den sie selbst nie gesehen hatte? Wie war das mit der Liste, Hilde? Ich hab von Schindler gehört, von der Emaillefabrik, deren Evakuierung nach Brünnlitz das Heereswaffenamt zugestimmt hatte, und hab gemerkt, daß SS-Leute ihre Juden auf die Liste schmuggelten, ihre Alibi-Juden, manch einer sorgte vor, daß er jemanden hatte, der für ihn aussagen würde, nach dem Krieg, das kann nur ein guter Transport sein, hab ich mir gedacht, da muß ich rein. Hätte ich mich nicht selbst auf die Liste gesetzt, wäre ich nicht hier, sondern in Bergen-Belsen umgekommen, wie der Rest von Plaszów. Wir kamen in Viehwaggons nach Auschwitz. Für einen Monat. Nach Birkenau. Damit hatte niemand gerechnet, am wenigsten ich. In den Briefen aus Oranienburg stand doch, der Transport ginge nach Brünnlitz. Jetzt saßen wir in Birkenau. Eines Tages kamen Frauen, Ärztinnen, Gefangene auch, die sollten uns Blut abnehmen, für die Soldaten, Blutkonserven waren ja knapp, es war egal, ob es jüdisch war, Blut ist Blut. Das hat mir nicht gefallen, wenn sie uns Blut abnehmen, wer weiß, ob wir dann hier wegkommen. Dann hörten wir Gerüchte, es gibt ja immerzu Gerüchte im Lager, in der Tschechoslowakei sei ein Aufstand ausgebrochen, und Brünnlitz sei abgeschnitten, der Transport abgesagt. Nachher stellte sich raus, das war in der Slowakei. Als wir unsre Sachen abgeben sollten, beim Duschen, um Gefängniskleider zu kriegen, haben wir gesagt, weshalb dürfen wir nicht unsere eigenen Sachen behalten, wir kommen doch ins Arbeitslager Brünnlitz, da haben die Frauen von dem Kommando geantwortet, ihr kommt gleich in die Gaskammer. Die wollten uns das einreden. Das war die Regel. Die Züge von Theresienstadt gingen gleich ins Gas. Mitleid kannten die nicht, diese Frauen, hart und kalt waren sie, kein Wunder, so viele Tote, wie die gesehen hatten. Ihr kommt hier nicht mehr raus, nur durch den Schornstein. Glücklicherweise kam Schindler auf die Idee, nachzuforschen, wo seine Arbeitskräfte blieben. Das hat er gemacht. Bei allem, was über den Mann geredet wird, über Motive, Geschäfte, Affären und so – ein Heiliger war er bestimmt nicht –, aber daß er im Oktober 1944 nach Birkenau gekommen ist und uns rausgeholt hat, vergesse ich ihm nicht. In Brünnlitz hast du für ihn geschrieben? Büroarbeit, sagt Hilde, aber er war oft nicht da. Als Polen noch nicht von den Russen besetzt war, ist er häufig rübergefahren, Lebensmittel besorgen. Er fuhr gern weg, weil er doch immer Verhältnisse gehabt hat mit anderen Frauen. Konntest du ihn gut leiden?

Er war sympathisch, sagt Hilde, in einem Ton, in dem Zweifel mitklingen. Er hatte verschiedene unangenehme Seiten, wollte von jedem geliebt werden, jede Frau wollte er besitzen, ein Schürzenjäger, ich weiß bis heute nicht, ob er – sie unterbricht sich, nein, das will ich nicht sagen. Was? frage ich. Nein, er hat sich vorgenommen, die Juden in seinem Lager zu retten und das hat er auch getan. Ich habe einen Brief von Schindler gefunden, in dem du erwähnt bist, sage ich. Im November 1956 schrieb er aus Buenos Aires an Simon Jeret. Kennst du den Mann? Hilde schüttelt den Kopf. Die Korrespondenz Oskar Schindlers scheint sie nicht sehr zu interessieren. *In Brünnlitz mußte ich einen SS-Rapportführer durch die geschlossene Glastür werfen, da er in meiner ›Fabrikswohnung‹ eines Morgens Frau Berger, meiner jüdischen Bürokraft, im Beisein meiner Frau, I. Stern und Bejski, Verhaltungsvorschriften erteilen wollte, er lief, von meinen Hunden gehetzt, zum Gaudium der Arbeiter durch die ganze Halle.* Erinnerst du dich? Keine Ahnung. Ich glaube, eine Glasscheibe gab es im Schreibbüro, auf der einen Seite saßen die Deutschen, auf der andern wir. Bei den Deutschen stand eine große Landkarte, zu der ich manchmal mußte, um Postleitzahlen abzulesen, für die Adressen auf Briefen. Einmal sieht mich unser SS-Mann, dem wir alle unterstanden, sogar Schindler unterstand ihm, an der Karte stehen und sagt: Ach, du willst wohl wissen, wo die Front verläuft, glaub nicht, daß ihr den Krieg gewinnt, und selbst wenn, euch wirds nichts mehr nützen. Als Roosevelt starb, kurz vor Schluß, im April 45, hat eine Deutsche mir gesagt: Dies war der erste Streich und der zweite folgt sogleich. Die hat ernsthaft gehofft, wenn der Präsident tot ist, gehts zu Ende mit Amerika. Schindler wußte genau, daß der Krieg verloren ist. Die Verlegung der Fabrik nach Brünnlitz war nur Taktik, ein Manöver, bloß weg aus dem Generalgouvernement. Ein Potjomkinsches Dorf. Es wurde nicht gearbeitet, nur so getan als ob. Maschinen waren vorhanden, aber kein Material. Ich habe dauernd Briefe getippt nach Berlin: Materialmangel. Wenn Kontrollen durch die Heeresleitung kamen, haben wir die Briefdurchschläge gezeigt. Bestellungen abgeschickt. Die SS hat Schindler bestochen, mit Schnaps, Geld, allem was sie wollten. Das war seine Begabung, auf Schwarzmarktgeschäfte und Schleichhandel hat er sich verstanden. Weißte, es wird immer gefragt, wie geht das zusammen, so ein Schlawiner und solche Rettungsaktion? Vielleicht konnte die nur glücken, weil er so ein Windhund war, mit allen Wassern gewaschen? Eine ehrliche Haut wäre gar nicht so weit gekommen. Wie heißt es bei Brecht: Nimm dir einen Halunken zum Anwalt, der kennt die Lücken des Gesetzes. Wenn er einem das Leben rettet, mokiert man sich auch nicht über seinen Charakter, oder? Ich meine, er hat doch nach dem Krieg nichts auf die Beine gestellt. Was er versucht hat, ist schiefgelaufen, die Betonfabrik und die Farm in Argentinien. Er war kein Geschäftsmann für Friedenszeiten. Er verdiente nicht genug, um sich und seine Frau zu ernähren. Wir haben Geld gesammelt, ein paar Leute hier in New York, in den fünfziger Jahren, weil es ihm schlecht ging. Ich hab ihn getroffen, als er eingeladen wurde vom *World Jewish Congress*. Sein Foto war in der *Times,* ich hab den Verantwortlichen beim WJC angerufen. Ich treffe Oskar morgen zum Lunch, hat der gesagt, kommen Sie doch mit. In einem Restaurant an der Carnegie Hall. Er sah gut aus. Daß es ihm schlecht ging, hat er gut verborgen. Fünfzehn, zwanzig Jahre hatte ich ihn nicht gesehen. Das letzte Mal in Brünnlitz, als er die Rede hielt, unten im Fabrikgebäude. Er hatte Eisenhower zitiert. Großzügig soll man sein und vergessen, was passiert ist. Ihm war wohl zu Ohren gekommen, daß einige von unsern Leuten das Lager verlassen wollten, um im Dorf jeden Deutschen, den sie finden konnten, umzubringen. Seid froh, daß ihr überlebt habt, hat er gesagt. Der Hauptscharführer und die SS waren schon über alle Berge. Schindler hatte Angst, den Russen in die Arme zu laufen. Kurz nach seiner Abreise erreichte ein Vortrupp das Lager, drei oder vier Reiter. Wir seien die ersten Juden, die sie getroffen hätten. Jiden seid glicklich, hat der eine gesagt. Das war ein Jud. Meine letzte Amtshandlung in Brünnlitz war, daß ich auf der Maschine allen Entlassungsscheine getippt habe, auf den Briefbögen der Emaillefabrik Krakau. Hilde öffnet eine Mappe. Hier das Datum. *Brněnec, dne 15. 5. 45. Prozatimní správa b. koncentračního tábora vězňů politických v Brněci (Brünnlitz) Potvrzení.* Mit dem Papier bin ich nach Polen zurück. Zum jüdischen Komitee. Das war keine glückliche Fahrt. Die Tschechen haben uns Kuchen gebracht und auf den letzten Waggon haben sie geschrieben: *Koncentrátcký.* Daß jeder wußte, wer wir waren. Aber die Polen haben uns nicht gern gehabt. So viele von euch sind noch übrig, haben einige gesagt. Und als ich in Krakau nichts erfahren hab von meiner Familie, bin ich zu den Tschechen zurück. Und dann zur Hanna Herz nach Schweden. Hier mein Rote-Kreuz-Paß, das Einreisevisum, *6. Oktober 45, Stockholm.* Auf dem Reisebüro in Prag sprach mich ein Deutscher an, ob ich nicht mit ihm den Platz tauschen möchte im Flugzeug. Er wolle mit seiner Frau fahren, er müsse unbedingt fahren. Da wußte ich, das ist ein Nazi, der weg will. Tut mir leid, hab ich gesagt, ich kann Ihnen nicht helfen. Die vielen Lichter, als die Maschine Stockholm anflog, den Anblick vergesse ich nie. Nach einigen Monaten Krankheit, ein Magengeschwür, Zahnprobleme, hab ich Arbeit gefunden, bei einem ungarischen Anwalt, der für eine Stahlfirma tätig war, Import-Export. Ich habe sein deutsches Diktat ins Englische übersetzt. Der hat geglaubt, mein Englisch wäre viel besser als seines. Ein ungarischer Anwalt kann alles, war seine Maxime. Zwei Jahre blieb ich in Schweden, dann hielt ichs dort nicht mehr aus. Ein Freund von der Hanna hat beim Bermann-Fischer gearbeitet, dadurch hab ich so viele Bücher aus dem Verlag. Da fällt mir ein, Hilde, sag mal, der Zettel, den die Gestapo bei Hans gefunden hat, in Hamburg, da wurde ein Kurier Brandt aus Norwegen angekündigt. Weißt du, wer das war? Hilde sieht auf und lächelt. Ich weiß, was du meinst, ich hab mich auch schon gefragt, ob das der Willy Brandt gewesen sein kann? Er war ja in Norwegen und die SAP suchte damals Verbindungen zu Trotzki.

Und Willy Brandt war vor 1939 mehrmals illegal in Deutschland, sage ich. Hänschen wüßte es vielleicht, aber den können wir nicht mehr fragen. Er ist in Auschwitz umgekommen, sage ich unvermittelt. Mein Bruder? Obwohl ich es seit Wochen weiß, habe ich mich darum gedrückt, ihr die Mitteilung zu machen. Hilde sieht mich ungläubig an. Ich habe seinen Namen in einem der Sterbebücher von Auschwitz gefunden. Unter der Transportnummer 9/98/1943. Todesdatum: 18. Februar 1943. Ein halbes Jahr vor seiner regulären Entlassung aus Brandenburg. Einen Tag nach seinem Geburtstag, sagt Hilde, der war am 17. Februar. Sie packt den Rote-Kreuz-Paß und die Papiere wieder in die Aktenmappe. Als sie den tschechischen Entlassungsschein aus *Brněnec* in die Hand nimmt, fällt das brüchige Schreiben auseinander. Das kann ich wegwerfen, sagt sie und will die Reste in den Papierkorb wischen. Das kannst du nicht machen, sagte ich. Wieso nicht? Es ist völlig zerfallen, sagt Hilde, ich hab eine Kopie. Kein Mensch kann damit etwas anfangen. Dann gib es mir. Du solltest dir besser ein paar Bücher mitnehmen. Sie zieht im Regal einen Band aus der untersten Reihe. *Das Kapital.* Marx werde ich nicht mehr lesen. Willst du dich wirklich von deinem *Kapital* trennen? Das ist Verrat an der Sache, oder? Ach was, Eigentum ist Diebstahl, wer hat das gesagt, Proudhon oder Stirner?

CHELSEA PIERS, W 18TH STREET, DECEMBER 4, 1998, 1.33 p.m.

Dominikanische Zigarren am Fluß. Zwei erfolgreiche Männer, die ein unglaubliches Geschäft beenden. Jacob wollte mich ins *Waldorf-Astoria* einladen, ich zog das *Chelsea Pizza Café* vor. Die Sonne wandert nach Jersey. Gestern nacht hab ich das Buch gelesen, das du mir empfohlen hast. Die Bibel? *Die Jakobsleiter* von Ludwig Finckh. Der grüne Pappband, der zu den Judaica flüchtete, aus Angst, wieder nach Deutschland zu müssen. Du fühlst dich diesem Buch wohl sehr verbunden? Jacob pafft an seiner Droge. Eine ziemlich öde Parabel aus Schwaben. Armer Bauernbursche mit Drang zum Höheren, bringt es durch Fleiß und christliche Tugend zum Arztberuf. Das solls geben, sagt der Antiquar. Nach knapp vierzig Seiten bin ich eingeschlafen. Das Schicksal der Arbeiterklasse. Mit anderen Büchern passiert mir das nicht. Versuchs mit der Bibel oder schreib ein besseres. Besser als die Bibel? Fang klein an, überbiete erst mal diese schwäbische *Jakobsleiter*. Dein Wort in Gottes Ohr, denke ich, kreuze die Finger hinter dem Rücken und sage: Who knows? Ein Schiff fährt Richtung Ozean. In der *Times* war ein Foto, sagt Jacob, das ganze Pier voller Überseedampfer, 1958. Unglaublich. Wer ist nicht alles über diese Landungsbrücken gelaufen? Stars und Sternchen. Jetzt verrottet alles. Früher sind die Kids in Höhe der vierziger Straßen in den Fluß gesprungen, erzähle ich, haben sich treiben lassen, um hier wieder an Land zu kommen. Starke Strömung, das Wasser war unglaublich dreckig, vor allem an den Stellen, wo die Kanalisation eingeleitet wurde. Die Haare der Badenden waren mit Scheiße verklebt. Sehr appetitlich, meint der Antiquar, wenn das der Stil deines Buches ist, bemitleide ich deinen Verleger schon jetzt. Bringe bitte keine Exemplare nach New York, zum Beispiel als Geschenke für deine betagten Freunde, ich möchte nicht bei meinen nächsten Ankäufen über unser beider Geschichte stolpern. ›*O wie öde ist die Wirklichkeit*‹, *war Melanies erstes Wort als sie erwachte.* Du sprichst in Rätseln, Freund. Ein klassisches deutsches Zitat, aus dem Erfolgsbuch *Der Trotzkopf* von Emmy von Rhoden, das zeigt, daß schon andere Geister die Erkenntnis plagte, daß das Leben mitunter ziemlich profan sein kann. Muß man es deshalb erzählen? Ich glaube, ja. Ich glaube, nein. Es ist eine Art Zwanghandlung. Dann bekenne dich zu deiner Neurose, aber verkaufe das Konstrukt nicht als Roman, das ist Etikettenschwindel. Angeblich lesen die Menschen nur noch Fiktion. Die Kritiker werden dich zerrupfen. Das ist ihr Job, sie können ja versuchen herauszufinden, was erlebt und was erfunden ist. Hast du was dagegen, wenn ich deine Telefonnummer erwähne? Dann kann jeder Rezensent bei dir anrufen, nachfragen, ob es wirklich so gewesen ist, um aus deinem Munde, vom Kronzeugen und Handlungsträger, zu erfahren, daß alles harmloser war, schrecklicher, langweiliger, in jedem Falle *anders*. Ich habe keine Lust, täglich deutsche Journalisten abzuwimmeln. Keine Sorge, niemand wird sich melden, Kritiker sind geizig, Rezensionen schlecht bezahlt, bestimmt hast du recht, und das Buch wird ein Reinfall. Mitunter irren auch Propheten. Sogar große Verlage sind oft verblüfft, welche Bücher Erfolge werden. Das Publikum ist so vielseitig manipuliert, daß es nicht mehr berechenbar ist. Es mangelt an Urteilsvermögen. Oder an Geschmack. Sachen, von denen es niemand erwartet, werden Bestseller, gute Literatur liegt wie Blei in den Regalen. Danke, daß du mir Mut machst, Jack. In jedem Fall solltest du die Story, vor allem meine Person, ändern, sonst glaubt dir niemand die Fiktion. Im Gegenteil, antworte ich, gerade wenn ich dich exakt so schildere wie du bist, wird niemand an der Erfindung der Geschichte zweifeln. Sei ehrlich, wenn du dich nicht kennen würdest, könntest du dir vorstellen, daß es dich wirklich gibt? Das versteh ich nicht, sagt Jacob. Kannst du auch nicht, sage ich, es ist eines der letzten Geheimnisse. Ich zünde ein Streichholz an, schütze die Flamme mit der Hand und gebe seiner kalten Zigarre Feuer.

EX LIBRIS

Edith Moser, Hugo R. Erdmann, Anita Riess, Gustav und Emma Bondy, Luise Stern, Heinz Goldstein, Walter Gessel, Hans Friedmann, W. Ehrhorn, Karl August Kurth, Paul Wyler, E. Benndorf, E.W. Winter, Otto und Hedwig Wallach, Ernest R. Shenkin, Edith Auerbach, Rosa Singer, Rudolf Schöndorff, Walter Brandeis, Ludwig Bauer, Olga Husemann, Dan Joseph, W. Seydel, Luise Brach, Eva und Gerald Meyer, Ullrich Koller, Mathilda Schmidt, Bruno Jakob, Ernst Bondi, Dr. Adolf Abraham, J. Friedmann, Manfred Goldstein, Hermann Luehrig, Anne S. Williams, Franzi Mauthner, Therese Weiss, Hilde Cahn, Sigerist-Escher, R. G. Emanuel, Albert Polon, Hans Eichwald, Erich von Salzmann, Paula Ludwig, Fred. B. Stern, Olga Ginsberg, Albert E. Gessler, Alexandra Devent, Gertrud Halwas, Erika Küppers, Elisabeth Staiger, Erna Neu, F. Heidemeyer, Reny Lewinsohn, Louis Stiefel, Lisl und Kurt Sohns, Hans Müller, Frida Best, Anna Helmsdörfer, Agnes Neustadt, Otto Glogau, Ernst Laqueur, Dora Bell, Melany Friedmann, Felix Augenfeld, Eugen Wurster, Cläre Gordon, Julie Keiner, Alice Weyhausen, Erna Jarislonsky, Samuel L Parrish, F. Plaut, Dr. Gustav Hofmann, Margarete Siemers, W. Schweisheimer, Emma Raake, Thomas Herzfeld, Georg Manasse, Hedwig Goldschmidt, Edith Weiss, Thomas Stikarowsky, P. Voges, Hermann Steinmetz, Werner Otto von Hentig, Ernst Courant, Joe Reiling, Kahler, Mosbach, Richard Weinberg, W. A. Frobenius, Hans Schiff, Helene Schreiber, Charlotte Hahn, Hans Cohen, Felix Epstein, Gustav Erlanger, Adolph Hirsch, Ilse Fichtel, Werner Ohnemus, Dr. Heilmann, Walter Sessel, Morton T. Husch, Charlotte Crawford, Walter P. Buelke, Henry F. Holstein, J. Stern, Ernst Lyck, Victor Luschka, Harald von Waldheim, Lotte Jacobi, George N. Seligman, Jan de Graaff, John P. Haley, Zdeněk Dinter, Ilse Augsburger, Alfred Stern, Fr. W. Foerster, Emil Fricke, G. M. Radeck, J. Loeb, Max Freudenthal, Wilhelm Kemmerich, Dora Ulanperl, Evelyn und Jerome Schloss, W. Webenbauer, Theodor Herz, Alfred Haas, Walter Spielmeyer, P. H. von Blanckenhagen, Harold Egan, Arthur Berg, Edward Howard Griggo, Hans Würtz, L. J. Fleischer, Grete Friedmann, Fred G. Klein, Fritz Mendl, Emma Raake, Trude Liebhold, Fanny Knauth, J. Eisenbaum, Franz Hafferl, Marie Louise Richart, Lizzy Josephthal, Elsa Sander, Emilian Gutheil, Karl Kofler, Dr. Albert Strauss, Zachy Zacharia, Klara Deppe, Elsa Wolfes, Gilbert Zarmati, Tibor de Székely, Prof. Dr. H. Paschkis, Raphael Löwenfeld, Helmut und Käthe Kuhn, Ludwig Bücking, Nina Runge, Elisabeth Husserl, E. Hartmann, L. F. Archdeacon, Philipp Helbing, Breitenstein, Arthur und Ilse Oppenheimer, Gisella Selden-Goth, Ilse Bodenheimer, Rudolf Motyžka, Käthe Siegel, Moses Hadas, W. J. Holman, Hendricus Boevé van Wesel, T. Silverman, Hermann Ahlfeld, Benjamin, B. Jacob, Rolf Rulam, S. Löwenfeld, Helene Zimmermann, Paul Schiff, Erwin Wolff, George Alt-Muller, Friedrich Mangold, Julius H. Huber, Ethel Warren-Cram, Marthel Levaillant, Joseph Rufeisen, Carl Weitershausen, Paula von Reznicek, Bernhard Trinius, P. Witkoy, Oswald Joerg, F. Chatard, G. H. Huntman, Ernst Seckendorf, August Pabst, M. Borchardt, Dr. Behrend, Olga Marx, Johanna Boetz, Franz Schrecker, Emilie Dieterich, Hans Beller, Gisela Karp, Hanna Frey, Rita Matthias, Hans Frank, Ernst Warschauer, Richard Peters, Joan Danzinger, Else Ebert, Sophie Salomon, Dr. Rosenthal, Karin von Raasfeld, Erich Franken, Franz Wachter, Erna Kallmann, Johann Heržmans, William und Erika Metzig, Arnold und Hertha Herzfeld.

ALPINE, NEW JERSEY, WARREN LANE,
DECEMBER 31, 1999, 3.33 p.m.

Am Morgen besuchte ich Jacob. Er schenkte mir ein Buch. *Rote Arbeit.* Auf dem Titel ein muskulöser Proletarier mit nacktem Oberkörper, auf seine Schaufel gestützt, den Blick in die Zukunft gerichtet. Das ist doch was für dich. Als wir uns trennten, meinte er, er wolle sich heute eine Flasche Wein aufmachen und den ganzen Tag fernsehen. Ich mache das gleiche. *Y2K*. Werden die Computernetze zusammenbrechen? Im Europa wird man es bald wissen. Lily und Heiner sind mit Penny draußen. Der Hund hat eine Grünpflanze gefressen und sich übergeben. Vielleicht sollte ich besser zum Tierarzt fahren? fragt Lily, die selbst nie zum Arzt geht. Jana liest in der Marguerite-Duras-Biographie, die sie neben Lilys Bett entdeckt hat. Herbert wird das neue Jahrtausend verschlafen. Es geht ihn nichts mehr an. In Japan begrüßte man Jahreswechsel mit Trommeln am Meer. Nelson Mandela läuft durch die Zelle, in der er 18 Jahre gefangengehalten wurde. Der

Abschied rückt näher. Gibt es eigentlich Gründe, diesem mörderischen Jahrhundert hinterherzuweinen. Der rote Platz voller sekttrinkender Russen. Glockenläuten. Ich bedaure, nicht in Moskau zu sein. Mit diesen Pelzmützenträgern würde ich mich gern betrinken. Na sdarowje, towaristschi. Riga, Vilnius, Kiew, jetzt geht es Schlag auf Schlag, Chopin in Warschau. Hilde und ihre Schwester Röschen sind in Mexiko. Mein Eltern machen eine Harzreise. Unerreichbar. Walzer vor dem Stephansdom. Schade, daß Lily mit dem Hund unterwegs ist, sie hätte gewiß eine spöttische Bemerkung auf Lager, das Brandenburger Tor, Prost Neujahr, Berlin, eine Schunkelfeier mit Technomusik, in Prag spielt man ein Violinenstück, *The Fiddler on the Roof*, Bern leistet sich eine Feuerperformance, *The art of destruction*, sehr eidgenössisch, in Paris explodiert der Eiffeltum, gleich wird er sich vom Boden lösen und als leuchtende Rakete zum Mond sausen, Vive la France, in Rom spricht der Papst, ein müder, gebeugter Mann segnet in Europa das neue Millennium. Bei Lilys Nachbarn, dem Herren, der durch Nikotinpflaster zum Millionär geworden ist, trudeln die Partygäste ein. Er weiht sein Schloß ein. Symbolischer Zeitpunkt. Noch fünf Stunden bis ins 21. Jahrhundert. Ich weiß nicht, ob wir zusammenpassen, das Jahrtausend und ich? Falls eine Rakete in Berlin die Fensterscheibe meines Arbeitszimmers zerschlägt und auf dem Schreibtisch landet, verbrennen alle Bücher. Na und? Die Ansammlung von Dingen, die uns nicht brauchen. Der einzige Satz Derridas, den ich wirklich verstanden habe. Bin ich hergefahren, um mir das 20. Jahrhundert um ein paar Stunden zu verlängern? Vor dem Haus fällt sanfter Nieselregen. Präsident Clinton spricht im Fernsehen. Locker, burschikos, lächelnd, der nette Junge von nebenan, der gute Schwiegersohn. Er füllt seine Rolle nicht mehr so ganz, sagt Jana im Türrahmen stehend. The American Century. Das will man hier hören. Ich küsse meiner Frau die müden Augen. Prost Neujahr. Ist es schon zwölf? Zu Hause ja. Lily kommt mit Heiner. Wie gehts dem Hund? Besser, jetzt ist mir schlecht, sagt sie, und dem Kind ist langweilig. Will jemand Eiskrem? Wir langweilen uns alle ein wenig. Warum tun wir nicht einfach so, als sei es ein ganz normaler Tag? Herbert kann es, sagt Lily. Wollen wir uns einen Chaplin ansehen? Ich habe alle seine Filme. Sie zeigt auf einen kleinen Holzschrank, dessen Laden mit Videokassetten gefüllt sind. *City Lights, The Immigrant, A Dog's Life, Shoulder Arms, The Kid.* Was ist mit *Goldrausch*? Muß da sein. Chaplins Lebenswerk liegt auf dem Teppich. *Modern Times, The Great Dictator, The Idle Class. Gold rush* fehlt. Was ist mit dem *Großen Diktator*? Jana hat ihn noch nicht gesehen. Lily staunt. Ich glaube, *den* hab ich auch noch nicht gesehn, sagt sie und fragt mich: Du kennst ihn natürlich? Nein, ich bin genauso ungebildet. Na, dann kucken wir ihn uns an. Wollen wir Herbert wecken? Wenn jemand müde ist, soll man ihn nicht stören. Schon läuft der Film. Der kleine Friseur, der im Krieg das Gedächtnis verloren hat, und die schöne Hanna. Als Hynkel mit der Weltkugel spielt, klingelt das Telefon. Wie spät? Fünf vor zwölf. Jetzt hätten wir fast den Jahreswechsel verpaßt. Ach, was sag ich, den Jahrtausendwechsel. Lily holt den Rotwein. Ich werde zum Öffnen angestellt. Beim Millionär geht ein Feuerwerk los. Im Fernseher regnet der Konfettiregen vom Times Square. Die Kamera schwenkt über die Skyline von Manhattan. A happy New Year, Gesundheit und Liebe, wir stoßen an, nippen an den Gläsern. Selten war ich Silvester nüchterner. Das magische Jahr 2000. Der Augenblick, den ich als Kind herbeisehnte, den zu erleben ich mir so sehr wünschte. Ich bin nicht enttäuscht. Es ist friedlich. Ich sitze in Alpine, New Jersey, USA, bei Lily und Herbert auf dem Teppich, in meiner Nähe vier Menschen, die ich liebe, und ein Hund, vor dem ich keine Angst habe. Was wirst du in diesem Jahr machen? Ich werde dieses Buch anfangen, sage ich und wundere mich über die Entschlossenheit, mit der ich das behaupte. Das Buch über die Bücher? Weißt du schon, was du schreiben wirst? Nein, aber ich habe den letzten Satz. Immerhin. Verrätst du ihn mir? Wer weiß, ob ich noch lebe, wenn du das Werk fertig hast. Ich werde mir Zeit lassen, und du wirst es lesen. *The story is the sense of the history.* Schreibst du das Buch in englisch? fragt Jana. Ich sehs euch an, sage ich beleidigt, ihr findet den Satz sentenziös. Du bist doch kein Gescheitscheißer, sagt Lily. Ist das Bestätigung oder versteckte Kritik? Schlaf drüber. Oder sehen wir uns Charlie zu Ende an? Ihr könnt ja ins Bett gehen, sagt Heiner, aber ich will wissen, wie die Geschichte weitergeht.

BENUTZTE LITERATUR

Karl Bittel, Der Kommunistenprozeß zu Köln 1852 im Spiegel der zeitgenössischen Presse, Rütten & Loening, Berlin 1955

Arno Herzig, Abraham Jacobi, Die Entwicklung zum sozialistischen und revolutionären Demokraten. Briefe, Dokumente, Presseartikel, Minden 1980

Arno Herzig, In unsern Herzen glüht der Freiheit Schein. Die Entstehungsphase der bürgerlichen und sozialen Demokratie in Minden (1848–1878), Minden 1981

Rhoda Truax, The Doctors Jacobi, Little Brown and Company, Boston 1952

Thomas Sandkühler, »Endlösung« in Galizien. Der Judenmord in Ostpolen und die Rettungsinitiativen von Berthold Beitz 1941–1944, J. H. W. Dietz Nachfolger, Bonn 1996

Margaret Dewar, The Quiet Revolutionary, Bookmarks London 1989

Collectanea Jacobi in 8 volumes, ed. by W. J. Robinson, New York 1909

Hannelore Lauerwald, In fremdem Land. Kriegsgefangene im STALAG VIII A. Görlitz 1939–1945, Viadukt-Verlag Görlitz 1997

ARCHIVE

Bundesarchiv Berlin, Brandenburgisches Landeshauptarchiv, Landesarchiv Oranienbaum, Staatsarchiv Hamburg, Stadtarchiv Görlitz, Leo Baeck Institute New York, United States Holocaust Memorial Museum, Washington, D.C.

DANK

Besonderer Dank für ihre Freundschaft, Gesprächs- und Hilfsbereitschaft gilt: Hilde Berger, Lily und Herbert Hull, Audrey und Martin Rieger, Prof. Miriam Gillis-Carlebach, Patty Lee Parmalee, Trudy, Gaby, Leo, dem »Stammtisch«, der Riegerfamilie und J. M.

Noch mehr Herz als Kopf: Junge Literatur bei AtV

TANJA DÜCKERS
Spielzone
Sie sind rastlos, verspielt, frech, leben nach ihrer Moral und fürchten nichts mehr als Langeweile: junge Leute in Berlin, Szenegänger zwischen Eventhunting, Hipness, Überdruß und insgeheim der Hoffnung auf etwas so Altmodisches wie Liebe. – »Ein Roman voller merkwürdiger Geschichten und durchgeknallter Gestalten.« DER TAGESSPIEGEL
Roman. 207 Seiten. AtV 1694

ANNETT GRÖSCHNER
Moskauer Eis
Voller Erzählfreude hat Annett Gröschner ihre biographischen Erfahrungen als Mitglied einer Familie von manischen Gefrierforschern und Kühlanlagenkonstrukteuren zu Metaphern für das Leben in deutschen Landen vor und nach 1989 verdichtet.
»Ein wunderbares Debüt.« FOCUS
»Ein unbedingt lesenswertes, witziges Schelmenstück par excellence, leicht wie ein Softeis.« ZEITPUNKT
»Ein von Witz sprühender Roman« NEUE ZÜRCHER ZEITUNG
Roman. 288 Seiten. AtV 1828

SELIM ÖZDOGAN
Mehr
Er ist jung, entspannt und verliebt, aber leider pleite. Als ein Freund ihn als Dialogschreiber für Serien unterbringen will, lehnt er ab: keine Kompromisse. Irgendwann jedoch ertappt auch er sich dabei, Zugeständnisse zu machen. Was ist mit ihm passiert, daß er seine Ansprüche an sich selbst aufgegeben hat? – »Eine Studie über das Scheitern und die grenzenlose Lust (ehrlich und aufrichtig) zu leben.« JUNGE WELT
Roman. 244 Seiten. AtV 1721

EDGAR RAI
Ramazzotti
Rai lebt ein karrierefreies Leben. Als Barpianist hält er sich über Wasser, ansonsten treibt er mit seinen Freunden durch die Berliner Nächte. Aber dann ist er einmal zur falschen Zeit am falschen Ort; zwar rettet er die junge schöne Mila vor ihrem Vergewaltiger, doch er selbst verfällt der Frau mit den zwei verschiedenen Augen ...
Ein erfrischendes und spannendes Buch über die Liebe und das Leben.
Roman. Originalausgabe. 249 Seiten. AtV 1739

Mehr Informationen über die jungen Autoren erhalten Sie unter www.aufbau-verlag.de oder bei Ihrem Buchhändler

AtV